EDIÇÕES BESTBOLSO
O palácio do desejo

Nagib Mahfuz (1911-2006) é o escritor mais popular do Egito e uma das maiores referências da literatura islâmica. Formado em filosofia, trabalhou como funcionário público até se aposentar, aos 60 anos. Agraciado com o Prêmio Nobel de Literatura em 1988, foi jurado de morte por extremistas islâmicos no ano seguinte. Em 1994 sofreu um atentado no Cairo, onde vivia. A história pitoresca de uma família de pequenos comerciantes do Cairo está retratada na célebre trilogia do autor:
Volume 1: Entre dois palácios
Volume 2: O palácio do desejo
Volume 3: O jardim do passado

NAGIB MAHFUZ
Prêmio Nobel de Literatura

O palácio do desejo

VOLUME II DA TRILOGIA DO CAIRO

Tradução de
JOSÉ AUGUSTO DE CARVALHO

CIP-Brasil. Catalogação-na-fonte
Sindicato Nacional dos Editores de Livros, RJ.

M181p Mahfuz, Nagib, 1911-2006
O palácio do desejo / Nagib Mahfuz; tradução de José Augusto de Carvalho. – Rio de Janeiro: BestBolso, 2008.

Tradução de: Le palais du désir
ISBN 978-85-7799-040-5

1. Romance árabe. I. Carvalho, José Augusto de, 1940- . II. Título.

08-0945
CDD: 892.73
CDU: 821.411.216(620)-3

O palácio do desejo, de autoria de Nagib Mahfuz.
Título número 041 das Edições BestBolso.

Título original francês:
LE PALAIS DU DÉSIR

Copyright © 1957 by Nagib Mahfuz. Publicado originalmente em árabe, em 1957, como QASR AL-SHAWQ. Publicado em inglês como PALACE OF DESIRE. Traduzido para o francês mediante acordo com The American University in Cairo Press.
Copyright da tradução © Distribuidora Record de Serviços de Imprensa S.A.
Direitos de reprodução da tradução cedidos para Edições BestBolso, um selo da Editora Best Seller Ltda. Distribuidora Record de Serviços de Imprensa S.A. e Editora Best Seller Ltda. são empresas do Grupo Editorial Record.

www.edicoesbestbolso.com.br

Ilustração de capa: Mateu Velasco
Design de capa: Carolina Vaz

Todos os direitos reservados. Proibida a reprodução, no todo ou em parte, sem autorização prévia por escrito da editora, sejam quais forem os meios empregados.

Direitos exclusivos de publicação em língua portuguesa para o Brasil em formato bolso adquiridos pelas Edições BestBolso um selo da Editora Best Seller Ltda. Rua Argentina 171 - 20921-380 Rio de Janeiro, RJ - Tel.: 2585-2000 que se reserva a propriedade literária desta tradução.

Impresso no Brasil

ISBN 978-85-7799-040-5

Parte I

1

Ahmed Abd el-Gawwad fechou a grande porta atrás de si e, em passos lentos e penosos, atravessou o pátio sob o brilho pálido das estrelas, enfiando a ponta da bengala na terra poeirenta toda vez que se apoiava para sustentar seu andar trôpego. Estava impaciente, neste instante em que lhe ardia o peito, para achar a água fresca com que logo lavaria o rosto, a cabeça e o pescoço, a fim de suavizar – ainda que momentaneamente – o calor tórrido do verão e o fogo de raiva que ainda lhe ardia nas entranhas. A idéia da água fresca lhe agradou tanto que seu rosto se alegrou.

Ao passar pela porta da escada, ele percebeu a luz fraca, que caía do patamar e deslizava pelas paredes, conduzida pelo braço frágil que fazia o lampião balançar. Subiu os degraus com uma das mãos no corrimão e a outra na bengala, cujos golpes ressoaram, um após o outro, com um ritmo singular forjado pelo tempo.

No alto da escada surgiu Amina, com o lampião na mão. Assim que se aproximou dela, ele parou um instante, com o peito arfando, para retomar o fôlego, depois cumprimentou-a como de hábito:

– Boa noite...

– Boa noite, amo! – sussurrou ela, antecipando-se para iluminar o caminho.

No quarto, ele se precipitou para o canapé, onde desabou. Então, soltou a bengala, tirou o fez e deixou a cabeça cair no encosto, esticando as pernas. O tecido da *djoubba* enrolou-se em volta do cafetã, que, por sua vez, descobriu as pernas da calça, enfiadas por dentro das meias. Ele fechou os olhos e, com o lenço, enxugou a testa, as faces e depois o pescoço. Enquanto isso, Amina foi colocar o lampião na mesinha de centro, depois parou, esperando que ele se levantasse, para ajudá-lo a tirar as roupas. Amina o olhava com uma solicitude inquieta e gostaria que a coragem viesse em seu auxílio para rogar-lhe que evitasse essas noitadas contínuas que a sua saúde não enfrentava mais com a mesma força de outrora. Mas não sabia como exprimir sua preocupação... Depois de alguns minutos, ele abriu os olhos, despregou o relógio de ouro do cafetã, tirou o anel com um grande brilhante e colocou tudo dentro do fez. Em seguida levantou-se para tirar a *djoubba* e o cafetã com a ajuda de Amina. Nada tinha perdido de sua imponente estatura, de seus ombros largos; apenas uma pequena mecha que embranquecia acima das têmporas.

Mergulhando a cabeça na gola de sua camisola branca de dormir, surpreendeu-se ao sorrir contra a vontade, pensando em Ali Abd el-Rahim. Lembrava-se ainda de como este havia, nessa mesma noite, vomitado diante de todos. De como ele havia inventado uma indisposição estomacal para desculpar sua fraqueza e de como os amigos zombaram dele, dizendo que ele não agüentava mais a bebida, que não é qualquer um que brinca com o vinho até o fim de seus dias etc. Lembrou-se também de como esse mesmo Sr. Ali se zangara e não medira esforços para esconder isso. Céus!... como havia gente neste mundo para dar importância a coisas tão fúteis! Já que ele se admirava tanto com isso, por que então ele mesmo tinha se vangloriado, no tumulto das vozes e dos risos, de ser capaz de acabar com todo o estoque de uma taberna inteira sem que seu estômago protestasse?

Sentou-se de novo e esticou as pernas para Amina, que começou a lhe retirar os sapatos e as meias e depois de se ausentar, por um breve instante voltou carregando nos braços a bacia e o jarro, despejando a água para que ele lavasse e enxaguasse a cabeça, o rosto e o pescoço. Terminada a operação, ele se endireitou no assento para receber a brisa que circulava suavemente entre o muxarabiê e a janela do pátio...

— Ah, que verão horrível o deste ano! – suspirou ele.
— Deus nos ajude! – respondeu Amina, puxando o colchão de debaixo da cama, e sentando-se com as pernas cruzadas, aos pés dele. Depois, num suspiro: – Se já faz calor lá fora, imagina na casa do forno! No verão é só no terraço que a gente respira, depois do pôr-do-sol...

Sentada no colchão não estava mais a Amina de antigamente. Tinha emagrecido. O rosto tinha se alongado ou talvez parecesse mais longo do que o era na realidade, por causa da magreza que lhe encovara as faces, dos cabelos brancos que salpicavam nas poucas mechas que seu lenço de cabeça descobria, dando-lhe um aspecto de velhice que não condizia com ela. Na maçã do rosto, o sinalzinho parecia maior, enquanto os olhos exprimiam – além do olhar submisso que nunca a abandonara – uma espécie de entorpecimento misturado a tristeza.

Como lhe fora confuso perceber tal mudança! Se de início Amina a recebera bem, como um consolo, depois passou a se perguntar com angústia se não devia pensar em si e conservar a saúde enquanto lhe restava tempo para viver. Sem dúvida que sim, pois os outros também precisavam dela. Mas... como dar jeito nos estragos do tempo? E depois, muitos anos tinham se passado. Talvez não o suficiente para justificar tanta mudança. Assim, noite após noite, ela ficava de pé no muxarabiê, observando a rua através da clarabóia. E embora fizesse sempre o mesmo, o peso dos anos a marcava dia após dia.

A voz do garçom do café lá na rua chegou até o quarto silencioso enchendo-o de um eco sonoro. Amina sorriu, olhando discretamente o seu senhor... O que lhe era mais caro no mundo do que esta rua que ficava em vigília noites inteiras falando à sua alma? Ela era a amiga que ignorava este coração batendo por trás de uma janela por onde entrava a luz. Suas paisagens lhe enchiam o espírito, os transeuntes noturnos eram uma presença viva, como esse garçom de língua incansável, esse homem de voz rouca que rotineiramente comentava os acontecimentos do dia; ou um outro, que falava agitado, ou ainda o pai de Haniyya, a menina que sofria de coqueluche, o qual, quando lhe perguntavam por notícias da filha, respondia, invariavelmente, noite após noite: "Em Deus está a cura!" Ah, era como se o muxarabiê não fosse outra coisa senão um cantinho do café em que ela estivesse sentada à mesa... E as imagens da rua desfilavam por trás de seus olhos, enquanto repousava a cabeça no encosto do canapé.

Quando interrompeu o fluxo de seus pensamentos, a atenção se concentrou no seu senhor. Ela distinguiu então no rosto dele um rubor intenso que começara a notar nas últimas noites, a essa hora tardia. E esse rubor a inquietava. Por isso, perguntou-lhe, apreensiva:

– Meu amo... se sente bem?

Ahmed Abd el-Gawwad levantou a cabeça e resmungou:

– Tudo bem... graças a Deus. – Depois, corrigindo-se: – É o tempo que está ruim.

O licor de uva é a melhor bebida alcoólica no verão – pelo menos foi o que lhe disseram. No entanto, ele não podia suportá-lo. Com ele era uísque ou não era nada... Ele sofria toda noite, contra a vontade, os efeitos deletérios de uma "embriaguez de verão"... e de um verão terrível!

Como ele tinha rido esta noite! Rido até que as veias do pescoço lhe doessem. Mas, de fato, por que ele rira tanto? Já era muito se ele ainda se lembrasse de alguma coisa. Oh, aliás, nada de notável! Senão que o ambiente da reunião estivera carregado de uma divertida tensão, pronta para que o menor contato provocasse a centelha. Assim, Ibrahim Alfar só lhe bastou ter declarado "Alexandria deixou hoje o porto de Saad com destino a Paris", querendo dizer "Saad deixou hoje o porto de Alexandria com destino a Paris", para que explodisse a gargalhada geral. Puseram essa frase na conta das "pérolas" devidas à bebida, e logo depois puseram-se a falar das negociações esperadas e a comentar o assunto, fazendo todo tipo de brincadeiras...

No entanto, uma coisa era certa. O mundo dos amigos, apesar de sua grandeza sagrada, se resumia a três pessoas: Mohammed Iffat, Ali Abd el-Rahim e Ibrahim Alfar. Podia ele imaginar a vida sem eles? A alegria descontraída que irradiava de seus rostos era para ele uma felicidade sem igual.

Seus olhos sonhadores cruzaram o olhar interrogativo de Amina.

– Amanhã... – disse ele, como para recordar-lhe algo importante.

– Como eu poderia esquecer? – respondeu ela com o rosto subitamente banhado por um sorriso.

– Disseram-me – continuou ele com uma ponta de orgulho que se deu ao trabalho de disfarçar – que é um ano ruim para o exame final de conclusão do secundário!

— Que Deus o encha de esperanças! — disse ela com o mesmo sorriso, compartilhando do orgulho do esposo. — Rezemos para que Ele prolongue nossos dias até que o vejamos conquistar seu diploma superior...

— Você foi a al-Sokkariyya hoje? — perguntou ele.

— Fui... Convidei todo mundo. Todos virão, exceto a velha senhora que se desculpou por causa do cansaço e disse que seus dois filhos viriam parabenizar Kamal em seu nome.

Ahmed Abd el-Gawwad prosseguiu, então, apontando com o queixo na direção de sua *djoubba*:

— Hoje o xeque Metwalli Abd es-Samad veio trazer talismãs para as crianças... Khadiga, Aisha. Ele rezou por mim, dizendo: "Se tudo der certo, logo vou fazer outros para os seus bisnetos!" — Antes de prosseguir, sacudiu a cabeça, com um sorriso: — Deus pode sempre fazer as coisas acontecerem logo! Olhe só o xeque Metwalli, até ele, com 80 anos, está sólido como uma rocha.

— Que Deus lhe dê força e saúde, amo!

Ele refletiu um instante, contando nos dedos, e disse:

— Se meu pai, Deus tenha sua alma, estivesse vivo, não seria muito mais velho que o xeque.

— Que Deus tenha os mortos em sua misericórdia!

O silêncio voltou, desfazendo a nuvem de tristeza deixada pela evocação dos que deixaram este mundo, antes que Ahmed Abd el-Gawwad declarasse, no tom de quem se lembra de algo importante:

— Zainab está noiva de novo!

Amina ergueu a cabeça, com os olhos arregalados:

— É mesmo? — disse ela.

— Sim. Mohammed Iffat me informou disso esta noite.

— De quem?

— De um funcionário chamado Mohammed Hassan, diretor dos Arquivos no Ministério da Instrução Pública.

— Ele já deve ser velho, então? – perguntou Amina, desconcertada.

— De jeito nenhum – protestou ele. – Trinta e cinco, 36... 40 anos estourando. – Depois, num tom irônico: – Ela tentou a sorte com os jovens, quero dizer, os que não se ligam muito a coisa alguma, e fracassou; então tenta agora com os homens dotados de razão!

— Yasine teria sido melhor para ela – replicou Amina lamentando-se. – Pelo menos para o bem do filho deles...

Era a opinião do seu senhor. Ele a defendera longamente diante de Mohammed Iffat. No entanto, não deixou transparecer em nada sua concordância com o ponto de vista da esposa, a fim de esconder o fracasso de sua tentativa. Pelo contrário, replicou, irritado:

— Meu amigo Mohammed Iffat não tem mais confiança nele. E na verdade eu lhe digo: ele não merece nenhuma confiança. Essa é a razão pela qual eu não quis aborrecê-lo com isso. Não quis tirar partido da nossa amizade para forçá-lo a decisões que não teriam levado a nada de bom...

— Uma estripulia da juventude bem que pode ser perdoada – murmurou Amina com um toque de piedade.

Ahmed Abd el-Gawwad consentiu finalmente em reconhecer que uma parte de sua tentativa tinha sido infrutífera:

— Zelei pelos direitos dele – disse. – Mas me deparei com um coração inflexível. Mohammed Iffat me disse, suplicante: "A razão principal pela qual me recuso a satisfazer seus desejos é o medo que tenho de expor nossa amizade à desunião." Disse-me também: "Não posso lhe recusar nada, mas nossa amizade tem mais valor aos meus olhos do que seu pedido..." E eu concordei com ele.

Mohammed Iffat tinha mesmo falado nesses termos. Mas só os tinha empregado com o único objetivo de repelir a insistência dele. Ahmed Abd el-Gawwad desejava demais reatar os laços hoje desfeitos que, com o casamento, ele havia forjado com a família Iffat, tanto para ele mesmo quanto para o prestígio de sua família. Não esperava conseguir para Yasine melhor esposa do que Zainab. Mas tivera de admitir-se vencido, sobretudo depois que o homem lhe confiou o que sabia da vida particular de seu filho, a ponto de lhe dizer ao ouvido: "Não me diga que não há diferença entre nós e Yasine. Para dizer a verdade há uma diferença, apesar de tudo, e uma coisa é certa: nunca aceitarei para Zainab o que aceitei para a mãe dela!"

— E Yasine está sabendo? – perguntou Amina.

— Vai saber, cedo ou tarde. Você acha que ele se incomoda? Ele é o último a valorizar uma união respeitável.

Amina balançou a cabeça, penalizada, e perguntou:

— E Ridwane?

— Vai ficar na casa do avô – respondeu Ahmed Abd el-Gawwad, franzindo a testa. – Ou então vai ficar com a mãe, se não agüentar ficar separado dela. Que Deus faça perderem-se os que o jogaram nessa confusão!

— Meu Deus, pobre menino! A mãe de um lado, o pai do outro! Zainab poderá suportar essa separação?

— A necessidade faz o sapo pular – replicou Ahmed Abd el-Gawwad em tom de desdém. Depois, interrogando-se: – Quando é que ele vai atingir a maioridade? Você sabe?

Amina refletiu um instante e respondeu:

— Ele é um pouco mais jovem que Naima e um pouco mais velho que Abd el-Monem... Ele deve ter... uns 5 anos, amo. Dentro de dois anos o pai o retomará, não é, amo?

— Vamos ver – retorquiu Ahmed Abd el-Gawwad bocejando.

Depois, mudando de assunto:

— Ele foi casado. Quero dizer... o novo marido.

— E tem filhos?

— Não. Ele não os teve com a primeira mulher.

— Talvez seja o que lhe deu a preferência aos olhos do Sr. Mohammed Iffat.

— Você esquece a situação dele? — respondeu Ahmed Abd el-Gawwad com amargura.

Amina assinalou sua desaprovação:

— Se é uma questão de situação, então ninguém chega ao nível do seu filho, ainda que fosse com relação ao senhor!

Ele se sentiu envergonhado, quase amaldiçoando interiormente Mohammed Iffat, apesar da terna afeição que tinha por ele. Mas lembrou, para sublinhar o ponto que lhe proporcionava algum consolo:

— Não se esqueça nunca de que se ele não tivesse feito absoluta questão priorizar nossa amizade, não teria hesitado em me satisfazer.

— Naturalmente! — exclamou Amina, exprimindo o mesmo sentimento. — Naturalmente, amo! Trata-se da amizade de uma vida, não de um brinquedo.

Ele bocejou de novo.

— Coloque o lampião lá fora — ordenou.

Amina levantou-se para obedecê-lo. Num momento, ele fechou as pálpebras, depois se levantou de um pulo, como para combater a fraqueza, e dirigiu-se para a cama, onde se deixou cair. Agora sentia-se melhor. Como a cama é confortável quando se está cansado!

Certamente, havia mesmo esse ímpeto que lhe martelava a cabeça. Mas era improvável que não se passasse nada em sua cabeça... Que ele louve a Deus de qualquer modo! A serenidade plena e total o tinha abandonado havia muito, muito tempo. Toda vez que olhamos para dentro de nós mesmos, há sempre alguma coisa que procuramos, mas que não vem, que ressuscita uma lembrança embaçada, como esta luminosidade fraca que atravessa a fresta de uma porta.

Apesar de tudo, ele podia louvar o Senhor e usufruir de uma vida que lhe invejavam. No momento, era melhor resolver com discernimento se aceitaria "o convite" ou recusaria-o. A não ser que deixasse tudo isso para decidir amanhã. Yasine... o eterno problema! Não se é mais menino aos 28 anos. A dificuldade não era de ele procurar uma outra mulher, mas "Deus não muda o destino das pessoas antes que elas não se mudem a si mesmas".* Quando brilharia o Caminho de Deus até recobrir a Terra inteira e deslumbrar os olhos com sua luz? Então ele gritaria do mais fundo de si mesmo: "Glória a ti, Senhor!" Mas o que dissera Mohammed Iffat? "Yasine vive num vaivém até os confins do Ezbekiyyé..." O Ezbekiyyé! Era outra coisa quando ele mesmo dava suas voltas por lá! Mais de uma vez tivera a vontade nostálgica de voltar a alguns botequins de lá para fazer reviver as lembranças. Ademais, que ele agradeça a Deus por ter descoberto o vício secreto de Yasine antes de ficar velho. Caso contrário, Satanás teria rido dele. Deixe o caminho para os filhos, agora que estão crescidos! A você, os australianos começaram por lhe barrar o caminho, e tudo terminou com esse soldado cretino...

NA CURTA PAZ DA AURORA, antes do galo cantar, ecoaram da casa do forno os golpes cadenciados da amassadura. Oum Hanafi curvava sua silhueta pesada sobre a masseira de barro, e a luz que escapava da lamparina colocada no muro da fornalha dava ao seu rosto um aspecto de boneca. Se os anos não tivessem manchado o brilho de sua cabeleira nem atingido sua aparência, seus traços teriam engordado e enchido-se de severidade.

---

*Corão, XIII, 12.

À direita dela, sentada numa cadeira de cozinha, Amina estava cobrindo as pranchetas com farelo a fim de prepará-las para receber a massa. O trabalho prosseguia em silêncio, quando Oum Hanafi parou de amassar. Ela retirou sua mão da masseira, enxugou a testa molhada de suor com o braço; depois, brandindo o punho envolvido na massa como uma imensa luva branca, falou:

— É um dia de trabalho duro, mas cheio de alegria, que se anuncia para a senhora. Que Deus multiplique os dias felizes...

— Enquanto isso, nosso dever é de oferecer uma mesa apetitosa... – balbuciou Amina entre dentes, sem levantar o nariz do seu trabalho.

Oum Hanafi sorriu, apontando o queixo para a patroa, e acrescentou:

— Bendito seja o mestre desta obra!

Depois, tornou a mergulhar as duas mãos na masseira e continuou a bater a massa.

— Eu preferia que nos contentássemos com a distribuição de sopa e pão para os pobres de al-Hussein.

— Não haverá nenhum estranho entre nós – replicou Oum Hanafi em tom de censura.

— Em todo caso – vociferou Amina com irritação –, vai ser uma comilança e uma bagunça! Fuad, o filho de Gamil al-Hamzawi, também terminou o secundário e não fizeram nenhuma pompa disso!

Mas Oum Hanafi teimou em protestar:

— É sempre uma oportunidade feliz de nos reunirmos em companhia daqueles que amamos.

Mas como podia ser uma alegria sem remorso, sem viva apreensão?

"Antigamente, eu interrogara o futuro, e ele me respondera que a data da diplomação no secundário de Kamal coincidiria com a da formatura de Fahmi. Uma festa que não aconteceu. Um desejo nunca realizado. Dezenove, 20, 21, 22, 23... 24 anos! Uma juventude em pleno auge cujo frescor me proibiram de abraçar. A terra teve mais sorte... Ah! essa ferida do coração que se chama tristeza..."

— A Sra. Aisha vai ficar feliz com a *baklava*.* Isso vai lhe lembrar os tempos antigos. Não é, patroa?

"Aisha vai ficar feliz e sua mãe também!... As noites continuaram a suceder aos dias, a fome à satisfação da barriga... o despertar ao sono... Como se nada tivesse acontecido! Vá dizer isso aos que tinham pretendido que você não poderia sobreviver a ele um só dia. No entanto, você viveu... só para jurar pelo repouso de seu túmulo. Se o coração está abalado, não é por isso que o mundo se desmorona. É como se ele só saísse do esquecimento no momento das visitas ao cemitério. Depois de ter enchido nossos olhos e nossas almas, meu filho querido, eis que de repente a gente não se lembra mais de você, a não ser na hora dos *mussens!***

Mas vocês todos, onde estão vocês, então? Cada um trata de seus pequenos afazeres, menos você, Khadiga. Você tem mesmo o coração de sua mãe. A tal ponto que um dia tive de lhe dizer: 'Vamos, coragem!' Não se pode dizer o mesmo de você, Aisha! Mas... não sejamos injustos. Você também teve a sua porção de tristeza. Kamal? Não se pode censurá-lo. Não se deve tratar com aspereza os corações ternos. Agora é o único que lhe resta... Sra. Amina, seus cabelos ficaram brancos. Você se tornou uma sombra. É o que diz Oum Hanafi. Ao diabo a saúde, ao diabo a juventude!

---

*Bolo folhado recheado com nozes, cozido ao forno e salpicado de açúcar e canela.
**Festas celebradas tradicionalmente por ocasião da peregrinação à Meca. Emprega-se igualmente no sentido mais geral de festas.

Aí está você à beira dos 50 anos e ele não atingiu nem mesmo os 20 anos. Foi preciso a gravidez, os desejos, sofrer para pô-lo no mundo, amamentá-lo. Tanto amor... tantas esperanças... depois, mais nada! Você acha que meu amo não pensa mais em nada? Deixe-o em paz, vá! A tristeza dos homens não é a das mulheres, para falar como você, mamãe, que Deus lhe abra as portas do paraíso! Mamãe, vê-lo retomar a sua conduta corta o meu coração! Como se Fahmi não estivesse morto. Como se a memória dele se tivesse esvaído em fumaça. Ele até chega a me censurar quando a dor se agita em mim. Não é ele o pai dele, exatamente como eu sou a mãe?

Amina, minha pobre menina... Não se deixe abater por esses pensamentos... Se nós devêssemos julgar os corações usando o das mães como parâmetro, todos os outros pareceriam de pedra. É um homem, e a tristeza dos homens não é a das mulheres. Se os homens se entregassem à dor, sucumbiriam, com todo o peso que já os oprime. Ao contrário, se você pressente dor nele, seu dever é de alegrá-lo. Ele é seu único amparo na vida, minha pobre menina! Esta voz cheia de ternura não existe mais. Sua perda deixou corações inchados de tristeza... mas já é muito se alguém chorou, por causa dela. Viu-se bem, mamãe, o bom senso de suas palavras na noite que ele voltou para casa... bêbado, na alvorada; em que ele se deixou cair no canapé antes de derreter-se em lágrimas. Naquela noite, rezei por sua saúde, ainda que ele tivesse por isso de esquecer para sempre. Até você, não lhe acontece esquecer de vez em quando? Há coisa pior ainda! É que você continua a gozar a vida, a se agarrar a ela. O mundo é feito assim! É o que dizem. Então você repete o que dizem e acaba por acreditar. Como então você se permitiu ir contra Yasine, sob pretexto de que ele se recuperou e continuou sua vida de todos os dias? Acalme-se. Tenha fé e coragem! Entregue-se a Deus. Tudo o que você possui neste mundo você herdou dele: você é 'Oum Fahmi' para sempre. Enquanto eu viver, permanecerei sua mãe meu filhinho, e você permanecerá meu filho..."

Os golpes da masseira se sucederam. Ahmed Abd el-Gawwad abriu os olhos à luz aurora e começou a espreguiçar-se num longo e sonoro bocejo que se elevou como uma queixa... um protesto... Depois, sentou-se na cama firmando as palmas das mãos sobre as pernas esticadas. Suas costas pareciam quebradas e a gola de sua roupa estava molhada de suor. Ele se pôs a balançar a cabeça para a direita e para a esquerda como para expulsar a máscara úmida do despertar. Finalmente, deixou-se deslizar até que seus pés atingissem o chão do quarto e, num andar indolente, dirigiu-se até o banheiro para tomar uma ducha fria, o único remédio que lhe restaurava o corpo antes de devolver-lhe o equilíbrio à cabeça e ao espírito.

Ele se despiu e, no mesmo instante em que o jato de água fria o atingiu, o convite que lhe fora feito na véspera lhe veio à mente. Diante dessa lembrança e da sensação vivificadora do jato, seu coração sobressaltou-se. Ali Abd el-Rahim lhe dissera: "Olhe para trás, para as belas de antigamente. Você não pode continuar vivendo assim eternamente! Vamos, eu o conheço como se eu o tivesse criado"...

Ousaria tomar uma última resolução? Durante cinco anos, ele tinha se recusado a fazê-lo. Teria pedido a Deus a conversão, como um crente atingido pela desgraça? Ou então a conservara secreta, por temor de formulá-la abertamente? Tê-la-ia pronunciado com o coração sincero sem todavia comprometer-se firmemente? Não se lembrava mais. E não queria lembrar-se. Não se é mais um menino quando se chega aos 55 anos! Mas o que tinha ele então, para estar com o espírito tão confuso, tão perturbado? É como no dia em que o tinham convidado para ouvir música e ele tinha aceitado. Iria do mesmo modo responder ao apelo dos reencontros com as belas de outrora?

"Desde quando a tristeza ressuscita os mortos? Deus nos ordenou que nos congelássemos na lembrança dos nossos queridos quando se vão?"

Durante o ano em que vivera no luto e na abstinência, o tédio quase o tinha destruído. Um longo ano passado sem que uma gota de vinho lhe umedecesse as papilas, sem uma nota de música, sem que uma boa piada saísse de sua boca, a tal ponto que suas têmporas se branquearam. Sim! Se os cabelos brancos tinham aparecido, foi durante aquele ano que aconteceu! No entanto, ele voltara à bebida e à música com pena dos seus bons amigos, que, em respeito ao seu luto, tinham rompido com os prazeres. O que era ao mesmo tempo verdadeiro e falso. Porque, para dizer tudo numa palavra, ele voltara à bebida tanto porque não se continha mais quanto por pena dos amigos!

"Eles não se comportaram como os outros, ainda que os outros não devam ser censurados. Condoeram-se de sua tristeza e resignaram-se a ir de sua companhia fria até as suas reuniões alegres. Então, como censurá-los? Sem contar que seus três compadres se recusaram a aceitar da existência mais felicidade que aquela com que você se contentou. E depois, pouco a pouco, você voltou às coisas da vida. Exceto para as mulheres, nas quais você viu um pecado mortal. Primeiramente eles não insistiram. Como você se recusou a isso! Como isso lhe custou! O mensageiro de Zubaida não lhe fez bem nem mal. Você despachou Oum Maryam com uma gravidade entristecida, mas nem por isso menos firme, agüentando sofrimentos que desconhecia. Você acreditou de verdade não voltar nunca mais à antiga vida, repetindo-se a si mesmo incansavelmente: 'Vou voltar para os braços das mulheres, com Fahmi no túmulo?' Oh, Deus, como temos necessidade de misericórdia em nossa fraqueza e em nossa condição miserável! Quem lançou esta máxima: 'Persiste na tristeza quem está seguro de não morrer amanhã'? Foi Ali Abd el-Rahim ou Ibrahim Alfar. Um dos dois. Mohammed Iffat bei não é forte em máximas. Ele recusou ouvir minha súplica e casou a filha com um estranho. Ele zombava de mim por trás e dissimulava pela frente. No fundo, ele não nega sua cólera, apenas teme mostrá-la na minha frente, como o fez outrora... Mas que ele seja abençoado por isso! Que fidelidade! Que amizade! Você se lembra de como ele misturou as lágrimas dele com as suas no cemitério? O que não o impediu de lhe dizer depois: 'Tenho medo de que você se torne velho por não mais... Vamos, venha dar uma volta até a casa d'água.'* E quando ele sentiu sua hesitação, acrescentou: 'Nada além de uma visitinha inocente... ninguém vai despi-lo à força nem jogá-lo em cima de uma mulher!' Só tive um pouco de desgosto... Deus é testemunha. Com sua morte, um grande pedaço de mim mesmo se foi também. A minha mais bela esperança neste mundo se foi. Quem ousaria me apedrejar depois disso por ter recuperado a coragem e por ter me consolado? Porque, mesmo que ria às vezes, meu coração está magoado. Vamos saber... como elas estão? O que o tempo fez com elas em cinco anos? Cinco longos anos..."

O PRIMEIRO SINAL que Kamal percebeu ao despertar foi o ronco de Yasine. Por isso não pôde deixar de interpelá-lo, mais preocupado em importuná-lo do que em acordá-lo à

---

*Em árabe, *swwâma*. Espécie de barcaça atracada às margens do Nilo sobre a qual era construída uma casa de tábuas utilizada com mais freqüência como lugar de encontros amorosos ou de prostituição.

hora certa. Incomodou-o até que o outro lhe respondesse numa voz parecida, em seus tons de lamento, antes de virar o corpanzil na cama, que estalou numa espécie de gemido, de grito de sofrimento, e de abrir finalmente os olhos avermelhados, soltando grunhidos de protesto. Nada justificava na sua opinião tal pressa, já que nem ele nem o irmão poderiam ir ao banheiro antes que o pai tivesse saído de lá.

É preciso que se diga que alcançar o banheiro do primeiro andar não era mais tarefa fácil desde que, em virtude da nova ordem que reinava na casa – e isso havia cinco anos –, decidira-se mudar os quartos para o andar de cima, exceto a sala de recepção e o salão contíguo, que constituindo sua antecâmara, tinha sido mobiliado com sobriedade. E embora Yasine e Kamal tivessem recebido muito mal a idéia de partilhar um mesmo andar com o pai, não tinham podido fazer outra coisa a não ser conformar-se com a decisão de isolar o primeiro andar, no qual ninguém mais pôs os pés, a não ser quando havia um convidado.

Yasine fechou os olhos, porém sem voltar a dormir. Não só porque a tentativa teria sido vã, mas também porque uma imagem acabava de surgir em sua mente, pondo fogo em seus sentidos: um rosto redondo... com reflexos de marfim... com dois olhos negros nele incrustados... Maryam. Ele reagiu à incitação do sonho e se deixou derreter num entorpecimento mais doce que o do sono. Há alguns meses, ela nem existia para ele. Como se ela nunca tivesse sido deste mundo. Até que numa noite ele surpreendeu Oum Hanafi conversando com Amina, dizendo-lhe: "Patroa, sabe da novidade? Madame Maryam divorciou-se do marido e voltou para a casa da mãe." Foi então que a lembrança de Maryam ressurgiu nele, com Fahmi... com o soldado inglês, o companheiro de Kamal de cujo nome, aliás, ele tinha se esquecido... Lembrou-se naquele instante de como, depois do rumoroso escândalo, a personalidade da moça tinha retido sua atenção, e o deixara agitado... E eis que, sem saber nem por que nem como, ela voltava subitamente a iluminar dentro dele um retrato carregado de expressão, como essas tabuletas elétricas que brilham de noite, um retrato ornamentado com esta legenda: "Maryam... Sua vizinha... Uma parede apenas o separa dela... Divorciada... Sua vida, um verdadeiro romance... Alegre-se!" Mas seus pensamentos não demoraram a assustá-lo, porque o laço que a unia à lembrança de Fahmi o deteve de súbito, torturou-o e lhe gritou que fechasse essa porta... e mesmo com duas voltas na chave, arrependeu-se – se havia tempo – dessa idéia ainda vaga e efêmera.

Algum tempo mais tarde, ele a encontrou no Moski, em companhia da mãe... Seus olhares se cruzaram por acaso, mas neles logo brilharam os sinais de um reconhecimento mútuo que os sorrisos – quase imperceptíveis – vieram trair. Foi primeiro esse reconhecimento mútuo que lhe fez bater o coração, depois essa encantadora impressão deixada pelo rosto de marfim com olhos de ébano, por esse corpo palpitante de juventude e de vitalidade, que o fez pensar em Zainab. Continuou seu caminho, contemplativo e furiosamente agitado. No entanto, depois de ter dado alguns passos, ou talvez no momento em que descia para o café de Ahmed Abdu, uma lembrança trágica brotou subitamente em seu espírito e encheu seu coração de aflição: Fahmi acabava de ressuscitar nele, por meio de uma coleção de imagens – seu porte, os traços do seu rosto, sua maneira de falar, seus gestos... Sua alegria murchou, depois se apagou, e uma tristeza pesada passou a envolvê-lo.

"Teria então de desistir para sempre?... Mas, por quê?"

Uma hora ou alguns dias mais tarde, ele voltou a se fazer a mesma pergunta e só uma resposta permanecia... Fahmi!

"Mas afinal, qual a relação entre ela e ele? Sim... ele um dia teve o desejo de pedir a mão dela. Então, por que não o fez? O pai não quis! Só isso? Pelo menos, é o nó do problema. E depois? Houve o escândalo com o inglês, o qual contribuiu para apagar o último vestígio de lembrança que ele tinha dela... O último vestígio de lembrança? Sim, pois há grandes chances de que ele tenha esquecido tudo! Então, ele teria começado por esquecer, simplesmente, e acabado por rejeitar firmemente? Evidentemente, é isso! Então, qual a relação entre os dois? Nenhuma? Serei eu, no fundo, desprovido de qualquer sentimento de fraternidade? Pode-se pôr em dúvida esse sentimento em mim? Não! Mil vezes não! E a moça vale, pelo menos, a pena? Com relação ao rosto e ao corpo, bem que sim! O rosto e o corpo ao mesmo tempo? Então, o que é que você está esperando?..."

Acontecia-lhe observá-la à janela dela, depois no terraço... dezenas de vezes no terraço.

"E por que ela se divorciou? Porque o marido tinha hábitos suspeitos? Neste caso, o divórcio é uma sorte para ela. Porque ela mesma tinha hábitos ruins? Então, esse divórcio é uma sorte para você!"

— Levante-se, senão você vai dormir de novo! — urrou Kamal.

Yasine bocejou, passando os dedos grossos pela cabeleira em desordem.

— Você tem sorte de ter férias tão compridas – disse ele.

— No entanto, acordei antes de você!

— É, mas você pode dormir de novo, se tiver vontade. – Yasine riu maquinalmente, antes de perguntar:

– Como é que ele se chamava, aquele soldado inglês, seu velho amigo?

– Ah!... Julian... Por que você está me perguntando isso?

– Por nada...

"Nada? Como nossa língua é vil! Yasine não vale mais que Julian? Pelo menos Julian foi embora, e Yasine está sempre aqui. Há no rosto dela alguma coisa que lhe sorri sem parar. Ela não notou a assiduidade com que você se mostra no terraço? Oh, sim! Lembre-se de Julian! Ela é daquelas a quem nada escapa! Ela lhe retribuiu seu cumprimento... Na primeira vez, ela virou a cabeça sorrindo. Na segunda, riu de verdade. Ah! Que riso maravilhoso ela tem! Na terceira, ela fez um sinal para tomar cuidado, mostrando os terraços vizinhos. Vou subir para dar uma volta lá, depois do pôr-do-sol, você se disse então, com um zelo audacioso; afinal, Julian não lhe tinha feito sinal da rua?"

– Como é que eu pude gostar dos ingleses quando era pequeno! Veja só, como eles me enojam agora!

– Saad, seu herói, foi mendigar a amizade deles...

– Por Deus! – exclamou Kamal num tom seco. – Eu continuarei a detestá-los, mesmo que eu seja o único a fazê-lo.

Eles trocaram um olhar silencioso, cheio de amargura, quando ouviram o barulho dos tamancos de madeira do pai que voltava para o quarto, repetindo: "Em nome de Deus, o Benevolente, o Misericordioso... Só há força e poder em Deus..." Yasine deslizou da cama, levantando-se, e deixou o quarto, bocejando.

Kamal virou-se então de lado, depois se estendeu de costas, dobrando os cotovelos e cruzando as mãos por trás da cabeça. Ficou a olhar diante de si... com os olhos perdidos no vazio...

"Ras el-Barr* goza da felicidade da sua presença! Sua pele de anjo não foi feita para o calor ardente do Cairo. Que a areia se delicie com a marca dos seus passos. Que o ar, que a água se alimentem com sua visão. Você vai levar às nuvens essa cidade de verão. Seus olhos exprimirão sua alegria e sua nostalgia... e eu os olharei com o coração cheio de desejo, tentando imaginar com irritação esse lugar que terá sabido conquistá-la e merecer seu contentamento. Mas quando você voltará? Quando você tornará a verter em meus ouvidos seu gorjeio enfeitiçado? Como é aí? Eu queria saber. Dizem que aí se é livre como o vento. Que a gente se descobre nos braços do mar. Que aí nascem amores tantos quantos são os grãos de areia. Que não se contam mais aqueles a quem foi dada a graça de vê-la... Mas eu... Eu sou aquele cujos lamentos do coração arrancam lágrimas das paredes. Eu que me consumo no fogo da espera. Não! Não posso esquecer seu rosto radiante quando você cantarolava: 'Vou embora amanhã... Como é bonito Rass el-Barr'... Nem meu acabrunhamento enquanto eu recebia de sua boca iluminada de alegria o anúncio de sua partida, como se respirasse perfumes mortais num buquê de odores suaves. Nem meu ciúme das coisas que souberam lhe dar felicidade, quando eu fracassara nisso, e ganhar sua graça, quando ela me fora recusada. Você não notou minha tristeza no momento de dizer adeus? Não! Você não notou nada! Não apenas porque eu estava sozinho, perdido no meio de todos os outros, mas porque, minha terna amiga, você não vê essas coisas... Eu era só um objeto, digno somente de sua indiferença, ou você, um ser sobrenatural, estranho à vida, nos contemplando do alto desse reino desconhecido onde o

---

*Estação balneária famosa, situada ao norte de Damieta (ponta leste do delta).

seu olhar estava mergulhado. Ficamos frente a frente. Você como um facho de alegria inocente, eu como a cinza morta onde jazia a tristeza. A liberdade inteira lhe pertence onde nosso entendimento é rebelde aos seus hábitos. E eu vou girando na órbita de sua imagem, atraído por uma força extraordinária, como se eu fosse a Terra e você o Sol. Teria você achado à beira-mar uma outra liberdade que não lhe souberam dar os palácios de Abbassiyyê? Não! Pois... em nome de tudo o que você é para mim... você não é como as outras... Nos jardins da mansão, nas alamedas, flutua ainda o perfume dos seus passos, e nos nossos corações tantas lembranças e esperanças... Seu acesso é livre, mas tão inacessível! Ela gira à nossa volta como ninguém mais no mundo... como se o Ocidente a tivesse colocado em oferenda aos avanços do Oriente durante a noite do destino.* Que novos favores você vai conceder, se o litoral é longo demais, se o horizonte é distante demais, se à beira do mar há tantos olhos que a admiram? Que novos favores, oh, esperança minha, oh, infelicidade minha? O Cairo é vazio sem você. Nele correm a tristeza e a solidão.

Dir-se-ia que ele é o rebotalho da vida e dos vivos. Tem suas paisagens e seus traços familiares, mas aqui ninguém fala às paixões ou comove os corações, testemunhas petrificadas das injúrias do tempo, da memória dos séculos que dorme num hipogeu intacto... Nada aqui me promete o consolo, o divertimento, a alegria. Sinto-me aqui sucessivamente abafado, aprisionado, perdido, sem uma alma que me procure. Oh, espanto! Sua presença seria ainda, para mim, o lugar de uma esperança de onde a sua ausência me

---

*A noite do destino é aquela, dentre as dez últimas noites do mês de ramadã, durante a qual, segundo a tradição muçulmana, o Corão "desceu" do céu superior para o céu inferior mais próximo da Terra.

baniu? Não, meu último destino! No entanto, você se parece com a esperança: nela encontra frescor e paz quem se abriga sob sua asa, até se for procurar um impossível asilo. De que adianta àquele que sonda perdidamente os céus obscuros saber... que a lua ilumina o outro lado da Terra? De nada! Ele queria somente que ela estivesse aqui, mesmo que não saiba de que meio possuí-la. Eu só quero a vida, sua substância, sua embriaguez, ainda que à custa das maiores dores. E depois, você é parte do que faz bater meu coração, é a você que eu devo esta coisa mágica: a memória. Antes de conhecê-la eu ignorava esse milagre. Hoje, amanhã ou dentro de muito tempo, em al-Abbassiyyê, em Rass el-Barr, no outro lado da Terra, seus olhos negros e tranquilos não deixarão meu espírito, suas sobrancelhas juntas como duas asas, seu nariz reto e encantador, seu rosto com o brilho da pérola morena, seu pescoço comprido, sua silhueta fina e tudo o que eu poderia dizer ainda desse mistério fascinante que, tão inebriante quanto todos os aromas de jasmim, envolve sua pessoa e torna irrisórias as palavras.

Quero possuir essa imagem enquanto eu possuir a vida. E depois, que ela derrube todos os muros, todas as barreiras, para que o destino seja... meu! Só meu, por ter amado tanto! Ou então, diga-me: Que sentido se deve procurar para esta existência, que perfume esperar da eternidade? Ninguém pretende ter tocado a essência das coisas enquanto não tiver amado. A audição, a visão, o paladar, a seriedade e o riso, a amizade e o êxito são alegrias revivificadas para aquele cujo coração o amor encheu, desde o primeiro olhar, oh, meu Deus! Meus olhos não se desviaram dela antes de terem adquirido a certeza de que era uma visão eterna e não somente passageira. Um instante furtivo e definitivo, mas próprio a fecundar as almas e a abalar a terra. Senhor Deus! Não sou mais eu mesmo... Meu coração se choca contra os muros de sua prisão. Os segredos da magia desvendam-lhes o mistério. A razão vacila até tocar a loucura. A alegria cintila antes de abraçar-se à dor. As forças do ser e da alma fazem vibrar o canto glorioso de sua secreta harmonia. Meu sangue pede socorro sem conhecer a razão de seu terror... O cego vê, o enfermo se ergue e o morto revive. Eu a fiz jurar por aqueles que lhe eram mais queridos que você jamais partiria. Meu Deus, é você no céu e ela na Terra. Eu sei agora que minha vida passada foi apenas o prelúdio para a chegada do amor: criança, eu apenas sobrevivi; mais tarde, só freqüentei a escola Fuad I, à exceção de qualquer outra, e lá tive Hussein como meu primeiro amigo, e só... fiz isso tudo... para ser convidado um dia ao palácio dos Sheddad. Oh, que sublime lembrança! Quando ela vem, meu coração quase me sai do peito. Hussein, Ismail, Hassan e eu conversávamos sobre várias coisas, quando uma voz doce veio retinir em nossos ouvidos, cumprimentando-nos. Virei-me... tomado do maior estupor. Quem era? Como uma moça podia assim aparecer subitamente num círculo de estranhos? Mas logo parei de me fazer perguntas, esforçando-me para esquecer todas as tradições. Achei-me então diante de uma criatura que não podia ser deste mundo... Como ela fosse conhecida de todos e eu fosse o único a não conhecê-la, Hussein nos apresentou um ao outro: 'Meu amigo Kamal..., minha irmã Aída.' Nessa noite, eu soube por que vim ao mundo. Porque a vida tinha me poupado até então... por que o destino tinha me levado para al-Abbassiyyê, Hussein, o palácio dos Sheddad. Mas quando, exatamente? Infelizmente, o momento exato se esvaiu na névoa do tempo. Menos o dia! Era um domingo, dia de descanso de sua escola francesa e que coincidia com uma festa nacional, talvez o aniversário do nascimento do Profeta... De qualquer forma, sem dúvida, era o meu nascimento. E depois, para que saber a data? O fascínio enganador do calendário consiste em nos dar a ilusão de que a lembrança pode nos voltar, mesmo que nada mais volte. Teime em achar a data, repetindo-se incansavelmente: 'Sim... era na volta às aulas do segundo ano em Fuad I..., outubro, novembro... no momento da viagem de Saad para o Alto Egito, antes do seu segundo exílio', interrogando a memória, as testemunhas, os acontecimentos; você não fará mais nada, a não ser dedicar-se desesperadamente a fazer renascer uma felicidade e uma época para sempre passadas. Se você lhe tivesse estendido a mão na hora das apresentações, como você esteve a ponto de fazer, ela lhe teria apertado, e você teria tido contato com sua pele. Acontece às vezes de você imaginar essa eventualidade com um sentimento cheio de dúvida e de paixão ardente, como se se tratasse de uma criatura imaterial, sem consistência. E foi assim que uma oportunidade de sonho, exatamente como a data do encontro, se perdeu para sempre... Depois ela se virou para os dois amigos e, enquanto eles conversavam livremente com ela, você se encolhia na sua poltrona, sob o caramanchão, imerso na dolorosa confusão de um jovem empesteado com as tradições do bairro de al-Hussein. Tanto que você voltou a se perguntar mais uma vez... 'Não seriam essas tradições próprias para os palácios, ou seria esse o ar de Paris em cujos braços sua adorada nasceu?'... antes de você se derreter na doçura dessa voz, para saborear-lhe os tons, embriagar-se com sua canção, deixar-se penetrar por cada som que saía dela, sem talvez nem mesmo pensar no momento, meu pobre amigo, que você estava nascendo uma segunda vez e que, como qualquer recém-nascido, você ia logo abrir os olhos para esse mundo novo com pavor e lágrimas. 'Esta noite, vamos ao teatro ver *La Ghandoura*,*

---

*Literalmente, *A graciosa*, opereta de Dawud Hosni.

disse subitamente a mocinha de voz doce. Ismail lhe perguntou, então, sorrindo: 'Você gosta de Mounira al-Mahdiyya?'*
Como era decente para uma moça meio-parisiense, ela hesitou, antes de responder: 'Mamãe gosta muito.' Depois Hussein, Ismail e Hassan se lançaram numa conversa a respeito de Mounira, de Sayyid Darwish, de Salah Abd el-Havy e de Abd el-Latif el-Banna** subitamente, sem ter tido tempo de me voltar, ouço a voz de mel perguntar: 'E você, Kamal, você gosta de Mounira?' Você se lembra dessa pergunta, solta assim, de supetão? Quero dizer, você se lembra da pura melodia que ela encarnava? Não eram mais palavras, mas um canto melodioso, um sortilégio vindo enraizar-se profundamente em você para ali cantar eternamente, num sopro imperceptível em que se derreteria o seu coração, transportado para uma felicidade celeste que só você conheceria. Que susto, quando ela atingiu seu ouvido!

Era como se a voz de um anjo, rasgando o céu, o tivesse designado, repetindo o seu nome. Você foi absorvida por toda a glória, toda a felicidade, toda a bênção do mundo em um único gole; uma vez absorvida, você teria querido gritar como cumprimento: 'Cubra-me... cubra-me!'*** E depois

---

*A mais célebre cantora egípcia da década de 1920 que, tendo fundado seu próprio teatro, notabilizou-se nos grandes papéis de operetas egípcias (*Saladin, Aída, Ali Nureddine*) ou européias (*Carmem, Thaís, Semíramis, La Périchole*). Morta em 1965, ela só será destronada por Oum Kalsoum.
**O xeque Abd el-Latif el-Banna (†1970) é o pioneiro da canção curta, alegre, sentimental, de inspiração popular. Sayyid Darwish (1892-1923) representa a mesma tendência, mas no teatro, onde produziu operetas e peças realistas sobre a vida egípcia. Salah Abd el-Havy (1896-1962) era um cantor da escola clássica. A aura popular desses três cantores, cada um no seu domínio, era imensa no Egito da época.
***Isto é, com um manto. Palavras que teria pronunciado o profeta Maomé à sua mulher Khadida na perturbação extrema em que se achava depois da primeira recepção da mensagem divina.

eu respondi... Mesmo que não saiba mais o que respondi. Ela ficou ainda por alguns instantes, depois nos cumprimentou e se foi. Há nos seus olhos negros uma graça distinta que atesta sua beleza e seu feitiço, mas também uma sinceridade agradável, até mesmo uma audácia que se origina da confiança em si, não do despudor ou da insolência; e também um orgulho arrogante, temível, como se ela o atraísse para si e o repudiasse ao mesmo tempo. Sua beleza é um encanto inapreensível como nenhum outro. Muitas vezes, tenho a impressão de que ela é apenas a sombra de um mistério maior que permanece oculto... Sua beleza? Seu olhar? Qual dos dois me leva a amá-la? Um e outro são um enigma, ao qual se acrescenta o meu amor.

Esse dia passou, como os outros, mas o que ele remete está plantado em mim para sempre, construído à volta de um lugar, de uma data, de nomes, de amigos, de conversas no meio dos quais o coração saltita, embriagado, a ponto de eu pensar que eles são a vida inteira; de me perguntar, próximo da dúvida: a essência da vida é exterior a isso? Houve de verdade, antes, um tempo em que meu coração não continha o amor? Em que minha alma não foi habitada por essa figura divina? Sem dúvida, a felicidade o embriaga a tal ponto que você chora os encontros frustrados do seu passado estéril, que a dor o aperta a ponto de fundir no pesar desta paz que o abandonou! E, entre um e outro, seu coração não sabe mais onde lançar âncora, e vai à deriva, procurando a cura através de todos os medicamentos da alma que ele encontra ora na natureza, ora na ciência, na arte e... o que é mais freqüente... na adoração de Deus! Um coração que despertou manifestando uma sede ardente das beatitudes divinas. Oh, meus irmãos! Amem ou morram! Adivinham-se essas palavras em você, quando o vemos andar escondido no orgulho que sente carregando a luz e os segredos do amor. Ser assim alçado acima da vida e dos vivos o alucina, ligado como você está ao céu por uma ponte coberta com as rosas da felicidade; mesmo que lhe aconteça às vezes olhar-se de frente, então assaltado pela sensação cruel e doentia de perceber em si mesmo tantas imperfeições, de senti-las irremediavelmente ancoradas em seu ser minúsculo, em seu universo insignificante e em sua imperfeita natureza humana. Mas, Senhor! Como recriá-lo? Este amor tirânico sobrevoa todos os valores, e no seu rastro cintila seu ídolo. Ela não tem todas as virtudes e não deixa de ter defeitos, mas estes acrescentam à sua realeza resplandecente uma graça que fascina. É ela desprezível aos seus olhos por ser rebelde aos costumes? Oh, não. Ela o seria mais ainda se se conformasse com eles! Você se compraz muitas vezes em se perguntar: 'Que espera você por amá-la?' Você simplesmente responde: Amá-la!? Seria preciso que este sopro generoso de vida se derramasse na alma para procurar-lhe ainda um objetivo? Ele não tem outro objetivo além de si mesmo. É o hábito que liga a palavra amor à palavra casamento. Não são apenas as diferenças de idade e de condição que fazem do casamento algo impossível, mas o próprio casamento, que faz descer o amor do seu céu até esta terra de contratos e de suor. E se aquele que faz absoluta questão de lhe pedir satisfações vier lhe dizer: 'E que favor lhe concedeu ela em troca de sua paixão devoradora?' Responda-lhe, sem hesitar: 'Um maravilhoso sorriso; este *E você, Kamal?*, que não tem preço; sua passagem pelo jardim, em raros e felicíssimos momentos; quando ela aparece nas manhãs de orvalho o carro que a leva para a escola; seu modo de invadir minha consciência errante do despertar e na sonolência dos sonhos. E depois essa alma ciumenta e louca lhe pergunta: 'Pode-se imaginar que o ídolo se preocupe com o seu adorador?' Responda sem se deixar levar pelas ilusões das falsas esperanças: 'Já será um bem que ela se lembre de nosso nome quando voltar'."

— Vamos, você já pode ir para o banheiro! Demorei muito lá?

Kamal lançou para Yasine, que voltava do banheiro enxugando a cabeça com a toalha, um olhar que mostrava surpresa. Ele pulou no chão e sua elevada estatura revelou sua magreza. Demorou-se diante do espelho, parecendo examinar sua cabeça volumosa, sua testa proeminente assim como seu nariz que, por seu tamanho e robustez, parecia esculpido em granito. Depois, pegou a toalha pendurada na cabeceira da cama e seguiu em direção ao banheiro.

Ahmed Abd el-Gawwad tinha terminado sua prece e sua voz profunda se elevou, no momento de pronunciar os desejos habituais para seus filhos e para si mesmo, implorando a Deus para guiar seu caminho e lhe conceder sua proteção nesta terra e no além.

Enquanto isso, Amina preparava a mesa matinal. Quando terminou, subiu até o quarto do seu senhor, rogou-lhe, com sua voz apagada, que viesse tomar o café-da-manhã, dirigindo-se depois para o quarto dos dois irmãos, para os quais renovou seu convite.

Os três homens ocuparam seus lugares à volta da grande bandeja. O pai recitou a prece "em nome de Deus, o Benevolente, o Misericordioso", pegando um pão, sinal para o início da refeição. Yasine e depois Kamal o imitaram, enquanto Amina ficava em seu posto tradicional, de pé, ao lado da mesa de centro com moringas.

Os dois irmãos davam, com sua atitude, a imagem da boa educação e da submissão, embora o coração deles estivesse livre — ou quase — desse medo que outrora se apoderava deles na presença do pai: Yasine, por causa dos seus 28 anos já passados, que lhe conferiam em parte qualidade de homem, pondo-o por isso ao abrigo das humilhações contundentes e de quaisquer golpes baixos; e Kamal, a quem seus 17 anos e o nível avançado dos seus estudos tinham conferido uma espécie de imunidade, embora esta última não estivesse nele tão firmemente estabelecida quanto em Yasine. Todavia, ele usufruía de um certo perdão, de uma certa indulgência, pelo menos quanto aos erros leves, sem contar que ele sentira no pai, ao longo dos últimos anos, em seu modo de tratar as pessoas, um estilo que tinha perdido muito de sua tirania e de seu terror. Não raro um embrião de conversa nascia entre os três, depois que um silêncio terrível tivesse pesado sobre a refeição. A menos que o pai não fizesse uma pergunta a um dos dois filhos e que o interessado se apressasse a responder, sem nem mesmo ter tempo de esvaziar a boca, balbuciando algumas palavras. Não era mais extraordinário que Yasine se dirigisse ao pai para lhe dizer, por exemplo: "Ontem fui ver Ridwane na casa do avô. Ele me pediu que lhe transmitisse suas respeitosas saudações e lhe beija as mãos." Ahmed Abd el-Gawwad não considerava essa intervenção como uma ousadia deslocada. Pelo contrário, ele respondia simplesmente: "Deus o proteja e o guie!" Não estava mais fora de cogitação que Kamal, aproveitando a deixa perguntasse educadamente inaugurando assim um progresso considerável em seu relacionamento com o pai: "Quando o pai dele terá o direito de retomá-lo, papai?" Obtendo a resposta: "Quando ele tiver 7 anos", em lugar de um grito: "Não se meta, filho de cão!" Um dia, Kamal tentou recordar a data da última injúria que o pai lhe tinha dito, e concluiu que o fato devia ter ocorrido há dois anos, ou seja – esse era seu principal ponto de referência cronológica –, um ano depois do nascimento do seu amor por Aída.

Foi na época em que ele pressentira que seus laços de amizade com jovens como Hussein Sheddad, Hassan Selim e Ismail Latif exigiriam um notável aumento de sua mesada, se ele quisesse acompanhá-los em suas distrações inocentes. Ele então exprimira suas queixas à mãe, rogando-lhe que fosse dar duas palavrinhas com o pai sobre o aumento desejado. E, embora apresentar a este último qualquer tipo de pedido – sobretudo a respeito de tal assunto – não fosse fácil para Amina, uma conversa como essa tinha se tornado de certa forma menos penosa, desde que, após a morte de Fahmi, ele tinha mudado de atitude para com ela. Foi então falar com ele, valorizando as relações de amizade, como ponto de honra da família, que seu filho mantinha havia pouco com jovens da "alta sociedade". Por causa disso, Ahmed Abd el-Gawwad convocou Kamal para despejar contra ele sua cólera, gritando-lhe: "Você talvez ache que eu estou às suas ordens ou às dos seus acólitos!... Maldito seja o seu pai e o deles também!" Decepcionado, Kamal deixou o pai, pensando que o problema tinha encontrado aí sua última resolução... Mas eis que, para sua grande surpresa, no dia seguinte, à mesa do café-da-manhã, ele o ouviu perguntar-lhe o nome de seus amigos. E, mal ouviu o nome de Hussein Abd el-Hamid Sheddad, perguntou-lhe com interesse: "Não seria de al-Abbassiyyé o seu amigo?" Com o coração acelerado, Kamal respondeu afirmativamente. "Conheci bem o avô dele, Sheddad bei", acrescentou então Ahmed Abd el-Gawwad. "Soube também que o pai dele, Abd el-Hamid bei, foi exilado por suas antigas relações com o quediva Abbas... É isso, não é?" "Certíssimo!", respondeu de novo Kamal, tentando conter a emoção provocada nele por essa alusão ao pai de sua adorada. Imediatamente lhe veio à mente o que ele tinha ouvido dizer sobre a temporada de vários anos que tinham passado os Sheddad em Paris, a cidade das luzes em cujos brilhos sua bem-amada tinha desabrochado. Contra a vontade, ele sentiu pelo pai uma exaltação é um respeito diferentes, um amor redobrado, considerando o fato de que ele conhecera o avô de sua Aída abençoada, como um prodígio que o ligava – ainda que de longe – à terra dos poetas, ao berço das Luzes. Depois disso, algum tempo depois, Amina não demorou a vir anunciar-lhe a boa nova: o pai consentia em dobrar a mesada.

A partir desse dia, ele não mais sofreu nenhuma outra injúria. Fosse porque não mais cometeu um erro que pudesse justificá-la, fosse porque o pai teria julgado melhor poupá-lo definitivamente desse tipo de tratamento.

KAMAL ESTAVA AO LADO da mãe, de pé, no muxarabiê. Ambos observavam o Sr. Ahmed que seguia seu caminho, devolvendo sucessivamente – com uma seriedade complacente – os cumprimentos a Amm Hassanein, o barbeiro, Hajj Darwish, o vendedor de *ful*, al-Fuli, o leiteiro, e Bayumi, o vendedor de sopa, sem esquecer Abu Sari, o assador de sementes. Depois, ele voltou para o quarto, onde encontrou Yasine plantado diante do espelho ajustando a aparência com um afinco paciente. Ele se sentou num canapé entre as duas camas e, com um olhar divertido e pensativo, começou a observar o tamanho, a forte corpulência do irmão, seu rosto corado e rechonchudo. Certamente ele lhe devotava um amor fraterno sincero, mas toda vez que o perscrutava mais pelo pensamento ou pelo olhar, não podia evitar o sentimento inconfessado de estar na frente de um "belo animal doméstico", ele que, no entanto, tinha sido o primeiro a sensibilizar-lhe o ouvido para a música dos versos e para as evocações mágicas dos contos. Sem dúvida, como quem vê no amor a essência da vida e da alma, ele se perguntava se era possível imaginar Yasine apaixonado.

A resposta vinha logo sob a forma de uma franca ou secreta gargalhada! Que relação havia entre o amor e esse bandulho opulento? Que relação havia entre o amor e esse corpo rechonchudo, esse olhar lúbrico e zombeteiro? Kamal não podia deixar de sentir por ele um desprezo que, é verdade, a ternura e a afeição temperavam, ainda que sentisse às vezes – sobretudo nos momentos em que seu amor se afundava numa onda de dor e de abatimento – alguma admiração e até mesmo... alguma inveja!

Yasine parecia aos seus olhos o mais estranho dos homens no trono da cultura em que ele mesmo o tinha posto antes, quando, criança ainda, o olhava como um sábio prodigioso, um florilégio de poesias e de contos. Yasine, que por fim se mostrou um leitor superficial que, com dificuldade, contentava-se em dedicar uma hora apenas, a uma leitura desatenta, saltando indolentemente da *Hamasa** a algum conto, antes de ir para o café de Ahmed Abdu. Em resumo, uma vida desprovida da luz deslumbrante do amor, da sede de um verdadeiro conhecimento, embora lhe devotasse uma pura e fraterna afeição.

Era completamente diferente com relação a Fahmi. Fahmi que tinha sido seu ideal amoroso e intelectual, ainda que lhe tivesse parecido nos últimos tempos levemente aquém de suas próprias aspirações nascentes. Ele duvidava, cada vez mais, se não estivesse certo disso, de que uma moça como Maryam pudesse inspirar à alma um verdadeiro amor, semelhante ao que iluminava a dele; da mesma forma, ele duvidava de que a cultura jurídica para a qual seu falecido irmão tinha vocação pudesse rivalizar com o

---

*Antologia de poemas e de dados biográficos de diversos poetas antigos, preparada por Abou Tammam († 842). Seu nome provém do título do primeiro capítulo dedicado à coragem *(hamasa)*.

conhecimento humano a que ele aspirava com toda a força do seu espírito.

Observava as pessoas à sua volta com um olhar naturalmente voltado para a meditação e para a crítica. Julgava cada um, mas, quando chegava ao pai, encontrava uma porta difícil de transpor. Esse homem lhe parecia um ser enorme, sentado num trono, acima de qualquer censura...

— Você é a estrela hoje. Mais uma comemoração do seu triunfo, não é? Se não fosse a sua magreza, eu não teria nada a lhe censurar!

— Eu acho que estou muito bem — respondeu Kamal com um sorriso.

Yasine se observou uma última vez ao espelho, colocou o fez na cabeça, inclinou-o cuidadosamente para a direita, cuidando para que lhe encostasse na sobrancelha, e disse, entrecortando suas palavras com arrotos:

— Um grande burro que terminou o secundário, eis o que você é! Aproveite bem a boa comida e o descanso enquanto você está de férias. Que demônio o possui para você ler duas vezes mais do que lê durante o ano letivo?! Deus seja louvado, eu nada tenho em comum com sua magreza nem com pessoas do seu tipo! — Depois, deixando o quarto, com o mata-moscas de marfim na mão: — E não se esqueça de me escolher um bom livro. Alguma coisa como *Les Pardaillan* ou *Fausta*,* hein? Houve uma época em que você pegava no meu pé para eu lhe ler um capítulo de romance. Ah! Já vai longe esse tempo em que eu lhe aguçava o cérebro com as minhas leituras!

Kamal reencontrou com felicidade a solidão que lhe permitia mergulhar em seus pensamentos. Levantou-se

---

*A maior parte da obra de Michel Zevaco foi traduzida em árabe por Tanios Abdou, e editada no Cairo a partir de 1925.

resmungando: "Gordo! Gordo! Como poderia eu ser gordo com um coração sem descanso?!" Ele só encontrava satisfação na prece quando se dedicava a ela sozinho. Uma prece que parecia mais um combate, que recrutava o coração, o espírito e a alma. O combate de quem não poupa nenhum esforço para alcançar a consciência pura, livre para pedir contas a si mesma incessantemente, para um sim ou para um não. Quanto aos desejos expressos no final da prece, eles eram para "ela"... e só para ela.

2

ABD EL-MONEM – No pátio há bem mais espaço do que no terraço. Custe o que custar, é preciso tirar a tampa do poço para ver o que há lá dentro!

NAIMA – Mamãe vai ficar zangada, titia e vovó também.

OTHMAN – Ninguém vai ver a gente.

AHMED – O poço é terrível. Quem olhar lá dentro morre.

ABD EL-MONEM – A gente só tem de levantar a tampa e olhar de longe. – Depois, gritando bem forte: – Vamos, vamos descer!

OUM HANAFI (barrando a porta do terraço) – Não tenho mais força nem para descer nem para subir. Vocês quiseram subir até o terraço e nós subimos. Vocês quiseram descer para o pátio, e nós descemos. Quiseram subir para o terraço mais uma vez, e nós subimos. O que vocês querem tramar ainda no pátio? Faz calor lá embaixo. Aqui pelo menos há vento e logo vai anoitecer.

NAIMA – Eles querem tirar a tampa do poço para ver o que há lá dentro.

OUM HANAFI – Já que é assim, vou chamar a Khadiga e a Sra. Aisha!

ABD EL-MONEM – Oh, que mentirosa! A gente não quer tirar a tampa, nem mesmo chegar perto. A gente só quer brincar um pouco no pátio. Você pode ficar aí até a gente voltar, se quiser...

OUM HANAFI – Ficar aqui? Não vou deixar vocês um segundo, isso sim. Oh, meu Deus, faça-os ouvir a razão! Não há lugar mais bonito do que o terraço nesta casa. Olhem só para este jardim!...

MOHAMMED – Abaixe para eu montar nas suas costas...

OUM HANAFI – Você já fez muito isso. Procure outra coisa para se divertir. Oh, meu Deus, meu Deus... Venham ver a hera e o jasmim, venham ver os pombos...

OTHMAN – Você é tão feia quanto uma búfala, e cheira mal!

OUM HANAFI – Deus lhe perdoe! É porque eu tomei um suadouro de tanto correr atrás de vocês.

OTHMAN – Vamos, deixe a gente ver o poço. Só um pouquinho de nada.

OUM HANAFI – O poço está cheio de demônios. Por isso é que o fecharam.

ABD EL-MONEM – Mentirosa! Mamãe e titia não nos disseram isso.

OUM HANAFI – Eu é que conheço a verdade. Eu e a Sra. Amina os vimos. Como eu vejo vocês. Até mesmo esperamos que eles saíssem e, quando eles saíram, nós jogamos a tampa de madeira na amurada do poço e pusemos uma pedra grande em cima. Não falem mais desse poço e digam comigo: "Em nome de Deus, o Benevolente, o Misericordioso!"

MOHAMMED – Agache, para eu subir nas suas costas!

OUM HANAFI – Vamos então ver a hera e o jasmim. Eu gostaria de ver desses assim na casa de vocês. No terraço de vocês, só há galinhas e aqueles dois carneiros que vocês estão engordando para o fim do jejum...

AHMED – Béée... Béée...

ABD EL-MONEM – Dê uma escada para nós, para a gente trepar nela.

OUM HANAFI – Oh, Deus de misericórdia! Esse é mesmo o sobrinho do seu tio! Brinquem no chão, não nas alturas!

RIDWANE – Em nossa casa, na varanda, e no *salamlik*,* há vasos com rosas vermelhas, rosas brancas e cravos!

OTHMAN – E nós temos dois carneiros e galinhas!

AHMED – Béée... Béée...

ABD EL-MONEM – Eu estou na escola do Corão. Quem é que está lá também?

RIDWANE – Eu! Já sei toda a primeira surata: "Louvor a Deus..."

ABD EL-MONEM – "Louvor a Deus, boi chifrudo!"

RIDWANE – Você não tem vergonha de dizer isso? Diabo malvado!

ABD EL-MONEM – É o que cantarola o *arif*** na rua!

NAIMA – Já lhe disseram mil vezes para não repetir essas palavras...

ABD EL-MONEM – Por que você não mora com seu pai, o tio Yasine?

---

*Palavra turca que designa nas casas populares um parlatório reservado aos homens.
**Personagem familiar da vida egípcia. Chama-se assim o aluno mais velho da escola do Corão que auxilia o xeque, muitas vezes cego, e que, encarregado da disciplina, raramente se priva de exercer sobre os seus condiscípulos sevícias e extorsões de todo tipo, permitidas por sua função.

RIDWANE – Eu moro com mamãe.

AHMED – E ela, onde ela mora?

RIDWANE – Na casa do meu outro avô.

OTHMAN – E onde mora seu outro avô?

RIDWANE – Em al-Gamaliyyê! Ele tem uma casa grande com um *salamik*.

ABD EL-MONEM – E como é essa história de sua mãe morar numa casa e seu pai numa outra?

RIDWANE – Mamãe está na casa do vovô de lá, e papai, aqui, na casa do vovô Ahmed.

OTHMAN – E por que eles não estão na mesma casa, como meu pai e minha mãe?

RIDWANE – Culpa do destino! É assim que diz vovó Iffat...

OUM HANAFI – Pronto! Você conseguiu fazê-lo falar. Deixe-o em paz e vá brincar!

AHMED – Agache aí para eu subir nas suas costas!

RIDWANE – Olhem ali a mamãe pássaro no galho de hera.

ABD EL-MONEM – Me traga uma escada e eu a pego para você.

AHMED – Espere aí! Ela está olhando pra gente com seus olhinhos e escuta tudo o que a gente diz.

NAIMA – Como ela é bonita! Eu a reconheço: é a que eu vi ontem, em casa, na corda do varal de roupa.

AHMED – Que nada! Era outra! E como foi que ela fez para achar o caminho até a casa do vovô?

ABD EL-MONEM – Sua besta! Uma mamãe pássaro pode voar de al-Sokkariyya até aqui e voltar antes da noite!

OTHMAN – Então ela tem a família dela lá e sogros aqui?

MOHAMMED – Abaixe-se aí para eu trepar nas suas costas, senão vou começar a chorar para mamãe me ouvir.

NAIMA – E se a gente brincasse de amarelinha?

ABD EL-MONEM – Não! A gente vai brincar de apostar corrida.

OUM HANAFI – Com a condição de que não haja briga entre o vencido e o vencedor.

ABD EL-MONEM – Cale a boca, búfala velha!

OTHMAN – Mée... Mée...

AHMED – Béé... Bééé...

MOHAMMED – Eu vou fazer a corrida a cavalo. Abaixe-se aí para eu subir nas suas costas...

ABD EL-MONEM – Atenção... em seus postos... preparar!

AHMED ABD EL-GAWWAD recebeu os convidados e se dedicou inteiramente a eles durante toda a primeira parte do dia, antes de presidir a mesa do banquete à volta da qual se achavam reunidos Ibrahim e Khalil Shawkat, Yasine e Kamal. No fim da refeição, ele pediu aos dois primeiros que o acompanhassem ao quarto para uma conversa de família. Os três homens se puseram a tagarelar num clima de franca amizade e de cordialidade, embora uma leve reserva se fizesse sentir por parte do sogro, aumentada por uma certa discrição por parte dos dois genros, devidas uma e outra à atitude que se impunha Ahmed Abd el-Gawwad para com os membros da família, inclusive os vindos de fora, apesar da proximidade de idade que o unia a Ibrahim Shawkat, o marido de Khadiga.

Depois, as crianças foram chamadas ao quarto do avô para beijar-lhe a mão e receber seus preciosos presentes, chocolates e *malbane*.* Assim, aproximaram-se dele por ordem de idade: Naima, filha de Aisha, na frente, seguida de Ridwane, filho de Yasine, e então Abd el-Monem, primeiro

---

*Nome egípcio do *loukoum* (doce oriental feito com uma massa açucarada perfumada com amêndoas e pistácia.)

filho de Khadiga, Othman, segundo filho de Aisha, Ahmed, segundo filho de Khadiga, e, para terminar, Mohammed, terceiro filho de Aisha.

Nosso homem distribuía sua ternura e seus sorrisos aos netos com uma eqüidade absoluta, aproveitando o fato de que o quarto estava a salvo dos olhares – exceto os de Ibrahim e de Khalil – para se livrar um pouco de sua frieza e de sua eterna reserva. Ele sacudiu com solicitude as mãozinhas que se estendiam para ele, beliscando com ternura as faces rosadas, abaixando a cabeça, implicando com este, brincando com aquele, cuidando de dispensar uma atenção igual a cada um, inclusive Ridwane, seu preferido.

Quando ficava a sós com um dos seus netos, ele o examinava sempre com uma atenção apaixonada, levado por sentimentos naturais, como a paternidade, e outros, adventícios, como a curiosidade. Ele sentia um prazer sem limites em observar a persistência dos traços dos avós, dos pais e das mães nas novas gerações barulhentas que não tinham ainda internalizado totalmente a aprendizagem, o respeito – e, mais ainda, o medo – que deviam manifestar na presença do avô. A beleza de Naima, com seus cabelos de ouro, seus olhos azuis, o fascinava. Era ainda mais encantadora que a mãe e acrescentava ao patrimônio da família a beleza de seus traços graciosos, que ela herdou, por um lado, da mãe e por outro, dos Shawkat. Por esse mesmo caminho de beleza seguiam-se seus dois irmãos, Othman e Mohammed, que mostravam uma clara semelhança com o pai Khalil, particularmente por causa dos grandes olhos salientes de olhar tranqüilo e lânguido.

O contrário acontecia com Abd el-Monem e Ahmed, os dois filhos de Khadiga. Se tinham a tez dos Shawkat, os belos olhinhos eram da mãe e da avó. Quanto ao nariz, ele prometia parecer-se com o da mãe, ou mais exatamente com o do avô. Ridwane, no entanto, só podia ser bonito, tendo, ao mesmo tempo, os olhos do pai e os negros e finos traços de Haniyya, sem contar a tez de marfim dos Iffat e o nariz reto de Yasine. Sim, a beleza irradiava cativante do seu rosto.

Como estava longe o tempo em que seus próprios filhos, ainda pequenos, penduravam-se em seu pescoço, com toda tranqüilidade, em que ele se oferecia a eles com abandono, como hoje! Ah! Os belos dias! Que saudades! Yasine, Khadiga, Fahmi, Aisha e Kamal. Não havia nenhum deles que ele não tivesse pegado para fazer cócegas ou para colocar nos ombros. Será que se lembravam disso, pelo menos? Até ele quase tinha esquecido!

A verdade é que Naima parecia, apesar do seu sorriso deslumbrante, ornada com as virtudes do pudor e da polidez. Quanto a Ahmed, ele não parava de exigir sempre mais chocolates e *mabane*, enquanto Othman esperava o resultado de seus esforços ardendo de impaciência. Mohammed se precipitava para o relógio de ouro e o anel colocados no fundo do fez, saqueava-os num abrir e fechar de olhos, e Khalil Shawkat tinha de usar a força para recuperá-los. Havia até instantes durante os quais o nosso homem ficava todo atrapalhado e confuso, não sabendo o que fazer, assaltado e até ameaçado de todos os lados pelo turbilhão de seus queridos netos.

Pouco antes do fim da tarde, Ahmed Abd el-Gawwad deixou a casa para ir até a loja e, com sua saída, o restante da família pôde usufruir de sua total liberdade. Preparado no último andar, o salão tinha herdado do outro salão desativado as esteiras, os canapés, a grande lamparina suspensa no teto, e tinha se tornado o lugar em que os membros da família que ainda moravam no casarão se reuniam e tomavam café. Durante o dia todo, ele conservara, apesar do afluxo dos visitantes, sua tranqüilidade, mas assim que ficou, do dono da casa, não mais que seu cheiro de água-de-colônia perfumando o ar, subitamente respirou-se mais solto, as vozes e os risos se elevaram, o movimento renasceu pouco a pouco e o grupo recuperou a naturalidade.

Amina estava sentada no canapé em frente aos utensílios do café. Num outro canapé, do lado oposto, estavam Khadiga e Aisha, e num terceiro, perpendicularmente, junto à parede, Yasine e Kamal. Imediatamente depois da saída do dono da casa, Ibrahim e Khalil Shawkat vieram juntar-se a eles. Ibrahim sentou-se à direita de sua sogra, e Khalil à esquerda.

Mal sentou-se, Ibrahim dirigiu-se a Amina, num tom afetuoso:

— Deus abençoe as mãos que nos ofereceram a mais deliciosa e a mais apetitosa das refeições! — Depois, percorrendo o grupo com seus olhos salientes e lânguidos, como se desse uma conferência: — Os guisados! Ah, os guisados! São a maravilha das maravilhas desta casa! Não é tanto o guisado propriamente dito, com tudo o que há dentro, que aliás, é suculento, mas também a maneira de apurar o molho. Isso é que é importante! É aí que está toda a arte, todo o milagre. Mostrem-me guisados como os que nós degustamos hoje!

Khadiga acompanhava as palavras dele com atenção, dividida entre o desejo de concordar com elas, na preocupação de reconhecer os talentos da mãe, e o de se rebelar contra elas, que pareciam menosprezar seus méritos. Por isso, quando o esposo terminou seu elogio, deixando aos que o escutavam a oportunidade de concordar com seu ponto de vista, ela não pôde deixar de dizer:

— Isso é indiscutível! Não há necessidade de ninguém para provar isso. Eu só queria lembrar, e gostaria que pensassem nesse pormenor, que já lhes aconteceu mais de uma vez encher a pança em casa com guisados que nada tinham de inferior aos de hoje.

Enquanto um sorriso compreensivo se desenhava nos rostos de Aisha, de Yasine e de Kamal, Amina parecia tentar dominar sua confusão; ela gostaria de dirigir uma palavra de agradecimento a Ibrahim, que ao mesmo tempo pudesse satisfazer Khadiga. Mas Khalil Shawkat antecipou-se:

— A Sra. Khadiga está certa. Seus guisados merecem o elogio de nós todos. Você não pode discordar disso, meu irmão.

Ibrahim olhou ora a mulher, ora a sogra, e, exibindo um sorriso, como quem se desculpasse, respondeu:

— Longe de mim a idéia de negá-lo. Eu só estava falando da mestra-de-obras, entre todas. — Depois, para Khadiga, rindo às gargalhadas: — Em todo caso, estou vangloriando os méritos de sua mãe, não os da minha!

Ele esperou que parassem os risos provocados por sua última afirmação, e, retomando o elogio, disse, virando-se para Amina:

— Nós os temos, por causa dos guisados. Mas por que falar só deles? Na verdade, os outros pratos foram igualmente deliciosos e suntuosos. Vejam, por exemplo, as batatas com recheio, a *mulukhiyya*,* o arroz pilau ao molho de especiarias, com fígado e moela, os legumes com recheios de todo tipo, e nem falo dos galetos! Meu Deus! Que carne deliciosa! Diga-me, sogrinha, com o que é que a senhora alimenta seus frangos?

---

*Córcoro. Planta mucilaginosa, também chamada malvaísco hortense ou malvaísco dos judeus, cultivada por suas folhas alimentícias que se secam, trituram-se e se preparam com sopa ou com arroz. É o prato nacional egípcio (o nome designa ao mesmo tempo a planta e o prato).

— Com os guisados, se quer saber — respondeu Khadiga com ironia.

— Vejo que ainda não acabei de expiar minha culpa por ter reconhecido o mérito daqueles que fazem jus a ele. Mas Deus é misericordioso. Seja como for, rezemos a Ele para que multiplique as alegrias. E meus parabéns por seu término de curso, Sr. Kamal. Continue assim até o diploma superior!

Com o rosto enrubescido pela confusão e pela alegria, Amina disse, com gratidão:

— Que Deus lhe dê a mesma alegria com Abd el-Monem e Ahmed! E ao Sr. Khalil com Naima, Othman e Mohammed... — Depois, virando-se para Yasine: —...e a Yasine, também, com Ridwane!

Kamal olhava alternativamente para Ibrahim e para Khalil com o canto dos olhos, tendo nos lábios o sorriso forjado que lhe servia habitualmente para disfarçar o tédio que lhe inspiravam essas conversas banais a que a boa educação exigia, no entanto, que ele se prestava, ainda que fosse por uma escuta discreta. Ibrahim continuava a falar da refeição como se estivesse ainda à mesa, cheio de apetite. A comida... A comida! Desde quando ela merecia tamanha santificação?

Esses dois homens extraordinariamente esquisitos não pareciam mudar com o tempo. Como se estivessem livres de sua ação. O Ibrahim de hoje era idêntico ao de ontem. A proximidade dos 50 anos quase não lhe provocara mais do que um leve enrugamento, pouco visível, sob os olhos e à volta das comissuras, assim como um olhar pesado e grave que lhe conferia menos gravidade do que uma extrema apatia. Em sua cabeça, em contrapartida, como em seu bigode torcido em pontas, nem um cabelo, nem um pêlo tinha embranquecido. Ele tinha a carne sempre firme e vigorosa, nem um pouco murcha. Mas a semelhança que unia os dois irmãos, à exceção de alguns traços secundários — como a diferença entre os cabelos longos e esticados de Khalil e os curtos e aparados de Ibrahim –, tudo, até sua sólida constituição, até seu olhar lânguido, prestava-se verdadeiramente ao riso e aos sarcasmos. Ambos vestiam a mesma roupa de seda branca, e, como ambos tinham tirado o casaco, exibiam sua camisa de seda em cujos punhos brilhava um par de abotoaduras de ouro. Em resumo, uma aparência que era apenas o reflexo de uma condição social alta, nada mais.

Há sete anos as duas famílias estavam unidas e nesse tempo Kamal se encontrava mais ou menos com freqüência sozinho com um ou com o outro, sem que nunca a menor conversa interessante tenha ocorrido entre eles. Para que criticar? Era a condição *sine qua non* para que reinasse essa feliz harmonia entre eles e suas duas irmãs. E, felizmente, a troça não é incompatível com a ternura, o desejo do bem para outrem, nem com a amizade...

Mas... Puxa! Parecia que ainda não tinham acabado com os guisados! Eis que Khalil se preparava também para dizer sua palavrinha:

— As palavras do meu irmão Ibrahim são apenas e estritamente a verdade. Possa Deus nunca levar essa mão de artista! Eis uma mesa que merece ser elogiada...

No fundo de si mesma, Amina era sedenta de elogios. Assim, consciente do esforço obstinado que dedicava por amor ao serviço da casa e de seus moradores, ela enfrentava muitas vezes a amargura de ser privada deles. Freqüentemente ela só teria tido uma vontade: ouvir uma palavra de elogio da boca do seu senhor. Mas o seu senhor não tinha por hábito fazer-lhe elogios, ou, se o fazia, era com concisão e em raríssimas ocasiões que nem mereciam ser mencionadas. Eis por que ela se encontrava entre Ibrahim e Khalil numa posição milagrosa e insólita que a enchia verdadeiramente de alegria, mas que ativava também sua vergonha, levando-a às raias da perturbação...

– O senhor me elogia demais, Sr. Khalil – disse ela escondendo seus sentimentos –, mas o senhor tem uma mãe... Quem está habituado à cozinha dela pode muito bem ficar sem nenhuma outra!

E, enquanto Khalil vinha reforçar seu elogio, os olhos de Ibrahim se voltaram espontaneamente para Khadiga, e a encontrou olhando para ele fixamente, como se estivesse esperando por sua olhadela e já estivesse pronta para ela. Ele ostentou um sorriso triunfante e, dirigindo-se a Amina:

– Há gente aqui que está longe de lhe dar razão, sogrinha – disse.

Yasine entendeu a alusão e soltou uma gargalhada sonora, logo seguida por todo o grupo. Até Amina não pôde reter um largo sorriso e, com o busto sacudido por um riso abafado, ela disfarçou sua fraqueza, abaixando a cabeça, como se olhasse para o próprio colo. Só Khadiga conservou um rosto de mármore, esperando que a tempestade se acalmasse, para declarar, num tom de desafio:

– Nossa discordância nunca versou sobre a comida nem sobre o modo de cozinhar, mas sobre o meu direito de gerir livremente os assuntos de minha casa. Não se pode querer mal a mim por isso.

Foi então que ressurgiu nos espíritos a lembrança dessa velha rixa que tinha estourado no primeiro ano do seu casamento, entre ela e a sogra, a propósito da "cozinha"; a questão era de saber se esta permaneceria única, comum a todos, e posta sob a direção da dona da casa, ou se Khadiga cozinharia à parte, como ela o exigia. Uma pendência séria que tinha ameaçado a unidade da família Shawkat e cujas ressonâncias tinham chegado até a residência de

Bayn al-Qasrayn,* a tal ponto que todos ficaram sabendo, à exceção do Sr. Ahmed, a quem ninguém ousou informar sobre a citada querela nem mesmo sobre nenhuma outra das que, mais tarde, explodiram em série entre a sogra e a nora. Desde o momento em que tinha pensado em resolver as hostilidades, Khadiga compreendeu que só podia contar consigo mesma, já que o marido era apenas – segundo sua própria expressão – um molengão, que não tomava partido nem a favor nem contra ela, e que, toda vez que ela o impelia a reconquistar seu direito, respondia-lhe, com ar de brincadeira: "Por favor, senhora... poupe-me as dores de cabeça!" Todavia, se ele não lhe era de nenhum apoio, pelo menos também não a amordaçava. Ela entrou, pois, sozinha, na arena e ergueu o rosto diante da venerável anciã numa ousadia inesperada e com uma tenacidade de que não se desviou um só instante, mesmo nessa situação delicada. A velha senhora ficou estupefata com a audácia da moça que tinha ajudado a pôr no mundo com suas próprias mãos, e logo a querela se inflamou num desencadear de cólera. A velha começou por lembrá-la que, sem o favor que ela lhe tinha feito, nunca uma moça como ela teria podido – mesmo em sonho – pretender o privilégio de desposar um Shawkat. Mas Khadiga, apesar do seu ímpeto interior, dominou a cólera e, por causa do respeito que devia a uma velha senhora e ao temor de que ela fosse se queixar ao seu pai, limitou-se à sua determinação de obter o que considerava como seu direito, sem recorrer ao veneno bem conhecido de sua língua.

---

*Literalmente, "Entre dois palácios". Esse nome do bairro do velho Cairo, que dá título original ao primeiro volume da trilogia, é um vestígio da época fatímida (séc. X), cujos califas tinham mandado construir nesse bairro dois palácios *(qasr),* hoje desaparecidos. A palavra árabe *bayn* significa "entre", pois se trata do espaço situado entre esses dois palácios, a única coisa que subsistiu até hoje.

Depois, seu espírito malicioso levou-a a incitar Aisha à rebelião. Mas não encontrou em sua irmã indolente senão rejeição e covardia. Não que esta última agisse por amor à sogra, mas antes por preocupação de conservar o descanso e a tranqüilidade de que desfrutava – à vontade – à sombra da tutela forçada que a anciã impunha à casa toda. Khadiga despejou então sua cólera sobre Aisha, chamando-a de raquítica e de vadia. Depois, vítima de um ataque de teimosia, ela prosseguiu "a guerra" sem fraquejar nem recuar, até que a velha, cansada, acabasse por reconhecer a contragosto à sua nora "cigana" o direito de ter sua própria cozinha, dizendo ao filho mais velho: "Se vire! Você não passa de um poltrão, incapaz de corrigir sua mulher. Tudo o que você merece é ficar privado do prazer da minha mesa até o fim dos seus dias!"

Khadiga atingira o seu objetivo. Recuperou sua bateria de cozinha de cobre e Ibrahim arranjou-lhe o novo local de trabalho de acordo com as diretrizes dela. Mas, ao mesmo tempo, ela perdera a sogra e quebrara os laços afetivos que as tinham unido desde a época do berço.

Por seu lado, Amina, que não pudera suportar a idéia dessa desavença, conseguira com muita perseverança acalmar os ânimos. Depois disso, tentara todas as diligências possíveis junto à venerável senhora, procurando o apoio de Ibrahim e de Khalil, para que a paz voltasse. Mas que paz! Uma paz que mal era estabelecida degenerava de novo em disputa, seguida de uma nova trégua, depois de uma nova disputa..., e assim por diante, tendo, entre as duas, Amina, que não sabia mais a que santo rezar, e Ibrahim, entrincheirado numa posição neutra ou de espectador, como se aquilo não lhe dissesse respeito. E se, por acaso, julgava por bem intervir, fazia-o timidamente, contentando-se em repetir seus conselhos calmamente, até mesmo com um total desligamento, sem se preocupar em repreender a mãe ou em censurar a esposa. Eis por que, sem a dedicação de Amina, a doçura do seu caráter, a velha teria certamente levado seu descontentamento ao Sr. Ahmed. Mas desistiu, contra a vontade, e contentou-se em aliviar seu rancor, fazendo confidências longas a todos os que, próximos ou vizinhos, passassem pelo seu caminho, afirmando a quem quisesse ouvir que ter escolhido Khadiga para esposa de seu filho tinha sido o maior erro de sua vida e que ela estava agora pagando o preço disso.

Ibrahim prosseguiu, comentando as palavras de Khadiga, exibindo um sorriso, como para atenuar o efeito de sua observação:

– Mas você não se contentou em exigir seu direito! Parece-me, se minha memória não me falha, que você tampouco se privou de ataques com sua língua...

Khadiga ergueu com arrogância a cabeça apertada no seu lenço castanho e replicou, lançando para o esposo um olhar irônico e irritado:

– E por que a sua memória falharia? Estaria ela tão oprimida com pensamentos e preocupações a ponto de falhar? Desejo a todo mundo uma memória tão pacífica e vazia quanto a sua! Não, Sr. Ibrahim, sua memória não o abandonou! É, antes, a mim que ela abandona. A verdade é que nunca pus em discussão o mérito de sua mamãezinha querida. Nunca me intrometi nas coisas dela, como não tive tampouco nem um único dia necessidade dos favores dela. Porque, graças a Deus, eu conheço todos os meus deveres e sei como cumpri-los o melhor que posso! E depois eu detestaria ficar prostrada numa casa de hóspedes; além do mais, eu nunca poderia suportar, "como fazem alguns", passar o dia inteiro dormindo ou de papo pro ar enquanto outros assumissem os encargos da minha casa.

Aisha compreendeu de imediato o sentido da expressão "como fazem alguns". Riu, sem esperar que a irmã tivesse terminado de falar, antes de replicar num tom agradável, como impelida pela apreensão:

— Faça o que lhe agrada e deixe os outros... ou esses "alguns", se você prefere... como eles são. Você agora não tem mais nenhum motivo de contrariedade: você é uma senhora independente... possa o Egito seguir o seu exemplo... você trabalha do amanhecer ao anoitecer, na cozinha, no banheiro, no terraço; você se ocupa ao mesmo tempo com móveis, galinhas, crianças... tanto que a criada Suwaidane não ousa aproximar-se dos seus aposentos ou tomar nos braços um dos seus filhos. Senhor Deus! Por que todo esse cansaço, quando a décima parte já bastaria?

Khadiga levantou o queixo a título de resposta, reprimindo um sorriso que provava que ela encontrara nas palavras da irmã qualquer coisa que lhe tocara o coração. Sobre isso, Yasine disse, por sua vez:

— Há pessoas que são feitas para governar, outras para serem escravas.

— A Sra. Khadiga é uma dona de casa modelo — disse Khalil Shawkat com um sorriso, exibindo seus dois incisivos acavalados. — Mesmo se ela desdenhe a parte de descanso que lhe cabe!

— É exatamente essa a minha opinião — acrescentou Ibrahim, concordando com as palavras do irmão. — Quantas vezes abordei francamente esse assunto com ela! Mas acabei me decidindo pelo silêncio, para evitar dores de cabeça...

Kamal lançou uma olhadela à mãe, que servia uma segunda xícara de café a Khalil, e evocou a imagem do pai, as lembranças de sua tirania. Um sorriso aflorou-lhe aos lábios. Depois, virou-se para Ibrahim, dizendo-lhe, estupefato:

— Dir-se-ia que você tem medo dela!

— De minha parte — respondeu o homem, balançando sua grande cabeça —, procuro evitar aborrecimentos enquanto houver meio de ter paz, mas sua irmã procura evitar a paz a qualquer preço toda vez que há um meio de conseguir aborrecimentos.

— Escutem só, o bom samaritano! – exclamou Khadiga. Depois, apontando para ele o dedo indicador, com ar de bravata: – Diga antes que você evita manter os olhos abertos enquanto houver uma chance de dormir!

— Khadiga! – exclamou Amina com um olhar severo de advertência!

Ibrahim colocou suavemente a mão sobre o ombro da sogra e disse:

— Aí está uma amostra do que nós ouvimos todos os dias. A senhora mesma pode julgar.

Yasine olhou primeiro para Khadiga, jovem mulher forte e bem gorda, depois para Aisha, pequenina e frágil, com uma ostensividade propositada, com o objetivo de atrair os olhares, quando declarou, espantado:

— Vocês ficaram falando do ardor do trabalho incessante de Khadiga, de manhã até de noite e de noite até de manhã. Mas onde é que se pode ver nela alguma marca de todo esse cansaço? Dir-se-ia, antes, ao vê-la, que é ela que passa o tempo a se distrair e que é Aisha quem se mata de trabalhar.

— "Que Deus nos proteja do mal do invejoso que nos inveja!"* – replicou Khadiga, colocando a palma de sua mão direita, com os dedos separados, no rosto de Yasine.

Os últimos prolongamentos da conversa tinham desagradado Aisha. Um clarão de protesto atravessou seus olhos

---
*Corão, CXIII. 5.

azuis e puros. Por isso, sentindo uma ponta de ciúme por não ter entendido bem o objetivo evidente da observação de Yasine, apressou-se a defender a causa de sua magreza:

– A moda não é mais ser gorda – disse. Depois, corrigindo-se, enquanto sentia o rosto de Khadiga virado para ela: – Ou digamos, pelo menos, que a magreza é também uma moda para muitas mulheres...

– A magreza é a moda das que são incapazes de engordar – replicou Khadiga, irônica.

Quando a palavra "magreza" lhe tocou nos ouvidos, Kamal estremeceu. Imediatamente, a imagem do corpo delgado, da cintura fina, ressurgiu das profundezas do seu ser para invadir-lhe o espírito. Seu coração se pôs a dançar numa volúpia divina, derramando o fluxo de sua embriaguez. Uma felicidade pura o invadiu. Encolhido nesse sonho calmo e longínquo, ele se esqueceu de si mesmo, esqueceu o lugar, o momento... Não sabia ao certo desde quando estava mergulhado nele, quando sua consciência foi alertada pela sombra de uma nuvem de aflição que sempre vinha na esteira do seu sonho, não como um intruso, um elemento heterogêneo, mas algo que se infiltrava nesse sonho maravilhoso, como um fio de sua trama, uma nota de sua harmonia...

Ele soltou um profundo suspiro e deixou vagar seu olhar sonhador sobre esses rostos que ele amava desde sempre e que, cada um à sua maneira, pareciam satisfeitos com a própria beleza; sobretudo essa cabeça loura, de cuja dona outrora ele tinha experimentado o imenso prazer de beber água pelo gargalo ainda úmido de seus lábios... Esta lembrança lhe veio acompanhada de um sentimento de vergonha, de uma espécie de nojo. Ele sentiu que qualquer forma de beleza – exceto aquela que era o objeto de sua adoração –

era, mesmo usufruindo de sua ternura e de seu amor, propícia a estimular seu fanatismo.

— Nunca poderei acostumar-me à magreza. Nem mesmo a dos homens — continuou Khadiga. — Olhem Kamal! Eis aí o primeiro que deveria preocupar-se em ganhar peso. Não pense que só o estudo conta, hein, meu homenzinho!

Kamal a ouvia distraidamente, com um sorriso nos lábios, observando seu corpo transbordante de carne e gordura, seu rosto cuja redondeza acabara por disfarçar os defeitos, estupefato pela expressão de felicidade e de satisfação triunfante que irradiava à volta de si. Mas não sentiu desejo de discutir o ponto de vista da irmã. Foi Yasine que declarou, num tom ao mesmo tempo provocativo e trocista:

— Então você deve me achar ao seu gosto! É inútil bancar a difícil!

Sentado com a perna direita dobrada e a outra negligentemente estendida, ele tinha, por causa do calor, aberto a gola de sua *galabiyyé*, e pela larga abertura de sua camiseta extrapolavam tufos de pêlo negro e espesso.

— É, mas você pende para o outro lado da balança — replicou ela imobilizando-o com o olhar. — E além disso, a gordura em você ocupou o cérebro. Mas isso já é outro assunto...

Yasine bufou, com o ar exasperado, depois se virou para Ibrahim Shawkat, perguntando-lhe com pena e compaixão:

— Diga-me, como você faz para sair-se bem entre uma esposa como essa e a senhora sua mãe?

Ibrahim acendeu um cigarro, puxou uma baforada, soprou a fumaça alongando os lábios, ajudando assim o irmão Khalil — que só tirava o cachimbo da boca na hora de falar — a enfumaçar o salão, antes de responder, num tom indiferente:

— Sabe? Entra por aqui, sai por ali. Foi o que a experiência me ensinou.

— A experiência nada tem a ver com isso — retorquiu Khadiga dirigindo-se a Yasine numa voz tonitruante que traía sua irritação. — Eu lhe asseguro, a experiência nada tem a ver com isso. O verdadeiro problema é que Nosso Senhor lhe deu um caráter tão firme quanto os sorvetes de Amm Badr, o Turco. Mesmo que o minarete de al-Hussein se pusesse a tremer, isso não o faria nem levantar a sobrancelha!

Amina ergueu a cabeça para lançar a Khadiga um olhar de censura e de advertência. A jovem mulher sorriu antes de baixar os olhos, visivelmente confusa. Mas a voz de Khalil se fez ouvir subitamente, exclamando com um orgulho bonachão:

— Esse é o caráter dos Shawkat! Um caráter imperial, não acham?

— Que desgraça para mim, Sr. Khalil, que a senhora sua mãe não tenha esse caráter aí — respondeu Khadiga num tom grave que ela procurou harmonizar com um sorriso destinado a atenuar o efeito de suas palavras.

A essas palavras, Amina caiu em cima dela:

— Sua sogra é uma mulher sem igual. Uma grande senhora, em todos os sentidos!

Ibrahim inclinou a cabeça e lançou à mulher uma olhadela zombeteira que fez brilhar seus olhos salientes.

— E é alguém da própria família dela que diz isso — acrescentou ele num suspiro de triunfo. — Deus a honre, minha sogrinha! — Depois, dirigindo-se a todos: — Oh! Eu compreendo que minha mãe seja uma grande senhora! E ela atinge uma idade que reclama cuidado e paciência. Embora minha esposa não conheça nada desta última qualidade.

Khadiga se defendeu sem demora contra tal acusação:

— Nunca fico de mau humor sem razão. A cólera nunca fez parte do meu caráter. Minha família está aí, na sua frente. É só você perguntar a ela.

O silêncio se instalou. A família não sabia o que dizer, quando Kamal deixou escapar uma gargalhada que atraiu sobre si os olhares.

— Minha irmã Khadiga possui a calma mais irritável que eu já vi – disse.

— Ou a irritabilidade mais calma – ousou Yasine. – É ver pra crer!

Khadiga esperou que se acalmasse o desencadear de risadas que sublinhou essa declaração. Depois apontou Kamal com o dedo e disse, irritada:

— Eis que me trai aquele que eu já carreguei no colo mais vezes do que a Ahmed ou a Abd el-Monem!

— No entanto eu tenho a impressão de não ter revelado nenhum segredo – respondeu Kamal, como para se desculpar.

Logo Amina mudou de atitude; queria tomar a defesa da filha, que parecia em má situação.

— Glória para aquele que é perfeito – disse, com um sorriso.

Ibrahim Shawkat desviou-se sutilmente para esse sentido:

— A senhora tem razão – disse. – Minha esposa tem qualidades que não são de se desprezar. Deus amaldiçoe a cólera que, afinal, prejudica primeiro os que a possuem. Nada a meus olhos neste mundo a justifica.

— Você tem mesmo sorte! – exclamou Khadiga numa gargalhada. – É por isso que, com todo respeito, os dias passam sem lhe deixar uma ruga...

Pela primeira vez, desde o início da conversa, Amina pareceu profundamente perturbada.

— Que Nosso Senhor lhe preserve a juventude — disse, num tom de censura. — Como a de todos os de sua idade.

— Juventude? — perguntou Ibrahim numa risada, sem esconder a alegria que lhe nascera ao ouvir o desejo da sogra.

Ao que Khalil acrescentou, em resposta à pergunta dele, embora se dirigindo a Amina:

— Quarenta e nove anos é uma idade considerada na família Shawkat como um dos estágios da juventude!

— Meu filho! — insistiu Amina, cheia de apreensão. — Não fale assim. Por favor, mudemos de assunto.

Khadiga sorriu, lendo no rosto da mãe um temor visível, temor cujas causas e razões ela conhecia perfeitamente, por acreditar na realidade delas. Vangloriar-se abertamente da saúde, explicitamente, era considerado na velha casa como uma ação censurável e nefasta. Era fingir ignorar o "mau-olhado" e sua funesta influência. Aliás, a própria Khadiga nunca teria ousado comemorar a robusta saúde do marido se não tivesse passado os seis últimos anos de sua vida entre os Shawkat, pessoas para as quais a maioria das crenças — como o poder malfazejo do olhar do invejoso, por exemplo — não eram objeto de uma fé profunda; com as quais se abordavam abertamente certos assuntos como os costumes dos *djins,* a morte, a doença, sempre com um espírito sereno, assuntos que uma desconfortável apreensão aumentada pela suspeita não permitia que fossem enfrentados na velha casa. Ademais, os laços que uniam os dois cônjuges eram mais estreitos do que pareciam, e nada, fossem palavras ou atos, poderia colocá-los em perigo. Khadiga e Ibrahim formavam um casal feliz e unido, cada um sentindo no fundo de si mesmo que não poderia nunca ficar sem o outro, apesar do turbilhão de ofensas recíprocas. Assim é que, numa certa ocasião, a doença de Ibrahim tinha sido uma oportunidade única para mostrar a grande afeição e a fidelidade que Khadiga escondia dentro de si. Oh, não, as discussões não estavam prestes a parar entre os dois. Pelo menos no que dizia respeito a ela. Porque a mãe de seu esposo não constituía de forma alguma o único alvo de Khadiga; a despeito do caráter diplomático desse homem, de sua fleuma, ela nunca deixava de encontrar um recurso para descobrir nele, a cada dia, um novo campo de crítica, como seu gosto imoderado pelo sono, sua natureza caseira que o fazia permanecer em casa na mais total ociosidade, sua indignação só de pensar em trabalhar, sua tagarelice incessante, sua atitude de fingir ignorar os conflitos e escaramuças que ocorriam entre ela e a mãe dele... A tal ponto que podiam passar dias e mais dias – segundo a expressão de Aisha – durante os quais as únicas palavras que lhe saíam da boca eram só veneno e censuras contra ele. Mas, apesar ou por causa de tudo isso – quem sabe a própria discussão pode às vezes fazer um papel semelhante ao da pimenta vermelha na excitação do apetite –, os sentimentos de ambos permaneciam fortes em relação ao outro, inabaláveis, de forma alguma afetados pelo tumulto das aparências, semelhantes às correntes abissais cujo curso não é alterado pelos turbilhões e convulsões da superfície.

Ademais, o marido só podia apreciar no seu justo valor o zelo da mulher, zelo cujos efeitos ele podia ver concretamente na aparência encantadora da casa, no sabor da comida, na elegância de suas roupas e nos trajes impecáveis dos seus dois filhos. Acontecia-lhe às vezes dizer-lhe, brincando: "Você é mesmo impressionante, minha cigana!". Não obstante o ponto de vista de sua mãe a esse respeito, a qual não hesitava em derramar hostilidades – e Deus sabe que elas não faltavam – ao reconhecer abertamente a dedicação ao trabalho de sua nora, mas para lhe dizer, irônica: "Essa atividade exagerada é o apanágio de criadinhas, não de senhoras!" Ao que Khadiga respondia na bucha: "Vocês, tudo o que vocês sabem fazer é beber e comer! O verdadeiro dono da casa é aquele que trata dela!" A velha prosseguia então no mesmo tom cáustico: "Eles lhe inculcaram isso na sua casa para não lhe confessarem que aos olhos deles você só presta para servi-los!" "Eu sei bem por que a senhora fica me atazanando", urrava então Khadiga. "É porque eu lhe tirei toda a autoridade na condução da casa!" E a velha, gritando: "Oh, Senhor, sede testemunha! O Sr. Ahmed Abd el-Gawwad é um homem bom, mas ele gerou uma diaba! Eu mereço um milhão de chineladas por ter escolhido você!" Uma confissão que Khadiga comentava, murmurando entredentes, de modo que a velha senhora não ouvisse nada: "Ah! isso sim! A senhora merece mesmo um milhão de chineladas; não sou eu que vou contradizer a senhora sobre isso!"

Yasine se virou para Aisha e disse-lhe com um sorriso malicioso:

— Você pode orgulhar-se de você mesma, Aisha! Você soube manter boas relações com todos...

Khadiga entendeu a alusão, e respondeu a Yasine com um erguer de ombros, fingindo indiferença:

— O mercador de escândalos que tenta semear a discórdia entre duas irmãs...

— Eu? Apelo para Deus, que conhece minhas boas intenções...

Khadiga balançou a cabeça, com ar triste:

— Você? Nem num único dia na vida você teve boas intenções.

— Nós vivemos em paz — declarou Khalil Shawkat, comentando as palavras de Yasine. — Nosso slogan é: "Viva a sua vida e deixe em paz a dos outros."

Khadiga abriu-se numa risada que revelou seus dentes finos e brilhantes. Depois acrescentou, num tom levemente irônico:

— Na casa do Sr. Khalil, o tempo todo é só pândega! Ele não pára de arranhar as cordas do seu alaúde, enquanto "madame" o escuta ou se emboneca diante do espelho. A menos que ela prefira ficar batendo papo com essa ou aquela de suas coleguinhas pela janela ou por trás do muxarabiê. Enquanto isso, Naima, Othman e Mohammed se divertem com as cadeiras e as almofadas, tanto que se Abd el-Monem e Ahmed ficam fartos da minha vigilância, eles fogem para o apartamento da tia para se unirem ao bando dos traquinas...

— E é só isso que você vê no nosso lar feliz? – perguntou Aisha com um sorriso.

— É. Eu sei. Você canta e Naima dança – replicou Khadiga com o mesmo tom irônico.

— Felizmente todas as vizinhas gostam muito de mim – respondeu Aisha com orgulho. – E minha sogra também...

— Não me sinto bem dizendo segredinhos a qualquer uma dessas mexeriqueiras. Quanto à sua sogra, ela adora que a papariquem e que se ajoelhem diante dela...

— É preciso amar as pessoas – continuou Aisha. – E que felicidade quando elas lhe retribuem! Verdadeiramente, os corações podem se falar e se entender. Todas essas mulheres têm medo de você. Muitas vezes já as ouvi dizer-me: "Sua irmã fica de cara amarrada pra gente e não se cansa de falar de nós!" – Depois, dirigindo-se a Amina, rindo: – Ela não perdeu o costume de chamar as pessoas com apelidos debochados. Ela se diverte com isso em casa. Então Abd el-Monem e Ahmed aprendem os nomes e vão repeti-los aos seus amiguinhos, e todo o bairro fica sabendo...

Amina foi sacudida de novo por um riso silencioso, exatamente como Khadiga, que parecia um pouco perturbada, como se a lembrança de certas situações delicadas lhe custasse... Mas Khalil disse, com uma alegria não disfarçada:

— Em suma, nós formamos uma pequena orquestra que tem seu tocador de alaúde, sua cantora e sua dançarina. Claro, falta-nos ainda a seção de coro e declamações, mas meus filhos me deixam pressagiar dotes adequados. É só uma questão de tempo...

— Sou testemunha — declarou Ibrahim Shawkat, dirigindo-se a Amina — de que sua neta Naima é uma ótima dançarina.

Amina soltou uma gargalhada que coloriu seu rosto pálido.

— Já a vi dançar — disse. — Meu Deus, ela é adorável!

E Khadiga acrescentou, com um entusiasmo que denunciava sua proverbial ternura pelos seus:

— Como ela é bonita! Parece uma fotografia de publicidade!

Yasine:

— Ela daria uma bela noiva para Ridwane!

— É, mas é minha mais velha — respondeu Aisha num sorriso. — E... oh, desgraça, não sei mentir sobre a idade dela como toda boa mãe que se preza!

— Mas por que diabo as pessoas impõem como condição que a noiva tenha de ser mais jovem que o noivo? — perguntou Yasine distraidamente.

Como a resposta não chegasse, Amina exclamou:

— Naima não terá de esperar muito tempo para arranjar um bom marido!

— Deus, como ela é linda — repetiu Khadiga. — Nunca vi beleza igual.

— E a mãe dela, então — indignou-se Aisha, sorrindo. — Você não viu a mãe dela?

Khadiga franziu as sobrancelhas para dar às suas palavras um tom sério:

— Não! Ela é mais bonita que você, Aisha. Você não vai dizer o contrário. — Depois, seu espírito brincalhão não demorou a se manifestar: — E eu? Eu sou ainda mais bonita que vocês duas juntas!

"Ouça só eles falarem de beleza! Que conhecem eles de sua essência? Eles só se deixam seduzir pelas cores: a brancura de marfim, o ouro dos lingotes. Perguntem-me minha opinião. Não lhes falarei de pele morena e deslumbrante, de olhos negros como o ébano, de silhueta fina, de elegância parisiense... Não! Todas essas coisas são belas, certamente, mas são apenas contornos, formas, cores tributárias, no fim das contas, dos sentidos e das normas! Não! A beleza é no coração um sobressalto que o fere, um sopro luxuriante que se espalha pela alma, um amor apaixonado que a transporta sobre as ondas do azul, até fazê-la abraçar os céus puros... Falem-me então disso, se forem capazes!"

— E por que diabo as senhoras de al-Sokkariyya procurariam a amizade de Khadiga? Ela sem dúvida tem qualidades... como seu marido acaba de dizer... só que as pessoas, geralmente, são sensíveis a um rosto gracioso e a uma língua benevolente — disse Yasine para espicaçar Khadiga, ao ver que ela abandonava pacificamente o terreno das réplicas.

Ela lhe lançou um olhar como para lhe dizer: "Você não quer mesmo que eu o poupe!" Depois, num suspiro:

— Deus do céu! Eu não sabia que tinha uma segunda sogra nesta casa!

Depois, subitamente, voltando ao mesmo assunto, mas num tom sério, deixando Yasine de lado, contrariamente ao que ele esperava dela:

— E você acha – disse – que eu tenho tempo de sobra para perder com visitas? A casa e o cuidado com os filhos já me ocupam tempo demais. Sobretudo porque tenho um esposo que não liga para nenhuma das duas coisas.

— Tema a Deus e pare de se pôr em evidência para tudo! – replicou Ibrahim para defender-se. – A questão é bem simples. Aquele que tem uma mulher como a minha deve saber conservar de vez em quando uma posição de defensor: defensor dos móveis que já estão quase gastos de tanto serem limpos e esfregados, defensor das crianças que ela sufoca de tanto pegá-los no colo... ou, última proeza atual, que ela manda para a escola corânica, como acaba de fazer com Abd el-Monem, menino que ainda não tem 5 anos!

— Se eu tivesse respeitado sua opinião – replicou Khadiga se empertigando –, eu teria de mantê-lo em casa até a maioridade dele. Até parece que vocês se aborrecem com a ciência. Não, meu caro esposo! Meus filhos terão uma infância estudiosa como seus tios. Aliás, sou eu que tomo as lições de Abd el-Monem!

Yasine, não acreditando no que ouvia:

— Você? Toma as lições dele?

— E por que não? Exatamente como mamãe fazia com Kamal. Todas as noites a gente se senta um ao lado do outro, e ele me recita o que aprendeu na escola corânica. – Depois, rindo: – Assim, eu aproveito para relembrar o beabá da leitura e da escrita que eu tenho medo de esquecer com o tempo...

A confusão e a alegria misturadas fizeram corar o rosto de Amina. Ela ergueu ternamente os olhos para Kamal, como se lhe implorasse um sinal cúmplice no qual ela pudesse ver a lembrança que ele tinha das noites de outrora. Ele lhe ofereceu um sorriso como testemunha de sua memória fiel...

"Desejemos que Khadiga eduque seus dois filhos pelo modelo dos seus tios. Possa um deles seguir o mesmo caminho de Kamal, que vai para a universidade! Possa um deles parecer-se com... Deus, como os corações partidos são anfitriões fracos demais para as batidas da angústia! Se Deus lhe tivesse dado vida mais longa, ele seria juiz hoje ou estaria perto de sê-lo... Ele lhe falara tanto de suas esperanças..., de 'minhas' esperanças... Que resta de tudo isso? Ah, se ele tivesse vivido! Mesmo uma vida modesta, como uma pessoa qualquer entre tantas outras"...

– Nós não somos o que sua irmã nos acusa de ser – declarou Ibrahim, dirigindo-se a Kamal. – Prestei o exame final do secundário em 1895, e Khalil em 1911. Na nossa época, o fim do curso secundário era algo importante, ao contrário de hoje, em que quase ninguém se contenta mais com ele. Se nós não prosseguimos nossos estudos foi porque não tínhamos a intenção de trabalhar. Ou, se você preferir, não tínhamos necessidade de trabalhar...

Foi com uma estupefação irônica que Kamal ouviu seu cunhado lhe dizer: "Eu 'prestei' o exame final do secundário." Mas ele respondeu simplesmente, por educação:

– É natural.

"Como a ciência poderia ter valor intrínseco aos olhos de dois bovinos felizes? O exemplo de vocês dois me ensinou muito eficazmente que eu também posso amar – seja qual for esse amor – um ser que eu desprezo... ou desejar todo o bem da Terra a alguém cujos princípios de vida provocam minha repulsa. Seja como for, e do mais fundo de mim mesmo, eu só posso detestar a animalidade. Isso tornou-se para mim uma verdade absoluta e um direito desde que soprou sobre o meu coração uma brisa celeste!"

– Ah! Viva o diploma do curso secundário de outrora! – exclamou Yasine com um entusiasmo ingênuo.

— Em todo caso, nós formamos a maioria!

Ver Khalil – e o irmão dele, por conseqüência – se intrometer assim à vontade nos grupos dos que "possuem" o diploma do secundário, que nenhum dos dois tinha conseguido, irritou Yasine. Mas não teve jeito senão engolir as palavras.

— Abd el-Monem e Ahmed continuarão seus estudos até o diploma superior – continuou Khadiga. – Eles abrirão uma nova era na família Shawkat. Escutem bem estes dois nomes: Abd el-Monem Ibrahim Shawkat e Ahmed Ibrahim Shawkat. Não soam tão bem quanto Saad Zaghloul?

— Mas de onde é que você tira essas ambições? – perguntou Ibrahim, rindo.

— E por que não? Saad Paxá não foi um aluno pobre de al-Azhar?* Ele passou de simples empregado a primeiro-ministro. É só ele abrir a boca e o mundo vira de pernas para o ar! Nada para Deus é impossível...

— Você não se contentaria que eles chegassem simplesmente ao nível de Adli e Tharwat? – perguntou Yasine com ironia.

— O quê? Traidores? – exclamou Khadiga, como que implorando a proteção de Deus. – Eles nunca serão desses contra os quais o povo berra "abaixo, abaixo," dia e noite.**

---

*Célebre mesquita-universidade construída em 970, grande centro de estudos teológicos.
**Trata-se de Abd el-Khaleq Tharwat Paxá e de Adli Yeghen. Mas a observação vale, sobretudo, aqui, para este último, um dos principais atores da cisão do Wafd, que resultou no nascimento do Partido Liberal Constitucional. Essa cisão do Wafd, único partido no qual se reconhecia o povo, tinha sido muito mal recebida por Adli Yeghen. Numerosas e violentas manifestações explodiram em todo o país (das quais a mais célebre é a do dia 29 de abril de 1921, em Tanta), em que os dissidentes eram vilipendiados e chamados de "traidores".

Ibrahim tirou um lenço do bolso e enxugou o rosto que o calor ambiente afogueava mais ainda e que a ingestão de água gelada somada ao café fervente fazia gotejar de suor. Ele disse, começando a limpar-se:

— Se a dureza das mães desempenha um papel no futuro das grandes pessoas deste mundo, então alegre-se logo, minha esposa, com a glória ilustre que espera seus dois filhos!

— Você talvez quisesses que eu os abandonasse ao seu destino?

— Não tenho lembrança – disse Aisha com delicadeza – de nenhuma vez que mamãe tenha maltratado e mais ainda surrado nenhum de nós. Você esqueceu isso?

— Se mamãe nunca recorreu à brutalidade – respondeu Khadiga, como quem se desculpa – é porque havia papai em casa. Bastava pronunciar o nome dele para que todo mundo ficasse submisso. Mas na minha casa, ou na sua, em que a situação é mais ou menos a mesma, o "pai" só é pai no nome. – Embora discretamente, ela teve de rir. – Então, o que eu posso fazer, em tais condições? Quando o pai se comporta como uma mãe, então é a mãe que toma o lugar do chefe da família...

— Estou certo – retorquiu Yasine, cheio de satisfação – de que você se sai maravilhosamente bem em sua paternidade. Você é um pai, na alma. Há muito tempo que eu sentia isso. Só me faltava a confirmação.

— "Obrigada, "Bomba!*– respondeu ela, com o rosto alegre.

"Khadiga e Aisha são como o dia e a noite. Vejamos, pense bem! Com qual das duas, na sua opinião, você gostaria

---

*Trata-se de Bomba Kashshar (lit. "Rosa, a careta"), almeia do início do século que se tornou célebre por seus talentos de cantora e por suas relações com diversos políticos da época.

que sua adorada se parecesse? Oh! Peço perdão a Deus por isso! Minha adorada não se parece com ninguém! Não a imagino dona de casa. É simplesmente inconcebível. O quê? Aída com roupa caseira acalentando um bebê ou trabalhando na cozinha? Que hipótese horrível! Que nojo! Não! Ela é feita para se divertir, para sonhar, para passear num vestido deslumbrante num jardim, numa limusine, num clube... Um anjo fazendo uma visita a este mundo. Um tipo à parte, não como as outras, que meu coração é o único a conhecer. Ela só tem em comum com todas essas mulheres o nome que lhe dá aquele que é incapaz de conhecer seu verdadeiro nome! Sua beleza é parecida com a de Aisha, ou com qualquer outra, apenas no qualitativo que lhe dá aquele que é incapaz de conhecer sua verdadeira natureza! Minha vida lhe pertence. Eu a dedicarei a desvendar seu mistério! Pode existir além disso sede de qualquer outro conhecimento?"

– Que terá havido com Maryam? – perguntou Aisha, no mesmo instante em que a lembrança de sua velha companheira lhe atravessou a mente.

Esse nome provocou reações divergentes em um bom número das pessoas presentes. O rosto de Amina se transformou, revelando um vivo ressentimento. Yasine fingiu ignorar a pergunta, como se não a tivesse ouvido, simulando estar entretido com suas unhas, enquanto Kamal era atingido por um turbilhão de lembranças que lhe abalaram o espírito. Quanto a Khadiga, ela respondeu à irmã, num tom ríspido:

– O que acha que houve? Ela foi repudiada e voltou para a casa da mãe.

Aisha compreendeu, tarde demais, que acabava de cair num buraco por descuido, e que, por causa dessa pergunta desastrada, tinha magoado a mãe. É que Amina estava há muito tempo convencida de que, pelo fato de seu senhor ter recusado que Fahmi pedisse a mão de Maryam em casamento, a moça e a mãe dela não tinham sido sinceras em sua tristeza com relação ao falecido – se é que não se tinham até mesmo alegrado com a desgraça da família por causa disso!

Khadiga fora a primeira a externar essa opinião, e Amina lhe tinha seguido as pegadas sem hesitar nem refletir. Foi assim que logo seus sentimentos mudaram em relação à vizinha de sempre, o que as levou a isolar-se dela pouco a pouco até o rompimento definitivo.

Aisha continuou, perturbada, tentando desculpar-se de sua falta de tato:

– Nem sei verdadeiramente o que me levou a pedir notícias dela.

– Você não deve mais pensar nela – disse-lhe Amina, visivelmente irritada.

Na época, Aisha já tinha dado a conhecer sua dúvida quanto a suspeita levantada contra sua amiga, argumentando que o pedido de casamento e tudo o que se relacionava a isso tinham sido mantidos em segredo e que a notícia não lhe chegara logo aos ouvidos, o que eliminava para a moça, assim como para a família dela, qualquer motivo de alegria maliciosa. Mas Amina não concordara com essa opinião, e achava que não se podia impedir que as repercussões de um assunto tão sério chegassem logo às interessadas.

Eis por que Aisha não permaneceu muito tempo firme em suas posições, com medo de se ver acusada de parcialidade para com Maryam ou de frieza em relação à lembrança de Fahmi. Pelo contrário, diante da irritação de sua mãe, ela se viu levada a atenuar o efeito de seu erro:

— Só Deus conhece a verdade! — disse ela. — Ela é talvez inocente daquilo de que a acusamos...

Contrariamente a suas previsões, a mágoa de Amina só fez agravar-se, tanto que seu rosto adquiriu uma expressão de cólera que pareceu insólita, comparada com a calma e a tranqüilidade que todo mundo conhecia nela.

— Aisha! Não me fale mais de Maryam! — disse ela com a voz trêmula.

E Khadiga, por sua vez, exclamou, compartilhando o sentimento da mãe:

— Que nos livrem de Maryam e do que lhe disser respeito!

Aisha sorriu, confusa, sem dizer nada.

Até que se acabasse essa conversa inflamada, Yasine tinha permanecido ocupado com suas unhas. Num certo momento, ele quase chegou a intervir, animado por Aisha, quando ela dissera: "Só Deus conhece a verdade!" Mas a pressa com a qual Amina lhe tinha respondido, com a voz trêmula, tinha-o amordaçado. Sim! Literalmente amordaçado, o que não impedira sua voz interior de se agitar para elogiar os benefícios do silêncio!

Kamal seguia a conversa com interesse, embora nada deixasse transparecer. Ter guardado por muito tempo o amor consigo, em circunstâncias penosas e difíceis, dera-lhe uma capacidade de dissimulação, de que, em caso de necessidade, ele se servia magistralmente para esconder seus sentimentos e olhar as pessoas com uma aparência exterior completamente oposta ao que sentia interiormente. O que ele tinha ouvido dizer outrora sobre essa pretensa alegria maliciosa da família de Maryam lhe veio à mente. E, embora sem levar a acusação a sério, lembrou-se da mensagem secreta que ele tinha ido levar à sua jovem vizinha, assim como da resposta que havia trazido para Fahmi. Um velho segredo que ele guardara e continuava a guardar escrupulosamente por fidelidade ao pacto selado com seu irmão e por respeito à vontade dele.

Ele se espantava com encantamento, agora que ela se esclarecia de uma luz nova em sua mente, de só ter compreendido bem recentemente a significação da mensagem de que fora o portador. A mensagem permanecera, segundo sua expressão, uma estrela coberta de hieróglifos, até que o amor acontecesse para lhe fornecer a chave de tudo. Ele não deixou de observar a cólera da mãe, fenômeno novo ao qual ele era alheio... até a época da desgraça. Não era mais a mãe que ele conhecera. Certamente ela não tinha mudado em essência, mas de vez em quando, tinha acessos de irritação que nunca a tinham atingido antes ou aos quais ela nunca tinha se entregado. Que podia achar disso? Que a causa era o coração ferido de uma mãe que ele só conhecia através da visão fragmentada que suas leituras lhe tinham dado? Como ele sentia pena dela! Mas quais eram os sentimentos verdadeiros de Aisha e de Khadiga? Podia-se suspeitar que Aisha fosse indiferente à lembrança de Fahmi? Ele não podia concebê-lo, nem mesmo poderia suportar tal idéia! Era uma mulher dotada de bons sentimentos, que tinha muito espaço em seu coração para a amizade e para o afeto. Obviamente ela tinha suas razões para inocentar Maryam. Talvez também guardasse, por causa dessa bondade, a nostalgia do tempo que era amiga da vizinha.

Quanto a Khadiga, a vida conjugal a tinha absorvido. Não era mais do que uma mãe e uma dona de casa. Não tinha mais necessidade de Maryam nem de nenhuma outra. Só conservara do seu passado seus sentimentos em relação à família, e à mãe, mais que a qualquer outro.

Ela vivia na sombra de seus humores... Deus, como tudo isso era estranho!

– E o senhor, Sr. Yasine, até quando vai ficar solteiro?

Ibrahim fez a pergunta levado por um desejo sincero de melhorar o astral do ambiente.

– Não sou mais muito jovem. É assunto morto para mim – respondeu-lhe Yasine num tom de brincadeira.

Khalil Shawkat continuou então com seriedade, provando que não tinha entendido a ironia de Yasine:

– Eu tinha aproximadamente a sua idade quando me casei. Você tem mais ou menos 28 anos, não é?

A evocação da idade de Yasine, que revelava indiretamente a sua, pôs Khadiga pouco à vontade.

– Por que você não tornou a casar-se? Pelo menos isso nos pouparia o cansaço de falar do seu solteirismo – disse ela secamente.

– Acabamos de viver anos propícios a nos fazerem esquecer nossos desejos – respondeu Yasine, que procurava sobretudo oferecer um testemunho de afeto por Amina.

A cabeça de Khadiga acusou um brusco movimento de recuo, como sob o efeito de um soco. Ela lhe lançou uma olhadela como se lhe dissesse: "Você me pegou, sua víbora!" Depois, num suspiro:

– Você, hein? Diga antes que o casamento não é mais do seu gosto, seria melhor!

– Yasine é um bom rapaz – declarou Amina, reconhecida por sua atenção benévola. – E é contra seu desejo que um bom rapaz se prive do casamento! Agora você tem o direito de pensar em recuperar o que merece!

Ah! Fazia tempo que ele pensava em recuperar o que lhe era devido. Não apenas tentar a sorte uma segunda vez, mas também de apagar a vergonha que lhe tinha sido infligida no dia em que, sob pressão do pai, vira-se forçado a conceder o divórcio a Zainab para satisfazer "a vontade do Sr. Mohammed Iffat", o pai dela. Depois ocorrera a morte de Fahmi, que lhe tinha tirado todo desejo de pensar em casamento, tanto que ele quase se habituara a essa vida independente. No entanto, foi sincero quando respondeu a Amina:

– Ninguém escapa ao seu destino. Tudo deve vir ao seu tempo.

Subitamente, do fundo de uma algazarra e de gritos, uma confusão de passos vinda da escada interrompeu o fluxo dos pensamentos. Os olhos se voltaram intrigados para a porta e, dentro de poucos instantes, com o rosto carrancudo e ofegante, Oum Hanafi apareceu na soleira.

– Senhora! As crianças! – gritou ela. – O Sr. Abd el-Monem e o Sr. Ridwane estão brigando. Eles me atiraram pedras quando eu quis separá-los.

Yasine e Khadiga se levantaram imediatamente, depois se precipitaram para a porta e desapareceram na escada. Voltaram depois de um minuto ou dois, Yasine segurando a mão de Ridwane e Khadiga empurrando Abd el-Monem diante de si, dando-lhe tapas nas costas. O restante do bando vinha atrás, num concerto de gritos de alegria: Naima correu para o pai, Khalil; Othman para Aisha; Mohammed para a avó, Amina; Ahmed para Ibrahim, seu pai.

Depois Khadiga começou a repreender severamente Abd el-Monem e a ameaçá-lo de que nunca mais veria a casa do avô. Repreendeu tanto e tão bem que o garoto se pôs a soltar urros com uma voz choramingosa, apontando com o dedo e acusando Ridwane, que tinha se sentado entre o pai e Kamal:

– Ele disse que eles são mais ricos do que nós!

Ridwane protestou:

— Ei! Foi ele que me disse que eles são mais ricos do que nós e que a porta Metwalli é deles com todos os seus tesouros!

Yasine esforçou-se para acalmá-lo, rindo:

— Perdoe-lhe, meu filho. É um fanfarrão como a mãe dele!

— Então é isso! Vocês estão lutando pela porta Metwalli? – perguntou Khadiga a Ridwane, sem poder deixar de rir. – Você tem à sua disposição a porta das Vitórias, meu senhorzinho, exatamente ao lado da casa do seu avô. Então, pegue-a e pare de brigar!

— Lá dentro só há cadáveres... nenhum tesouro – retorquiu Ridwane sacudindo a cabeça com desdém. – Ele pode ficar com ela!

Então, a voz de Aisha se fez ouvir, declarando num tom de prece e de incitação:

— Bendigam o Profeta! Vocês têm uma rara oportunidade de ouvir Naima cantar. Que acham?

Sinais de aprovação e de incentivo lhe chegaram dos quatro cantos do salão. Khalil colocou Naima em seu colo, dizendo-lhe:

— Mostre sua voz aos cavalheiros e damas! Vamos... vamos, diabo, não seja tímida. Não gosto que sejam tímidos, sabe?

Mas a vergonha venceu Naima, que escondeu a cabeça no colo do pai, de modo que só apareceu dela uma coroa de cabelos louros.

Nesse ínterim, Aisha virou a cabeça e viu Mohammed que tentava em vão arrancar o sinalzinho da maçã do rosto da avó. Ela foi pegá-lo e, apesar dos seus movimentos de protesto, trouxe-o para o seu lado. Khalil insistiu no canto, tanto que a menina cochichou ao ouvido do pai que só cantaria longe dos olhares, escondida atrás dele. Ele atendeu ao desejo dela, e Naima engatinhou até se agachar entre as costas do pai e o encosto do canapé... Um silêncio cheio de sorrisos e de expectativa invadiu o salão...

Como o silêncio se prolongasse, Khalil quase chegou a perder a paciência, quando uma vozinha doce e aguda começou a articular algumas palavras... como num sussurro, depois a animar-se pouco a pouco até que o empenho colorisse suas entonações, e se elevasse, a cantar:

"Dê um pulinho em casa, dê um pulo, dê,
Pois nos amamos, um ao outro, eu e você."

E as mãozinhas se puseram a bater, ao ritmo da canção...

3

— Já é hora de você me dizer qual é o curso que vai fazer!

Ahmed Abd el-Gawwad estava sentado com as pernas cruzadas à moda oriental num canto do canapé do quarto, e Kamal do lado oposto, em frente à porta, com os braços cruzados no colo, cheio de polidez e de submissão.

O pai teria desejado ouvir o rapaz responder-lhe "sua opinião será a minha, pai!", mas ele admitia de bom grado que a escolha da escola em que o filho deveria prosseguir seus estudos não fazia parte das questões sobre as quais ele reivindicava um direito de opinião absoluto, e o consentimento dele constituía um elemento essencial dessa escolha; além disso, seus conhecimentos no assunto eram dos mais limitados. Provinham-lhe, em sua maior parte, das discussões que havia, às vezes, ao acaso, entre seus amigos funcionários e advogados, os quais concordavam em reconhecer a um filho o direito de escolher seus estudos a fim de evitar qualquer tipo de fracasso. Eis por que ele não se dignou a pôr a questão em deliberação, entregando-se ao Altíssimo...

— Tenho a intenção, pai, se Deus o permitir, e com seu consentimento, evidentemente, de entrar na Escola Normal Superior...

Um movimento de cabeça em que se podia ler a perturbação e a tristeza escapou a Ahmed Abd el-Gawwad. Ele arregalou os grandes olhos azuis, fixando-os no filho com um ar espantado, antes de lhe dizer, num tom de reprovação:

— Normal Superior! Uma escola gratuita, não é?

— Acho que sim – respondeu Kamal depois de algum tempo de hesitação. – Ignoro essa questão.

Ahmed Abd el-Gawwad baixou a mão num gesto de escárnio, como se dissesse: "Você devia provar um pouco mais de paciência, antes de decidir sobre algo que não sabe!"

Depois, com desprezo:

— Pois bem, ela é exatamente como eu lhe digo. Eis por que é bem raro que ela atraia os filhos de boa família. E depois, o ofício de professor... Mas, de fato, você tem alguma idéia do que isso seja, ou não sabe a respeito mais do que sobre a escola que prepara para esse ofício? O trabalho de professor, é um trabalho de miséria que não tem o respeito de ninguém. Eu sei bem o que se diz sobre isso. Quanto a você, é apenas um fedelho que não sabe nada da vida. É um ofício em que o pequeno burguês vestido à moda européia se mistura sem distinção ao estudante piolhento de al-Azhar, um ofício desprovido de qualquer grandeza, de qualquer glória. Conheci gente importante, funcionários bem destacados que não teriam aceitado sob hipótese alguma casar a filha com um professor, fosse qual fosse o seu valor!

Ele soltou um arroto a que se seguiu uma longa expiração, e continuou:

— Fuad, o filho de Gamil al-Hamzawi, aquele a quem você dava como esmola suas velhas roupas gastas, vai entrar na faculdade de direito. É um rapaz inteligente, brilhante, mas não mais que você. Prometi ao pai dele ajudá-lo a pagar seus estudos para que ele não tenha de desembolsar nada. Então, me diz, por que eu vou pagar os estudos dos filhos dos outros nas boas escolas, enquanto meu próprio filho vai estudar gratuitamente em escolinhas de segunda categoria...

Esse julgamento severo sobre "o professor e sua missão" foi uma surpresa desagradável para Kamal. Por que tanto preconceito? De forma alguma se coadunava com o papel do professor, que era de difundir o saber. Relacionava-se à gratuidade da escola que assegurava sua formação? Ele não podia conceber que a riqueza ou a pobreza pudessem constituir critérios de apreciação do saber ou que este pudesse ter um valor extrínseco! Ele estava totalmente convencido disso; da mesma maneira como tinha fé na validade das visões elevadas que descobria em obras de homens como al-Manfaluti, al-Muwailihi* e outros mais pelos quais tinha adoração e dos quais se valia com orgulho. Ele vivia com todo ardor no mundo "ideal" tal como se refletia nas páginas

---

*Dois escritores que contribuíram bastante para a renovação das letras árabes. Mohammed al-Muwailihi († 1930), com sua obra mais célebre: *O hadith de Isa Ibn-Hisham*, sátira espiritual da vida egípcia, realiza a primeira obra de ficção do século XX. Mustafá Luftial-Manfaluti († 1924) é um dos maiores estilistas do Renascimento árabe, tanto por suas adaptações de obras de autores franceses como A. Dumas Filho, François Coppée, Bernardin de Saint-Pierre (sua adaptação de *Paulo e Virgínia* teve um imenso sucesso no Egito) quanto por seus escritos pessoais, notadamente as "sinopses" (Cf. nota p. 94).

dos livros. Por isso não hesitou, em seu íntimo, apesar do prestígio e do lugar que o homem ocupava em seu coração, em acusar de equivocado o ponto de vista do pai, procurando desculpá-lo, invocando como únicos responsáveis o preconceito de uma sociedade atrasada e a influência que seus amigos "ignorantes" tinham exercido sobre sua pessoa, o que o afligia profundamente. Mas só pôde responder, repetindo uma passagem de suas leituras, com o máximo de polidez e de delicadeza que podia:

– A ciência está acima do prestígio e do dinheiro, pai!

Ahmed Abd el-Gawwad balançou a cabeça, pela tamanha estupidez que acabava de ouvir.

– Vejam só isso – disse, exaltado. – Não vivi tanto só para ouvir tal tolice! Como se houvesse alguma diferença entre o prestígio e a ciência! Não há ciência verdadeira sem prestígio nem dinheiro! E depois, quem é você para falar da "ciência", como se só houvesse uma? Já lhe disse. Você não passa de um fedelho! Há "ciências", e não uma só. Os malfeitores têm a deles, os paxás têm a deles! Trate de entender, seu ignorante, antes que se arrependa!

Convencido do respeito que o pai tinha pela religião, e, por conseqüência, pelos seus representantes, Kamal respondeu, com habilidade:

– Os azharistas também fazem seus estudos gratuitamente e trabalham no ensino. No entanto, ninguém pode desprezar "as ciências" deles...

Ahmed Abd el-Gawwad olhou-o, erguendo o queixo, com ar de desprezo, e respondeu:

– A religião é uma coisa, e os homens de religião são outra!

– Mas o senhor, pai – insistiu Kamal, tirando do seu desespero uma força em que se apoiar, para replicar a esse homem perante o qual nunca ousara nada a não ser obediência –, o senhor respeita os doutores da lei religiosa e os ama...

– Não misture tudo! – respondeu Ahmed Abd el-Gawwad, com alguma secura. – Respeito o xeque Metwalli Abd es-Samed e o amo igualmente. Mas prefiro ver você na pele de um funcionário respeitado do que na de um homem como ele, ainda que você devesse semear a bênção entre as pessoas e preservá-las da infelicidade com talismãs e amuletos! Cada geração tem seus homens... mas você é mesquinho!...

O pai perscrutou o filho para sondar-lhe o impacto de suas palavras. Mas Kamal baixou os olhos, mordendo o lábio. Depois, pôs-se a piscar e a tremer nervosamente o canto da boca.

Céus! Sua cólera ia explodir quando se lembrou de que se tratava de um assunto que ultrapassava seu poder absoluto. Engoliu sua raiva e perguntou simplesmente ao filho:

– Mas o que faz você optar pela Escola Normal e não por uma outra, como se ela detivesse o monopólio do saber? O que lhe desagrada na faculdade de direito, por exemplo? Não é ela que forma os grandes homens deste mundo, os ministros? Não é lá que Saad Zaghloul e seus pares receberam sua instrução? – Depois, com a voz grave, o olhar acabrunhado: – E também é a escola que nosso querido Fahmi escolheu depois de madura reflexão. Se o destino não o tivesse levado tão depressa, ele seria hoje membro do Ministério Público ou da magistratura... Não tenho razão?

– Tudo o que o senhor diz é a verdade, pai – respondeu Kamal, com emoção –, mas não estou inclinado a estudar direito...

— Não está inclinado!... — exclamou Ahmed Abd el-Gawwad batendo as mãos. — Como se a inclinação tivesse algo a ver com a instrução e a escola! Nessas condições, me diga o que o atrai na Escola Normal! Só queria saber que encantos o seduziram nela! A menos que você seja dos que adoram o mau gosto e a vulgaridade! Fale, sou todo ouvidos!

Kamal esboçou um movimento como se reunisse forças para esclarecer os pontos que permaneciam obscuros. Mas percebeu a dificuldade de sua tarefa, ao mesmo tempo em que estava convencido de que ela lhe valeria uma avalanche suplementar de sarcasmos. Além de que não entrevia na vida objetivos suficientemente claros e precisos para poder, por sua vez, explicá-lo de maneira explícita ao pai. Então, o que dizer? Bastava-lhe refletir um pouco para saber o que não queria: nem direito, nem economia, nem geografia, nem história, nem inglês, nada o atraía, embora reconhecesse a importância das duas últimas matérias para o objetivo que se propusera. Eis o que não queria! Então, o que queria? Ele tinha em si desejos confusos que exigiam ser examinados com cuidado e reflexão para deles se extrair claramente as tendências. Talvez até não estivesse certo de concretizá-los na Escola Normal, mas considerava provável, que essa escola fosse o caminho mais curto para chegar lá. Esses desejos, leituras de todo tipo, que quase nenhum traço comum unia, o estimulavam, e elas iam da crônica literária, social, religiosa, à epopéia de Antar, às *Mil e Uma Noites,* a al-Manfaluti, aos princípios da filosofia. Sem dúvida, tais desejos se impregnavam também a partir do mundo quimérico que Yasine abrira outrora à sua imaginação ou mais ainda das lendas com que sua mãe lhe saciara o espírito...

Ele se comprazia a atribuir a esse universo tenebroso o nome de "pensamento"... e a ele mesmo o título de "pensador"; esse pensamento, ele estava convencido, que faria elevar-se acima da matéria, do prestígio, dos títulos honoríficos e de todos os outros tipos de falsa grandeza pelo caráter sublime de uma vida que lhe fosse dedicada, esse era o supremo objetivo a que podia aspirar o homem. Tais eram seus desejos! Que os contornos deles fossem claros ou imprecisos, que ele os realizasse na Escola Normal ou que esta fosse apenas um meio de levá-lo até lá, nunca o seu espírito poderia desviar-se dessa finalidade.

Mas convinha também reconhecer que um laço robusto os unia ao seu coração ou mais exatamente ao seu amor. Como pode, dirão vocês? Não havia, certamente, entre "sua adorada" e o direito ou a economia a menor relação. Mas havia relações, em contrapartida, ainda que tênues, ainda que veladas, entre ela e a religião, a alma, a moral, a filosofia e todas as formas semelhantes de conhecimento, que ele ansiava por adquirir, comparáveis de algum modo às afinidades que a uniam à música e ao canto, pelos mistérios que ela trazia em si e cujo desvendamento ele esperava com uma impaciente embriaguez. Tudo isso ele via em si e nisso acreditava com toda a sua força. Mas o que podia dizer ao seu pai? Mais uma vez, recorreu à astúcia:

– A Escola Normal – disse – ensina ciências superiores, como a história do homem, tão rica em lições, a língua inglesa...

Ahmed Abd el-Gawwad escutava o filho quando subitamente seus sentimentos de desdém e de cólera o abandonaram. Considerou, como se o visse pela primeira vez, a magreza do rapaz que acentuava o tamanho da cabeça, o nariz grosso, o pescoço desproporcional. Achou-lhe na fisionomia uma esquisitice que nada ficava a dever à extravagância dos seus pontos de vista. Levado por seu espírito trocista, ele quase riu interiormente, mas a ternura e a afeição o detiveram. Perguntou-se, todavia, no mais fundo de si mesmo: "A magreza é um fenômeno passageiro, esse nariz vem de mim, mas, diabo, de quem ele herdou essa cabeça esquisita? Aposto que os que, como eu, por exemplo, estão sempre à cata dos defeitos alheios, fazem dessa cabeça o alvo de seus sarcasmos!" Ele sentiu, com esse pensamento, uma perturbação que aumentou sua ternura pelo filho. Por isso, quando voltou a falar, sua voz ficou mais suave, mais próxima do tom da sabedoria e do conselho:

– A ciência não é nada em si – disse. – Em qualquer coisa se deve considerar a finalidade. O direito fará de você um juiz. Quanto à história e aos seus ensinamentos, eles só farão de você um professor remelento. Pondere com maturidade e medite nessa decisão. – Depois, erguendo levemente o tom, com uma certa secura: – Por Deus Todo-Poderoso! Lições! História!... Porcariada, tudo isso! Quando é que você vai me falar de coisas sensatas?

Kamal ficou vermelho de confusão e de dor, ouvindo seu pai julgar assim os conhecimentos e os valores elevados que ele reverenciava, vendo como os reduzia a quase nada. Mas o pensamento que lhe vinha ao espírito nesse mesmo instante de que seu pai era, sem dúvida, um homem eminente, apenas vítima de uma época, de um país, de uma sociedade, trouxe algum consolo para ele... Verdadeiramente, valia a pena discutir com ele? Ia tentar de novo a sorte recorrendo mais uma vez à astúcia?

– Na verdade, pai, essas ciências regalam-se de grande aceitação nas nações desenvolvidas! Os europeus cultuam-nas, erguem estátuas à memória dos sábios que se tornaram ilustres com elas...

Ahmed Abd el-Gawwad desviou dele o seu rosto, parecendo dizer a si mesmo: "Senhor! Meus nervos vão estourar!" No entanto, não estava zangado de verdade. Talvez olhasse toda essa questão como uma surpresa ridícula cuja eventualidade nunca lhe viera à mente. Virou-se de novo para ele:

— Sendo seu pai — disse — quero estar tranqüilizado quanto ao seu futuro. Quero vê-lo chegar a uma função respeitada. Isso é bem natural! Tudo o que quero é vê-lo como um funcionário digno, e não como um professor remelento, mesmo que ergam-lhe uma estátua como a Ibrahim Paxá, com seu dedo apontado para a frente. Em nome de Deus! Onde já se viu! Que relação há entre nós e a Europa? Você vive no Egito. No Egito erguem-se estátuas para os professores? Mostre-me uma única estátua de professor! — Depois, num tom de reprovação: — Diga-me, meu filho, é um emprego que você quer ou uma estátua?

Não encontrando em Kamal senão silêncio e constrangimento, ele continuou, com ar sofrido:

— Você tem essas idéias na cachola! Não sei como elas fizeram para entrar aí. Eu o exorto a tornar-se um desses grandes homens que conduzem o mundo com seu prestígio e sua posição. Haveria um modelo a que você aspira e que eu ignoro? Diga-me francamente seu pensamento, e que eu tenha o espírito tranqüilo e compreenda enfim aonde você quer chegar. Porque, eu lhe confesso, você me desconcerta.

Afinal, ele só tinha de dar mais um passo: revelar uma parte de seus desígnios, entregando seu destino a Deus! E disse:

— É ruim para mim, pai, aspirar a parecer-me um dia com al-Manfaluti?

— O xeque Mustafá Lutfi al-Manfaluti? — perguntou Ahmed Abd el-Gawwad, espantado. — Deus tenha sua alma!

Vi-o muitas vezes em Sayyedna al-Hussein. Mas... ele nunca foi professor, que eu saiba. Ele foi bem mais que isso. Ele foi conselheiro e secretário de Saad. E depois, ele saía de al-Azhar, não da... Escola Normal! E além do mais al-Azhar não tem, em si, nada a ver com a grandeza dele. Ele foi um dom de Deus. É o que dizem dele. Mas em resumo: estamos refletindo sobre o seu futuro e a escola em que você vai se matricular. Deixemos a Deus o que pertence a Deus! Se por acaso você demonstrasse ser também um dom de Deus, então você atingiria a grandeza de al-Manfaluti como promotor ou juiz... E por que não?

— Não tenho pretensões apenas com a pessoa de al-Manfaluti — replicou Kamal, prosseguindo sua luta, intrépido —, mas também com a cultura dele, e não vejo outra escola apta a realizar minha ambição, ou pelo menos de me abrir caminho para isso, a não ser a Escola Normal. Eis por que a prefiro às outras. Não tenho especialmente vontade de me tornar professor. Pelo contrário, talvez eu tenha aceitado essa eventualidade só porque é o único meio para atingir a formação do pensamento!

"O pensamento?"... Ahmed Abd el-Gawwad chegou então a repetir para si mesmo a estrofe da canção de al-Hammuli:* "Oh, pensamento vagabundo, lágrimas dos meus olhos, vinde ao meu socorro"..., de que ele tanto gostara e que antigamente lhe viera tantas vezes aos lábios. Era esse pensamento que seu filho perseguia com seus desejos? Perguntou-lhe, perplexo:

— E em que consiste essa... formação do pensamento?

A confusão se apoderou de Kamal. Ele engoliu sua saliva e disse, em voz baixa:

---

*(1841-1901) Compositor egípcio conhecido por seus *dawrs* (poemas cantados em árabe dialetal num compasso de quatro tempos).

— Talvez eu não saiba. – Depois, com um sorriso inteligente: – Se eu soubesse, não precisaria ter essa pretensão.

— Se você não sabe – perguntou-lhe Ahmed Abd el-Gawwad, com reprovação –, então, em função de que a escolheu? Hein? Você se apega à mediocridade assim à toa?

À custa de um pesado esforço, ele conseguiu sobrepujar seu embaraço e, levado por um ardor intrépido de defender sua felicidade:

— Ela é grande demais para ser apreendida – afirmou. – Ela consiste entre outras coisas em questionar a origem da vida e sua finalidade...

Ahmed Abd el-Gawwad encarou longamente o filho, confuso, antes de responder-lhe:

— E é a isso que você quer sacrificar o seu futuro? À origem da vida e sua finalidade? A origem da vida é Adão e nosso destino é o paraíso ou o inferno! A menos que isso tenha mudado recentemente...

— Oh! não! Eu sei tudo isso... Eu quero apenas dizer...

— Ficou doido? – interrompeu ele. – Eu lhe faço perguntas sobre o seu futuro e você me responde que quer conhecer a origem e a finalidade da vida? E para fazer o quê? Para abrir uma tenda de vidente paranormal?

Kamal teve medo de, se se entregasse ao embaraço e ao silêncio, perder o controle da situação e de ser coagido a concordar com os pontos de vista do pai. Por isso, respondeu, reunindo toda a sua coragem:

— Perdoe-me, pai, se não soube muito bem exprimir meu ponto de vista. Quero continuar, depois do diploma de professor, os estudos literários que comecei; estudar história, línguas, a moral, a poesia. Quanto ao nosso futuro, ele está nas mãos de Deus!...

— E também a arte de encantar as serpentes, de ler a sorte, as marionetes, a vidência, enquanto você seguir por essa linha! – exclamou Ahmed Abd el-Gawwad num tom sarcástico e exaltado, como continuando a enumeração. – Oh, Deus de misericórdia! Então aí está a surpresa que você me aprontava! Por Deus Todo-Poderoso!

Convencido de que a situação era mais grave do que previra, não sabendo mais a que se apegar, nosso homem começou a se perguntar se não tinha cometido um erro concedendo ao filho a liberdade de palavra e de opinião. Com efeito, quanto mais dava provas de paciência e de indulgência para com ele, cada vez mais o outro teimava e lutava, a tal ponto que, dividido entre a preocupação de preservar o futuro de Kamal e a sua própria repugnância em perder o prestígio, o princípio de reconhecer no filho o direito de escolher "sua escola" não demorou a se chocar, em sua mente, com suas velhas tendências despóticas. Mas decidiu-se, contrariamente ao seu hábito – ou antes, contrariamente ao seu hábito de antigamente –, por dar voz à sabedoria e por continuar a conversa:

– Não seja tolo! Você está preocupado com alguma coisa que ignoro e peço a Deus que o salve dela. O futuro não é um jogo ou uma piada, mas a "sua vida", e você só tem uma! Então, reflita com maturidade. O direito é a melhor escola para você. Vejo melhor do que você como vai o mundo. Tenho amigos de todos os ambientes, eles são unânimes a respeito. Você é apenas um jovem ingênuo! Você sabe o que significa ser promotor ou juiz? É ocupar postos que revolucionam o mundo! E você pode atingir um deles. Então como é que você pode muito calmamente desistir disso para ir escolher o ofício de... professor!

Como ele sofria! Não apenas por ver a dignidade do professor assim achincalhada, mas a da ciência! A ciência essencial a seus olhos... Ele só tinha desconfiança por essas funções que "revolucionavam o mundo", porque muitas vezes vira os escritores que exerciam influência sobre ele qualificá-las de falsas grandezas, de glórias efêmeras, e muitas outras denominações de desprezo. Por isso estava convencido, pela fé nos ditos deles, de que não havia grandeza verdadeira senão numa vida dedicada à ciência e à verdade; daí, todas as marcas do poder, de prestígio eram no seu espírito sinônimos de impostura e de insignificância. Evitou contudo participar essa convicção ao pai, com medo de agravar-lhe a cólera, e respondeu-lhe apenas, com delicadeza e afeto:

– Em todo caso, a Escola Normal é uma escola superior!

Ahmed Abd el-Gawwad refletiu um momento antes de responder, cansado e desanimado:

– Se você não tem gosto pelo direito... que fazer, há gente que adora a miséria!... então escolha uma escola respeitável: a Escola de Guerra, a Polícia... será sempre melhor que nada!

– Entrar na Escola de Guerra ou na Polícia com meu diploma do curso secundário no bolso? – replicou Kamal, aflito.

– Que quer você que eu faça, se nem mesmo quer tentar a medicina?

No mesmo instante, Ahmed Abd el-Gawwad sentiu um clarão de luz vindo do espelho ofuscar seu olho esquerdo. Virou a cabeça para o armário e viu que os raios oblíquos do sol de fim de tarde, que se infiltravam no quarto pela janela do pátio, tinham se retirado da parede em frente à cama, mergulhando na sombra uma parte do espelho e avisando que se aproximava a hora de sua partida para a loja. Ele se virou ligeiramente de lado, para fugir do reflexo, e deu um suspiro que testemunhava seu cansaço e deixava ao mesmo tempo prever – ou esperar – o fim iminente da conversa.

– Não há mesmo outra coisa a não ser essas malditas escolas? – perguntou, consternado.

– Só falta a Escola de Comércio... mas não me diz nada! – respondeu Kamal baixando os olhos, perturbado por não poder contentar o pai.

Embora irritado pela atitude de recusa sistemática de Kamal, esta última proposta só suscitou nele o desinteresse, já que supunha que essa escola só formava "comerciantes", profissão em que se orgulharia de ver o filho. Primeiramente, ele sabia que um comércio como o seu, ainda que a ele garantisse uma vida conveniente, seria, considerando a partilha de seus rendimentos entre os que o usufruíam, precário demais para assegurar um conforto comparável ao seu, ao filho a quem deixasse sua sucessão. Eis por que não faria nada para preparar nenhum deles para tomar seu lugar. Mas essa não era a causa essencial de sua falta de entusiasmo. Na verdade, ele exaltava os cargos públicos, os funcionários e media, como podia ele mesmo julgar por intermédio dos amigos que conhecia nessas condições, ou ainda por causa dos contatos que mantinha com o governo no exercício da sua profissão, sua importância e seu papel na vida da nação. Eis por que ele instigava os filhos a lutar por tais funções e preparava-os para elas ativamente. Estava igualmente consciente de que o comércio não tinha o benefício da quarta parte do respeito de que gozava a função pública aos olhos das pessoas, ainda que remunerasse em dobro. Ele próprio compartilhava do sentimento da maioria a esse respeito, ainda que não confessasse abertamente. Além do mais, a alta estima em que o tinham os funcionários o enchia de orgulho, considerando-se, de sua parte, "intelectualmente" falando, como um deles ou podendo estar com eles de igual para igual. Mas quem, além dele, podia ao mesmo tempo ser comerciante e ficar de igual para igual com essas pessoas? De onde seus filhos tirariam uma personalidade como a dele? Ah! que decepção! Como ele tinha esperado ver um deles médico! Com que certeza ele tinha fundamentado essa esperança em Fahmi, até saber um dia que o curso clássico que ele escolhera não abria a porta para os estudos de medicina. Então, contentou-se com o direito cujas perspectivas futuras ele tinha pressagiado favoravelmente. Depois, colocara em Kamal essas mesmas esperanças. Mas, como este último tinha optado pelos estudos literários, nosso homem teve de contentar-se mais uma vez em sonhar com a brilhante carreira que coroa os estudos de direito. Quanto a pensar um só instante que o conflito entre suas esperanças e a vontade do destino culminaria com a morte do "gênio da família" ou com a teimosia de Kamal em tornar-se professor... Que decepção! Por isso ele parecia verdadeiramente triste, quando declarou:

– Eu lhe dei meus conselhos com toda sinceridade. Você é livre para escolher. Mas guarde sempre na mente que não o aprovo. Pense bem. Não se entusiasme. Você tem diante de si um bom tempo ainda. Você pode lamentar seu erro o resto da vida. Oh, Senhor, preservai-nos da tolice, da ignorância e da puerilidade!

Dito isso, ele colocou o pé no chão, esboçando um movimento que deixava pensar que ia logo levantar-se para se preparar para sair de casa. Kamal levantou-se então com polidez e reserva, e saiu.

Voltou para o salão, onde encontrou a mãe e Yasine sentados conversando. Estava ao mesmo tempo desorientado e infeliz consigo mesmo por ter enfrentado o pai, por ter teimado em fazê-lo apesar da clemência e da brandura de que este último tinha dado prova, mas por causa também do estado de decepção e de tristeza em que o vira no fim do diálogo.

Ele resumiu para Yasine o essencial da conversa que tivera no quarto paterno. Este último o ouvia com atenção, com a face mostrando desaprovação, com um sorriso zombeteiro na boca, para lhe confessar logo que era da opinião do pai e admirava-se por vê-lo desconhecer os valores nobres da vida para aspirar a outros, ilusórios e fora de moda...

– Você quer sacrificar sua vida à ciência? – disse. – De que lhe serve? Ah! é uma belíssima atitude, tal qual nos aparece numa passagem de al-Manfaluti ou em algumas de suas "sinopses".* Mas quando se trata da vida, não é mais só vaidade, e há de se ganhar muito com ela! E você vive na realidade, meu caro, não nos livros de al-Manfaluti. Não tenho razão? Os livros o golpeiam com essas futilidades e essas monstruosidades! Neles você pode ler coisas do tipo: "Os professores são um pouco profetas."** Diga aí: você já encontrou professores que sejam um pouco profetas? Venha dar uma volta comigo até a escola de al-Nahhasin ou lembre-se de qualquer um dos seus ex-professores, e me mostre um só digno de ser considerado, não direi como um profeta, mas apenas como um ser humano! E que ciência é essa que você procura? A moral? A história? A poesia? Tudo isso vai bem como distração! Tome cuidado para que a oportunidade de levar uma grande vida não passe por baixo do seu nariz! Ah, como eu às vezes lamento que as circunstâncias não tenham me permitido prosseguir meus estudos!...

---

*Obra mais célebre do escritor citado. É uma antologia de ensaios brilhante, reunindo reflexões sobre a vida, a sociedade, a religião e a moral na qual alguns títulos (miséria, desespero, infelicidade, lágrimas, morte) evocam o pessimismo dominante.

**Alusão aos versos do poeta Ahmed Shawqi: "Levanta-te à passagem dos professores e faze-lhes reverência / Os professores são um pouco profetas."

Depois que Yasine e o pai saíram, Kamal se perguntou, uma vez sozinho com a mãe: "E ela, o que tem ela a dizer sobre isso tudo?" Oh! Ela não era das pessoas a quem se peça opinião nesse tipo de assunto, mas ela acompanhara a maior parte de sua conversa com Yasine e conhecia o desejo que seu senhor tinha de fazê-lo entrar na faculdade de direito, escolha em que ela começava a ver presságios funestos e não acolhia com o coração sereno. Fosse como fosse, Kamal sabia como obter a adesão dela pelos caminhos mais curtos...

– A ciência que desejo estudar – disse-lhe – tem uma estreita relação com a religião, já que a sabedoria, a moral, a reflexão sobre os atributos de Deus, a essência de sua Palavra e de suas criaturas são outros tantos de seus ramos...

O rosto de Amina se iluminou de alegria.

– Aí está a ciência verdadeira! – disse ela com entusiasmo. – A ciência do meu pai, do seu avô. É a mais bela das ciências!

Enquanto ela refletia, ele a olhou discretamente com o canto do olho, com um sorriso na boca. Ela continuou, animada pelo mesmo ardor:

– Mas quem então poderia desprezar os professores, meu filho? O provérbio não diz: "Torno-me o criado de quem me ensina o alfabeto"?

Ele lhe respondeu, usando o argumento com o qual o pai tinha combatido sua escolha, como se solicitasse dela uma opinião própria a confortá-lo em seu posicionamento.

– Mas dizem também que o professor não pode aspirar às altas funções!

Ela fez um sinal com a mão, como se lhe dissesse "que importância tem isso?", antes de responder:

– Um professor tem o bastante para viver, não? Pois bem, isso lhe basta! Tudo o que peço a Deus é que lhe dê saúde, vida longa e instrução. Seu avô dizia: "A ciência tem mais valor do que o dinheiro."

Não era extraordinário que sua mãe tivesse um ponto de vista mais sensato do que seu pai? Mas não era um ponto de vista. Era uma sadia intuição ainda não manchada pelo contato com a vida real, esse mesmo que tinha corrompido o julgamento do pai. Era talvez a ignorância dela das coisas deste mundo que tinha preservado seu sentimento da corrupção. Mas que podia valer um sentimento, por mais elevado que fosse, se era o fruto da ignorância? Quanto a ele, essa mesma ignorância não incidia na edificação de suas próprias opiniões? Ele se insurgiu contra tal lógica, que refutou, dizendo-se a si mesmo: "Você aprendeu o mundo nos livros, com seu bem, com seu mal, e preferiu o bem por convicção e razão. Ora, por que o sentimento instintivo, com tudo o que tem de ingênuo, não poderia contribuir para a formação de um julgamento sadio, sem por isso prejudicar a sua justeza?" Oh, não, ele não duvidava um segundo da justeza nem da elevação de suas opiniões. Mas sabia ao menos o que queria? Não era o ofício de professor que, enquanto tal, o atraía. Ele simplesmente sonhava em escrever um livro. Era essa a verdade. Mas que livro? Uma coletânea de poesia? Não! Se o seu diário íntimo continha alguns versos é porque Aída transformava a prosa em poesia, mas não procediam de alguma veia poética enraizada nele. Então, seria um livro de prosa. Um volume da mesma espessura e do mesmo formato do Corão, que conteria também em suas páginas notas explicativas e comentários. Mas escrever sobre o quê? No Corão não havia tudo? Não devia se desesperar. Um dia, certamente, ele haveria de encontrar seu assunto. Conhecer já a espessura do livro, seu formato, saber que conteria notas já era suficiente! Um livro capaz de revolucionar o mundo não valia mais do que uma função, ainda que essa função também pudesse revolucioná-lo?

Todos os que freqüentaram a escola conhecem Sócrates. Mas quem, dentre todos eles, conhece os juízes que o julgaram?

— BOA NOITE!
"Ela não responde. Eu já sabia, sem sabê-lo... Sempre é assim que começa. Já faz muito tempo que isso acontece e não se está próximo de ver-lhe o fim. Olhe só, ela vira as costas para você agora! Ela se afasta do muro... dirige-se para o varal de roupas... pendura os pregadores... Você já havia feito isso! Oh, claro que sim! Mas você esconde o jogo. Sabe, não nasci ontem! Dez anos de pouca-vergonha e de descaramento não são pouca porcaria! Presenteie os seus olhos com a imagem dela, antes que a escuridão que se aproxima aos poucos se instale definitivamente e ela se torne apenas uma silhueta! Ela engordou... ficou mais forte também... Está mais bonita do que no tempo de sua adolescência! Parecia uma gazela, porém sem essa bela bunda rechonchuda! Quanto mais envelhece... menos vale que se preste atenção no que lhe sobra da graciosidade das virgens! Que idade você tem, sabidona? Antigamente seus pais pretendiam que você tivesse a de Khadiga. Khadiga, por sua vez, calcula que você tem "anos e anos" mais do que ela. Minha madrasta afirmava há pouco tempo que você está perto dos 30, apoiando-se em velhas lembranças do tipo 'quando eu estava grávida de Khadiga, era apenas uma menina de 5 anos'. Mas o que importa a idade? Ei, devagar! Você vai se comportar assim até que ela fique uma velha? Não demora muito, a adolescente dá lugar à mulher... bela, atraente, gorda, rechonchuda na medida certa... E dizer que olhou na rua e o notou! Você não viu sua pupila quando ela

o olhava de banda como uma galinha? Não! Não deporei as armas, minha linda! Um rapaz sobre cuja beleza, força e fortuna você está tão bem informada... não vale mais do que esse inglês de antigamente?"

— Na sua casa, vocês acham que os cumprimentos não merecem ser devolvidos, nem que fosse só para devolver?

"Aí está! Ela lhe dá as costas mais uma vez! Sim, mas... ela não sorriu? Sim! O Grande Organizador de sua beleza fez dela um sortilégio! Sim. Ela sorriu. Abriu suntuosamente o caminho para o último passo que resta dar... Você pode ficar tranqüilo, ela conhece as suas manobras minuciosamente!... Já é hora para mim... e para você também... Enfim! Felizmente para mim você não é dessas assustadinhas que têm a doença do pudor! Lembre-se desse inglês... Julian! Então, você não ouve os relinchos desse cavalo fogoso que se empina na sua frente e lhe oferece o seu dorso?"

— Você não tem então nenhum respeito pelos vizinhos? No entanto, o que fiz foi só reclamar um cumprimento que me é devido por direito!

Parecendo vir de longe, já que a bela virava o rosto, ele ouviu uma voz delicada responder-lhe:

— Ela não lhe virá... assim como você está dizendo!

"Resposta dada ao visitante! O bloqueio acabou! Certamente, você não terá direito aos galanteios antes de levar primeiro umas patadas, mas... agüente firme! Agüente firme!, como gritam os estudantes de al-Azhar nas manifestações..."

— Se alguma vez lhe disse algo que a fizesse zangar-se, nunca na vida eu me perdoarei!

Ela, num tom de reprimenda:

— O terraço de Oum Ali, a parteira, está exatamente à altura dos nossos. Que poderia pensar alguém que o visse comportar-se comigo desse jeito, enquanto eu estendo a roupa? – Depois, zombeteira: – A menos que você deseje que eu seja vítima de fofocas!

"Teria você se livrado do pecado? Por acaso, antes, com Julian, você se cercou de todas essas precauções? Mas... os seus olhos e o seu traseiro a absolvem dos seus pecados, passados e futuros!..."

– Que Deus me fulmine agora mesmo, se eu lhe quis algum mal. Eu fiquei escondido sob a cobertura de jasmim até que o sol desaparecesse, e só me aproximei da mureta depois de me ter certificado de que o terraço de Oum Ali estava vazio... – Depois, suspirando: – E, além do mais, tenho a desculpa de ter sido fiel ao meu hábito de subir ao terraço só para encontrar esta maravilhosa solidão... e quando a encontrei, há pouco, a alegria me dominou! De qualquer modo, Deus nos proteja...

– Essa agora!... Por que você está tendo todo esse trabalho?

"A pergunta não é inocente! Elas fazem perguntas sobre o que já sabem. Não importa! Ela se dignou falar com você, então aproveite a chance!"

– Eu tinha dito para mim mesmo: cumprimentar essa senhorita e ela responder ao cumprimento seria para você mais precioso do que a saúde!

Ela se virou para ele, com a cabeça agitada por um estremecimento que traía na penumbra um riso contido.

– Que língua você tem! – disse. – O que essas palavras escondem?

– O que elas escondem? Por que não se aproxima da mureta? Tenho um monte de coisas para lhe dizer, sabe? Olhe, há alguns dias, ao sair para a rua, olhei para o chão e vi mexer a sombra de uma mão. Levantei a cabeça e vi você inclinada por cima da mureta... um espetáculo soberbo e inesquecível...

Ela deu meia-volta, de frente para ele, mas sem aproximar-se; depois, num tom acusador:

– Com que intenção você olha para cima? Se fosse um vizinho digno desse nome, como você pretende, não admitiria prejudicar sua vizinha! Mas você tem más intenções. Sua confissão e sua atitude neste momento me dizem muito!...

Claro que ele tinha más intenções! A fornicação não se fundamenta nelas?

"Más intenções do tipo das que você gosta!... Ah! Vocês, mulheres! Dentro de uma hora, você as exigirá como um dos seus maiores direitos e, dentro de duas horas, quando eu for embora, você correrá atrás de mim... Em todo caso, uma bela noite em perspectiva!..."

– Deus é testemunha de minhas boas intenções! Se levantei os olhos foi porque não posso evitar olhar para o lugar onde você está. Não entendeu ainda? Nem sentiu? Está vendo? Seu velho vizinho se entrega às confissões... ainda que um pouco tarde...

– É isso aí! Vá falando! – replicou ela, zombeteira. – Destrave a língua. Vamos, mais alto! Que é que você vai fazer se a mulher do seu pai nos surpreender no terraço?

"Não desconverse, sua manhosa! Puxa! Vai ser mesmo um milagre eu conseguir convencê-la! Você tem medo mesmo de minha madrasta? Santo Deus! Uma noite nos seus braços em troca da vida inteira!"

– Vou ouvir o barulho dos passos dela antes que ela chegue... Deixe-nos desfrutar desse instante que vivemos!

– E como é esse instante que vivemos?

– Ele está além de qualquer expressão!

– Eu não constato nada do que você diz. Você é talvez o único a achar isso.

– Talvez... Ah! É mesmo desolador, sim, desolador para um coração revelar-se e não encontrar ninguém que lhe responda! Lembro-me do tempo de suas visitas em casa. Do tempo em que nós éramos por assim dizer uma mesma família. E lamento que...

– Aquele tempo... – resmungou ela, balançando a cabeça.

"Por que você recorda o passado? Está cometendo um grande erro! Tome cuidado para que a dor não arruíne todos os seus esforços! Procure esquecer tudo, menos o momento presente!"...

– Depois eu a revi, há pouco tempo... Apareceu-me então uma bela moça como uma flor, de fazer brilhar um céu inteiro à noite! Era como se eu a visse pela primeira vez! Perguntei a mim mesmo: não seria a sua vizinha Maryam, que brincava antigamente com Khadiga e Aisha? Oh! não! Impossível! Aquela moça atingiu toda a plenitude de sua beleza! Então... senti subitamente o mundo transformar-se à minha volta...

– Naquele tempo – disse ela, já tendo recuperado os tons trocistas de sua voz – seus olhos não se permitiam erguer-se para quem quer que seja! Você era um vizinho digno desse nome! Mas o que resta daquele tempo? Tudo mudou muito... Tornamo-nos estranhos... como se nunca tivéssemos trocado uma palavra... e não tivéssemos crescido juntos como numa só família... Os seus é que quiseram assim.

– Perdoe-me isso... Não torne mais pesado o fardo dos meus problemas!

– Sim, mas hoje é com seus olhos que você me espiona... pela janela, na rua... E eis que agora você me aborda no terraço!

"O que a impede de ir embora, se você está mesmo com vontade de ir? Suas mentiras são mais doces que o céu, ó luz da noite!"

— E se ainda fosse só isso! Também a olho de lugares que você nem imagina. E eu a vejo na minha imaginação, tanto que você nem tem idéia! Olhe, neste momento, eu estou dizendo para mim mesmo, perfeitamente consciente: "Ficar perto dela ou morrer!"

Um risinho abafado fez-lhe estremecer o coração.

— De onde você desencavou esse tipo de conversa?

— Do meu coração! – respondeu ele, mostrando o peito.

Ela tocou com o pé o chão do terraço, produzindo com sua sandália uma fricção que deixava pressagiar sua partida. Mas ela não se mexeu.

— Já que se tornou um problema de coração... – disse ela –, então é melhor que eu vá embora!

— Pelo contrário! Venha, antes! – deixou ele, primeiramente, escapar em voz alta, num arrebatamento de fervor.

Depois, recuperando a consciência de si mesmo e abaixando o tom:

— Venha até mim.. agora e para sempre...

Depois, matreiro:

— Para o meu coração... Ele é seu, com tudo o que possui!

— Não seja assim tão generoso em relação a si mesmo! – retorquiu ela num tom de moral cínico. – Seria um crime de minha parte privá-lo do seu coração e de tudo o que ele possui!

"Como você é manhosa! É à leoa que eu amo em você a que eu me dirijo! Você não é nada estúpida! Pela lembrança de Julian!... Vamos, venha, santarrona! Minha carne queima com tanto ardor que tenho medo de ficar brilhando na noite!"

— Eu lhe ofereço com alegria o meu coração com tudo o que ele possui! A felicidade dele seria que você o aceitasse, que você o possuísse, que você fosse toda dele, só dele...

— Está vendo? Malandro como você é, só quer pegar e nada dar – disse ela rindo.

"Diabo, mas onde você foi arranjar essa língua? Até Zannuba foi derrotada! Maldito seja o mundo sem você!"

— Quero que você seja minha exatamente como eu serei seu. Onde está a injustiça aí?

Seguiu-se um silêncio. Entre as duas silhuetas houve a troca de um olhar.

— Talvez eles estejam se perguntando neste momento o que fez você se demorar!

— Ninguém nesta Terra se preocupa comigo – respondeu ele, procurando sensibilizá-la pela compaixão.

A essas palavras, ela assumiu um tom diferente e perguntou, séria:

— Como vai seu filho? Ainda está na casa do avô?

"Pergunta estranha... Que esconde ela?"

— Está...

— Que idade tem agora?

— Cinco anos...

— E a mãe dele?

— Casou-se de novo, ou está perto de fazê-lo...

— Que pena! Por que você não a reconquistou... ainda que fosse por causa de Ridwane?

"Ah! a santinha! Diz aonde você quer chegar!"

— É isso mesmo que você queria?

— Bem-aventurado o que pode reconciliar duas almas no bem! – disse ela, num riso abafado.

"E no mal, então!..."

— Sim, mas eu não olho para trás!

Fez-se um silêncio, estranho, cheio de meditação.

— Tome cuidado para não me surpreender outra vez no terraço! – disse ela subitamente, aliando o tom de advertência ao da indulgência.

– Como você quiser. De qualquer modo, o terraço não é um lugar seguro. Sabe que eu tenho uma casa em Qasr al-Shawq? – arriscou ele com audácia.

– Sua casa? – perguntou, incrédula. – Muito prazer, senhor proprietário!

Ele se calou um instante, por cautela, e perguntou:

– Adivinhe o que estou pensando...

– A mim, tanto faz!

"O silêncio, a escuridão, os dois sozinhos... Nossa! Como a escuridão me excita!"

– Estou pensando nos murinhos dos nossos dois terraços, juntos um do outro. O que esse espetáculo lhe inspira?

– Absolutamente nada!

– O de dois amantes juntos...

– Não entendo essas palavras!

– A junção deles sugere também que nada os separa...

– Ha! Ha!... – deixou ela escapar, como um convite cheio de promessas.

E Yasine acrescentou imediatamente, rindo:

– É como se eles me dissessem: pule!

Ela deu dois passos para trás e ficou com as costas coladas num lençol estendido. Depois, num tom propriamente dissuasivo:

– Não permito isso – cochichou ela.

– Isso? Isso o quê?

– Que diga isso!

– E que faça?

– Aí eu vou embora zangada!

"Oh, não! Pela sua vida que me é tão cara!... Está pensando no que está dizendo? Sou mais bobo do que penso? Ou você é mais resistente do que imagino? Por que ela falou de Ridwane e da mãe dele? Uma alusão ao casamento? Como você a deseja... Um desejo louco!"

— Mas enfim! — exclamou ela, subitamente. — O que me leva a permanecer aqui?

Ela deu meia-volta em torno de si mesma e curvou a cabeça para passar por debaixo do lençol estendido...

— Você iria embora sem me dizer um "até logo"? — perguntou ele, ansioso, num grito atrás dela.

Ela ergueu a cabeça por cima da corda do varal e deu-lhe esta resposta:

— A gente entra na casa dos outros pela porta! Aí está meu cumprimento!

E voltou-se para a porta do terraço, por onde desapareceu.

Yasine retornou ao salão e desculpou-se junto a Amina por não lhe ter feito companhia por tanto tempo, pretextando o calor que reinava dentro de casa... Depois, foi para o quarto, para mudar de roupa.

Kamal seguia-o com os olhos, espantado e pensativo. Lançou um olhar para a mãe. Ela tinha bebido seu café, lido no fundo da xícara e permanecia calma e tranqüila. Ele perguntou a si mesmo qual poderia ser a reação dela se ela soubesse o que se passava no terraço, tanto mais que ele mesmo não conseguia livrar-se de sua angústia desde o dia em que, ao interrogar-se sobre a ausência do irmão, tinha surpreendido por acaso as palavras doces que se trocavam lá em cima, enquanto o procurava. Yasine era capaz de tal coisa? A lembrança de Fahmi lhe era então indiferente? Não podia imaginá-lo. Yasine dedicava a Fahmi um amor sincero. Sua perda lhe havia causado uma tristeza cruel de que ele não se permitira duvidar. E depois, esse tipo de "acidente" se produz com freqüência! Aliás, ele continuava sem saber por que insistiam em associar Fahmi a Maryam. Seu falecido irmão tivera logo conhecimento do episódio de Julian. Depois disso um longo período se passou, durante o qual ele parecera ter esquecido completamente Maryam e perdido o interesse por ela, ocupado como estava com assuntos mais graves e mais importantes. Era o que ela merecia e nunca fora digna dele! Era no entanto notável que ele se perguntasse: "Pode-se esquecer o amor?" Não! O amor não se esquece! Essa era sua convicção. Mas quem dizia que Fahmi tinha esquecido Maryam no sentido em que ele entendia ou sentia o amor? Talvez só tivesse sido um desejo forte, do tipo que dominava Yasine agora; ou talvez do que, antigamente, na época da adolescência, o tinha apanhado, a ele mesmo, em suas malhas, perturbando seus sonhos... exatamente com Maryam! Sim! Isso também acontecera! Ele tinha sentido dois tipos de sofrimento: o que é inerente ao desejo e o que nasce do remorso. Tinham sido tão fortes um quanto o outro, e só o casamento da moça e seu desaparecimento o haviam feito livrar-se deles. O que lhe interessava agora era saber se Yasine sofria, se o remorso remoía sua consciência... e até que ponto! O que quer que ele pensasse da animalidade de Yasine ou de seu pouco entusiasmo pelos ideais, ele não podia acreditar que tais sentimentos se produzissem sem choques. E no entanto, apesar do olhar indulgente que ele lançava sobre tudo isso, não deixava de sentir amargura e angústia, como é devido a um homem que não colocava nada, neste momento, no mesmo nível do seu ideal.

Yasine voltou do quarto com suas roupas de sair, vestido com apuro; cumprimentou a ambos e foi embora. Alguns instantes depois, eles ouviram bater à porta do salão. Kamal pediu ao visitante que entrasse, sabendo de quem se tratava... Entrou então um rapaz, da sua idade, baixo, bonito, vestido com um *galabiyyé* e um casaco. Ele se dirigiu diretamente para Amina, beijou-lhe a mão, depois foi apertar a de Kamal, antes de se sentar ao seu lado. Apesar da reserva que ele se impunha, havia em sua atitude familiaridade, como se ele fizesse parte da casa. Mais que isso: Amina apressou-se em puxar conversa com ele, chamando-o sem cerimônia de "meu caro Fuad", perguntando-lhe notícias de seu pai, Gamil al-Hamzawi, assim como de sua mãe. Ele lhe respondeu transparecendo os sentimentos de alegria e de gratidão que nele provocava a acolhida generosa que ela lhe dava. Kamal deixou o amigo na companhia da mãe, foi para o quarto para colocar o casaco, e voltou, para sair com ele.

CAMINHARAM LADO A LADO na direção da alameda Qirmiz, tomando cuidado para evitar a rua de al-Nahhasin, a fim de se pouparem o incômodo de passar na frente da loja em que estavam os pais deles; Kamal, com sua alta e frágil estatura, e Fuad, em sua pequenez, um e outro atraíam quase todos os olhares, pelo contraste impressionante de seus tipos.

– O que você escolheu para hoje à noite? – perguntou Fuad, calmamente.

– O café de Ahmed Abdu – respondeu-lhe o outro, com voz febril.

Em geral, Kamal decidia e Fuad consentia, a despeito da ponderação de espírito que o distinguia e das extravagâncias de Kamal que lhe pareciam no mínimo fantasiosas, como quando ele lhe suplicava com insistência para acompanhá-lo ao Moqattam,* à Citadela ou a al-Khaimiyya para, segundo a expressão dele, "apascentar os olhares" entre os vestígios da história e as maravilhas do presente.

Mas, para dizer a verdade, a desigualdade da condição social entre eles e o fato de ser o filho do dono da loja, e o outro o do seu empregado não pareciam afetar a relação amigável entre os dois rapazes. Mais decisivo a esse respeito era o papel de moço de recados a serviço da casa do Sr. Ahmed que

---

*Planalto que domina a cidade do Cairo, ao leste.

Fuad tinha assumido em sua infância, e de ter sido por muito tempo o beneficiário privilegiado da generosidade de Amina que – com a vinda dele coincidindo muitas vezes com a hora das refeições – nunca lhe tinha negado o que sua mesa oferecia de melhor, nem as roupas mais apresentáveis de Kamal cujo uso era supérfluo.

Assim, eles estavam ligados desde o início por um duplo sentimento, num, feito de superioridade, no outro, feito de dependência, o qual, certamente, se tinha esfumado, quando o da amizade tinha vindo suplantá-lo, mas cujo vestígio marcava ainda profundamente seus espíritos. Certas circunstâncias tinham contribuído para que Kamal não encontrasse, por assim dizer, durante todas aquelas férias de verão, outro companheiro a não ser Fuad al-Hamzawi. A razão era que seus colegas de infância, moradores do bairro, não tinham, na maioria, continuado seus estudos, um porque achara um emprego com seu diploma de fim do secundário, outro com sua licença para dar aulas no primário, outro, ainda, obrigado a exercer um desses pequenos trabalhos como garçom de café em Bayn al-Qasrayn, ou como aprendiz de lavanderia em Khan Djaafar. Mas todos tinham dividido com ele os bancos da escola corânica, e continuavam, indistintamente, a trocar, toda vez que lhes acontecia de se encontrarem, cumprimentos em nome dessa antiga confraternidade. Cumprimentos cheios de respeito por parte dos primeiros, por causa do privilégio conferido ao seu antigo colega de continuar a "busca do saber",* e cheios, em Kamal, dessa cordialidade que emanava de uma

---

*Alusão ao *hadith* (palavra árabe que designa um conto tradicional que relata um ato ou uma fala do Profeta e tem, depois do Corão, autoridade em matéria de fé islâmica): "Quem abandona seu lar para se pôr na busca do saber segue o caminho de Deus. A tinta do aluno é mais sagrada do que o sangue do mártir."

natureza fundamentalmente simples e modesta. Quanto aos seus novos conhecidos, os jovens cuja amizade conquistara em al-Abbassiyyê, como Hassan Selim, Ismail Latif e Hussein Sheddad, eles passavam suas férias em Alexandria ou em Ras el-Barr. Assim, só lhe restava Fuad como único companheiro.

Depois de terem andado alguns minutos, chegaram ao café de Ahmed Abdou e mergulharam imediatamente no seu antro misterioso, no ventre da terra, debaixo do bairro de Khan al-Khalili, onde conseguiram um nicho desocupado. Enquanto se instalavam à mesa, um em frente do outro, Fuad balbuciou, um pouco confuso:

— Pensei que você iria ao cinema hoje à noite!

Suas palavras apenas traíam seu desejo secreto de ir lá, desejo que o tinha espicaçado antes mesmo de ir procurar Kamal, mas que ele silenciara até agora, não somente porque lhe fosse impossível desviá-lo de um projeto qualquer, mas também pela simples razão de que era Kamal que lhe pagava a entrada quando iam juntos ao cinema! Eis por que só lhe veio a coragem de fazer uma alusão discreta à sua vontade depois que tinham definitivamente se instalado no café, de modo que suas palavras pudessem passar por uma observação inocente e fortuita...

— Na próxima quinta, vamos ao Clube Egípcio para ver Charlie Chaplin. Agora, vamos jogar uma partida de dominó...

Tiraram o fez, colocaram-no numa cadeira ao lado, depois Kamal chamou o garçom, a quem pediu dois chás verdes e uma caixa de dominó.

O café, construído debaixo da terra, parecia-se com o ventre de um animal de espécie extinta enterrado sob os escombros da história, exceto pela enorme cabeça erigida à superfície, cuja bocarra escancarada, servindo de entrada, parecia, através dos degraus da escadaria profunda, descobrir uma fileira de dentes aguçados. No interior, um grande salão quadrado, com piso de cerâmica de Al-Maasara,* contendo ao centro uma fonte de água em cuja beirada se alinhavam vasos de cravos e que era cercada por uma moldura de banquetas cobertas de almofadas e de esteiras multicores. Quanto às paredes, elas eram, em intervalos regulares, encavadas de pequenos nichos vizinhos uns dos outros, semelhantes a grutas, sem portas nem janelas, tendo, por única mobília, uma mesa de madeira, quatro cadeiras, assim como uma pequena lamparina que queimava noite e dia numa cavidade preparada no alto da parede, em frente à entrada.

Era como se o lugar adquirisse de sua situação insólita até algumas de suas qualidades: embalava-o uma calma que outros cafés raramente conheciam. A luz não cansava os olhos. O ar era úmido e fresco. Cada grupo de amigos se comprimia no fundo do seu nicho ou numa banqueta, fumando o narguilé, bebericando seu chá, abandonando-se a uma conversa interminável, como se mergulhado num zunzum monótono e surdo, cortado somente ao longe por uma tosse, um riso ou um borbulhar irritadiço de um cachimbo de água...

Na opinião de Kamal, o café de Ahmed Abdu era um ancoradouro de meditação para o pensador, uma curiosidade para o sonhador. Quanto a Fuad, se não tinha ficado insensível nos primeiros tempos à sua originalidade, não via lá mais do que um local de reunião sinistro, invadido pela umidade e por um ar insalubre. Mas ele não tinha outro jeito senão aceitar o convite de Kamal quando este lhe pedia para acompanhá-lo até lá.

---

*Nome de uma aldeia situada ao sul do Cairo. Grande centro de olaria.

— Você se lembra do dia em que seu irmão, o Sr. Yasine, nos viu à mesa, neste lugar?

— Lembro – respondeu Kamal com um sorriso. – O Sr. Yasine é indulgente e bom, mas nunca conseguiu me dar a sensação de que é meu irmão mais velho. Aliás, eu tinha pedido a ele naquele dia para não dizer nada em casa sobre nossa presença aqui; não por temor a meu pai, porque, de qualquer modo, ninguém em casa se arriscaria a lhe revelar esse tipo de coisa, mas por medo de inquietar minha mãe. Você não vê que ela ficaria doida ao saber que nós freqüentamos regularmente este lugar ou qualquer outro, ou pensaria que a maior parte dos clientes dos cafés são fumantes de haxixe ou vagabundos?

— E ela não sabe que o Sr. Yasine freqüenta cafés?

— Se eu lhe dissesse isso, ela me responderia que Yasine é "grande", que não há com o que se preocupar em relação a ele, mas que eu sou ainda "pequeno". Tenho a impressão de que, lá em casa, enquanto eu não tiver cabelos brancos, não deixarão de me classificar como um fedelho!

O garçom trouxe o dominó e os dois copos de chá numa bandeja amarela, colocou tudo em cima da mesa e se foi. Kamal pegou seu copo imediatamente e começou a molhar nele os lábios, sem ao menos lhe dar tempo de esfriar, soprando sobre o líquido, provando-o, depois soprando de novo e chupando os lábios toda vez que se queimava, o que não o impedia de renovar a tentativa com uma teimosia impaciente, como se o tivessem condenado a esvaziá-lo num tempo recorde.

Fuad observava-o em silêncio ou olhava para o vazio, apoiado contra o encosto de sua cadeira, com uma dignidade manifesta demais para a sua idade, com seus grandes e belos olhos exprimindo um olhar profundo e tranqüilo. Só levou a mão ao seu copo depois que Kamal terminou o dele.

Só então começou a beber seu chá tranqüilamente, em pequenos goles, saboreando-o, maravilhando-se com seu perfume, murmurando entredentes depois de cada golada "meu Deus... como está gostoso!"... enquanto o outro, exaltado, apressava-o a terminar para começar a partida, dizendo-lhe, à guisa de advertência:

– Hoje vou fazer de você um pato. A sua sorte acabou.
– É o que vamos ver – vociferou Fuad com um sorriso.

E a partida começou...

Kamal tinha diante do jogo um interesse febril, como se se entregasse a um combate cujo resultado pusesse sua vida em jogo, ou sua honra. Fuad, entretanto, colocava suas peças de dominó com sangue-frio e destreza, sem deixar de sorrir, fosse a sorte a seu favor ou contra, fizesse Kamal uma boa cara ou não. Este último, como de hábito, não demorou a zangar-se e gritou-lhe: "Evidentemente! Não é saber jogar, é a sorte que o faz ganhar!" O outro se contentou em responder com um sorriso educado, impróprio a provocar a cólera, longe de qualquer bravata.

Havia muito Kamal dizia para si mesmo, fervendo de raiva: "Até quando a sorte dele vai continuar a abafar a minha?" Ele não considerava a partida com o espírito esportivo necessário a qualquer tipo de jogo ou de divertimento. Ele punha tanta dedicação e tanto ardor no jogo que nada, para dizer a verdade, distinguia mais nele a parte de seriedade da do divertimento.

Além disso, Fuad não era menos brilhante na escola do que no dominó. Não era ele o primeiro da classe, quando Kamal ficava entre os cinco primeiros? A sorte tinha algum papel nisso também? Como explicar os resultados brilhantes do rapaz, em relação ao qual ele nutria secretamente um sentimento de superioridade que, pensava ele, devia englobar também o domínio das faculdades intelectuais?

Todas as desculpas eram boas para minimizar os resultados do seu amigo, dizendo que dedicava todo seu tempo ao estudo e que, se sua inteligência fosse tão excepcional quanto diziam, ele teria, sem dúvida, alguma margem de ociosidade; sugerindo ainda que ele desprezava as disciplinas esportivas, quando ele mesmo se distinguia num bom número delas; que Fuad, finalmente, limitava suas leituras aos livros escolares ou que, se julgasse bom ler durante as férias uma obra de um gênero diferente, ele cuidava em sua escolha para que o livro apresentasse uma utilidade em seus estudos posteriores. Quanto a ele, o campo de suas leituras não conhecia limites, não era regido por nenhum critério de utilidade.

O que há de espantoso que o outro tivesse uma classificação melhor do que a dele? Todavia, a indignação que ele sentia não ia até o ponto de enfraquecer sua amizade. Kamal gostava de Fuad, tinha prazer e alegria em sua companhia, não hesitando, secretamente, pelo menos, em lhe reconhecer seus méritos e suas qualidades.

A partida continuou e, ao contrário do que o início deixara prever, a primeira rodada acabou com a vitória de Kamal. A alegria brilhou no seu rosto. Ele caiu numa grande gargalhada e perguntou ao seu adversário: "Uma segunda rodada?" Mas Fuad respondeu com um sorriso: "Fiquemos aqui por hoje!" Talvez estivesse cansado de jogar ou temesse que a segunda rodada proposta não tivesse um resultado propício a alimentar as esperanças do seu companheiro e convertesse sua alegria em tristeza. Kamal, desesperançoso, balançou a cabeça, com surpresa:

– Você é como os peixes de sangue-frio! – disse.

Depois, num tom de crítica, massageando a ponta do seu grande nariz com o polegar e o indicador: – Você me surpreende! Quando você é vencido, não faz questão de ter sua revanche. Você gosta de Saad, mas você se esquiva quando se trata de participar de uma manifestação que tem por objetivo festejar sua volta à função do ministério. Você implora a bênção de al-Hussein, mas não mexe uma palha no dia em que nos trazem a prova de que seus despojos não repousam mais no seu túmulo perto de nós! De verdade, você me surpreende!

A que ponto a ausência de emoções o enfurecia! O que se chamava de "a razão" lhe era insuportável. Como se estivesse apaixonado, apaixonado loucamente! Lembrava-se do dia em que lhes tinham dito na escola que o túmulo de al-Hussein não era senão um símbolo e mais nada. Naquele dia, os dois tinham voltado juntos para casa. Enquanto Fuad repetia as palavras do professor de história religiosa, ele se perguntava, totalmente confuso, como o seu amigo conseguia ficar calmo com a notícia, como se se tratasse de um assunto que não lhe dizia respeito. De sua parte, ele não tinha se entregado a uma reflexão qualquer. Ele não estava em condições de pensar um segundo! Como se pode pensar, quando a revolta cresce dentro de você? Ele andava, titubeando quase, sob o efeito do golpe terrível que acabava de lhe ser dado no coração. Chorava uma ilusão cuja fonte acabava de se secar, um sonho que acabava de cair aos pedaços. Al-Hussein não era mais seu vizinho! Pior: ele nunca o tinha sido um único dia! Qual era o sentido desses beijos dados com tanta sinceridade e ardor na porta do túmulo? Que significava o orgulho extraído dessa santa intimidade, a altivez concebida por essa vizinhança? Tudo isso só tinha sido quimera! Não havia mais na grande mesquita senão um símbolo vulgar e, no seu coração exasperado, uma imensa solidão... Naquela noite, ele havia ensopado de lágrimas o seu travesseiro. Ora, tal era o choque, mas não tinha agitado outra coisa em seu amigo "razoável" a não ser... a língua, quando este último tinha comentado o fato repetindo as palavras do professor de história. Oh, razão, como você é abjeta!

— Seu pai sabe do seu desejo de entrar na Escola Normal?
— Sabe — respondeu Kamal, com uma secura no tom que testemunhava sua irritação diante da impassibilidade do amigo, assim como a dor, que ele sentia por ter enfrentado o pai.
— E o que foi que ele disse?

Kamal achou uma oportunidade de consolar o coração, culpando discretamente o interlocutor.

— Infelizmente — respondeu ele –, meu pai, como a maior parte das pessoas, é daqueles que se apegam às falsas aparências: a função pública... a magistratura... a advocacia... é tudo o que o preocupa! Eu não soube como convencê-lo do caráter sagrado do pensamento, dos valores elevados, os únicos dignos de serem procurados nesta vida. Mas pouco importa, ele me deixou livre para agir...

Fuad começou a manipular uma peça de dominó entre os dedos e perguntou, prudente, com apreensão:

— Esses valores são dignos, sem nenhuma dúvida, mas você pode me dizer quem, nesta sociedade, eleva-os ao nível que merecem?
— Apesar disso, não posso rejeitar uma convicção tão alta apenas porque os que me cercam não a têm!
— Que admirável disposição de espírito! — concordou Fuad com uma calma tranqüilizadora. — Mas você não faria melhor em encarar seu futuro numa ótica realista?
— Você acha de verdade que, se o nosso líder tivesse seguido tal conselho — perguntou Kamal com um desdém

sarcástico –, teria pensado seriamente em ir à Casa do Protetorado para exigir a independência?

Fuad esboçou um sorriso que parecia dizer: "Por mais pertinente que seja o seu argumento, ele não pode valer como regra geral na vida."

– Faça então direito para garantir um ofício honroso, e você fica livre mais tarde para enriquecer sua cultura a seu bel-prazer!

– Deus não deu dois corações ao homem!* E depois, permita-me contestar a associação que você faz entre ofício honroso e estudos de direito! Como se o ensino não fosse um!

Fuad apressou-se a afirmar com insistência, para se livrar de tal suspeita:

– Não é absolutamente isso o que eu quis dizer. Quem poderia afirmar que deter o saber e transmiti-lo não é um ofício nobre? Talvez eu só tenha feito reproduzir inconscientemente o que pensam as pessoas. E as pessoas, como você dizia há pouco, deixam-se deslumbrar pelo poder e pela influência...

Kamal levantou os ombros com desprezo e afirmou, de acordo com sua idéia:

– Uma vida inteira dedicada ao pensamento é a mais nobre das vidas!

O outro balançou a cabeça, como concordando com as palavras dele, sem dizer nada. Ficou assim imerso no silêncio até que Kamal lhe perguntasse:

– O que foi que o levou a escolher o direito?

Fuad refletiu um breve momento e respondeu:

– Nunca tive esse seu amor louco pelas idéias. Só me restava então escolher os estudos superiores seguindo o único critério de pensar no futuro. Então escolhi o direito...

---

*Adaptação do versículo 4 da surata 33 do Corão.

Não era a voz mesma da razão? Claro! Em pessoa! Meu Deus, como essa razão o exasperava, revoltava-o! Não era para ele pura injustiça ter de passar suas longas férias prisioneiro desse bairro tendo como único companheiro esse "rapaz razoável"? Existia em alguma parte uma outra vida oposta à do velho bairro; outros amigos que eram, comparados a Fuad, como o dia e a noite! Era para essa vida, esses amigos, que sua alma tendia. Para al-Abbassiyyê, para a juventude nova, mas também e sobretudo para a elegância refinada, o sotaque parisiense, o sonho maravilhoso... para seu ídolo... Ahhh! Já estava sentindo vontade de reencontrar sua casa, seu quarto, para se isolar lá, convocar seu diário íntimo, evocar uma data, fazer ressurgir uma lembrança, consignar um pensamento fugaz. Já não chegara para ele o momento de terminar a conversa e ir embora?

— Encontrei algumas pessoas que me perguntaram por você.

— Quem? – perguntou Kamal, desviando o pensamento, com dificuldade, do fluxo de sua excitação.

— Qamar e Narjis – respondeu Fuad num riso.

Qamar e Narjis eram as duas filhas de Abu Sari, o grelhador de pevides...

A passagem abobadada da alameda Qirmiz, as ruelas mergulhadas na obscuridade depois do pôr-do-sol, o jogo frívolo do amor maculado dessa inocência impura ou desse vício ingênuo! A adolescência ardente... Isso não o fazia lembrar de nada? Mas por que seus lábios se torciam de nojo? A lembrança dessa época relativamente antiga já, que tinha precedido a descida do espírito santo, não podia nunca lhe ocorrer sem provocar, como é devido a quem tem o coração cheio da seiva de um amor imaculado, um sentimento de indignação, de dor e de vergonha.

– E como você as encontrou?

– Na balbúrdia do Mouled de al-Hussein.* Abordei-as francamente e continuei a andar ao lado delas tranqüilamente, como se fôssemos da mesma família que tinha vindo dar um pulo na festa!

– Que homem!

– Pois então... Cumprimentei-as... elas me responderam. Conversamos um bom tempo. Foi então que Qamar perguntou por você.

– E depois? – perguntou Kamal, corando um pouco.

– Concordamos que eu falasse com você e que nos encontrássemos eventualmente, os quatro...

Kamal balançou a cabeça com repugnância.

– Nem pensar – respondeu secamente.

– Como nem pensar? – espantou-se Fuad. – Eu achava que você receberia de braços abertos a idéia de um encontro no subterrâneo ou no pátio da casa abandonada! Sabe, elas cresceram; em pouco tempo serão mulheres sob todos os pontos de vista! A propósito, Qamar usava a grande *mélayé*,** mas estava com o rosto descoberto, e eu disse a ela, rindo: "Se você tivesse posto o véu, eu não teria ousado dirigir a palavra a você!"

– Não, não, nem pensar! – teimou Kamal.

– Mas por que não?

– Não posso mais suportar essa sujeira!

Depois, com uma rispidez no tom que traía uma dor escondida:

---

*Grande festa que celebra no Cairo o nascimento de al-Hussein, neto do Profeta.
**Grande véu negro de mulher que envolve o corpo da cabeça aos pés.

— Não posso estar com Deus na minha prece com hábitos interiores maculados...

— Você só tem de se purificar e fazer suas abluções antes – sugeriu Fuad sem procurar aprofundar-se.

— A água que lava também suja! – replicou Kamal, opondo-se a esse simbolismo vazio.

Era uma velha luta... quando ele ia antigamente encontrar Qamar perturbado pelo desejo e pela angústia, para voltar com a consciência atormentada e o coração em prantos; depois, no fim de sua prece, com fervor, pedir longamente perdão a Deus. Mas ele voltava a fazê-lo, contra a vontade, para trazer o mesmo sofrimento e implorar ainda a Deus o seu perdão. Ah, esses aborrecidos dias de desejo, de amargura e de sofrimento! Depois, veio a luz! Então ele pôde amar e rezar ao mesmo tempo. Sim! Por que não? O amor não decorre puro da fonte divina?

Fuad disse, exprimindo algum lamento:

— Eu não tinha mais visto Narjis desde que lhe proibiram de vir brincar no bairro...

Kamal pareceu preocupado:

— Você, crente que é, não sofreu com essa relação?

— Há coisas que são mais fortes do que nós – respondeu Fuad, baixando os olhos, envergonhado e confuso.

Depois, como para disfarçar sua confusão:

— Então, você está decidido a se recusar a aproveitar a ocasião?

— Claro!

— Só por causa da religião?

— E então? Não basta?

Fuad exibiu um largo sorriso.

— Você impõe a você mesmo o insuportável...

— Eu sou assim, não há o que acrescentar – teimou Kamal – e não devo ser de outro jeito!

Trocaram um longo olhar. Aos olhos de Kamal, dos quais sobressaíam determinação e provocação, respondiam os de Fuad, num apelo à trégua e um sorriso, como os raios infernais do sol que se comportam num brilho risonho à superfície da água...

– Para mim – disse Kamal –, o desejo carnal é um instinto baixo. A idéia de sucumbir a ele me é insuportável! Eu direi até mesmo que ele só foi criado em nós para melhor nos inspirar um sentimento de resistência, de sublimação, a fim de nos elevarmos dignamente ao nível da verdadeira humanidade. Porque das duas uma: ou eu sou um ser humano, ou eu sou um animal.

Fuad fez uma pausa, antes de responder calmamente:

– Não penso que seja um mal absoluto. Porque, apesar de tudo, é ele que nos leva a nos casar e, daí, a perpetuar nossa espécie.

O coração de Kamal foi agitado por uma violenta palpitação que Fuad não percebeu. No final das contas, o casamento se resumia a isso? Se ele não ignorava essa verdade, tampouco ficava menos perturbado, não entendendo como as pessoas conseguiam conciliar amor e casamento. Essa questão delicada, nunca o seu amor o tinha coagido a abordá-la, na medida em que o casamento sempre lhe surgira – e por mais de uma razão – como algo que ultrapassava de suas esperanças, o que nem por isso deixava de mergulhá-lo numa situação penosa para a qual era necessário achar uma saída. Ele não concebia, entre ele e sua adorada, uma união feliz a não ser a que emanasse nela de uma inclinação da alma e nele de uma busca apaixonada. Em outras palavras, por um caminho delimitado pela adoração... ou que fosse a própria adoração! Então, o que tinha a ver o casamento com tudo isso?

— Os que se amam de verdade não se casam!
— Que está dizendo? – perguntou Fuad, espantado.

Ele se deu conta, antes mesmo que Fuad fizesse a pergunta, de que sua língua tinha traído seu pensamento. Viveu um instante penoso, a perturbação se lia em seu rosto, e começou a se lembrar das últimas palavras saídas da boca do amigo antes que lhe escapasse essa frase despropositada. Ainda que recente em seus ouvidos, foi com algum esforço que ele conseguiu montar o fio das idéias deste último sobre o casamento e a descendência. Decidiu disfarçar seu lapso e corrigir-lhe o sentido tanto quanto fosse possível.

— Os que amam mais do que a vida não se casam! Eis o que eu queria dizer.

Fuad esboçou um leve sorriso... (ou então se esforçava por conter o riso?). Mas seus olhos impenetráveis não revelaram seus sentimentos escondidos. Ele se contentou em dizer:

— É um assunto sério. É prematuro falar sobre isso... Deixemos isso para um momento oportuno.

Kamal deu de ombros com um ar de indiferença:
— Está bem. Esperemos...

Um abismo os separava. No entanto, eram amigos. Mais ainda, Kamal não podia desconhecer que era essa divergência de pontos de vista entre os dois que precisamente os atraía um ao outro, apesar da tensão que isso sempre infligia aos seus nervos. Não tinha chegado para ele a hora de voltar para casa? O desejo de ficar sozinho, de se entregar a si mesmo, o chamava a casa. A idéia do caderno que dormia na gaveta da sua escrivaninha punha fogo em sua impaciência. Quando se está cansado de enfrentar o real, é preciso encontrar um pouco de repouso no recolhimento...

— Tudo bem. Vamos para casa.

4

A caleche seguia à margem do Nilo, quando parou subitamente diante de uma vivenda na orla do rio, no final do primeiro entroncamento da estrada de Imbabah. O Sr. Ahmed não demorou a descer, seguido imediatamente pelo Sr. Ali Abd el-Rahim.

Já era noite, e a escuridão cobria tudo à volta. Não se distinguiam ao longe senão luzes que escapavam das janelas das vivendas d'água e das *dahabiehs** cujo cordão se estendia ao longo das duas margens a partir da ponte de Zamalek** e, rio abaixo, a jusante, como um enxame de pálidos clarões que cintilavam na aldeia, no fim da estrada, como uma nuvem de renda espalhando sol por um céu pesado, prenúncio de tempestade. Era a primeira vez que o Sr. Ahmed ia à vivenda, embora o Sr. Iffat a tivesse alugado havia já quatro anos, fizera dela o local privilegiado dessas reuniões galantes que nosso homem tinha proibido a si mesmo desde a morte de Fahmi.

Ali Abd el-Rahim vinha na frente para indicar-lhe a pontezinha, e disse-lhe, à beira da escada:

— Preste atenção, a escada é estreita, os degraus são altos e não há corrimão. Ponha a sua mão no meu ombro e desça devagar.

Os dois homens desceram com infinitas precauções, tendo no ouvido o marulhar da água que batia na margem e

---

*Barca comprida, podendo ultrapassar 30 metros, bem estreita na proa, com um habitáculo na parte traseira elevado por uma ponte coberta, utilizada antigamente no Nilo para o transporte de viajantes.
**Ponte que liga a margem leste do Nilo ao bairro do mesmo nome situado a oeste.

na frente da vivenda, com as narinas plenas de um odor de plantas em que se misturavam os cheiros do limo que a cheia havia deixado em abundância neste início de setembro.

— Esta noite será histórica na sua vida e na nossa! — exclamou Ali Abd el-Rahim, procurando às apalpadelas o botão da campainha na parede de entrada. — Vamos celebrá-la como se deve, batizando-a com um nome apropriado! "A noite do retorno do xeque!" Que acha disso?

— Bom, só que eu não sou um xeque — respondeu o nosso homem, segurando com mais força o ombro do amigo. — O xeque, nessa história, seria antes o seu pai!

— Dentro de um instante, você vai rever rostos que não vê há cinco anos — riu Ali Abd el-Rahim.

— Isso não quer dizer necessariamente — replicou nosso homem, como se tivesse certeza do que dizia — que vou modificar qualquer passo na minha conduta ou desviar-me da minha decisão!

Depois, após uma breve pausa:

— Enfim... eu...

— Você já viu um cachorro jurar não tocar na carne quando o deixam sozinho na cozinha?

— Esse cachorro de que você fala seria antes o seu pai... filho de cão!

Ali Abd el-Rahim apertou o botão da campainha. Em trinta segundos, a porta abriu-se e surgiu o rosto de um velho núbio, que se afastou, levando as mãos ao alto da cabeça em sinal de saudação.

Os dois homens entraram e viraram em direção a uma porta, à esquerda da entrada, que os conduziu a um corredor curto, iluminado por uma lâmpada elétrica pendurada no teto, mobiliado com simetria por uma grande poltrona de couro e uma mesa baixa, encimadas por um espelho. Ao fundo, em linha reta, uma outra porta entreaberta deixava filtrar as vozes dos convivas que fizeram estremecer o coração do nosso homem. Ali Abd el-Rahim empurrou-a e entrou no cômodo seguido pelo Sr. Ahmed. Mal este ultrapassou a soleira, viu-se frente a frente com os membros presentes, que se levantaram para recebê-lo e logo avançaram para fazer-lhe festa, com a alegria quase transbordando em seus rostos.

Mohammed Iffat foi o mais rápido a chegar até ele e, dando-lhe um abraço:

— É a lua que vem nos iluminar!* — exclamou.

Depois, foi a vez de Ibrahim Alfar abraçá-lo:

— O tempo satisfez minha espera!** — disse.

Os homens se enfileiraram numa coluna de honra, e Ahmed Abd el-Gawwad pôde ver Galila, Zubaida, assim como uma terceira mulher que se mantinha ligeiramente atrás das duas outras, em quem ele não demorou a reconhecer Zannuba, a tocadora de alaúde. Ahhh, o passado estava ali, inteirinho, reunido num único círculo! Embora parecendo um pouco perturbado, seu rosto iluminou-se...

Mas logo Galila caiu numa longa gargalhada, abriu os braços, envolveu-o com eles, cantarolando:

— Onde estava, oh, meu amado desaparecido?*

Quando se liberou do abraço, ele viu Zubaida a certa distância, como se hesitasse, mas com o rosto iluminado por sinais de alegria e de boa acolhida. Ele lhe estendeu o braço. Ela o apertou calorosamente e, arqueando em sinal de censura as sobrancelhas adelgaçadas, disse-lhe, num tom levemente irônico:

— Há treze anos esperava a sua volta...**

Ele não pôde conter uma longa gargalhada... quando, finalmente, viu Zannuba que não tinha saído do lugar, com

---

*e**Títulos de canções.

um sorriso tímido a entreabrir-lhe os lábios, como se não tivesse achado em seu passado comum com o visitante nada que a autorizasse a romper a distância entre ambos. Ele lhe deu um aperto de mão, dizendo-lhe, para encorajá-la, com galanteria:

– Estou feliz por rever a rainha das tocadoras de alaúde!

Cada um voltou para o seu lugar. Mohammed Iffat passou o braço sob o do Sr. Ahmed, puxou-o para si e o fez sentar-se ao seu lado; perguntando-lhe, rindo:

– Você caiu aqui por acaso ou tem pretensões com o amor?

– Não, o amor é que teve pretensões comigo, e eu caí – respondeu o nosso homem em tom de confidência.

O lugar, que o calor dos reencontros e as brincadeiras dos hóspedes tinham tornado alheio para si, começou a revelar-se a seus olhos. Ele descobriu então um cômodo de tamanho médio, com paredes e teto revestidos de uma cor verde-esmeralda, rasgado, nas laterais, por duas janelas que davam de um lado para o Nilo, de outro para a estrada, com as vidraças abertas e as gelosias fechadas. Uma lâmpada coberta por um cone de cristal pendia do teto e lançava um feixe de luz sobre uma mesinha que ocupava o centro do cômodo, sobre a qual havia copos e garrafas de uísque. Um tapete combinando com a cor das paredes e do teto cobria o chão, emoldurado por quatro grandes canapés, divididos em dois por uma almofada e cobertos por uma gualdrapa de brocado. Nos cantos, estavam dispostos pufes e almofadas.

Galila, Zubaida e Zannuba se sentaram no canapé do lado que dava para o Nilo, os três homens no lado oposto, com os instrumentos de música, alaúde, tamborim de címbalos, *darabukkd** e címbalos, espalhados em cima dos pufes ao lado deles. Ahmed Abd el-Gawwad deixou seu olhar percorrer longamente o lugar; depois exclamou, num suspiro de satisfação:

— Senhor! Tudo é perfeito! Por que não abrem as duas janelas que dão vista para o Nilo?

— Fechamos quando pára o movimento dos faluchos — respondeu-lhe Mohammed Iffat. — "Se Deus o põe à prova, esconda-se!"**

A que o nosso homem replicou à altura, com o sorriso na boca:

— E se vocês se escondem, sejam postos à prova!

— É isso aí, mostre-nos as suas tiradas de antigamente — gritou-lhe Galila, como se o desafiasse.

Sua réplica só tinha por objetivo fazer uma graça. Ademais, ter-se lançado nessa ação rebelde, isto é, ter vindo à vivenda d'água, depois de tantas reticências, provocava nele incerteza e angústia. Mas havia outra coisa. Uma mudança de uma certa natureza que ele devia identificar por si mesmo e para si mesmo. Que olhasse apenas mais de perto um pouco! Que via? Galilá e Zubaida, ali, diante dele, tão robustas uma e outra quanto um palanquim, como ele dizia antigamente, ou talvez ainda mais recheadas de carne e de gordura. Mas algo mais envolvia aquelas figuras, mais acessível sem dúvida à intuição do que aos sentidos, mas que, incontestavelmente, assemelhava-se de perto ou de longe à velhice e que talvez tivesse escapado ao olhar dos seus amigos, pelo fato de que estes não tinham, como ele, rompido

---

*A *darabukka* (ou *derbuka* em Maghreb) é um tambor sobre vaso em forma de cálice, mais freqüentemente de barro, coberto, em sua abertura maior, por uma pele de cabra ou de peixe.
**Hadith.

com as duas mulheres. Tal mudança não tinha se processado também nele? Este pensamento apertou-lhe o coração e esfriou-lhe o ardor. O amigo de volta depois de uma longa ausência é o mais verdadeiro espelho do homem! Mas de que modo compreender esta mudança? Galila e Zubaida não mostravam nenhum cabelo branco! Aliás, o que viriam fazer os cabelos brancos na cabeça de lindas mulheres? Nem rugas tampouco... "Estaria você julgando erroneamente? Certamente que não! Olhe, veja esse olhar! É o reflexo de uma alma apagada apesar de todo o brilho que irradia à sua volta e que, escondendo-se às vezes sob a máscara de um sorriso, da frivolidade, transparece entretanto sob o seu aspecto verdadeiro. Então, você pode ler nele o enterro da juventude! É um discurso silencioso. Zubaida já não passa dos 50? E Galila tem ainda mais anos do que ela! Ela é sua coetânea. Ela não poderia refutar isso, diga o que disser. Mas alguma coisa também no seu coração mudou, que deixa pressentir o fastio, a impaciência. Você não estava assim, ao chegar! Você veio correndo a ponto de perder o fôlego, à procura de uma imagem que não existia mais. Perca as esperanças! Sem nem por isso se deixar vencer... Vamos, beba, abra sua alma para a alegria, ria, ninguém vai jogá-lo contra os seus desejos se não o quiser!"

— Eu nunca imaginaria que meus olhos fossem revê-lo neste mundo – disse Galila.

Ele não pôde resistir à tentação de perguntar-lhe:

— E o que você está achando de mim?

Zubaida se intrometeu, para responder:

— A mesma coisa de sempre. Um dromedário único de sua espécie. Há mesmo alguns cabelos brancos que brilham debaixo do seu fez... mas nada mais além disso!

— Deixe-me responder! – protestou Galila. – A pergunta dele era dirigida a mim.

Depois, virando-se para o nosso homem:

— Eu o vejo como antes. Nada de espantoso, nunca fomos outra coisa senão filhos da insônia!

Ahmed Abd el-Gawwad compreendeu a alusão e disse, afetando seriedade e sinceridade:

— Quanto a vocês duas, estão ainda mais belas do que antes! Eu não esperava tanto...

Zubaida, perscrutando-o com um olhar atento:

— O que foi que o afastou de nós durante todo esse tempo? — Depois, rindo: — Poderia, se houvesse em você alguma bondade, vir fazer-nos algumas visitas inocentes! Não pode então haver encontro entre nós sem que haja uma cama embaixo?

A isso Ibrahim Alfar replicou, agitando seu braço no ar para fazer cair a manga do seu cafetã:

— Tanto quanto eu saiba e quanto nós saibamos, não pode haver encontro inocente entre vocês e nós!

— Bah! — indignou-se Zubaida. — Deus nos livre dos homens! Vocês só encaram as mulheres como montarias!

— Pobre querida! — riu Galila. — Dê graças ao Senhor! Vamos, então! Você acha que teria se dado ao trabalho de acumular toda essa gordura se não tivesse na cabeça a idéia de tornar-se uma montaria ou um bom colchão bem fofinho?

— Deixe-me em paz com o réu, para que eu prossiga o interrogatório — disse-lhe Zubaida em tom de censura.

— Fui condenado a cinco anos de prisão, isento de trabalhos — replicou Ahmed Abd el-Gawwad com um sorriso.

Zubaida voltou com tudo contra ele:

— Santo Deus! — disse, irônica. — Você aboliu todos os prazeres. Todos, oh, meu Deus, a tal ponto que não lhe sobram mais a não ser os da boa mesa, do vinho, da música, do riso e das noitadas até a aurora, todos os dias!

– Todas essas alegrias são o indispensável refúgio de um coração ferido – retorquiu Ahmed Abd el-Gawwad como para se desculpar. – Quanto às outras...

Zubaida, agitando a mão, como se dissesse "ah, logo você!":

– Agora tenho a prova de que você nos considera piores do que todos os vícios e todos os pecados!

Mohammed Iffat interrompeu-o gritando, como se tivesse lembrado de algo importante que ia escapando de sua mente:

– Viemos aqui para discutir, e deixar os copos sem ninguém para se ocupar deles? Ali, encha-os! Zannuba, afine o seu alaúde! E você, meu caro senhor, ponha-se à vontade! Você acha que está na escola? Fora com esta *djoubba* logo e tire o fez. Não vá pensar que escapou do interrogatório. Vamos recomeçá-lo mais tarde. É preciso, para isso, que primeiro a corte e o advogado estejam bêbados. Galila fez questão absoluta de retardar nossa bebedeira até que... como dizem... "o príncipe da galhofa esteja entre nós". Essa boa dama lhe dedica uma devoção semelhante à que os pecadores impenitentes prestam a Satanás. Que Deus os guarde um para o outro!

O Sr. Ahmed levantou-se para tirar a *djoubba*. Ali Ab el-Rahim se levantou para assumir, como de hábito, o papel de copeiro. O alaúde, à procura de afinação, balbuciou algumas notas desafinadas. Zubaida esquentou a voz num zumbido de boca fechada. Galila arrumou com a ponta dos dedos algumas mechas do cabelo e abriu mais o decote do vestido entre os seios. Os olhos seguiram com desejo as mãos de Ali Abd el-Rahim, a encher os copos. O Sr. Ahmed se esparramou no seu assento, percorrendo com os olhos o lugar e depois os membros presentes, até o momento em que encontraram por acaso os de Zannuba. Seus olhares se cumprimentaram num sorriso. Ali Abd el-Rahim serviu a primeira rodada. "À saúde de todos!", exclamou o Sr. Mohammed Iffat. Depois, virando-se para o Sr. Ahmed: "E à sua amizade!" "Ao seu retorno, Sr. Ahmed!", acrescentou Galila. E Zubaida: "À virtude, depois do pecado!" O Sr. Ahmed: "A meus caros amigos dos quais a tristeza me separou!"

Começaram a beber assim que o Sr. Ahmed levou o copo aos lábios. E logo que abaixou o copo, ele viu então, erguido paralelamente ao seu, o rosto de Zannuba cujo frescor juvenil o fez estremecer. Mohammed Iffat dirigiu-se a Ali Abd el-Rahim: "Traga-nos uma segunda rodada!" E Ibrahim Alfar acrescentou: "E uma terceira logo depois, para equilibrar!" Ali Abd el-Rahim arregaçou as mangas: "O servidor é o rei das reuniões!"

O Sr. Ahmed pôs-se a acompanhar com o olhar os dedos de Zannuba que afinava seu alaúde. Interrogou-se sobre a idade dela, que situou entre os 25 e 30 anos. Perguntou-se mais uma vez pelo motivo da presença dela... Tocar alaúde? A menos que sua tia Zubaida quisesse prepará-la para assegurar ela mesma a própria subsistência! Ibrahim Alfar: "A minha cabeça está rodando de tanto olhar a água do Nilo!" E Galila exclamou: "Aproveite, filho de ventoinha!" "Se a gente jogasse na água uma mulher tão grande quanto Galila ou Zubaida, você acha que ela afundaria ou flutuaria?", perguntou Ali Abd el-Rahim. O Sr. Ahmed respondeu-lhe que flutuaria, a menos que a furassem. Ele interrogou sua consciência sobre o que aconteceria se fosse tomado de encanto por Zannuba... Obteve a resposta de que seria vergonhoso sucumbir a ela agora... que ao cabo de cinco copos o assunto não deixaria sempre de ser delicado, mas que depois de uma garrafa inteira, em compensação, isso se tornaria um dever!

Mohammed Iffat propôs beber um copo à saúde de Saad Zaghloul e de Mustafá al-Nahhas, que iam no fim do mês fazer o trajeto de Paris a Londres, para ajudar nas negociações. Depois Ibrahim Alfar propôs esvaziar um outro à saúde de Mac-Donald, o amigo do Egito e dos egípcios. Ali Abd el-Rahim perguntou o que tinha querido dizer este último ao afirmar que podia resolver a questão egípcia em menos tempo do que lhe seria necessário para esvaziar a xícara de café que tinha diante de si. Ahmed el-Gawwad respondeu-lhe que então isso significava que eram necessários cinqüenta anos a um inglês, em média, para esvaziar uma xícara de café! Ele se lembrou de como se enfurecera contra a revolução depois da morte de Fahmi, de como, em vista da estima e do respeito que lhe testemunhavam as pessoas em sua qualidade de pai de um santo mártir, ele tinha recuperado pouco a pouco sua fibra patriótica do início, de como, finalmente, a tragédia do seu filho se transformara com o tempo em título de glória de que ele se orgulhava sem o saber.

Galila estendeu seu copo na direção do Sr. Ahmed, e disse-lhe:

– À sua saúde, meu dromedário! Fazia tempo já que eu me perguntava: "O Sr. Ahmed nos esqueceu realmente?" Mas Deus sabe que eu o perdoei e rezei a Ele para lhe dar força e consolo. Não fique espantado, porque eu sou sua irmã, e você é meu irmão.

– Se você fosse irmã dele – perguntou-lhe zombeteiramente Mohammed Iffat – e ele seu irmão, como você diz, você acha que se faz entre irmãos e irmãs o que vocês fizeram juntos no passado?

Ela caiu na gargalhada, o que reavivou nos espíritos as lembranças do ano de 1918 e dos anos anteriores.

– Vá perguntar isso aos seus tios, filho-da-mãe!

– Outra coisa me parece que explica a longa ausência dele – declarou Zubaida encarando Ahmed Abd el-Gawwad com malícia.

Mais de uma voz se elevou para lhe perguntar o que era, quando o Sr. Ahmed balbuciou no tom de quem implora a proteção de Deus:

— Oh, Deus de misericórdia, protegei-me!

— Pareceu-me que sem dúvida ele tinha sido vítima de um desses ataques de fraqueza que atingem os velhos da idade dele! Então ele pegou a desculpa da tristeza e desapareceu...

— Ele seria mesmo o último a ser atingido pela velhice — protestou Galila sacudindo a cabeça à maneira das almeias.

— Qual ponto de vista lhe parece mais justo? — perguntou o Sr. Iffat ao Sr. Ahmed.

— O primeiro não exprimiria o medo e o segundo a esperança? — respondeu este último num tom carregado de significação.

— Não sou daquelas a quem a espera as decepciona — replicou Galila com triunfo e satisfação.

Ele ia dizer-lhe "quem do homem teve experiência ou o despreza ou lhe faz reverência", mas temeu ser chamado para a prova, ou que suas palavras fossem entendidas como uma proposta para prestá-la, isso no momento em que, à medida que ele encarava o fato um pouco mais de perto, um sentimento de repulsa e de desinteresse se apoderava dele, cuja idéia nem sequer lhe ocorrera antes de sua chegada ao lugar. Seguramente! Uma mudança indiscutível se produzira! O tempo de antes estava acabado. Hoje não era mais como ontem. Zubaida não era mais Zubaida e Galila não era mais Galila. Nada merecia mais o risco da aventura. Só tinha de se contentar com a fraternidade que Galila proclamara e aumentar o círculo dessa fraternidade, incluindo nele a própria Zubaida!

— Como, entre vocês duas, minhas senhoras, um homem poderia ser vitimado pela senilidade? — disse, com delicadeza.

- Qual de vocês é o mais velho? – perguntou Zubaida encarando alternativamente os três homens.

- Quanto a mim, nasci exatamente depois da revolução de Orabi* – respondeu nosso homem com um ar inocente.

- Conte outra! – protestou Mohammed Iffat. – Disseram-me que você fez parte de suas tropas.

- Fui um dos soldados em gestação – replicou o Sr. Ahmed. – Como você diria hoje, um trabalhador em domicílio...

- E o que fazia sua falecida mãe ao vê-lo entrar e sair para partir para o combate? – perguntou Ali Abd el-Rahim, surpreso.

- Não fuja do assunto fazendo brincadeiras! – exclamou Zubaida, depois de ter esvaziado seu copo. – Eu lhe perguntei sua idade.

- Está bem, para todos os três: entre 50 e 55! – respondeu Ibrahim Alfar, provocador. – E você, vai nos revelar a sua?

Zubaida deu de ombros com indiferença e retorquiu:

- Nasci...

Ela apertou o olhar e levantou os olhos pintados para a lâmpada, no esforço da lembrança. Mas o Sr. Ahmed a precedeu e completou suas palavras, dizendo:

- Depois da revolução de Saad Paxá?**

Riram por algum tempo até que ela lhes indicasse seu desagrado, agitando o dedo. Mas Galila que, obviamente, não apreciava a conversa, exclamou:

---

*Trata-se de Orabi Paxá, oficial egípcio que, para responder à ingerência da Inglaterra nos assuntos do Egito (criação do Serviço da Dívida, comissão de inquérito sobre as finanças), organizara em 1881 o primeiro movimento de revolta nacional. Ahmed Abd el-Gawwad se rejuvenesce, pois, em uns dez anos.
**Trata-se da revolução de 1919. Segundo Ahmed Abd el-Gawwad, Zubaida teria aproximadamente 5 anos!

– Poupe-nos desse terreno escorregadio! A idade nos diz respeito, a nós, os humanos? Deixemos a Deus que está no céu o cuidado de exigi-la de nós. No que nos diz respeito, uma mulher permanece jovem enquanto achar alguém para desejá-la e um homem, do mesmo modo.

– Dêem-me os parabéns! – exclamou subitamente Ali Abd el-Rahim.

Perguntaram-lhe por que convinha dar-lhe os parabéns, e ele respondeu, na mesma explosão de voz:

– Estou bêbado!

Ahmed Abd el-Gawwad declarou então que todos deviam juntar-se a ele, antes que ele se perdesse, sozinho, no mundo da embriaguez, enquanto Galila, ao contrário, incitava o grupo a abandoná-lo à sua sorte, para puni-lo por ter tido pressa de beber. Ali Abd el-Rahim foi se encolher num canto, com um copo cheio na mão, e disse: "Procurem outra pessoa para servir vocês!" Zubaida se levantou para ir até o lugar em que tinha deixado suas roupas e mexeu em sua bolsa à procura da caixinha de cocaína que ela tinha deixado lá, até que constatou, tranqüilizada, que a caixinha estava no mesmo lugar. Ibrahim Alfar aproveitou-se do fato de que o lugar dela estava vago para ocupá-lo. Apoiou a cabeça no ombro de Galila, dando um suspiro profundo. Mohammed Iffat levantou-se e foi abrir as gelosias das duas janelas que davam para o Nilo. A noite projetava sobre o rio um jogo de sombras movediças riscadas por rastros de luz suave que a cintilação das lâmpadas dos *dahabiehs* em vigília desenhava sobre as ondulações da água.

Zannuba acariciou as cordas do seu alaúde e tocou uma ária de dança. Nosso homem manteve por muito tempo seus olhos fixos nela, depois levantou-se para encher um copo. Entretanto, Zubaida tinha voltado para o seu lugar e se sentara entre Mohammed Iffat e Ahmed Abd el-Gawwad, dando-lhe tapinhas nas costas. A voz de Galila se elevou e ela cantou: "No dia em que o amor me mordeu..."

Ao que Ibrahim Alfar gritou, por sua vez: "Dêem-me os parabéns!"

Mohammed Iffat e Zubaida juntaram sua voz à de Galila, quando chegou neste verso da canção: "Prestaram-me os primeiros socorros." Zannuba também participou da canção. O Sr. Ahmed pôs de novo seus olhos nela, e, sem se dar conta, se uniu ao coro. A voz de Ali Abd el-Rahim chegou do canto do cômodo para animar o grupo. Ibrahim Alfar exclamou, com a cabeça sempre apoiada no ombro de Galila: "Seis cantores para um só ouvinte: seu criado!" Ahmed Abd el-Gawwad pensou consigo mesmo, sem parar de cantar: "Ela vai dizer sim, no auge da alegria e da satisfação!" E perguntou-se mais uma vez: "Será uma noite sem amanhã ou uma longa relação que se anuncia?"

Ibrahim Alfar levantou-se bruscamente e pôs-se a dançar. O grupo todo começou então a bater palmas em cadência e a cantar em uníssono:

"Vá logo e pegue em mim no seu bolsinho
Entre o seu cinto e aquele lugarzinho..."

Ahmed Abd el-Gawwad se perguntava se Zubaida aceitaria que o encontro se realizasse na casa dela.

O canto e a dança pararam e todos se entregaram a uma ardente disputa espirituosa. Toda vez que o nosso homem inventava um trocadilho, ele olhava para o rosto de Zanuba para observar sua reação. A confusão começava, enquanto, suavemente, o tempo se esgotava...

— Bom, tenho de ir para lá agora – declarou Ali Abd el-Rahim, levantando-se e dirigindo-se para suas roupas.

Mohammed Iffat gritou-lhe então, furioso:

— Bem que eu lhe disse para trazê-la com você para não interromper a noitada!

— E quem é a queridinha? – perguntou Zubaida, levantando as sobrancelhas.

— Uma nova namorada – respondeu Ibrahim Alfar. – Uma gorda dona de casa em Wajh el-Birka.

— Quem é? – perguntou Ahmed Abd el-Gawwad com interesse.

— Sua velha amiga Saniyya el-Olali – respondeu rindo Ali Abd el-Rahim, amarrando na cintura sua *djoubba*.

Nosso homem arregalou os olhos azuis onde brilhou um olhar sonhador. Depois, dirigindo-se ao amigo, com um sorriso nos lábios:

— Mande-lhe boas lembranças minhas e transmita-lhe minhas saudações.

— Ela me pediu notícias suas e me propôs convidá-lo para passar uma noite na casa dela depois do trabalho – replicou Ali Abd el-Rahim, torcendo os bigodes, enquanto se preparava para sair. – Respondi-lhe que seu filho mais velho... abençoado seja!... já atingiu uma idade considerada em sua casa como a da obrigação de freqüentar Wajh el-Birka e outros lugares de perdição, e você, pai dele, se arriscaria a ficar cara a cara com ele, se aceitasse o convite.

O homem caiu numa franca gargalhada, depois cumprimentou o grupo e abandonou o recinto em direção ao corredor. Mohammed Iffat e Ahmed Abd el-Gawwad seguiram atrás dele para acompanhá-lo até a saída. Os três homens ficaram ainda alguns instantes conversando e rindo entre si, antes que o Sr. Ali deixasse a vivenda. Mohammed Iffat sacudiu então o braço de Ahmed Abd el-Gawwad e perguntou-lhe:

— E agora? Zubaida ou Galila?

– Nem uma nem outra – respondeu o nosso homem com naturalidade.
– Por que diabos? Não diga bobagens!
– Não apressemos as coisas – respondeu Ahmed Abd el-Gawwad, num tom de moderação. – Eu me contentarei para o resto da noite com a bebida e o alaúde...

O amigo apressou-se a arriscar nova tentativa, mas, como o nosso homem se esquivasse sutilmente, não o incomodou mais. Voltaram para o quarto que estava de pernas para o ar, na vaporosidade do entorpecimento, e retomaram seus lugares. Ibrahim Alfar assumiu a função de copeiro. Os sinais de embriaguez já eram visíveis no brilho dos olhos, no desembaraço natural da conversa, na frouxidão dos membros... Todos tinham continuado em coro com Zubaida:

"Por que, por que ri o rio..."

Ahmed Abd el-Gawwad deu força à voz a ponto de cobrir quase a de Zubaida. Galila contou alguns pedaços do seu passado amoroso...

"Desde que meus olhos deram com você, tive a sensação de que a noite não terminaria assim... Meu Deus, como a moça é bonita! Moça? Sim, sim, porque você tem um quarto de século a mais do que ela!"

Ibrahim Alfar lamentou o fim do período dourado do cobre, do tempo de guerra, e disse à turma, num tom de desprezo: "Vocês teriam me beijado as mãos por uma libra de cobre!" Ao que o Sr. Ahmed replicou: "Se você tiver um favor a pedir a um cachorro, chame-o de 'Senhor'!"

Zubaida queixou-se de estar bêbada demais. Levantou-se e começou a passear pelo cômodo de um lado para o outro. Nesse instante, eles se puseram a bater as mãos no ritmo de seu andar titubeante e a cantar para ela com toda força: "Era uma vez um barquinho pequenino"... O vinho entorpece os órgãos secretores de tristeza. "Vamos, chega!", resmungou Galila. Ela se levantou e abandonou o recinto na direção de um corredor que levava a duas alcovas dispostas frente a frente. Virando para uma delas, do lado do Nilo, ela entrou lá. No momento em que recebia a massa do seu corpo enorme, a cama estalou. Semelhante iniciativa agradou a Zubaida, que seguiu imediatamente sua colega em direção à outra alcova, de onde um novo estalo, mais violento ainda, fez-se ouvir.

– A cama lançou seu apelo! – exclamou Ibrahim Alfar.

Uma voz fraca chegou até eles então, da primeira alcova, a qual cantarolava, imitando o tom rouco de Mounira al-Mahdiyya: "Venha, meu querido"... Mohammed Iffat levantou-se e respondeu, cantando: "Já vou, já estou indo"...

Ibrahim Alfar interrogou com o olhar o Sr. Ahmed, que lhe disse: "Se você não tem vergonha, faça o que quiser!"* O homem levantou-se e respondeu: "Na vivenda, a vergonha não existe!"

Enfim, sós! A hora que ele tanto tinha esperado tinha chegado! A moça colocou o alaúde do lado dela e cruzou as pernas à moda oriental, cobrindo-as pudicamente com o vestido. Fez-se silêncio... Os olhos deles se cruzaram, depois ela virou seu olhar para o vazio. O silêncio estava carregado de uma certa tensão e logo não era mais suportável.

Ela se levantou bruscamente.

– Aonde você vai? – perguntou-lhe ele.

– Ao banheiro – balbuciou ela, passando pela porta.

Ele se levantou por sua vez e foi sentar-se no lugar dela, pegou o alaúde e começou a dedilhar as cordas, pergun-

---

Hadith.

tando-se a si mesmo: "Não haveria por acaso um terceiro quarto? Mas seu coração não deve bater assim, como na noite em que o soldado inglês o empurrava na frente dele, na escuridão... Na noite de Oum Maryam... Você se lembra? Não remexa essa lembrança, que é cruel demais... Olhe, aí está ela que volta do banheiro... Meu Deus, como ela é graciosa.!"...

— Você toca alaúde?

— Não. Me ensine – respondeu ele com um sorriso.

— O tamborim é suficiente para você. Você é um especialista.

— Oh! Já vai longe esse tempo!... Uma época bem doce – suspirou ele. — Você era ainda uma criança... Mas... por que você não se senta?

"Olhe como ela roça em você... Ah! Como são doces as primeiras abordagens!"

— Está aí: pegue o alaúde e toque para mim...

— Já se cantou, brincou e riu demais por hoje! Esta noite eu entendi, mais do que nunca, por que a sua presença faz tanta falta a eles, a cada noitada!

Ele deu um sorriso, revelador de sua alegria, e insistiu insidiosamente:

— Em contrapartida, você não disse que bebeu demais!

— Não – respondeu ela, rindo.

Como um cavalo fogoso, ele pulou em direção à mesa, voltou com uma garrafa cheia pela metade e com dois copos na mão, sentou-se de novo, dizendo:

— Bebamos nós dois.

"A deliciosa sofregazinha! Seus olhos brilham de malícia e de encanto... Faça-lhe a pergunta sobre o terceiro quarto... e pergunte a você mesmo se é só por uma noite ou por mais tempo! Mas... quanto às conseqüências, não faça perguntas a si mesmo! Pense, pois! O Sr. Ahmed Abd el-Gawwad, com a alta estima de que goza, abrir seus braços a Zannuba, a tocadora de alaúde?... Você se lembra de quando ela lhe trazia a bandeja de frutas antigamente na casa de Zubaida. Espere, você logo vai saber as alegrias a que sua beleza lhe dá direito! Sabe, a impotência nunca fez parte de meus atributos!"

Ele viu, quase a roçar-lhe o joelho, a mão dela apertada à volta do copo... Ele aproximou-se e acariciou-a suavemente. Mas ela retirou sua mão sem nada dizer, colocando-a sobre o colo, sem nem mesmo olhar para ele. Então ele perguntou a si mesmo se tal coqueteria era de bom-tom a essa hora tardia, sobretudo se o convite vinha de um homem como ele e se endereçava a uma mulher como ela! Ele não faltou contudo às regras da cortesia e da delicadeza, e perguntou-lhe, num tom sugestivo:

– Não há um terceiro quarto na vivenda?

– Do outro lado – disse ela, respondendo-lhe prontamente, designando a porta do corredor.

– Não é grande demais para nós dois? – perguntou ele, torcendo o bigode, com um sorriso nos lábios.

– Sempre será grande demais para você, se tem vontade de dormir – disse ela num tom isento de qualquer sedução.

– E você? – perguntou, espantado.

– Estou bem assim – respondeu ela no mesmo tom.

Ele deslizou levemente para o lado para se aproximar dela, mas ela se levantou, recolocou o copo sobre a mesa e foi para o canapé em frente... Expressando no rosto uma severidade e um protesto silencioso, ela se sentou, deixando nosso homem estupefato com sua atitude. Imediatamente seu ardor extinguiu-se e ele sentiu uma ferroada no âmago do seu orgulho. Começou a olhá-la, com um sorriso forçado na boca, antes de perguntar-lhe:

– O que foi que a aborreceu?

Ela permaneceu calada por um momento, depois cruzou resolutamente os braços no peito.

– Perguntei o que foi que a aborreceu – insistiu.

– Não pergunte o que você sabe – replicou ela num tom seco.

Ele caiu numa gargalhada sonora, para mostrar sua indiferença por suas palavras e sua recusa em acreditar na sinceridade delas.

Levantou-se, por sua vez, encheu os dois copos e estendeu o dela à moça:

– Pegue, para lhe devolver a alegria!

Ela pegou o copo por polidez e recolocou-o sobre a mesa, resmungando um "muito obrigada"... Então ele voltou para o seu lugar, andando de costas, sentou-se, depois levou o copo aos lábios, esvaziou-o de um só trago e disse para si mesmo, rindo interiormente: "Você podia esperar por uma surpresa assim? Se eu conseguir voltar por quinze minutos no passado... Zannuba... Zannuba... não acho nada a não ser Zannuba! Será crível? Não se deixe confundir! Quem sabe, é talvez a coqueteria à moda de 1924, hein, velho estúpido! O que mudou em mim? Nada... Tudo vem de Zannuba! É assim mesmo que ela se chama? Todo homem encontra sempre, fatalmente, na vida, uma mulher que se recusa a ele. E já que Zubaida, Galila e Oum Maryam correm atrás de você, quem senão Zannuba, essa maconheira, poderia se recusar a você? Agüente a dor com paciência, será melhor. E depois, não é o fim do mundo! Ah! Olhe, espie só... essa perna roliça, esse traseiro robusto! O que o faz acreditar que ela se recusa mesmo a você?"

– Vamos, beba, minha linda!

– Vou beber quando tiver vontade – respondeu ela numa voz que aliava a polidez à firmeza.

Ele a olhou direto nos olhos e perguntou-lhe num tom cheio de subentendidos:

– E quando é que você vai ter vontade?

Ela fez uma careta para mostrar que o duplo sentido não lhe tinha escapado, mas não a refutou...

Ahmed Abd el-Gawwad, sentindo afundar-se mais:

– O testemunho do meu afeto seria desprezado?

Abaixando a cabeça para subtrair o rosto à visão dele, ela respondeu num tom de súplica veemente:

– Você não desiste?

Um vento súbito de cólera soprou nele como um sobressalto de recuperação do autodomínio.

– Por que então você vem aqui? – perguntou-lhe ele, espantado.

Ela mostrou o alaúde, negligentemente deixado sobre o canapé ao lado dele:

– É por isso que venho – protestou ela.

– Só por isso? Não é incompatível com aquilo para o qual a convido!... Um não impede o outro!

– Aquilo a que você me força... – replicou ela, vexada.

– De jeito nenhum! Mas não vejo razão na recusa! – disse ele, suportando as aflições da decepção e do furor.

– Talvez eu tenha minhas razões – retorquiu ela friamente.

Ele riu, um riso forte e mecânico. Depois, o furor o venceu e ele replicou, cínico:

– Talvez você tema por sua virgindade!

Ela o olhou longamente, com dureza, e respondeu num tom trêmulo de cólera e de vingança satisfeita:

– Só consinto isso aos homens que eu amo!

Mais uma vez ele ia rir, mas conteve-se, cansado dessas risadas nervosas e sinistras. Pegou a garrafa e verteu negligentemente o líquido no seu copo até que estivesse cheio pela metade. Mas deixou-o sobre a mesa... e pôs-se a olhar a moça, desamparado, não sabendo como se livrar do impasse em que se tinha lançado.

"A pequena víbora só se entrega àqueles que ama? Seria dizer simplesmente que ela ama um homem toda noite? A vergonha desta noite, você está longe de se lavar dela! Esses senhores estão ali, lá dentro... e você, aqui, à mercê de uma jovenzinha pretensiosa tocadora de alaúde... Cubra-a de insultos! Encha-a de pontapés! Empurre-a com força para dentro do quarto! Você faria melhor em desviar dela o seu rosto e ir embora correndo... Ela tem nos olhos alguma coisa que o mortifica... No entanto... que pescoço bonito ela tem! Ela é de uma beleza incontestável.. de fazer você perder a cabeça... e sofrer, sem dúvidas!"...

– Não esperava por um tratamento tão desumano – ele franziu as sobrancelhas com uma expressão resoluta, com o rosto triste, e levantou-se dando de ombros, com desprezo.

– Eu pensava – continuou ele – que, como a senhora sua tia, você fosse uma mulher de coração e de gosto! Enganei-me! É apenas a mim mesmo quem devo culpar...

Ele ouviu os lábios dela estalarem, como uma forma de protesto. Mas ele se dirigiu para suas roupas e começou a enfiá-las apressadamente, de modo que acabou de vestir-se em menos da metade do tempo que gastaria habitualmente para satisfazer à sua elegância. Estava tão resoluto quanto ardendo de cólera. No entanto, não tinha atingido o auge do desespero. Uma parte do seu espírito se revoltava, recusando-se a crer no que acontecia ou só rendendo-se à evidência com dificuldade. Pegou a bengala, esperando que alguma coisa acontecesse de um momento para o outro, que viesse contradizer seu pensamento e confirmasse as esperanças do seu orgulho ferido, como, por exemplo, que ela desse logo uma gargalhada, deixando cair a máscara dessa severidade de fachada, ou se precipitasse para ele, censurando-lhe a raiva, ou que finalmente se jogasse a seus pés para impedi-lo de sair...

"Certamente, essa chupação de saliva é muitas vezes uma manobra que é um prelúdio para o consentimento. No entanto, nada do que espero se manifestou ainda..."

Ainda pregada no seu lugar, ela continuava a olhar no vazio, fingindo ignorá-lo, como se não o visse.

Ele abandonou o cômodo, dirigindo-se para o corredor e de lá para a saída. Suspirando de tristeza, de desconsolo e de cólera, ele se viu na estrada, e andou, a pé, na escuridão, até a ponte de Zamalek, onde o ar fresco do outono se infiltrou com suavidade sob suas roupas. Ali, entrou num táxi que o levou de volta a toda velocidade, ele que estava embrutecido pelo álcool e por seus pensamentos pungentes.

Na praça da Ópera, enquanto o carro virava a caminho da praça de al-Ataba, ele recuperou a consciência das coisas à sua volta. Enquanto o carro fazia a curva, ele virou a cabeça e percebeu à luz das lâmpadas o recinto do jardim de Ezbekiyyé, para onde dirigiu seu olhar antes que a curva da rua o afastasse de seu campo visual. Ali, fechou os olhos, sentindo um espinho enfiar-se no fundo do seu coração, e ouviu, dentro de si, semelhante a um gemido, uma voz que gritava do fundo do seu silêncio, invocando a Misericórdia pelo amado desaparecido. Não ousou articular com a língua essa prece interior, com medo de pronunciar o nome de Deus com a boca embriagada...

E quando abriu as pálpebras, duas grandes lágrimas escorriam-lhe dos olhos...

ELE NÃO SABIA o que o dominava. Um espírito maldito, uma doença perniciosa? Deitou-se com a esperança de despertar livre do absurdo da noite anterior... Absurdo da bebedeira! Pois esta trazia em si um absurdo indubitável que desfigurava os prazeres, pervertia as alegrias e que ele viu transformar-se em angústia quando a manhã surgiu. E enquanto o jato da ducha salpicava sua pele nua, dissipando-lhe a mente e fazendo bater seu coração, o rosto de Zannuba surgiu diante dos seus olhos, o sussurro de seus lábios tiniu em seus ouvidos, e do fundo do seu peito subiu o eco de sua dor.

"E você fica ruminando seus pensamentos ávidos como um adolescente, enquanto à sua volta a rua se inclina com respeito. Essas pessoas saúdam em você a dignidade, a moderação e a civilidade. Se soubessem que você lhes devolve a saudação maquinalmente, com o espírito em outro lugar, atormentado pelo sonho de uma criada, de uma almeia, de uma tocadora de alaúde... de uma mulher que toda noite oferece o corpo no mercado da carne... se soubessem disso, enviariam-lhe, em lugar de suas saudações, um sorriso zombador, um sorriso de piedade! Mas se ela disser sim, a víbora, eu lhe darei as costas com o mais perfeito desprezo e com o mais total alívio. Mas o que deu em você? O que você espera? Você acha que a velhice o esqueceu? Você se lembra do que o tempo fez com Zubaida e com Galila? Oh, nada a não ser pequenas marcas insignificantes que só o coração revela mas que os sentidos não vêem! Claro, puxa! Tome cuidado para não se deixar levar pelas ilusões, você poderia despencar e de bem alto! Pensa que tudo se deveu a um miserável cabelo branco! Eis o motivo único pelo qual essa miserável arranhadora de alaúde recusou! Cuspa-a fora, como a uma mosca que tivesse se infiltrado dentro da sua boca, ao bocejar! Infelizmente, você sabe bem que não a cuspirá fora! Talvez seja só um desejo de vingança que fala dentro de você... só um sobressalto de amor-próprio e nada mais... Não! Ela tem de dizer sim. Depois você poderá abandoná-la com o espírito tranqüilo. Ela não tem nada que justifique essa obstinação. Você se lembra das suas pernas, do seu pescoço, dos seus olhos de brasa? Se você tivesse dado ao seu orgulho uma colherinha de paciência, a felicidade e o gozo lhe teriam pertencido desde aquela noite! Mas o que esconde essa angústia? Estou sofrendo! Oh, sim, estou sofrendo! Estou atormentado pela vergonha que se abateu sobre mim. Tento expulsá-la pelo desprezo, mas ela lança contra mim um novo ataque que me transpassa o coração e põe fogo nas minhas veias. Mas... continue digno! Não se torne ridículo. Jure-o pelos teus filhos. Pelos que restam e pelos que não existem mais. Até agora, Haniyya foi a única mulher a abandoná-lo e a única que você tentou reconquistar. Que experiência você tirou disso? Trate de se lembrar... Aquele durão, aquele homem robusto que ia no cortejo de casamento, que dançava, bêbado, que ia daqui pra lá, de lá pra cá, depois esbarrava nos lampiões, nos buquês de rosa, nos tocadores de oboé e nos convidados... até que os gritos de terror abafassem os vivas de alegria... Esse era um homem! Pois bem! Seja o durão da vivenda d'água! Acabe com os seus inimigos tratando-os com desprezo, ignorando-os. Como seus membros são fracos e como são fortes, ao mesmo tempo! Cada perna flácida que mal tem a força de andar... No entanto, ela poderia quebrar montanhas! Meu Deus, como setembro é terrível, quando seu calor úmido se torna sufocante! Mas como as noites são doces. Sobretudo as passadas na vivenda d'água. Depois da tempestade vem a bonança. Reflita e olhe por onde você vai. O destino deve ver-se a olho nu. Se ir adiante é rude, recuar é terrível! Quantas vezes você a viu quando ela não era ainda mais do que uma criança? Quando ela não despertava nada em você, quando você passava ao lado dela sem vê-la, como se ela não existisse... O que mudou a tal ponto que o desejo por aquelas que você amou se apaga e o leva para aquelas que você ignorava antigamente? Afinal de contas, ela não é mais bonita do que Zubaida ou Galila. Primeiramente, se a beleza dela rivalizasse com a da tia, a tia não a levaria consigo. E no entanto você a quer. E com toda a sua alma... Ah! Para que bancar a orgulhosa? 'Só consinto isso com os homens que eu amo!' Vai ser amada pelo diabo, filha-da-mãe! E eu, que a dor me sufoque! Quem avilta o homem mais do que ele mesmo? Você vai à vivenda d'água? Não! Há melhores lugares aonde ir, se você quiser escândalo! A casa, lá longe, de Zubaida? Ela vai estar lá. 'Seja bem-vindo!', ela lhe dirá. 'Então, finalmente de volta ao covil?' O que você lhe responderá? 'Não voltei pela mulher que você pensa! É a sua sobrinha que me interessa!' Que idiotice! Basta de enrolação! Você perdeu o juízo? Você só tem de recorrer a Alfar ou a Mohammed Iffat: 'O Sr. Ahmed Abd el-Gawwad procura um intermediário junto de... Zannuba!' Pergunto-me se não seria melhor para você abrir a garganta para deixar escorrer o sangue odioso que o lança no opróbrio"...

QUANDO O SR. AHMED chegou, direto de sua loja, logo após o fechamento, a noite tinha caído sobre al-Ghuriya e o comércio tinha fechado suas portas. Ele ia devagar, explorando a rua, vigiando as sacadas... Através das duas janelas de Zubaida transpassava uma luz. Mas ele nada sabia do que se passava por trás delas. Continuou a andar mais um pouco, depois voltou para trás na direção da casa de

Mohammed Iffat, em al-Gamaliyya, onde nossos quatro compadres se encontravam habitualmente antes de irem juntos para a noitada.

— Ah, como as noites são doces na vivenda d'água! – comentou ele com Mohammed Iffat. – Meu coração ainda guarda a saudade de lá...

— É só dizer... quando você quiser – respondeu o outro com um riso triunfante.

— Não seria antes saudade de Zubaida? Hein, seu sacana? – corrigiu Ali Abd el-Rahim.

— De jeito nenhum – apressou-se a afirmar nosso homem com inteira seriedade.

— Então, de Galila?

— Da vivenda d'água e só dela...

Mohammed Iffat disse, insidiosamente:

— Você gostaria que fosse uma noite simplesmente entre nós... ou então que se convidassem as moças de antigamente?

Ahmed Abd el-Gawwad capitulou, numa gargalhada, e respondeu:

— Não, não, vamos, convide as moças, velha fuinha! Marquemos isso para amanhã à noite. Hoje já está tarde... Mas eu o previno, não farei nada demais, a não ser saborear as alegrias da companhia!

— Sei bem! – disse Ibrahim Alfar.

— À minha alma eu ultrajo! – acrescentou Ali Abd el-Rahim.

Depois Mohammed Iffat concluiu, zombeteiro:

— Chame como quiser! Os nomes são muitos, mas é tudo o mesmo!

Veio o dia seguinte. Era como se ele descobrisse o café de Si Ali pela primeira vez. Foi atraído para o lugar um pouco antes do pôr-do-sol. Sentou-se no banquinho sob a lucarna, e o proprietário veio desejar-lhe as boas vindas.

– Eu acabava de tratar de alguns assuntos... – disse-lhe ele, como se, pela primeira vez, tentasse justificar sua vinda ao café – e deu-me vontade de vir aqui degustar o seu chá saboroso...

"A visita não faz prever a facilidade de fazer outras... Mas, espere aí! Você vai se trair aos olhos das pessoas... Que sentido tem isso? Você ficaria mesmo contente que ela o visse através da gelosia para zombar de sua decadência? Você não tem consciência do mal que está fazendo a si mesmo. Por mais que você canse os olhos e que vire sua cabeça, ela não vai se mostrar! E o pior é que ela está lá, atrás de uma gelosia, zombando de você... O que você faz aí? O que você quer? Refestelar-se com a visão dela? Vamos! Confesse! Medir as proporções do seu corpo flexível como um junco, contemplar seu sorriso, sua maneira de baixar os olhos, seguir o movimento de seus dedos pintados com hena... E depois? Nunca nada de semelhante lhe aconteceu com mulheres ainda mais bonitas, mais resplandecentes e mais famosas do que ela! Estaria você condenado a sofrer e a humilhar-se por uma qualquer? Ela não vai se mostrar... Vamos, fique olhando até se fartar. Faça o seu espetáculo! O Sr. Ahmed Abd el-Gawwad no café de Si Ali espiando por uma lucarna! Decididamente, você decaiu demais! E depois, quem lhe disse que ela não dá com a língua nos dentes? Vai ver, a orquestra inteira está sabendo. Até Zubaida e todos os outros! 'Ele pôs em mim sua mão com seu anel de diamante e eu o repeli. Ele me suplicou e eu não cedi. Esse é o Sr. Ahmed, que vocês colocam nas nuvens!' Você decaiu demais, o máximo que se pode decair... e teima em decair, sabendo melhor do que ninguém o aviltamento e a vergonha que o seu comportamento indigno significa. Se os seus amigos, Zubaida e Galila soubessem disso, o que você faria? Oh! Claro, não há outro como você para camuflar a perturbação com piadinhas... Mas, desta vez, as explosões de riso não saberão esconder a amarga verdade. É cruel... E o mais cruel é que você a quer. Não minta a si mesmo. Porque você a quer loucamente! Mas... o que vejo?"...

Uma carroça chegava. Parou diante da casa da almeia. Alguns momentos depois, a porta abriu-se e Ayusha, a tocadora de tamborim, saiu, puxando Abdu, a tocadora de cítara, pela mão, logo seguida pelo restante do grupo. Ele compreendeu imediatamente que a companhia ia animar algum casamento...

Mantendo-se à espreita, com o olhar voltado para a entrada, numa espera cansativa, ele sentia o coração sacudido por violentas batidas. Esticou o pescoço sem precauções, despreocupado com as pessoas à volta, quando um riso soou atrás da porta. Então, envolto numa gualdrapa rosa, precedendo sua dona que saía animada num ardor impetuoso, apareceu... o alaúde! A moça colocou o instrumento na parte da frente da carroça e nela subiu com a ajuda de Ayusha, sentando-se no meio do grupo: dela ele só viu o ombro que aparecia num ângulo, entre Ayusha e Abdu. Ele rangeu os dentes de desejo e de cólera ao mesmo tempo, depois acompanhou com os olhos a carroça que avançava pela rua, sacudindo-se para um lado e para o outro, deixando-lhe no coração um vivo sentimento de tristeza e de vergonha. Perguntou-se a si mesmo se ia levantar-se para segui-la. Mas não se mexeu e pensou consigo mesmo: "Que besteira ter vindo até aqui!"

Na noite combinada, ele foi à vivenda d'água, em Imbabah. Se ainda não tinha se decidido sobre a conduta a seguir, não era por não ter virado e revirado muitas vezes o assunto na cabeça. Eis por que, finalmente, ele deixou à situação e à oportunidade do momento a tarefa de dar um jeito no seu problema... Estar certo de vê-la, sentar-se junto dela, encontrar-se sozinho com ela no fim da noite era no momento sua única preocupação. Lá ele sondaria de novo o terreno e talvez renovasse sua tentativa, armando-se, desta vez, com toda a panóplia da sedução...

Foi um tanto ansioso que ele entrou na vivenda e de tal modo que, se ele percebesse estado semelhante no rosto de outra pessoa, pressentindo o motivo, teria urrado de rir e provocado uma brincadeira!

Ele encontrou os irmãos, Galila, Zubaida... mas... nenhum vestígio da tocadora de alaúde. Teve uma acolhida calorosa, mal tirou a *djoubba* e o fez, mal se sentou e os risos explodiram à sua volta. Então ele se integrou a essa alegre atmosfera, ajudando-se, com toda a destreza de sua natureza feliz, falando, contando piadas, brincando com um e com outro, mantendo em rédea presa a sua angústia, racionalizando sua inquietação. No entanto, seus temores não se dissipavam, afloravam sob o fluxo da brincadeira como a dor se apaga momentaneamente sob o efeito de um calmante.

Apesar de tudo, ele mantinha a esperança de ver uma porta abrir-se, de vê-la aparecer, de que um dos membros presentes fizesse qualquer alusão à pessoa dela, expondo as razões de sua ausência ou prometendo sua chegada iminente...

O tempo passava preguiçosamente, embaçando pouco a pouco sua esperança, arrefecendo seu ardor, enquanto a espera anuviava sua alegria.

"O que é mais excepcional em sua opinião? A presença dela de anteontem ou a ausência dela de hoje? Não vou perguntar isso a ninguém! Tanto quanto é lícito admitir, seu segredo parece preservado... Se Zubaida soubesse de algo, ela não teria nenhum escrúpulo de fazer um escândalo!"

Ele riu muito e bebeu mais ainda, depois pediu a Zubaida para cantar-lhe: "Rio com minha boca mas choro com meu coração." Num momento, ele quase pegou Mohammed Iffat à parte para lhe revelar seus propósitos. Num outro, ele escapou de sondar a própria Zubaida, mas recuperou-se e dominou seu mal-estar, sem prejuízo do seu segredo e de sua dignidade.

À meia-noite, no momento em que Ali Abd el-Rahim se levantou para ir encontrar-se com sua dulcinéia em Wajh el-Birka, para surpresa geral, ele fez o mesmo movimento, para voltar para casa. Em vão tentou-se fazê-lo mudar de idéia ou retê-lo por mais uma hora. Ele abandonou a turma, deixando atrás de si o estupor e a decepção nos que tinham presumido, de acordo com sua vinda devidamente combinada, intenções não realizadas.

Depois chegou a sexta-feira. Pouco antes da hora da prece, ele saiu para ir até a mesquita de al-Hussein. Ele ia a caminho dela, na rua Khan Djaafar quando, vinda do bairro de al-Watawit, viu-a sair na rua da mesquita. Ah! Nunca seu coração tinha conhecido semelhante palpitação! A qual, tão logo aplacada, deu lugar a um entorpecimento que gelou todas as energias de seu pensamento, a tal ponto que, ele teve a impressão – inteiramente ilusória – de ter parado de andar... de que o mundo à sua volta tinha se recolhido num silêncio de morte; como esses carros cujo motor pára, interrompendo o seu ronco, e que, não sofrendo mais o seu impulso, continuam a rodar sem barulho, movidos pela força da inércia.

Quando se recuperou, viu-a andando ao longe, à sua frente, e seguiu-lhe os passos sem refletir. Passou diante da mesquita mas continuou seu caminho, depois virou atrás dela, seguindo-a a distância, na direção da Nova Avenida. O que ele procurava, assim? Não sabia. Obedecia às cegas a um simples reflexo... Nunca lhe acontecera seguir uma mulher na rua. Por isso, a perturbação e o receio começaram a dominá-lo. Depois, um pensamento ao mesmo tempo cômico e terrível o assaltou: e se Yasine ou Kamal soubessem que ele seguia uma mulher às escondidas? Que importa! Enquanto, submerso nas ondas do desejo cujo refluxo reavivava sua dor, seus olhos começavam a se saciar gulosamente das formas do gracioso corpo dela, ele cuidou para não encurtar a distância que os separava desde o início.

Subitamente ele a viu deixar a rua na direção de uma joalheria cujo dono era um conhecido seu chamado Yaaqoub. Ele diminuiu o passo, a fim de se dar tempo para meditar sobre a conduta que adotaria. Então o seu sentimento de perturbação e de receio aumentou. Devia retroceder? Passar diante da loja sem virar a cabeça? Olhar para dentro esperando adivinhar-lhe as intenções?

Lentamente, aproximava-se da loja. Não estava a mais do que alguns passos de lá quando um pensamento audacioso lhe atravessou a mente e ele se apressou em executá-lo sem hesitação, fingindo ignorar o perigo: subir na calçada, depois andar ao longo dela lentamente diante da loja, na esperança de que o dono o visse e o convidasse, como de hábito, a sentar-se, de modo que só lhe restaria honrar o convite...

Continuou a andar com passos tranquilos sobre a calçada até chegar à altura da loja. Então, deu uma olhadela para dentro, como se o fizesse maquinalmente, e cruzou seu olhar com o de Yaaqoub...

– Bem-vindo, Sr. Ahmed! – gritou-lhe o homem. – Por favor, entre!

Ostentando um sorriso amistoso, ele entrou. Os dois amigos apertaram-se as mãos calorosamente e Yaaqoub lhe pediu que aceitasse um copo de suco de alfarroba. O que ele fez de bom grado, antes de se sentar no canto de um canapé de couro, em frente à mesa baixa em que ficava a balança. Fingiu não ter notado a presença na loja de uma terceira pessoa. Foi então que Zannuba, que se mantinha de pé diante de Yaaqoub, mexendo e remexendo num brinco, impôs-se à sua visão. Ele aparentou surpresa e, enquanto conservava uma expressão de espanto, os olhares de ambos se cruzaram. Ela lhe sorriu... Ele lhe sorriu... e, colocando a mão aberta no peito, em sinal de cumprimento:

— Bom dia! – disse ele. – Como vai?

— Bem! Que o Senhor o honre! – respondeu ela voltando a olhar para o brinco.

O Sr. Yaaqoub propunha a Zannuba trocar os braceletes pelo referido brinco, mediante o pagamento de uma diferença sobre a qual eles não chegavam a um acordo. Nosso homem aproveitou-se do fato de que a bela estava ocupada para impregnar seu olhar com o reflexo liso das faces dela, consciente de que essa discussão sobre preço lhe oferecia uma oportunidade para intrometer-se, propondo amavelmente seus préstimos! Sabe-se lá... no caso em que...

Que importa? Embora nem um pouco informada de suas secretas intenções, ela lhe cortou o entusiasmo ao devolver o brinco ao seu dono, dizendo que desistia finalmente de fazer a troca, pedindo-lhe simplesmente para consertar os braceletes. Depois, ela cumprimentou o nosso homem com um sinal de cabeça e deixou a loja. Toda a cena tinha se desenrolado com uma rapidez que, a seus olhos, nada parecia justificar. Ele permaneceu primeiramente surpreso, chocado, antes que a inércia e a perturbação o invadissem por inteiro... Continuou na companhia de Yaaqoub, trocou com ele as gentilezas de praxe, depois esvaziou seu copo de suco e pediu permissão para despedir-se.

Tomado por um vivo sentimento de vergonha, voltou a pensar na prece da sexta-feira que quase ia perdendo. No entanto, hesitou em tomar o caminho da mesquita. Não tinha mais coragem agora de dirigir seus passos para a casa de Deus, depois de eles o terem levado no rasto de uma mulher durante a hora da prece. Sua leviandade havia contrariado antecipadamente seus rituais! Pior ainda, tornara-o indigno de aparecer diante do Eterno!

Abatido, angustiado, desistiu da prece e, sem destino, perambulou pelas ruas durante uma hora. Depois voltou para casa, perturbado por seu erro. No entanto, mesmo num instante penoso e carregado de remorso como este, sua mente não apagava de modo algum a lembrança de Zannuba.

À noite, tendo ido mais cedo à casa de Mohammed Iffat a fim de ficar sozinho com ele antes da chegada dos amigos, disse-lhe:

– Eu queria lhe pedir um favor... Se você pudesse convidar Zubaida amanhã à noite para ir à vivenda d'água...

– Se você a queria – riu Mohammed Iffat –, então, por que todos esses rodeios e desvios? Se você lhe tivesse pedido na primeira noite, ela teria aberto os braços para você.

Nosso homem explicou então, um pouco constrangido:

– Quero que você convide apenas ela...

– Apenas ela? Olhe só esse egoísta que só pensa em si mesmo! E Alfar? E eu, então? Pelo contrário, façamos dessa noite a noite do século! Convidemos Zubaida, Galila e Zannuba também!

– Zannuba? – exclamou Ahmed Abd el-Gawwad num tom próximo da reprovação.

– E por que não? É sempre uma reserva apreciável, a quem podemos recorrer em caso de necessidade!

"Oh! que golpe no coração! Como a rabugentazinha pôde se recusar a mim? Mas por quê?"

– Você ainda não entendeu minha idéia. A verdade é que eu não tenho a intenção de vir amanhã...

– O quê? Você me pede para convidar Zubaida e diz que não vem? – retorquiu Mohammed Iffat, confuso. – O que significa todo esse mistério?

Ahmed Abd el-Gawwad soltou uma gargalhada sonora para disfarçar seu embaraço, depois se viu obrigado a confessar, acuado:

– Não seja idiota! Eu lhe pedi para convidar Zubaida sozinha para que Zannuba ficasse igualmente sozinha na casa dela!

– Zannuba? Ora, ora, a não-me-toques! – Depois, rindo às gargalhadas: – Você complica mesmo a vida! Por que você não lhe pediu na primeira noite na vivenda d'água? Você só teria de levantar o dedinho e ela iria voando e grudaria em você como uma sanguessuga!

Ele sorriu maquinalmente, apesar do sentimento cruel de desdém, e disse:

– Faça o que eu disse... É o meu desejo.

– "Como são fracos o adorador e o adorado!"* – respondeu Mohammed Iffat, torcendo os bigodes.

E Ahmed Abd el-Gawwad concluiu, com seriedade:

– Que tudo isso fique entre nós...

Eram mais ou menos nove horas da noite. A escuridão era espessa e a rua deserta. Ele bateu à porta, que se abriu depois de alguns instantes, sem que ninguém aparecesse.

– Quem está aí?

A voz fez estremecer-lhe o coração.

– Eu – respondeu calmamente, entrando sem ser convidado.

---

*Corão XXII, 72.

Fechou a porta atrás de si e viu-se na frente dela, que se mantinha de pé no primeiro degrau da escada, segurando a lamparina com o braço estendido. Ela olhou para ele, espantada...

– Você! – balbuciou ela.

Ele permaneceu por um longo tempo imóvel e silencioso, com um sorriso tímido na boca que revelava apreensão e ansiedade. Depois, não pressentindo nela nem hostilidade nem mau humor, ousou:

– É essa a acolhida que você dá a um velho amigo?

Ela virou-lhe as costas e, começando a subir os degraus, disse:

– Venha, então.

Ele a seguiu em silêncio, deduzindo antecipadamente, pelo fato de ela mesma ter aberto a porta, que estava sozinha na casa e que o lugar de Goulgoul, a empregada morta havia dois anos, ainda estava vago... Ele caminhou atrás dela até que chegaram ao corredor. Ela pendurou a lamparina num prego cravado na parede, na proximidade da porta. Depois, seguiu sozinha para a sala de recepção, acendeu a grande lamparina que estava suspensa do teto – o que reforçou a certeza dele de ter adivinhado corretamente –, saiu de lá fazendo-lhe sinal para ele entrar e desaparecer...

Ele entrou, e sentou-se no mesmo lugar de antigamente, no canapé central. Tirou o fez, colocou-o em cima da almofada que separava o canapé em dois e esticou as pernas, lançando um olhar perscrutador à sua volta...

Lembrava-se do lugar como se o tivesse deixado no dia anterior: os três canapés, as poltronas, o tapete persa, as três mesas de centro incrustadas de madrepérola, tudo estava, com raríssimas exceções, como antes. Será que se lembrava de quando se sentara pela última vez nesse lugar? O salão de música e o quarto de dormir deixavam-lhe, é verdade, uma lembrança mais nítida e mais duradoura... Não podia, contudo, esquecer sua primeira conversa com Zubaida nesta sala, neste mesmo lugar, e tudo o que se passara. Não houvera naquele dia homem mais sereno e mais confiante do que ele! Mas... quando Zannuba ia voltar? O que a vinda dele tinha suscitado nela? Até onde iria sua pretensão? Tinha ela ao menos compreendido que ele vinha por causa dela e não por causa da tia?

"Se você fracassar de novo, então você pode desistir!..."

Ele ouviu um leve barulho de chinelos. Zannuba apareceu no limiar da porta num vestido branco bordado de rosas vermelhas, com o busto envolvido num xale salpicado de pequenos discos de metal prateado, a cabeça descoberta, os cabelos presos em duas grandes tranças que lhe caíam nas costas. Ele se levantou para recebê-la, com um sorriso nos lábios, deduzindo o mais feliz presságio dessa aparência! Ela o cumprimentou, com um sorriso e fez-lhe sinal para que se sentasse, e acomodou-se no canapé situado no meio da parede, à direita do visitante.

– Seja bem-vindo! Para ser uma surpresa, tem de ser surpresa! – disse-lhe ela numa voz que não negava certo espanto.

Ahmed Abd el-Gawwad sorriu e perguntou:

– E de que natureza, pode-se saber, é essa surpresa?

– Feliz, claro! – disse ela erguendo as sobrancelhas de uma maneira ambígua que em nada deixava prejulgar a respeito da seriedade ou da ironia da resposta...

"Já que obedecemos aos passos que nos trouxeram até aqui, pois bem, sofremos a sedução em todas as suas manifestações, seja ela odiosa ou agradável"

Bem à vontade, ele lhe examinou o corpo, o rosto, como para descobrir o que tinha excitado a sua paixão e zombado de sua seriedade. Depois de um momento de silêncio, ela levantou os olhos para ele sem nada dizer, mas com uma expressão de espera repleta de polidez, em que parecia dizer: "O que posso fazer por você?"

Nesse instante, nosso homem perguntou insidiosamente:

– A Sultana vai demorar muito tempo ainda? Ela não acabou ainda de se vestir?

Ela fixou nele um olhar espantado, apertando os olhos...

– Mas... a Sultana não está aqui! – disse ela.

– Mas então onde é que ela pode estar? – perguntou ele, fingindo surpresa.

– Sei tanto quanto você – respondeu ela balançando a cabeça, com um sorriso imperceptível nos lábios.

Por um instante ele pensou na resposta, antes de acrescentar:

– Eu pensava que ela colocava você a par de seus itinerários!

Ela agitou a mão, como se dissesse "engano seu", e comentou:

– Você tem uma alta opinião a nosso respeito!

Depois, rindo:

– Não estamos mais no tempo da lei marcial! Se você quisesse, estaria mais do que eu no direito de saber os itinerários dela.

– Eu?

– Por que não? Você não é um velho amigo dela?

– Um velho amigo sempre acaba por se tornar um estranho – respondeu ele fixando nela um olhar sorridente, penetrante e eloqüente. – Vai me dizer que seus velhos amigos têm conhecimento de suas idas e vindas?

Ela levantou o ombro direito alongando os lábios, e respondeu:

— Não tenho amigos... Nem de ontem nem de hoje!

— Guarde esse tipo de conversa para os tolos – disse ele, mexendo num canto do bigode. – Quem tem um pouquinho de bom senso saberia que você não poderia viver no meio de pessoas sensatas que não rivalizassem em zelo para ganhar sua amizade!

— É o que imaginam os homens generosos como você... Mas é só uma opinião. Tenho por prova que você é um velho amigo desta casa... Ora, você já se dignou me ceder a menor parcela que seja da sua amizade?

Ele franziu a testa, perturbado, e respondeu depois de um momento de hesitação:

— Naquele tempo eu era... enfim... quero dizer... certas circunstâncias faziam com que...

Ela estalou os dedos e replicou, irônica:

— Talvez, meu bom amigo, sejam as mesmas as quais me separaram das pessoas de quem você falava...

Ele se deixou cair no encosto do canapé com uma brutalidade ostensiva, e olhou-a por cima do seu grande nariz, balançando a cabeça, como se lhe dissesse: "Deus me proteja de você!"

— Você não é fácil! Confesso humildemente que nada posso contra você!

Ela disfarçou o sorriso que lhe tinha inspirado o comentário e, fingindo espanto, disse:

— Não compreendo nada do que está dizendo. Tenho a impressão de que não estamos sintonizados um com o outro... O fato é que você afirma ter vindo para ver minha tia. Terei neste caso um recado a transmitir quando ela voltar?

Ele deixou escapar um sorriso e declarou:

— Diga-lhe que Ahmed Abd el-Gawwad veio queixar-se de você com ela e que ele não a encontrou.

— De mim? Mas o que foi que eu fiz?

— Diga-lhe que vim me queixar com ela da crueldade indigna de uma bela mulher a que fui submetido.

— Essas são palavras dignas de um homem que leva tudo para a brincadeira!

Ao ouvir isso, ele se endireitou no assento e replicou com seriedade:

— Longe de mim a idéia de fazer de você um assunto de brincadeira ou de divertimento. Minha queixa é sincera... e tenho a impressão de que você sabe o motivo. Mas é a graça das belas mulheres que faz isso! Certamente, as belas têm o mais absoluto direito à coqueteria, mas devem também ter pena!

— Olhe só! – disse ela mordendo os lábios.

— Não há "olhe só" pra se olhar! Você se lembra do que aconteceu ontem na loja de Yaaqoub, o joalheiro? Será que aquele que pode orgulhar-se de uma afeição como a que tenho por você e a conhece há tanto tempo merece uma acolhida tão ruim? Eu gostaria, por exemplo, que você recorresse a mim para resolver seu negócio com o joalheiro... Que você me desse a oportunidade de pôr minha experiência a seu serviço... Ou então que você cedesse um pouco na modéstia, permitindo-me tomar toda a responsabilidade desse negócio, como se os braceletes fossem meus ou que aquela a quem eles pertenciam fosse minha companheira...

Não sem embaraço, ela sorriu, erguendo as sobrancelhas; depois, declarou, num tom lacônico:

— Considere-se agradecido...

Ahmed Abd el-Gawwad encheu o largo peito com uma profunda inspiração e disse, com ousadia:

— Não sou homem que se satisfaça com agradecimentos! De que adianta para quem tem fome que você lhe negue ajuda dizendo: "Não se queixe, meu velho, Deus vai cuidar de você!" Não! Quem tem fome deseja comida.

Ela cruzou os braços no peito, fingindo espanto, e replicou, irônica:

— Você tem fome, meu caro senhor? Temos *mouloukhiyya* e coelho dignos do seu paladar!

— Formidável! — riu ele. — Vamos à *mouloukhiyya* e ao coelho! E tudo regado com um copinho de uísque... Depois um pouco de alaúde e de dança para a gente se distrair, e passaremos uma hora juntos, o tempo de fazer a digestão...

Ela lhe fez um sinal com a mão, como se lhe dissesse "siga em frente", antes de exclamar:

— Meu Deus! Meu Deus! Se deixássemos, não ia sobrar nada... Vamos, tenha a bondade...

Ele juntou os cinco dedos da mão direita imitando uma boca fechada, e começou a abri-los e a fechá-los lentamente, declarando num tom sentencioso:

— Senhorita, não desperdice um tempo tão precioso com conversas inúteis!

— Diga antes para eu não desperdiçar o meu com velhos — retorquiu ela balançando a cabeça com orgulho e charme.

Ahmed Abd el-Gawwad acariciou o largo peito com a mão aberta, num gesto de desafio amigável. Mas ela deu de ombros, rindo, e disse:

— Sim... Por mais que você...

— Por mais que eu o quê? Como você é criança! Que Deus me castigue se eu dormir sem lhe ter revelado o que você tem de saber! Vá pegar a *mouloukhiyya,* o coelho, o uísque, o alaúde e seu cinto de dança... Vamos, não fique aí parada!

Ela dobrou o indicador da mão esquerda, colocou-o em cima da sobrancelha correspondente e fez tremer a outra, perguntando:

— Você não tem medo de que a Sultana venha surpreender-nos?

— Não tema nada. A Sultana não voltará para casa esta noite...

— E quem lhe disse isso? — perguntou ela fixando nele um olhar penetrante e desconfiado.

Ele se deu conta do deslize. Por um breve instante, esteve a ponto de se deixar dominar pelo constrangimento, mas livrou-se dele bem depressa, prosseguindo convenientemente:

— A Sultana nunca se ausenta até esta hora da noite a não ser movida por uma necessidade que a obrigue a ficar até de manhã!

Ela começou a encará-lo demoradamente sem dizer nada, depois sacudiu a cabeça com ironia, antes de declarar numa voz segura:

— Ah! A velhacaria dos velhos! Nem me fale disso! Tudo neles decai, menos isso! Você me tem como uma tola? Você se engana, meu bom amigo. Eu sei tudo!

Ele alisou de novo um lado do bigode, aparentando estar um pouco perturbado, e perguntou:

— E o que você sabe?

— Tudo! — Ela demorou um pouco, para constrangê-lo ainda mais e continuou: — Você se lembra do dia em que foi ao café de Si Ali para espionar através da janela? Naquele dia, você olhou com tanta intensidade que seus olhos furaram nossas paredes. E quando eu subi na carroça, com os membros da orquestra, eu me perguntei: será que ele vai nos seguir gritando como os moleques? Mas você se mostrou ajuizado e esperou uma ocasião mais propícia.

Nosso homem caiu na gargalhada a tal ponto que seu rosto ficou vermelho:

— Senhor, perdoai-nos! – exclamou ele, impotente.

— Mas ontem você se esqueceu de ter juízo quando me viu diante de Khan Kjaafar e me seguiu até a loja do Sr. Yaaqoub!

— Até isso você sabe, digna sobrinha de sua tia?

— Mas apesar de tudo eu não pensava que você fosse me seguir até a loja. E no entanto não demorei a encontrá-lo lá, sentado no canapé... Algo que nem mesmo o demônio das mulheres teria ousado! E quando você fingiu ficar surpreso em me ver, eu quase o amaldiçoei... Felizmente a situação me ditou a polidez.

— Sabe que você não é fácil mesmo? – riu ele, batendo as mãos.

Zannuba continuou seu relato, alegre e triunfante.

— E eis que uma noite ouço a Sultana me dizer: "Vá se arrumar, nós vamos à vivenda d'água do Sr. Mohammed Iffat." Ao me trocar, ouço-a dizer ainda: "Foi o Sr. Ahmed quem lançou o convite." Então eu senti aquele gostinho... e disse para mim mesma: "O Sr. Ahmed nunca propõe nada por acaso." E então entendi o sentido oculto da história e não fui, inventando uma enxaqueca...

— Pobre de mim! Caí nas garras de uma mulher sem piedade! E o que mais?

— Se você soubesse, preferiria ficar por aqui mesmo!

— Eis aqui as encantadoras palavras! Banque agora a pregadora, você, a mais perversa das criaturas de Deus!

Antes de acrescentar, numa gargalhada sonora:

— Vamos... Que o Senhor a perdoe!

Depois, recapitulando com alegria evidente:

— Mas... eu também compreendo o sentido oculto da história, desta vez! Porque você ficou! Você não saiu de casa nem se escondeu...

Antes de acabar a frase, ele se levantou, aproximou-se dela, sentou-se ao seu lado, pegou a beira do xale ornado de discos beijou-o, e disse:

— Senhor Deus! Sou prova de que esta deliciosa criatura é mais doce que a música do seu alaúde! Sua língua é um chicote, seu amor é chama e quem se apaixona por ela é um mártir! A noite que se anuncia marcará época na história...

— Não tente me enrolar! Vamos, fora, volte para o seu lugar! – disse ela, empurrando-o com a mão aberta.

— Nada mais nos separará daqui para a frente!

Num golpe seco, ela lhe retirou o xale da mão e levantou-se, distanciando-se alguns passos. Depois, permaneceu imóvel, de pé, na frente dele, a um braço de distância, olhando-o em silêncio. Subitamente, como se tivesse a mente desperta por algo importante, disse:

— De fato, você nem mesmo me perguntou o que me incitou a não ir à vivenda quando, por causa de sua proposta, o Sr. Mohammed Iffat nos convidou a ir lá!

— Para avivar a minha chama!

Ela deu três risadinhas seguidas, calou-se um instante e disse:

— Excelente idéia, mas já passou de moda. Não é verdade, príncipe de todos os vícios? O verdadeiro motivo vai permanecer um segredo até que eu resolva contá-lo!

— Daria minha vida para sabê-lo!

Pela primeira vez um sorriso franco iluminou-lhe o rosto e um olhar suave brilhou-lhe nos olhos, assim como a bonança vem depois da tempestade... Tudo nela encerrava a promessa de uma mudança de política e de intenção. Ela deu um passo na direção dele, colocou delicadamente as mãos no bigode dele e se pôs a torcê-lo com cuidado. Depois, num tom que ele ainda não tinha ouvido nela:

— Se você der a sua vida em troca — disse ela —, o que sobrará para mim?

Ele sentiu um profundo consolo, como não conhecera outro desde a tal noite da derrota na vivenda d'água. Era como se conquistasse uma mulher pela primeira vez. Ele tirou-lhe as mãos do seu bigode e recolheu-as entre as suas:

— Estou embriagado, rainha das mulheres! — exclamou ele com ternura e gratidão. — Embriagado a um ponto que eu não saberia dizer. Seja minha para sempre! Para sempre! Morte a quem repelir seus desejos ou suas exigências... Faça-me um último favor... prepare nossa alcova. Esta noite não é como as outras. Ela merece que nós a celebremos até a aurora!

— Não! Esta noite de fato não é como as outras — disse ela, mexendo os dedos pela concavidade das mãos —, mas não devemos ter mais do que uma pitada dela...

"Só uma pitada! Ela vai se trancar depois de tanta complacência? Não agüento mais esperar"...

Ele começou a acariciar as costas das mãos dela, que segurava aprisionadas entre as suas, depois abriu-as e pôs-se a olhar, como se estivesse enfeitiçado, a cor de hena que lhe tingia as palmas. Estupefato, ouviu-a então perguntar-lhe numa voz sorridente:

— Também lê as linhas da mão, senhor xeque?

Ele sorriu.

— Meus talentos no assunto são reconhecidos — respondeu, divertidamente. — Você gostaria que eu lesse as suas?

Ela concordou com um sinal de cabeça. Ele lhe pegou a mão direita e começou a analisar-lhe a palma, aparentando refletir. Depois, declarou, absorto:

— Vejo... no seu caminho... um homem... que terá uma grande importância na sua vida...

— Numa união legítima, pelo menos? – perguntou ela, rindo.

Ele ergueu as sobrancelhas perscrutando mais atentamente a cavidade da mão dela e respondeu sem que seu rosto refletisse o menor traço de ironia:

— Não! Ilegítima...

— Ah, meu Deus!... Que idade tem ele?

Ele a olhou e respondeu:

— Não vejo bem, mas... a julgar pelas possibilidades, está na flor da mocidade!

— E ele é generoso, pelo menos? – perguntou ela manhosamente.

"Ah, antigamente a generosidade não fazia parte do que o tornava caro ao coração delas!..."

— Ele tem um coração que não conhece a avareza!

Ela refletiu um instante e perguntou de novo:

— Ele se contentaria em me ver como uma criada nesta casa?

"Molde o ferro enquanto está quente!"

— Digo que ele fará de você uma grande dama!

— E onde vou viver sob a proteção dele?

"Nem mesmo Zubaida tinha imposto tal coisa a você... Isso vai dar o que falar."

— Num belo apartamento...

— Um apartamento?

O tom reprovador da moça o espantou.

— Não a agrada? – perguntou-lhe, surpreso.

— Você não vê aí água a correr? – insistiu ela, designando a própria palma da mão com o olhar. – Olhe bem!

— Água a correr?... Você queria morar num banheiro?

— Você não está vendo o Nilo... uma vivenda d'água... ou uma *dahabieh*?...

"Puxa vida! Quatro ou cinco guinéus por mês de uma só vez... sem contar os extras. Ah, Caramba! Apaixone-se por quem você quiser, mas não pelas moças do povo!"

— Por que diabo escolhe um lugar isolado do mundo?

Ela se aproximou, colando seus joelhos nos dele...

— Você não tem menos prestígio que o Sr. Mohammed Iffat — disse ela — e eu não tenho menos sorte que a Sultana, já que você me ama, pelo que está me dizendo. Você pode ir lá passar as noitadas, você e seus amigos. Seria um sonho para mim... Oh! Diga, realize-o para mim!

Ele passou os braços à volta da cintura dela e manteve-se em silêncio para sentir em paz a quente sensação de sua doçura...

— Você terá tudo o que quiser, oh, esperança de minha vida!

Ela pôs as palmas das mãos nas faces dele para agradecer e disse:

— Não vá pensar que você dá tudo sem ter nada de volta. Lembre-se sempre de que é por você que vou deixar para sempre esta casa em que passei minha vida. Lembre-se de que se lhe peço para fazer de mim uma dama é unicamente porque toda mulher que tem você por companheiro tem o dever de não ser nada menos que uma dama.

Ela apertou-lhe os braços em volta da própria cintura a tal ponto que ele se viu com o nariz colado no peito dela.

— Compreendo perfeitamente, luz dos meus olhos! Você terá tudo o que quiser e até mais. Gostaria de vê-la do jeito que você mesma gostaria de se ver. E agora, prepare o canto para nós... Quero começar minha vida esta noite...

Ela lhe pegou os braços e, num sorriso chateado, respondeu-lhe com doçura:

— Quando nós dois estivermos juntos na nossa vivenda no Nilo!

— Não me excite mais! — disse-lhe ele, pondo-a em guarda. — Você acha que pode resistir ao meu ardor?

Ela recuou e retorquiu finalmente, num tom que unia a súplica à recusa obstinada:

— Não na casa em que trabalhei como criada! Espere que nosso novo teto nos reúna. Seu teto e o meu... Lá eu serei sua para sempre. Antes, não! Você, tão caro ao meu coração, e eu tão cara ao seu!...

5

"Ora, ora! Pelo menos que não seja nada de grave!"

Ahmed Abd el-Gawwad fez esta reflexão vendo Yasine chegar à loja. A visita era tão insólita quanto inesperada. Lembrou-lhe a que o rapaz lhe tinha feito outrora, nesse mesmo lugar, quando viera consultá-lo sobre a decisão que sua falecida mãe tinha tomado de se casar de novo pela quarta vez.

Efetivamente, nosso homem estava certo de que seu filho não vinha só para trocar cumprimentos, nem mesmo para abordar algum problema de rotina do qual poderia muito bem falar em casa. Certamente, Yasine não podia vir procurá-lo aqui, a não ser por um problema grave... Apertou-lhe a mão, depois pediu-lhe que se sentasse, dizendo-lhe:

— Nada de grave, espero.

Yasine sentou-se numa cadeira próxima da poltrona do pai, com as costas voltadas para o restante da loja, onde

Gamil al-Hamzawi, de pé, na frente da balança, estava pesando mercadorias para um pequeno grupo de clientes. Ele olhou o pai com uma ponta de perturbação que veio confirmar o pressentimento de Ahmed Abd el-Gawwad. Ele fechou um livro-caixa no qual tinha o hábito de anotar suas contas; depois, honrosamente cercado pelo cofre que aparecia à sua direita, com a porta entreaberta, e por uma fotografia de Saad Zaghloul em roupas de primeiro-ministro, pendurada na parede acima de sua cabeça sob o velho quadro de Basmala,* ele sentou-se e preparou-se para a conversa.

A vinda de Yasine a este lugar não era fruto do acaso, mas de um plano preparado, já que, com a presença de Gamil al-Hamzawi, assim como a dos clientes que por lá estivessem, o pai poderia se desencorajar de qualquer manifestação de cólera e, portanto, a loja constituía finalmente o lugar mais seguro para expor-lhe certos assuntos. O fato é que Yasine, apesar da proteção que lhe era conferida por sua idade e pela atitude benevolente que via no pai, de uma maneira geral, cultivava em relação às suas cóleras uma terrível apreensão.

– Pai – disse, com uma polidez extrema –, poderia fazer-me o favor de conceder-me um pouco de seu precioso tempo? Se a situação não o exigisse, nunca teria me permitido perturbá-lo. Mas não posso fazer nada sem o recebimento de suas luzes e sem o apoio de seu consentimento...

Foi com um sorriso orgulhoso que o nosso homem recebeu dentro de si mesmo tão grande demonstração de polidez. Começou a observar seu belo e grande rapaz, tão elegante, com circunspecto, retendo com um só olhar seu

---

*Nome dado à fórmula que abre a quase totalidade das suratas do Corão *(Biami-l-lahi...)* ("Em nome de Deus"...).

bigode torcido em pontas, à maneira dele, sua roupa azul-marinho, sua camisa de colarinho engomado com gravata-borboleta azul, o caça-moscas de marfim, os sapatos de verniz preto... Para maior decência, na presença do pai, Yasine só tinha retocado em dois pontos a sua aparência: pusera para dentro a ponta do lenço de seda do seu casaco e endireitara o fez, que normalmente usava inclinado para a direita...

"Ele lhe disse que não pode fazer nada sem receber suas luzes? Muito bem... Mas ele vem recebê-las quando se embriaga? Quando procura as ruas de Wajh el-Birka, que lhe proibi? Será que ele lhe pediu suas luzes para se atirar em cima da criada, no terraço? Muito bonito isso tudo... Mas o que esconde esse sermão de pregador?..."

— Naturalmente! É o mínimo que se pode esperar de um homem sensato como você. Mas... nada de grave, pelo menos?

Yasine deu uma rápida olhadela atrás de si e, nessa hora, observou Gamil al-Hamzawi no meio de um pequeno grupo de clientes. Aproximou sua cadeira da mesa do pai e, reunindo toda a sua coragem:

— Decidi – disse – com a ressalva do seu consentimento e da sua satisfação, honrar a outra metade da minha religião!*

Para ser surpresa tem de surpreender! Feliz surpresa, todavia, contrariamente ao que nosso homem esperava. Embora... espere lá! Só seria feliz em certas condições! Então é melhor esperar a essência dessa declaração! Não havia sinais bastantes que se prestavam à preocupação? Oh, havia sim! Essa abordagem do assunto numa polidez e numa complacência exageradas! O fato, por motivos que não

---

*Considera-se que não sendo casado só se é muçulmano pela metade.

podiam escapar a um espírito clarividente, de ter preferido a loja para fazer a revelação... Quanto ao casamento propriamente dito, fazia já muito tempo que ele tinha esperança. Teve quando rogou a Mohammed Iffat com insistência para fazer da filha esposa de Yasine. Quando implorava a Deus, no fim de sua prece, que o conduzisse no caminho da retidão e ao encontro de uma boa moça... Talvez até, não fosse seu temor de que ele o pusesse mais uma vez em dificuldade com seus amigos como fez com Mohammed Iffat, não tivesse hesitado em casá-lo uma segunda vez! Mas era melhor esperar pelo restante... Talvez, afinal, nenhuma de suas preocupações se confirmasse!

— Excelente resolução que aprovo inteiramente. Será que a sua escolha incidiu em alguma família determinada?

Por um instante, Yasine baixou os olhos, depois os levantou, dizendo:

— Fiz minha escolha... Uma casa respeitável que nós conhecemos pelo convívio de tantos anos. Uma casa cujo dono se incluía entre os seus conhecidos mais estimáveis...

Ahmed Abd el-Gawwad ergueu as sobrancelhas, interrogando-se a si mesmo em silêncio... Mas Yasine não fez rodeios:

— O pranteado Sr. Mohammed Ridwane!

— Não! — deixou ele escapar sem poder conter-se.

A palavra lhe saíra da boca com tal expressão de nojo, de protesto indignado, que ele sentia que tinha agora de justificá-la com um motivo válido, próprio para mascarar a verdade dos seus sentimentos. Era para ele um jogo de criança...

— Mas... a filha dele não é divorciada? — perguntou. — Não há mulheres bastantes na Terra para você se casar com uma moça que não é mais virgem?

Yasine não ficou nada surpreso com essa objeção. Esperava por ela desde o momento em que decidira desposar Maryam. Tinha contudo a firme esperança de vencer a oposição do pai, na qual não via nada além de um eco de sua preferência por uma virgem e uma não-virgem, ou de uma maneira de se desvencilhar de uma mulher que lhe rememorava a tragédia do seu falecido filho. Tinha fé em sua ponderação e esperava que ela lhe fizesse negligenciar, no final das contas, esses dois obstáculos menores... Contava plenamente até com seu consentimento para vencer a oposição, real, desta vez, que ele previa por parte da madrasta, Amina, e na qual só podia pensar com uma profunda confusão. A tal ponto que encarara deixar a casa para se casar a seu bel-prazer colocando todos diante do fato consumado; o que teria feito, certamente, se provocar a fúria paterna não estivesse acima de suas forças e se não lhe custasse ter de passar por cima dos sentimentos de sua segunda mãe – de sua única mãe, agora! – antes de ter tentado de tudo para moldar a posição dela e alinhá-la dentro do seu ponto de vista.

– Há mulheres bastantes para mim nesta Terra – disse. – Mas o destino quis assim. Não procuro numa mulher nem dinheiro nem prestígio... Basta-me que ela seja de boa família e de bons costumes...

Se existisse algum consolo no meio desse fardo de complicações, era a justeza de seu ponto de vista que nunca fora desmentido. Esse era mesmo Yasine. Tal como ele mesmo! Um homem – ou um animal! – que empurrava os problemas na frente e os atraía por trás! Se tivesse vindo hoje anunciar-lhe uma boa notícia ou contar-lhe um acontecimento feliz, não seria mais Yasine, e iria contradizer a opinião que tinha dele!

Talvez o fato de não procurar dinheiro ou prestígio numa mulher não fosse desonroso... Quanto aos costumes, a coisa mudava de figura. Mas esse imbecil era perdoável e, naturalmente, ignorava tudo, parece, a respeito da conduta daquela cuja filha desejava como esposa; conduta que ele era o único a conhecer por ter-se aproveitado dela em primeiro lugar! Talvez outros a tivessem possuído antes ou depois dele... Então, o que fazer? Certamente, podia ser que a menina fosse bem criada. Era certo, em contrapartida, que ela não tinha sido dotada da melhor mãe nem do melhor ambiente! Infelizmente, ele não podia dar abertamente sua opinião – nesta circunstância – na medida em que não podia decentemente aduzir provas a suas afirmações. Tanto mais que se trataria de uma opinião suscetível de despertar a suspeita e a confusão em quem a ouvisse pela primeira vez. O pior em tudo isso era seu temor de fazer qualquer alusão a isso, com o risco de incitar Yasine a meter o nariz em seus assuntos e a investigá-los a fundo. Para chegar aonde, no final das contas? Nas pegadas dele, seu pai. Um escândalo sem precedentes!

A questão era delicada e embaraçosa. E depois continha um espinho doloroso: a própria moça! Essa velha história relacionada com Fahmi. Yasine tinha esquecido? Como podia desejar friamente uma moça sobre a qual seu irmão tinha outrora lançado os seus olhares? Não eram modos repugnantes? Certamente eram. Pelo menos, ele achava, mesmo que não tivesse nenhuma dúvida quanto à lealdade do rapaz para com o pranteado irmão. E depois, a lógica cruel da vida fornecia uma desculpa às pessoas como ele. Porque o desejo é tirânico, cego, impiedoso... Ele estava em posição melhor do que ninguém para sabê-lo! Ahmed Abd el-Gawwad franziu o cenho para mostrar ao filho seu embaraço e declarou:

– Sua escolha não me agrada! Não sei por quê... O pranteado Mohammed Ridwane era um bom homem, isso é um fato! Mas a paralisia dele o tinha impedido, por muito tempo antes de sua morte, de perceber o que se passava na sua casa. Note bem: essa observação não visa a menosprezar ninguém! Não pense isso. Mas há coisas que se dizem... Daí a que alguns espalhem... Não é verdade? O que interessa é que essa moça é divorciada. Ora, por que é divorciada? Eis uma pergunta entre tantas outras a que você deve saber responder! Você faria mal em depositar sua confiança numa mulher assim, antes de ter estudado o caso nos mínimos detalhes. Eis, em suma, o que eu ouvi por aí... Sabe, o mundo está cheio de moças de boa família.

– Empreendi minhas pesquisas pessoalmente e por intermédio de outras pessoas – respondeu Yasine, incentivado pelo tom do pai, que tinha se limitado até então a fazer valer seu ponto de vista e a lhe dar conselhos. – Ora, pareceu-me claramente que os erros estão do lado do marido, no sentido de que ele já era casado, tendo escondido isso de Maryam e da mãe dela. Sem falar da incapacidade dele em sustentar as despesas das duas famílias ao mesmo tempo, e sem falar de certos costumes duvidosos...

"Certos costumes duvidosos! Ele ousa falar sem enrubescer dos costumes duvidosos! Esse imbecil lhe dá em primeira mão assunto para riso durante uma noite inteira!"

– Então você foi até o fim das suas investigações!

– É o procedimento usual – respondeu Yasine timidamente, evitando o olhar penetrante do pai.

A essas palavras, Ahmed Abd el-Gawwad perguntou-lhe, baixando os olhos:

– Você não se dá, então, conta de que essa moça continua associada a lembranças cruéis para nós?

O embaraço tomou conta de Yasine, e ele ficou pálido.

– Nunca semelhante coisa poderia me passar despercebida! – protestou. – Mas não é um cavalo de batalha.

Sei com certeza que meu pranteado irmão só deu importância a todo esse assunto durante alguns dias e logo depois o esqueceu totalmente. Eu chegaria até a afirmar que ele se congratulou mais tarde com o fracasso de sua tentativa, uma vez que teve a convicção de que, ao contrário do que imaginava, Maryam não tinha respondido favoravelmente ao seu pedido.

Yasine dizia a verdade ou defendia simplesmente sua posição? Ele ouvira as confidências do falecido e talvez fosse o único apto a afirmar o que os outros ignoravam de sua vida íntima. Se ao menos ele dissesse a verdade! Oh! sim! Se ao menos ele dissesse a verdade! Isso o livraria dessa tortura que perturbava seu sono toda vez que se lembrava de que um dia havia colocado obstáculo à felicidade do querido morto, toda vez que lhe vinha à mente a idéia de que ele tinha sem dúvida morrido com o coração magoado ou cheio de rancor para com a tirania do pai e seu espírito tacanho. Yasine queria livrá-lo dessas dores que lhe devoravam o coração?

— Você está verdadeiramente certo do que afirma? — perguntou-lhe, com uma avidez ardente cuja trágica intensidade o rapaz não notou. — Ele lhe confessou isso?

E, pela segunda vez em sua vida, Yasine viu o pai num estado de confusão, como o vira no dia da morte de Fahmi.

— Diga a verdade sem cerimônia — continuou ele com insistência. — Toda a verdade. Isso importa para mim mais do que você imagina. — Ele ia lhe fazer a confissão de seu doloroso remorso, mas conteve-se no instante em que abriria a boca. — Toda a verdade, Yasine!

— Estou certo do que digo — respondeu o rapaz sem hesitar. — Sei disso por experiência e ouvi com meus próprios ouvidos. Não há absolutamente razão para duvidar.

Em outras circunstâncias, essas palavras, mesmo formuladas mais eloqüentemente, não teriam bastado para convencê-lo da sinceridade de Yasine. Mas havia uma necessidade tal de crer que ele estava sendo sincero que o pai acreditou nele e teve fé no seu testemunho. Seu coração se encheu de uma profunda gratidão por ele, de uma bênção total. A questão do casamento, neste instante, pelo menos, não fazia mais parte de suas preocupações. Ele ficou longamente em silêncio para saborear a paz que o havia invadido; depois, pouco a pouco, começou a tomar de novo consciência da situação... e de Yasine, que a emoção tinha afastado de sua mente. Então, pôs-se a pensar de novo em Maryam, na mãe dela, no casamento de Yasine, no seu dever de pai, no que podia dizer e no que não podia dizer...

– Seja como for – afirmou – gostaria que você reconsiderasse mais seriamente a questão, com mais precauções. Não se entusiasme. Dê um tempo para você se orientar e se posicionar. Está em jogo seu futuro, sua dignidade e sua felicidade. No que me diz respeito, estou pronto, mais uma vez, para escolher, eu mesmo, uma mulher para você, se você me der a sua palavra, sua palavra de homem, que não me fará lamentar o fato de me envolver pessoalmente, para seu único bem! Hein? O que diz?

Yasine permaneceu mudo, pensativo, impressionado pelo rumo exíguo e delicado que a conversa tomava. Certamente seu pai falava com uma calma admirável, mas tampouco escondia sua angústia e seu descontentamento. E se ele, Yasine, viesse agora reafirmar seu ponto de vista, a conversa poderia até mesmo levá-los a uma desavença desagradável. No entanto, podia ele recuar com o único propósito de evitar essa conseqüência? Mil vezes não! Ele não era mais criança. Casaria-se com quem quisesse, como quisesse.

Quanto ao restante, que Deus o ajudasse a conservar a afeição do pai...

— Não lhe quero impor novas preocupações — disse. — Obrigado, pai. Minha esperança é de obter seu consentimento e seu agrado.

Ahmed Abd el-Gawwad fez um gesto cansado com a mão e respondeu com alguma secura:

— Você se recusa a abrir os olhos para a sensatez da minha opinião!

— Não se zangue, pai! — suplicou-lhe Yasine com fervor. — Prometa-me que não se zangará. Seu consentimento é uma bênção e não poderei suportar que o senhor se recuse a dá-lo. Deixe-me tentar a sorte e reze pelo meu sucesso.

Ahmed Abd el-Gawwad convenceu-se da necessidade de se curvar diante do fato consumado. Foi com tristeza e desespero que se resignou. Certamente, podia ser que Maryam — apesar da leviandade da mãe — fosse uma jovem honesta e uma boa esposa. Mas ele não tinha nenhuma dúvida, em contrapartida, de que Yasine não estava inspirado na escolha da melhor mulher nem da casa mais respeitável... Pela graça de Deus! Estava longe o tempo em que ele ditava imperiosamente sua vontade sem encontrar ninguém para se opor a ela. Yasine era hoje um homem responsável e qualquer tentativa de lhe impor seus pontos de vista só resultaria em insubmissão. Então era melhor ceder à fatalidade e rezar a Deus por sua proteção!

Ahmed Abd el-Gawwad repetiu seus conselhos e seus incitamentos à clarividência; Yasine, mais uma vez, recorreu às desculpas e às amabilidades, até que a conversa se esgotasse por si mesma... Ele deixou a loja persuadindo-se de que obtivera o consentimento e a bênção do pai, consciente contudo de que a crise mais grave era mesmo a que o esperava em casa. Sabia também que deixaria fatalmente a casa, pelo motivo de que simplesmente pensar na possibilidade de integrar Maryam à família constituía uma loucura. Por isso esperava afastar-se na paz e na serenidade, sem deixar atrás de si ódio ou inimizade; tanto mais que lhe custava desdenhar a mulher do seu pai ou renegar o afeto e os benefícios de que lhe era devedor. Nunca imaginara que o tempo pudesse levá-lo um dia a adotar em relação à casa e aos seus tal atitude. Mas a situação tornara-se tão complexa e tão turbulenta que não lhe restava mais outra saída a não ser o casamento. Uma coisa era espantosa: a tática feminina especialmente concebida para conquistá-lo não lhe tinha passado despercebida. Uma tática velha como o mundo e que se resumia em duas palavras: seduzir e logo desprezar...

Mas que importa! O desejo por essa moça já lhe tinha penetrado no sangue e tinha de satisfizê-lo a qualquer preço, por qualquer meio, ainda que fosse pelo casamento. O mais interessante nisso tudo era que ele sabia tanto sobre a vida de Maryam quanto todos os membros da família juntos – exceto o pai, naturalmente! Mas o desejo se tornava imperioso e nada disso pôde fazê-lo abandonar seus planos ou desistir dela. Pensava consigo mesmo: "Por que atormentar o meu coração com um passado já morto pelo qual não sou responsável? Vamos inaugurar juntos uma vida nova. É aí somente que começa a minha responsabilidade. Tenho em mim uma confiança ilimitada. Se algum dia ela decepcionar a opinião que tenho dela, boto-a porta fora como se joga um sapato velho no lixo!"

Com efeito, ele não se demorava em seu pensamento no momento de decidir. Só o tinha para justificar este desejo indomável que o dominava e não queria ceder. Ele abordava o casamento então, desta vez, como uma alternativa para uma relação íntima que lhe era recusada. O que não queria dizer, entretanto, que ele misturasse o casamento com más intenções ou o tomasse como pretexto provisório para realizar uma ambição carnal. É verdade também que, apesar de sua incorrigível volubilidade, sua alma aspirava inteiramente à vida conjugal e a um lar estável...

Ele tinha em mente todas essas ponderações quando se sentou ao lado de Kamal para a sessão do café. Essa sessão à qual – parecia-lhe – ele assistia pela última vez.

Ele deixou seu olhar vagar entre os canapés, as esteiras multicores, a grande lamparina que pendia do teto, com, no fundo do coração, uma grande amargura. Amina estava sentada do seu jeito habitual, com as pernas dobradas à maneira oriental, no canapé que ficava no espaço entre a porta do quarto de dormir do amo e a da sala de jantar, inclinada, apesar do calor ambiente, sobre o forno de barro para fazer o café. Com a cabeça coberta por um véu branco que ela usava sobre um amplo vestido violeta que traía sua magreza, quando envolvida pela tranqüilidade se entregava ao silêncio, encoberta com as sombras da tristeza, exatamente como a água dos riachos que, quando se acalma, revela através de sua transparência os detritos que arrasta...

Que dificuldade e confusão sentia, ao preparar-se para divulgar seu segredo! Algo que, de modo algum, podia evitar!

– Pois bem!... Por Deus... mãe... – disse ele, depois de ter acabado de beber sua xícara de café sem ter encontrado nele sabor algum – um problema me preocupa... a respeito do qual eu queria lhe pedir conselho...

Ele trocou com Kamal um olhar que provava que este último conhecia o assunto da conversa e esperava as conseqüências com uma preocupação tão grande quanto a sua.

– Sim, meu filho – respondeu ela.

— Decidi casar-me — declarou, abruptamente.

Um interesse alegre se acendeu nos olhinhos cor de mel de Amina...

— Muito bem, meu rapaz — disse ela. — Você esperou demais!

... e logo deu lugar a um olhar interrogador. Mas, ao invés de exprimir seu pensamento, ela lhe disse, como incitando-o a confessar um segredo presumido:

— Fale disso com seu pai, ou me deixe falar com ele. Ele não vai ter problemas em achar para você uma nova mulher melhor do que a primeira.

Yasine respondeu com uma seriedade que Amina julgou indigna da situação:

— Já fiz isso. Já falei com ele. Inútil impor-lhe novas preocupações, já que eu mesmo fiz minha escolha. Papai me deu seu consentimento e... espero ter o seu também...

Ela enrubesceu de confusão e de alegria por causa da importância que Yasine lhe dava...

— Que Deus lhe abra as portas da felicidade! — disse ela. — Trate de ocupar o andar vazio. Mas... quem é a felizarda que você decidiu tomar por esposa?

Ele trocou de novo um olhar com Kamal, e respondeu com dificuldade:

— Vizinhos que a senhora conhece...

Por um instante ela refletiu, franzindo as sobrancelhas, com os olhos fixos no vazio, agitando o indicador como se relacionasse os vizinhos presentes em sua memória... Depois, disse indecisa:

— Yasine — disse ela —, você me confunde. Vai falar, para me aliviar a mente?

— Nossos vizinhos mais próximos — respondeu ele com um sorriso amarelo.

— Quem? – perguntou contra a vontade, já perturbada e com ar de recusa, arregalando os olhos para ele. Ele abaixou a cabeça, mordendo os lábios, com o rosto anuviado. – Esses? – gritou ela, com um tremor na voz, apontando com o polegar para atrás de si. Não é possível! Você fala sério, Yasine?

Vendo-o ficar em silêncio, ela exclamou:

— Que notícia funesta! Esses mesmos que se alegraram com nossa infelicidade nos dias de provação...

A essas palavras, ele não pôde impedir-se de gritar:

— Jure que não vai repetir mais isso! Isso é pura imaginação! Se eu estivesse convencido disso por um só instante...

— Naturalmente, você os defende – interrompeu ela. – Mas essa defesa não convence ninguém! Não se canse ao tentar me persuadir do impossível. Oh, Senhor! Quem nos submete a essa desonra? Nada mais do que defeitos e taras, eis o que eles têm! Você pode me citar uma única qualidade neles para justificar essa escolha injusta? Você disse que tem o consentimento do seu pai? Meu amo não sabe nada dessas coisas... Diga antes que você o enganou!

— Vamos, tenha calma – suplicou Yasine. – Não há nada que eu mais deteste do que vê-la encolerizada. Tranqüilize-se e conversemos calmamente...

— Como poderia eu escutá-lo quando você me engana dessa maneira? Fale pra mim que só se trata de uma estúpida brincadeira! Maryam? Essa pequena desavergonhada sobre quem você sabe o que todos nós aqui sabemos? Já se esqueceu de sua história escandalosa? Esqueceu mesmo? E você queria trazer essa moça para casa?

— Eu nunca disse isso – replicou ele num suspiro profundo, como para expulsar o turbilhão de tristeza e de emoção. – É uma história sem importância... Tudo o que me importa verdadeiramente é que a senhora olhe toda essa história por um ângulo novo, sem preconceito...

— Mas, enfim, que opinião preconcebida? Você acha que eu a acusei sem razão? Você diz que seu pai está de acordo? Pelo menos você lhe contou o vergonhoso joguinho dela com os soldados ingleses? Oh, não, Senhor! O que aconteceu aos filhos das pessoas honestas?

— Acalme-se! Vamos falar com calma. Para que se exaltar?

— Não posso me acalmar quando se trata de dignidade! – exclamou ela com uma dureza que antes não fazia parte de sua personalidade. – Depois, num tom choroso: – E, além do mais, você ofende a memória do seu irmão bem-amado.

— Meu irmão? – perguntou Yasine, engolindo a saliva. – Que Deus o tenha em sua misericórdia e o receba em seu paraíso! Essa história não ofende em nada a memória dele. Creia-me. Sei o que digo melhor do que ninguém. Não perturbe o repouso dele...

— Não sou eu quem perturba o repouso dele! O único a perturbar o repouso dele é o irmão, que cobiça essa moça. Você sabe disso muito bem, Yasine. Você não pode negar isso...

Dominada pela emoção, ela acrescentou:

— Talvez você até a cobiçasse naquela época...

— Mãe!

— Não tenho mais confiança em nada! Como se pode ter ainda confiança em alguma coisa depois de semelhante traição? Não há mulheres bastantes na Terra para escolher aquela que partiu o coração do seu pobre irmão? Você não se lembra da dor que ele sentiu quando soube ao mesmo tempo que nós da história do soldado inglês?

Yasine abriu os braços num gesto suplicante...

— Deixemos essa conversa para depois — disse. — Eu lhe provarei a seu tempo que nosso querido pranteado respondeu ao apelo do Senhor com o coração livre de qualquer vestígio dessa moça. No momento, o clima não é o mais propício para conversas...

— Certo. E quanto a mim não está mais perto de sê-lo se é para falar sobre isso — gritou-lhe ela, fulminante. — Você não respeita a memória de Fahmi!

— Se a senhora pudesse imaginar a dor que suas palavras me causam!

— Que dor? — gritou ela no auge da cólera. — Você não sentiu a morte do seu irmão! Conheço estranhos que sentiram mais que você.

— Mamãe!

Kamal ia intrometer-se, mas ela o fez calar-se com um gesto de mão, antes de exclamar:

— Não me chame mais de mamãe! Fui uma mãe para você, é verdade. Mas você nunca foi um filho para mim, nem um irmão para o meu filho.

Ficar ali era-lhe insuportável. Abatido, aflito, ele se levantou e deixou o salão na direção do quarto. Kamal não demorou a juntar-se a ele, não menos abatido ou aflito...

— Bem que avisei — disse-lhe.

— Não vou ficar nesta casa nem um minuto mais — respondeu Yasine, com o rosto triste.

— Você deve perdoá-la — disse-lhe Kamal, com o coração apertado. — Você sabe que mamãe não é mais como antes... Até mesmo papai fecha os olhos às vezes para a falta de habilidade dela. Foi só uma reação de cólera que logo vai desaparecer. Então, não a considere responsável pelas próprias palavras. Por favor!

— Não vou considerá-la responsável por isso, Kamal — suspirou Yasine. — Não esquecerei os benefícios de tantos anos por causa de uma afronta passageira! Ela é desculpável, como você disse. Mas como poderei olhá-la de frente, pela manhã e de noite, sabendo o que ela pensa de mim!

Depois, após alguns instantes de silêncio carregado de angústia:

— Não acredite que Maryam tenha partido o coração de Fahmi... Um dia, ele pediu a permissão para casar-se com ela, e papai negou. Então, ele procurou de todo jeito esquecê-la e acabou por conseguir de verdade. E não se falou mais nisso de novo. Então, qual é a culpa de Maryam nisso tudo? E qual é a minha culpa por querer casar-me com ela seis anos depois dessa história?

— Você está com toda razão. E mamãe vai ficar convencida disso rapidamente – respondeu Kamal com esperança. – Espero que a sua ameaça de não ficar mais nesta casa seja só palavras ao vento...

— Sou o primeiro a ficar magoado por deixá-la – respondeu Yasine balançando a cabeça tristemente. – Mas vou deixá-la cedo ou tarde, porque trazer Maryam para cá se tornou impossível. E não vejo a minha saída sob este único ângulo trágico. Vou instalar-me em Qasr al-Shawq. Felizmente, o apartamento de minha mãe continua desocupado. Irei ver papai na loja e explicarei a ele as minhas razões, evitando tudo o que possa contrariá-lo. Não estou zangado. Vou deixar esta casa lamentando do fundo do meu coração. Sentindo falta das pessoas com quem nela convivi... de mamãe em primeiro lugar. Não fique triste! Tudo vai se arranjar logo... Não há coração rancoroso nesta família... e o da sua mãe é o mais aberto ao perdão.

Ele se dirigiu para o guarda-roupa, abriu-o e começou a olhar seus ternos e sua roupa branca. Por um instante hesitou, antes de passar à ação que estava firmemente decidido a executar, depois, virando-se para Kamal:

— Vou me casar com essa moça como o destino ordenou. Mas, tomo Deus por testemunha, estou perfeitamente convencido de que não profanei a memória de Fahmi. Você, Kamal, sabe melhor do que ninguém o quanto eu o amava. Como não? Se há alguém aqui que vai sofrer com esse casamento... esse alguém sou eu!

UMA JOVEM CRIADA conduziu Yasine até a recepção e desapareceu. Era a primeira vez em sua vida que fazia uma visita ao domicílio do pranteado Mohammed Ridwane. A sala, à semelhança da casa paterna, era grande, o pé-direito alto, cortada por um muxarabiê que dava para a rua Bayn al-Qasrayn e por duas janelas que davam para o beco, para o qual se abria a entrada da casa. O chão era recoberto por pequenos tapetes e ao longo das paredes se alinhavam canapés e poltronas. Diante da porta e dos acessos aos cômodos pendiam cortinas de veludo cinza desbotadas pelo tempo. Na parede, em frente à entrada, estava um grande quadro de cor preta que emoldurava a fórmula "Em Nome de Deus, o Benevolente, o Misericordioso", enquanto uma fotografia do pranteado Mohammed Ridwane representado em sua meia-idade ocupava o centro da parede da direita, acima do canapé principal.

Yasine escolheu o primeiro assento que encontrou à sua direita, ao entrar, e sentou-se observando o lugar com atenção, até que seu olhar se fixasse no rosto do Sr. Mohammed Ridwane que parecia olhá-lo com os olhos de Maryam. Ele esboçou um sorriso satisfeito e, negligentemente, começou a bater no ar com seu caça-moscas de marfim...

Um problema não deixava de preocupá-lo desde que tinha pensado em vir fazer seu pedido: a ausência, nesta casa, de um representante do sexo masculino, aumentada pela incapacidade em que se encontrava ele mesmo de se fazer representar por uma pessoa do sexo feminino. Resultado: ele vinha sozinho hoje – segundo sua própria expressão – "como um galho de árvore cortado do tronco", situação que, enquanto homem, que herdara de seu meio a altivez e o orgulho de sua família, causava-lhe um pouco de vergonha. Por outro lado, ele tinha a certeza de que Maryam sem dúvida alguma já lhe tinha preparado o terreno junto à mãe, na medida em que, pelo simples fato de ter anunciado sua visita, ela já teria prenunciado o propósito de sua vinda, administrando, dessa forma, as condições propícias ao cumprimento de sua missão...

A criada voltou com a bandeja do café, colocou-a na mesinha de centro à sua frente e deu alguns passos para trás, informando-o de que a dona da casa, sua patroa, ia estar com ele dentro de alguns instantes.

E a moça da casa?... Estava também a par de sua presença? Qual era a repercussão disso em sua pequena alma delicada? Ele a levaria, a ela e à sua beleza... para Qasr al-Shawq! E depois... para o que desse e viesse! Mas quem poderia desconfiar dessa inclinação de Amina para a cólera? Ela que sempre foi tão doce quanto um anjo. Ah, que Deus amaldiçoe a mágoa! Até seu pai se enfurecera quando ele fora vê-lo na loja para lhe confessar que tinha abandonado a casa. Mas naquele dia sua cólera tinha sido bondosa, porque denunciava toda a sua tristeza e emoção. Amina ia revelar-lhe o verdadeiro rosto de Maryam? A fúria de uma mãe privada do filho é algo terrível! Mas Kamal tinha prometido trazê-la à razão...

"Quem diria que era em Qasr al-Shawq que o esperava a primeira boa surpresa depois de todas essas confusões: a morte do vendedor de frutas e a instalação de um relojoeiro no lugar dele? Vamos! Livremo-nos."

Ele ouviu alguém tossindo perto da porta. Levantou-se, virando simultaneamente a cabeça nessa direção, e não demorou a ver a Sra. Bahiga entrar, tentando passar de lado pelo batente da porta inteiramente aberta, por não haver espaço para deixá-la passar!

Ele notou, sem intenção, as linhas sinuosas que recortavam as formas do seu corpo imenso, e não pôde conter sua admiração quando viu passar diante dos seus olhos a bunda da mulher, cuja parte alta alcançava quase o meio das costas e cuja parte baixa caía por trás das coxas. Diria-se que era um balão! Ela avançou para ele com a lentidão que essa tonelada de carne e de gordura impunha a seus passos, depois lhe estendeu a mão de pele fina e leitosa, que saía da manga do seu enorme vestido branco.

– Seja bem-vindo! – disse ela. – Sua presença honra e ilumina esta casa!

Yasine apertou-lhe a mão polidamente, esperou de pé que ela se sentasse no canapé vizinho e sentou-se. Ele a via de perto pela primeira vez. Os laços que de longa data o uniam à família dela e o fato de que, com o passar dos anos, ela adquirira, por sua idade e seu respeito, uma verdadeira imagem de mãe a seus olhos, obrigando-o a evitar, toda vez que a via de longe na rua, olhá-la em detalhe, como fazia com as outras mulheres, causaram-lhe neste momento a impressão de fazer uma nova descoberta.

Usando um vestido que lhe cobria o corpo todo, do pescoço até os pés que ela mantinha, também eles, a despeito do calor, escondidos em meias brancas, as mangas cobrindo-lhe todo o comprimento do braço até o punho, a cabeça e o pescoço envoltos num véu branco cuja larga beirada lhe caía no alto do peito e das costas. Sua figura se envolvia numa casta aparência conveniente para a situação e para a idade que, pelo vigor que inspirava o bom humor e a juventude do coração, devia – pelo que ele sabia – situar-se nos limites dos 50 anos.

Ele notou – entre outras coisas – que ela se apresentava diante dele com o rosto lavado, sem pintura nem enfeite, apesar de sua paixão bem conhecida pelo embonecamento e pela aparência das roupas, algo que, há muito tempo, fazia dela em todo o bairro um ponto de referência para tudo o que dizia respeito ao bom gosto feminino em matéria de vestimenta e de maquiagem. Ele se lembrou então de como Amina pudera em outros tempos tomar a defesa dessa mulher, toda vez que alguém tinha a audácia de criticar seus excessos de vaidade, e de como ela chegara, nesses últimos anos, a ponto de atacá-la pelas razões mais fúteis, acusando-a de faltar ao pudor e de ignorar a decência que sua idade exigia.

– Feliz iniciativa, Sr. Yasine.

– Deus a honre...

Ele ia acrescentar "Sra. Bahiga", mas sua intuição o impediu de, no último segundo, usar essa fórmula, pois notara que a dama não o havia chamado de "meu menino", como seria de se esperar...

– Como vai sua família? – perguntou ela. – Seu pai, Oum Fahmi, Khadiga, Aisha e Kamal?

– Todos vão bem – respondeu, experimentando, à pergunta dela, um sentimento de vergonha por aqueles que lhe tinham declarado abertamente uma hostilidade sem motivo válido. É à senhora que se deve perguntar isso!

Não havia dúvidas de que, a seu lado, ela pensava neste momento na secura da acolhida que encontrara na casa deles depois da morte de Fahmi e que a tinha obrigado a romper com sua família depois de tantos anos de vizinhança. Sim! Que secura, ou melhor, que ódio surdo! Tudo isso porque Amina, sua madrasta, tinha declarado um dia que "seu sentimento" a levava a crer que Maryam e a mãe não tinham sido sinceras em sua tristeza com relação a Fahmi. E por que isso, Deus do céu? Ela alegara que era inconcebível que as duas mulheres não tivessem tido, de uma maneira ou de outra, ou até por meio de dedução, conhecimento em tempo hábil da recusa que seu amo impusera ao pedido de casamento a Maryam e que também era inconcebível que, tendo sabido disso, não tivessem alimentado rancor contra eles.

Ela explicara a contento que Maryam se permitira dizer que tinha chorado Fahmi em seu enterro com estas palavras: "Choro a juventude que você não aproveitou"; que ela traduzira como: "Choro a juventude que você não aproveitou porque sua família se opôs"; sem contar o que pudera acrescentar de calúnias, na medida de sua tristeza e de sua dor! Desde então, como nada pudesse ser feito para afastá-la desse "seu sentimento", logo sua atitude mudou em relação a Maryam e à mãe dela, até sobrevir o rompimento.

— Maldito seja Satanás! — disse ele, sempre dominado pela vergonha e pelo embaraço.

— Mil vezes maldito! — acrescentou Bahiga, concordando com as palavras dele. — Quantas vezes me perguntei que crime tinha cometido para ser tratada como fui pela Sra. Oum Fahmi. Mas volto atrás na minha posição e rogo a Deus que lhe dê coragem... à coitada!

— Deus a abençoe por sua grandeza de alma e por seu bom coração! A coitada... a senhora disse! Ela tem muita necessidade de coragem!

— Mas qual foi a minha culpa?

— A senhora nada tem a se censurar. A culpa é de Satanás. Que ele seja maldito!

A mulher balançou a cabeça à maneira de uma vítima inocente. Calou-se por um instante, depois, virando-se maquinalmente para a xícara de café que parecia esquecida na bandeja:

— Ainda não bebeu seu café? – disse-lhe ela designando a xícara com o olhar.

Yasine levou a xícara aos lábios, bebeu o primeiro e último gole, depois a recolocou de volta na bandeja e tossiu ligeiramente antes de declarar:

— Meu Deus, como tenho tristeza de ver o que aconteceu com a amizade entre nossas famílias! Mas... é assim! Que importa! Tentemos esquecer tudo isso e vamos dar tempo ao tempo. Não gostaria de reavivar lembranças penosas. O objetivo da minha visita não pode ser mais diverso dessas lembranças.

Ela sacudiu energicamente a cabeça como para expulsar as más lembranças evocadas, e depois, à semelhança de um instrumento musical a modular uma introdução para o cantor num tom diferente, exibiu um sorriso em que mostrou sua disposição para ouvir outra coisa.

— No meu caso – continuou Yasine, tirando desse sorriso uma inspiração renovada –, não faltam na minha vida más lembranças ligadas ao meu passado. Falo da minha primeira experiência conjugal, que Deus não me deu a fortuna de ter com uma moça feita para mim... Mas não quero lembrar essas coisas... Vim, para dizer a verdade, depois de decidir, entregando-me a Deus, virar uma nova página de minha existência, tirando, aliás, os mais felizes presságios de minha decisão...

Seus olhares logo se cruzaram, e ele pôde ler no de sua anfitriã os sinais de um interesse benévolo. Mas tinha sido profícuo de sua parte fazer alusão ao primeiro casamento? Não teria essa mulher sabido das verdadeiras razões do seu fracasso?

"Não se atormente! Seus belos traços respiram a indulgência ao extremo! Você disse 'seus belos traços'? Sim, por Deus!... Não fosse o abismo da idade, ela seria mais bonita do que Maryam! No tempo de sua juventude, ela deve ter sido incontestavelmente mais bonita do que Maryam... Oh, pensando bem, não! Apesar do fosso da idade, ela é ainda mais bonita do que Maryam. De verdade..."

– Penso que a senhora entendeu meu propósito. Aí está... Em outros termos, vim para lhe pedir a mão de sua honrada filha, a Srta. Maryam...

Um sorriso iluminou o rosto deslumbrante da mulher que lhe aumentou a cintilante vitalidade.

– Só posso lhe dizer: seja bem-vindo! Ah, a excelente família, o excelente homem que aqui está! Ontem ainda um destino infeliz nos entregava nas mãos de um indivíduo sem moral e eis que hoje vem procurar Maryam um homem verdadeiramente digno de torná-la feliz, e ela será, ela também, com a ajuda de Deus, digna de torná-lo feliz. Somos, desde sempre, apesar do mal-entendido que nos separou, uma única e mesma família!

Yasine estava tão cheio de alegria que involuntariamente levou os dedos à gravata-borboleta para ajustar-lhe o nó com pequenos toques nervosos, antes de responder, com o rosto de tez mate enrubescido pela confusão:

– Agradeço-lhe do fundo do coração. Deus retribua em meu nome a sua gentileza. Somos, como a senhora diz, uma única família, nos prós e nos contras. A Srta. Maryam é uma jovem que honra nosso bairro inteiro por sua origem e moralidade. Possa Deus fazê-la colher finalmente os frutos de sua paciência e me dar com ela recompensa para a minha...

– Amém! – murmurou ela, levantando-se.

Ela foi até a mesinha de centro balançando seu corpo majestoso, ergueu a bandeja chamando Yasmina, depois, segurando-a nas mãos, deu meia-volta para entregá-la à criada que chegava apressada. E foi então que, subitamente, virando o pescoço, ela se voltou bruscamente para lhe dizer "sua companhia nos honra", surpreendendo-o com os olhos fixos no seu imponente traseiro. Ele se sentiu imediatamente pego em flagrante, e apressou-se em abaixar a cabeça para dar a impressão de que olhava para o chão. Tarde demais! O constrangimento o tomou, e ele começou a perguntar-se o que essa mulher tinha podido pensar dele... Depois, assim que ela voltou para o seu lugar, ele lançou um olhar para ela e percebeu-lhe nos lábios o esboço de um sorriso, como se ela lhe dissesse "eu vi!". Ele amaldiçoou logo seus olhos ignorantes de qualquer pudor e continuou a perguntar-se o que ela poderia ter pensado... Oh, claro, ela se esforçava por dar a impressão de não ter visto nada, mas, depois do seu sorriso, tudo nela agora colaborava para lhe dizer: "Eu vi!" Esquecer sua inépcia. Era a melhor solução! Mas... Maryam ficaria um dia como a mãe? Bendito seja esse dia! "Essa mulher tem atributos que só raramente o tempo concede... Por Deus, que mulher!"

O melhor meio de parar de pensar naquilo e de dissipar a nuvem da dúvida era romper o silêncio.

– Se meu pedido foi aceito, estou à sua inteira disposição para discutirmos detalhes importantes...

Ela deu um riso breve cuja sonoridade propiciou a seu rosto um aspecto doce e juvenil.

– Como poderia o seu pedido ser recusado, Sr. Yasine, se vem de uma pessoa como o senhor, de uma origem e vizinhança exemplares?

– Sua gentileza me torna seu devedor – disse ele, enrubescendo.

— Só fiz dizer estritamente a verdade. Deus é testemunha.
Depois, após uma curta pausa:
— Tudo está arranjado do lado da sua família?
Num instante, seu olhar endureceu. Ele sorriu timidamente e declarou:
— Poupemo-nos esta parte, por favor.
— Por quê, meu Deus?
— Em casa, está difícil...
— O senhor não pediu o aval do Sr. Ahmed?
— Meu pai concorda...
— Ah! Já sei! – exclamou ela batendo com as mãos. – Oum Fahmi! Não é? Foi a primeira pessoa que me veio à mente quando o senhor me apresentou a situação! Naturalmente ela não está de acordo. É isso? Meu Deus! Deus seja louvado! A mulher do seu pai é realmente bem estranha...

Ele deu de ombros com indiferença, antes de acrescentar:
— Isso não muda nada.
— Quantas vezes me perguntei que crime teria eu cometido!
Depois, numa voz magoada:
— Mas que mal eu lhe fiz?
— Eu não queria deixar que um assunto que pudesse trazer-nos apenas dores de cabeça dominasse nossa conversa. Que ela pense o que quiser! O importante é que eu esteja decidido a prosseguir no meu objetivo. Tudo o que me importa é o seu consentimento, o seu...
— Se por acaso não houver lugar para o senhor na casa do seu pai, o senhor estará em sua casa aqui.
— Agradeço-lhe, senhora. Mas... tenho minha própria casa em Qasr al-Shawq, longe daqui. Quanto a casa de meu pai, deixei-a já há algum tempo...
— Ela o expulsou? – gritou ela, batendo no peito.

— Não — riu ele. — Não chegamos até esse ponto. Tudo é por causa do fato de que minha escolha a magoou por velhas razões referentes a Fahmi.

Ele lhe dirigiu um olhar melancólico.

— E, embora eu não tenha encontrado em sua objeção nada que a justificasse verdadeiramente, achei digno, apesar de tudo, providenciar uma nova residência por causa do casamento...

— Mas... — perguntou-lhe ela num balanço cético de cabeça — por que o senhor não ficou no seio de sua família, enquanto espera a hora de casar-se?

— Preferi afastar-me, com medo de que a crise se agravasse — respondeu-lhe ele num sorriso resignado.

Ao que ela acrescentou, aparentando escárnio:

— Possa Deus remediar tudo isso e...

Antes mesmo que acabasse a frase, levantou-se de novo, dirigiu-se até a janela do beco, abriu-a para deixar entrar a luz do fim da tarde, já que a porta do muxarabiê não deixava mais passar claridade suficiente para iluminar a sala.

Então, contra sua vontade, apesar de suas precauções, ele se surpreendeu mais uma vez a espionar o "precioso tesouro" da mulher, o qual, como um domo, desafiava o seu olhar... Viu-a apoiar-se no joelho no canapé, depois inclinar-se por cima da beira da janela para fixar-lhe os batentes: espetáculo impressionante que lhe impressionou. Sentindo a garganta seca, ele se perguntou por que ela não tinha chamado a criada para lhe mandar abrir a janela, em vez de se oferecer a seus olhos — que ela acabava justamente de surpreender em "flagrante delito" — esse espetáculo cujos efeitos sem dúvida ela calculava! Por que e como.?... Como e por quê?...

Ele tinha, com relação às mulheres, a sensibilidade aguçada e a mente malandra. Eis por que a sombra de uma dúvida veio espezinhar no limiar de sua consciência, sem querer penetrar nela nem afastar-se. No entanto, impressionado pelo caráter escabroso da situação, ele teve a presença de espírito de baixar os olhos. Ou ele estava doido, ou ela estava doida, ou nenhum dos dois estava. Ah! Se ao menos alguém pudesse vir tirá-lo de sua confusão!

Ela endireitou o busto inclinado para a frente, voltou a pôr o pé no chão e retirou-se da janela para ocupar de novo o seu lugar.

Imediatamente, ele se apressou a levantar os olhos para a Basmala, fingindo estar absorto nesta contemplação, e esperou, para virá-los para ela, que o canapé emitisse o estalar típico advertindo-o que ela voltara a sentar-se.

Nesse momento, seus olhares se cruzaram e ele viu brilhar-lhe na pupila um sorriso malicioso que lhe deu a impressão de que nada lhe passara despercebido, como se ela lhe dissesse agora, abertamente: "Eu vi!" Por um instante ele ficou perturbado, com as idéias embaçadas, não sabendo mais como proceder, temendo ter ultrajado a honra dessa mulher ou de ter se comprometido diante dela. Pareceu-lhe que ele seria julgado pelo menor de seus movimentos e que o menor deslize poderia até mesmo tomar as proporções de um escândalo...

– O tempo está mais para o calor e para a umidade...

Ela dissera essas palavras com uma voz calma, espontânea, sugerindo, contudo, seu desejo de acabar com o silêncio.

– É verdade... – concordou ele, aliviado.

Ele se recuperou, embora o espetáculo que tinha visto desenrolar-se perto da janela não demorasse a agitar-se de novo diante dos seus olhos. Ele se surpreendia, contra a vontade, a repassá-lo em sua cabeça e a perder-se no seu fascínio, dizendo-se a si mesmo que teria gostado de pôr a mão em semelhante tesouro numa de suas aventuras... Ah! Se Maryam pudesse ter tal corpo! Certamente, é tudo o que buscam os que aspiram à felicidade!*

Mas talvez, diante do silêncio dele, ela o acreditasse ainda atormentado pela conversa que tiveram a respeito de sua desavença com Amina. Por isso, ela lhe disse num tom de brincadeira:

– Não fique preocupado! Com nada neste mundo vale a pena preocupar-se.

Depois, para incentivar-lhe a despreocupação, ela agitou a cabeça e as mãos, sublinhando essa mímica com um saracoteio particular. Por complacência, ele sorriu, balbuciando:

– Tem razão!

No entanto, nesse momento mesmo, ele empregava todos os seus esforços para não perder o sangue-frio. Sim, porque acabava de acontecer um fenômeno prodigioso, que só se tinha manifestado aparentemente por esse movimento de corpo inteiro por meio do qual ela pareceu querer exprimir despreocupação e animá-lo, mas um movimento de uma importância capital com respeito à obscenidade, à coqueteria e à frivolidade que ele deixava supor. Este lhe tinha passado despercebido por descuido, num momento de desatenção, fazendo-a sair da decência e da compostura que tinha se imposto ao longo de toda a conversa, fazendo-o descobrir, assim, sem o saber, a profunda natureza dela... Sem o saber, ou ao contrário, sabendo-o perfeitamente?

Ele não pôde decidir em favor de nenhuma dessas hipóteses, mas não duvidava mais, em contrapartida, achar-se nesse momento diante de uma mulher certamente digna de ser a mãe de Maryam, a heroína dessa velha história com o

---

*Corão LXXXIII, 26.

inglês! Ele recusou, fosse como fosse, voltar atrás na sua opinião, ainda que esse movimento travesso, devasso, não pudesse decididamente ser um ato de uma mulher virtuosa. Sua perturbação só durou o intervalo de um segundo, para desaparecer numa sensação de alegria lúbrica e manhosa.

Tentou lembrar-se então de onde e de quando tinha visto esse movimento... Zannuba? Ou... Galila, na noite em que ela entrara no pavilhão de recepção, na casa dos Shawkat, para atacar seu pai? Meu Deus, mas era isso! Decididamente, ela parecia, apesar da idade, mais apetitosa e mais deliciosa do que a filha. Sua natureza o dominou, e veio-lhe o desejo de sondar o terreno, não recuando, se possível, diante de nada! A extravagância dos seus pensamentos deu-lhe vontade de rir interiormente e sentiu que ia penetrar num caminho abrupto, ainda inexplorado. Que importa! Não estava em seus hábitos repelir a idéia de uma aventura! Até aonde ia levá-lo esse caminho?... Podia desistir de Maryam pela mãe dela? De jeito nenhum! Longe disso! Mas imagine só um cachorro que acha um osso a caminho da cozinha. Vai se privar de tocar nele? No entanto, ainda eram só pensamentos, fantasias, hipóteses... "Espere para ver!", pensou consigo mesmo.

No silêncio que voltara a cair entre eles, um sorriso foi trocado. O da mulher era, pelo menos aparentemente, o sorriso de uma anfitriã para o seu convidado; quanto ao de Yasine, aflorava-lhe nos lábios, os quais o formigamento do desejo contido de passar ao ataque mantinha misticamente petrificados.

— O senhor traz a luz para nossa casa, Sr. Yasine Efêndi!
— Oh, senhora! Sua casa não precisa de luz... É a senhora que ilumina o bairro inteiro!

Ela caiu numa risada que jogou sua cabeça para trás.
— Deus o honre, Sr. Yasine Efêndi! – balbuciou ela.

Seria preciso, para dar certo, que ele voltasse ao objetivo inicial de sua visita ou solicitasse permissão para retirar-se, com a condição de marcar um novo encontro a fim de prolongar a conversa. Mas não fez nada! Pelo contrário, ele começou a lançar-lhe olhares sem brilho, ora fugazes, ora insistentes, mas sem parar, tudo num silêncio suspeito. Os olhares carregam mensagens que aqueles que têm dois olhos para ver claramente sabem ler! Só por eles ele devia a qualquer preço comunicar-lhe seus pensamentos e esperar o resultado. "Tateie bem o terreno antes de avançar... e ao diabo, Allenby!* E você, assuma esse olhar de brasa e me diga se é sincera, que louco poderia fingir não ver-lhe a intenção maldosa ou julgá-la inocente? Mas... olhe, eis que ela levanta os olhos, depois os abaixa de novo, como se não soubesse mais como agir. Ela certamente entendeu tudo! Agora, você pode dizer que a inundação chegou a Assuã e que é necessário com urgência abrir as comportas! E você vinha pedir-lhe a mão de sua filha? Louco, agora, que não crê na loucura! No momento, você é a coisa mais desejável para minha alma? Então... depois de nós o dilúvio! Sua visão me inspira tudo, exceto o desespero!"

— Você mora sozinho em Qasr al-Shawq?
— Moro...
— Sou dos seus, de todo coração...

Essas palavras poderiam vir tanto da boca de um demônio quanto da de... um anjo! "Mas... você não acha que Maryam está escutando atrás da porta?"

— A senhora também teve a experiência da solidão nesta casa... É algo insuportável!

---

*Allenby (1861-1936), alto comissário inglês do Cairo (1919-1925), que contribuiu para elaborar o tratado da independência do Egito (1922). (N. do T.)

— Insuportável é a palavra certa!

E subitamente, dizendo, como para desculpar-se, "meu Deus... faz tanto calor", ela levou a mão ao véu e desenrolou-o da cabeça, que apareceu, então, envolta num lenço laranja, depois do pescoço, que se ofereceu nu ao seu olhar, de uma brancura deslumbrante. Ele o contemplou longamente numa impetuosidade crescente, depois se virou para a porta como se perguntasse quem poderia estar escondido atrás dela. "Socorra quem vem pedir a mão da filha e cai nas garras da mãe!"

— Esteja à vontade — disse ele para responder às suas desculpas. — A senhora está em sua casa! E não há estranhos aqui...

— Se ao menos Maryam estivesse aqui, para que eu lhe dissesse a novidade...

Seu coração foi tomado de violenta palpitação, como uma ordem para passar ao ataque.

— Mas onde ela está?

— Na casa de uns conhecidos, em Darb el-Ahmar...

"Socorro! Estou delirando! O pretendente de sua filha a quer e você o quer também! Deus tenha piedade dos que pensam bem das mulheres! Essa não pode ter um grama de cérebro! Uma vizinha antiga e você só a conhece realmente hoje? Possuída pelo demônio... Uma adolescente de 50 anos!"...

— E quando a Srta. Maryam estará de volta?

— No início da noite...

— Sinto que minha visita se prolonga... — disse ele maliciosamente.

— De jeito nenhum! O senhor está em sua casa!

Depois, com a mesma malícia:

— Ousaria eu pretender que a senhora me visitasse?

Ela esboçou um largo sorriso que queria dizer: "Vejo o que este convite está escondendo!" Depois ela abaixou a cabeça pudicamente, embora toda a afetação dessa atitude não passasse despercebida de forma alguma a Yasine que, fingindo não notá-la, começou a descrever-lhe, enquanto ela mantinha a cabeça baixa e continuava a sorrir em silêncio, o lugar de Qasr al-Shawq em que estava situada sua casa.

"Tem ela ao menos consciência de que pode prejudicar completamente a sua filha? De cometer para com ela o pior dos crimes?"

– Quando me faria a senhora o favor dessa visita?

– Não sei o que dizer – balbuciou ela, erguendo a cabeça.

– Eu digo para a senhora – afirmou ele ousadamente. – Amanhã à noite! Estarei esperando pela senhora.

– Há certas coisas que nós temos de levar em conta!

– Vamos levá-las em conta... em minha casa!

Assim que disse isso, ele se levantou e ia aproximar-se dela quando, ao virar-se para a porta, pareceu lhe enviar um sinal, pondo-o de sobreaviso. Depois ela declarou tentando conter seu arrebatamento:

– Amanhã à noite...

A RESIDÊNCIA DE QASR AL-SHAWQ tinha em Bahiga uma visitante fiel. Na boca da noite, ela se envolvia no seu *mélayé*, corria até al-Gamaliyyê e, de lá, alcançava a casa de Haniyya... para encontrar Yasine, que a esperava no único cômodo mobiliado do apartamento. Nunca o nome de Maryam fora evocado entre os dois, até o dia em que ela lhe confessou:

– Não pude esconder de Maryam a sua visita, nossa criada o conhece! Eu só disse a ela que você tinha me participado a intenção de pedir a mão dela, tão logo resolva as dificuldades que você tem em sua casa...

Despreocupado com o assunto ele se contentou em assinalar sua aprovação.

Assim, eles viram abrir-se diante de si uma vida cheia de alegrias e de delícias. Yasine achou acolhida a seus desejos "aquela que abrigava um tesouro em seu traseiro", e divertiu-se como um cavalo fogoso. O cômodo, mobiliado apressadamente e sobriamente, nada tinha de lugar ideal para desfrutar a dois o fogo da paixão. Mas ele não descuidara de criar ali o ambiente agradável com provisões e bebidas, para excitar seu gosto pela comunhão da carne e prosseguir seus assaltos com a voracidade que lhe era natural, alheio a qualquer limite e de qualquer medida. Aliás, a lassidão não demorou a atingi-lo desde antes do fim da primeira semana, quando findou o ciclo de seus apetites, de modo que o remédio se transformava numa espécie de veneno. Mas ele não se surpreendeu. Longe disso! Desde o início, ele não dedicara a essa relação insólita nenhuma boa intenção, e não lhe tinha destinado nenhum futuro duradouro. Talvez até só tivesse planejado, para além da corte que fizera a Bahiga no salão, uma pequena trepadinha sem futuro. No entanto, foi obrigado a constatar que a mulher começava a gostar dele, manifestando um desejo ciumento de mantê-lo, assim como a esperança de que ele achasse nela a sua satisfação e renunciasse aos planos de casamento. Preocupado em não estragar seu próprio prazer, ele se viu coagido a satisfazer-lhe os caprichos, convencido de que o tempo bastaria para pôr as coisas em seu lugar. E como esse retorno à normalidade foi rápido, pelo menos para ele! Talvez até mais rápido do que havia previsto. Ele se curvara à sua fantasia, acreditando que a novidade dos seus encantos era tal que poderia manter seu poder de sedução por várias semanas, até mesmo, talvez, por um mês. Ele se enganara! Quanto aos atrativos externos, eles o tinham feito cometer a maior besteira de sua vida, que já estava repleta delas! Mas por trás dessa calamidade perfilava-se a sombra da velhice, como a da febre, por trás do brilho enganador das maçãs do rosto! As toneladas e toneladas de carne humana comprimidas sob as pregas das roupas, como ele dizia, assumiam um aspecto diferente assim que se ofereciam nuas ao olhar! E nada como a carne humana para acusar o triste efeito dos anos! "Começo a entender", dizia ele a si mesmo, "por que as mulheres têm obsessão por roupas!"

Daí em diante, aborrecido por vê-la ostentar sua gordura em cima dele, não era surpreendente que ele a qualificasse de "chaga" e tomasse a firme resolução de pôr um fim nessa relação.

Foi então que, muito naturalmente, passado o ardor desse capricho insensato, Maryam voltou a ocupar no seu espírito o lugar que lhe coubera antes. Ou melhor, não! Ela não o tinha abandonado um só instante. Simplesmente, essa paixão súbita a havia ocultado, como uma nuvem fugaz esconde por um tempo a face da lua... Era algo espantoso: seu desejo por ela não era mais do que um simples reflexo de sua paixão eterna pelo belo sexo; mas mesmo que esta permanecesse predominante, ele respondia ao mesmo tempo à sua impaciência de constituir a família que ele considerava como um destino tão necessário quanto procurado.

Assim, quisesse ou não, ele se deixou guiar pela paciência, com a condição de que Bahiga voltasse à razão e lhe dissesse um dia: "Vamos, já brincamos demais! Vá agora ao encontro da sua noiva!" Mas ele não encontrou nela nenhum eco para essa esperança. Noite após noite, assiduamente, ela continuava suas visitas, sempre mais exuberante e amorosa. Ele até teve a impressão de que ela se enchera, com o tempo, da convicção de possuir algum direito sobre ele, como se ele tivesse se tornado o pivô de sua vida e sua propriedade!

Oh, não! Ela não considerava a situação superficialmente ou como um divertimento! Além disso, sua personalidade forte apareceu-lhe logo à luz de uma frivolidade que o fez compreender que o comportamento que ela tivera com ele durante aquela primeira conversa não tinha nada de surpreendente. Assim, ele passou a desdenhá-la, a desprezá-la. Seus defeitos adquiriram a seus olhos impiedosos proporções gigantescas, ele acabou por não mais suportá-la e, embora fazendo absoluta questão de evitar qualquer crueldade com medo de que ela se vingasse estorvando seus planos para com a filha, tomou a firme resolução de livrar-se dela na primeira oportunidade.

Um dia, ele lhe disse:

— Maryam não fica fazendo perguntas sobre as razões do meu desaparecimento?

— Ela sabe muito bem que sua família se opõe a esse casamento — disse-lhe ela tranqüilizando-o.

Ao que ele respondeu, depois de um momento de hesitação:

— Confesso-lhe... que às vezes acontecia de a gente ficar conversando no terraço... Eu até repeti para ela muitas vezes que estava decidido a me casar com ela apesar dos contras...

— Que quer dizer? — perguntou-lhe ela num olhar penetrante.

— Quero dizer — replicou ele, assumindo um ar inocente — que, tendo ouvido de mim essa afirmação e tendo sabido da visita que eu lhe fiz, que é preciso que ela se convença do meu desaparecimento.

— Ela não vai ficar pior de saúde sem essa convicção — retorquiu ela, com uma desenvoltura que o assombrou. —

Nem todas as conversas levam a pedidos de casamento, e nem todos os pedidos de casamento acabam fatalmente em núpcias! Ela sabe muito bem de todas essas coisas.

Depois, num tom de confidência:

– E não vai lhe importar a mínima perdê-lo. É uma jovem na flor de sua beleza, não terá dificuldade em achar um pretendente hoje ou amanhã...

Dir-se-ia que ela procurava desculpar-se por seu egoísmo ou deixar entender que era ela – e não a filha – que se importaria em perdê-lo. Por isso tais palavras só fizeram com que ela se tornasse mais odiosa e desagradável. Sem contar o fato de que ele começava a temer pelo relacionamento com uma mulher vinte anos mais velha, influenciado pela sabedoria popular que diz que dormir com velhas faz perder o verdor os jovens! Tanto que as horas que ele passava com ela se tornaram, pelo menos para ele, cada vez mais carregadas de tensão e de desconfiança, de tal modo que chegou a detestá-la decididamente...

Tal eram seus sentimentos quando um belo dia, por acaso, ele se encontrou com Maryam na Nova Avenida. Ele a abordou sem hesitação, cumprimentou-a e começou a andar junto dela como teria feito com um parente. A moça estava ansiosa, mostrando o rosto carrancudo. Ele lhe disse que, depois de ter por muito tempo tentado convencer o pai a dar-lhe o consentimento, tinha-o finalmente conseguido, e preparava agora seu apartamento de Qasr al-Shawq a fim de poder recebê-los; desculpou-se também de sua longa ausência, explicando suas múltiplas ocupações e acrescentou, para arrematar: "Diga à sua mãe que virei vê-la amanhã para combinarmos as condições da união!" Então, seguiu seu caminho, feliz, sem nem mesmo se preocupar – no transbordamento de sua alegria – com o modo como

Bahiga reagiria, por ter agarrado a oportunidade que se oferecia inesperadamente.

Naquela mesma noite, ela chegou à hora habitual a Qasr al-Shawq, mas agitada, desta vez, com a alma arrasada. E, sem mais delongas, interpelou-o gritando antes mesmo de retirar o véu:

— Você me vendeu, covarde e criminosamente...

Depois, deixou-se cair na cama, tirando o véu da face nervosamente, e prosseguiu:

— Estava longe de imaginar que me reservava semelhante traição! Mas você é somente um covarde e um traidor como todos os homens!

— A verdade não é o que você pensa — replicou Yasine com a delicadeza de quem procura desculpar-se. — Eu a encontrei por acaso...

— Mentiroso! Mentiroso! — exclamou ela com o rosto sombrio. — Pelo demônio que me fez apaixonar-me por você! Você pensa que vou continuar a acreditar em você depois do que aconteceu?

Depois, imitando zombeteiramente a voz dele:

— "Eu a encontrei por acaso"... E que acaso, seu desgraçado? Admitamos que tenha sido mesmo um acaso; então, por que falar com ela no meio da rua, na frente de todo mundo? Isso não é agir como um traidor mal-intencionado?

Depois, imitando-o de novo:

— "Eu a encontrei por acaso"...

— Achei-me bruscamente face a face com ela — replicou Yasine, não sem embaraço — e minha mão se estendeu para ela para cumprimentá-la. Eu não podia, apesar de tudo, ignorá-la depois de todas as nossas conversas no terraço...

— "Minha mão se estendeu para ela..." – gritou ela, branca de cólera. – A mão não se estende sozinha, que eu saiba! Talvez seja preciso alguém para esticá-la! Maldita seja essa mão e seu dono também! Diga antes que você a estendeu para livrar-se de mim!

— Eu não tinha saída a não ser cumprimentá-la. Sou um ser humano, e tenho pudor.

— Pudor! Ah! Que beleza! E onde está ele? Que o seu pudor o esmague, filho de traidor!

Depois, após ter engolido a saliva:

— E a promessa que você lhe fez de vir entender-se comigo sobre a questão do casório, isso foi sem querer também, como sua mão? Vamos, fale, senhor pudor!...

— Todo o bairro sabe agora – declarou ele com um sangue-frio notável – que deixei a casa do meu pai para casar-me com sua filha. Portanto, era impossível para mim não evocar esse assunto ao falar com ela...

— Você podia inventar uma desculpa qualquer! – gritou ela. – Mas você tinha de dizer isso. Você não é do tipo que se constrange em mentir! Não! O que você queria era livrar-se de mim! Eis a verdade!

— Deus é testemunha de minhas boas intenções – disse ele evitando o olhar dela.

Ela o olhou fixamente, e perguntou-lhe em desafio:

— Você quer dizer que se atreveu a lhe prometer o que lhe prometeu sem querer?

Ele compreendeu o perigo de concordar, e baixou os olhos sem dizer nada.

— Já viu que você é um mentiroso só! – replicou ela bufando de cólera.

Depois, gritando:

— Então, está vendo? Hein? Está vendo? Filho de traidor!

– Um segredo não pode nunca ficar escondido indefinidamente – disse ele depois de um momento de hesitação. – Imagine o que diriam as pessoas se descobrissem nosso relacionamento... e, ainda mais, o que diria Maryam!

– Ah, o porco! – praguejou ela, rangendo os dentes de fúria. – Então, por que você não fez essas considerações no dia em que estava na minha frente babando como um cachorro? Ah, os homens! O fogo do inferno é um reles castigo para vocês!

Ele sorriu timidamente e teria dado uma gargalhada se o freio da covardia não o tivesse detido; depois, declarou num tom afetuoso e delicado:

– Tivemos juntos momentos bons dos quais sempre guardarei a melhor saudade. Pare de ficar com raiva e com mágoa... Afinal, Maryam é sua filha e você deseja mais do que ninguém vê-la feliz...

– E você é o homem que vai torná-la feliz? – disse ela sacudindo a cabeça, sarcástica. – A coitada não sabe que demônio vai se casar com ela! Você é só um vagabundo! Que Deus poupe a ela a infelicidade que eu tive!

– Só Deus não tem defeitos! – continuou ele com a calma que se tinha imposto desde o início. – Tenho o desejo sincero de um lar estável e de uma mulher que seja uma boa moça.

– Quero ser enforcada se você está sendo sincero! Enfim! Vamos ver! E não vá pôr em dúvida o meu sentimento maternal. A felicidade da minha filha vem para mim antes de qualquer outra consideração. Se você não tivesse me enganado e traído, seria para mim indiferente empurrá-lo para ela pelo traseiro!

Yasine se perguntou se por acaso a tempestade tinha acabado... Ele esperava que ela recolocasse o véu e se despedisse, mas ela nem ligou. O tempo passou, ela sentada na cama, ele na cadeira, na frente dela, não sabendo como nem quando terminaria essa curiosa e difícil conversa... Ele lançou de soslaio um olhar para ela e viu-a com os olhos fixos no chão, com o ar ausente, num estado de abandono que lhe causou pena. Voltaria ela às injúrias? Não estava descartada essa hipótese. Mas ela parecia pensar na posição delicada que ela ocupava entre ele e a filha e curvar-se diante das exigências de tal situação... Subitamente, sem que ele esperasse, ela afastou o *mélayé* do busto, murmurando "faz calor", apoiou-se na cabeceira da cama, esticou as pernas sem tomar cuidado com os sapatos cujos saltos afundavam nas pregas da colcha, e mergulhou de novo na própria ausência... Ela então não havia terminado?

– Permita-me vê-la amanhã – pediu ele com uma extrema delicadeza.

Ela pareceu ignorar o pedido por um minuto ou quase, depois, lançando-lhe um olhar de maldição:

– A porta está escancarada para você, sacripanta!

Ele sorriu, satisfeito, sentindo o olhar dela queimar-lhe o rosto.

– Não me tome por uma idiota! – disse ela após um breve instante. – Eu já me acostumara à idéia de ver chegar este fim cedo ou tarde! E se você não o tivesse precipitado por um meio...

Depois, num desprezo resignado:

– E depois, tanto pior!...

Ele não acreditou em nada disso, mas fingiu, e começou a dizer-lhe que não duvidava um instante disso e tinha esperança de que ela o perdoasse e o favorecesse com sua boa vontade. Mas ela nem se deu ao cuidado de ouvi-lo. Deslizou – novamente – até a beira da cama, jogou os pés no chão, levantou-se e começou a envolver-se no *mélayé*, dizendo-lhe "adeus!" Ele se levantou em silêncio, acompanhou-a até a porta, abriu-a, depois até a saída, mas qual não foi sua surpresa ao sentir, no momento em que ela passava por ele para chegar à escada, um tapa atingir-lhe a nuca. Deixando-o atrás de si, aturdido, e com a palma da mão colada ao pescoço dele, ela se virou e, apoiada no corrimão, disse-lhe, para concluir:

— Você vai receber outros! Fez mal muito mais a mim! Então, eu não teria o direito de me vingar com um miserável tapa? Hein? Filho de cão!

— SENHOR AHMED, não me queira mal se eu lhe disser que neste momento o dinheiro queima como fogo nas suas mãos!

Garnil al-Hamzawi exprimiu esse pensamento num tom que associava a deferência do empregado à familiaridade do amigo. O homem, apesar dos seus 57 anos e de seus cabelos grisalhos, conservava uma sólida constituição, assim como uma saúde excelente. O peso dos anos não tinha em nada diminuído seu ardor no trabalho, e, em conformidade com o hábito de quando entrara na loja como empregado no tempo do seu fundador, seu dia se passava sempre numa atividade incessante a serviço da loja e dos clientes.

Essa sua antigüidade ali lhe assegurara direitos intangíveis e um respeito digno do seu zelo e de sua honestidade. Ahmed Abd el-Gawwad o considerava como um amigo, e a afeição que tinha por ele, e que havia demonstrado ainda recentemente ajudando-o a matricular o filho Fuad na faculdade de direito, não tinha outro objetivo a não ser o de incentivá-lo à lealdade e obrigá-lo a dar-lhe francamente sua opinião quando esta lhe era necessária para evitar uma perda ou conseguir um lucro.

No entanto, o Sr. Ahmed respondeu num tom tranqüilizado, fazendo alusão talvez ao vento de euforia que animava o comércio:

– Tudo anda às mil maravilhas. Deus seja louvado!

– Que Ele aumente sua prosperidade e o abençoe! – exclamou Gamil al-Hamzawi, sorrindo. – Mas não me canso de repetir para o senhor que, se, além do trabalho, o senhor tivesse a mentalidade do comércio, o senhor estaria hoje entre as maiores fortunas deste país...

Nosso homem esboçou um sorriso satisfeito e deu de ombros com indiferença. Ele ganhava muito dinheiro e gastava outro tanto... Então! Como podia lamentar o que colhia dos prazeres da vida? Nem um só dia perdera a noção do justo equilíbrio entre seus lucros e suas despesas. E o que lhe sobrava cobria largamente o necessário. Aisha estava casada, Khadiga também, Kamal chegava ao fim dos seus estudos... Então! Que tinha a temer em aproveitar as alegrias da existência? No entanto, a observação de al-Hamzawi relativa à sua prodigalidade nada tinha de exagerada. Porque efetivamente ele parecia, nestes últimos tempos, muito distanciado da moderação e do equilíbrio. Suas despesas iam em múltiplas direções: os presentes consumiam somas não desprezíveis, a vivenda d'água lhe custava os olhos da cara, e eram verdadeiros sacrifícios que sua jovem amante exigia. Em resumo, Zannuba o levava sem piedade a gastar, e ele, por seu lado, pagava sem reclamar. Ele tinha mudado muito! Certamente pudera esbanjar em outros tempos, mas nunca uma mulher conseguira fazê-lo ultrapassar os limites da moderação ou obrigá-lo a jogar dinheiro fora. Antes, ele tinha consciência de sua força e quase não se preocupava com a satisfação de todas as exigências de sua dulcinéia do momento, do mesmo modo como pouco ligava, se a amante achava por bem fazer-se de rogada, de agir do mesmo jeito para com ela, com toda a arrogância de sua virilidade.

Mas hoje o desejo de conservar sua bem-amada o fazia curvar a cabeça, e nada para ela era caro demais. Era como se ele não tivesse mais outra ambição neste mundo a não ser conservar seu afeto e ficar de bem com seu coração. E que afeto amargo! Que coração rebelde! Na realidade, ele estava perfeitamente consciente de sua situação. Sentia-a com dor e tristeza. Ela lhe trazia uma saudade amarga dos dias de seu esplendor, ainda que não quisesse aceitar que aqueles já eram dias passados. E no entanto ele não manifestou o menor sobressalto de resistência. E também não estava em condições de fazê-lo.

– Talvez você esteja errado em me considerar como um comerciante – respondeu ele a al-Hamzawi com um tom de ironia.

Depois, com humildade:

– Só Deus possui a riqueza!

Nisso, um grupo de clientes chegou. Al-Hamzawi foi atendê-los. Mal nosso homem voltou a entregar-se aos seus pensamentos solitários, ele viu uma silhueta bloquear toda a porta e dirigir-se para ele num andar altivo. Era uma surpresa, e ele pensou desde a primeira olhadela que não tivera a oportunidade de ver sua visitante havia quatro anos, pelo menos. Ele se levantou para recebê-la, movido tão-somente por seu espírito de cortesia, e disse-lhe:

– Bem-vinda, nossa honrada vizinha!

Oum Maryam estendeu-lhe a mão que mantinha presa na ponta do seu *mélayé*, e respondeu:

– Prazer em vê-lo, Sr. Ahmed...

Ele a convidou a sentar-se na cadeira em que tinha se sentado num dia considerado agora passado antigo. Ele se sentou, fazendo-se perguntas...

Não a vira desde quando, um ano após a morte de Fahmi, ela viera encontrá-lo, aqui mesmo, para tentar fazê-lo pegar de novo o caminho de sua casa. Como não tivesse ainda emergido de sua dor, ele ficara, naquele dia, estupefato com a audácia dela. Por isso a tinha recebido com secura e despedido-se dela com frieza. O que poderia tê-la trazido hoje? Ele a mediu com o olhar e achou-a igual como sempre, tanto no volume quanto na elegância, espalhando à volta de si um perfume generoso, os olhos brilhando acima do véu, embora os artifícios da roupa e da maquiagem não ajudassem a esconder o avanço sorrateiro dos anos. Já os sinais da velhice se desenhavam sob os seus olhos, o que lhe lembrou Galila e Zubaida. Com que valentia todas essas mulheres enfrentavam a luta da vida e da juventude! Não se podia dizer o mesmo de Amina, que logo se entregara à tristeza e ao definhamento.

Bahiga aproximou a cadeira da escrivaninha e declarou, em voz baixa:

— Queira desculpar-me esta visita, Sr. Ahmed, mas... a necessidade faz o sapo pular...

Ao que nosso homem logo respondeu, assumindo um aspecto sério e grave:

— Seja bem-vinda! Sua visita é uma honra e uma graça para nós!

— Eu lhe agradeço — disse ela com um sorriso, a voz denunciando um sentimento de gratidão. — Dou graças a Deus por encontrá-lo com boa saúde!

Ele lhe agradeceu, fez votos pela saúde dela, e depois ela lhe agradeceu por sua satisfação e por seus bons votos, que ela renovou para ele, igualmente... Depois calou-se por alguns instantes, antes de prosseguir, com ar preocupado:

— Vim vê-lo por um problema importante. Disseram-me que o senhor foi informado a respeito e que deu seu consentimento... Quero falar do pedido de casamento de minha filha Maryam feito pelo Sr. Yasine Efêndi. Disseram-me a verdade? Vim aqui para certificar-me disso...

Ahmed Abd el-Gawwad baixou os olhos com medo de que a mulher percebesse a fúria que se acendera dentro de si ouvindo as palavras dela. Que ela fingisse preocupar-se com sua opinião, ele não ia se deixar enganar. Que ela tentasse antes enganar outros que ignorassem os subterfúgios dos seus pensamentos! Quanto a ele, sabia com certeza que, consentisse ou recusasse, isso lhe era indiferente. Além do mais, ela não tinha compreendido o sentido da ausência dele ao lado do filho, no dia de sua visita?... Que importa, ela viera para fazê-lo confirmar sua opinião... e sem dúvida também com um outro objetivo que ele não tardaria a descobrir...

— Yasine me participou seu desejo e rezei por seu êxito — disse ele erguendo para ela dois olhos impassíveis. — Maryam sempre foi nossa filha...

— Ah, que Deus o guarde, meu caro senhor! Essa aliança com sua família vai valorizar-nos aos olhos das pessoas...

— Agradeço-lhe por sua consideração.

— E tenho a alegria — continuou ela vivamente — de confessar-lhe que não dei meu consentimento antes de ter me certificado do seu!

"A despudorada! Vai ver, ela disse sim antes mesmo de ter visto Yasine!"

– Permita-me agradecer-lhe mais uma vez, Sra. Oum Maryam!

– Eis por que a primeira coisa que eu disse ao Sr. Yasine foi: "Deixe-me primeiro certificar-me do consentimento de seu pai, porque eu queria tudo, menos vê-lo zangado!"

"Deus do céu! Ela mal acabou de roubar o cavalo e já se apressa em amarrar o dono!"

– Porque vem de sua parte, essa nobre decisão nada tem de surpreendente!

– O senhor é dos nossos, caro senhor – prosseguiu ela com um entusiasmo triunfante. – O melhor dos que fazem o orgulho de nosso bairro!

Astúcia de mulher! Coqueteria de mulher! Ele já estava cheio tanto de um quanto de outro recurso. Pelo menos ela imaginava que ele se arrastava na lama implorando a piedade de uma tocadora de alaúde, que até mesmo um vagabundo recusaria?...

– A senhora me deixa sem jeito – respondeu ele com modéstia.

Ela ergueu levemente a voz, para replicar com tons chorosos:

– Como sofri quando ele me informou que tinha abandonado a casa do pai!

A esta altura, temendo que as palavras dela chegassem aos ouvidos dos clientes, no outro extremo da loja, ele lhe chamou a atenção, mostrando-os com um sinal de cabeça.

– Certamente sua maneira de agir me aborreceu – apressou-se ele a responder, com o rosto carrancudo. – Eu me perguntei como ele tinha conseguido cometer semelhante tolice. Teria sido melhor que ele tivesse me pedido conselho antes... Mas não! Levou suas coisas para Qasr al-Shawq e veio depois me apresentar suas desculpas. Entre nós, criancices, Sra. Oum Maryam! Passei-lhe um sermão sem me preocupar com seu dito desentendimento com Amina... esse pretexto estúpido com o qual ele tentou justificar uma besteira mais estúpida ainda!

— Palavra de honra, foi exatamente o que eu lhe disse. Mas Satanás é mais manhoso do que nós! Eu também lhe disse: "Sra. Amina é desculpável. Deus lhe dê forças para suportar a dor que a atingiu!"... Seja como for, um homem como o senhor nos deixa sempre no direito de esperar o perdão, caro senhor!

Ele fez um gesto breve com a mão, como se dissesse: "Poupe-nos disso!" Por isso ela insistiu num tom sedutor:

— No entanto, não ficarei satisfeita antes de ter obtido seu perdão!

Epa! Se pelo menos pudesse confessar-lhe todo o nojo que lhe causavam todos, ela, a filha dela e esse grande cretino...

— Yasine não deixa de ser meu filho, aconteça o que acontecer — disse. — Possa Deus trazê-lo de volta para o caminho certo!

Ela lançou levemente a cabeça para trás, e manteve-a um momento nessa posição, o tempo de saborear o prazer do seu sucesso e de sua satisfação. Depois disse, num tom delicado:

— Deus o abençoe, Sr. Ahmed! Ao vir vê-lo, eu tinha me perguntado: "Ele vai me humilhar e me despachar decepcionada... ou vai tratar sua velha vizinha como era seu hábito no passado?" Mas, Deus seja louvado, o senhor sabe sempre se mostrar digno do bem que se espera do senhor! Que Deus lhe dê vida e lhe dê força e saúde!

"Você não acha que ela está zombando? Você é apenas um pai trapaceado pelo destino, que viu morrer o melhor dos seus filhos, dos quais o segundo decepciona todas as esperanças e dos quais o terceiro é senhor de sua própria vontade! Tudo isso sem que eu possa fazer nada, sua vagabunda!"

– Não sei como agradecer-lhe!

Ela abaixou a cabeça:

– Tudo o que posso dizer do senhor é menos do que o senhor merece! Quantas vezes não lhe disse isso, antes...

"Ah! esse maldito passado!... Fecha logo essa porta, em nome deste idiota cujo título de propriedade você veio registrar!"

Ele colocou a palma da mão contra o peito em sinal de agradecimento.

– Como poderia ser de outra forma? – continuou ela num tom sonhador. – Não lhe testemunhei uma afeição cuja honra nenhum homem teve nem antes nem depois do senhor?

"Aí estamos! Como não pude me dar conta disso desde o início? Você não veio nem por Yasine nem por Maryam... mas... por mim! Ou antes, por você! Se há alguém que o tempo em nada mudou, exceto a juventude, esse alguém é você! Mas vamos com calma! Você teria a pretensão de fazer reviver um passado para sempre acabado?"

Ele pensou nessas palavras, mas não as disse, contentando-se em franzir a boca em sinal de agradecimento. Ela esboçou um largo sorriso que descobriu seus dentes através da transparência do véu e acrescentou, com um tom de censura:

– Diria-se que o senhor não se lembra de nada...

Desejoso de desculpar-se por sua frieza sem, ao fazê-lo, ferir a sensibilidade da mulher, ele respondeu:

– Minha cabeça se tornou vazia demais para isso...
– É que o senhor se tem comprazido demasiadamente na tristeza! – exclamou ela num tom de compaixão. – Está acima das forças da criatura... e o senhor é um homem, não mostre ressentimento pelo que vou dizer-lhe, que teve o hábito da vida feliz. Ora, se a tristeza já age contra um homem normal, ela vai agir dez vezes mais contra o senhor!

"Ela lhe passa esse sermão em seu próprio benefício! Ah, se ao menos Yasine pudesse ficar cansado da filha como já estou da mãe! Mas por que então você me causa nojo? Você é, sem dúvida, mais dócil do que Zannuba e incomparavelmente menos gastadeira! Infelizmente, tenho a impressão de que alguma coisa em mim se afeiçoou à infelicidade!..."

– Como poderia rir um coração angustiado? – disse ele, assumindo um ar infeliz.

– Ria, seu coração acompanhará – replicou ela com entusiasmo, como se tivesse pressentido um clarão de esperança. – Não espere que ele se ponha a rir sozinho. Ele está longe de fazê-lo depois de ter ficado tanto tempo fechado. Volte à sua vida de antigamente, e a alegria indolente dele voltará para o senhor... Saia à procura das alegrias de sua juventude... e das daqueles que lhe foram caros então. Quem lhe diz que não há corações que suspiram pelo senhor e que lhe permanecem fiéis embora o senhor os tenha abandonado por tanto tempo?...

A volúpia e o orgulho o dominaram. Eis como era preciso falar de verdade com Ahmed Abd el-Gawwad! Essas palavras que lhe diziam antigamente ao ouvido, no retinir dos copos, no meio das noites de bebedeira... "Zannuba, onde está você? Venha aqui para ouvir esse elogio, isso vai lhe abaixar a crista! Mesmo que seja alguém a quem eu não mais desejo que me honre assim..."

— Esse tempo já passou – disse ele sem deixar transparecer sua emoção.

— Mas, por al-Hussein – protestou ela, lançando o busto para trás com ar de reprovação –, o senhor é ainda jovem!

Depois, sorrindo timidamente:

— Um dromedário tão resplandecente quanto a lua! Não! Seu passado não acabou e nunca acabará. Não envelheça prematuramente! Ou então deixe aos outros o trabalho de decidir isso... talvez eles o vejam diferentemente do modo como o senhor se vê.

— Fique tranqüila, Sra. Oum Maryam, eu não me deixo destruir pela tristeza – respondeu ele com polidez mas num tom que exprimia gentilmente seu desejo de encerrar a conversa. – Pelo contrário, eu me distraio do meu sofrimento de mil maneiras...

— E isso basta para alegrar o coração de um homem como o senhor? – perguntou ela, sem entusiasmo, já tendo se esfriado um pouco.

— Ele não aspira a nada mais... – disse ele, parecendo estar cansado de tal assunto.

Ela parecia contrariada, ainda que fingisse alegria, ao dizer:

— Dou graças a Deus por tê-lo encontrado com a tranqüilidade e a serenidade que gosto de ver no senhor.

Não havia mais nada a acrescentar. Ela se levantou estendendo ao nosso homem a mão que tinha envolta na bainha do seu *mélayé*. Os dois se cumprimentaram antes que ela acrescentasse, preparando-se para sair:

— Cuide-se bem...

Depois foi embora, desviando dele o olhar, artifício, que em vão tentava esconder a decepção que a dominava...

6

O *suares** entrou na rua de al-Husseiniyyê e desembocou na al-Abbassiyyê, onde, excitados pelo chicote comprido do condutor, os dois cavalos magrelas começaram a trotar no asfalto. Kamal estava sentado na dianteira do veículo, na ponta do longo banco lateral, atrás do condutor. Bastava-lhe virar a cabeça para ver, com uma largura pouco usual em seu velho bairro e um comprimento que parecia infinito, a rua de al-Abbassiyyê estender-se diante dos seus olhos, plana e regular, ladeada por suntuosas residências providas de vastos pátios internos, alguns dos quais se ornamentavam com jardins luxuriantes. Ele tinha por al-Abbassiyyê uma grande admiração e dedicava-lhe um amor e um respeito quase religiosos.

Admiração, por causa da limpeza, de sua bela ordem, do silêncio calmo que dominava as residências, qualidades essas de que seu antigo e barulhento bairro era totalmente desprovido. O amor e o respeito, por outro lado, deviam-se ao fato de que ali estava a pátria do seu coração, berço de sua inspiração, a terra santificada onde se erguia o palácio de Aída.

Havia quatro anos que ele a freqüentava assiduamente, com o coração em alerta e os sentidos em desassossego; conhecia-a até em seus mais íntimos recantos! Para onde quer que olhasse, a rua lhe oferecia uma imagem familiar, semelhante ao rosto de um velho amigo. Todos os seus traços

---

*A palavra *suares* é a formação egípcia do nome do alemão Schwartz, que fundou no Cairo a companhia de transporte do mesmo nome. Os *suares* eram uma espécie de ancestrais do bonde, no Egito. Os carros eram puxados por mulas, e a linha ia do Velho Cairo até a Cidadela.

característicos, suas paisagens, suas aléias, alguns de seus moradores, estavam ligados no seu espírito a pensamentos e sentimentos que se tornaram a essência da sua vida e a trama dos seus sonhos. Para onde quer que virasse a cabeça, alguma coisa convidava sua alma a prosternar-se...

Ele tirou do bolso uma carta que havia recebido na antevéspera de seu amigo Hussein Sheddad na qual informava de que ele e seus dois amigos Hassan Selim e Ismail Latif tinham voltado de férias, e convidava-o, a ir encontrar-se com os três na casa do primeiro, para onde o *suares* o levava agora...

Ele lançou sobre a carta um olhar sonhador, repleto de gratidão, de ternura, de adoração e de devoção, não só porque o remetente era o irmão de sua adorada, mas porque pensava que ela havia sem dúvida permanecido num lugar ou outro da casa, antes que Hussein a enviasse, e que, em tais condições, era possível que os belos olhos de Aída a tivessem visto por acaso, de passagem, ou ainda que seus dedos finos a tivessem tocado por uma razão ou por outra, mesmo que maquinalmente. Já lhe bastava presumir que a carta tinha estado num lugar que envolvera seu corpo, abrigara sua alma, para que ela assumisse o *status* de um símbolo sagrado que provocava nele os mais ardentes arroubos.

Essa carta, ele começou a relê-la pela décima vez, quando seus olhos pararam nesta frase: "Chegamos ao Cairo no dia 1º de outubro à noite", o que significava que, havia já quatro dias, ela honrava, sem que ele soubesse, a capital com sua presença! Como ele pôde ficar sem saber de nada? Como pudera não adivinhar essa presença, fosse por instinto, seja por uma secreta intuição dos sentidos ou da mente? Como é que a solidão, que o havia envolvido durante todo o verão, tinha podido estender mais sua sombra esmagadora por esses quatro benditos dias? Teria sua sensibilidade enfraquecido ao peso dessa tristeza contínua? Mas que importa? No momento, seu coração batia asas e sua alma se elevava num céu de felicidade... Agora, ele dominava o mundo do alto de um grande pico de onde, à semelhança dos espectros no cortejo dos anjos, suas formas e seus contornos lhe apareciam mergulhados numa auréola de transparência e de luz. Agora, a embriaguez da vida, da alegria e da emoção aquecia seu ser... Agora, a sombra da dor que nele se unia à alegria do amor, como o eco à voz, planava acima de sua cabeça... Um dia, no passado, no tempo em que nenhuma paixão florescia em seu coração, um *suares* o tinha levado por esse mesmo caminho. Ao encontro de quais sentimentos, de quais esperanças, de qual emoção, de qual indagação ia ele então?

Ele não guardava dessa época ingênua senão uma vaga lembrança e, tanto ele dava ao amor todo o seu apreço, quanto negava a Aída para chorá-la a cada acesso de dor, exumando-a então dos limbos de seu pensamento nos quais, para se impor a ela com tanta força, ele quase a tinha relegado. Por isso ele estabelecia agora em si as marcas de sua vida, anotando A.A. – "tal acontecimento ocorreu antes do meu amor por Aída"; D.A. – "este outro aconteceu depois dele"...

O veículo parou em al-Wayliyya. Ele recolocou a carta no bolso e desceu, dirigindo-se para a rua dos Serralhos, com o olhar voltado para a primeira vivenda à direita, à beira do deserto de al-Abbassiyyê.

Vista de fora, com seus dois andares, a casa dava a impressão de uma construção gigantesca. Com a fachada dando para a rua dos Serralhos, ela terminava por um vasto jardim plantado com grandes árvores que lançavam suas copas para além do muro cinzento de altura média que circundava o conjunto e desenhava um vasto retângulo que invadia o deserto que o limitava ao sul e a leste. O aspecto dessa residência habitava no seu espírito. Sua majestade o fascinava, os sinais de sua opulência o seduziam. Ele via em sua grandeza uma homenagem digna prestada ao seu proprietário. Avistava janelas fechadas, outras que as cortinas deixavam ver, discernindo em seu aspecto discreto e recluso algo como um símbolo da dignidade de sua bem-amada, de sua reserva, de sua inacessibilidade, de seu mistério.

O jardim vasto e profundo como o deserto que se enterrava no horizonte vinha confirmar esse aspecto. Aqui e ali, a alta silhueta de uma palmeira recortava o céu, uma hera subia pelo muro e fontes de jasmim cobriam seu topo, arrebatando seu coração com lembranças, que falavam-lhe baixinho de paixão, de sofrimento e de adoração. Tudo isso tinha se tornado quase uma sombra dela, uma lufada de sua alma, um reflexo do seu rosto, concordando em espalhar – se se tinha em mente que Paris fora uma terra de exílio para os ocupantes dessa casa – uma atmosfera de beleza e de sonho que satisfazia à elevação do seu amor, à sua santidade, ao seu orgulho, à sua aspiração ao desconhecido.

Ao aproximar-se da entrada, viu, sentados num banco, como habitualmente o faziam no final da tarde, o porteiro, o cozinheiro e o motorista. Assim que chegou até eles, o porteiro levantou-se e disse-lhe: "Hussein bei o espera no caramanchão." Ele entrou, sentindo de imediato um perfume de jasmim, de cravos e de rosas, tudo misturado, cujos vasos ficavam nos montantes da escada que levava para a grande varanda que se descortinava próxima ao pórtico; depois, virou para a direita na direção de uma aléia lateral que separava a casa do muro e ia até a orla do jardim, passando pela varanda dos fundos.

Não era coisa à-toa caminhar por esse vasto santuário, pisar esse chão que ela já havia marcado com seus passos.

Seu respeito pelo lugar quase detinha sua caminhada. Mais um pouco e ele teria tocado com sua mão o muro da casa para receber sua bênção, exatamente como ele a estendia outrora para o túmulo de al-Hussein, antes de saber que nunca fora mais do que um símbolo. Onde nessa casa ela dava vazão à sua despreocupação? Que faria ele se ela lhe lançasse seu olhar enfeitiçado? Ah, se ao menos ele pudesse encontrá-la, ali, sob o caramanchão, deixar seus olhos se compensarem de tanta paciência, de tanto desejo, de tanta vigília!... Ele percorreu o jardim com um olhar que foi até o muro do fundo, para além do qual se estendia o deserto.

O sol lançava seus raios por cima do telhado, fazendo sobressair com sua luz a copa das árvores e das palmeiras, que projetavam sombras de âmbar nos pórticos de jasmim formando uma segunda parede sobre aquela do recinto, assim como nos círculos, nos quadrados e nos semicírculos dos maciços de roseiras e de flores cujos contornos eram limitados por aléias de mosaico.

Ele pegou uma aléia central que levava a um caramanchão erguido no meio do jardim, sob o qual avistou de longe Hussein Sheddad na companhia dos seus dois hóspedes, Hassan Selim e Ismail Latif. Estavam sentados em cadeiras de palhinha à volta de uma mesa de madeira redonda onde se encontravam alguns copos e uma garrafa de água. Ele se aproximava, quando subitamente a voz de Hussein, que lançou um grito de alegria, o avisou de que haviam notado sua chegada. Os três amigos se levantaram sem demora para recebê-lo e ele abraçou-os, um após o outro.

— Estou feliz por reencontrá-lo com boa saúde!
— Sentimos muito a sua falta, sabe?
— Como vocês estão bronzeados! Agora não se vê mais nenhuma diferença entre vocês dois e Ismail!

— Eu diria melhor: no meio da gente você agora parece mais um europeu no meio de pessoas de cor! Daqui a pouco, tudo isso vai acabar... Nós nos perguntávamos justamente por que o sol do Cairo não bronzeia nossa pele. É verdade que era mesmo preciso ter vontade de pegar uma insolação para ficar exposto a ele! No entanto, qual é o segredo desse bronzeado? Parece que nos deram uma explicação num de nossos cursos... Isso! Acho que foi em química. Nós estudamos o sol em várias disciplinas, como a astronomia, a química, as ciências naturais, mas qual delas nos forneceu uma explicação para o bronzeamento do verão? Agora é um pouco tarde para a gente perguntar isso, já que terminamos nossos estudos secundários. Nesse caso, vamos às novidades do Cairo!

— Não. Você é que tem de nos falar de Ras el-Barr, e Ismail, de Alexandria...

— Não nos afobe! Haverá tempo para tudo.

O caramanchão não era mais do que um guarda-sol de madeira redondo, com pé maciço, encimando uma área de areia cercada por uma orla de roseiras em vasos, tendo como mobiliário apenas a mesa e as cadeiras de palhinha. Nossos quatro companheiros sentaram-se em semicírculo à volta da mesa, de frente para o jardim, visivelmente felizes por se reencontrarem depois de terem sido separados pelo verão, exceto por Hassam Selim e Ismail Latif que, normalmente, passavam as férias em Alexandria.

Puseram-se a rir por qualquer coisa, às vezes até por uma simples troca de olhar, cuja cumplicidade parecia reavivar as lembranças de gracejos passados... Hussein, Hassan e Ismail estavam usando uma camisa de seda e uma calça cinzenta. Só Kamal, contrariamente ao seu hábito de perambular pelo velho bairro vestido apenas com um casaco por cima do *galabiyyê*, e pelo fato de atribuir à sua visita a al-Abbassiyyê um caráter oficial, apresentava-se numa roupa leve de cor cinza-chumbo.

Tudo à sua volta falava ao seu coração e o comovia até o âmago. Esse caramanchão onde ele havia recebido a mensagem divina do amor... Esse jardim, único guardião do seu segredo... Esses amigos que ele amava primeiro por causa da amizade e segundo porque estavam associados à sua aventura. Sim, tudo aqui falava ao seu coração! No entanto, ele se perguntava quando "ela" ia chegar e se essa reunião podia decentemente ocorrer sem que seus olhos perdidos de desejo se fixassem nela. Para atenuar a ausência dela, ele se pôs, tanto quanto lhe era permitido, a contemplar Hussein. Não o olhava somente pelo olhar da amizade, porque o laço de fraternidade que o unia à sua adorada o fazia ver nele uma espécie de magia, de mistério... Não gostava dele simplesmente: exaltava sua pessoa, santificava-a, estava deslumbrado com ela. Diga-se que, com seus olhos negros, sua estatura esguia, seus cabelos macios de um preto profundo, seu porte ao mesmo tempo simples e majestoso, Hussein apresentava uma grande semelhança com a irmã e não se distinguia dela por nenhum traço essencial, exceto pelo nariz cheio e adunco, e pela pele branca escondida sob o bronzeado do verão.

E já que Kamal, Hussein e Ismail constavam dos alunos aprovados no exame de fim de ano do secundário – considerando-se, todavia, que os dois primeiros tinham 17 anos e o último 21 –, puseram-se a falar do exame e de suas múltiplas conseqüências sobre o futuro de cada um. Ismail usou primeiro da palavra. Ele tinha, ao falar, o hábito de esticar o pescoço, como para compensar seu pouco tamanho e sua fraca compleição, pelo menos se o comparassem aos outros três. Era atarracado, musculoso, e o olhar penetrante e zombeteiro dos seus olhos apertados, o nariz fino e pontudo, as sobrancelhas espessas, a boca larga e forte bastavam para fazer pensar duas vezes aquele que tivesse a idéia de atacá-lo.

– Este ano o sucesso foi cem por cento – disse ele. – É a primeira vez que nos acontece isso! No que me diz respeito, pelo menos! E dizer que, como Hassan, que entrou no mesmo dia e no mesmo ano que eu em Fuad I°, eu deveria começar meu último ano de faculdade! Ao ver o meu número de inscrição no jornal entre os alunos aprovados no exame, meu pai me perguntou, troçando: "Você acha que Deus me deixará viver o bastante para vê-lo um dia portador de um diploma universitário?"

– Você não está tão atrasado assim para justificar essa desesperança do seu pai!

Ao que Ismail respondeu, irônico:

– Tem razão! Ter repetido o ano é uma bobagem!

Depois, dirigindo-se a Hassan Selim:

– Quanto a você, acho que já está pensando em depois da formatura...

Hassan Selim começava seu último ano de direito. Compreendeu que Ismail Latif lhe pedia para revelar seus projetos, assim que terminasse os estudos. Mas Hussein Sheddad antecipou-se:

– Ele não tem com que se preocupar. Mesmo sem pedir, ele vai achar um emprego na magistratura ou no corpo diplomático...

A essas palavras, Hassan Selim saiu de sua calma cheia de soberba, e seu belo rosto de traços finos se tornou pesado, numa expressão que o diria prestes a um ataque.

– E em nome de que eu deveria me fiar em suas presunções? – perguntou ele com ar de bravata.

Ele era orgulhoso de seus esforços no estudo, de sua inteligência, e achava por bem que todos lhe fizessem justiça.

Ninguém aliás discordava disso. Ninguém esquecia tampouco que ele era o filho de Selim bei Sabri, ministro do Supremo Tribunal, e que tal filiação constituía privilégio tão decisivo quanto a inteligência ou o esforço. Hussein Sheddad evitou fazer qualquer observação susceptível de provocar-lhe a cólera e disse-lhe, simplesmente:

– Sua própria superioridade responde à sua necessidade de certeza!

Mas Ismail Latif não lhe deu tempo de saborear o elogio...

– Não se deve esquecer seu pai – disse ele. – Ele tem muito mais peso que a sua superioridade, ao que me consta...

Hassan reagiu ao ataque com um sangue-frio inesperado. Fosse porque estivesse cansado da animosidade de Ismail de quem nem por um único dia tinha separado durante o período de suas férias em Alexandria, fosse porque começasse a ver nele um "provocador de discussões profissionais", cujas palavras não convinha sempre levar a sério. Ademais, essa pequena reunião não poderia existir sem haver discussões que às vezes chegavam à discórdia, sem no entanto nunca prejudicar a sua unidade.

– E você – perguntou-lhe Hassan Selim com um olhar irônico –, no que foi que deram as pesquisas dos seus orientadores profissionais qualificados?

Ismail soltou uma gargalhada que descobriu seus dentes pontudos e amarelados pelo tabaco de que ele tinha sido um dos adeptos entre os alunos do colégio.

– Ah, nada de importante! – disse ele. – Nem a medicina nem a engenharia civil quiseram saber de mim. Não alcancei o total de pontos necessário... Eu não tinha mais escolha a não ser entre o comércio e a agricultura. Então escolhi o primeiro...

Kamal notou, chateado, que o amigo nem tinha mencionado a Escola Normal, como se não valesse a pena levá-la em consideração. Mas ele achou, por seu lado, no fato de ter concedido preferência a ela, a despeito de sua aptidão para entrar na faculdade de direito, escola prestigiosa em suma, uma exemplaridade que o consolou de sua tristeza e de sua solidão.

Hussein Sheddad deu uma risada graciosa que avivou o brilho de seus dentes e de seus olhos, e respondeu:

— Que pena que você não tenha escolhido a agricultura. Imagine só Ismail no meio de um campo, passando a vida entre os camponeses...

— Oh, isso não me incomodaria – replicou o outro num tom satisfeito –, se esse campo fosse na rua Imad-Eddine.*

A essas palavras, Kamal olhou Hussein, e perguntou-lhe:
— E você?

O rapaz lançou seu olhar para longe, refletindo antes de dar sua resposta, deixando assim a Kamal a oportunidade de examinar-lhe o rosto. Como o pensamento de que ele era o irmão dela o enfeitiçava! Em outras palavras, de que havia entre ele e *ela* a mesma proximidade, a mesma intimidade que as que ele conhecera antigamente com Khadiga e Aisha. Era uma idéia que ele tinha dificuldade em admitir. No entanto, ele partilhava a companhia dela, a conversa dela, isolava-se com ela, tocava nela... Tocava nela?... Compartilhava a mesa com ela também. Qual seria o modo dela de comer? Fazia barulho ao mastigar? Comia *mouloukhiyya* e vagens, por exemplo? Isso também era – e quanto! – difícil de encarar! O importante era que ele fosse irmão dela e que ele, Kamal, pudesse tocar na mão dele que tinha tocado na dela.

---

*Rua do Cairo onde se achavam numerosos teatros e locais de entretenimento...

Ah, se ele pudesse sorver o perfume do hálito dele que devia, sem dúvida nenhuma, parecer-se com o da radiosa boca de Aída...

— A faculdade de direito... provisoriamente — respondeu Hussein.

"E se ele se tornasse amigo lá de Fuad al-Hamzawi! Por que não? Nenhuma dúvida agora de que a faculdade de direito é uma escola importante, já que Hussein se prepara para entrar nela! Mas... tentar persuadir as pessoas do valor de um ideal moral era realmente uma proeza..."

— Eu ignorava que se pudesse entrar numa escola "provisoriamente" — replicou Ismail Latif, zombeteiro. — Explique para nós um pouco isso, está bem?

— Para mim, todas as escolas se equivalem — respondeu Hussein com seriedade. — Nada me atrai mais numa do que em outra. Certamente, eu quero instruir-me... mas não trabalhar. Nenhuma escola neste país me dará o que desejo: um saber não orientado para a vida. Contudo, como não encontrei ninguém em casa para aprovar meu ponto de vista, sou obrigado a aceitar o deles, até certo ponto. Quando lhes perguntei que escola eles viam para mim, meu pai me respondeu: "O que você quer além do direito?" Então eu disse: "Que seja! Vamos para o direito!"...

— Provisoriamente — acrescentou Ismail Latif, macaqueando o tom e os gestos dele.

O riso foi geral.

— Isso mesmo, seu palhaço! Não é nem mesmo improvável, se as coisas acontecerem como desejo, que eu interrompa os estudos aqui para ir para a França... ainda que fosse a pretexto de continuar lá os meus estudos. Lá poderei beber livremente em todas as fontes de cultura... Poderei pensar, ver, ouvir...

— Provar, tocar e cheirar também — continuou Ismail Latif imitando mais uma vez o tom e os gestos dele, completando o pensamento que ele desconfiava não ter sido expresso até o fim.

Depois de um intervalo de risos, Hussein prosseguiu:

— Esteja certo, em todo caso, de que não sonhamos em absoluto com os mesmos objetivos!

Kamal acreditou nele com todo o coração. Não que o estimasse bastante para desconfiar que ele mentisse, mas porque tinha a convicção de que a vida com que Hussein sonhava na França era "a única" que podia atrair as almas. Ismail estava longe de compreender essa verdade, no entanto elementar, ele e as pessoas de seu tipo, que só vêem as coisas através dos números e das aparências.

Quantas vezes Hussein enaltecia seus sonhos! E este não era senão um entre os maiores, entre os mais bonitos. Um sonho em que se oferecia em abundância o alimento do espírito e dos sentidos!

"Quantas vezes esse sonho povoou meu sono ou meu despertar! E eis que depois de ter aspirado tanto a ele, de tê-lo por tanto tempo perseguido, nos encontramos agora, ele e eu, na Escola Normal!"

— Você tem mesmo certeza do que diz quando afirma que não quer trabalhar? — perguntou ele a Hussein.

— Não quero ser um especulador na bolsa, como meu pai — respondeu o rapaz, com os olhos iluminados por um olhar sonhador. — Não quero uma vida baseada inteiramente no trabalho e no dinheiro. Não vou ter nenhum emprego, porque isso significa tornar-se escravo para ganhar a vida. Ora, eu tenho mais do que o suficiente para viver. Quero ser no mundo como um pássaro no ramo. Quero ler, olhar, escutar, pensar... estar sempre onde quiser.

Hassan Selim, que, durante todo o tempo em que o outro falava, olhava-o com um desdém que disfarçava com sua aristocrática reserva, mostrou sua desaprovação:

— Trabalhar não é apenas um meio de ganhar a vida! Eu, por exemplo, não preciso dele para a subsistência. No entanto, exercer um nobre ofício é algo que eu seguramente sou a favor. E ademais o homem deve trabalhar. Um trabalho honroso é um objetivo digno em si de ser perseguido.

— É isso mesmo — apoiou Ismail Latif. — A magistratura, a diplomacia são cargos cobiçados por pessoas riquíssimas.

Depois, virando-se para Hussein:

— Por que você não abraça uma dessas duas carreiras, já que estão ao seu alcance?

— A diplomacia — acrescentou Kamal, dirigindo-se por sua vez a Hussein — poderia garantir-lhe uma atividade nobre em que você pudesse viajar.

— Sim, mas muitos são os chamados e poucos os escolhidos! — replicou Hassan Selim, num tom significativo.

— A diplomacia tem brilhantes vantagens, isso é um fato. Consiste o mais das vezes em funções honorárias e pouco contraria a minha recusa da escravidão do trabalho. Permite, além disso, espaço para viagens e para os lazeres que ajudam o meu gosto por uma vida dedicada à alma e à beleza. Mas eu não penso que terei acesso a ela. Não porque ela dê espaço só a um pequeno número de escolhidos, como dizia Hassan, mas porque duvido que vá prosseguir meus estudos regulares até o fim...

— Tenho a nítida impressão — exclamou Ismail Latif com um sorriso malicioso — que você deseja ir para a França por motivos que não têm muito a ver com a cultura! Você tem razão, entregue-se à boa vida...

– Mas não é nada disso – gargalhou Hussein, sacudindo a cabeça negativamente. – Você é tendencioso! Se recuso o ensino escolar é por outras razões. Primeiramente, eu não tenho só que estudar o direito. Em segundo lugar, não existe nenhuma escola capaz de me dar as noções que eu gostaria de ter em certos domínios, em certas artes, como o teatro, a pintura, a música, a filosofia. Nisso, todas as escolas só são boas para lhe abarrotar a cabeça de ninharias, só lhe permitindo tirar de tudo isso, no melhor dos casos, algumas parcelas de saber! Em Paris, você pode assistir a conferências sobre as artes ou sobre um monte de outras coisas mais, sem que você se restrinja a um regulamento ou a exames... Sem contar a vida faustosa que você pode ter lá.

Depois, em voz baixa, como se falasse para si mesmo:

– Talvez até eu me case por lá para fazer de minha vida uma eterna viagem entre a realidade e o sonho...

Hassan Selim não parecia prestar muita atenção à conversa. Quanto a Ismail Latif, ele ergueu as sobrancelhas espessas, deixando os olhos exprimirem a leve ironia que se agitava dentro de si... Só Kamal pareceu impressionado, alegre. Com algumas diferenças, que não afetavam o essencial, ele acalentava as mesmas esperanças. Pouco lhe importava viajar ou casar-se na França... mas bendito seja o que lhe trouxer esses conhecimentos não submetidos a regulamento ou exame! Eles eram incontestavelmente muito mais úteis do que toda a ninharia com que lhe encheriam a cabeça na Escola Normal e de que ele extrairia no fim apenas algumas migalhas de saber. Paris? Tornara-se um sonho maravilhoso desde que soubera que a cidade tinha abrigado em seu seio uma época entre as mais doces da vida de sua adorada. Paris, que exercia sobre Hussein um constante fascínio, e encantava sua própria imaginação com todas as suas promessas... Ah! Como aplacar a sede ardente e a esperança?

— Tenho a impressão — disse ele com prudência, após um tempo de hesitação — de que a escola mais propícia, no Egito, para realizar, ainda que uma ínfima parte dos seus desejos, é a Escola Normal Superior....

Ismail Latif virou-se para ele e perguntou-lhe, inquieto:

— E você, o que foi que você escolheu? Não diga que foi a Escola Normal! Senhor! Eu tinha esquecido que você também tem um parafuso solto como Hussein!

Kamal esboçou um largo sorriso que pôs em evidência suas grandes narinas, e respondeu:

— Por isso mesmo é que me matriculei nela.

Hussein Sheddad olhou-o pensativo, e depois disse, com um sorriso:

— Suas preocupações intelectuais certamente devem ter trazido um monte de problemas antes de você fazer sua escolha!

— Se essas "preocupações" de que você fala se confirmaram nele, você é que é o grande culpado — replicou Ismail Latif, em tom acusador. — De fato, você fala muito, mas lê pouco. Enquanto isso, esse pobre infeliz leva tudo a sério e lê tanto a ponto de ficar cego. Olhe agora como sua má influência o fez ir parar na Escola Normal.

— Tem certeza de que vai encontrar na Escola Normal o que procura? — perguntou Hussein, sem prestar atenção à observação intempestiva de Ismail.

Arrebatado pela alegria de ouvir pela primeira vez uma voz fazer, sem qualquer desprezo ou reprovação, uma pergunta sobre sua escola, ele respondeu com entusiasmo:

— Tudo o que quero é poder aprender o inglês, que me será um meio eficaz de ter acesso a todos os domínios do conhecimento. Além disso, ela oferece, acredito, a oportunidade de estudar a história, a pedagogia, a psicologia...

Hussein refletiu um instante, antes de dizer:

— Conheci muitos professores com que pude lidar de perto durante minhas aulas particulares. Não eram o protótipo perfeito do homem culto. Mas é talvez por causa do nosso velho sistema escolar empoeirado...

— Eu me contentarei com ela como meio – prosseguiu Kamal com o mesmo entusiasmo. – A cultura verdadeira depende do homem, não de uma escola!

— Você tem a intenção de ser professor? – perguntou-lhe Hassan Selim.

Embora este último tivesse feito a pergunta educadamente, Kamal não ficou plenamente certo de sua sinceridade, na medida em que o respeito da polidez era um traço eminente de seu caráter do qual ele não se afastava a não ser em caso de necessidade absoluta ou quando vinham provocá-lo. Era tanto a expressão de sua natureza fleumática quanto o fruto de sua nobre educação.

Eis por que Kamal encontrou muita dificuldade em saber se a pergunta do amigo era verdadeiramente desprovida de reprovação ou desdém. Em conseqüência, ele deu de ombros com indiferença e respondeu:

— Não há outro jeito, já que estou decidido a aprender o que tenho vontade de aprender!

Ismail Latif o olhava com o rabo do olho, a cabeça dele, o nariz, o pescoço enorme, o porte filiforme, e, como imaginasse antecipadamente o efeito previsível de tal fisionomia nos alunos, e, em particular, nos mais moleques, não pôde deixar de balbuciar entredentes:

— Puxa vida, vai ser um desastre!

Mas Hussein Sheddad replicou, com uma complacência que demonstrava sua simpatia por Kamal:

– A função propriamente dita é algo secundário para os que aspiram voar mais alto. E depois, não nos esqueçamos, a elite dos promotores do despertar do Egito foi formada nessa escola.

A conversa sobre o tema da escola parou por aí. O silêncio voltou a reinar. Kamal tentou deixar-se envolver pelos encantos do jardim. Mas a conversa lhe tinha esquentado a cabeça, e ele precisava esfriá-la. Ao desviar os olhos, viu a garrafa de água gelada que repousava em cima da mesa. Teve uma velha idéia, então, que sempre tivera como um socorro feliz para semelhante situação: encher um copo e bebê-lo. Talvez, ao colocar nele os lábios, tocasse uma parte em que ela um dia tivesse colocado os lábios...

Levantou-se, encheu um copo, bebeu-o, depois sentou-se de novo, concentrando sua atenção em si mesmo, à espera, como se acreditasse – no caso em que, por felicidade, a experiência desse certo –, que uma metamorfose se produzisse em si mesmo, que brotasse de seu ser uma força mágica desconhecida, que uma satisfação divina o embriagasse e o transportasse pelos degraus do céu... Mas... Sim, mas!... Ele se contentou com as delícias da aventura e com a alegria de ter esperança. Depois, com angústia, recomeçou a se perguntar: "Quando é que ela vai vir? Essa hora cheia de espera e de promessas vai ainda acrescentar-se a esses três meses de separação?" De novo o seu olhar fixou-se na garrafa. Veio-lhe então à mente a lembrança de uma antiga conversa que teve com Ismail Latif a respeito disso, isto é, da água gelada que se encontrava ali, a única bebida que sempre se oferecia na casa dos Sheddad!

Naquele dia, Ismail Latif, ao tratar desse assunto, tinha feito alusão ao rigor econômico que, do terraço aos quartos de dormir, governava o palácio, perguntando-se se não se tratava de uma certa forma de avareza. Mas ele, Kamal, recusando-se a ver a família de sua adorada assim rotulada com infâmia, a isentou dessa suspeita, alegando seu faustoso meio de vida, sua criadagem numerosa, os dois carros que ela possuía, a Minerva e o Fiat que Hussein praticamente usava sozinho... Como suspeitar de avareza depois disso? A isso Ismail tinha respondido – e ele nunca era moderado nas maledicências – que a avareza se reveste de várias formas; e já que Sheddad bei era milionário, no verdadeiro sentido do termo, ele se achara obrigado a cercar-se de todas as marcas do prestígio, contentando-se com o que o "seu meio" considerava indispensável. Que a regra usual de que não se afastava nenhum membro da família era de nunca se permitir gastar um milésimo à toa ou sem motivo justificado, que os empregados eram parcamente pagos e mesquinhamente alimentados. Que se um deles viesse a quebrar uma bandeja, descontavam-na depois no ordenado. Que o próprio Hussein Sheddad, o filho único da família, não recebia, como era usual, nenhuma mesada, "para não habituar-se a gastar dinheiro inutilmente"! Que, certamente, o pai dele lhe presenteava, nas grandes ocasiões, com um certo número de ações ou de títulos, mas sem nunca lhe dar um centavo na mão, que, finalmente, os hóspedes do abençoado rebento não tinham direito a nada, a não ser à água gelada! "A tudo isso não se chama avareza", dizia ele, "por mais aristocrático que seja?"

Ao olhar a garrafa, Kamal se lembrou dessa conversa e, como se perguntara antes, perguntou-se de novo com receio de a família de sua adorada ser suscetível a algum defeito. Recusou-se intimamente a acreditar nisso, como alguém que considera a perfeição como não podendo sofrer a menor fraqueza! Teve contudo a impressão de que um vago sentimento de satisfação o titilava, cochichando-lhe ao ouvido: "Não tenha medo! Esse defeito, se for verdadeiro, não é de natureza a unir vocês dois, ela e você, um pouquinho mais um ao outro?" E, embora mantendo, em relação às palavras de Ismail uma atitude de reserva e de dúvida, ele se pôs a reconsiderar inconscientemente esse pretenso "vício" da avareza, para classificar esta última em duas categorias: uma realmente vil e baixa e a outra que era – pensava ele – não mais que uma sábia política que trazia à vida econômica as bases exemplares da ordem e do rigor. Portanto, dar-lhe simplesmente o nome de avareza ou considerá-la como um vício não seria o mais perfeito exagero? Por quê? Ela impedia de erguer palácios? De comprar carros? De se adornar externamente com luxo e abundância? Certamente não! Como podia ser de outro modo, já que ela emanava de almas nobres que ignoravam a infâmia e a baixeza?

A mão de Ismail Latif, que lhe segurava e sacudia o braço, tirou-o dos seus pensamentos; depois ele ouviu este último declarar a Hassan Selim:

– Atenção! O representante do Wafd vai responder-lhe.

Ele compreendeu instantaneamente que eles tinham engrenado na política enquanto ele tinha se distraído. A política! Que assunto ao mesmo tempo penoso e agradável! Ismail o tinha chamado de "representante do Wafd", sem dúvida por ironia... Pois bem, que ironize à vontade! Sua adesão ao Wafd era para ele uma convicção herdada de Fahmi, que permanecia associada em seu coração ao martírio e ao sacrifício dele.

Ele olhou para Hassan Selim e perguntou-lhe, sorrindo:

– Você, o amigo que só tem olhos para a grandeza, o que pensa de Saad?

Hassan não se mostrou de forma alguma interessado. Kamal já esperava isso dele. Quantas vezes lhe fora preciso importuná-lo até compreender-lhe o ponto de vista limitado e insolente – sem dúvida idêntico ao do pai, o ministro do Supremo! – a respeito de Saad Zaghloul, alguém que ele elevava quase ao nível de santo, de tanto amor e de tanta devoção, e que, aos olhos de Hassan Selim, não era nada mais nada menos que um "fantoche de feira". Porque ele proferia essa designação com um nojo e um desdém revoltantes, rompendo assim com sua polidez e sua gentileza habituais, depois prosseguia com seus sarcasmos zombando da política dele e dos seus lendários rasgos de eloqüência, sublinhando, nessa oportunidade, o prestígio de Adli, de Tharwat e de Mohammed Mahmoud, ou mais, entre outros liberais constitucionais, que, aos olhos de Kamal não eram nada menos do que "traidores" ou "ingleses com o fez na cabeça"!

– Nós falávamos das negociações que duraram três dias até serem interrompidas – respondeu-lhe Hassan Selim, num tom plácido.

– Aí está verdadeiramente uma atitude patriótica digna de Saad – entusiasmou-se Kamal. – Ele reivindicou nossos direitos nacionais recusando ceder à barganha! Depois, ele pôs fim às negociações quando isso se tornou necessário. Foi aí que ele disse esta frase que ficará na história: "Fizeram-nos vir aqui para que nos suicidássemos. Mas recusamos esse suicídio. Eis tudo!"

– Se ele tivesse aceitado suicidar-se – replicou Ismail Latif, que achava na política um tema para exercitar seu cinismo – ele teria coroado sua vida prestando ao seu país o melhor serviço que poderia prestar-lhe.

Hassan Selim esperou que Ismail e Hussein parassem de rir para dizer:

– Essa frase não tem valor nenhum. Para Saad, o patriotismo se restringe a um certo tipo de eloqüência que seduz o povo. "Fizeram-nos vir aqui para que nos suicidássemos e blablablá", "Gosto de falar francamente e blablablá..." Palavras, mais palavras! Deus seja louvado: existem homens que não falam, mas agem em silêncio. Foram esses que prestaram à pátria o único serviço de que ela se beneficiou em sua história recente...

O coração de Kamal ardeu de cólera e, não fosse o respeito que ele tinha por Hassan assim como pela sua idade, ele teria explodido. Ver como "um jovem", como ele, podia ir pela cabeça do pai em sua alienação política – um homem, afinal, da velha geração – o deixava estupefato.

– Você minimiza a palavra corno se ela não representasse nada! Na verdade, os mais altos feitos que a história da humanidade produziu podem ser creditados, no fim das contas, às palavras. Uma grande palavra é penhor de esperança, de força e de verdade! Toda nossa vida é guiada pelas palavras. E depois Saad não é apenas um fazedor de discursos; seu quadro de honra é marcado por ações concretas e tomadas de posição.

Hussein Sheddad passou os dedos finos pelos cabelos negros e respondeu:

– Estou de acordo com o que você acaba de dizer sobre o valor das palavras, mas não no que diz respeito a Saad.

Sem dar atenção à intervenção de Hussein, Hassan disse, dirigindo-se a Kamal:

– As nações vivem e desenvolvem-se pelas virtudes da inteligência, da esperteza política e pela força dos punhos, não com discursos e patacoadas de circo...

Ismail Latif olhou para Hussein Sheddad e perguntou-lhe, trocista:

– Você não acha que os que usam sua saliva em discursos para reformar este país só fazem mesmo é catar minhoca no asfalto?

A essas palavras, Kamal se virou para Ismail para, através dele, expressar indiretamente a Hassan o que hesitava dizer-lhe de frente, e declarou, para aliviar sua cólera:

— Realmente, você nada tem a fazer em política! Simplesmente, suas brincadeiras refletem às vezes a atitude de uma "minoria" não representativa de egípcios, como se você fosse porta-voz deles! Você os vê desesperarem-se com a reconstrução da pátria. O desespero do desdém e da presunção, sim! Não o do ideal ou do extremismo! E se a política não fosse o suporte de suas ambições, eles se desinteressariam dela tanto quanto você!

Hussein Sheddad riu o seu riso ingênuo, depois, estendendo a mão até o braço de Kamal, apertou-o, dizendo:

— Que polêmico obstinado você é! Admiro seu entusiasmo, mesmo que não compartilhe com você toda a sua convicção. E depois, como sabe, eu sou neutro... Não me coloco nem do lado dos wafdistas nem do lado dos liberais, não por indiferença, como Ismail Latif, mas porque me parece que a política corrompe a mente e o coração. É preciso livrar-se dela para que a natureza apareça como um espaço infinito de sabedoria, de beleza e de tolerância, não um universo de querelas e de intrigas...

A fala de Hussein trouxe para Kamal algum conforto e acalmou seu arroubo interior. Que ele viesse a compartilhar de sua opinião, isso o encheria de satisfação. Que ele viesse a discuti-la, ele aceitaria isso de bom grado. E embora sentisse que justificar sua neutralidade fosse para ele apenas uma maneira de desculpar a fraqueza do seu patriotismo, não tomou isso como afronta nem considerou como um defeito, ou pelo menos perdoou-o com boa vontade.

— A vida é tudo isso ao mesmo tempo — replicou ele, concordando. — Ela é luta, intrigas, sabedoria e beleza! Toda vez que você desconhece um dos seus aspectos, qualquer que seja, perde uma oportunidade de compreendê-la um pouco melhor e a possibilidade de agir sobre ela para orientá-la para um caminho melhor. Não despreze nunca a política. É a metade da vida... ou a vida toda, se você considerar que a sabedoria e a beleza a transcendem!

– No que diz respeito à política – respondeu Hussein, como para se desculpar –, eu lhe confesso francamente que não tenho confiança em nenhum desses homens.

– Por que você recusa sua confiança a Saad? – perguntou-lhe Kamal, como se procurasse conciliar-se com ele.

– Permita-me, antes, que lhe pergunte o que poderia incentivar-me a ter confiança nele. Saad e Adli... Adli e Saad... Palhaçada, isso tudo. Exceto que, se esses dois homens se equivalem para mim no plano político, não os considero equivalentes enquanto homens. Não posso esquecer em Adli sua origem, sua grande cultura e o prestígio imenso. Quanto a Saad, por favor, não se ofenda, é apenas um azharista temporão!...

Oh! Céus! Como o fato de Hussein deixar transparecer seu desprezo pelo povo lhe magoava a alma! Consternado, tinha nesses momentos a impressão de que ele o desprezava, a ele, pessoalmente, ou – pior ainda – de que ele falava em nome de toda a família! Certamente, ele lhe dava a entender, quando abordava tal assunto, que falava de um povo que era estranho aos dois, mas fazia isso por erro de apreciação ou por condescendência? Curiosamente, aliás, essa atitude de Hussein o irritava menos do ponto de vista do seu alcance geral do que o entristecia do ponto de vista de seu apreço por ele. Por isso ela não despertava nem sua susceptibilidade de classe nem sua sensibilidade patriótica; tais sentimentos se encontravam apaziguados diante dessa afabilidade radiosa que denotava um coração sincero e benevolente, e refluíam diante de um amor que nem as opiniões nem os acontecimentos podiam atingir.

Tal não era, em contrapartida, o caso da atitude de Hassan Selim a seu respeito, a qual provocava nele reações inteiramente diferentes e, apesar da amizade, impressionava sua consciência patriótica. Nem a cortesia das palavras do amigo, nem tampouco a discrição com a qual ele manifestava seus sentimentos o favoreciam. Ao contrário, talvez Kamal pressentisse nisso uma "estratégia disfarçada" que agravava a responsabilidade dele e confirmava seu sectarismo aristocrático dirigido contra o povo.

– Será preciso lembrar-lhe – disse ele a Hussein – que a grandeza não se mede pelo turbante ou pelo fez, pela pobreza ou pela riqueza? Parece-me que a política nos obriga a demonstrar o que é evidente.

– O que me agrada nos wafdistas... do tipo de Kamal... – replicou Ismail Latif – é o sectarismo deles em excesso... – depois, percorrendo com o olhar o grupo: –... e é o que me desagrada também profundamente.

– Assim, você fica tranqüilo – riu Hussein Sheddad. – Desse jeito, qualquer que seja a opinião que você alardeie em política, ninguém virá contradizê-lo.

A essas palavras, Hassan Selim perguntou a Hussein:

– Você diz que se coloca acima da política, mas... você continuaria a afirmar isso, tratando-se do ex-quediva?*

Os olhares se voltaram para Hussein com uma expressão de desafio amistoso, em razão da adesão bem conhecida de seu pai, Sheddad bei, à causa do quediva anterior, que lhe

---

*Trata-se do quediva Abbas Paxá Il-Hilmi, deposto pelos ingleses por suas simpatias nacionalistas. No momento da declaração de guerra, o governo britânico se opusera ao seu retorno ao Egito, quando ele se encontrava havia pouco em viagem pela Turquia.

valera vários anos de exílio em Paris. Mas Hussein respondeu num tom indiferente:

— Essas questões não me dizem respeito. Meu pai é e sempre foi um adepto do quediva... Mas... não sou obrigado a endossar seus pontos de vista.

— Ele foi um dos que gritavam "Deus aqui está, Abbas voltará"? — perguntou-lhe Ismail Latif, com um brilho de secreta malícia cintilando nos seus olhos apertados.

— Vocês são os primeiros de quem ouço esse slogan — respondeu Hussein, rindo. — A única verdade é que só há entre meu pai e o quediva laços de amizade e de fidelidade. Aliás, como vocês sabem, não existe mais hoje um único partido que peça a volta do quediva.

— O homem e o seu tempo fazem agora parte da história — declarou Hassan Selim. — Quanto ao presente, ele pode se resumir em poucas palavras: no fato de que Saad, com exceção dele próprio, nega a quem quer que seja, até mesmo ao melhor e ao mais prudente dos homens, o direito de usar a palavra em nome do Egito!

Mal sentiu o choque, Kamal respondeu:

— O presente se resume em uma só palavra: Que ninguém no Egito fale em seu nome a não ser Saad, e que a solidariedade da nação em torno dele poderá conduzir-nos para a saída que desejamos...

Então ele cruzou os braços no peito e estendeu as pernas de tal maneira que a ponta do seu sapato foi encostar no pé da mesa. Ele se preparava para prosseguir com sua intervenção, quando uma voz próxima, vindo de trás, o fez parar. A voz perguntava:

— Boudour, você não quer dizer bom-dia para os seus velhos amigos?

Sua língua prendeu-se. Seu coração sobressaltou-se violentamente, agitando seu peito com um tremor que, após um susto passageiro, provocou nele uma dolorosa fisgada. Depois, num átimo, uma alegria dominadora o invadiu, a qual quase o fez fechar os olhos de emoção... Sentiu que cada pensamento que fazia palpitar sua alma já estava voltado para os céus...

Seus três amigos se levantaram. Ele os imitou; depois, virando-se ao mesmo tempo que eles, viu Aída a dois passos do caramanchão, de pé, segurando pela mão sua irmãzinha Boudour de 3 anos, ambas fixando neles um olhar sorridente e tranqüilo.

Finalmente, ela estava ali! Depois de uma espera de três meses ou mais... Ela estava ali, "o original vivo" cuja "imagem" lhe assediava ao mesmo tempo o corpo e a alma, tanto na vigília quanto no sono. Ela estava ali, de pé, diante dos seus olhos, para atestar que a dor infinita, a alegria inefável, a insônia que faz definhar o ser, o sonho que flutua no ar, tudo isso ele devia talvez, afinal, apenas a um pequeno ser humano cujos passos marcavam o chão do jardim.

Ele a olhou, e o fascínio de sua imagem magnetizou-lhe todos os sentidos, arrebatando-lhe toda consciência do tempo, do lugar, dos outros e de si mesmo. Então ele se tornou como um espírito puro, vagando no éter para beijar seu ídolo. Assim, ele a via pelo olhar menos do que a abraçava pela alma. Era, pois, uma embriaguez enfeitiçada, um canto de alegria, uma assunção heróica; era como se sua vista enfraquecesse, desfalecesse, como se a força da emoção espiritual atraísse nele toda vitalidade; mergulhando sua sensação num torpor que o fazia tocar as fronteiras do vazio. Eis por que ela exercia sempre mais poder sobre sua memória do que sobre seus sentidos: se ele não visse quase nada dela em sua presença, ela renasceria em seguida em seu espírito, com seu porte gracioso, seu rosto redondo com reflexos de bronze, seus cabelos curtos, de um preto profundo e uma franja que parecia os dentes de um pente; seus olhos tranqüilos que irradiavam o olhar calmo, doce e solene da aurora. Essa imagem, somente a sua memória a fazia reviver, como o ar lancinante no qual nossa alma se funde e que se apaga de nossa lembrança, até ressurgir, para nossa alegria, nos primeiros instantes do despertar ou nas horas de plenitude, e ressoar profundamente em uma canção relembrada.

"Ela vai mudar sua maneira habitual e nos estender a mão a fim de que nos seja dado o direito de tocá-la, ainda que fosse uma única vez na vida?"

Assim falavam nele o sonho e a esperança... Mas ela os cumprimentou com um sorriso e uma inclinação de cabeça, perguntando naquela voz que tornava insípidas as canções mais caras ao seu coração:

— Como vai a turma?

As vozes rivalizaram em zelo para responder à saudação dela, agradecer-lhe e dizer-lhe da alegria de vê-la em boa saúde.

Nesse momento, ela tocou com seus dedos finos a cabeça de Boudour, dizendo-lhe:

— Vá saudar os seus amigos!

A menina apertou os lábios e começou a mordiscá-los, perscrutando timidamente com o olhar os rapazes, até fixá-lo em Kamal. Então, um sorriso iluminou-lhe a boca, e o rapaz sorriu-lhe. Hussein Sheddad, que conhecia o afeto que eles tinham um pelo outro, exclamou:

— Só os que ela ama têm direito aos seus sorrisos!

— Verdade? Você gosta dele? – perguntou Aída.

Depois, empurrando-a na direção de Kamal:

— Pois bem: vá cumprimentá-lo!

Com o rosto enrubescido pela alegria, ele lhe estendeu suas duas mãos. Ela se aproximou dele, ele a ergueu, colocou-a no colo, depois começou a beijar-lhe o rosto com grande ternura e emoção. Estava feliz e orgulhoso desse amor. Aquela em seus braços não era senão uma parte da família, e, abraçando a parte, ele abraçava o todo! Podia de algum modo existir uma união entre o adorador e seu ídolo de outra forma a não ser por um intermediário como esse? Além disso, mágica era a semelhança entre a menina e a irmã. Era como se o frágil ser que repousava em seu colo fosse Aída em pessoa, em um estágio anterior de sua vida. Um dia ela tivera aquela mesma idade, o mesmo tamanho, a mesma generosidade...

"Grande bem lhe faça este amor inocente! Alegre-se com a felicidade de abraçar um corpo que ela também abraça... de beijar uma face que ela cobre com seus beijos... Deixe-se levar pelo sonho até que o seu coração e a sua mente se percam!"

Ele sabia exatamente por que amava Boudour, Hussein, o palácio, o jardim, os criados. Ele os amava em homenagem a Aída. O que ele, em contrapartida, não sabia era por que a amava.

Aída olhou ora para Hassan Selim, ora para Ismail Latif, e perguntou-lhes:

— O que vocês acharam de Alexandria?

— Uma maravilha! – exclamou Hassan.

— O que tanto a atrai em Ras el-Barr? – perguntou Ismail Latif, devolvendo a pergunta.

— Passamos várias vezes o verão em Alexandria – respondeu ela numa voz doce e cheia de calor. – Mas só gostamos de Ras el-Barr nessa estação. Lá há uma calma, uma simplicidade, uma intimidade que a gente não encontra em casa...

Ismail disse, rindo:

— Sim, mas infelizmente a calma não nos convém!

Deus, como essa cena, esse diálogo, essa voz o levavam até os anjos! "Afinal, não será isso a felicidade? Uma borboleta tão leve quanto a brisa matinal, que vibra com suas cores alegres, que suga o néctar das flores... exatamente como eu, agora! Quem dera isso pudesse durar eternamente!"...

— Foi uma estada deliciosa — disse Aída, alegre. — Hussein não lhes disse nada sobre isso?

— Não, não exatamente!

Estavam todos mergulhados na política — protestou o irmão num tom crítico.

Ela se virou para Kamal, dizendo:

— Conheço alguém aqui cujo assunto favorito é esse!

"Dos seus olhos parte um olhar que lhe é dirigido como um favor... Sua pureza reflete uma alma angélica. Aí está você ressuscitado como um adorador do sol em seus primeiros fulgores. Se isso pudesse durar eternamente..."

— Sim, mas hoje não estou interessado nessa conversa.

— Sim, mas você não perdeu a oportunidade — replicou ela, graciosamente.

Ele concordou, num sorriso. Então ela olhou para Boudour e exclamou:

— Você quer dormir no colo dele? Vamos! Esse bom-dia já durou muito!

Confusa, a menina enfiou a cabeça no peito de Kamal, que se pôs a acariciar-lhe as costas com ternura.

— Bom. Muito bem — ameaçou Aída num tom de brincadeira. — Vou deixá-la aí e vou-me embora sozinha.

Boudour levantou a cabeça e estendeu os braços para a irmã, resmungando: "Não..." Kamal deu-lhe um beijo e colocou-a no chão. Então ela correu até Aída e segurou-lhe a mão. A mocinha envolveu-os com o olhar, depois cumprimentou-os com um gesto, antes de regressar por onde tinha vindo. Eles voltaram novamente para seus lugares e retomaram a conversa.

Assim eram as visitas de Aída ao caramanchão, no jardim. Uma feliz e breve surpresa, que, no entanto, parecia satisfizê-lo. Ele sentia que a paciência que se impusera ao longo dos meses de verão não tinha sido em vão.

"Como as pessoas não se matam para conservar sua felicidade, como o fazem para fugir da dor? Não há necessidade de viajar, como Hussein queria fazer, para encontrar os prazeres dos sentidos, da mente e da alma, já que tudo isso lhe pode ser dado ao mesmo tempo, num só instante fugaz, sem que você saia do lugar! De onde um simples ser humano pode conseguir o poder de realizar tal prodígio? Onde estão o debate político apaixonado, a febre da discussão, o ardor da disputa, o confronto das classes? Volatilizados! Eclipsados por um olhar seu, oh, minha amada! O que leva em conta o sonho e a realidade? Em qual dos dois você acredita flutuar agora?"

– A temporada do futebol vai começar logo!

– Pode-se dizer que o Futebol Clube de Zamalek vai dominar na frente sozinho!

– Certo, mas o Olímpico do Cairo tem jogadores fora de série em seu time!

Da mesma forma como defendia Saad, Kamal se apressou a correr em socorro do Olímpico do Cairo, rebatendo os ataques de Hassan contra ele. Todos os quatro, com talentos e gostos diferentes, jogavam futebol. Ismail era de todos os jogadores o mais brilhante, chegando até a parecer, entre eles, um profissional num grupo de amadores. Hussein Sheddad, por sua vez, era o mais fraco; Kamal e Hassan, de um nível intermediário. A controvérsia se acirrou entre ambos, o primeiro atribuindo a derrota do Olímpico do Cairo à má sorte; o segundo, à superioridade dos novos jogadores do F.C. Zamalek. A discussão prosseguiu sem que nem um nem outro abandonasse seus pontos de vista. Kamal se perguntava por que invariavelmente se achava no campo oposto ao de Hassan Selim. O Wafd contra os liberais, o Olímpico do Cairo contra o F.C. Zamalek, Higazi contra Mokhtar...* Nem o cinema era poupado: ele preferia Charlie Chaplin e o outro, Max Linder...

Ele se despediu dos amigos um pouco antes do pôr-do-sol e, enquanto caminhava na aléia lateral que levava até o pórtico, ouviu uma voz exclamar:

— Aí está ele... Está vindo!

Ele levantou a cabeça, enfeitiçado, e viu Aída numa das janelas do primeiro andar, segurando Boudour sentada diante de si na beirada e o apontava com o dedo para mostrá-lo a ela. Ele parou abaixo da janela, com a cabeça voltada para trás, olhando sorridente a menina que agitava a mãozinha, arriscando de vez em quando um olhar para o rosto cuja forma e traços continuavam a ser o berço de todas as suas esperanças, assim na terra como no céu.

Como Boudour agitava de novo a mão, Aída lhe perguntou:

— Você quer descer até ele?

A menina fez sinal de que sim, com a cabeça, e esse desejo, que não se realizaria, fez rir Aída. Encorajado pelos risos dela, ele lhe contemplava o rosto, mergulhando a alma no negrume dos olhos dela, encarando-a sob a junção de suas sobrancelhas, prolongando dentro de si o eco do seu riso generoso, os tons da sua voz quente, até ficar sufocado de tanta emoção e desejo. E, como a situação o obrigava a falar, ele perguntou a ela, fazendo alusão à sua pequena preferida:

---

*Trata-se de dois cantores, Salama Higazi e Mokhtar al-Suwaifi.

– Ela pensou em mim em Ras el-Barr?

– Pergunte isso a ela – replicou Aída, lançando levemente a cabeça para trás. – O que acontece entre vocês dois não me diz respeito!

Depois, antes que ele abrisse a boca:

– E você pensou nela?

"Ah, isso não o faz lembrar-se de quando você estava entre Maryam e Fahmi, no terraço?"

– Ela não me deixou a mente um único dia! – respondeu ele vivamente.

Uma voz chamou lá de dentro... Ela se aprumou, pegou Boudour nos braços e disse, comentando as palavras dele, enquanto se preparava para ir embora:

– Que amor espantoso!

Depois desapareceu...

7

A hora do café só contava agora quanto a seus freqüentadores, com Amina e Kamal, ainda que este último tivesse o hábito de deixá-la no final da tarde para sua saída diária, de modo que Amina ficava sozinha ou convidava Oum Hanafi para lhe fazer companhia até a hora de dormir.

Com sua partida, Yasine deixava um grande vazio atrás de si. E, embora Amina cuidasse zelosamente para que não se evocasse a lembrança dele, a tristeza que Kamal sentia por causa da ausência do irmão, anulava a maior parte do prazer que encontrava na "famosa sessão".

Se o café sempre tinha sido a bebida dessa reunião familiar, à volta da qual os filhos se reuniam para tagarelar entre si, hoje não era mais, aos olhos de Amina, do que o único passatempo. Por isso, sem se dar conta, abusava dele exageradamente, como se prepará-lo e bebê-lo fosse o único remédio para a sua solidão. Acontecia-lhe assim esvaziar cinco, seis, às vezes até dez xícaras de uma só vez. Kamal observava com inquietação esse excesso, contra cujos perigos ele tinha o cuidado de alertá-la. Ela lhe respondia então com um sorriso, como se lhe dissesse: "Você queria que eu fizesse o quê, se não bebesse?" E dizia, num tom convicto: "O café não é ruim para a saúde!" Eles estavam sentados um diante do outro, ela no canapé junto à parede, entre o quarto de dormir e a sala de jantar, recurvada sobre o forno de barro, onde a cafeteira era enfiada até a metade sob a brasa, e Kamal no canapé que separava as portas do seu quarto e do seu escritório, silencioso, com o olhar vago...

– Em que você está pensando? – perguntou-lhe ela subitamente. – Eu diria que há algum problema que o atormenta.

Sentindo na voz dela um toque de censura, ele lhe respondeu:

– A mente encontra sempre algo em que se absorver!

Ela ergueu para ele seus olhinhos cor de mel, como a interrogá-lo, e depois disse, timidamente:

– Houve uma época em que o tempo nunca era suficiente para o que a gente tinha para falar...

De verdade? Estava bem distante essa época... a das lições de religião, das histórias dos profetas e dos demônios... Quando ele se agarrava a ela quase freneticamente. Sim! Essa época já tinha acabado... De que falavam hoje? Além de uma conversa sem pé nem cabeça, eles não tinham mais nada a se dizer...

Ele sorriu como para desculpar-se, ao mesmo tempo, do silêncio que lhe tinha imposto e do que lhe imporia ainda...

— Nós falamos toda vez que encontramos um assunto para conversar – disse ele.

— Todos os assuntos são bons para quem quer conversar – respondeu ela com doçura. – Mas você parece permanentemente ausente ou algo assim...

Depois, após um momento de reflexão:

— Você lê muito. Tanto durante as férias quanto durante o ano letivo. Não vi você dar-se a si mesmo, um só dia, um pouco de descanso. Tenho medo de que você fique estafado...

— Os dias são longos – replicou Kamal num tom que denunciava o desagrado que lhe causava essa inquirição. – Ler várias horas nunca cansou ninguém. É apenas uma forma de divertimento útil...

Ela hesitou algum tempo, e respondeu:

— Tenho medo de que seja por causa da leitura que você tenha esse aspecto freqüentemente silencioso e distraído.

"Oh! Não! Não é por causa da leitura! Se você soubesse o meio que ela oferece para escapar da fadiga! É outra coisa que me ocupa a mente todo o tempo e que me persegue até nos livros... Alguma coisa incurável contra a qual nem você nem ninguém pode fazer nada. A doença de um coração que adora desordenadamente e não sabe para onde se dirige sua aflição!"

— A leitura não é pior do que o café – respondeu ele insidiosamente. – Você não queria que eu me tornasse um "sábio" como meu avô?

Uma alegria acentuada pelo orgulho iluminou o rosto abatido e pálido de Amina.

— Claro que sim – disse ela. – Desejo isso de todo meu coração... mas também gostaria de vê-lo sempre alegre...

— Mas... eu sou tão alegre quanto você gostaria – respondeu ele com um sorriso. – Não se atormente com quimeras bobas...

Ele notava que a atenção que ela dispensava a ele tinha se desenvolvido exageradamente ao longo dos últimos anos, mais do que ele teria desejado; que sua dedicação, sua solicitude para com ele, seu temor de tudo o que pudesse prejudicá-lo – ou antes, do que ela imaginava que pudesse prejudicá-lo – tinham se tornado nela uma preocupação a tal ponto exclusiva que o oprimia, forçava-o a defender sua liberdade e sua dignidade. Todavia, consciente das causas dessa evolução, iniciada no dia seguinte ao da morte de Fahmi, e do sofrimento que a perda dele lhe causara, ele sabia manejar sempre essa secreta rebeldia nos limites da doçura e do respeito.

– Sinto prazer em ouvir isso de sua boca, e que seja verdadeiro e sincero! Só desejo a sua felicidade. Hoje em Sadyyedna al-Hussein eu fiz uma oração por você, que eu espero que Deus nos dê a graça de atender...

– Amém.

Ele a olhou ao tirar a cafeteira do forno para servir uma quarta xícara para si mesma, e um leve sorriso ergueu o canto de sua boca. Ele se lembrava de como a visita ao túmulo de al-Hussein tinha antes representado para ela um sonho quase impossível. Eis que agora ela passava por lá a cada uma de suas visitas ao cemitério ou a al-Sokkariyya. Mas que terrível preço ela tivera de pagar em troca dessa mísera liberdade! Também ele tinha seus sonhos impossíveis. Que preço seria preciso pagar para eles se tornarem realidade? Oh, por mais elevado que fosse, comparado com o seu objetivo, ainda assim seria irrisório!...

– A visita a al-Hussein ficou marcada com uma fratura... – disse ela com um breve sorriso. Com as duas mãos apalpou a própria clavícula, e acrescentou: – ... e ela também deixa seqüelas...

— Pelo menos, você não está mais enclausurada nesta casa como estava antigamente — continuou ele com um tom alegre. — Visitar Khadiga, Aisha e Sadyyedna al-Hussein quando lhe der vontade faz agora parte dos seus direitos. Pense só que sentimento de frustração não lhe roeria a mente, se papai não abrisse para você as portas da liberdade...

Ela levantou os olhos para ele, parecendo perturbada, envergonhada até, como se o fato de ter-se lembrado de um privilégio que se devia à morte do filho lhe pesasse duramente. Depois abaixou a cabeça numa tristeza muda que queria dizer: "Se ao menos eu pudesse estar na situação em que estava, mas com meu filho..." Mas, com medo de afligi-lo, ela se recusou a deixar transparecer a dor que a agitava por dentro, e contentou-se em dizer, como a defender-se dessa liberdade:

— Sair de vez em quando não é distração para mim. Se eu visito al-Hussein, é para rezar por você, e se vou à casa das suas duas irmãs, é para me certificar de que elas estão bem, e ainda resolver alguns problemas que ninguém além de mim poderia resolver...

Ele percebeu de imediato de quais problemas ela estava falando, e sabendo que ela tinha ido no mesmo dia a al-Sokkariyya, perguntou-lhe:

— O que há de novo em al-Sokkariyya?

— Oh, o mesmo de sempre — suspirou ela.

Ele sacudiu a cabeça, chateado, e concluiu, com um sorriso:

— Nascida para provocar, essa é a Khadiga!

— A sogra dela me disse — continuou Amina, entristecida — que "toda conversa com ela se transforma numa aventura cuja saída se deve temer".

— Certo, mas eu tenho a impressão de que a sogra dela também diz suas besteiras.

— Ela tem a desculpa da idade. E sua irmã?
— Então me diz: você está com ela ou contra ela?
Ele soltou uma risada. Amina suspirou de novo e disse:
— Sua irmã tem uma natureza impulsiva. Ninguém pode lhe dar um conselho banal, ela logo se irrita. Como é que eu fico quando mostro a menor complacência para com a sogra dela por respeito a sua idade e sua posição? Ela me pergunta, então, com os olhos injetados de sangue: "Você é minha aliada ou minha inimiga?" Por Deus todo-poderoso! Minha aliada ou minha inimiga! Estamos em guerra, meu filho? O mais estranho é que às vezes a razão não está do lado da sogra, mas ela se esforça de tal modo para envenenar as coisas que acaba encontrando o que procurava!

Nada para ele podia tornar Khadiga odiosa. Ela permanecia como sua segunda mãe. Uma fonte inesgotável de ternura. Com Aisha era diferente. Aisha, a bela, a despreocupada, tinha se transformado completamente em uma Shawkat!

— E o que aconteceu desta vez?
— Desta vez, ao contrário do habitual, a confusão começou com o marido. Quando entrei no apartamento, eles estavam discutindo violentamente, a tal ponto que eu me perguntei, estupefata, o que poderia deixar um homem tão doce em tal estado. Então eu me intrometi para acalmar os ânimos e não demorei a descobrir o motivo de tudo. Imagine que ela tinha decidido limpar o quarto, mas, como ele ainda estava dormindo às nove horas, ela fez de tudo para acordá-lo, de modo que ele despertou com o pior dos humores. Ora, foi aí que, num desatino, ele se recusou a sair da cama. A mãe dele ouviu os gritos, e então começou a confusão. Mal esta terminou, uma outra explode por causa de Ahmed que chegou da rua com a *galabiyyé* suja de lama. Ela

lhe deu palmada no traseiro e o obrigou a voltar para lavar-se. O menino procurou socorro no pai, que se apressava a tomar a defesa dele, e tudo recomeçou pela segunda vez na mesma manhã...

– E o que foi que você fez? – perguntou Kamal, rindo.

– Fiz o que pude, mas entendi minha impotência. Khadiga me passou um sermão, censurando-me por ter ficado neutra, dizendo-me: "Você deveria ter-se aliado a mim, como a mãe dele se aliou a ele!"

Depois, suspirando de novo:

– Então eu disse para ela: "Você não se lembra de como eu ficava diante do seu pai?" Mas ela me respondeu secamente: "Você acha que há outros homens como ele nesta terra?"

A imagem de Abd el-Hamid bei Sheddad e de sua esposa, Saniyya, veio-lhe subitamente à cabeça. Andando lado a lado, da varanda até a "Minerva" que esperava diante do portal da mansão, eles iam, não como um senhor e sua escrava submissa, mas como dois amigos e dois iguais que falavam livremente, ela apoiada em seu braço, até o momento em que, tendo alcançado o carro, o bei se punha de lado para deixar a esposa entrar primeiro...

"Você poderia pensar em seus pais assim? Que idéia cômica! Esse homem e essa mulher evoluem numa majestade digna daquela que eles engendraram!"

E, embora a Sra. Sheddad não fosse mais jovem do que Amina, ela vestia um manto de tecido fino, que era um modelo de bom gosto, de elegância e de requinte. Tinha o rosto descoberto. Um belo rosto, embora fosse incomparavelmente menos belo que o rosto angélico da filha; espalhando à volta um perfume sutil, um encanto fascinante. Ele gostaria de saber como seriam as conversas deles, seus entendimentos ou suas brigas, se é que havia brigas entre eles, movido que estava por um desejo apaixonado de conhecer uma vida que dizia respeito à de sua adorada pelos laços mais fortes que existem.

"Você se lembra do modo como olhava para eles, com os olhos de um adorador, levantados respeitosamente para o rosto dos grandes sacerdotes e guardiães do templo?"

– Se ela tivesse herdado um pouquinho do seu caráter – disse ele calmamente – ela teria tido tudo para ser feliz!

Um sorriso de alegria iluminou o rosto de Amina. Uma alegria que, no entanto, logo deu de encontro com essa amarga verdade de que seu caráter, por mais doce que fosse, não tinha bastado para garantir-lhe uma felicidade perene.

– Só Deus é o nosso guia! – disse ela sem abandonar o sorriso, a fim de disfarçar, no temor de que ele os lesse, os negros pensamentos que lhe povoavam a mente. – Possa Ele adoçar mais o seu, para colocá-lo entre os que amam seu próximo e são amados por ele.

– Como você acha que eu sou? – apressou-se ele a perguntar.

– Como eu disse, e até melhor – respondeu ela com fé e convicção.

"No entanto, como você poderia se fazer amar por um anjo? Lembre-se de sua bem-aventurada imagem e reflita um pouco. Você pode pensar nela um só instante amando até perder o sono, cansada de amor e de paixão? Isso vai além do inimaginável! Perfeita, ela está acima do amor, já que o amor é uma deficiência que só se supera com a posse do ser amado. Tenha paciência! Não torture o seu coração! Contente-se em amar. Contente-se com a visão dela que inunda de luz a sua alma. Contente-se com a canção da voz dela que faz vibrar o seu ser e o leva à embriaguez. Dela emana um esplendor pelo qual as criaturas aparecem como transfiguradas: o jasmim e a hera se fazem confidências um ao outro depois de se arrufarem. Os minaretes e as cúpulas se erguem para o céu no tapete do crepúsculo. O aspecto do antigo bairro reflete a sabedoria das gerações. A orquestra do universo responde ao murmúrio dos hipócritas. A ternura exala dos buracos dos ratos. Becos e ruelas assumem um aspecto elegante, os pássaros da felicidade gorjeiam acima dos túmulos, o mundo das coisas mergulha no silêncio da meditação, um arco-íris se desenha na esteira em que você põe os pés... É esse o mundo da minha adorada!..."

— Indo até al-Hussein, passei por al-Azhar e deparei-me com uma grande manifestação em que se gritavam palavras que me fizeram lembrar o passado. O que está acontecendo, meu filho?

— Os ingleses não querem se retirar pacificamente.

— Os ingleses! — exclamou ela num tom seco, com o olhar faiscando de cólera. — Os ingleses! Quando é que o justo castigo de Deus vai se abater sobre eles?

Houve uma época em que ela dedicava ao próprio Saad um ódio semelhante. Mas ele acabara por persuadi-la de que não se podia odiar um personagem que Fahmi tinha amado.

— Que quer dizer, Kamal? — prosseguiu ela, nitidamente ansiosa. — Vamos voltar ao tempo da desgraça?

— Só Deus sabe — respondeu ele com amargura.

Apoderou-se dela uma angústia que as convulsões de seu rosto pálido denunciaram:

— Oh, Senhor, poupai-nos o sofrimento! Por nós, abandonemo-los à cólera do Onipotente! É o que temos de melhor a fazer. Quanto a nos lançarmos mais uma vez diante da morte, por Deus, seria loucura!

— Acalme-se. A morte é inevitável. Tem-se que morrer por uma razão ou por outra... ou até por coisa alguma!

— Não nego que você tenha razão – disse ela, chocada. – Mas não estou gostando do seu modo de falar!

— E como você queria que eu falasse?

— Eu queria – respondeu ela numa voz embargada pela emoção – que você concordasse solenemente que é ímpio para um ser humano expor-se à morte.

— Concordo – disse ele com esforço, dissimulando um sorriso.

Ela lhe lançou um olhar desconfiado, e perguntou-lhe suplicante:

— Queria que você dissesse isso com o coração e não apenas com a língua.

— Mas... estou dizendo com meu coração.

"É longa a distância entre a realidade e o ideal! Você tende com toda a sua alma para um ideal religioso, político, intelectual, amoroso. As mães só pensam na nossa proteção. Mas sejamos justos: qual delas aceitaria com alegria no coração enterrar um filho de cinco em cinco anos? No entanto, a vida voltada para o ideal exige sacrifícios e mártires. Nossos corpos, nossas mentes e nossas almas são os dons que se deve oferecer-lhe. Fahmi sacrificou uma vida cheia de esperanças por um glorioso martírio. Você está pronto, como ele, para enfrentar a morte? Seu coração não se esquiva diante da escolha, com o risco de despedaçar o desta pobre mãe! Uma morte que se regaria com o sangue de uma ferida para curar mil outras!... Que amor!... Oh! Sim! Não falo daquele que existe entre mim e Boudour. Você sabe bem! Não! O único, o mais maravilhoso é o que tenho por você. É um ato de fé para com este mundo, contra os pessimistas que não acreditam nele. Um amor que me ensinou que a morte não é a coisa mais terrível que temos a temer e que a vida não é a coisa mais feliz em que devemos ter esperança.

Que ela apresenta aspectos frios e cruéis que a fazem aproximar-se da morte, mas ternas riquezas a levam à eternidade. Os apelos que ela lança, meu Deus, como são inebriantes! Como esta voz nem aguda nem grave, que você não consegue descrever, como um *fá* saído de um violino. Seu timbre tem a pureza da luz, sua cor – se é que lhe podemos imaginar uma cor – a do azul profundo, inspirando-lhe no coração uma fé morna, um pendor celeste..."

— Quinta-feira que vem vou me casar, confiando a Deus minhas esperanças.

— Que Ele lhe conceda êxito!

— Meu êxito ficará assegurado se meu pai me der sua bênção.

— Deus seja louvado. Eu lhe dou a bênção.

— A cerimônia vai limitar-se aos membros das duas famílias... O senhor não encontrará nada que o desagrade.

— Muito bem! Muito bem!

— Eu gostaria que mamãe estivesse conosco... mas...

— Não tem importância. O importante é que a noite transcorra agradavelmente.

— Claro, tive cuidado de zelar por isso. Conheço melhor do que ninguém a sua natureza. O dia será dedicado unicamente à redação do contrato de casamento e à degustação das bebidas...

— Perfeito! Que o Senhor guie os seus passos...

— Encarreguei Kamal de transmitir à mãe dele os meus cumprimentos e de rogar-lhe para que não me prive de seus bons votos a que ela sempre me acostumou... e também para que me perdoe o que aconteceu...

— Naturalmente! Naturalmente!

— Desejaria que me dissesse mais uma vez que me concede sua bênção.

– Eu lhe concedo minha bênção. Peço a Deus que Ele lhe dê sucesso e felicidade. Possa Ele ouvir minha prece!

Assim, pois, se tinham desenvolvido os acontecimentos contra a vontade do Sr. Ahmed que, com medo de ver romper-se o laço que o unia ao filho, viu-se constrangido a concordar. Na verdade ele tinha o coração sensível demais para se opor firmemente a Yasine, quanto mais para se zangar definitivamente com ele. Foi assim que ele aceitou entregar seu primogênito à filha de Bahiga e a abençoar – pessoalmente – essa união que integraria sua ex-amante no seio da família. Melhor, ele tinha repelido a intervenção de Amina, quando esta fora participar-lhe seu desejo de que "os irmãos e irmãs de Fahmi" se abstivessem de assistir ao casamento do filho com Maryam. Ele lhe respondera então num tom categórico: "É estupidez! Há homens que se casam com as viúvas do irmão, guardando por ele amor e fidelidade! Além disso, Maryam nunca foi a esposa de Fahmi, nem mesmo a noiva dele. É uma velha história que tem mais de seis anos. Não nego que ele tenha feito uma má escolha, mas ele está tão cheio de boas intenções quanto de idiotice! Ele não fez mal a ninguém tanto quanto a si mesmo! Poderia ter encontrado melhor aliança do que esta família... Ainda por cima uma moça divorciada! Enfim, Deus é o Senhor! Tanto pior para ele!"

Amina se calara, cedendo diante do argumento. Certamente, ela adquirira, no decorrer de sua infelicidade, uma certa audácia que a ajudava a participar sua opinião ao amo, ainda frágil demais, no entanto, para levá-la a replicar-lhe ou a contradizê-lo. Eis por que, quando Khadiga a visitou para informá-la de que Yasine a convidara para o casamento, dizendo-lhe que pensava dar a desculpa de uma doença para não ir, ela aconselhou a filha a honrar o convite do irmão.

Veio a quinta-feira.

Ahmed Abd el-Gawwad foi até a casa do pranteado Mohammed Ridwane, onde encontrou Yasine para recebê-lo, assim como Kamal, que tinha chegado antes. Um pouco depois, acompanhados por Khadiga e por Aisha, Ibrahim e Khalil Shawkat vieram juntar-se a eles. Assim, a família de Maryam só estava representada por algumas mulheres, e por isso o Sr. Ahmed adquiriu a feliz certeza de que o dia transcorreria na paz. Indo até o salão, ele pôde perceber algumas características que lhe eram familiares, por tê-las conhecido em circunstâncias bem diferentes! As lembranças do passado o assaltaram, as quais, pela muda insolência com que zombavam de seu novo papel de digno pai do noivo, fizeram-no sofrer mil ofensas. Começou a amaldiçoar Yasine no íntimo de si mesmo, Yasine que o tinha acuado – e ele mesmo se deixara acuar, sem o saber – nesse impasse. Todavia, premido pela fatalidade, ele foi levado a recuperar-se e a encontrar explicações, dizendo-se a si mesmo: "Deus em sua Onipotência pode muito bem, afinal, criar uma moça num modelo diferente do da mãe, fazer com que Yasine ache em Maryam uma esposa conveniente – em todos os sentidos do termo – e poupar-lhe a leviandade da mãe... Peçamos-lhe apenas que garanta a nossa honra!"

Yasine estava elegantíssimo, exibindo evidente alegria, apesar do caráter modesto da noite preparada para o seu casamento. O que o alegrava particularmente era que nenhum dos seus irmãos ou irmãs tinha recusado o convite, embora tinha temido que alguns deles, cedendo às pressões da mãe, deixasse de comparecer. Que importa! Teria ele podido perder as esperanças em Maryam por atenção a eles? Certamente que não! Ele a amava. E, já que ela só lhe deixara os caminhos do matrimônio como único meio para possuí-la, ele tinha mesmo de passar por isso. O que o impedia? Não eram os protestos do pai ou da madrasta que iriam preocupá-lo!

E depois, Maryam era a primeira mulher que ele desejava desposar verdadeiramente. Sem contar que ele via esse casamento com uma visão muito otimista, esperando encontrar finalmente uma vida conjugal estável e duradoura. Não tinha boas razões para isso? Sim! Sentia que seria um bom esposo e que ela seria uma boa esposa, que seu filho Ridwane encontraria logo entre eles um lar feliz em que pudesse crescer e abrir-se para a vida. Ele tinha passado por muitas mãos e precisava agora de um pouco de estabilidade.

Em condições diferentes das que envolviam esse casamento, ele não teria hesitado em celebrá-lo com todo um festival de alegrias. Não era velho, nem pobre, nem dos que "afirmam" detestar as noites galantes a ponto de contentar-se com esta cerimônia morosa e silenciosa que mais parecia um enterro. Mas espere lá! A necessidade obriga! Que ele dedique essa austeridade à memória de Fahmi!

O reencontro de Maryam com Khadiga e Aisha, depois de vários anos de afastamento, foi, apesar de seu caráter tímido e reservado, comovente, e não deixou de provocar evidentemente uma certa perturbação. Trocaram-se beijos e cumprimentos, falaram muito, pulando sempre de assunto, mas evitando tanto quanto possível abordar o passado. Os primeiros segundos foram de todos os mais constrangedores, cada uma delas esperando pela evocação súbita de uma velha lembrança que pudesse levar entre elas a censura ou a reprimenda, como, por exemplo, as circunstâncias que determinaram o rompimento das relações entre elas ou as razões pelas quais o ambiente entre elas se tinha deteriorado. Mas tudo correu bem.

Depois, muito sutilmente, Maryam desviou a conversa para a roupa de Khadiga, depois para a magreza que Aisha tinha mantido mesmo depois da terceira gravidez. E, quando, finalmente, a moça e a mãe dela conseguiram pedir notícias da "mamãe", foi-lhes respondido que ela ia bem, sem qualquer outro comentário. Aisha olhava para sua velha amiga com um olhar repleto de afeto e de ternura, com seu coração perpetuamente sedento de amor ao próximo. Não fosse seu sentimento de apreensão, ela teria certamente orientado a conversa para as lembranças do passado, para rir delas às gargalhadas. Quanto a Khadiga, ela começou a encarar sua futura cunhada com o olhar enviesado e, embora não tivesse pensado nela durante anos, a notícia de seu casamento com Yasine lhe havia destravado a língua em observações amargas. Ela se encarregara de lembrar a Aisha o episódio do "inglês", perguntando-se o que tinha "tapado os olhos e os ouvidos de Yasine". Mas o seu senso agudo de família, que dominava todas as suas outras qualidades, a impedira de comentar qualquer coisa aos ouvidos dos Shawkat, inclusive os do próprio marido, e comentou com a mãe: "De qualquer modo, quer nos agrade quer não, Maryam vai fazer parte da família!" Nada de espantoso em seu comentário, pois, mesmo depois de ter posto ao mundo Abd el-Monem e Ahmed, ela continuava a considerar os membros da família do marido, num certo sentido, como "estranhos"...

O encarregado dos assuntos matrimoniais chegou no início da noite. A união foi selada e as bebidas foram servidas. Um só viva foi gritado. Yasine recebeu os parabéns e os votos de praxe, e depois a noiva foi convidada a apresentar-se a seu "amo", assim como aos membros da família dele.

Ela chegou ladeada pela mãe, por Khadiga e Aisha, beijou a mão do esposo e apertou a dos outros. Foi aí que o

Sr. Ahmed lhe entregou seu presente de casamento: um bracelete de ouro incrustado de finas pedras de diamante e de esmeraldas. A reunião familiar se prolongou por algum tempo e, por volta das nove horas, os convidados começaram a dispersar-se pouco a pouco. Uma caleche chegou, então, e transportou os jovens noivos para a casa de Qasr el-Shawq, cujo terceiro andar tinha sido preparado para receber a jovem esposa.

Todo mundo pensou que a página dos casamentos podia ser concluída, bem ou mal, com o segundo casamento de Yasine, quando, duas semanas depois, a residência do pranteado Mohammed Ridwane foi o palco de uma nova cerimônia nupcial considerada, com razão, na casa do Sr. Ahmed, em al-Sokkariyya e até em todo Bayn al-Qasrayn, como uma surpresa no mínimo espantosa. Eis que, sem que ninguém esperasse por isso e sem aviso prévio, Bahiga contraía novas núpcias com Bayoumi, o mercador de sopa!

Esse casamento causou em todos enorme surpresa. Era como se descobrissem pela primeira vez que a loja de Bayoumi se situava no canto do beco para o qual dava a residência dos Ridwane, exatamente abaixo de um de seus imponentes muxarabiês.

Essa verdade deixou-os pensativos. Mas, podemos concordar, eles tinham razão para se espantar! Pensem só! A noiva não era outra senão a viúva de um homem conhecido entre eles durante a vida por sua bondade e sua religiosidade, e era considerada, apesar de sua paixão pela sedução entre as "senhoras respeitáveis" do bairro... sem falar do fato de que ela atingira os 50 anos; o recém-casado, por sua vez, fazia parte do vulgo, usando *galabiyyê*, trabalhando numa minúscula loja, um homem com a idade por volta dos 40, casado ainda por cima, que tinha atrás de si vinte anos de vida conjugal durante os quais gerara nove filhos, rapazes e moças. Era mais do que seria preciso para provocar fofocas. Gastou-se tempo a contento em conjeturas a respeito dos trabalhos preparatórios do casamento, que ninguém tinha notado: quando e como tinham começado? Como chegaram a amadurecer a idéia que os levou às núpcias? Qual dos dois tinha solicitado o outro em primeiro lugar? Qual deles se deixara seduzir?

Amm Hassanein, o barbeiro, cuja loja estava situada do outro lado da rua, próxima à fonte de Bayn al-Qasrayn, afirmou ter visto muitas vezes a Sra. Bahiga diante da loja de Bayoumi degustando um suco de alfarroba, acrescentando que lhes acontecia às vezes trocar algumas palavras que ele pensava – Amm Hassanein era um homem benevolente – não convinha maldar! Abu Sari, o assador de pevide, que sempre fechava mais tarde do que os outros, achava, por sua vez – pedindo perdão a Deus – que tinha visto várias vezes pessoas se infiltrarem na calada da noite na casa do falecido Ridwane, sem saber, bem entendido, que Bayoumi era um deles. Darwish, o vendedor de ful, fez também ouvir sua voz, assim como al-Fouli, o leiteiro. E embora todos parecessem condoer-se do pai de família numerosa, fustigando, ao mesmo tempo – com amargura – esse homem sem lei nem rei que se casava com uma mulher da idade da própria mãe, no âmago de si mesmos, invejavam-lhe a sorte e não lhe perdoavam por ter-se elevado acima da condição deles com essa artimanha "despropositada"; sem contar as intermináveis lengalengas que se seguiram para avaliar tudo o que ele ia certamente "herdar" nessa casa, assim como o seu provável "butim" em dinheiro e em jóias...

Na casa do Sr. Ahmed, em al-Sokkariyya e, com mais razão, em Qasr al-Shawq, o choque foi brutal. Que vergonha!, dizia-se. Nosso homem ficou numa cólera que fez tremer todos à sua volta. A tal ponto que evitaram dirigir-lhe a palavra por vários dias seguidos. Bayoumi não podia agora reivindicar, com toda razão, seu parentesco com eles? Malditos sejam Yasine e seus apetites sórdidos! Bayoumi, o mercador de sopa, tornava-se seu "padrasto" e zombava de todo mundo! "Que desgraça!", exclamou Khadiga, ao saber da notícia, confiando logo a Aisha: "Quem poderia agora censurar mamãe? O coração dela nunca a traiu!"

Yasine jurou – diante do pai – que tudo tinha acontecido sem que ele soubesse, nem sua mulher que, assegurou ele, tinha sentido uma mágoa "inimaginável". Mas o que podia ela fazer?

Aliás, o escândalo não parou por aí. Mal a primeira mulher de Bayoumi soube da notícia, perdeu a cabeça, e, empurrando diante de si toda a filharada, abandonou a casa como uma louca para ir se atirar contra o marido na loja dele. Uma violenta briga com socos, pontapés, gritos e urros, seguiu-se entre os dois, na frente das crianças que se puseram a gritar chamando os transeuntes em seu socorro, tanto que logo uma multidão composta por palermas, lojistas da vizinhança, mulheres e crianças se achou formada à volta da loja. Separaram o marido da esposa, que jogaram na rua, e ela logo foi se postar sob o muxarabiê de Bahiga com seu vestido rasgado, seu *mélayé* em farrapos, os cabelos eriçados e o nariz sangrando, e depois, erguendo a cabeça para as janelas fechadas, fez funcionar sua língua como um chicote de ponta chumbada e mergulhada em veneno.

O pior em toda essa história foi que, quando ela acabou, foi diretamente até a loja do Sr. Ahmed para suplicar-lhe, na qualidade de pai do genro dessa mulher, num tom patético e choroso, que usasse de toda sua influência para convencer o marido a voltar atrás em seu erro. Nosso homem a ouviu disfarçando a cólera e a tristeza que lhe inspirava aquele espetáculo, e depois, tendo-a feito entender, tão delicadamente quanto podia, que, ao contrário do que ela pensava, esse assunto ultrapassava o limite de sua autoridade, ele não demorou a colocá-la para fora, espumando de raiva...

No entanto, seu furor não o impediu de refletir longamente, ao mesmo tempo desamparado e sonhador, no que tinha podido levar Bahiga a essa união insólita, sabendo muito bem que, se seu coração tinha batido por Bayoumi, ela teria podido muito bem satisfizê-lo sem necessidade de expor-se a si e à sua família ao cortejo de aborrecimentos ligados ao fato de desposá-lo. Por que diabos ela tinha se lançado nessa aventura estúpida sem se preocupar com a mulher desse homem, nem com os filhos dele, desprezando, o que é pior, os sentimentos de sua própria filha e dos membros de sua nova família, como atingida por um súbito ataque de loucura! Não era a sensação trágica da velhice que a tinha levado a procurar refúgio no casamento e, mais ainda, a sacrificar uma grande parte de seus bens atrás de uma felicidade que só a sua juventude já desaparecida lhe tinha proporcionado?

Ele meditou nisso, com tristeza e desolação. Lembrou-se nessa oportunidade da humilhação sofrida diante de Zannuba, que lhe tinha recusado a graça de um olhar afetuoso antes que ele a instalasse no seu lar. Uma humilhação que tinha abalado sua confiança em si mesmo e o tinha levado, apesar de sua aparente serenidade, a brigar com a vida que, decididamente, havia alguns anos, mostrava-lhe seu ar austero!

De qualquer maneira, Bahiga não aproveitou por muito tempo seu casamento. No fim da terceira semana de sua nova união, ela se queixou de um inchaço na perna. Depois, o exame médico revelou diabetes, e transportaram-na para Qasr el Aini* e logo correu o boato de que seu estado piorava a cada dia... até que sobreveio o desenlace fatal.

8

Com uma maleta apertada debaixo do braço, vestido com um elegante terno cinza, com sapatos de verniz, com o fez enfiado na cabeça, Kamal permanecia de pé diante do palácio dos Sheddad, com sua alta e fina estatura, e seu pescoço que saía ereto do colarinho da camisa, parecendo assumir com desenvolto orgulho o peso de sua grande cabeça e de seu grande nariz.

O ar era suave, riscado por esses sopros de vento fresco que anunciam a chegada de dezembro. No céu, nuvens esparsas, de uma brancura esplendorosa, deslizavam lentamente, escondendo, a intervalos, o sol matinal.

Ele aguardava, imóvel, com os olhos voltados para a garagem de onde, dirigido por Hussein Sheddad, logo saiu o carro que imediatamente virou na rua dos Serralhos e veio parar diante dele.

— Elas ainda não estão aqui? — perguntou Hussein, pondo a cabeça para fora da porta.

A essas palavras, ele buzinou três vezes, depois acrescentou, abrindo a porta:

— Vem, entre aqui do meu lado!

---

*É o maior hospital do Cairo, situado na margem oriental do Nilo, atrás do bairro de Sayyada Zinab, em frente à ponta norte da ilha de Roda.

Mas Kamal contentou-se em pôr sua maleta dentro do veículo, murmurando:

– Não há pressa.

No mesmo instante, chegou até ele a voz de Boudour, vinda do jardim. Ele virou a cabeça e viu a menina chegar correndo, seguida de Aída. Sim, sua adorada em pessoa, que balançava os quadris de rainha num vestido curto de cor cinzenta da última moda, cuja parte de cima desaparecia sob um corpete de seda azul-marinho, que deixava ver seus braços morenos, com reflexos acetinados. Sua cabeleira negra que lhe envolvia a nuca e as faces flutuava ao sabor dos seus passos, as mechas sedosas de sua franja repousavam, tranqüilas, em sua testa, como os dentes de um pente. No meio dessa auréola brilhava seu rosto de lua de angélica beleza, como um embaixador do país dos sonhos...

Ele permaneceu pregado no lugar, sob o domínio do fluido magnético, meio desperto, meio adormecido, com a consciência mantendo deste mundo apenas um sentimento de gratidão, redobrado por uma intensa emoção. Como ela se aproximava, leve e altiva, como uma melodia encarnada; um perfume parisiense que exalava dela atingiu-lhe as narinas. Os olhares de ambos se cruzaram e um sorriso repleto de afabilidade, calma e respeito iluminou os olhos e os lábios fechados de Aída.

Enquanto ele lhe respondia com um sorriso hesitante e uma inclinação de cabeça, Hussein interpelou a irmã, dizendo-lhe:

– Entre aí atrás com Boudour!

Ele recuou um passo, abriu a porta traseira do carro, atrás da qual ficou plantado, ereto como um servidor, e recebeu dela, como recompensa, um sorriso acompanhado de uma palavra de agradecimento em francês. Ele esperou que Boudour e sua adorada se sentassem, depois fechou a porta e postou-se ao lado de Hussein. Este buzinou de novo, lançando um olhar na direção do palácio. O porteiro não demorou a chegar, com um pequeno cesto na mão, que colocou junto à maleta, entre os dois rapazes.

— Qual é a graça de sair numa excursão sem provisões? – riu Hussein, batendo com o indicador no cesto e na maleta.

E o carro sacudiu-se num ronco, antes de sair em direção à rua de al-Abbassiyyê.

— Começo a saber muitas coisas sobre você – disse Hussein. – E o dia de hoje vai me proporcionar a oportunidade de acrescentar a isso algumas informações sobre o seu estômago. Tenho a impressão de que a sua magreza não o impede de ter um apetite de leão. Estou enganado, por acaso?

— Espere para julgar por si mesmo – respondeu Kamal num sorriso, sentindo mais alegria do que um ser humano poderia sonhar.

Os dois juntos num mesmo carro! Um tipo de aproximação que quase não se encontra a não ser em sonhos!

Suas esperanças lhe cochichavam: "Se você tivesse ficado atrás e ela na frente, você poderia devorá-la tranqüilamente com os olhos durante a viagem! Mas não seja tão exigente nem tão ingrato! Prosterne-se, antes, em louvores e agradecimentos! Liberte a sua cabeça do ataque desses pensamentos! Purifique a sua mente do tumulto da paixão, viva o instante presente com toda a sua alma! Pois não vale ele para a eternidade?"

— Não pude convidar Hassan e Ismail para a nossa escapadela!

Kamal virou-se para Hussein, como se se interrogasse, sem dizer nada, mas com o coração pulando de alegria e de confusão ao pensamento desse privilégio que tinha sido concedido só a ele.

– Como você vê – disse Hussein, como para justificar-se –, o carro não é grande o bastante para todo mundo!

– Tem razão – concordou Kamal em voz baixa.

– Se tivesse sido necessário mesmo fazer uma escolha – continuou o outro, sorrindo – então eu teria preferido alguém como você. Não há nenhuma dúvida de que nossas vocações combinam nesta vida, não é?

– É verdade! – respondeu Kamal, com a alegria que lhe enchia o coração estampada em seu rosto.

Depois, rindo:

– Com a diferença de que eu me contento com a viagem espiritual, enquanto você parece que não ficará satisfeito enquanto não associar sua viagem espiritual com sua viagem pelo mundo!

– Você não se sente atraído pela idéia de navegar pelos quatro cantos do nosso vasto mundo?

Kamal refletiu por um breve instante, depois respondeu:

– Tenho a impressão de ter gostos sedentários por natureza. É como se só o pensamento de viagens me assustasse. Quero dizer, a agitação e o incômodo, não o prazer de descobrir nem a curiosidade. Gostaria que o mundo pudesse desfilar diante dos meus olhos sem que eu tivesse que sair do meu lugar...

Hussein soltou uma de suas gostosas gargalhadas, vinda do fundo do coração:

– Você só tem de subir num balão estacionário e olhar a terra girar abaixo dos seus pés – disse ele.

Kamal saboreou longamente a risada terna e encantadora do amigo. A imagem de Hassan Selim veio-lhe então à mente. Pôs-se a comparar esses dois tipos de aristocracia: uma caracterizada pela gentileza e pela afabilidade; a outra, pela frieza e pela presunção. Uma e outra, não obstante, permaneciam exemplares.

— Uma sorte que as viagens espirituais não exijam necessariamente sair do lugar...

Hussein levantou as sobrancelhas, com ar cético, mas desistiu finalmente de continuar com esse assunto, e disse, num tom alegre:

— Tudo o que conta no momento é que estamos saindo juntos a passeio e que nossas vocações combinam na vida.

Súbito, vinda de trás, a voz suave tocou seus ouvidos:

— Em resumo, Hussein gosta de você tanto quanto Boudour!

Essas palavras, impregnadas com o perfume do amor, de que essa voz angélica fazia uma música, penetraram-lhe no coração e deram-lhe asas...

"Sua adorada brinca, ingênua, com o verbo 'gostar' sem se dar conta de que ao dizê-lo ao seu ouvido ela lança ainda mais pólvora num coração em chamas. Atiça-lhe o eco para que cante em você de novo a cor que sua boca lhe empresta... O amor, esse antigo refrão que, na harmonia criadora de uma voz, reencontra uma nova manhã. Meu Deus! Tanta felicidade me arrasa!..."

— Aída traduz meus pensamentos em sua linguagem de mulher — disse Hussein, comentando as palavras da irmã.

O carro correu em direção a al-Sakakini, depois para as ruas da Rainha-Nazli e Fuad I, e, de lá, virou na direção de Zamalek numa velocidade que Kamal achou insensata.

— O tempo está enevoado. Mas precisaria estar um pouco mais, se queremos ficar certos de passar um lindo dia ao pé das pirâmides...

A essas palavras, a voz sublime se elevou, dirigindo-se com toda evidência para Boudour:

— Espere até a gente chegar! Aí você poderá ficar sentada ao lado dele todo tempo que você quiser...

– O que ela está querendo? – perguntou Hussein, rindo.

– Ela quer ficar sentada ao lado do seu amigo, por favor!

"Seu amigo? Por que ela não disse 'Kamal'? Por que não prestou a esse nome a homenagem dessa perfeição* a que o seu próprio dono não visa?"

– Ontem – disse Hussein – quando papai a ouviu indagar-me se "Uncle Kamal"** viria conosco às pirâmides, ele me perguntou quem era o Kamal em questão, e quando eu lhe disse, ele perguntou a Boudour: "Você quer se casar com o Uncle Kamal?" E ela lhe respondeu pura e simplesmente que sim.

Ele se virou para trás, mas a menina, num movimento de recuo, encostou as costas no banco antes de esconder o rosto no ombro da irmã. Num olhar de soslaio, ele encheu seus olhos com o rosto deslumbrante dela, depois virou de volta a cabeça, dizendo num tom esperançoso:

– Quando chegar a hora, espero que ela não se esqueça de suas palavras...

Quando chegaram à estrada de Gizé, Hussein dobrou a velocidade. O motor rugiu e fez-se silêncio entre eles. Kamal recebeu-o como um presente, e aproveitou-o para mergulhar dentro de si mesmo e saborear seu bem-estar. Dizer que tinham falado dele ontem na casa dos Sheddad e que o chefe de família o tinha escolhido como esposo da menina! "Oh, gorjeio de flores! Oh, cantos da felicidade! Guarde de cor cada palavra pronunciada. Sacie-se com o perfume de Paris. Alimente seus ouvidos com esse arrulho de pomba, com esse gemido de gazela. Talvez você recorra a isso se as noites de insônia voltarem! As palavras de sua adorada

---

*Em árabe, Kamal significa "perfeição".
***Sic.* Do inglês. Termo afetuoso utilizado pelas crianças em relação a um personagem masculino querido.

não são, no entanto, pensamento de filósofos ou sutilezas de literatos. Então, o que têm elas para mexer com você até as profundezas da alma, para fazer jorrar no seu coração fontes de volúpia? Eis o que faz da felicidade um mistério onde se perdem a razão e o entendimento! Oh, vocês que correm atrás da felicidade até se cansarem, saibam que eu a encontrei! Achei-a numa palavra que não quer dizer nada, uma palavra obscura vinda de uma outra língua, no silêncio e até em coisa nenhuma... Meu Deus, como são majestosas essas grandes árvores dos dois lados da estrada, que entrelaçam suas copas acima dela, cobrindo-a com um céu de verdura cheio de frescor... E esse Nilo que corre, que o brilho resplandecente do sol veste com uma couraça de pérolas... Quando você viu essa estrada pela última vez? Durante uma excursão às pirâmides... Eu cursava a quarta série primária... Mais tarde, toda vez eu jurava para mim mesmo voltar sozinho... Atrás de você está sentada aquela que lhe inspira uma visão nova das coisas, embeleza-as, até o aspecto secular da vida no velho bairro! Você pode ter sonhos mais belos do que neste momento? Sim! Que o carro continue assim, a andar eternamente! Oh, Senhor, seria esse o ponto que lhe criou tanto problema, quando você se perguntava o que esperava desse amor que o obceca de novo? Ele lhe caiu do céu sob o impulso do momento, cercado pelo impossível... Mas alegre-se com esse momento que lhe é oferecido. Olhe, lá estão as pirâmides que se projetam, minúsculas, ao longe. Logo você ficará ao pé delas, não maior do que uma formiga ao pé de um árvore..."

– Vamos visitar o cemitério de nosso grande ancestral!

– Para recitar a *Fâtiha* em hieróglifos – riu Kamal.

Hussein disse, zombeteiro:

– Tudo o que a nossa nação nos legou foram só túmulos e cadáveres.

Depois, mostrando as pirâmides:

— Olhe só todo esse trabalho e esse suor desperdiçados para nada...

Kamal, com entusiasmo:

— Isso é a eternidade!

— Ih! Agora você vai se orgulhar disso, como sempre. Seu patriotismo beira a neurose, quanto a isso estamos de acordo. Acho, enfim, que vou me sentir melhor na França do que no Egito.

— Você encontrará na França a nação mais patriota que existe – replicou Kamal disfarçando a mágoa atrás de um sorriso indulgente.

— Isso sim, sem dúvida. O patriotismo é a doença do planeta. De qualquer modo, eu só gosto da França por ela mesma e, nos franceses, das qualidades que nada têm a ver com o patriotismo.

Não era realmente doloroso ouvir tais coisas? No entanto, ele não se indignava. A razão? Porque vinha de Hussein Sheddad. Se Ismail Latif o exasperava às vezes com sua indiferença, Hassan Selim com sua arrogância, Hussein, a cada passo, tinha a certeza de agradar-lhe...

O carro parou nas proximidades da grande pirâmide, no final de uma longa fila de carros vazios. De todos os lados agitava-se uma multidão numerosa dispersa em pequenos grupos, que passeavam montados em burros, ou montados em camelos, ou escalando a pirâmide; comerciantes, burriqueiros e cameleiros se aviavam em volta deles. O espaço se abria a perder de vista. Só essa construção de pedra, erguida em direção ao céu como um gigante lendário, surgia em seu centro para romper-lhe a imensidão...

Do outro lado, em nível inferior, estendia-se a cidade, vasta rede intrincada de terraços, salpicada de bosques, que um fio de água separava... Onde é que ficava Bayn al-Qasrayn nisso tudo? E a velha casa? E Amina, dando de beber às galinhas sob a cobertura de jasmim?

— Vamos deixar as coisas no carro para podermos passear com as mãos livres.

Abandonaram o carro e caminharam numa só fila, que partia do carro com Aída, precedida de Hussein, depois de Boudour e de Kamal, que ia na frente dela, segurando-a pela mão. Deram a volta à grande pirâmide, examinaram cada um de seus lados, depois andaram mais à frente, no deserto. A areia dificultava a caminhada e freava-lhes o impulso, enquanto no ar soprava uma brisa leve e vivificante. O sol brincava de se esconder atrás dos montes de nuvens que desfilavam acima do horizonte, traçando nessa tela celeste figuras espontâneas que a mão do vento modificava a seu bel-prazer.

— Que beleza!... Que beleza!... — extasiou-se Hussein, respirando a plenos pulmões.

Aída pronunciou algumas palavras em francês. Segundo os conhecimentos limitados que ele possuía dessa língua, Kamal compreendeu que ela traduzia as palavras do irmão. Exprimir-se em francês era nela um hábito permanente. Essa tagarelice com consoantes estrangeiras atenuava em Kamal sua fanática devoção à língua nacional e impunha-se ao mesmo tempo ao seu gosto como uma das marcas da beleza feminina.

— É mesmo. Que beleza! — acrescentou ele com emoção, pensando na paisagem à sua volta. — Glória a Deus onipotente!

— Você sempre tem que meter ou Deus ou Saad Zaghloul em tudo — riu Hussein.

— Com relação ao primeiro, acho que você não vai discordar!

— Não, mas sua mania de pronunciar o nome Dele a cada passo dá a você um toquezinho religioso particular que o faz parecer um xeque.

Depois, num tom de desilusão:

— Mas por que o espanto, já que você vem de um bairro devoto?

"Essa frase estaria escondendo alguma troça? Pode Aída acompanhá-lo em seus sarcasmos? Que opinião os dois podiam ter a respeito do velho bairro? Com que tipo de olhar Al-Abbassiyyê olha Bayn al-Qasrayn e al-Nahhasin? Você teria vergonha? Fique tranqüilo! Hussein não liga praticamente a mínima para a religião. Aparentemente, sua adorada liga menos ainda! Não lhe disse ela um dia que seguia os cursos de teologia cristã na escola de "*La mère de Dieu*", que assistia à prece e cantava os cânticos? No entanto, ela é muçulmana! Sim, claro, exceto que ela não sabe quase nada do Islã! O que você acha? Eu a amo! Eu a amo até a idolatria! E amo, ainda que minha consciência sofra, seu modo de praticar o islamismo. Eu o confesso, e peço perdão a Deus por isso..."

Hussein apontou com o dedo o que o local encerrava de beleza e de grandeza:

— Eis o que me encanta de verdade — declarou. — Mas você está louco de patriotismo. Compare só esta natureza grandiosa com as manifestações, com Saad, com Adli e com os caminhões lotados de soldados!

— A natureza e a política são ambas coisas grandiosas! — respondeu Kamal com um sorriso.

Depois, como se acabasse, por associação de idéias, de se lembrar de um fato importante:

— Ia me esquecendo — exclamou Hussein —, seu chefe pediu demissão!

Kamal sorriu tristemente sem dizer nada.

— Pediu demissão – insistiu o outro para fazer-lhe raiva – depois de ter perdido o Sudão e a Constituição, não?

A isso Kamal replicou, com uma calma que não se esperaria dele em outras circunstâncias:

— O assassinato de Sir Lee Stack* foi um golpe realizado contra o ministério de Saad.

— Deixe-me relatar-lhe os comentários de Hassan Selim sobre isso. Ele disse que essa agressão é apenas uma manifestação do ódio que alguns, entre os quais os autores do assassinato, têm contra os ingleses e que Saad Zaghloul é o principal responsável pela exasperação desse ódio.

Kamal abafou a cólera que o "ponto de vista" de Hassan Selim tinha provocado nele, e respondeu com a calma que a presença de sua adorada lhe ditava:

— Esse é o ponto de vista dos ingleses. Você não leu os despachos do *Ahram*? Não há nada de espantoso no fato de os liberais constitucionais assumirem isso. Excitar a hostilidade contra os ingleses é verdadeiramente uma das coisas de que Saad pode se vangloriar!

A essas palavras, Aída entrou na conversa, perguntando com um olhar de censura ou de prevenção, que um sorriso encantador iluminava:

— Nós viemos aqui para passear ou para falar de política?

— Foi ele que começou – desculpou-se Kamal, apontando para Hussein.

---

*Em julho de 1924, a segunda negociação entre o Wafd e a Inglaterra tinha fracassado, em particular por causa do problema do Sudão cuja soberania egípcia a Inglaterra contestava. No dia 19 de novembro do mesmo ano, Sir Lee Stack, comandante-chefe do exército egípcio (*sirdar*) e governador do Sudão, foi assassinado no Cairo. A Inglaterra, que vê no crime uma ligação direta com o problema sudanês, exige reparação e aproveita o pretexto para ordenar a evacuação das tropas egípcias do Sudão. Saad Zaghloul pede demissão.

— Achei bom simplesmente exprimir meus pêsames pela demissão do líder — respondeu Hussein sorrindo, passando os dedos finos pelos cabelos sedosos.

Depois, sério:

— Você não tomou parte nas importantes manifestações que ocorreram no seu bairro na época da revolução?

— Eu ainda não tinha atingido a idade legal!

A isso Hussein replicou, num tom de ironia divertida:

— Em todo caso, pode-se considerar o episódio da loja de *basbussa* como uma participação na revolução!

Todos, inclusive Boudour, que os imitou para não ficar devendo, riram em coro. Dir-se-ia um pequeno quarteto composto por duas trombetas, um violino e uma flauta. Depois de um curto silêncio, Aída disse, com a intenção de defender Kamal:

— Já é o bastante que ele tenha perdido um irmão!

— Isso mesmo. Perdemos o melhor dos nossos — exagerou Kamal, impelido por um sentimento de orgulho que se insinuava lentamente dentro de si, e para suscitar neles um pouco mais de pena.

Aída prosseguiu com interesse:

— Ele cursava direito... não é? Que idade ele teria hoje?

— Vinte e cinco anos. — Depois, num tom triste: — Era um gênio, no sentido amplo do termo...

— Sim, era... — disse Hussein, fazendo estalar os dedos. — Eis aonde leva o patriotismo! Como é que você pode continuar a agarrar-se a ele, depois de tudo isso?

— Nós todos recairemos no esquecimento — respondeu Kamal com um sorriso. — Enquanto todas as mortes estão longe de valer a pena!

Hussein fez estalar de novo os dedos, mas, parecendo não encontrar nenhum sentido nas palavras de Kamal, absteve-se de qualquer comentário. O que os tinha levado de repente a falar de política? Isso não tinha mais nenhum encanto. O povo se distrai da luta contra os ingleses com seus ódios partidários? Ao diabo todas essas besteiras! Quem respira um vento do paraíso não deveria atormentar-se com preocupações terrenas, pelo menos por um tempo.

"Agora você está andando ao lado de Aída no deserto das pirâmides. Medite nessa prodigiosa verdade e grite-a com toda força para partilhá-la com os construtores desses gigantes de pedra! Um ídolo e seu adorador andando na areia lado a lado... Um, quase soprado pelo vento de tanto que a paixão o anima, enquanto o outro se diverte em cortar as pedras. A doença do amor, se fosse contagiosa, você não teria medo de contraí-la! O ar ergue suavemente as franjas do vestido dela, agita seus cabelos, viaja por dentro dos pulmões dela... Deus, como ele tem sorte! Por sobre as pirâmides, os espíritos dos amantes abençoam a caravana, subjugados pelo ídolo, compadecidos do seu adorador, proclamando pela voz da eternidade: só o amor é mais forte que a morte! Vemo-lo pertinho de nós, e ele flutua no horizonte; acreditamo-lo aos nossos pés, e ele plana lá em cima, nos céus!

"Você prometeu a si mesmo tocar na mão dela durante esse passeio... Ou será que, no entanto, você vai deixar este mundo antes de conhecer essa sensação? Que você não tem a coragem de se jogar em cima das pegadas dela na areia e depois beijá-las? Ou então de pegar um punhado dessa areia para fazer um talismã que pudesse protegê-lo das dores do amor nas noites em que sua alma se agita? Mas, infelizmente, tudo leva a provar que não há comunhão com o ídolo a não ser pelo encanto ou pela loucura... Não seja por isso! Cante ou enlouqueça!"

Ele sentiu a mão de Boudour puxar a sua. Virou-se para a menina, que lhe estendeu os braços, suplicando-lhe que a levasse no colo. Ele se inclinou para ela e ergueu-a nos braços, mas Aída discordou:

– Não! A gente já está se cansando. Vamos descansar um pouco...

No rochedo, no cume da encosta que levava até a Esfinge, eles se sentaram pela ordem de caminhada. Hussein esticou as pernas, enterrando na areia os saltos dos sapatos. Kamal sentou-se com as pernas cruzadas, abraçando Boudour contra si, enquanto Aída se sentava à esquerda do irmão. Depois ela tirou o pente e começou a pentear-se acariciando as mechas com seus dedos delgados...

No mesmo instante, o olhar de Hussein fixou-se no fez de Kamal.

– Por que você fica com o seu fez durante essa excursão? – perguntou-lhe, num tom de reprovação.

Kamal tirou o fez e, colocando-o sobre os joelhos, disse:
– Não tenho o costume de sair sem ele.
– Você é um bom exemplo de conservador – riu Hussein.

Kamal perguntou a si mesmo se essas palavras significavam um elogio ou uma censura. Quis fazê-lo explicar-se melhor quando, inclinando-se levemente para a frente, Aída se virou subitamente para ele para observá-lo. Ele esqueceu o que ia dizer e, com angústia, ficou pensando na própria cabeça, que agora aparecia descoberta, mostrando pela primeira vez o espetáculo do seu tamanho, assim como seus cabelos curtos e desalinhados. E dizer que neste momento os belos olhos de Aída estavam fixos nela! Que efeito podia causar aos olhos dela?

A voz melodiosa perguntou:
– Por que você não deixa crescer os cabelos?

Aí estava uma pergunta na qual ele nunca tinha pensado! A cabeça de Fuad Gamil al-Hamzawi era assim. A de todos os amigos do velho bairro era assim! Não tinha visto Yasine deixar os cabelos e o bigode crescerem a não ser depois de ter começado a trabalhar. Podia ele imaginar-se encontrando o pai toda manhã à mesa do café com os cabelos cheios?

— E por que os deixaria crescer?

— Você não acha que ficaria melhor em você? — perguntou Hussein, pensativo.

— Isso é algo sem importância.

Hussein riu:

— Você foi feito para ser professor!

"É um elogio ou uma censura? Em todo caso, bem-vinda seja essa solicitude vinda de cima!"

— Fui feito para ser estudante...

— Boa resposta! — Depois, elevando o nível de voz: — De fato, você não me disse o bastante sobre a Escola Normal. Que pensa dela, passados já quase dois meses?

— Espero que ela seja uma maneira de acesso conveniente ao universo a que aspiro. Atualmente, procuro discernir, com a ajuda dos meus professores ingleses, o significado de noções mal definidas como "literatura", "filosofia", "pensamento"...

— Essa é a cultura humana a que todos nós aspiramos.

— Sim, mas ela parece uma grande confusão — disse Kamal, perplexo. — Nós devemos decidir nossas opções. Devemos saber com mais clareza o que queremos. Esse é um problema real...

— No que me diz respeito, não é um problema só — replicou Hussein, com um lampejo de interesse iluminando seus belos olhos. — Li peças de teatro e romances franceses, pedindo a Aída para me ajudar a entender as passagens difíceis. Ouço também com ela peças de música ocidental, algumas das quais ela toca muito bem ao piano. Há pouco tempo li um livro que dá um resumo muito simplificado da filosofia grega. Se desejo viajar, é só para cultivar a mente e o corpo. Em você é diferente, você tem a intenção de escrever também. Então isso o obriga a conhecer os limites e os objetivos...

— O pior, em tudo isso, é que não sei sobre o que escrever ao certo.

— Você quer tornar-se escritor? — perguntou Aída num tom divertido.

— Talvez — respondeu ele, imerso numa grande onda de felicidade, pesada demais para um ser humano.

— Poeta ou romancista?

Depois, inclinando-se mais para a frente, para vê-lo melhor:

— Deixe-me adivinhar pelo meu conhecimento da fisionomia.

"Gastei toda a poesia para falar à sua sombra... É a língua sagrada do seu culto, não farei profissão disso. Esgotei a fonte das minhas lágrimas a chorar na escuridão das noites. Ser olhado por você é uma alegria e um sofrimento! Sou a seus olhos como a terra que se resseca ao ardor do sol..."

— Poeta! É isso: você é poeta!

— É mesmo? Como você adivinhou?

Ela se aprumou orgulhosamente e, deixando escapar um risinho tão leve quanto o cochichar de uma esperança:

— Ler nos rostos é um dom! Essas coisas não se explicam!

— Ela faz você se enganar! — riu Hussein.

— Nada disso! — defendeu-se ela apressadamente. — Se ser poeta não o agrada, então não seja poeta!

"A natureza fez da abelha uma rainha, do jardim seu reino, do néctar das flores sua bebida, do mel seus dejetos, e da picada... a punição do humano que se aventura perto do seu trono... No entanto, ela disse não!"

– Já leu alguma coisa do romance francês?

– Algumas traduções de Michel Zevaco. Como você sabe, não leio francês!

Ela disse com entusiasmo:

– Você não será escritor enquanto não souber perfeitamente o francês! Leia Balzac, George Sand, Madame de Staël, Pierre Loti, e depois você poderá escrever um romance...

– Um romance? – perguntou Kamal, desaprovando. – É um gênero marginal. Aspiro a fazer uma obra séria!

– Na Europa, o romance é um gênero sério – explicou Hussein, num tom douto. – Alguns escritores se dedicam a ele exclusivamente e conquistaram graças a isso um lugar na imortalidade. Não estou inventando nada. Foi o meu professor de francês que me assegurou...

Kamal balançou sua grande cabeça, cético...

– Espere aí! Você vai fazer Aída zangar-se! – continuou Hussein. – Ela é uma grande admiradora do romance francês. Ela até se inclui entre suas heroínas!

Kamal inclinou-se levemente para a frente, e fixou nela os olhos para ver a sua reação, aproveitando a oportunidade para regalar-se com o espetáculo da sua beleza.

– Como? – perguntou ele.

– O romance a cativa de uma maneira até estranha. Ela vive num mundo imaginário. Uma vez, eu a surpreendi se pavoneando diante do espelho, e quando lhe perguntei o que ela tinha, ela me respondeu: "Era assim que Afrodite andava à beira-mar em Alexandria!"

– Não acredite nele! – protestou Aída num trejeito sorridente. – Ele vive ainda mais do que eu no sonho. Só que ele não se cansa de me censurar!

"Afrodite? Quem é essa Afrodite, minha adorada? Estou certo da sua perfeição. Atormenta-me ver você se imaginando sob a aparência de uma outra!"

– Não se defenda – disse ele com sinceridade. – Os heróis de al-Manfaluti e de Rider Haggard me fascinam.

A essas palavras, Hussein caiu numa formidável gargalhada e exclamou:

– Bem, podemos estar todos reunidos num mesmo livro! Por que ficamos neste mundo, já que somos tão convocados, uns e outros, pelo imaginário? É a você que incumbe realizar esse sonho. Quanto a mim, não sou escritor e não tenho a intenção de sê-lo. Mas você, se quisesse, poderia muito bem nos reunir a todos num mesmo livro...

"Aída num livro de sua autoria? É prece, misticismo ou loucura?"

– E eu?

Assim a vozinha de Boudour se levantou com protesto. Os outros três caíram na gargalhada.

– Não se esqueça de reservar um lugar para Boudour – disse Hussein num tom de advertência.

– Vou colocá-la na primeira página – disse Kamal, apertando afetuosamente a menina contra si.

– Que tipo de livro você vai escrever sobre nós? – perguntou Aída, com o olhar distante.

Ele não soube o que dizer e dissimulou sua perturbação com um riso abafado.

Mas Hussein respondeu em seu lugar:

– O que os escritores escrevem! Uma história passional que termina com morte ou suicídio!

"Eles tratam seu coração a pontapés, para rir..."

– Espero que esse final ocorra com o herói – disse ela, rindo.

"O herói seria no caso incapaz de imaginar o seu ídolo mortal!"

– E tem de terminar forçosamente com uma morte ou um suicídio?

— É o final lógico de qualquer romance de amor passional — riu Hussein. — Para escapar à dor ou conservar a felicidade, a morte lhe parece um fim...

— É muito triste! — exclamou ele num tom de ironia.

— Você não sabia? Pode-se dizer que você ainda não tem a experiência do amor!

"Há nesta vida momentos em que as lágrimas têm o efeito da anestesia numa intervenção cirúrgica!"

— O importante — disse Hussein — é que você não se esqueça de reservar um lugar para mim no seu livro, mesmo que eu me ache longe da pátria...

Kamal olhou-o demoradamente antes de responder-lhe:

— A idéia de ir embora ainda martela em sua cabeça?

Hussein retomou seu ar sério para responder:

— A todo momento! Quero viver! Quero seguir meu caminho no comprimento, na largura, de todo jeito... E depois, que venha a morte!

"E se ela viesse antes? Poderia acontecer? Mas por que você ficou tão triste de repente? Teria esquecido Fahmi? A vida não se mede sempre pelo comprimento, pela largura ou por sei lá o que mais... Sua vida terá apenas a duração de um relâmpago, mas terá sido plena e total! Senão, para que o sacrifício e a eternidade? Mas é outra coisa que o torna triste. Como se lhe custasse constatar que, afinal de contas, seu amigo doido por viagens está pouco ligando para o fato de deixá-lo! Com que se parecerá o seu universo depois dele? Com que se parecerá, se a partida dele o priva desse palácio bem-amado? Como são ilusórios os sorrisos de hoje! Ela está aqui, agora, pertinho de você, com sua voz ao seu ouvido, com seu perfume em suas narinas. Você não poderia parar o tempo? Você vai passar o resto de sua vida a rondar de longe a casa dela, como um alienado?"

— Se você quer minha opinião, adie a sua partida até que você tenha terminado os seus estudos.

— Foi o que papai disse para ele – apoiou Aída.

— É a voz da própria razão!

— Tenho mesmo necessidade de conhecer o direito civil e o romano para apreciar a beleza do mundo em que vivo? – replicou Hussein, irônico.

Aída dirigiu-se de novo a Kamal:

— Se você soubesse como papai pouco liga para os sonhos dele! Ele queria vê-lo exercendo a magistratura ou trabalhando com ele em finanças...

— A magistratura!... As finanças!... Eu não serei nunca juiz. Ainda que eu me bacharelasse e pensasse seriamente em escolher um emprego, eu procuraria antes o meu caminho na diplomacia! Dinheiro, dinheiro! Você quer ainda mais? Somos mais ricos já do que se pode sê-lo!

"Que coisa estranha ser mais rico do que se pode sê-lo! Antigamente você sonhava em tornar-se comerciante como seu pai e ter um cofre forte como o dele. Hoje a riqueza não faz mais parte dos seus sonhos. Pelo contrário, não aspira você a atingir a penúria por suas aventuras espirituais? Porque, o que há de mais miserável do que uma vida absorvida pelas necessidades materiais?"

— Ninguém na minha família compreende minhas esperanças! Eles me consideram um menino mimado. Um dia o meu tio disse na minha frente, zombando: "Não se podia esperar nada melhor do único herdeiro macho da família!" E por quê? Porque eu não venero o dinheiro, e prefiro a vida a ele. Sinta o drama! Nossa família está convencida de que toda atividade humana que não resulta num aumento de riqueza é apenas pura vaidade. Você precisa ver, eles sonham com títulos de nobreza como com o paraíso perdido. Sabe por que eles gostam do quediva? Quantas vezes mamãe me disse: "Se ao menos Nosso Efêndi* tivesse permanecido no trono, seu pai seria paxá há muito tempo." Você precisava ver como esse dinheiro que lhes é tão querido não conta mais e é esbanjado para receber um príncipe, quando ele nos dá a honra de sua visita.

Depois, rindo:

— Não se esqueça de anotar todas essas esquisitices se você um dia se dispuser a escrever o livro cuja idéia eu lhe soprei...

Mal ele acabou de falar, Aída apressou-se a dizer a Kamal:

— Espero que você não se deixe influenciar em sua obra pelo preconceito desse irmão ingrato, e que você não seja injusto com nossa família.

— Deus me livre – respondeu Kamal num tom de reverência – que sua família seja prejudicada por minha culpa! Aliás, não há nada de infame no que ele disse...

Aída deu um riso triunfante, enquanto um sorriso de satisfação se desenhava nos lábios de Hussein, apesar de suas sobrancelhas arqueadas numa expressão de espanto.

Kamal tinha a impressão de que ele não tinha sido totalmente sincero em seu ataque à família. Certamente, não punha em dúvida as palavras dele, quando dizia que não tinha nenhuma veneração pelo dinheiro e preferia a vida ao dinheiro, recusando-se até mesmo a atribuir essa disposição de espírito do seu amigo ao fato de que ele tivesse fortuna, mas antes à sua largueza de espírito, já que num bom número de pessoas a riqueza não impede de idolatrar o dinheiro! Tinha contudo a sensação de que suas observações a respeito do quediva, dos títulos de nobreza, das recepções

---

*Era assim que os egípcios chamavam o quediva Abbas II Hilmi (Cf. nota p. 243).

principescas não eram senão traços de fanfarronice infiltrados nas palavras de uma crítica sentida. Nem vaidade pura, pois, nem acusação estendida a todos! Era como se ele tirasse orgulho de tudo isso no seu coração, repudiando tudo com sua razão. Talvez até zombasse disso de verdade, sem nem por isso ver inconveniente em pôr a boca no trombone para alguém que ele não duvidava de que, por mais solidário que fosse com sua crítica, ficaria deslumbrado e fascinado!

– Qual de nós será o herói do seu livro? – perguntou Hussein com uma calma sorridente. – Eu, Aída ou Boudour?

– Eu! – exclamou Boudour.

– Certo! – disse-lhe Kamal, apertando-a contra si.

Depois, respondendo a Hussein:

– Isso vai permanecer um segredo até o lançamento.

– E que título você vai lhe dar?

– "Hussein dá a volta ao mundo."

Os três caíram na gargalhada por causa da alusão de Kamal à peça de teatro "O bárbaro dá a volta ao mundo", que estava em cartaz no Majestic.

– Você nunca foi ao teatro? – perguntou-lhe Hussein, a propósito.

– Oh, não! Só ao cinema. No momento, isso é o bastante para mim.

– Imagine só – disse Hussein a Aída – que o autor de "nosso" livro não tem a permissão de ficar fora de casa depois das nove horas da noite!

– Em todo caso – replicou Aída, irônica – é ainda melhor do que ter a permissão de correr o mundo!

Depois ela se virou para Kamal e perguntou-lhe com uma doçura própria a trazê-lo antecipadamente para o seu ponto de vista:

— É realmente errado para um pai esperar ver o filho seguir seu caminho na profissão e no prestígio? É errado levar a vida à procura do dinheiro, do prestígio, dos títulos honoríficos e dos valores nobres?

"Oh, adorada! Fique onde está! O dinheiro, o prestígio, os títulos honoríficos, os valores nobres é que correrão até você para se engrandecer beijando a marca dos seus passos! Como poderia eu lhe responder, se na resposta que você gostaria de ouvir reside o meu suicídio? Oh, meu coração! Como você é infeliz por desejar o impossível!"

— Não há absolutamente mal algum nisso!

Depois, ao final de uma curta pausa:

— Com a condição de que seja de acordo com o temperamento da pessoa...

— E do temperamento de quem poderia não ser? O mais espantoso é que Hussein não desiste dessa vida luxuosa para aspirar a uma outra mais elevada... Não, senhor! Ele sonha somente em viver sem trabalhar! Uma vida de lazer e de ociosidade! Não é extraordinário?

— Não é assim que vivem os príncipes que vocês idolatram? – replicou Hussein num riso zombeteiro.

— É porque eles não podem aspirar a uma vida mais alta do que a deles! O que tem você a ver com a vida dessas pessoas, seu vagabundo?

A essas palavras, Hussein se virou para Kamal e replicou com uma voz que a cólera não deixava de sublinhar:

— A regra usual da nossa família é de trabalhar para o aumento da fortuna e de estabelecer amizade com as pessoas influentes, de olho na mira do título de bei! Uma vez obtido esse resultado, só lhe resta redobrar o esforço para aumentar ainda mais sua fortuna, encontrar amizades na elite bem posicionada para adquirir o título de paxá e de conseguir finalmente como supremo objetivo na vida pavonear-se para os príncipes, e contentar-se com isso, já que o título de príncipe não se consegue nem pelo trabalho nem pela esperteza. Sabe quanto nos custou a última visita do príncipe? Dezenas de milhares de guinéus, gastos na compra de um novo mobiliário e de antigüidades que vieram especialmente de Paris!

— Esse dinheiro não foi gasto para favorecer a amizade de um príncipe só porque ele era príncipe — protestou Aída —, mas porque era o irmão do quediva. Tudo o que nos levou a recebê-lo condignamente foi a fidelidade e a amizade, não o desejo de agradar ou a bajulação. Além do mais, é uma honra que nenhuma pessoa sensata poderia contestar!

— Sim, mas — teimou Hussein — papai não pára de consolidar suas relações com Adli, Tharwat, Roushdi e outros, que no entanto não se pode dizer que sejam fiéis ao quediva. Não haveria aí uma obediência ao adágio segundo o qual o fim justifica os meios?

— Hussein! — exclamou ela com um tom de voz que ele nunca tinha ouvido antes...

Um tom que denunciava o orgulho, a indignação e a censura, como se ela tivesse querido advertir o irmão de que não se podia decentemente manter esse tipo de conversa, ou pelo menos, divulgar essas idéias aos ouvidos de um "estranho". Kamal ficou vermelho de vergonha e de dor. A felicidade na qual ele se sentira flutuar um instante por estar intimamente em contato com essa família querida esmoreceu.

Ela empinava altivamente a cabeça, mordendo os lábios, com uma expressão aborrecida que se limitava ao olhar, sem sombrear a testa. Numa palavra, ela estava zangada. Mas apenas como convém a uma verdadeira rainha estar zangada! Ele nunca a tinha visto dominada por um ressentimento. Não concebia que isso pudesse acontecer-lhe. Ele lhe olhou o rosto com um misto de confusão e temor. Apoderou-se dele um tal sentimento de perturbação que ele gostaria de achar qualquer pretexto para mudar o rumo da conversa.

Mas, dentro de apenas alguns segundos, ele se recobrou e começou a saborear a beleza dessa cólera real estampada nesse rosto de anjo, a curtir esse acesso de orgulho, esse ataque de altivez, esse céu de tempestade...

Ela disse, como se cuidasse que Kamal a ouvisse:

— A amizade de papai por essas pessoas que você acaba de citar data de bem antes da destituição do quediva.

Então, desejando sinceramente dissipar o mal-estar, Kamal perguntou a Hussein, num tom de brincadeira:

— Se esse é o seu ponto de vista, então como é que você pode desprezar Saad a pretexto de que ele foi azharista?

Hussein deu uma de suas gargalhadas francas e respondeu:

— Lisonjear os grandes é odioso para mim. Mas nem por isso quero dizer que respeito o vulgar... Venero a beleza e desprezo a feiúra. E é pena, mas quase não se acha a beleza entre a gente do povo!

Aída se intrometeu na conversa e disse, numa voz firme:

— O que você entende por lisonjear os grandes? É uma atitude censurável para quem não é um deles. Mas eu nos considero como também fazendo parte dos grandes. E nós não os lisonjeamos mais do que nos lisonjeiam eles também...

Kamal intrometeu-se voluntariamente para responder, com convicção:

— É uma verdade indiscutível!

A isso, Hussein levantou-se e anunciou:

– O intervalo acabou. Continuemos a caminhar.

Eles se levantaram e puseram-se de novo a andar na direção da Esfinge sob um céu enevoado em cujo horizonte montes de nuvens cresciam ao entrelaçar-se, escondendo o sol com um véu translúcido que adquiria, com sua luz, uma brancura resplandecente.

A caminho, encontraram grupos de estudantes europeus, moças e rapazes, e Hussein disse a Aída, talvez desejoso de reconquistar sua boa graça por vias indiretas:

– As européias estão olhando seu vestido com interesse. Você está contente?

Um sorriso de alegria e de orgulho iluminou-lhe os lábios.

– É natural – respondeu ela num tom que denunciava uma firme confiança em si, erguendo a cabeça com uma suave arrogância.

Hussein se pôs a rir e Kamal sorriu.

– Aída é considerada em todo o nosso bairro como um referencial em matéria de elegância parisiense!

– É natural – concordou Kamal, sem se desfazer do seu sorriso.

Ela o recompensou com um sorriso gracioso e suave como um arrulhar de rolinha que lhe retirou do coração o leve véu de tristeza com que o tinha sombreado aquela refinada discussão aristocrática. O homem sensato é aquele que sabe onde pôr o pé antes de caminhar.

"Tome consciência da distância que o separa desses anjos! O ídolo que o olha do topo das nuvens trata de cima até mesmo seus parentes mais próximos. O que há de espantoso nisso? Ela poderia viver sem eles. Talvez ela tivesse se juntado a eles como intermediários entre ela e seus adoradores. Admire-a com a calma e com a irritabilidade que ela possui, com a sua modéstia e o seu orgulho, com o seu bom humor e a sua cólera, porque tais são os seus atributos! Regue com amor seu coração sedento! Olhe para ela. A areia atrapalha sua caminhada. Sua leveza a enlanguesce. Seus passos se alongam. Seu busto soçobra como um galho embriagado pelo sopro do vento. Mas ela deixa assim ver graças desconhecidas na arte de se mover, que não perdem nada para as de seu andar normal nos mosaicos do jardim. E se você virasse para trás, veria impressas na areia as marcas dos seus dois pés encantadores. Fica sabendo que ela fixa assim as marcas de um caminho desconhecido que serão utilizadas como guias por aqueles que se vão à procura do êxtase do amor e da inspiração da felicidade.

Quando você vinha antigamente para este deserto, você passava seu tempo a brincar, a dar cambalhotas, sem cuidar do perfume enfeitiçado das idéias. É que o botão do seu coração ainda não estava aberto. Mas hoje suas folhas se umedeceram com o orvalho do amor, inundadas de alegria, escorrendo dor. E se lhe roubaram essa mole quietude que a ignorância lhe dava, você ganhou em troca um tormento celeste"...

– Estou com fome – gemeu Boudour.

– É hora de voltarmos para o carro – sugeriu Hussein. – Que acham? De qualquer modo, temos um caminho a percorrer, e aqueles que não têm ainda fome vão ter fome quando chegarem.

Assim que chegaram ao carro, Hussein tirou a maleta e o cesto cheios de provisões, colocou-os em cima do capô e começou a retirar o pano que recobria a parte de cima do cesto. Mas Aída propôs fazerem a refeição na pirâmide, e para lá se encaminharam; depois, subindo num dos degraus da base, nele puseram a maleta e o cesto, e sentaram-se na beirada, deixando pender as pernas.

Kamal tirou de sua maleta um jornal, desdobrou-o e colocou em cima os alimentos que tinha trazido, dois frangos, batatas, queijo, bananas e laranjas. Depois acompanhou com os olhos as mãos de Hussein, que retirava do cesto "a comida dos anjos": sanduíches belamente preparados, quatro copos e uma garrafa térmica. Embora o que ele tivesse trazido fosse mais consistente, parecia – pelo menos aos seus olhos – desprovido de qualquer tipo de elegância. Ele ficou dominado pela angústia e pela confusão. Depois, como Hussein lhe perguntou, lançando nos dois frangos um olhar entusiasmado, se ele tinha também trazido talheres, Kamal tirou facas e garfos da maleta e começou a cortar os frangos. Enquanto isso, Aída tirou a tampa da garrafa térmica e começou a encher os quatro copos. Enquanto os copos se enchiam pouco a pouco com um líquido amarelo como ouro, ele não pôde evitar perguntar, surpreso:

– O que é isso?

Aída caiu na gargalhada sem responder à pergunta. Foi Hussein quem respondeu com simplicidade, lançando uma olhadela cúmplice para a irmã:

– É cerveja...

– Cerveja? – perguntou Kamal, assustado.

E Hussein acrescentou como uma bravata, designando os sanduíches:

– E porco...

– Você está brincando! Não posso acreditar...

– Pois acredite, e coma! Que ingrato você é. Nós lhe trouxemos, no entanto, o que há de melhor para comer e para beber...

Os olhos de Kamal denunciaram estupor e confusão. Sua língua prendeu-se e ele não soube o que dizer. O que mais o perturbava era que essa comida e essa bebida tinham sido preparadas na casa deles, ou seja, com o conhecimento e com a bênção dos pais!

— Você nunca experimentou nada disso?

— Pergunta que vai ficar sem resposta.

— Então, graças a nós, você vai experimentar pela primeira vez.

— Impossível.

— Por quê?

— Pergunta que também vai ficar sem resposta.

Hussein, Aída e Boudour ergueram seus copos de comum acordo, beberam alguns goles, depois recolocaram os copos no lugar; então os dois primeiros olharam para Kamal com um sorriso, como se lhe dissessem: "Então? Está vendo? Nós não morremos!"

— A religião, hein? — disse Hussein. — Não é um copo de cerveja que vai deixá-lo embriagado. E o porco nada tem que não seja delicioso e nutritivo. Não vejo verdadeiramente em que a religião tenha bom senso em matéria de nutrição!

O coração de Kamal se apertou ao choque de uma linguagem assim. Sem deixar de ser delicado, ele contudo replicou, num tom de censura:

— Hussein! Não blasfeme!

Pela primeira vez, desde o início da refeição, Aída falou alguma coisa:

— Não nos julgue mal. Se bebemos cerveja é para nos alegrarmos e nos refrescarmos, só isso. Aliás, o fato de que Boudour beba conosco o convence de que nós não temos más intenções... Quanto à carne de porco, está uma delícia. Experimente. Não seja radical! Ainda lhe restam muitas oportunidades de obedecer à religião por coisas mais importantes do que isso...

Embora as palavras de Aída, no fundo, não fossem diferentes das de Hussein, elas fizeram descer até o seu coração magoado um vento de frescor e de paz. Por outro lado, fazendo absoluta questão de não ir contra o prazer deles nem de chocar-lhes os sentimentos, ele sorriu com uma doce indulgência e concluiu, sem parar de comer:

— Deixem-me comer aquilo a que estou acostumado, e dêem-me a honra de partilhar a minha refeição com vocês!

Hussein riu e disse, apontando para a irmã:

— Nós tínhamos combinado em casa que recusaríamos a sua comida caso você recusasse a nossa. Mas tenho a impressão de que não avaliamos bem o seu caso. Contudo, estou pronto a me desfazer dessa nossa combinação em consideração a você. Talvez Aída também faça o mesmo...

Kamal olhou para ela, suplicante.

— Se você prometer não nos julgar mal – disse ela num sorriso.

— Morte a quem julgar mal vocês!

Eles comeram com um apetite feroz. Hussein e Aída particularmente, depois Kamal, que se sentiu estimulado e imitou-lhes o entusiasmo. Ele mesmo entregava a comida a Boudour, que se contentou com um sanduíche e com um pedaço de peito de frango, antes de se lançar às frutas. Kamal não pôde resistir ao desejo de ficar olhando Hussein e Aída para ver o modo como comiam. Hussein devorava sua refeição sem se preocupar com mais nada, como se estivesse sozinho, sem contudo perder sua distinção que representava aos olhos de Kamal a imagem completa de sua cara aristocracia na livre expressão de sua natureza. Quanto a Aída, ela revelava, no interior de sua natureza angélica, tanto na maneira de cortar a carne, de pegar o sanduíche com a ponta dos dedos, quanto de mexer a boca ao mastigar, um novo modo de delicadeza, de elegância e de educação. Tudo isso acontecia na maior simplicidade, sem a menor marca de afetação ou de perturbação.

Esse instante, ele o tinha esperado tanto com impaciência quanto com receio, como se duvidasse de que ela pudesse alimentar-se como o resto dos mortais... E, embora o fato de saber agora o tipo de alimento que ela comia perturbasse, sabe Deus quanto, a sua consciência religiosa, ele não via na "extravagância" daquela comida, uma originalidade em relação às coisas costumeiras em sua família, não mais do que a afinidade que sentia por aquela moça, o que derramou um bálsamo em sua mente atormentada. Ele estava às voltas com dois sentimentos opostos: a angústia, primeiramente, de vê-la realizar essa função comum ao homem e ao animal, e o reconforto de constatar como, por essa mesma função, diminuía o fosso que os separava um do outro. Mas o seu pensamento não lhe deu descanso a esse respeito. Ele se sentiu levado a perguntar-se a si mesmo se ela realizava do mesmo modo as outras funções naturais. Não pôde negar. Não lhe foi fácil responder sim. Desistiu então de responder, sofrendo uma sensação nova, desconhecida dele, em que iniciava um protesto silencioso contra as leis da natureza...

– Admiro seu sentimento religioso e seu rigor moral!

Kamal olhou seu amigo com a desconfiança do cético.

– Estou sendo sincero, não estou brincando – insistiu Hussein num tom firme.

Kamal sorriu timidamente, depois mostrou com o dedo os sanduíches e a cerveja que sobravam, dizendo:

– Com exceção disso, a maneira com que vocês celebram o mês de ramadã é maravilhosa: todas essas luzes acesas, a leitura do Corão no salão de recepção, os almuadens que cantam a chamada à prece no *salamlik*, não é?

– Meu pai anima de bom grado as noites de ramadã, tanto por prazer quanto por apego às tradições que meu avô seguia. E depois mamãe e ele fazem o jejum até o fim...

— E eu também... — acrescentou Aída com um sorriso.

A isso Hussein replicou, com uma seriedade que visava à ironia:

— Aída jejua um único dia no mês... e muitas vezes recua antes do fim da tarde...

— E ele? — replicou Aída a título de vingança. — Ele faz quatro refeições por dia! As três habituais mais o *sahour!**

Hussein prosseguiu rindo, com a comida quase a lhe cair da boca, não tivesse ele levantado a cabeça a tempo, rapidamente:

— Não é espantoso que não conheçamos praticamente nada da nossa religião? Nem papai nem mamãe puderam nos ensinar algo a respeito. Nossa governanta era grega e Aída sabe muito mais a respeito do cristianismo e dos seus ritos do que sobre o islamismo. Em comparação com você, isso equivale a dizer que somos pagãos.

Depois, virando-se para Aída:

— Ele estuda o Corão e a tradição.

— É mesmo? — perguntou ela num tom que demonstrava sem dúvida alguma admiração. — Bravo! Mas eu não queria que vocês me subestimassem mais do que o necessário... Eu até conheço mais de uma surata...

— É maravilhoso! Tremendamente maravilhoso! — balbuciou Kamal com ar pensativo. — Quais, por exemplo?

Ela parou de comer a fim de se recordar, depois disse, num sorriso:

— Enfim... quero dizer... eu conhecia algumas. Não sei muito o que sobrou delas.

Depois, subitamente, levantando a voz como quem se lembra de algo que se cansou de procurar na memória:

---

*Refeição realizada antes do nascer do sol, durante o mês de ramadã.

— Por exemplo, essa surata que diz que Nosso Senhor é Único etc.*

Kamal sorriu. Ofereceu-lhe um pedaço de peito de frango que ela pegou, agradecendo-lhe, confessando, contudo, que tinha comido mais do que o habitual.

— Se as pessoas comessem normalmente tanto quanto nos piqueniques – disse ela – a magreza seria riscada da face da terra!

— No nosso país, as mulheres não são muito atraídas pela magreza – respondeu Kamal depois de um momento de hesitação.

— Mamãe também não – acrescentou Hussein. – Mas Aída se considera uma parisiense.

"Oh, meu Deus, perdoe a negligência de minha adorada! Como ela perturba a minha alma de crente! Assim como a perturbaram os instantes de dúvida que você viveu durante as suas leituras... Pode você aceitar a negligência de sua adorada com a mesma reprovação, com a mesma cólera com que você viveu aqueles instantes? Mil vezes não! Sua alma só concebe por ela um puro amor! Até os defeitos dela você ama! Os defeitos dela! Ela não tem defeitos. O máximo que se poderia censurar-lhe é ser indiferente à religião, desafiar as proibições. Defeitos em outra mulher, não nela! O que mais temo é de não mais achar bela, doravante, ainda que o seja, qualquer mulher não por essa indiferença religiosa, que não desafie as proibições. Isso o angustia? Peça perdão a Deus por ela e por você mesmo! E diga para você mesmo que tudo isso é maravilhoso. Maravilhoso como a Esfinge. Como seu amor, que se parece com ela. E como ela se parece

---

*Alusão à surata 112 do Corão (chamada *Samadiyya*) que, contendo quatro versículos, é a mais curta do livro.

com seu amor. Ele e a Esfinge são tanto um quanto o outro enigma e eternidade."

Aída encheu o último copo com o que sobrara na garrafa térmica e disse a Kamal, provocando-o:

— Você não mudou de idéia ainda? Não é nada mais do que uma bebida vivificante...

Ele lhe dirigiu um sorriso de desculpa e de agradecimento. Imediatamente, Hussein surrupiou o copo e, levando-o à boca:

— Vou beber por ele – disse.

Depois, resfolegando e gemendo:

— Temos de parar, senão vamos morrer entupidos...

A refeição terminara. Como havia sobrado meio frango e três sanduíches, Kamal teve a idéia de distribuí-los para os meninos que vagabundeavam por ali. Mas vendo que Aída os guardava no cesto com os copos e a garrafa térmica, só lhe restou pôr o restante do que tinha trazido na sua maleta, no mesmo instante em que lhe voltavam à memória as palavras de Ismail Latif sobre o espírito de economia dos Sheddad.

Então Hussein pulou no chão, dizendo:

— Nós lhe preparamos uma alegre surpresa! Trouxemos conosco um toca-discos e alguns discos para nos ajudar na digestão. Você vai ouvir árias européias entre as preferidas de Aída e outras egípcias, como "A divinha, adivinha",... "Depois do anoitecer" e "Dê um pulo lá em casa"... Que acha dessa surpresa?

JÁ ERA MEADOS de dezembro; e, embora o mês tenha começado com um desencadear de ventos, de chuvas e de um frio cortante, o tempo era apenas um pouco mais fresco do que de costume nessa estação de clima temperado.

Num andar calmo e alegre, com seu casaco dobrado cuidadosamente sobre o braço esquerdo, Kamal se aproximava do palácio dos Sheddad, com seu porte elegante deixando pressupor – levando-se em conta sobretudo essa tendência do tempo para continuar bom – que tinha trazido o casaco a fim de satisfazer a todos os quesitos da elegância e da distinção mais do que pela previsão de uma mudança de temperatura.

O sol da manhã estava brilhando, por isso ele presumiu que a reunião amigável se realizaria não no salão de recepção onde se reuniam na época de frio, mas sob o caramanchão, e que, por conseguinte, lhe seria dada a oportunidade de ver Aída que ele normalmente só encontrava no jardim. No entanto, se o inverno o impedisse de encontrá-la, não o impediria de vê-la à janela da aléia lateral ou ainda na sacada que dominava a entrada. Aqui ou lá, chegando ou saindo, ele a notava às vezes debruçada à beira da janela ou com o queixo apoiado na palma da mão... Então ele levantava os olhos para ela inclinando a cabeça com o respeito fiel do adorador. Ela lhe devolvia o cumprimento com um sorriso terno cujo brilho iluminava seus sonhos tanto no sono quanto desperto. Na esperança de vê-la, ele lançou, ao entrar, um olhar furtivo para a sacada, depois para a janela, enquanto seguia pela aléia lateral. Mas não a achou nem num lugar nem no outro. Sem perder a esperança de encontrá-la no jardim, ele se dirigiu para o caramanchão onde viu Hussein que, contrariamente a seus hábitos, estava sozinho, sentado.

Eles se apertaram as mãos e Kamal sentiu o coração ficar radiante com a alegria da amizade que lhe inspirava a visão desse rosto agradável, companheiro fiel de sua alma e de sua mente.

– Bem-vindo, senhor professor! – recebeu-o Hussein, com seu tom sincero e brincalhão. – Oh! Sempre com o fez... e o casaco! Da próxima vez, não esqueça a echarpe e a bengala.* Seja bem-vindo! Seja bem-vindo!

Kamal tirou o fez, colocou-o em cima da mesa, e depois, jogando o casaco em cima de uma cadeira:

– Onde estão Ismail e Hassan? – perguntou.

– Ismail foi embora para a aldeia, com o pai. Você não vai vê-lo hoje. Hassan me telefonou esta manhã para me dizer que viria com uma hora de atraso, talvez mais, porque tinha algumas aulas para copiar. Você sabe que ele é um estudante modelo, como você. Ele tem a intenção de terminar o curso este ano.

Sentaram-se cada um numa cadeira, um em frente ao outro, com as costas viradas para o palácio. O fato de estarem sozinhos prometia a Kamal uma conversa pacífica e isenta de discórdia. Uma conversa que desse margem ao devaneio mas fosse desprovida, ao mesmo tempo, dessa animosidade tão rude quanto saborosa que Hassan Selim alimentava, e das observações irônicas e mordazes com que Ismail a salpicava generosamente.

– Ao contrário de vocês dois – disse Hussein – sou um reles estudante! Claro, assisto às aulas aproveitando minha capacidade de atenção, mas praticamente não consigo abrir meus livros. Muitas vezes me disseram: o estudo do direito exige uma inteligência fora do comum. Teria sido melhor dizer que ela exige uma paciente estupidez. Hassan Selim é um estudante aplicado, como todos os que se deixam levar pela ambição. Quantas vezes me perguntei o que pode

---

*Jogo de palavras com *Moallim* que designa um professor, mas também, no Cairo, um chefe de bairro, cujas principais características são o casaco, o fez, a echarpe e a bengala.

levá-lo a estudar e a dedicar-se além de suas forças. Se quisesse, ele se contentaria, como todos os filhos de ministros como ele, em estudar só para passar de ano, contando com a influência do pai, única coisa que lhe garantirá, afinal, a função à qual ele aspira. Não vejo outra explicação para tudo isso a não ser o orgulho que lhe dá o gostinho de superar os outros o que o impele sem trégua nem descanso a estudar. Não é verdade o que digo? Mas, a propósito, o que você pensa dele?

– Hassan é um rapaz digno de admiração por suas qualidades morais e por sua inteligência – respondeu Kamal com honestidade.

– Uma vez ouvi meu pai falar a respeito do pai dele, Selim bei Sabri, que era um ministro eminente e justo, exceto nos processos políticos.

Kamal, que já conhecia a adesão de Selim bei Sabri às teses dos liberais constitucionais, se conformou muito bem com essa apreciação.

– O que quer dizer que ele é um excelente jurista, mas inábil para julgar – replicou ele num tom sarcástico.

Hussein soltou uma gargalhada sonora.

– Esqueci que estava falando com um wafdista – disse.

Kamal, dando de ombros:

– Isso não quer dizer nada. Seu pai não é wafdista! Mas, apesar de tudo, imagine só Selim bei Sabri participando do caso de Abd el-Rahmane Fahmi ou Noqrachi!*

---

*No início da década de 1920, os assassinatos políticos se excedem no Egito. A Inglaterra explora-os, para enfraquecer o Wafd, prendendo seus chefes depois de tê-los acusado de participar deles. Assim, Abd el-Rahmane Fahmi bei, secretário-geral do Wafd no Cairo, é apresentado em juízo em julho de 1920 diante da corte marcial britânica. Acusado de ter tramado um complô para assassinar o sultão, é condenado à morte. Mahmoud Fahmi al-Noqrachi, outro membro influente do Wafd, é também preso alguns anos depois e acusado de ter colaborado para o assassinato do sirdar (Cf. nota p. 280).

As palavras dele sobre Selim bei Sabri tinham agradado Hussein? Certamente! Isso se vislumbrava claramente nos belos olhos dele que não estavam habituados à mentira ou à hipocrisia. Talvez isso se devesse à rivalidade – por mais caracterizada que fosse pela cortesia e pela decência – que se observa habitualmente entre iguais. Sheddad bei era um milionário, um financista que gozava de consideração e de prestígio, sem contar seus laços ancestrais com o quediva Abbas. Selim bei era, quanto a ele, ministro na mais alta alçada, ainda por cima num país fascinado por cargos públicos até o limite da veneração. Era, portanto, inevitável que a alta função e a grande fortuna fossem, às vezes, olhadas com suspeita.

Hussein perscrutou o jardim que se estendia diante de si com um olhar calmo, marcado por um toque de nostalgia. Os cachos das palmeiras caíam nus sobre os troncos, as roseiras não tinham flores, o fresco verdor das plantas tinha empalidecido, e os sorrisos deiscentes das flores tinham desaparecido das bocas dos cálices. Diante da aproximação do inverno, o jardim parecia inteiramente mergulhado na tristeza.

– Veja o trabalho do inverno! – disse ele estendendo a mão diante de si. – Será a última vez em que nós nos veremos no jardim. Mas você, de qualquer forma, é amante do inverno...

Era verdade. Ele gostava do inverno. Mas Aída era para ele mais querida ainda do que o inverno, o verão, o outono e a primavera reunidos, embora ele não perdoasse nunca o inverno de privá-lo desses bem-aventurados encontros, no caramanchão...

Todavia, ele respondeu com aprovação:

– É uma estação bonita e curta. Há no frio, nas nuvens e na chuva fina uma vitalidade que sensibiliza o coração...

— Tenho a impressão de que os que gostam do inverno são muitas vezes pessoas estudiosas e dinâmicas. Como você, como Hassan Selim...

O elogio agradou a Kamal. Mas, desejando – em prejuízo de Hassan – ter para si a maior parte do elogio, corrigiu:

— Sim, mas eu não dedico às minhas obrigações escolares mais que a metade de minha atividade. De fato, o exercício do pensamento ultrapassa em muito o padrão da escola.

Hussein aprovou com um balançar de cabeça, acrescentando todavia:

— Não penso que exista uma escola que exija de seus alunos tanto tempo quanto você o dedica por dia ao estudo. Diga-se de passagem que eu não aprovo esse excesso de zelo, ainda que eu o inveje às vezes. Diga pra mim o que você está lendo agora...

Kamal acolheu com alegria esse assunto, o qual, de acordo com Aída, era-lhe o mais caro.

— Posso lhe dizer desde já que minhas leituras começam a seguir um princípio de ordem. Não se trata mais de uma leitura livre, ao acaso, que vai do romance estrangeiro à antologia poética, passando por artigos de crítica... Começo a procurar meu caminho com uma clarividência maior. Decidi recentemente dedicar duas horas, todas as tardes, à leitura na biblioteca. Ali, eu consulto a enciclopédia e procuro a definição de palavras misteriosas e mágicas como "literatura", "filosofia", "pensamento", "cultura", anotando de passagem os títulos dos livros que me aparecem aos olhos. É verdadeiramente um mundo maravilhoso, no qual a alma fica absorvida com paixão e curiosidade...

Com as costas apoiadas no encosto da cadeira de palha, as mãos enfiadas nos bolsos do seu blazer azul-marinho, Hussein o ouvia atentamente com um sorriso de franca cumplicidade.

– Muito bem! – aprovou ele. – Ontem você me perguntava o que era necessário ler. Hoje é a minha vez de lhe perguntar isso. E então, você entrevê mais claramente o que vai fazer?

– Está ficando mais claro, pouco a pouco... Penso que vou me dedicar mais à filosofia.

Hussein ergueu as sobrancelhas, com espanto, e perguntou, num sorriso:

– Filosofia? É uma palavra provocante! Tome cuidado para não dizê-la na frente de Ismail. No entanto, havia pensado que você tinha tendência para a literatura...

– A literatura é um prazer refinado, mas ela não satisfaz plenamente a minha ambição. Minha maior preocupação é a verdade. O que é Deus? O que é o homem? O que é a alma? A matéria? A filosofia é, segundo o que aprendi recentemente, a disciplina que funde todas essas questões num sistema lógico e elucidativo. Eis o que desejo saber de todo o meu coração. Eis aí a verdadeira viagem em comparação com a qual a sua viagem pelo mundo parece uma preocupação secundária. Pense só que estarei apto a encontrar respostas tranquilas para todas essas perguntas...

O desejo e o entusiasmo iluminaram o rosto de Hussein.

– É realmente maravilhoso! – disse. – Oh, sinto que não vou demorar a acompanhá-lo nesse mundo fascinante! Olhe, eu até li seriamente capítulos sobre a filosofia grega, ainda que não tenha tirado dela nada de proveitoso. Não tenho gosto como você pelos grandes entusiasmos. Pelo contrário, colho uma flor aqui, outra ali; borboleteio daqui, dali... Agora, deixe-me confessar-lhe meu temor de que a filosofia isole você definitivamente da literatura. Porque você não se contenta com o estudo dos livros, você quer ainda pensar e escrever. Ora, na minha opinião, você não poderá ser ao mesmo tempo filósofo e escritor...

– Não vou desfazer minhas pontes com a literatura. O amor pela verdade não é incompatível com o gosto pela beleza. Mas o trabalho é uma coisa e o descanso é outra. Ora, eu decidi fazer da filosofia o meu trabalho e da literatura o meu passatempo.

– Então, desse jeito – disse Hussein, rindo –, você se furta à promessa que nos fez de escrever um romance sobre nós todos!

Kamal também não pôde deixar de rir:

– Pelo contrário – disse. – Espero escrever um dia sobre "o homem". Então forçosamente isso lhe dirá respeito!

– O homem em geral não me interessa tanto quanto o indivíduo. Espere só eu me queixar de você com Aída!

O nome fez estremecer seu coração de ternura, de desejo e de respeito. Hussein pensava de verdade que ele tinha chegado ao ponto de merecer as censuras de Aída? Que bobo, esse Hussein! Como lhe pudera passar despercebido o fato de que não havia nenhum sentimento que ele sentisse, nenhum pensamento que ele não pensasse, nenhum desejo que ele não desejasse, cujo horizonte não fosse iluminado pela luz e pela alma de Aída?

– Espere você também! O futuro vai lhe provar que, enquanto eu viver, não quebrarei a minha promessa.

Depois, após uma curta pausa, num tom sério:

– E você, por que não pensa em tornar-se escritor? Todas as condições presentes e futuras estão reunidas para que você possa se dedicar inteiramente a essa arte!

Hussein deu de ombros, com indiferença:

– Escrever para os outros! E por que os outros não escreveriam para mim?

– Qual dos dois é o mais glorioso, o leitor ou o escritor?

– Não me pergunte qual é o mais glorioso. Pergunte-me qual é o mais feliz. Para mim, o trabalho é o flagelo da humanidade! Não que eu seja preguiçoso, longe disso! Mas o trabalho rouba nosso tempo, aprisiona-nos, fecha o nosso acesso à vida. A vida feliz é o ócio feliz!

Kamal lançou-lhe um olhar que mostrava que não tinha levado a sério as palavras dele:

– Não sei o que seria da vida do homem sem o trabalho. Uma hora passada sem fazer nada é mais penosa do que um ano de trabalho encarniçado.

– Que desgraça! A verdade de suas palavras até confirma essa desgraça. Você acha que eu posso agüentar ficar sem fazer nada? Infelizmente, não. Continuo a ocupar meu tempo entre o fútil e o necessário. Mas espero poder um dia me dar bem com a ociosidade total!

Ele ia responder a esse ponto de vista quando uma voz soou atrás deles, que perguntava: "De que é que vocês estão falando?" Ele se virou e viu-a a alguns passos, aproximando-se, precedida de Boudour, ao lado de quem parou, diante deles. Ela usava um vestido cor de cominho e um colete de lã azul com botões dourados. Sua pele morena tinha o esplendor límpido do céu e a pureza da água filtrada.

Boudour se aproximou e ele a envolveu com seus braços, apertando-a contra o peito, como para assimilar nesse abraço a sensação de desejo louco que o invadira. No mesmo instante, um empregado chegou às pressas, postou-se diante de Hussein, e disse-lhe, num tom de reverência:

– Telefone, senhor.

Hussein levantou-se, desculpando-se, e foi para o *salamlik,* com o empregado o seguindo.

Assim, achou-se ele "a sós com ela" – já que a presença de Boudour não podia em nada atenuar o sentido dessa realidade – pela primeira vez na vida! Ele se perguntou com apreensão: "Você acha que é melhor ir embora ou ficar?" Mas ela deu dois passos para a frente e chegou ao caramanchão, do outro lado da mesa, na frente dele. Com um gesto, ele lhe pediu que se sentasse. Mas ela recusou, sorrindo, com um sinal negativo de cabeça. Ele se levantou prestamente, ergueu Boudour, fê-la sentar-se em cima da mesa e acariciou-lhe a cabecinha, com uma postura perturbada, empregando todos os esforços para dominar seus sentimentos e vencer a emoção.

Um momento de silêncio passou em que só se ouviam o atrito dos galhos, um crepitar de folhas secas que cobriam o chão, um canto de pássaro...

De tudo o que seus olhos podiam apreender: a terra, o céu, as árvores, o muro que ao longe separava o jardim do deserto, a franja de sua adorada que repousava sobre sua testa, a luz estranha que filtrava do negro de sua pupila, tudo do lugar lhe pareceu mágico. Ele ainda estava a se perguntar se se tratava de uma realidade oferecida aos seus olhos ou uma visão sugerida ao seu espírito, quando subitamente vibrou a voz de mel, dizendo a Boudour num tom de advertência:

— Boudour! Não o aborreça!

À guisa de resposta, ele apertou a pequena contra o peito, dizendo:

— Se isso é aborrecer, então, meu Deus, o que seria agradável para mim..?

Ele a olhou ternamente com os olhos inundados de desejo, e começou a desfrutar demoradamente de sua visão, ao abrigo desta vez dos olhares, auscultando-a profundamente, como se procurasse apreender a essência do seu mistério ou impregnar sua imaginação com seus símbolos. Perdido no fascínio desse espetáculo, a ponto de parecer aturdido ou ausente, ele a ouviu subitamente perguntar-lhe:

— Por que você fica me olhando assim?

Ele se recompôs e, enquanto em seus olhos se delineava o embaraço, ela sorriu, perguntando-lhe:

— Você queria dizer alguma coisa?

Se ele queria dizer alguma coisa? Ele não sabia o que queria! Não! Verdadeiramente, ele não sabia o que queria...

— Você adivinhou isso nos meus olhos? – perguntou ele.

— Adivinhei... – disse ela com um sorriso incompreensível...

— E o que leu neles?

— É exatamente o que eu queria saber! – replicou ela, erguendo as sobrancelhas, com espanto.

Ia ele revelar-lhe seu segredo dizendo-lhe simplesmente "eu a amo!", sem se importar com o que aconteceria! Mas para quê revelar isso? Que seria dele se esta confissão pusesse fim para sempre à amizade e à afeição – sem dúvida recíprocas – que existiam entre ambos? Ele notou, pensativo, o olhar que brilhava em seus belos olhos. Um olhar sereno, cheio de firmeza, cuja audácia nenhuma marca de perturbação ou de timidez enfraquecia... Um olhar que parecia abater-se sobre ele por cima, embora ele estivesse à altura de sua visão. Ele se preocupou com isso e sua incerteza aumentou: o que podia esconder-lhe? O que ele escondia? Pelo que ele podia julgar, um sentimento de indiferença... e sem dúvida uma diversão enternecida, como se ela fosse uma adulta a olhar uma criança! Talvez até não fosse desprovido de uma certa soberba que só a diferença de idade não podia justificar, na medida em que ela não tinha quase mais do que dois anos do que ele. Se houvesse um olhar com o qual esse palácio imponente da rua dos Serralhos devia olhar a velha casa de Bayn al-Qasrayn, não seria esse? Sem dúvida porque ele nunca tinha se encontrado sozinho com ela ou porque nunca lhe tinha sido dada a oportunidade de sondá-la tão profundamente quanto agora! Ele sentiu uma tal dor, uma tal tristeza que seu êxtase voltou, ou quase.

Boudour levantou os braços para ele pedindo-lhe para carregá-la, depois, ao colocá-la sobre os joelhos, ouviu Aída exclamar:

— Que coisa engraçada! Como é que Boudour gosta tanto de você?

Ao que ele respondeu, olhando-a nos olhos:

— É porque eu lhe devolvo esse amor, e até mais!

— É uma regra categórica? — perguntou ela, com ar cético.

— "Os corações podem falar-se"... diz o provérbio.

Ela tamborilou na mesa com a ponta dos dedos e prosseguiu:

— Tomemos como exemplo uma bela moça amada por inúmeros rapazes. Será que ela precisaria amar a todos eles? Mostre-me como o seu princípio poderia se aplicar em tal caso.

Ele disse, com a magia desse diálogo fazendo-o perder consciência de tudo, até de suas aflições:

— Vai acontecer-lhe amar o que tiver por ela o amor mais sincero.

— E como ela o distinguirá dos outros?

"Ah, se essa conversa pudesse durar toda a eternidade!"

— Remeto-a mais uma vez ao provérbio: "Os corações podem falar-se e compreender-se!"

Depois de um riso breve como um fremir de corda, ela disse, num tom de bravata:

— Se fosse verdade, um enamorado sincero nunca ficaria decepcionado com seu amor. Não é certo?

Essas palavras provocaram-lhe o choque que as realidades da vida podem produzir em quem só se apóia unicamente na lógica. Porque, se boa tivesse sido sua lógica, ele teria necessariamente de ser o mais feliz dos homens no amor e com aquela que ele amava. Ora, meu Deus, como ele estava longe disso!

No entanto, à sua paixão não faltavam vãs esperanças para embelezar-lhe o curso, iluminando as trevas do seu coração com uma felicidade ilusória, após um doce sorriso com que a amada o agraciara, um sonho feliz na manhã de uma noite de insônia e de ruminação, ou após a evocação calma de um provérbio cujo valor ele apreciava, como "Os corações podem falar-se e compreender-se".

Ele se apegava a essas falsas quimeras com a força de um desesperado até que a realidade o fizesse pôr de novo os pés no chão. Da mesma maneira, nesse instante, ele recebia a réplica incisiva e peremptória de sua adorada como um remédio ácido contra as ilusões futuras, um ponto de referência que lhe permitia delimitar sua posição.

Como permanecesse mudo à pergunta que ela lhe fizera como um desafio, Aída, seu ídolo, Aída, seu carrasco, exclamou num tom vitorioso:

– Ganhei!

O silêncio novamente voltou a se impor. De novo o esfregar dos galhos, o crepitar das folhas mortas, o grito do pardal retiniram em seus ouvidos. Mas desta vez ouviu-os com o coração decepcionado, sem aptidão para comover-se. Observou que ela o olhava com uma insistência injustificada, que em seu olhar havia audácia e firmeza, refletia cada vez mais a imagem da frivolidade, que não tinha de forma alguma o aspecto de uma mulher que nunca se recusara a um homem. Sentiu uma alfinetada na carne, um vento gelado, ao se perguntar se o destino tinha desejado que ele se encontrasse sozinho com ela para ver seus sonhos se desmoronarem de repente!

Ela notou sua angústia e deu um riso despreocupado. Depois, fazendo alusão à cabeça dele, ela disse, num tom de brincadeira:

— Parece que você ainda não começou a deixar os cabelos crescerem.

— Não! — disse ele lacônico.

— Não o agradaria?

— Oh, não! — teimou ele, fazendo um beicinho de desdém.

— No entanto, nós lhe dissemos que ficaria mais bonito.

— O homem deve ser necessariamente bonito?

— Mas claro — disse ela, espantada. — A beleza é agradável... tanto nos homens quanto nas mulheres.

Ele ia pronunciar uma das suas fórmulas pré-fabricadas, do tipo "a beleza do homem está na sua moral" etc., mas algo de instintivo o fez pressentir que esse tipo de conversa — vindo sobretudo de alguém que tinha uma cabeça grande como a sua — só encontraria nela desdém e zombaria.

— Não sou da sua opinião — disse simplesmente, sentindo de novo uma pontada no fundo do coração, que ele disfarçou com um riso forçado.

— A menos que a beleza lhe cause nojo, como a cerveja e a carne de porco!

Ele riu de novo para combater melhor seu desespero e sua dor.

— Os cabelos — continuou ela — são um ornamento natural de que eu acho que sua cabeça tem muita necessidade. Nunca lhe disseram que você tem uma cabeça muito grande?

"O homem de duas cabeças! Você se lembra desse apelido que lhe davam antigamente? Ah! que miséria!"

— De fato ela é grande...
— E por quê?
— Pergunte-lhe isso você mesma. Pessoalmente, não sei de nada – respondeu ele sacudindo a cabeça a contragosto.

Ela soltou um risinho abafado, seguido de um silêncio.

"Sua adorada é bela, fascinante, mas tirânica como deve ser! Seja! Aprecie a tirania dela e aprenda a sofrer mil dores!"

Aliás, ela não parecia muito disposta a poupá-lo. Seus belos olhos continuavam a perscrutar-lhe tranqüilamente o rosto até que pararam no... Sim, perfeitamente! No seu nariz! Nesse mesmo instante, ele sentiu um estremecimento percorrer-lhe as entranhas e eriçar-lhe os cabelos. Petrificado, em guarda, ele baixou os olhos... Depois, ao ouvi-la rir, ergueu-os, perguntando-lhe:

— Por que você está rindo?

— Estava me lembrando das coisas muito engraçadas que li numa peça de teatro francesa famosa. Você já leu o *Cyrano de Bergerac*?

"O melhor momento para desprezar a dor é aquele em que ela passa dos limites!"

— É inútil ficar falando com meias palavras – respondeu ele com uma indiferença serena. – Sei que meu nariz é ainda maior do que a minha cabeça. Mas espero que você não vá mais uma vez me perguntar por quê. Pergunte-lhe você mesma, se tiver vontade...

Subitamente, Boudour estendeu a mão para pegar o nariz dele. Aída foi dominada por um acesso de riso e virou a cabeça para trás. Ele ficou constrangido a rir também; depois, perguntou à menina, para disfarçar o embaraço:

— E você, Boudour, o meu nariz a assusta?

A voz de Hussein, que descia os degraus da varanda, fez-se ouvir. Imediatamente, ela mudou de tom e disse-lhe, misturando súplica com advertência:

– Não vá se ofender com minhas brincadeiras!

Hussein chegou ao caramanchão. Sentou-se na sua cadeira, pedindo a Kamal para sentar-se. Este último, após um instante de hesitação, imitou-o, colocando Boudour em cima dos seus joelhos. Mas Aída só ficou pouco tempo. Pegou de volta a menina, cumprimentou-os e foi-se embora lançando a Kamal um olhar educado, como a impor-lhe de novo que não se zangasse.

Ele não sentiu nenhuma vontade de continuar a conversa e contentou-se em ouvir – ou em fingir que ouvia – participando de vez em quando por meio de uma pergunta, de uma manifestação de espanto, de aprovação, de uma reação ofendida, apenas para marcar presença.

Felizmente, Hussein falou de um velho assunto que não exigia dele mais atenção do que podia dispor nesse instante: seu desejo de partir para a França e a recusa do pai, que ele tinha esperança de vencer em breve. Mas, no momento, o que lhe dominava o pensamento e o coração era a nova imagem sob a qual Aída tinha aparecido durante os poucos minutos que os tinham reunido naquela conversa a sós. Essa imagem repleta de desprezo, de escárnio e de crueldade. Exatamente: de crueldade! Ela troçara dele sem piedade, exercendo sua ironia como o desenhista com seu lápis num tipo humano semelhante, para fazer uma caricatura notável ao mesmo tempo por sua feiúra e por sua verdade!

Ele repensava, estupefato, sobre essa nova faceta de Aída, mas, apesar da dor que se difundia na sua alma como o veneno no sangue, espalhando nela uma sombra negra de desespero e de tristeza, ele não concebia nenhuma indignação, nenhuma cólera, nenhum desprezo: não era um dos atributos dela recentemente revelado? Certamente! Sem dúvida era tão estranho quanto seu gosto pelo francês, pela cerveja e pela carne de porco, mas pela mesma razão constituía uma qualidade própria do seu ser, que podia ufanar-se de lhe pertencer, ainda que se pudesse considerá-la em outra pessoa como um defeito, um sinal de sem-vergonhice ou um pecado. Ela não era culpada se uma de suas maneiras de ser tinha provocado a dor no coração dele e o desespero na sua alma, já que era ele o imperfeito. Pois, o quê? Era ela que lhe tinha dado uma cabeça tão grande? Um nariz tão grande? Tinha ela com suas brincadeiras feito injustiça à realidade? Nada disso! Não havia pois nada a censurar-lhe? Quanto a ele, sua dor era apenas justiça! Era-lhe necessário mesmo aceitá-la com a resignação mística do adorador que se conforma com o julgamento, convencido o mais sinceramente possível de que ele é justo, qualquer que seja sua duração, e emana de um ídolo dotado de perfeição, de que nenhum atributo e nenhuma vontade admitem suspeita.

Assim estava ele ao sair da curta e rude prova que o havia derrubado alguns minutos antes, no auge do sofrimento, mas sem que isso ferisse de modo algum a força do seu amor ou seu fascínio pela amada.

No momento, ele tinha o privilégio de conhecer uma nova dor: a de contentar-se com um julgamento rigoroso que acabava de declará-lo incapaz de agradá-la, exatamente como ele havia – graças ao amor também – conhecido já a dor da separação, da indiferença, das despedidas, da dúvida e do desespero. Exatamente como ele havia conhecido também dores suportáveis ou outras implacáveis, apesar das oferendas de gemidos e de lamentos colocadas a seus pés. Era como se ele não tivesse amado a não ser para iniciar-se no repertório do martírio. No entanto, à luz dos seus sofrimentos, ele se via tal qual era, e aprendia a vida.

"Deus, a alma, a matéria, isso não é tudo que você precisa conhecer! O que é o amor? O que é o ódio? A beleza? A feiúra? A mulher? O homem? Tudo isso você deve conhecer também... O último grau da perdição se liga aos primeiros afloramentos da salvação! Lembre-se rindo ou ria ao lembrar-se de que você pensou um momento em lhe revelar seu segredo! Lembre-se chorando que o corcunda de Notre Dame assustou sua bela ao inclinar-se sobre ela para consolá-la e que esse mesmo corcunda – de Notre Dame – só suscitou a ingênua piedade dela ao soltar seu último suspiro! Não vá ofender-se com minhas brincadeiras! Mesmo o reconforto do desespero ela lhe recusa. Mas que ela revele sua natureza profunda. Talvez você saia do inferno da incerteza com uma tranqüila permanência no seu túmulo. Talvez ainda falte para que ele sempre extirpe do meu coração as raízes do amor! Pelo contrário, ele saberá sempre me proteger das ilusões"...

Hussein se voltou para ele para perguntar-lhe as razões do seu silêncio, depois, parecendo notar que alguém vinha, virou-se gritando:

– Aí vem Hassan! Que horas são agora?

Kamal se virou e viu Hassan Selim que caminhava em direção ao caramanchão.

Hassan e Kamal deixaram o palácio dos Sheddad por volta de uma hora da tarde. Ao chegar ao portal, Kamal foi despedir-se do companheiro, mas este lhe disse, num tom de súplica:

– Venha caminhar um pouco comigo...

Kamal aceitou de bom grado e pôs-se a caminhar ao lado do amigo na rua dos Serralhos, dominando-o a tal ponto com sua alta estatura que a cabeça deste último mal lhe chegava à altura do ombro.

Ele não deixava de se intrigar. Tanto mais que a hora não era a mais propícia a vagabundear pelas ruas. Subitamente, ele viu Hassan virar-se para ele e perguntar-lhe:

— De que é que vocês falavam?

A isso ele respondeu, cada vez mais intrigado:

— Como de hábito, de política, de cultura...

Mas qual não foi sua surpresa quando o outro esclareceu, com voz calma e firme:

— Quero dizer: Aída e você!

Cheio de estupor, ele ficou alguns segundos sem poder dizer uma palavra. Depois, recompondo-se, perguntou:

— Que sabe você disso, já que não estava lá?

Sem alterar sua expressão, Hassan respondeu:

— Cheguei enquanto vocês falavam, e achei bom ficar um momento afastado a fim de não interrompê-los...

Teria ele se comportado assim em semelhante situação? Sua perturbação cresceu, aumentada contudo pelo sentimento de que ele se intrometia numa conversa apaixonante e acidentada...

— Não vejo o que o levou a reagir assim. Se eu tivesse visto, não teria deixado afastar-se.

— A educação obriga! Confesso que sou teimoso nessas questões!

"Outra vez as regras aristocráticas! Você é um exagerado!"

— Não me queira mal se eu lhe confessar que você leva longe demais os escrúpulos!

Hassan esboçou um sorriso que imediatamente se desfez. Parecia esperar alguma coisa. Ao ver que nada acontecia:

— E então? De que é que vocês falavam? — insistiu.

Se havia educação, como diabos podia ela combinar com tal interrogatório? Por um instante ele pensou em lhe opor essa observação. Mas conteve-se, na escolha de uma formulação digna do respeito – devido mais à pessoa dele do que à idade – que lhe devotava, dizendo-lhe, por fim:

– A questão é muito simples para se complicar com tanto mistério. Mas... eu me pergunto até que ponto eu sou obrigado a responder!

A isso Hassan replicou apressado, num tom de desculpa:
– Espero que você não vá me tachar de indiscreto ou me acusar de me intrometer no seus assuntos. Porque tenho razões suficientes para lhe fazer essa pergunta. E vou lhe falar de coisas que as circunstâncias ainda não me levaram a abordar com você. No entanto, em vista da nossa amizade, eu não achava que minha pergunta o embaraçasse. Espero que você não entenda isso de outro modo.

Ele se tranqüilizou um pouco. Talvez estivesse feliz em ouvir essas palavras delicadas ditas pela boca de Hassan Selim, alguém que ele sempre considerara um modelo de aristocracia, de nobreza e de grandeza, além do fato de que desejava, sem dúvida ainda mais do que ele, conversar profundamente sobre um assunto que dizia respeito à sua adorada.

Se a pergunta tivesse vindo de Ismail Latif, não teria havido necessidade nenhuma de todas essas cerimônias. Sem dúvida lhe teria contado tudo e teriam ambos rido muito. Mas Hassan Selim nunca abandonava sua reserva e não confundia amizade com intimidade. Já que era assim, melhor pagar-lhe o seu preço!

– Agradeço-lhe por sua consideração – disse-lhe. – Acredite que se houvesse qualquer coisa que valesse a pena contar, eu não lhe esconderia um só instante. Nós só conversamos rapidamente sobre coisas banais, nada de mais. Contudo, como você despertou em mim a curiosidade, posso me permitir perguntar-lhe, só a título de informação, as razões que você acha suscetíveis de justificar sua pergunta? Naturalmente, não vou insistir. Estou até mesmo disposto a retirar a minha pergunta, no caso de você achá-la fora de propósito...

– Pois bem! Vou lhe responder – disse Hassan Selim com sua ponderação e calma habituais. – Mas vou pedir-lhe para ter um pouco mais de paciência... Porque parece que você não quer me dizer do que falaram. É o seu direito mais restrito! Mais ainda, não vejo nisso nenhuma desatenção para com os deveres da amizade! Eu só queria atrair sua atenção para o fato de que muitos se enganam com as palavras de Aída e interpretam-nas num sentido contrário à realidade, criando para si talvez por isso mesmo tormentos que não têm razão de ser...

"Vamos, diga logo aonde você quer chegar! Sinto no ar sombrios presságios que não vão demorar a transformar-se no furacão que vai soprar no seu pobre coração ferido! Seu coração ferido? Como se existisse ainda em você alguma coisa que não o fosse! É você que se engana, vigilante que é! Você então não se dá conta de que é a vergonha e nada mais que me impede de lhe contar o que aconteceu? Antes morrer do que apaziguar seu espírito!"

– Não entendi uma palavra do que você me disse!

Hassan, levantando ligeiramente o tom de sua voz:

– Pois bem! Aí está: ela é muito pródiga em palavras doces. Aquele que as ouve acredita que elas têm um sentido ou escondem algum sentimento. Mas são apenas palavras doces que ela dirige a qualquer um que fale com ela, na frente de todos ou na intimidade. E quantos já acreditaram nelas!...

"Aí estamos! Seu amigo foi atingido pelo mal que o aniquilou! Mas quem é ele para afirmar conhecer os segredos dos corações? Ah! o quanto ele me enerva!"

— Você parece muito seguro do que afirma — disse ele com um sorriso, fingindo desinteresse.

— Conheço Aída perfeitamente bem. Somos vizinhos de longa data.

"Esse nome que a gente treme em pronunciar em segredo e, com mais razão ainda em voz alta, eis que esse visionário o diz como se fosse nada! Como se fosse um nome entre milhões de outros!" Se essa audácia que Hassan tinha dentro de si o diminuía grandemente em sua estima e o aumentava outro tanto em sua imaginação, esta frase "somos vizinhos de longa data" se cravara em seu coração como uma punhalada e o tinha dilacerado como ao emigrado dilacera a distância.

Ele lhe perguntou num tom polido, embora a intenção não deixasse de ser irônica:

— Não é admissível pensar que você também acreditou nas palavras dela, caiu nessa como os outros?

— Não sou como os outros — replicou Hassan, seguro de si, empertigando-se.

Deus, como essa arrogância o exasperava! Como sua beleza, sua segurança o exasperavam! Esse menino mimado, filho do eminente ministro cuja probidade dos julgamentos em matéria de assuntos políticos provocava tantas dúvidas!

Semelhante ao esboço de um sorriso — que nada deixava entrever em seu rosto — Hassan deixou escapar um "Ha! Ha!" com o qual quis conduzir a passagem de um tom de voz arrogante para um outro mais ameno.

— É uma moça de bem sob todos os aspectos — disse — ainda que sua maneira de parecer, de falar, sua familiaridade lhe atraiam às vezes as desconfianças...

Ao que Kamal se apressou em responder, com convicção:

— O que ela deixa transparecer e o que ela é realmente estão acima de qualquer suspeita!

Hassan inclinou a cabeça com gratidão, como se lhe dissesse "certíssimo", antes de acrescentar:

— Tal é pelo menos o que não pode deixar de notar um olhar honesto e clarividente. Mas há coisas que desconcertam algumas mentes. Vou lhe dar alguns exemplos para ser mais claro. Por exemplo: alguns interpretam mal seu hábito de se misturar com os amigos do seu irmão no jardim, sem consideração pelos costumes praticados no Oriente. Outros questionam sua maneira de falar com este ou de fazer charminho para aquele... Outros ainda vão ficar imaginando atrás de uma brincadeira inocente, que pode lhe escapar espontaneamente, um grave segredo. Entende o que quero dizer?

— Naturalmente eu entendo o que você quer dizer – respondeu Kamal com a mesma convicção. – Mas temo que você tenha ido longe demais! No que me diz respeito, pessoalmente, nunca tive a menor dúvida sobre nenhum dos comportamentos dela, na medida em que ela parece falar e brincar com uma perfeita inocência e em que, por outro lado, ela nunca recebeu uma educação oriental suficientemente autêntica para que se possa exigir que ela observe as tradições ou lhe censurar que vá contra elas. Imagino que os outros pensam como eu...

Hassan balançou a cabeça como se gostasse de poder partilhar a opinião dele sobre os outros. Mas Kamal não teve o cuidado de responder a essa observação silenciosa. Estava feliz por defender sua adorada. Feliz que lhe fosse dada a oportunidade de emitir sua opinião sobre a pureza e a inocência dela. Certamente ele não era sincero em seu entusiasmo. Não que ele pensasse o contrário do que dizia – estava havia muito tempo convencido de que sua adorada estava acima de qualquer suspeita – mas por causa de sua tristeza de ver desfazerem-se os belos sonhos fundamentados na suposta existência de uma "mensagem secreta" atrás das brincadeiras e das finas alusões de Aída. Esses sonhos, eis que Hassan, depois da conversa de hoje sob o caramanchão, os reduzia por sua vez a pó! E, embora seu coração magoado lutasse em silêncio para apegar-se ainda que fosse à sombra de uma esperança, ele concordou, aparentando aderir à opinião do amigo, mas para melhor disfarçar sua posição, dissimular sua confusão e contrariar a pretensão do outro em deter sozinho a verdade de sua adorada.

– Não me surpreende que você tenha entendido – disse Hassan. – Você é um rapaz sensato. De fato, como eu lhe disse, Aída é inocente, mas... perdoe-me se lhe confesso um dos aspectos que sem dúvida lhe parecerá insólito, mas que, sem dúvida também, terá sido largamente responsável pelo equívoco que muitos mantêm a respeito dela. Quero falar do desejo dela de ser a "moça dos sonhos" de todos os rapazes que ela encontra. Note bem que se trata de um desejo inocente! Aliás, sou testemunha de que nunca encontrei uma moça mais zelosa de sua dignidade do que ela. Só que, ela devora romances franceses com cujas heroínas ela se identifica, com a mente povoada de ilusões...

Kamal esboçou um sorriso tranquilo, por meio do qual quis mostrar a Hassan que não havia nada aí que ele já não soubesse. Depois, levado por uma vontade brusca de enfurecê-lo:

– Já sei de tudo isso – disse. – Um dia nós abordamos exatamente esse assunto, Aída, Hussein e eu...

Finalmente, ele tinha conseguido fazer com que o amigo saísse de sua reserva aristocrática! O estupor se lia em sua face.

– Quando foi isso? – perguntou ele, aparentando embaraço. – Não tenho lembrança de ter assistido a essa conversa. Disseram na presença de Aída que ela só pensa em ser a "moça dos sonhos" de todos os rapazes?

Com um olhar triunfante e satisfeito, Kamal observou a perda da placidez que ocorrera nele. Todavia, temendo levar mais longe a brincadeira, ele respondeu com prudência:

– Não foi dito assim claramente, mas simplesmente sugerido, por meio de uma conversa em torno de sua paixão pelos romances franceses e seu espírito romanesco...

Hassan recuperou a calma e o sangue-frio. Por um longo momento, manteve silêncio, como se se esforçasse para reunir as idéias que Kamal tinha conseguido dispersar momentaneamente. Pareceu alguns instantes hesitante, a tal ponto que Kamal sentiu que ele gostaria de saber tudo dessa referida conversa entre Aída, Hussein e ele: Quando ocorrera? Como tinham chegado a abordar essas questões delicadas? O que tinha sido dito detalhadamente? Tantas perguntas quantas o seu orgulho lhe proibia de fazer...

– Você está vendo – disse ele para terminar. – Você mesmo reconhece que minha opinião está bem fundamentada. Mas, infelizmente, muitos não entenderam como você o comportamento de Aída. Eles não entenderam esta verdade fundamental de que ela ama o amor que as pessoas têm por ela, mas não as próprias pessoas.

"Se este imbecil soubesse o que ocorre de verdade, não se esforçaria tanto para nada! Sabe ele ao menos que eu não julgo nem mesmo que ela ame o meu amor? Olhe só minha cabeça, meu nariz, e fique tranqüilo!"

– Então – disse ele, num tom de voz sutilmente irônico – ela amaria o amor que as pessoas têm por ela e não as próprias pessoas? Bela filosofia!

– É uma realidade que eu conheço por experiência!

– Sim, mas você não pode garantir que ela seja verdadeira em todos os casos.

– Claro que posso... E com os olhos fechados!

Kamal procurou dominar sua tristeza e perguntou, fingindo incredulidade:

– Você poderia afirmar com certeza que ela não ama tal ou qual pessoa?

Hassan, com firmeza:

– Posso afirmar que ela nunca amou nenhum dos que se acreditam amados por ela.

"Duas categorias de pessoas têm o direito de falar com tal segurança: os crédulos e os tolos! Ora, Hassan não é um tolo... Mas por que a dor volta a remoer dentro de mim, já que o que ouvi não me informou nada que eu já não soubesse? Tenho de confessar que devo ter sofrido hoje todos os sofrimentos de um ano inteiro de amor!"

– No entanto, você não pode afirmar que ela não ama ninguém!

– Eu não disse isso!

Ele a olhou como se olhasse um adivinho, depois perguntou:

– Você sabe, então, que ela ama alguém?

Hassan inclinou a cabeça afirmativamente.

– Se o convidei para caminhar comigo – disse ele – foi justamente para lhe falar disso!

Seu coração se enfiou mais fundo dentro do peito como se tentasse escapar à dor. Mas para mergulhar mais ainda dentro dela... Antes, ele sofria porque era impossível que ela o amasse. E eis que seu amigo carrasco vinha certificá-lo de que ela amava! Sua adorada amada! Seu coração de anjo obedecia às leis do desejo, ainda que fosse terno, ardente, lânguido, tudo dirigido a um ser específico!

Certamente, sua razão – e só ela – pudera, da mesma maneira como aceitava a morte, admitir essa possibilidade; mas a morte, enquanto idéia abstrata, não como uma fria realidade plantada no centro de um corpo amado ou de seu próprio corpo! Eis por que a novidade o surpreendeu, como se o acontecimento que ela anunciava se realizasse subitamente na realidade e no pensamento, ao mesmo tempo.

"Pense em todas essas verdades confusas e confesse que há neste mundo sofrimentos que, apesar de sua experiência profunda da dor, nunca lhe vieram à idéia!"

– Eu lhe disse desde o início – falou Hassan – que tenho razões suficientes para ter essa conversa com você. De outro modo, eu nunca teria me permitido intrometer-me em sua vida...

"Que o fogo do céu o devore até o último átomo!"

– Estou convencido disso. Continue. Estou ouvindo. – Hassan esboçou um sorriso que traía sua hesitação em revelar a confissão crucial... Kamal teve paciência por um instante; depois, embora tendo já pressentido a terrível verdade, apressou-o a concluir, dizendo: – Você tem a pretensão de saber que ela ama alguém?

– Tenho! – respondeu Hassan, livrando-se brutalmente de sua hesitação. – Há coisas entre nós que me dão direito a ter essa pretensão!

"Oh céu! Aída ama! Seu coração se encolhe e faz gemer um vento fúnebre! Sentiria ela por esse bem-aventurado rapaz o que você sente por ela? Se se confirmasse que isso era possível, então seria melhor que o mundo desabasse! Seu amigo não mente. Quem é nobre e belo não pode mentir! A única esperança que lhe resta é que o amor dele seja de um tipo diferente do seu. E já que vai ser preciso que a terrível calamidade se produza, pois bem, é ainda um consolo que Hassan seja o feliz eleito, como é também um consolo que a tristeza e o ciúme não impeçam de olhar a verdade de frente: que este rico, fascinante e maravilhoso rapaz é o feliz eleito!"

– Poder-se dizer– declarou ele, como quem apóia o dedo no gatilho de um revólver sabendo que está sem balas – que você está certo de que ela ama desta vez a própria pessoa e não o amor que essa pessoa tem por ela!

– Ah! Ah! – disse ele de novo, para exprimir sua certeza. Depois disso, ele observou Kamal com uma rápida olhadela, para avaliar nele sua credibilidade, e prosseguiu: – A conversa que tivemos, ela e eu, não foi nada equívoca.

"Que tipo de conversa? Darei minha vida para saber uma só palavra dela. Por mais que eu saiba toda a verdade, bebo o cálice do sofrimento até o fim. Você acredita que ele ouviu essa voz que o faz estremecer dizer-lhe: "Eu te amo"? Ela disse isso em francês ou em árabe? Ahhh! Vão acender uma fogueira com a minha dor!"

– Parabéns! – disse ele calmamente. – Vocês me parecem dignos um do outro.

– Obrigado...

– No entanto, eu me pergunto o que o levou a me revelar esse inestimável segredo!

Hassan levantou as sobrancelhas e respondeu:

– Quando vi vocês dois frente a frente, tive medo de que você se deixasse enganar, como tantos outros, por certas palavras. Então, decidi lhe confessar a verdade, porque a idéia de que você, Kamal, possa ser enganado me é insuportável...

Comovido por essa piedade vinda de cima, ele balbuciou um tímido "obrigado". A piedade do rapaz abençoado do céu que Aída amava! Esse mesmo a quem repugnava sabê-lo enganado e que por isso acabava de matá-lo golpeando-o com a amarga verdade! As vozes do ciúme não estavam no número de motivos que o tinham levado a revelar-lhe seu segredo? No entanto, não tinha ele dois olhos para ver sua cabeça e seu nariz?

— A mãe dela e ela nos fazem visitas freqüentes — prosseguiu Hassan. — Isso nos dá a oportunidade de conversar...
— A sós?

A pergunta lhe escapara inconscientemente. Cheio de remorsos, ele ficou confuso. Enrubesceu de imediato, mas o outro respondeu simplesmente:
— Às vezes...

Deus, como ele gostaria de vê-la nesse papel que ele nunca lhe tinha imaginado: o de uma moça enamorada! Com que brilho o clarão do êxtase e da ternura brilhava nos olhos tranqüilos dela, com os quais ela o olhava com altivez? Visão capaz certamente de lançar sobre a razão uma fagulha de verdade celeste e de matar também o coração de um só golpe! De tornar lícito o caminho para sempre maldito da impiedade!

"Sua alma gira como um pássaro na gaiola que quisesse voar. O mundo não é mais do que um campo de ruínas que seria bom abandonar... Mas mesmo que lhe seja provado que os lábios deles se encontraram num beijo doce como pétala de rosa, pelo menos você conhecerá no turbilhão da loucura a embriaguez da absoluta liberdade!..."

Levado por um desejo suicida que não pôde conter e ainda menos entender, perguntou-lhe:
— Como, nessas condições, você a deixa freqüentar os amigos de Hussein?

Hassan esperou um pouco antes de responder:
— Talvez isso não me alegre tanto assim! Mas não tenho muito o que dizer a respeito, na medida em que ela o faz sob

os olhares do irmão e de todos, e em virtude de sua educação européia. Não escondo que às vezes pensei em lhe demonstrar meu descontentamento, mas eu não queria principalmente que ela me acusasse de ciúme. E Deus sabe o quanto ela gostaria de me fazer ciúmes! Você conhece bem, evidentemente, essas astuciazinhas femininas e confesso que não são do meu gosto!

"Nada surpreende, depois disso, que a prova de que a Terra gira em torno de si mesma e em volta do Sol tenha acabado com tantos mitos e desconcertado muita gente!"

– Como se ela tivesse um prazer maligno em irritá-lo.

Ao que Hassan replicou, com seu tom cheio de segurança:

– Sim, mas eu sempre fico em condições de dobrá-la à minha vontade quando quero!

Essa frase e o tom com que fora dita deixaram-no furioso. Ele gostaria de encontrar qualquer boa razão para agredi-lo e – ele tinha força para isso – fazê-lo comer poeira. Olhou-o do alto de sua estatura e sua diferença de tamanho pareceu-lhe muito maior do que era na realidade. Já que ela amava um homem menor que ela, por que não amaria um mais jovem que ela? Ele se encheu da íntima certeza de que acabava de perder o mundo...

Hassan convidou-o a almoçar, mas ele recusou educadamente o convite. Apertaram-se então as mãos, depois partiram cada um para seu lado. Ele voltou para casa com o espírito abatido, com o coração desmoronando de desespero. Queria ficar sozinho para repensar os acontecimentos do dia, meditar neles para esclarecer o sentido de tudo. A vida parecia encoberta num manto de luto. Mas não sabia ele desde o início que esse amor era sem esperança? Qual novidade lhe tinham trazido os acontecimentos do dia? Em todo caso, que fosse seu consolo que os outros apenas "falassem" do amor! Ele amava com todo o seu ser. Só ele era capaz dessa paixão que iluminava sua alma e ninguém mais. Era seu privilégio, sua superioridade. E depois, ele nunca desistiria de seu velho sonho de conquistar sua adorada no céu. No céu em que não há discriminações fictícias, nem cabeças grandes, nem narizes grandes...

"No céu", dizia ele, "Aída pertencerá a mim, só a mim, por causa das leis celestes!"

9

Era como se ele se sentisse esvaziado da própria existência.

Ela o havia ignorado de uma maneira que só podia ser premeditada. Ele ia dar-se conta disso – pela primeira vez – naquela sexta-feira de manhã, na semana seguinte à conversa que tivera com Hassan Selim na rua dos Serralhos, durante a reunião dos amigos, sob o caramanchão, no jardim dos Sheddad.

Estavam conversando quando Aída chegou como de hábito, acompanhada de Boudour. Ficou um momento com eles, falando com um, brincando com outro, sem lhe prestar a menor atenção. Ele pensou primeiramente que sua vez ia chegar, mas a espera foi em vão... Notou até que os olhos dela faziam de tudo para não encontrar os seus ou ao menos para evitar sua pessoa. Por isso, abandonando sua atitude passiva e resignada, interrompeu-a com uma observação dissimulada, a fim de obrigá-la a falar com ele. Mas ela continuou no embalo, fingindo sempre ignorá-lo. E, embora ninguém aparentemente tivesse notado sua manobra fracassada – já que todos estavam mergulhados na conversa –, isso em nada atenuou o efeito da bofetada que acabava de receber sem entender por quê.

Ele decidiu contudo desmentir as presunções que começavam a apontar em sua mente e, escondendo dentro de si suas próprias dúvidas, pôs-se, no auge da apreensão, a esperar a oportunidade de tentar a sorte de novo.

Nesse ínterim, Boudour tentou subitamente libertar-se dá mão de Aída, fazendo-lhe sinal com a outra mão, que estava livre.

Como ele se aproximasse para pegá-la nos braços, Aída puxou a menina contra si, dizendo:

– Está na hora de voltar para dentro!

Depois disso, ela cumprimentou o grupo e foi embora.

Diabos! Mas o que significava tudo isso? Que Aída estava zangada com ele e sua vinda ali tinha apenas o objetivo de mostrar-lhe a sua raiva? Mas o que ela lhe censurava, então? Que falta ele tinha cometido? Que erro, grave ou pequeno? Como agora ele estava tomado por uma confusão, que zombava da lógica e lhe destruía as certezas!

Todavia, com medo de que sua angústia o traísse, ele reassumiu com mão firme o controle de si mesmo. Sabia perfeitamente dominar-se. Desempenhou, pois, normalmente, seu papel habitual, escondendo aos olhos dos amigos as marcas do golpe fatal que acabara de receber.

Após o fim da reunião, ele pensou que faria melhor em olhar, por mais cruel que fosse, a verdade de frente, e admitir que Aída o tinha privado – hoje, pelo menos – do favor de sua amizade.

Seu coração enamorado continha um detector ultrassensível que não deixava de perceber o menor cochicho, o menor sopro, o menor olhar da amada. Lia até mesmo as intenções, antecipava até mesmo o futuro longínquo. Que a razão de toda essa história fosse a que fosse, ou que essa história, semelhante a uma doença cuja etiologia permanece rebelde à ciência, não tivesse razão alguma, era indiferente. Tanto num caso quanto no outro, ele se assemelhava a uma folha morta caída de um ramo, derrubada por um vento furioso e soprada para uma torrente de imundícies... Pôs-se a pensar em Hassan Selim. Este último não tinha dito, para encerrar a conversa "sim, mas eu sempre fico em condições de dobrá-la à minha vontade, quando eu quero?" No entanto, ela viera hoje como era seu hábito. Toda a sua infelicidade vinha do fato de que ela o ignorou, e não de que ele fosse privado de vê-la. E depois ele e Hassan tinham se separado amigavelmente, e não havia nenhuma razão para que este tivesse exigido dela que ela o ignorasse. Além disso, ela não era do tipo que se dobra a uma ordem, viesse de onde viesse. De sua parte, ele nada tinha feito de errado. Então, Deus do céu, com qual obscuro motivo o acusavam? Seu encontro com ela, sob o caramanchão, apesar da crueldade dela, da ironia ferina que, zombando de sua dignidade, deram livre curso à conversa sobre sua cabeça, seu nariz, não tinha sido tampouco desprovido de afeto e de galhofa para terminar com um fingimento de desculpas. Sem dúvida ela havia dado um golpe fatal em sua esperança nesse amor. Mas, de qualquer maneira, esse amor era sem esperança.

Quanto ao encontro de hoje, foi a indiferença, a rejeição, o silêncio, a morte que ela lhe fizera sofrer. Em todo caso, que a amada desse prova de secura ou até de dureza para com seu adorador seria melhor do que passar ao lado dele sem olhá-lo, como se ele não existisse! Oh, miséria! Mais uma nova dor que vinha acrescentar-se ao repertório de sofrimento que ele trazia comprimido em seu coração. Um novo tributo dado ao amor. E como era pesado esse tributo! Era o preço da luz que o iluminava e o consumia ao mesmo tempo... Seu peito se estufou de cólera: que seu imenso amor fosse pago apenas com esta fria e altiva indiferença, isso verdadeiramente ele não podia admitir! Que toda essa cólera que estava dentro de si só se transformasse mais uma vez em amor e devoção, que ele não fosse capaz de devolver essa bofetada a não ser pela súplica e pelos rogos, isso lhe arrasava a alma! E se o acusador injusto tivesse sido outro, ainda que fosse o próprio Hussein Sheddad, ele o teria despedaçado sem hesitar. Mas, já que se tratava de sua adorada, foi contra um único e mesmo alvo que ele despejou sua cólera inteira, toda sua irritação: sua própria pessoa.

Durante toda a semana que passou longe do palácio dos Sheddad, nem por um instante seus pensamentos o pouparam. Sem tréguas, sua consciência se consumia em reprisar a decepção que o tinha atingido: fosse quando estava em casa, de manhã, tomando o café à mesa paterna, fosse na rua, caminhando desvairado, fosse na Escola Normal, assistindo às aulas com a mente distante, lendo à noite com a atenção dispersa, fosse ao se humilhar diante do sono para que ele o aceitasse em seu reino, ou então abrindo os olhos à primeira claridade do dia; era imediatamente dominado pelos mesmos pensamentos que o assaltavam como se estivessem à espera do seu despertar, emboscados na zona limítrofe de sua consciência, ou como se o tivessem apressado, levados por seu apetite voraz, para recomeçarem a devorá-lo... Deus! Como a alma é monstruosa quando engana aquele que a abriga!

Na sexta-feira, ele foi ao palácio do amor e da dor. Chegou lá um pouco antes da hora do encontro habitual. Por que havia esperado esse dia com tanta impaciência? Que esperanças tinha? Pretendia sentir lá ainda que uma lenta, uma ínfima pulsação para ter a ilusão de que o cadáver da esperança ainda vivia? Sonhava com um milagre que devolvesse à sua adorada boas disposições de espírito com a mesma rapidez e a mesma ausência de motivos com que ela tinha se encolerizado? A menos que ele quisesse atiçar ainda mais o fogo do inferno para ganhar mais depressa a fria calma das cinzas?

Na aléia cheia de lembranças, ele caminhava em direção ao jardim, quando subitamente viu Aída sentada numa cadeira, com Boudour à frente dela, à beira da mesa. Ela estava sozinha sob o caramanchão. Parou de andar e pensou um instante em voltar correndo, antes que ela o visse. Mas com desafio e desdém, repeliu essa idéia e, levado por um desejo feroz de enfrentar a dor de frente e de romper o mistério que fizera soar nele o sino da serenidade e da paz, caminhou em direção ao caramanchão... Essa doce e bela criatura, essa alma diáfana disfarçada sob o aspecto de uma mulher, sabia o que sua dureza tinha feito com ele? A consciência dela descansaria se ele lhe fizesse queixa do que tinha sofrido? Quanta semelhança entre a tirania dela e a que o Sol exerce sobre a Terra, condenada a girar à sua volta segundo uma órbita prescrita, sem poder aproximar-se nunca para se fundir com ele, nem distanciar-se, para esquecê-lo... Ah, se ao menos ela pudesse dar-lhe a esmola de um sorriso que ele tomaria como um remédio para todas as suas dores!

Ele se aproximava dela, fazendo barulho propositalmente ao caminhar, para avisá-la de sua chegada. Ela virou a cabeça, com ar surpreso, depois, ao percebê-lo, seu rosto endureceu. Ele parou diante dela, a alguma distância, depois, baixando a cabeça com humildade:

— Bom dia! – disse ele com um sorriso.

Ela respondeu com um leve aceno de cabeça, sem dizer uma palavra, depois pôs-se a olhar à frente de si mesma.

Não havia mais nenhuma dúvida, a esperança era um cadáver! Ele teve a impressão de que ela ia gritar-lhe: "Saia da minha frente, você está me tapando o Sol com sua cabeça e seu nariz!"

Mas Boudour agitou a mão. Ele virou o olhar para o belo rosto dela, resplandecente, depois se aproximou para afogar sua mágoa na doçura de sua ternura ingênua. Com a menina pendurada em seus braços, ele se inclinou e deu-lhe no rosto um beijo terno e grato. Mas eis que a voz que antes lhe tinha aberto as portas da música divina o repreende secamente, dizendo-lhe:

– Por favor, não a beije. É anti-higiênico.

Um riso tolo escapou-lhe sem que ele soubesse nem por que nem como. Seu rosto tornou-se pálido. Passou-se um minuto, cheio de estupor mudo. Tendo-se recomposto, ele replicou, com reprovação:

– Tanto quanto me lembre, não é a primeira vez que eu a beijo!

Ela deu de ombros, como se dissesse "e daí?".

Ahhh! Ia ele enfrentar uma nova semana de sofrimento sem dizer uma palavra em sua defesa?

– Permita-me – disse ele – interrogar-me sobre as razões dessa estranha mudança de atitude para comigo. Não parei de me perguntar a esse respeito durante toda a semana, sem achar resposta!

Ela fingiu não tê-lo ouvido e, por isso, não se preocupou em responder-lhe.

Ele continuou, com a voz explicitando sua confusão e sua dor:

– Isso me magoa, tanto mais que sou inocente e nada fiz que merecesse castigo!

Ela permanecia teimosamente muda. Temendo que Hussein viesse antes que ele tivesse conseguido fazê-la falar, prosseguiu, apressadamente, indo da queixa à súplica:

– Um velho amigo como eu não merece que lhe mostrem pelo menos o seu erro?

Ela lhe mostrou o rosto de soslaio, e, lançando-lhe um olhar negro como um céu de tempestade:

– Não banque o inocente! – disse, numa voz irritada.

Deus! Podia-se cometer um erro inconscientemente? Com uma voz entrecortada, ele respondeu, acariciando maquinalmente as mãozinhas de Boudour, que tentava atraí-lo para si, sem entender nada do que se passava:

– Infelizmente, meus pressentimentos se revelaram certos! Meu coração tinha me dito e eu me recusava a acreditar. Sou culpado aos seus olhos, não é? Mas de que crime me acusa? Eu lhe suplico, diga-me! Não espere que eu vá passar às confissões, pela simples razão de que não tenho nada a confessar! Por mais que eu procure nos recantos de mim mesmo, de minha vida, não acho nada, nem intenção, nem palavra, nem ato dirigido contra você com o propósito de prejudicá-la. E me surpreende que você não veja isso como uma evidência!

– Fazer teatro não funciona comigo – disse ela, com desprezo. – Pergunte-me antes o que você disse sobre mim.

– E o que foi que eu disse sobre você? – espantou-se ele, perturbado. – E a quem eu o teria dito? Eu lhe juro que...

– Não quero saber de seus juramentos – interrompeu-o ela, exasperada. – Faça-os a você mesmo tantos quantos queira. Não se pode acreditar em quem calunia os outros com o que diz. Seria melhor você se lembrar do que disse sobre mim!

Ele jogou seu casaco em cima de uma cadeira, como se se preparasse para a briga, afastou-se ligeiramente de Boudour a fim de esquivar-se de sua tentativa inocente de cativar sua atenção, e disse com um fervor cheio de sinceridade:

— Eu não disse de você nada que pudesse me fazer envergonhar-me de repeti-lo imediatamente aos seus ouvidos! Nunca na minha vida proferi contra você a menor maledicência. Se você soubesse o quanto eu sou incapaz de fazê-lo... E se "alguém" espalhou sobre mim coisas que a fizeram zangar-se, não é mais do que um vil caluniador indigno de sua confiança! Estou pronto para encontrá-lo na sua frente para que você mesma possa julgar a respeito da sinceridade dele, ou melhor, da sua falsidade... Que defeito você tem do qual eu pudesse falar?... Como você se engana a meu respeito!

— Obrigado por este elogio que não mereço — replicou ela com ironia. — No entanto, não penso que não tenho defeitos, ainda que fosse apenas porque não recebi uma educação oriental digna desse nome!

Essa última frase arranhou sua atenção como se fosse uma unhada. Ele se lembrou de como ela lhe viera efetivamente à boca quando conversava com Hassan Selim, mas com a intenção de libertá-lo das suspeitas levantadas contra ela. Hassan lhe tinha mandado repeti-la de uma maneira própria a fazer duvidar de sua boa intenção? O nobre Hassan Selim? Verdadeiramente, seria possível? Deus! Que vertigem assaltava sua cabeça!

— Que quer dizer? — perguntou ele, com os olhos revelando seu espanto e seu desconsolo. — Reconheço ter pronunciado essa frase, mas peça a Hassan Selim para dizer-lhe, ou antes, ele deveria dizê-lo a você por si mesmo, que eu a disse fazendo elogio de suas qualidades!

— Das minhas qualidades! — disse ela lançando-lhe um olhar glacial. — E meu desejo de ser "a moça dos sonhos" de todos os rapazes também faz parte dessas qualidades?

— Mas foi ele quem disse isso de você, não eu! – gritou ele cheio de confusão e de cólera. – Você pode esperar que ele esteja aqui para que eu o desafie a admitir na sua frente!

Ela continuou com seu interrogatório, com a mesma amargura, com a mesma causticidade:

— E fazer charminho para você também faz parte dessas qualidades?

— Fazer charminho para mim! – exclamou ele com desespero, tornando-se incapaz de defender-se diante dessa avalancha de acusações. – Quando? E onde?

— Aqui mesmo. Debaixo deste caramanchão! Já se esqueceu? Você negaria que o fez acreditar nisso?

Seu tom sarcástico tocou-lhe o coração, quando ela disse "já se esqueceu?".

Ele compreendeu imediatamente que Hassan Selim – que estupidez! – tinha imaginado coisas sobre essa conversa do caramanchão e participara suas suspeitas à sua bela, ou então lhe imputara a ele essas falsas alegações para saber da verdade da boca dela. Astúcias pérfidas de que ele se tinha tornado a vítima!

— Eu nego isso! Nego-o absolutamente! – disse ele numa tristeza indignada. – E lamento todo o bem que pude pensar de Hassan...

— Ele não deixa de ser digno desse bem – replicou ela com orgulho, como se considerasse essa última observação dirigida contra ela.

Ele sufocava. Teve a impressão de que a Esfinge acabava de erguer sua enorme pata de granito, que permanecera imóvel havia milhares de anos, para abatê-la sobre ele, esmagando-o e soterrando-o para toda a eternidade.

— Se foi Hassan que lhe contou essas mentiras sobre mim – disse ele com um tremor na voz –, não passa de um vil mentiroso! E a calúnia de que você me acusa, ele é o culpado dela, e não eu!

Um olhar insensível e duro iluminou-se nos belos olhos de Aída.

– Você nega que criticou diante dele o fato de que eu me dou com os amigos de Hussein? – perguntou ela num tom seco.

"Então é assim que os nobres desvirtuam as palavras!"

– É mentira! – exclamou ele, profundamente magoado. – As coisas não aconteceram assim. Deus é testemunha de que eu não disse isso como uma crítica. O fato é que ele antecipou altas pretensões para si mesmo! Ele disse... Ele disse que você o amava... e também que... se ele quisesse... ele podia impedir você de vir ter conosco. Minha intenção não era de...

A essas palavras ela se pôs de pé bruscamente na frente dele e, erguendo a cabeça com um impulso que fez ondular sua coroa de cabelos negros:

– Você está dizendo disparates – interrompeu-o ela, desdenhosa. – Pouco me importa o que disseram de mim! Estou muito acima de tudo isso. Penso que meu único defeito é dar a minha amizade a qualquer um...

Dizendo essas palavras, ela colocou Boudour no chão, pegou-a pela mão e virou-se, abandonando o caramanchão. Ele gritou-lhe então, suplicando:

– Por favor, espere um instante para que...

Mas ela já tinha ido embora. Sua voz tinha sido tão alta que ele teve a impressão de que todo o jardim o tinha ouvido; que as árvores, o caramanchão, as cadeiras o observavam com todo o cinismo de um olhar pétreo.

Ele mordeu os lábios e, arqueando-se com as palmas da mão sobre a beirada da mesa, curvou seu corpanzil como se se dobrasse ao peso da dor. Não ficou muito tempo sozinho.

Hussein não demorou a ir ter com ele, com o rosto radiante, como de hábito. Fez-lhe as saudações francas e cordiais, e sentaram-se um ao lado do outro, em duas cadeiras vizinhas. Alguns instantes depois, Ismail Latif chegou, por sua vez; depois Hassan Selim, com seu passo lento e altivo.

Kamal se perguntou, perplexo, se, como da vez anterior, este último não o tinha espionado de longe na companhia de Aída, não sabendo nem quando nem como ele estaria a par da altercação irritadiça que acabava de opô-los. Como um apêndice inflamado, a cólera e o ciúme explodiram no seu peito. Mas ele jurou a si mesmo não dar a ninguém a oportunidade de se alegrar com sua desgraça, não emprestar sua figura ao sarcasmo ou à falsa piedade, nem permitir a quem quer que fosse ler em seu rosto a perturbação que o agitava por dentro. Lançou-se então ao sabor da conversa, rindo com as observações de Ismail Latif, comentando longamente a formação do "Partido da União",* a intriga dirigida contra Saad Zaghloul e o Wafd, o papel de Nachat Paxá em tudo isso... Em resumo, desempenhou seu papel o melhor que pôde até que a reunião acabasse sem problema, e, ao meio-dia, abandonou o palácio dos Sheddad na companhia de Ismail e de Hassan. Então, como se não agüentasse mais, interpelou este último sem mais delongas, dizendo-lhe:

– Eu queria falar com você um minuto...

– À vontade – respondeu o outro, num tom calmo.

Depois, virando-se para Ismail, como a desculpar-se:

– Eu preferiria que ficássemos a sós.

---

*Partido formado em janeiro de 1925 por um grupo de personalidades, instigadas por Hassan Nachat Paxá, chefe do gabinete do rei. O novo partido tinha por princípio básico a "fidelidade ao trono", política dirigida contra o Wafd, acusado de traição contra o rei.

Ismail ia retirar-se, mas Hassan parou-o com um gesto, dizendo:

— Não tenho nada a esconder a Ismail.

A manobra tornou-o furioso e ele pressentiu nela intenções suspeitas.

— Que seja – replicou com indiferença. – Que ele nos ouça. Afinal, também não tenho nada a esconder-lhe.

Ele esperou que seus passos os tivessem afastado do palácio dos Sheddad, depois declarou:

— Antes de vocês chegarem, há pouco, encontrei-me sozinho por acaso com Aída sob o caramanchão. Ora, tivemos uma conversa inesperada que me deixa pressupor que você lhe contou, embora deformadas e desvirtuadas, certas passagens da nossa conversa de outro dia na rua dos Serralhos, lembra-se? Tanto que ela pôs na cabeça a idéia de que a ataquei injusta e injuriosamente.

Hassan repetiu, com a boca amarga, a expressão "deformadas e desvirtuadas", antes de replicar com frieza, mirando o amigo de alto a baixo, como se quisesse lembrar-lhe que ele se dirigia nada mais nada menos do que a Hassan Selim, e não outro:

— Você faria melhor se cuidasse um pouco mais do seu vocabulário, quando falar!

— Mas foi exatamente o que fiz – respondeu Kamal com humor. – Aliás, o que ela me disse não me deixa nenhuma dúvida sobre o fato de que você procurou indispô-la contra mim.

Hassan tornou-se pálido de cólera. Mas não se entregou a ela. Respondeu simplesmente, com uma voz ainda mais glacial:

— Lamento ter por tanto tempo acreditado na sua compreensão e na sua apreciação das coisas.

Depois, num tom zombeteiro:

— Primeiramente, pode me dizer o que poderia me levar a provocar essa pretensa indisposição dela contra você? Realmente, você se deixa empolgar sem refletir...

Kamal teve sua fúria aumentada, e exclamou:

— Na verdade, você é que se deixa levar por um comportamento indigno.

A essas palavras, Ismail se intrometeu, dizendo:

— Sugiro que vocês adiem essa discussão para mais tarde, quando estiverem mais capazes de controlar os nervos.

— A coisa é suficientemente clara para não precisar ser discutida – insistiu Kamal. – Ele sabe tão bem quanto eu do que estou falando!

— Conte-nos – disse Ismail – o que aconteceu entre ela e você, sob o caramanchão. Talvez possamos...

— Não aceitarei nenhuma arbitragem – objetou Hassan com arrogância.

Kamal gritou então, para aliviar a cólera, embora sabendo que mentia:

— Em todo caso, eu disse a verdade para ela. Que ela saiba qual de nós dois é o mais sincero...

— Deixemos que ela ponha na balança as palavras de um filho de comerciante e as de um filho de ministro! – gritou Hassan com o rosto pálido.

Kamal se lançou contra ele com o punho cerrado. Imediatamente Ismail se precipitou sobre eles para separá-los. Apesar de sua pequena corpulência, conseguiu realizar o intento, e declarou, num tom que não admitia réplica:

— Ah, não! Isso não! Vocês dois são meus amigos, tanto um quanto o outro são filhos de famílias respeitáveis. Poupem-nos essas infantilidades dignas de moleques de 6 anos!

Ele se foi, revoltado, furioso, ferido, palmilhando o caminho com um passo firme e irritado, com o fogo da dor a queimá-lo por dentro. Agora que tinham magoado seu coração, sua dignidade, sua adorada, seu pai... que lhe restava neste mundo? E Hassan, que ele respeitava mais do que qualquer um dos seus colegas, cujo caráter ele admirava mais do que ninguém, como é que pôde, no espaço de um instante, transformar-se em semeador de discórdia, em proferidor de injúrias?

Para dizer a verdade, apesar da fúria que nutria contra ele, não podia ficar convencido absolutamente de tê-lo acusado com razão. Não parava de repensar em toda essa história, perguntando-se se, por atrás dessa situação dolorosa, não se perfilavam razões obscuras. Hassan tinha realmente desvirtuado suas palavras? Ou será que Aída as tinha mal interpretado, perdendo-se em conjeturas demasiadamente audaciosas, ou abandonando-se prontamente à cólera? A verdade é que a distinção entre "filho de comerciante" e "filho de ministro" o tinha mergulhado num inferno de ódio e de dor que tornava vã qualquer preocupação de eqüidade com relação a Hassan!

Algum tempo depois, ele foi ao palácio dos Sheddad para o encontro habitual, mas não o achou lá, porque ele pretextou algum impedimento de última hora para faltar. No fim dessa reunião, Ismail Latif veio informá-lo de que Hassan o tinha encarregado de dizer-lhe o quanto lamentava a palavra infeliz que lhe tinha escapado no auge da cólera com respeito a "filho de comerciante e filho de ministro", estando aliás convencido de que Kamal o tinha injuriosamente ofendido com suas suposições fantasiosas, esperando contudo que esse incidente não rompesse com os laços de sua amizade. Depois recebeu dele uma carta, em que ele exprimia vivamente a esperança de que não recordassem o passado se acontecesse um encontro entre eles, e o cobrissem com o véu do esquecimento. A carta terminava com estas palavras: "Lembre-se de todas as ofensas que você me fez e de todas as que eu lhe fiz; talvez você fique, como eu, persuadido de que ambos erramos, e nenhum de nós deve, por conseguinte, desprezar as desculpas do outro!"

No momento, a carta agradou a Kamal. Mas não demorou a notar uma contradição entre o orgulho bem conhecido de Hassan e essas desculpas tão delicadas quanto inesperadas. Realmente inesperadas! De fato, ele podia imaginá-lo a pedir desculpas por uma razão ou por outra? O que o fizera mudar? Não era no entanto a amizade que ele tinha por ele o motivo de tão grande influência sobre seu orgulho! Talvez Hassan tivesse querido mais restaurar sua reputação de cortesia do que reconquistar sua amizade. Talvez quisesse também não ver a briga agravar-se e seus ecos chegarem aos ouvidos de Hussein Sheddad, com medo de que este último suspeitasse do envolvimento da irmã no conflito, ou se zangasse ao saber das palavras ditas a respeito de "filho de comerciante" – o que ele também era!

Cada uma dessas razões tinha fundamento, e, de qualquer maneira, mais de acordo com a lógica, no caso de Hassan, as desculpas tinham por objetivo preservar apenas a amizade! Mas tudo isso, afinal, não tinha quase importância. Hassan estava livre para selar a paz com ele ou para enfrentá-lo. O que importava era saber se Aída tinha deliberadamente sumido! Ela não aparecia mais no círculo de suas reuniões, nem aparecia à janela ou na sacada. Ele só lhe tinha relatado as palavras de Hassan, segundo as quais este último podia, se o desejasse, impedi-la de encontrar-se com quem quer que fosse, para certificar-se – baseando-se em seu orgulho – de que ela manteria, contra qualquer capricho, suas visitas ao caramanchão, e assim não seria privado de vê-la. Mas, apesar disso, ela tinha desaparecido. Era como se ela tivesse abandonado a casa, o bairro, o mundo inteiro que, sem ela, não tinha mais nenhum sabor. Essa separação podia prolongar-se indefinidamente? Ele quis que a intenção dela fosse de puni-lo por algum tempo para perdoá-lo depois, ou pelo menos que Hussein invocasse, a respeito do desaparecimento dela, alguma razão própria a desmentir seus temores. Ele queria uma coisa ou outra, com todas as suas forças. Esperou. Longamente. Em vão.

Quando ele vinha em visita ao palácio, aproximava-se com o olhar angustiado, com os olhos se agitando nas órbitas, entre a esperança e o desespero. Lançava uma olhadela furtiva para a sacada que dava para a entrada, depois uma outra para a janela da aléia que circundava a casa, ou então, enquanto pegava o caminho do caramanchão ou do *salamlik*, para a sacada que dava para o jardim. Depois ocupava seu lugar entre os amigos, e permanecia a sonhar longamente com a feliz surpresa que não acontecia. O grupo se separava. Ele o deixava apressadamente para ir lançar seus olhares cansados e tristes para as sacadas e janelas, sobretudo para a da aléia lateral que aparecia muitas vezes nos seus sonhos diurnos como uma moldura que envolvia o retrato querido. Então ia-se embora, suspirando de desespero, soluçando de tristeza.

Sua aflição logo se tornou tão grande que esteve a ponto de perguntar a Hussein a razão do desaparecimento de Aída. Mas as tradições do velho bairro, nas quais ele foi criado, o impediram, e ele não disse nada. Começou então a perguntar a si mesmo com angústia até que ponto Hussein não estaria ciente das circunstâncias que levaram a irmã a desaparecer.

Por seu lado, Hassan Selim não fazia nenhuma menção ao "passado" ou não deixava transparecer nada que pudesse levar a crer que ele pensasse nisso de algum modo. Mas não havia dúvida de que ele via em Kamal, a cada encontro que os punha em presença um do outro, um símbolo vivo da sua vitória. Como Kamal sofria com essa idéia! E sofria terrivelmente. Sentia a dor penetrá-lo até a medula e o delírio que ela provocava atingir-lhe a razão. O que, nisso tudo, o fazia sofrer mais era o martírio da separação, a agrura da derrota, o aperto do desespero, mas, mais cruel ainda, esse sentimento de vergonha de ter sido expulso do jardim das delícias, privado do canto gracioso do ídolo, de seu brilho deslumbrante... Repetia-se a si mesmo, com a alma chorando todas as lágrimas da amargura e da dor: "O que você tem a ver com esses bem-aventurados, criatura disforme?"

Que sentido teria doravante a vida se ela persistia em desaparecer? Onde seus olhos encontrariam a luz? Seu coração, o calor? Onde sua alma respiraria o perfume da alegria? Que ela reaparecesse, enfim! Não importa o preço que ela exija para regressar! Que ela reapareça para amar quem lhe agradar, Hassan ou qualquer outro! Que ela reapareça para rir até se fartar de sua cabeça e de seu nariz! Seu desejo de contemplar-lhe o rosto, de ouvir-lhe a voz, ultrapassava todas as aptidões de um ser com desejo. Em quem lançar hoje um olhar terno capaz de apagar de sua alma o negrume da tristeza e da solidão? De alegrar um coração que mendigava a alegria perdida, como um cego mendiga a luz?

Que ela reapareça! Ainda que com o risco de ignorá-lo! Se perdesse a felicidade de ser aceito por ela, pelo menos não perderia a de vê-la, de ver o mundo através do prisma de sua luz radiosa. Sem isso, a vida não seria mais do que um longo sofrimento dominado pela loucura. Porque tirar Aída de sua vida não era nem mais nem menos do que tirar a coluna vertebral de um ser humano, reduzindo-o assim, depois de ter conhecido o equilíbrio e a integridade, à sombra de um cadáver que fala!

A dor e a angústia fizeram-no perder a paciência. Chegada a sexta-feira, ele ia, não se agüentando mais, encontrar-se com os amigos em al-Abbassiyyê e, de longe, vagueava à volta do palácio na hipotética esperança de entrevê-la na sacada, numa janela ou em suas idas e vindas, no momento em que ela se acreditasse fora do alcance do seu olhar. E depois, contrariamente a essa ronda frenética à volta do santuário do ídolo, a espera em Bayn al-Qasrayn só terminava em desespero. Nem uma só vez ele a viu. Em contrapartida, ele via freqüentemente um dos criados saindo para a rua ou voltando para o palácio. Ele o seguia com um olhar atento e maravilhado que parecia perguntar ao destino o que o levara a dar a esse ser humano o privilégio de aproximar-se do ídolo, de passar por ela, de contemplá-la em cada situação, deitada na cama ou então cantando e divertindo-se. E dizer que todas essas oportunidades eram dadas a esse homem que vivia no recinto do santuário sem ter no coração a inquietude da adoração!

Durante uma de suas rondas de reconhecimento, no momento em que eles saíam do palácio para entrar na Minerva que os esperava diante da entrada, ele viu Abd el-Hamid bei Sheddad, assim como sua nobre esposa. Ambos felizes, sozinhos no mundo diante do qual Aída permanecia numa atitude de respeito e de reverência, que lhe falavam às vezes em tom de comando e a quem ela não podia deixar de obedecer. E essa mãe venerada que a trouxera em seu ventre durante nove meses! (Porque, exatamente como aquelas pequenas criaturas que ele examinara, longamente, ternamente, na cama de Aisha e de Khadiga, ele não tinha nenhuma dúvida de que Aída tinha sido um feto e depois um bebê.) Pois bem, ninguém nesta terra conhecia melhor a terna infância de sua adorada do que esta bem-aventurada e santa mãe.

Enquanto permanecesse nas sombrias regiões da vida, continuaria com suas dores ou, pelo menos, guardaria a marca delas. Como esquecer as longas noites de janeiro em que ele mergulhava no travesseiro com os olhos cheios de lágrimas? Quando virava para Deus as mãos em prece para invocá-lo do mais fundo de sua alma: "Senhor! Diga a este amor: seja cinza! Como o Senhor disse ao fogo de Abraão: 'Seja frescor e paz!'"*? Quando esperava que o amor tivesse no corpo um lugar certo, para poder fazer-lhe a ablação, como se amputa um membro gangrenado? Quando ele chamava o nome bem-amado para ouvir-lhe o eco no silêncio do quarto, com o coração ajoelhado, como se alguém mais o tivesse gritado? Quando fazia vibrar em si o som de sua voz, nas vezes em que ela o chamava por seu nome, a fim de ressuscitar o sonho da felicidade perdida? Ou quando rabiscava em seu caderno de lembranças, para certificar-se do que era realidade, não fantasia da imaginação?

Pela primeira vez em muitos anos, como o prisioneiro que olha as lembranças de sua liberdade perdida, ele lançava nas franjas do passado que precederam o amor um olhar de cálida nostalgia. Com efeito, ele não imaginava ninguém no mundo mais perto de sua situação do que o prisioneiro. Ainda que as barras da prisão lhe parecessem mais prontas a ceder ou oferecendo menos resistência do que as cadeias imateriais do amor que lhe prendem o coração, os pensamentos e a carne sem nunca parecer romper-se...

Surpreendeu-se um dia a perguntar-se se Fahmi tinha enfrentado uma dor igual à sua. Então as lembranças do

---

*Corão, XXI, 69.

falecido irmão sopraram nele como uma melopéia interior profunda... Suspirou no âmago de sua alma, depois se lembrou de como tinham contado um dia em sua presença a aventura de Maryam com Julian. Ele acabava imprudentemente de enfiar em si mesmo uma lâmina envenenada no coração! Começou a pensar na imagem de Fahmi. Reviu a calma com que se deixara envolver na época, depois o instante em que se encontrara sozinho com ele, as crispações da dor endurecendo seu rosto delicado, o monólogo queixoso em que ele sem dúvida mergulhara, como ele próprio agora, em seus lamentos e seus gemidos. Sentiu como que um espinho cravado na carne e começou a pensar com seus botões: "Fahmi sofreu uma prova mais rude do que o chumbo antes que isto se alojasse em seu peito!"

Fato notável: ele via na vida política uma réplica em grande escala de sua própria vida. Acompanhava as notícias da política nos jornais como outras tantas situações vividas por ele em Bayn el-Qasrayn ou em al-Abbassiyyê: Saad Zaghloul – como ele – estava detido e às voltas com as intrigas ultrajantes, os ataques injustos, a traição e a felonia de seus companheiros. Ambos – Saad e ele – enfrentavam mil dificuldades por estarem misturados com pessoas nobres pelo nascimento e vis pela conduta. Ele se identificava com a pessoa do chefe em sua desgraça e com a pátria em seu martírio. Abordava a situação política e a sua própria com o mesmo sentimento, a mesma indignação. Era como se falasse de si mesmo quando dizia de Saad Zaghloul: "Pode-se decentemente tratar um homem tão sincero de uma maneira tão injusta?"; como se falasse de Hassan Selim quando dizia de Ziwer: "Ele faltou à confiança e legalizou o reino da infâmia com a intenção de apoderar-se do poder!"* como se falasse de Aída, dizendo do Egito: "Ela se afastou do seu fiel servidor porque ele defendia seus direitos?"

10

A residência dos Shawkat, em al-Sokkariyya, não era das que desfrutavam de calma e de tranqüilidade. Não apenas porque seus três andares agrupavam agora todos os membros da família, mas por causa de Khadiga, principalmente!

A dona do imóvel ocupava o térreo; Khalil, Aisha e seus filhos – Naima, Othman e Mohammed – o andar de cima. Mas a confusão devida à presença de todo esse pessoal reunido não era nada comparada à confusão engendrada por Khadiga sozinha, quer se originasse dela diretamente ou dos outros... por culpa dela!

Algumas mudanças tinham ocorrido na organização da casa que poderiam ter reduzido ao máximo as causas do tumulto: notadamente o fato de que Khadiga tivesse dado para si mesma seus próprios aposentos e sua própria cozinha; que tivesse usurpado o terraço para nele criar suas galinhas e cultivar um modesto jardim como o da antiga casa, depois de ter expulsado de lá sua sogra e toda a criação dela.

---

*Trata-se de Ahmed Ziwer Paxá, encarregado pelo rei Fuad de formar o novo ministério após a demissão de Saad Zaghloul. Esse ministério é uma aresta fincada no regime liberal: o Parlamento é dissolvido, a Constituição violada, o Wafd despojado do poder. É, além disso, para esse partido, o período mais difícil de sua história (parlamentares wafdistas presos, reuniões proibidas etc.).

Tudo isso teria podido certamente contribuir largamente para acalmar o tumulto. Mas este não se acalmou. Ou se acalmou tão pouco que ninguém chegou a notar!

A verdade é que hoje o temperamento de Khadiga se ressentia de uma certa apatia. A razão disso, aparentemente, não era um mistério.

Aisha e Khalil tinham ido aos aposentos dela para ajudar a desfazer – digamos – a crise que ela havia provocado. Estavam sentados no salão, os dois irmãos na frente das duas irmãs, em dois canapés opostos. Os rostos permaneciam sérios. Khadiga mostrava uma expressão carrancuda. Trocavam-se olhares cheios de significação. Mas ninguém queria se decidir a entrar diretamente no assunto, quando Khadiga declarou subitamente, num tom que misturava o consolo com a irritação:

– Esse tipo de briga acontece em todas as casas! Assim é o mundo desde que Nosso Senhor o criou! O que não quer dizer, contudo, que a gente deva avisar todo mundo dos nossos problemas, sobretudo as pessoas a quem não vale a pena dar a oportunidade de falar para não dizerem nada! Mas o que vocês querem! Ela faz questão absoluta de desabafar nossos problemas em praça pública. Deus do céu, ajudai-nos!

Ibrahim se agitou dentro do seu casaco, como se estivesse se ajeitando melhor, depois deixou escapar um risinho curto cuja significação ninguém entendeu exatamente.

– O que significa esse risinho? – perguntou Khadiga, lançando-lhe um olhar desconfiado. – Não há então nada que atinja você neste mundo? – Ela se desviou dele, com ar de desespero, e disse, dirigindo-se a Khalil e Aisha: – Vocês acham certo que ela vá ver papai na loja para se queixar de mim? É certo ir chatear os homens, sobretudo os do tipo de papai, com probleminhas de mulheres? Ele nunca deveria ter sabido nada sobre isso! Vocês podem ficar certos de que ela vai importuná-lo com essa visita e suas choradeiras. Não fosse a educação dele, ele não deixaria de dizer isso a ela. Mas ela tanto o encheu que ele acabou por prometer a ela que viria aqui. Que comportamento detestável! Como se meu pai não tivesse mais em que pensar, a não ser nessas besteiras. O senhor aprova essa maneira de agir, Sr. Khalil?

Khalil franziu o sobrolho, aflito.

– Minha mãe cometeu um erro – disse. – Eu mesmo lhe ponderei isso, o que me valeu aliás suportar a raiva dela! Não faz mal. É uma senhora idosa, e você sabe que as pessoas da idade dela, exatamente como as crianças, exigem paciência e atenção. É isso aí.

– É isso aí! É isso aí! – interrompeu Ibrahim irritado. – Quantas vezes vai ser preciso você repetir "é isso aí" antes de se cansar? Sua mãe é, como você disse, uma pessoa idosa. Mas ela também me saiu com uma nora intratável!

Com o rosto numa careta, com as narinas dilatadas, Khadiga se virou para ele brutalmente.

– Deus do céu! – exclamou. – Só faltava você ir repetir essas calúnias aos ouvidos de papai!

– Meu sogro não está aqui agora – replicou Ibrahim, exprimindo sua chateação com um gesto de mão. – Se ele vier, não será para me ouvir. Eu só fiz constatar uma verdade que todo mundo está de acordo em reconhecer e que você não pode negar. Você não suporta minha mãe, nem a ela nem a sombra dela. Deus do céu! Por que toda essa bobagem, minha querida? Bastaria que você tivesse um pouquinho de paciência e de tato para tê-la nas suas mãos. Mas é mais fácil conquistar a Lua do que a sua paciência! Pode negar uma só palavra do que digo?

Ela olhou para Khalil e Aisha, a fim de tomá-los como testemunhas dessa "gritante injustiça". Eles pareceram hesitar entre a verdade e a cautela. Para concluir, Aisha balbuciou, no auge da preocupação:

— O Sr. Ibrahim quer dizer que você deveria ser um pouco indulgente com ela...

Khalil balançou a cabeça em sinal de aprovação, sentindo o consolo de quem consegue achar *in extremis* a tábua da salvação.

— Isso mesmo! — concordou. — Minha mãe é irritadiça, certamente, mas você lhe deve o respeito de mãe e, com um pouquinho de paciência, você pouparia aos seus nervos a chateação de uma briga...

— Pfff! — soprou Khadiga. — É ela, precisamente, que não pode me suportar nem me ver pintada. Ela me irrita! Não podemos nos cruzar uma com a outra sem que ela me diga claramente, ou veladamente, uma palavra que lhe ferva o sangue ou lhe envenene o corpo da cabeça aos pés. E ainda por cima é a mim que me pedem para ser paciente! Como se eu fosse de gelo! Como se não me bastasse ter por aqui Abd el-Monem e Ahmed para me esgotarem a paciência! Oh, meu Deus, onde acharei alguém que me faça justiça?

— Talvez a pessoa do seu pai — arriscou Ibrahim, irônico, com um sorriso nos lábios.

— Você se diverte com minha desgraça! — exclamou ela. — Estou vendo com clareza! Mas não se preocupe, Deus está aqui!

— É verdade... Deus está aqui! — aprovou Ibrahim com uma voz arrastada, sugerindo ao mesmo tempo resignação e desafio.

— Acalme-se — disse Khalil com solicitude. — Que pelo menos você encontre seu pai com o espírito menos tenso...

Mas como poderia ela ter o espírito menos tenso? A velha se vingara dela da pior maneira. Em breve teria de encontrar-se com o pai numa situação que ela detestava de corpo e alma.

No mesmo instante, os gritos de Abd el-Monem e de Ahmed, depois os soluços deste último, que se pusera a chorar, chegaram até eles por detrás da porta do quarto. Ela se levantou de um pulo, apesar do seu corpanzil, precipitou-se para lá, empurrou a porta e entrou, gritando, por sua vez:

– O que está acontecendo? Não os proibi mil vezes de brigar? Quem começou tudo vai se ver comigo!

– Coitada – compadeceu-se Ibrahim, assim que ela desapareceu por trás da porta. – Dir-se-ia que ela está irremediavelmente indisposta com a tranqüilidade! Desde manhãzinha ela começa uma longa batalha que dura o dia inteiro e só termina quando ela vai dormir. Tudo tem de se curvar à vontade dela, aos seus motivos: a criada, a bebida, a comida, os móveis, as galinhas, Abd el-Monem, Ahmed e até eu. Tudo tem de obedecer à lei dela. Tenho pena dela, e garanto-lhes que nosso lar poderia usufruir da mais perfeita ordem e disciplina sem necessidade de toda essa obsessão...

– Que Deus lhe venha em seu socorro! – exclamou Khalil num sorriso.

– E a mim também! – concordou Ibrahim com um balançar de cabeça, sorrindo também.

A essas palavras, ele tirou do bolso do casaco um maço de cigarros, levantou-se em direção ao irmão, estendeu-lhe o maço e Khalil serviu-se. Depois, convidou Aisha a se servir também, mas ela recusou a oferta com um sorriso. Depois, designando a porta atrás da qual Khadiga tinha desaparecido:

— Deixe pelo menos esta hora se passar em paz — disse. Voltou para o seu assento, acendeu o cigarro e continuou dirigindo o olhar para o quarto:

— Um tribunal! É um tribunal que existe atrás desta porta agora. Mas ela vai tratar os dois réus com clemência, mesmo contra a vontade.

Khadiga voltou dizendo, desgostosa:

— Como é que você quer que eu tenha descanso nesta casa? Como e quando?

Depois, sentou-se, suspirando, e, dirigindo-se a Aisha:

— Dei uma olhadela através do muxarabiê. A lama da chuva de ontem ainda cobre toda a rua. Diga-me, Senhor, como papai vai fazer para caminhar dentro dela! Não, mas por que embirrar assim?

— E o céu? — disse Aisha. — Como está o céu agora?

— Preto como breu! Todas as ruas por perto serão uma poça só antes do anoitecer. Mas você acha que isso faria a sua sogra atrasar por um só dia a malandragem que arquiteta? Estou pouco ligando! Ela teve de correr até a loja, apesar de toda a dificuldade que tem para andar. Ela não vai dar descanso a papai até que ele lhe prometa vir aqui. Estou certa de que se alguém a ouvisse na loja se queixando de mim nestes tempos difíceis, acreditaria que eu fosse Rayya ou Sakina!*

Todos caíram na gargalhada, aproveitando a oportunidade que ela lhes dava de se descontraírem um pouco.

— Você se subestimaria com relação a Rayya e Sakina? — perguntou Ibrahim.

---

*Duas irmãs que se tornaram tristemente célebres em Alexandria por uma série de assassinatos cometidos contra mulheres ricas com a finalidade de despojá-las das jóias. O tema foi abundantemente aproveitado por autores menores e no cinema.

Bateram à porta. A criada foi abrir e o rosto de Suwaidane apareceu no postigo. Com ar de espanto, ela olhou para Khadiga e disse-lhe:

– Nosso amo chegou!

Enquanto ela fugia apressadamente, Khadiga se levantou, lívida, cochichando:

– Não me deixem sozinha com ele!

– Nós a assistiremos até o fim, Sra. Khadiga – riu Khalil.

– Fiquem perto de mim! – insistiu ela numa voz vibrante de esperança e de súplica.

Ela esperou que Aisha tivesse acabado de se examinar ao espelho, a fim de certificar-se de que seu rosto não apresentava nenhuma marca de maquiagem, e saiu do apartamento...

AHMED ABD EL-GAWWAD estava sentado num canapé, ao fundo do antigo salão, exatamente abaixo de um grande retrato do pranteado Shawkat; a dona da casa tinha tomado assento numa poltrona próxima, vestida com um pesado manto preto cuja espessura não conseguia disfarçar a magreza de seu pequeno corpo de ombros curvos. No seu rosto descamado, marcado por rugas profundas, de pele murcha, apenas os dentes de ouro faziam subsistir um vislumbre de perenidade.

O cômodo não era em nada estranho ao Sr. Ahmed. Seu aspecto vetusto não lhe diminuía o luxo. Se as cortinas estavam desbotadas, se o veludo de algumas poltronas e canapés estava puído, e até mesmo rasgado nos braços e no encosto, o tapete persa não tinha perdido nada do seu esplendor – ou pelo menos de seu valor – e o ar ambiente exalava um odor sutil de incenso de que a velha dama gostava.

Curvada sobre o cabo de sua sombrinha, ela começou seu relato:

— Eu disse para mim mesma: se o Sr. Ahmed não vier como me prometeu, não será mais meu filho e não serei mais a mãe dele.

Ao que nosso homem respondeu, com um sorriso:

— Deus me livre! Estou às suas ordens. Sou seu filho e Khadiga é sua filha...

Ela esticou os lábios para a frente e prosseguiu:

— Vocês todos são meus filhos. A Sra. Amina é minha valente menina, e você é a nata dos homens... Quanto a Khadiga... – ela o olhou revirando os olhos grandes – ... ela não herdou nenhuma das qualidades de seus veneráveis pais! – Depois, balançando a cabeça: – Oh, Deus de misericórdia!

O Sr. Ahmed, num tom de desculpa:

— Pergunto-me como ela fez para fazê-la zangar-se a esse ponto. Confesso que essa situação toda me fez cair das nuvens! Acho isso perfeitamente inadmissível. Mas... Fale-me antes dos erros dela...

— Oh, é uma velha história! – disse ela, com o rosto sombrio. – Nós lhe escondemos tudo para atender aos desejos da mãe dela que se esforçou em vão por corrigir-lhe os defeitos. Mas só falarei na frente dela. Na frente dela, Sr. Ahmed, como decidi diante do senhor na loja.

Nisso, chegou o grupo, com Ibrahim na frente, seguido por Khalil, Aisha e Khadiga. Cada um por sua vez, todos apertaram a mão do amo até que chegou a vez da "ré". Enquanto ela se inclinava diante dele com uma polidez exemplar, para beijar-lhe a mão, a velha não pôde deixar de exclamar, estupefata:

— Deus do céu! Que significa essa pantomima? Você é mesmo Khadiga? Não acredite nas aparências, Sr. Ahmed!

Khalil, repreendendo a mãe:

– Vamos, não comece a cansar nosso pai... A situação não é de forma alguma um processo!

– Em primeiro lugar, o que você está fazendo aqui? – respondeu-lhe ela erguendo a voz. – O que vocês todos vêm fazer aqui? Deixem-nos e vão em paz...

– Acalme-se e reze a Deus, o Único! – aconselhou Ibrahim com delicadeza.

– Não tenho necessidade de você para fazer isso, imbecil! Primeiramente, se você fosse um homem digno desse nome, não teria me obrigado a incomodar esse bom senhor. O que é que você vem fazer aqui? Você deveria estar roncando, como é seu hábito!

Khadiga ficou bem à vontade nesse início de conversa. Ela tinha a esperança de que a discussão entre a mãe e o filho se agravasse até que o seu caso fosse esquecido. Mas o Sr. Ahmed lhe perguntou com uma voz sonora que interrompeu bruscamente a batalha esperada:

– O que é que eu soube a seu respeito, Khadiga? É verdade que você não é boa moça, educada, obediente à sua mãe... perdão, à mãe de nós todos... como deveria ser?

Toda esperança estava perdida. Ela baixou os olhos e moveu os lábios num murmúrio indistinto, sacudindo a cabeça em contestação. Mas a senhora apelou com um gesto para a atenção de todos e retomou seu relato, dizendo ao Sr. Ahmed:

– É uma velha história que não vou ter tempo de lhe contar aqui em todos os detalhes. Desde o primeiro dia em que ela pôs o pé nesta casa, ela não parou de me enfrentar por qualquer coisinha nem de me falar com a língua mais insolente que já vi. Não tenho a intenção de lhe repetir tudo o que pude ouvir em cinco anos ou mais. E é isso e mais aquilo, e malvadezas, e quer tudo. Começou por contestar minha autoridade nesta casa e a falar mal da minha cozinha Já pensou, meu caro senhor? Depois ela fez absoluta questão de se isolar de mim, fazendo um lar à parte, quebrando a unidade da casa. Ela chegou ao extremo de proibir a Suwaidane de entrar na casa dela a pretexto de que é minha criada e tratou logo de contratar uma outra a seu serviço. E o terraço! O terraço que é no entanto grande demais, meu pobre senhor, pois bem, ela me invadiu o terraço. A tal ponto que eu tive de pôr minhas galinhas no pátio. E o que mais ainda, meu filho? Isso é só uma amostra! Enfim, tanto pior! Eu disse para mim mesma: afinal, o que está feito está feito. Então tomei minha decisão. Acreditei que uma vez que ela tivesse adquirido sua independência, acabariam-se as causas de briga. Você acha que eu tinha razão? Nem um pouco, eu lhe asseguro...

Acometida por uma irritação na garganta, ela se interrompeu e começou com uma tosse que lhe inchou as têmporas. Enquanto isso, Khadiga a olhava com o canto dos olhos, rezando a Deus baixinho para que Ele se lembrasse dela antes que a senhora tivesse terminado seu relato. Mas a tosse passou. Ela engoliu a saliva e recitou a fórmula: "Atesto que o único Deus é Alá..." Depois levantou para o Sr. Ahmed seus olhos lacrimejantes, perguntando-lhe com uma voz rouca:

– O senhor ficaria repugnado, Sr. Ahmed, se me chamasse de "minha mãe"?

Ao que nosso homem respondeu, esforçando-se por mostrar um rosto sério, apesar de Ibrahim e de Khalil, que sorriam lá do seu canto:

– Deus me livre disso, minha mãe!

– Que o Senhor o proteja, Sr. Ahmed! Pois bem, no entanto, isso repugna sua filha. Ela me chama de "senhora". Eu não me canso de lhe dizer: "Me chame de mamãe." Ela me responde: "E como vou chamar a que eu tenho em Bayn el-Qasrayn, então?" Eu digo a ela: "Sou para você uma mamãe, e sua mãe é outra mamãe!" Ela me responde: "Só tenho uma mamãe, que Deus a conserve para mim!" Já pensou, meu bom senhor? E fui eu que a pus no mundo com minhas próprias mãos...

O Sr. Ahmed lançou para Khadiga um olhar enfurecido. Depois perguntou-lhe, num tom severo:

— É verdade, Khadiga? Fale!

Tremendo de cólera tanto quanto de medo, ela parecia ter perdido toda faculdade de exprimir-se. Desesperada, por outro lado, com o resultado da conversa, o instinto de autodefesa levou-a a procurar a salvação através dos caminhos da súplica e do martírio...

— Sou vítima de uma injustiça – disse, numa voz apagada. – Todo mundo aqui sabe disso. É verdade, papai, eu lhe juro, sou vítima de injustiça.

O Sr. Ahmed estava estupefato com o que ouvia. Embora tivesse avaliado de imediato o estado de senilidade em que a senhora estava, bem como o clima da farsa que flutuava no ar, e cujos sinais se liam nos rostos de Ibrahim e de Khalil não tivesse escapado de forma alguma à sua sagacidade, ele decidiu, com a intenção ao mesmo tempo de satisfazer a senhora e intimidar Khadiga, fingir seriedade e gravidade. A teimosia, a aspereza do caráter de Khadiga, que se revelavam agora e de que ele nem suspeitara antes, enchiam-no de espanto. Ela era assim desde que crescera em sua casa? Ia ele, como ocorreu com Yasine, descobrir depois de tantos e tantos anos uma nova imagem da filha, contrária à que ele tinha dela?

— Quero saber a verdade! – exclamou ele. – Quero saber quem você é de verdade. Porque a mulher da qual nossa mãe fala não é aquela a que eu estava habituado a ver. Qual é a verdadeira?

A velha juntou as extremidades dos dedos e sacudiu a mão,* convidando-o a esperar para que ela acabasse seu relato.

– Eu disse para ela – continuou a velha: – "Eu tirei, eu mesma, você do ventre da sua mãe!" Ela me respondeu num tom malcriado, como nunca ouvi antes na minha vida: "Então foi um milagre que eu tenha escapado viva!"

Ibrahim e Khalil caíram na gargalhada, enquanto Aisha abaixava a cabeça para dissimular um sorriso que forçava seus lábios.

– Isso! Riam, riam de sua mãe! – indignou-se a velha, dirigindo-se aos dois filhos.

Quanto ao Sr. Ahmed, ele assumiu um aspecto severo, apesar do riso que vibrava dentro de si. Suas filhas eram então da mesma têmpera que ele? Não valia a pena contar isso a Ibrahim Alfar, Ali Abd el-Rahim e Mohammed Iffat?

– Com os diabos! – disse ele a Khadiga, irritado. – Eu sei como fazer você pagar por isso!

A velha, visivelmente encantada, continuou seu relato:

– Quanto à briga de ontem, a razão dela é a seguinte: Ibrahim tinha convidado alguns amigos para um almoço em que ela tinha servido, entre outras coisas, uma *circassiana*.** De noite, Ibrahim, Khalil e Aisha desceram com ela

---

*Gesto muito usado nos países árabes, destinado a atrair a paciência do interlocutor. Pelas extremidades dos dedos reunidos, "pega-se" de alguma forma o espírito deste último e se o "estica", sacudindo a mão de cima para baixo. Por sinal, tal gesto é às vezes acompanhado da fórmula: "Estique o seu espírito", isto é, "seja paciente".

**Frango com arroz. Prato de origem cherquessa (povo do Cáucaso setentrional).

para fazer serão comigo. Conversamos a respeito do almoço e Ibrahim repetiu os elogios dos convidados à famosa circassiana. A Sra. Khadiga estrebuchava de alegria. Mas isso não lhe bastou. Ela começou a afirmar com convicção que a circassiana sempre foi o prato tradicional de sua casa paterna. Eu lhe digo, com toda boa intenção: "Não, minha filha, foi Zainab, a primeira mulher de Yasine quem introduziu na sua casa a circassiana, e certamente foi com ela que você aprendeu esse prato!" Eu lhe juro, Sr. Ahmed, que eu falava sem malevolência e não queria prejudicar ninguém! Mas, agüente firme, ela subiu nas tamancas e me gritou em pleno rosto: "A senhora conhece agora a nossa casa melhor do que nós?" Eu lhe respondi: "Eu a conhecia bem antes de você." Então ela se põe a gritar: "A senhora está com inveja de nós! A senhora não pode agüentar que nos atribuam alguma coisa boa! Nem mesmo o modo de preparar a circassiana! Comia-se a circassiana em casa bem antes de Zainab ter nascido. E aliás, é vergonhoso mentir na sua idade!" Aí estão, como eu lhe digo, meu caro senhor, as palavras que ela me jogou no rosto diante de todo mundo! Por sua fé, qual de nós duas é a mentirosa?

— Então é isso! Ela a tratou como mentirosa abertamente — indignou-se o nosso homem, fora de si. — Deus do céu e da terra! Não é a minha filha!

Mas Khalil replicou à mãe, chocado:

— Foi por isso que a senhora incomodou nosso pai? É lícito contrariá-lo e fazê-lo perder tempo com uma discussão pueril a propósito de uma... circassiana? Isso é demais, mãe!

Ela olhou para ele diretamente nos olhos e gritou-lhe, com o rosto encolerizado:

— Você, cale essa boca! Desapareça da minha vista! Não sou uma mentirosa, e ninguém tem o direito de me tratar desse jeito! Sei o que digo e não há vergonha em dizer a verdade. A circassiana nunca foi um prato conhecido em casa do Sr. Ahmed até que Zainab o introduzisse lá. Não há nada nisso que desonre ou humilhe quem quer que seja. É a pura verdade. É só você perguntar ao Sr. Ahmed. Ele está aí na sua frente. Que ele me contradiga, se estou mentindo. Os guisados que se comem na casa dele são famosos... como arroz com carne. Mas no que diz respeito à circassiana, nunca a viram na mesa dele antes do aparecimento de Zainab! Fale, Sr. Ahmed, o senhor é o nosso único juiz!

Durante todo o tempo em que a velha fazia o seu discurso, nosso homem se esforçava para reprimir o riso. Mas, no momento de falar, disse, num tom de veemência:

— Se ao menos a culpa dela se limitasse à mentira e às falsas pretensões! Mas tinha de acrescentar incorreções! Foi o fato de estar longe da minha mão que a animou a ter essa conduta insolente? Você sabe que a minha mão vai direto até onde deve ir, e sem hesitar! Vejam só se não é mesmo uma desgraça para um pai ver sua filha ter ainda necessidade de ser corrigida e educada depois de ter atingido a idade madura e depois que sua qualidade de esposa e de mãe fez dela uma mulher como todas as outras!

Depois, brandindo uma mão ameaçadora:

— Já estou com as orelhas quentes por sua causa! Por Deus, ver você na minha frente me deixa triste!

A essas palavras, Khadiga caiu em prantos. Tanto por emoção quanto por estratégia! Ela não tinha outro meio para defender-se. E disse numa voz trêmula, entrecortada pelas lágrimas:

— Estão sendo injustos comigo! Deus é testemunha. Estão sendo injustos comigo! Ela não pode me ver sem me dizer malvadezas. Ela não pára de me dizer: "Se não fosse eu, você ficaria para titia!" E eu nunca lhe fiz mal algum! Todo mundo está aí para testemunhar!

Essa cena, ao mesmo tempo sincera e falsa, não deixou, todavia, as mentes insensíveis. Khalil Shawkat enrugava a testa furioso, enquanto Ibrahim baixava os olhos com irritação. Ele não chegou até onde chegara o próprio Sr. Ahmed, que, embora mantendo um rosto impassível, só sentiu o coração apertar-se como antigamente à lembrança da hipótese de que sua filha teria ficado para titia. Quanto à velha, ela se pôs a lançar à nora olhares mordazes sob as sobrancelhas encanecidas, como se lhe dissesse: "Está vendo? Pode fingir, sua diaba, que comigo isso não pega!" Depois, sentindo o ambiente exalar um vento de piedade por Khadiga, exclamou, num tom de bravata:

— Olhe só! Olhe a irmã dela, Aisha! Minha filhinha, jure para mim pelo que lhe é mais caro, jure para mim pelo santo Corão que você é testemunha do que viu e ouviu! Sua irmã não me tratou abertamente de mentirosa? Eu descrevi com exagero a cena da circassiana? Fale, minha filhinha, fale, por favor! Sua irmã me acusa hoje de injustiça, depois de ter me chamado ontem de mentirosa! Fale para que o Sr. Ahmed saiba quem é a injusta e quem é a agressora...

Vendo-se brutalmente sugada pelo turbilhão desse problema que ela pensou poder olhar até o fim como espectadora, Aisha foi tomada de pânico. Sentindo o perigo envolvê-la por todos os lados, ela se pôs, como quem implora ajuda, a perscrutar com seus belos olhos ora o marido, ora o irmão dele, Ibrahim.

Este último ia intrometer-se, mas o Sr. Ahmed antecipou-se, dizendo a Aisha:

— Aisha, nossa mãe apela para o seu testemunho. Você deve falar!

Ela se perturbou tanto que ficou pálida. Moveu os lábios, mas unicamente para engolir a saliva. Depois baixou os olhos para evitar o olhar do pai, mantendo teimosamente o silêncio. No mesmo momento, Khalil ergueu a voz para protestar:

— Nunca vi uma moça ser chamada para testemunhar contra a irmã!

— E eu – rosnou a velha – nunca vi filhos se unirem contra a mãe, como vocês estão fazendo agora. – Depois, virando-se para o nosso homem: – Mas o silêncio dela me basta. É um testemunho em meu favor, Sr. Ahmed!

Aisha pensava que seu suplício tinha terminado, quando subitamente ouviu Khadiga implorar-lhe, enxugando as lágrimas:

— Fale, Aisha! Você me ouviu injuriando-a?

Ela amaldiçoou a irmã interiormente, do fundo do coração. Sua cabeça de ouro foi tomada por um tremor nervoso:

— Agora sim! – exclamou a velha. – É ela mesma que pede o seu testemunho. Você não pode recuar, meu bem! Mas, Senhor, se eu fosse mesmo injusta para com ela, como ela afirma, então por que não o seria também com a irmã dela? Por que tudo vai da melhor maneira possível entre nós? Por que, meu Deus? Eu lhes pergunto.

A essas palavras, Ibrahim Shawkat se levantou e foi sentar-se ao lado do Sr. Ahmed.

— Meu pai – disse-lhe –, estou realmente chateado pelo fato de o senhor se ter cansado e perdido o seu tempo precioso inutilmente. Vamos deixar essa história de queixas e de testemunhos. Vamos deixar essa história infeliz e vamos ver coisas mais importantes e mais úteis. Sua presença foi, estou certo disso, um bem e uma bênção. Terminemos com a paz entre minha mãe e minha esposa. Que ambas se empenhem, diante do senhor, a se respeitarem para sempre...

A proposta agradou ao Sr. Ahmed. Todavia, como homem de tato, ele respondeu, sacudindo a cabeça, com objeção:

— Não, não! Não serei fiador de nenhuma paz! Uma paz só pode concluir-se entre pessoas da mesma idade. Ora, as duas partes estão aqui, de um lado a nossa mãe, do outro, a nossa filha. A filha não pode ser equiparada a uma mãe. É preciso que Khadiga peça desculpas à mãe pelo que fez. Esta última é livre para perdoá-la. Depois, só depois, poderemos falar de paz.

A velha esboçou um sorriso que comprimiu suas rugas como um acordeão. Nem por isso deixou de lançar para Khadiga um olhar desconfiado, e depois se virou de novo para o Sr. Ahmed, sem dizer uma palavra.

— Parece que a minha proposta não encontra apoio — espantou-se ele.

— Você sempre disse a palavra certa — respondeu a velha com gratidão. — Deus abençoe seus lábios e o guarde!

Nosso homem fez um sinal a Khadiga, que se levantou sem demora e aproximou-se do pai, sentindo-se arrasada como nunca. Quando ela ficou de pé diante dele, ele lhe disse, num tom que não admitia resposta:

— Vá beijar a mão da sua mãe e diga-lhe: perdoe-me, mamãe!

Oh, céus! Nunca — nem mesmo num pesadelo — ela se imaginaria poder um dia encontrar-se em semelhante situação. Mas o pai, seu venerado pai, tinha decidido assim! Sim! Tinha decidido assim um homem cuja sentença ela não podia recusar. Tanto pior! Que se faça segundo a vontade de Deus!...

Ela se virou para a velha, inclinou-se para ela, pegou-lhe a mão que esta última lhe oferecia — perfeitamente: oferecia-lhe, 369 sem reticências, pelo menos aparentemente – e beijou-a, dominada por uma onda de repulsa, de nojo e de dor cruel.

– Perdoe-me, mamãe – balbuciou ela.

Com o rosto iluminado de alegria, a velha olhou-a longamente e respondeu:

– Eu a perdôo, Khadiga. Eu a perdôo em respeito a seu pai e aceitando o seu arrependimento. – Ela deu um risinho pueril e concluiu num tom de advertência: – E agora não quero mais discussões a respeito da circassiana. Não lhe basta superar todo mundo com seus quitutes e seu arroz com carne?

E o nosso homem conclui, por sua vez, jovial:

– Louvemos ao Senhor por esta paz!

Depois, erguendo os olhos para Khadiga:

– E agora você vai chamá-la sempre de "mamãe" e não de "senhora". Ela é também nem mais nem menos do que uma mãe para você...

Depois, com uma voz sombria e magoada:

– Diabo, mas a quem você puxou com o seu gênio, Khadiga? Ninguém que tenha crescido em minha casa deve ter conhecido um gênio semelhante! Você teria esquecido sua mãe e as qualidades dela de polidez e de doçura? Você esquece que, de todo mal de que você é culpada, é sobre mim que recai a desonra? Por Deus, eu fiquei surpreso ao ouvir o relato que sua mãe nos fez... e ainda não deixei de me surpreender...

Assim que o Sr. Ahmed saiu, a pequena família subiu a escadaria, cada um para o seu lar, com Khadiga à frente do cortejo, branca de cólera e de azedume. Todos os que caminhavam atrás dela, além de temerem o que o silêncio dela ia abortar, estavam convencidos de que a serenidade cobria menos que nunca os corações. Por isso Khalil e Aisha a acompanharam, a ela e a Ibrahim, até o apartamento deles, embora a confusão a que se entregavam Naima, Othman e Mohammed fosse suficiente para levá-los a dar meia-volta imediatamente.

Quando ocuparam seus lugares no salão, Khalil, na intenção de sondar o ambiente, declarou, dirigindo-se ao irmão:

— Sua palavrinha de conclusão foi decisiva e de grande efeito.

A essas palavras, Khadiga, recuperando a fala, respondeu-lhe cheia de desdém:

— Ele trouxe a paz, é isso? Ele foi a causa da pior vergonha que já sofri, isso sim!

— Não há vergonha em beijar a mão de minha mãe nem em lhe pedir perdão — espantou-se Ibrahim, com ar de desaprovação.

— Para você. É sua mãe! — exclamou ela, com voz pausada. — Para mim, é minha inimiga! Ela poderia esperar sentada que eu a chamasse de "mamãe" se papai não me tivesse mandado! Oh! Isso sim! E se ela se tornou subitamente minha mamãe, foi unicamente por ordem de papai e só por ele!

Ibrahim deixou-se cair no encosto do canapé com um suspiro de impotência. Por seu lado, Aisha estava ansiosa, não sabendo como sua irmã tinha recebido sua recusa em testemunhar. O que aumentava particularmente sua ansiedade era que esta fazia tudo para não olhá-la. Por isso, a fim de levá-la a exprimir-lhe claramente seus sentimentos, decidiu ser a primeira a solicitá-la, dizendo-lhe com doçura:

— Não há vergonha, já que vocês se reconciliaram! Você tem mais é que pensar apenas nesse final feliz...

Khadiga se curvou e, lançando à irmã um olhar irritado:

– Aisha! Não fale mais comigo – disse, num tom seco. – Você é a última pessoa no mundo com direito de falar comigo.

Aisha fingiu espanto:

– Eu? – perguntou, passeando o olhar entre Ibrahim e Khalil. – Mas por quê, meu Deus?

– Porque você me traiu e testemunhou contra mim com seu silêncio – replicou ela num tom tão seco e penetrante quanto uma bala de fuzil. – Porque você preferiu agradar à outra a vir em socorro da sua irmã. Isso é o que eu chamo de verdadeira traição!

– Não a compreendo, Khadiga. Todo mundo sabe bem que esse silêncio era de seu interesse.

– Se você tivesse realmente se preocupado com meu interesse – replicou ela num tom idêntico ou ainda mais áspero –, teria testemunhado a meu favor, dizendo a verdade, com o risco até de mentir, pouco importa! Mas não! Você preferiu aquela que a alimenta à sua irmã. Não me dirija mais a palavra! Nem uma só palavra... Temos uma mãe que saberá julgar!

No dia seguinte, no fim da manhã, apesar da lama que enchia as ruas e das trilhas cheias de água estagnada, Khadiga foi ver a mãe. Foi direto ao recinto do forno, e Amina levantou-se para recebê-la com uma alegria calorosa. Depois, Oum Hanafi foi até ela, soltando gritos de boas-vindas. Como ela respondesse friamente às saudações, Amina sondou-a com um olhar interrogativo.

– Vim vê-la para que você me diga o que pensa de Aisha – declarou ela imediatamente. – Não tenho forças para agüentar mais!

O rosto de Amina refletiu um sentimento de inquietação e de dor.

– Deus do céu, o que aconteceu? – disse, convidando-a com um sinal de cabeça a entrar na casa. – Seu pai me falou sobre o que se passou em al-Sokkariyya. Mas... o que Aisha tem a ver com essa história toda?

Depois, enquanto subiam os degraus da escada:

– Ah, meu Deus, Khadiga! Quantas vezes lhe supliquei para você se mostrar magnânima! Sua sogra é uma velha senhora cuja idade você deve respeitar. O simples fato de ela ter ido à loja com o tempo que fazia ontem prova que ela não tem mais a cabeça boa... E depois, o que podemos nós? Se você soubesse como seu pai ficou zangado! Ele não conseguia acreditar que tantas malvadezas podiam sair da sua boca! Mas... o que a fez zangar-se com Aisha? Ela não disse nada? Foi isso? É que ela não podia agir de outra maneira...

Sentaram-se, lado a lado, num canapé, no salão do café.

– Mamãe! – exclamou Khadiga num tom de quem se defende. – É ousadia minha ter esperanças de que você não vai ficar também do lado deles! Mas o que foi que eu fiz ao bom Deus para não encontrar nenhum apoio nesta Terra?

Amina deu um sorriso de censura:

– Não diga isso! Não acredite nisso, minha filhinha. Diga-me antes suas queixas em relação a Aisha...

Khadiga bateu no ar com a mão aberta, como se estivesse esbofeteando um adversário:

– As piores queixas! Ela testemunhou contra mim me fazendo sofrer a pior das humilhações!

– Que foi que ela disse?

– Nada!

– Deus seja louvado!

– A desgraça está justamente no fato de ela não ter dito nada!

– Mas o que ela podia dizer? – perguntou Amina com um sorriso terno.

A isso Khadiga, com o rosto carrancudo, respondeu num tom seco, como exasperada pela pergunta da mãe:

— Ela podia simplesmente testemunhar que eu nunca fiz nada de mal para aquela mulher. O que a impedia de fazê-lo? Dizendo isso, ela não teria feito nada demais a não ser cumprir com os seus deveres de irmã. Ela podia ter dito ao menos que não tinha ouvido nada. Não! A verdade é que ela preferiu aquela mulher a mim. Ela me abandonou e me deixou à mercê daquela velha. Nunca esquecerei essa atitude dela, por mais tempo que eu viva!

— Khadiga! Não me assuste! — exclamou Amina com uma expressão de terror e de dor. — Tudo já deveria estar esquecido hoje de manhã...

— Esquecido? Não dormi um minuto esta noite. Passei-a sem pregar o olho, com a cabeça em chamas. A desgraça não seria nada se não viesse de Aisha! De minha própria irmã! Ela decidiu tomar o partido de Satanás. À vontade! Eu tinha uma sogra, agora tenho duas. Ah! Essa Aisha! No entanto, quantas vezes eu a protegi. Se eu fosse uma traidora, como ela, eu iria contar para o papai toda a indecência de que a vida dela está cheia. Ela gostaria muito de passar aos olhos dele como um bom anjinho, enquanto ele me via como o pior dos demônios. Mas não! Eu valho mil vezes mais do que ela! Tenho uma dignidade impecável, eu! Se não fosse o papai — aí, seu tom de voz se envenenou —, nenhuma força no mundo teria me obrigado a ir beijar a mão de minha inimiga e chamá-la de mamãe!

— Você está com raiva! — exclamou Amina acariciando-lhe a mão com ternura. — Ainda com raiva. Acalme-se um pouco... Vamos, você vai ficar comigo, vamos almoçar nós duas e conversar com calma...

— Estou com toda lucidez e sei muito bem o que digo. Vou perguntar ao papai qual de nós duas vale mais do que a outra: aquela que fica se ocupando com sua casa ou aquela que está sempre metida na casa das vizinhas e que canta mandando a filha dançar!

— Nem vale a pena pedir a opinião do seu pai a esse respeito – suspirou Amina. – E depois Aisha é uma mulher casada e é ao seu marido e só a ele que compete julgar a conduta dela. E já que ele lhe permite ir à casa das vizinhas e sabe que ela canta para suas amigas que gostam dela e gostam da voz dela, o que nós temos com isso? É isso que você chama de indecência? Isso a irrita mesmo, que Naima dance? Ela só tem 6 anos e para ela dançar é uma brincadeira. Não! O que há é que você está com raiva, Khadiga. Que Deus a perdoe.

— Mantenho o que disse – teimou Khadiga. – E já que lhe agrada que sua filha vá fazer serenata na casa dos vizinhos enquanto a filha dela se requebra, certamente vai lhe agradar também saber que ela fuma como os homens! Sim, sim, vejo que você se espanta! Pois é: eu lhe repito: Aisha fuma e virou nela uma mania e não pode ficar sem isso! O marido dela lhe dá seus cigarros e lhe diz como se não fosse nada: "Pegue, meu bem, seu maço!" Eu a vi com meus próprios olhos aspirar a fumaça e fazê-la sair ao mesmo tempo pela boca e pelo nariz! Pelo nariz! Está me ouvindo? Ela já nem esconde mais isso de mim como fazia no início. Ela chegou até mesmo uma vez a me incitar a fumar, pretextando que é bom para pessoas nervosas. Eis aí Aisha! Estou muito curiosa de saber sua opinião e a de papai também...

Fez-se silêncio. Amina parecia mergulhada numa confusão amarga. Ela decidiu contudo restringir-se à sua atitude de contemporização, e prosseguiu:

— Fumar é um hábito vil, mesmo para os homens. Seu pai nunca tocou em tabaco. Agora você imagina o que penso disso com relação às mulheres. Mas o que posso dizer, se o marido dela é que a incitou a isso e a ensinou a fumar? O que é que podemos, Khadiga? É o marido dela que é o amo dela, não nós. Tudo o que podemos fazer é avisá-la, se é que isso possa servir para alguma coisa...

Khadiga pôs-se a olhar a mãe num silêncio que atestava sua hesitação, depois arriscou, dizendo:

— O marido dela a mima vergonhosamente. Resultado: ele a perverteu e arrastou-a consigo para todos os vícios. E mais: fumar não é a pior das manias dele. Ele bebe vinho em casa sem se esconder. Está sempre com uma garrafa à mão, como se fosse uma necessidade vital. E você vai ver, ele vai arrastá-la para a bebida como a arrastou para o fumo! Por que não, enquanto estão à vontade? A velha sabe bem que o apartamento do filho é uma verdadeira taberna, mas está pouco ligando. Você vai ver, ele vai acabar por fazê-la beber. Chego até a afirmar que já fez isso! Um dia senti nela um bafo esquisito... Perguntei-lhe a respeito, forçando-a a confessar, embora ela tivesse tentado negar. Eu lhe juro que ela provou vinho e começou a ficar com o vício, como o de fumar.

— Tudo, menos isso, Senhor! — exclamou Amina com aflição. — Poupe-se e poupe-nos! Tema a Deus, Khadiga!

— Eu temo a Deus, Ele é testemunha! Não fumo e minha boca não fica empesteada com cheiros suspeitos. Não deixo uma gota de álcool entrar em casa. Você não sabe que o outro idiota tentou também obter essa maldita garrafa? Mas eu o esperei em seu caminho e disse-lhe claramente: não ficarei numa casa em que há uma garrafa de vinho! Diante da minha decisão, ele recuou e não fez por menos: foi deixar a garrafa na casa do irmão, ou, se você prefere, na casa da senhora que me traiu ontem. Todas as vezes que levantei a voz para amaldiçoar o vinho e os que o bebem, ele me disse... que Deus corte a língua dele!... "mas, diabos, de quem você herdou essa intransigência? Olhe só seu pai, é um verdadeiro boêmio. É bem raro que o vinho e o alaúde faltem em suas noitadas!" Você já ouviu alguma vez o que se diz sobre meu pai na casa dos Shawkat?

A angústia e a tristeza se liam no olhar de Amina. Ela começou a apertar os punhos numa perturbação angustiada, antes de dizer numa voz que traía uma reprovação dolorosa:

— Piedade, Senhor! Não somos pessoas más! Em Você estão o Perdão e a Misericórdia! São os homens que pervertem as mulheres! Não! Não me calarei e não é permitido que eu me cale! Vou tomar satisfações severas com Aisha. Mas não acredito no que você diz dela. É o mal que você pensa dela que a leva a imaginar coisas que não se apóiam em nada. Minha filha é pura e pura continuará! Mesmo que o marido dela tenha se tornado um demônio. Falarei com ela francamente e conversarei com o Sr. Khalil, se for preciso. Que ele se embebede e que Deus o perdoe! Quanto à minha filha, possa Ele afastá-la de Satã!

Pela primeira vez, uma brisa de alívio soprou no espírito de Khadiga. Observando a perturbação da mãe com um olhar satisfeito, ela se convenceu, tranqüilizada, de que Aisha logo compreenderia tudo o que tinha perdido por traí-la. Pouco lhe importava o quadro exagerado, a descrição acentuada que ela tinha dado dos fatos, até o de qualificar o apartamento da irmã como taberna, sabendo perfeitamente que Ibrahim e Khalil só tocavam no vinho em raríssimas ocasiões e com uma moderação que os mantinha sempre aquém dos limites da embriaguez. Não! Ela estava simplesmente furiosa e revoltada. Quanto ao que lhe disseram de seu pai, que era um boêmio etc., ela o repetira à mãe num tom de contestação que não deixava nenhuma dúvida quanto à sua incredulidade. Tanto mais que, diante da unanimidade que unia a esse respeito Ibrahim, Khalil e a velha mãe deles, ela tinha sido obrigada até, há algum tempo, a admitir o testemunho deles; tanto que estes últimos lhe tinham revelado o que sabiam dele sem prevenção nem crítica a respeito, mas, ao contrário, elogiando-lhe a generosidade do seu temperamento e aureolando-o com o título de "príncipe do bom gosto de sua época". Logo de início, zombara desse consenso com uma teimosia obstinada, depois, pouco a pouco, a dúvida se insinuara nela, ainda que não o confessasse. Tinha muita dificuldade em colocar esses novos atributos na personalidade digna e imponente do pai na qual acreditara desde sua mais tenra infância. Mas, na verdade, essa dúvida nem por isso diminuíra a importância e o prestígio dele. Talvez até ele tivesse engrandecido a seus olhos graças às qualidades de bom gosto e de generosidade que lhe eram associadas.

Quanto à sua presente vitória, não ficou nem um pouco satisfeita, e disse, num tom instigador:

— Aisha não traiu só a mim. Ela traiu você também... — Ela fez uma pausa, para dar tempo a que suas palavras agissem em profundidade, e prosseguiu: — Ela visita Yasine e Maryam em Qasr al-Shawq!

— O que você está dizendo? — perguntou Amina, olhando-a com os olhos arregalados de espanto.

— É a triste verdade — disse ela, consciente de ter atingido o auge do triunfo. — Yasine e Maryam vieram nos ver mais de uma vez, a Aisha e a mim. Ora uma, ora a outra... Tenho de confessar, fui obrigada a recebê-los! Não podia fazer menos, decentemente, ainda que fosse por respeito a Yasine. Mas é o mesmo que dizer que minha recepção foi discreta. Yasine me convidou para ir à casa deles, em Qasr al-Shawq. Inútil dizer que não fui. Ele renovou várias vezes o convite, mas isso em nada mudou minha decisão, a tal ponto que Maryam me disse: "Por que você não vem nos ver? Uma velha amiga como você!" Mas eu apresentei como pretexto todo tipo de desculpas. Ela tentou de todo jeito me atrair: começou por se queixar a mim do modo como Yasine a tratava, da conduta extravagante dele, como abandoná-la e nunca ficar em casa... Sem dúvida ela quis me comover, mas não lhe demonstrei nenhuma piedade! Com Aisha foi o contrário. Ela a recebeu de braços abertos, com beijos e tudo. O pior é que ela lhe faz visitas. Uma vez ela até levou o Sr. Khalil com ela e de outra vez, Naima, Othman e Mohammed. Está toda contente por ter reatado a amizade com ela. Eu lhe fiz sentir que ela passava dos limites. Ela me respondeu: "A única censura que se pode fazer a Maryam é a nossa recusa em tê-la feito noiva de nosso querido Fahmi! Onde está a justiça nisso?" Eu lhe disse: "Já esqueceu a história do soldado inglês?" Ela me disse: "Tudo o que nos importa é que ela é a mulher do nosso irmão mais velho!" Diga, mamãe, já ouviu algo semelhante?

Amina se deixou vencer pela tristeza. Abaixou a cabeça e se entregou ao silêncio. Khadiga fitou-a longamente e depois disse:

— Aí está Aisha! Nem mais nem menos! Aisha que testemunhou contra mim ontem e me forçou a humilhar-me diante daquela velhota!

Amina soltou um suspiro profundo. Lançando na filha um olhar apagado, disse-lhe, numa voz abatida:

— Aisha é uma menina que decididamente não tem cérebro nem caráter! Vai ficar assim a vida toda. Posso dizer outra coisa? Não quero nem suporto isso! Então ela é indiferente à lembrança de Fahmi? Não posso acreditar.

Contudo, não poderia ela medir um pouco seus sentimentos a respeito dessa mulher, quando não por respeito a mim? Mas não vou ficar nisso; vou dizer a ela que me ofendeu e que estou triste e zangada. Vamos ver que lição ela vai tirar disso!

A essas palavras, Khadiga pegou uma mecha de cabelos na testa e exclamou:

– Que me cortem isso aqui se ela melhorar! Ela vive num mundo diferente do nosso. Deus sabe no entanto que não tenho prevenção contra ela. Desde que ela se casou, nunca lhe arranjei problemas. Bom, é verdade, eu a repreendi muitas vezes por sua negligência para com os filhos, por essa maneira vil que ela tem de adular a sogra ou por outras coisas de que já lhe falei oportunamente. Mas nunca fui, nas minhas repreensões, além do conselho sério ou da crítica sincera. Esta é verdadeiramente a primeira vez em que ela me tira do sério e que eu lhe declaro guerra!

– Deixe comigo o cuidado de tratar desse assunto – respondeu Amina num tom de súplica, embora seu rosto marcasse ainda a irritação. – Quanto a você, não quero que nenhuma briga a separe dela, nunca! Não é bom que seus corações fiquem desunidos, já que ambas vivem na mesma casa. Não esqueça que ela é sua irmã e que você é irmã dela. Sua irmã mais velha! Mas, Deus seja louvado, você é uma boa filha que tem o coração cheio de amor pelos seus. Em todos os momentos difíceis, eu nunca encontrei consolo a não ser no seu bom coração! E Aisha, sejam quais forem os erros dela, é sua irmã. Não se esqueça disso!

– Eu perdôo tudo a ela! – exclamou Khadiga, comovida. – Menos ter testemunhado contra mim.

– Ela não testemunhou contra você! Ela só teve medo de que você se zangasse e de que a sogra dela se zangasse. Então ela se refugiou no silêncio. Ela tem horror de fazer zangar-se quem quer que seja, você sabe muito bem. Mesmo que o lado avoado dela faça muitas vezes as pessoas se desesperarem. Ela não quis prejudicá-la. Não vá tentar descobrir mais do que deve no comportamento dela. Irei ver vocês amanhã para acertar minhas contas com ela. Mas vou reconciliar vocês. É inútil teimar, entendido?

Pela primeira vez, a angústia e o temor puderam ser lidos no olhar de Khadiga, a tal ponto que ela baixou os olhos para escondê-los da mãe. Após um breve silêncio, ela disse, em voz baixa:

— Você vai lá amanhã?

— Vou. A situação não pode esperar.

Khadiga disse, como se estivesse falando consigo mesma:

— Ela vai me acusar de tê-la traído!

— E daí? – replicou Amina. – Grande coisa! – Depois, pressentindo na filha uma angústia crescente, acrescentou: – Em todo caso, sei o que devo ou não dizer!

E Khadiga concluiu, aliviada:

— Sim. É melhor assim. De qualquer maneira, não será amanhã o dia em que ela vai reconhecer minhas boas intenções nem meu desejo de melhorar a situação dela...

11

Vendo Aída passar pelo pórtico, ele não pôde reter um "oh!" vibrante de fervor e de emoção.

Como todos os dias, no fim da tarde, ele esperava, de pé na calçada de al-Abbassiyyê, espiando de longe, sem outra esperança a não ser a de vê-la numa sacada, numa janela... Como para estar na moda, de acordo com o tempo que os últimos dias de março enchiam de um perfume de generosidade e de doçura, ele vestira um elegante terno cinza, sem contar que aos ataques redobrados de desespero e de sofrimento ele respondia também com elegância.

Ele não a vira mais desde a discussão sob o caramanchão. No entanto, a vida não lhe deixava outra opção a não ser ir todos os dias, no final da tarde, a al-Abbassiyyê, para vagar de longe em volta do palácio com uma assiduidade que nada podia desencorajar. Ali ele acalentava esperanças, contentando-se provisoriamente em contemplar o lugar e em matar as saudades.

Nos primeiros dias da separação, tão grande tinha sido sua dor que ela o tinha deixado como um louco às voltas com seu delírio e com sua obsessão. E, se tal situação se eternizasse, ela lhe seria certamente fatal. Mas, graças ao desespero ao qual havia muito tempo já se habituara, tal extremo lhe foi poupado.

Assim, a dor tecera nele um refúgio privilegiado de onde, como um órgão, uma força essencial da alma, ou ainda uma infecção violenta que, tornando-se crônica, teria perdido seus sintomas agudos e teria se estabilizado, ela exercia sua função sem inibir as outras funções vitais. Nem por isso ele encontrara consolo. Como podia se consolar do amor, a mais elevada revelação que a vida lhe fizera? Mais ainda, profundamente convencido de que o amor era eterno, era-lhe necessário armar-se de paciência, como convém a todo homem destinado a suportar uma doença até o fim de seus dias.

Quando ele a viu, então, saindo do palácio, esse "oh!" escapou-lhe da boca.

De longe, seguiu com os olhos seu andar gracioso que havia tanto tempo estava louco para rever, e sua alma se pôs a dançar numa febre que ressumava desejo e volúpia. Ela virou à direita e entrou na rua dos Serralhos... Imediatamente brotou nele uma revolta súbita que desbaratou a derrota a que ele se tinha curvado havia quase três meses. Seu coração disse-lhe que fosse soltar as mágoas aos pés dela, deixando tudo nas mãos do destino... Sem hesitar, avançou até a rua dos Serralhos.

Se, no passado, enchia-se de cuidados para falar, com medo de perdê-la, hoje nada mais tinha a temer, além de que o sofrimento que havia suportado durante os três últimos meses não lhe dava o luxo de hesitar ou de recuar.

Ela não demorou a ouvir-lhe os passos atrás de si. Virou-se e viu-o, a segui-la a curta distância. Mas, negligentemente, virou de novo a cabeça para a frente... Embora não esperasse uma recepção mais cordial, ele lhe disse, num tom de censura:

— É assim que os velhos amigos se reencontram?

Como resposta, ela apressou o passo sem lhe dar a menor atenção. Por sua vez, ele também apressou o passo, tirando força de sua dor, e disse-lhe, quando a alcançava:

— Não finja ignorar-me! Isso é insuportável e poderia não ser, se você quisesse ser justa...

Enquanto ele temia sobretudo que ela persistisse em sua atitude até chegar ao seu destino, ouviu subitamente a voz de mel lhe pedir:

— Por favor, afaste-se e deixe-me caminhar em paz!

— Você vai caminhar em paz – disse ele num tom com um misto de insistência e súplica – mas não antes que tenhamos nos entendido...

Ao que ela respondeu numa voz que ressoou, profunda e clara, nessa rua de belos quarteirões que parecia quase vazia:

— Não sei sobre o quê você quer falar. E não quero saber de nada. Gostaria apenas que você se comportasse como um cavalheiro!

— Eu lhe prometo me comportar mais dignamente ainda do que um cavalheiro – disse, cheio de fervor e de emoção. – Eu não poderia agir de outro modo, já que é você mesma que inspira meu comportamento.

— Já lhe disse para me deixar em paz! – respondeu ela sem lhe ter ainda dirigido um só olhar. – É o que eu quis que você entendesse...

— Não posso fazer isso. Nem poderei, antes de tê-la ouvido desculpar-se oficialmente das acusações injustas feitas contra mim e em razão das quais você me puniu sem ao menos ouvir minha defesa.

— Eu o puni? Eu?

Por um breve momento, ele deixou vagar o pensamento, a fim de saborear a magia da situação. Ela se dignara falar-lhe! E diminuir seu passo bem-aventurado! Pouco importava a causa disso: que fosse pela preocupação de ouvi-lo ou pela intenção de demorar mais no trajeto para livrar-se dele antes de chegar ao destino. Isso em nada mudaria essa maravilhosa verdade de que estavam andando lado a lado na rua dos Serralhos, ao longo das grandes árvores que margeavam o caminho, tendo, acima deles, os olhos tranqüilos dos narcisos e as bocas risonhas dos jasmins que, do alto dos muros dos palácios, olhavam-nos numa paz profunda que seu coração em chamas aspirava a partilhar...

— Você me infligiu – disse ele – a pior das punições, privando-me de vê-la durante três meses inteiros, enquanto eu sofria por ter sido acusado injustamente...

— É melhor não ficar remoendo essas coisas...

— Não! – exclamou ele numa voz cheia de emoção e de súplica. – Ao contrário! É preciso absolutamente revê-las!

Insisto nisso, e suplico-lhe em nome do sofrimento que agüentei até o limite das minhas forças.

– Mas qual foi o meu erro? – perguntou ela num tom plácido.

– Quero saber se você continua achando que a ofendi. O que é certo, em todo caso, é que eu não poderia prejudicá-la de maneira alguma! E se você pensasse na minha amizade ao longo desses últimos anos, ficaria convencida disso sem dificuldade. Deixe-me explicar-lhe o problema com detalhes, com toda franqueza. Hassan Selim tinha me chamado para conversar, logo após nossa conversa sob o caramanchão...

– Poupe-nos isso! – interrompeu-o ela, suplicante. – É passado!

Essas últimas palavras lhe causaram o efeito de um lamento fúnebre aos ouvidos de um morto, admitindo-se que um morto pudesse ouvir!

– Passado! – disse ele, com a tristeza a revestir-lhe a voz de uma súbita gravidade, como uma nota que soasse uma oitava mais baixo. – Eu sei que é o passado! Mas faço questão que a solução seja clara. Não gostaria que você fosse embora suspeitando de traição ou de calúnia de minha parte. Sou inocente, e custa-me ver que pense mal de uma pessoa que tem por você a maior estima, o mais profundo respeito, e só pronuncia o seu nome sempre associado a todos os elogios...

Ela lhe lançou um olhar de soslaio, como se lhe dissesse, irônica: "Onde é que você arranjou essa bela eloqüência?" Depois, dando alguma doçura à voz:

– Parece que houve um mal-entendido... Mas o passado é o passado!

– Sim, mas, pelo que vejo – animou-se ele, cheio de esperança –, ainda subsiste uma dúvida em seu espírito.

— De jeito nenhum! Não nego que o julguei mal na época – concordou ela –, mas a verdade me surgiu depois.

Ele sentiu o coração erguido por uma onda de felicidade em cujo topo ele dançava embriagado.

— Quando foi que você soube?

— Há muito tempo já...

Ele fixou nela um olhar de gratidão e conheceu um desses instantes de emoção em que é bom sentir lágrimas nos olhos...

— Você soube que eu era inocente? – perguntou ele.

— Soube...

Hassan Selim ia encontrar nele de novo um merecido respeito?

— E como foi que você soube?

— Eu soube... – disse ela num tom lacônico, que demonstrava seu desejo de acabar logo com o interrogatório. – É tudo o que importa...

Ele evitou insistir, com medo de importuná-la. No entanto, veio-lhe à mente um pensamento que lançou em seu coração um véu de tristeza. Por isso, disse-lhe, num tom de censura:

— Apesar disso, você teimava em não aparecer! Você não se deu o trabalho de dar seu perdão, ainda que fosse só uma palavra, um sinal! Ao invés disso, você sabiamente se dedicou a manifestar sua cólera! Mas sua desculpa é clara e eu a aceito...

— De que desculpa você está falando?

— Da de que você não conhece a dor – disse ele numa voz sombria. – E rezo a Deus para que você nunca a conheça.

— Eu não acreditava – disse ela, como a desculpar-se – que essas acusações o pudessem atingir...

— Que Deus a perdoe! Elas me atingiram mais do que você imagina. E eu tive tanta dor em constatar tamanha ruptura entre nós! E se isso tivesse ficado só no fato de que você ignorava o am... a amizade que eu tinha por você... mas tinha de acontecer que me cobrissem com essa calúnia. Olhe qual era sua posição em relação à minha! Mas eu lhe confesso que essa injustiça a meu respeito não foi o que me fez sofrer mais.

— Quer dizer — perguntou ela num sorriso — que você não sofreu só por essa razão?

Esse sorriso de Aída encorajou-o, como a uma criança, a desabafar ainda mais seus sentimentos:

— Oh, não! — exclamou ele com emoção. — E a acusação não foi o pior! O pior foi o seu desaparecimento... Todo segundo nesses três últimos meses participou da minha dor. Vivi como louco! Eis por que peço a Deus sinceramente para nunca lhe infligir essa provação. É a prece de um homem prevenido. É que eu já experimentei da dor... E não foi das menores! Uma rude experiência que me ensinou que se o destino me condenasse mesmo a vê-la desaparecer de minha vida, seria mais inteligente para mim procurar uma outra vida. Tudo era para mim como uma interminável e terrível maldição. Não zombe de mim. Sempre temo algo assim vindo de você... No entanto, um ser que sofre... é sério demais para que se ria dele... Não posso imaginar um anjo benfeitor como você zombando do sofrimento dos outros, pouco importa que seja você a causa desse sofrimento. Mas o que fazer? Estou condenado há muito tempo já a amá-la com toda a minha alma...

Seguiu-se um silêncio, cortado por seu suspiro de hesitação. Ela olhava diante de si e ele não pôde ler a expressão de seu olhar. Mas achou no silêncio dela um consolo, porque, pensando bem, esse silêncio não valia mais do que uma palavra leviana? Ele o considerou como uma vitória.

"Imagino que ela venha, com sua voz doce e terna, exprimir o mesmo sentimento! Você está louco! Por que você despejou a fonte secreta do seu coração?"

Mas ele não era nem mais nem menos senão um saltador que, de tanto querer saltar sempre mais alto, acaba por se encontrar planando nos ares! Que força agora podia fazê-lo calar-se?

– Não me lembre coisas que eu não gostaria de ouvir – disse ele. – Dispenso-as de bom grado. Minha cabeça? Não a esqueço! Eu a trago comigo dia e noite em cima dos ombros! Nem meu nariz. Acontece que eu o vejo várias vezes por dia... Possuo em contrapartida alguma coisa que os outros não têm. Meu amor! Estou orgulhoso disso. E você também deve ficar orgulhosa disso, mesmo que você não sinta nada de volta. Isso acontece desde o dia em que a vi pela primeira vez no jardim... Você não percebeu nada? Se não pensei em lhe confessar isso antes era com medo de ver romper-se a amizade que nos unia e de ser expulso do paraíso. É que, sabe, não era fácil para mim arriscar minha felicidade. Mas esse paraíso, agora que fui expulso dele, de que poderia eu ter medo?

Seu segredo lhe escorrera da boca como uma hemorragia. Ele nada percebia da existência senão a maravilhosa figura dela. Era como se a rua, as árvores, os palácios, ou poucos passantes fugidios se tivessem fundido num imenso nevoeiro, deixando entrever apenas uma pequena abertura do meio da qual surgia sua adorada, silenciosa, com seu porte gracioso, sua coroa de cabelos negros, seu perfil delicado cheio de mistério que ora se apagava à sombra dos muros nos pálidos reflexos do ébano, ora se iluminava, à passagem de uma rua transversal, sob a luz do poente... Ele teria continuado a falar assim até o dia seguinte de manhã!

— Eu lhe disse que não tinha pensado em lhe dizer isso antes? Não é exatamente verdadeiro. Na verdade, eu planejara fazê-lo no dia em que nos encontramos sob o caramanchão, quando Hussein foi chamado ao telefone. Então, eu quase admiti. Mas você cortou meu ânimo implicando com minha cabeça e com meu nariz. Eu me senti... se quiser... – ele deu um risinho breve – como um orador que se prepara para abrir a boca e recebe uma avalanche de pedras dos seus ouvintes!

Ela permaneceu muda, como convinha! Um anjo vindo de um outro mundo, que não se compraz quase em falar a linguagem dos humanos ou em se preocupar com seus problemas! Não teria sido mais digno de sua parte guardar seu segredo? Mais digno? Mostrar orgulho diante do ídolo é ímpio! Enquanto expor sua vítima aos olhos do assassino é uma manobra de sabedoria!

"Você se lembra do sonho bem-aventurado do qual você despertou certa manhã com lágrimas nos olhos? O sonho logo foi engolido pelo esquecimento... Quanto às lágrimas, ou antes, a lembrança que se guarda delas, elas permanecem um símbolo eterno!"

— Eu não lhe tinha dito aquilo a não ser para brincar – disse ela subitamente. – Aliás, eu lhe tinha pedido naquele dia para não ficar ofendido...

"Essa sensação agradável merece ser saboreada... como a calma após uma forte dor de dentes!"

— Você não tem necessidade de me pedir nada! Porque, como eu lhe disse, eu a amo!

Com uma graça natural, ela se virou para ele e dirigiu-lhe um olhar sorridente que ela retirou apressadamente antes que ele pudesse compreender-lhe a natureza. Que tipo de olhar era então? Um olhar de satisfação? De emoção? De ternura? De doce complacência? De sutil ironia? Ele tinha abarcado seu rosto em sua totalidade ou tinha parado na cabeça ou no nariz? Ele ouviu-a subitamente dizer:

– Só posso lhe agradecer e pedir-lhe para me desculpar por tê-lo feito sofrer involuntariamente. Você é um rapaz sensível e generoso...

Ele teve vontade de se enfiar irrefletidamente no refúgio do sonho, mas ela prosseguiu, dizendo em voz baixa:

– E agora deixe-me perguntar-lhe: ao que você objetiva?

Era a voz de sua adorada que ele ouvia, ou então era o eco de sua própria voz? A mesma pergunta, palavra por palavra, flutuava ainda, em alguma parte, no céu de Bayn al-Qasrayn, cercada por seus suspiros! Já chegara para ele o tempo de encontrar uma resposta para ela?

– O amor tem outro objetivo a não ser ele mesmo? – perguntou ele perplexo.

"Ela sorriu! Que pode significar esse sorriso? Mas você aspira a outra coisa além dos sorrisos!"

– Confessar é um ponto de partida – disse ela –, não um fim em si. Eu me pergunto verdadeiramente o que você quer...

– Eu quero... – disse ele com a mesma perplexidade – eu quero que você me permita amá-la...

Ela não pôde deixar de rir, e perguntou:

– É isso mesmo o que você quer? E o que vai fazer se eu não permitir?

– Nesse caso – suspirou ele – eu a amarei mesmo assim!

Ela perguntou então, aparentando uma ironia que o fez tremer:

– Então, para que pedir permissão?

É verdade. Como são estúpidas as inconseqüências da linguagem! O pior que ele agora temia cair de novo no chão tão brutalmente quanto se tinha erguido no alto. Subitamente, ele a ouviu dizer-lhe:

– Você me confunde... E acho até que você se confunde a si mesmo.

– Eu... me confundo? – perguntou ele, perturbado. – Talvez... De qualquer maneira... eu a amo... Mais o quê? Tenho às vezes a impressão de aspirar a coisas que a terra não poderia conter. No entanto, se eu pensar um pouquinho, sou incapaz de fixar um objetivo para mim. Diga-me o que significa tudo isso. Queria que você falasse e que eu escutasse... Você tem um remédio para a minha confusão?

– Não tenho! – respondeu ela sorridente. – Seria melhor que você falasse e que eu ouvisse. Você não é filósofo?

– Você está zombando de mim – disse ele enrubescendo, consternado.

Ao que ela apressou-se a responder:

– Absolutamente não! No entanto, eu não esperava ter uma conversa como essa ao sair de casa. Você me pegou desprevenida. Seja como for, eu lhe sou grata! Ninguém poderia esquecer seus sentimentos delicados e bem-educados. Quanto a levá-los ao ridículo, quem poderia pensar nisso?

Era como uma melodia encantada, uma doce confidência... Mas Aída falava sério ou estava se divertindo? As portas da esperança se abriam ou se fechavam insensivelmente? Ela lhe perguntara o que ele queria e ele não respondera nada, já que nem ele mesmo sabia o que queria. No entanto, o que teria a perder em lhe dizer que desejava se unir a ela? Unir sua alma à dela; bater à porta do mistério com um abraço ou com um beijo! Não era isso que ele deveria ter respondido?

No cruzamento em que terminava a rua dos Serralhos, Aída ficou marcando passo e disse-lhe num tom cortês, mas não menos firme:

– Pronto!

Por sua vez, ele parou, olhando-a com os olhos arregalados de espanto. Este "pronto" significava que deviam separar-se ali? Seu "eu a amo" não tinha então sido suficientemente explícito?

– Oh, não! – disse ele maquinalmente. Depois, como quem acaba de ter uma inspiração: – O objetivo do amor? Era mesmo essa a sua pergunta? Pois bem, eis a resposta: o de nunca se separar!

– Mas é preciso que nos separemos... agora – disse ela com calma, sorridente.

Kamal, com fervor:

– Sem rancor nem menosprezo?

– Isso...

– Você vai voltar a visitar o caramanchão?

– Se as circunstâncias o permitirem.

– Mas... elas o permitiam, antes! – replicou ele com angústia.

– Antes não é mais como agora!

Essa resposta causou-lhe dor.

– Acho mesmo que você não vai voltar mais lá...

– Voltarei ao caramanchão toda vez que as circunstâncias o permitirem – disse ela como a avisá-lo de que era preciso agora que se separassem. – Até logo...

Com essas palavras, ela se despediu, dirigindo-se para a rua de sua escola.

Ele ficou a olhar para ela, como enfeitiçado... Na esquina da rua, ela se virou e dirigiu-lhe um olhar sorridente antes de desaparecer de sua vista.

O que dissera ele? O que ouvira? Pensaria em tudo isso logo. Era-lhe preciso primeiro recuperar-se. Mas quando se recuperaria? Caminhava sozinho agora. Sozinho? E as palpitações que lhe agitavam o peito? E a sede ardente de sua alma? E os ecos dessa voz ainda fremente? No entanto, sentia-se sozinho. Tão sozinho que a solidão vibrava em seu coração...

Um perfume de jasmim flutuou em suas narinas, cativante, sedutor. Mas qual era sua essência? Como ele se parecia com o amor sob o aspecto cativante, inatingível! Talvez o segredo de um levasse ao segredo do outro. Mas ele não resolveria esse enigma antes de desfazer as confusões de seu espírito...

— INFELIZMENTE — exclamou Hussein Sheddad — esta é a reunião do adeus.

Kamal sentiu impaciência ao ouvir pronunciar a palavra adeus. Olhou furtivamente para Hussein para ver se o rosto dele exprimia efetivamente os lamentos contidos em suas palavras. Havia já mais de uma semana que ele pressentira um clima de separação, já que os primeiros dias de julho anunciavam habitualmente a partida dos amigos para Ras el-Barr e Alexandria. Dentro de alguns dias apenas, o jardim, o caramanchão, os amigos teriam sumido do seu horizonte. Quanto à sua adorada, ela decidira desaparecer desde antes que sua viagem a obrigasse a isso, e persistira em fazê-lo apesar da reconciliação que tinha coroado sua conversa na rua dos Serralhos. No entanto, ia ela privá-lo, no dia do adeus, de uma de suas caras visitas? A amizade tinha para ela então tão pouco valor para que ela lhe recusasse um simples olhar antes de uma ausência de três meses?

— Por que você disse "infelizmente"? — perguntou ele a Hussein com um sorriso.

Ao que Hussein respondeu, pensativo:

— Eu gostaria tanto que vocês viessem comigo, todos os três, para Ras el-Barr... Meu Deus, que verão a gente iria passar!

Um verão maravilhoso, sem dúvida alguma! Até mesmo porque sua adorada não poderia continuar a esconder-se lá!

Ismail Latif virou-se para ele:

— Que Deus venha em seu auxilio! — disse-lhe. — Como você faz para agüentar o verão aqui? Mal começa e olha só o calor que faz hoje!

É verdade, fazia ainda muito calor, embora os raios do sol poente estivessem além do jardim e do deserto... Mas Kamal respondeu num tom tranqüilo:

— Na vida, nada é insuportável!

Logo riu dentro de si mesmo dessa resposta, perguntando-se como pudera dizer tal frase; até que ponto se pode considerar que nossas palavras são o exato reflexo de nosso pensamento. Lançou um olhar à volta de si e viu pessoas indubitavelmente felizes. Com suas camisetas e suas calças cinza, pareciam desafiar o calor. Só ele usava um terno — embora leve e branco —, assim como um fez, que havia colocado sobre a mesa.

— Cem por cento de sucesso! — exclamou subitamente Ismail Latif, referindo-se aos resultados dos exames. — Hassan Selim: bacharel em direito; Kamal Ahmed Abd el-Gawwad: aprovado para o ano seguinte. Hussein Sheddad: aprovado para o ano seguinte. Ismail Latif: aprovado para o ano seguinte!

— Você poderia ter-se contentado com o último resultado — riu Kamal —, a gente teria adivinhado os outros!

Ao que Ismail replicou, erguendo o queixo com indiferença:

— Chegamos ambos ao mesmo ponto, você após um ano de trabalho e de estudos, e eu depois de um só e único mês de cansaço!

— Isso prova que você tem ciência dentro de si!

– Você não nos disse um dia – perguntou Ismail num tom de ironia –, numa de suas conversas, que Bernard Shaw foi o aluno mais medíocre de sua época?

– Doravante estou certo – riu Kamal – de que nós temos um segundo Bernard Shaw entre nós. Pelo menos no campo da reprovação.

A essas palavras, Hussein tomou a palavra e declarou:

– Tenho uma notícia que é preciso que eu diga a vocês antes que a conversa nos monopolize...

Constatando que suas palavras não tinham conseguido concentrar a atenção, ele se levantou subitamente e disse, num tom algo teatral:

– Deixem-me anunciar-lhes uma novidade feliz e inédita! – Olhando Hassan Selim, perguntou: – Não é?

Depois, virando-se de novo para Kamal e Ismail:

– Celebramos ontem o noivado do mestre Hassan Selim com minha irmã Aída!

Kamal recebeu o choque dessa notícia como quem se encontra sob as rodas de um bonde depois de ter tido a mais tranqüila certeza de sua salvação e de sua segurança! Seu coração foi dominado por um violento sobressalto, semelhante à queda de um avião num buraco de ar. Mais ainda: foi um grito de íntimo terror que lhe arrebentou as costelas sem explodir para fora. Ele se perguntou – e se perguntaria outras vezes mais depois – como pudera dominar seus sentimentos e responder a Hussein com um sorriso de parabéns. Talvez fosse a luta que seu espírito mantinha contra seu próprio espanto que o impediu – ainda que momentaneamente – de tomar consciência da catástrofe.

Ismail Latif foi o primeiro a reagir. Perscrutando com o olhar ora Hussein ora Hassan cuja ponderação e calma habituais eram desta vez perturbadas por algum embaraço, exclamou:

– Não! Que notícia maravilhosa! Maravilhosa e inesperada. Eu diria até mais: maravilhosa, inesperada e traidora! Mas falarei mais tarde do capítulo da traição e me contentarei no momento em apresentar meus sinceros parabéns!

Depois, apertou as mãos dos dois rapazes; após isso, Kamal se levantou apressadamente para cumprimentá-los.

Apesar do seu sorriso aparente, ele permanecia dominado pela rapidez dos acontecimentos, pela singularidade das palavras; a tal ponto que teve a impressão de viver um sonho estranho, no qual a chuva caía sobre ele e ele agitava a cabeça em todas as direções à procura de um abrigo.

– Sim, verdadeiramente, é uma notícia feliz – disse ele apertando a mão dos dois amigos. – Minhas cordiais felicitações!

A reunião tomou seu curso normal. Maquinalmente, Kamal lançou um olhar para Hassan Selim e viu-o com o aspecto calmo e sério. Tinha temido vê-lo altivo ou – assim pensava – tirando de sua desgraça uma alegria maliciosa. Por isso soltou um suspiro de alívio. Pôs-se a reunir toda a força que tinha dentro de si para disfarçar aos olhares atentos as marcas de sua ferida mortal e poupar a si mesmo de ser alvo de risada e de humilhação.

"Paciência, oh, minha alma! Eu lhe prometo que reexaminaremos tudo isso mais tarde. Que nós sofreremos juntos até a morte! Que pensaremos de novo isso tudo em detalhes até que fiquemos loucos! Como será doce esse encontro com você, no seio silencioso da noite. Lá onde nada se vê. Lá onde nada se ouve. Lá onde a gente pode se entregar livremente à sua dor, ao seu delírio, aos seus choros, sem temor da censura ou do desprezo... O velho poço do pátio, tire-lhe a tampa e grite lá para dentro invocando os demônios, falando às lágrimas que o ventre da terra recolheu dos olhos dos infelizes. Mas não ceda! Atenção! O mundo aparece para você vermelho como o fogo do inferno!"

— Calma! – disse Ismail Latif assumindo um tom acusador. – Nós temos, Kamal e eu, algumas explicações a lhes pedir. Como tudo isso pôde acontecer sem aviso prévio? Ou antes... deixemos isso no momento e perguntemos como o noivado pôde se realizar sem nós!

— Não houve a menor cerimônia – respondeu Hussein para sua defesa. – Tudo aconteceu na intimidade da família. Estaremos todos juntos no dia do casamento e, alegrem-se, vocês estarão entre os hóspedes, não entre os convidados!

"No dia do casamento! Dir-se-ia o título de um canto fúnebre em que um coração é conduzido à sua última morada no meio das coroas de flores e dos gritos de adeus! Em nome do amor, a filha adotiva de Paris se prostrará diante de um xeque de turbante, lendo a primeira surata do Corão... Já que foi em nome do orgulho que Satã perdeu o paraíso!..."

— A desculpa está entendida e a promessa esperada – respondeu Kamal num sorriso.

— Eis aí a retórica de al-Azhar! – protestou Ismail. – Faça cintilar para ela uma boa mesa e ela esquece todo motivo de crítica e prega a indulgência e o elogio. Tudo isso por uma boa refeição farta. Verdadeiramente, você tem tudo do escritor ou do filósofo ou de todos os outros mendigos desse tipo! Felizmente eu não tenho nada a ver com essas pessoas.

Depois, virando seu palavreado para Hussein Sheddad e Hassan Selim:

— E vocês! Ah! vocês são ótimos, puxa vida! Guardam um longo silêncio e vêm nos anunciar subitamente o noivado, hein? Sinceramente, mestre Hassan, você é o sucessor bem escolhido de Tharwat Paxá...

— Até Hussein só soube disso alguns dias antes — respondeu Hassan Selim, com um sorriso de desculpa.
— Noivado unilateral? — perguntou Ismail. — Como a declaração do dia 28 de fevereiro?* A nação a recusou por não poder aceitá-la, mas mesmo assim ela lhe foi imposta. Já se viu o resultado!

Kamal caiu numa gargalhada sonora. Quanto a Ismail, ele disse, dando piscadelas para Hassan:

— "Para fazer seus..." não sei mais o quê... "use de discrição"! Não sei mais quem disse isso, se Omar Ibn al-Khattab, Omar Ibn Abi Rabia ou... Omar Efêndi!...**

— Normalmente, esse tipo de coisa amadurece em silêncio! — lançou Kamal inopinadamente. — No entanto, confesso que mestre Hassan já fez alusão a algo de semelhante numa conversa comigo.

Ismail o encarou com um ar desconfiado. Quanto a Hassan, ele o olhou com os olhos escancarados de espanto, antes de retificar:

— Era, primeiro, uma parábola!

Kamal se perguntou, estupefato, como ele fora capaz de dizer tal coisa! Era uma mentira ou, na melhor das hipóteses, uma falsa verdade! Como podia ele pretender, com essas

---

*Trata-se da célebre declaração do dia 28 de fevereiro de 1922 pela qual a Inglaterra — por decisão unilateral — punha fim ao seu protetorado de direito, senão de fato, sobre o Egito. Declaração de "independência", pois, cujo caráter incompleto (o problema do Sudão, entre outros, não estava resolvido) a tornava inaceitável pelo Wafd.

**Ismail não é muito forte em religião: não somente não se lembra da totalidade desse dito célebre que reza: "Para fazer seus negócios, use de discrição", mas também o atribui, ainda por cima, seja a Omar Ibn al-Khattab, segundo califa do Islã, seja a Omar Ibn Abi Rabia, poeta erótico do século omeyyada, seja a Omar Efêndi, grande loja do Cairo! A ironia é evidente.

reações absurdas, que Hassan acreditasse que ele estava de acordo de suas intenções, que não estava surpreso ou indiferente a elas? Que tolice!

— A verdade é que, no que me diz respeito — replicou Ismail a Hassan, fazendo pesar sobre ele um olhar de censura —, não tive a honra de nenhuma dessas "parábolas"!

Ao que Hassan respondeu com seriedade:

— Posso lhe atestar que se Kamal viu no que eu lhe disse o que ele considera como uma alusão ao noivado foi apenas o produto da imaginação dele e nada tem a ver com as minhas palavras.

Hussein Sheddad caiu numa estrondosa gargalhada e, dirigindo-se a Hassan Selim, disse-lhe:

— Ismail é seu velho amigo e quer que você entenda que se você conseguiu se formar três anos antes dele isso não é um motivo para lhe esconder seus segredos ou fazer deles o privilégio para outros.

— Não ponho em dúvida o companheirismo dele! — replicou Ismail ostentando um sorriso para disfarçar sua decepção. — Faço apenas questão de chamá-lo atenção para que não continue a se descuidar de nós no dia do casamento.

— Somos amigos das duas partes — observou Kamal com um sorriso. — E se o noivo descuidou de nós, a noiva não fará como ele.

Ele falava para provar que estava vivo. Sofrendo, mas vivo! Oh, sim! Como ele sofria! Mas tinha vislumbrado um só dia uma outra saída para o seu amor? Certamente que não! No entanto, a convicção de que a morte é um destino fatal não evita o pânico no instante em que ela chega! Sim! Voraz, irracional, impiedosa era sua dor! Ah! Se ao menos pudesse caçá-la com o olhar para saber em que recanto de si mesmo ela se enfurnava, de que micróbio provinha! E entre seus ataques intermitentes, era o tédio, a apatia...

— E quando será o casamento?

Essa pergunta que o assediava, Ismail a fazia como um mandatário de seus pensamentos. Mas ele não devia se recolher ao silêncio.

— Sim! – disse ele. – É muito importante que nós saibamos o dia, para que não sejamos apanhados desprevenidos. Para quando está marcado?

— Mas por que diabos vocês precipitam as coisas? – riu Hussein. – Deixem o noivo aproveitar os últimos dias de sua vida de solteiro!

— É preciso que eu saiba já se eu fico ou não no Egito – replicou Hassan com sua calma habitual.

— É mesmo – explicou Hussein. – Ele será nomeado ou para a magistratura ou para o corpo diplomático...

"Hussein parece encantado com o noivado! Posso desde agora afirmar que o odiei ainda que apenas por um segundo! Como se ele estivesse na lista dos que me traíram... Ah! É isso? Me traíram? Tudo se embaralha na minha cabeça! Mas esta noite me promete uma rica solidão..."

— Por qual dos dois você se atrai, mestre Hassan?

"Que ele pegue o que quiser! A magistratura... o corpo diplomático... o Sudão... ou a Síria, se possível!"

— O tribunal é banal! Eu preferiria o corpo diplomático.

— Você tem interesse em fazer que seu pai entenda isso, para que ele faça todo o possível para colocá-lo lá dentro!

Tal frase tinha de novo podido escapar-lhe? Não havia dúvida nenhuma de que tinha atingido o ponto sensível. Ele devia agora controlar-se, sob pena de ir às vias de fato com Hassan diante de todo mundo... E também controlar a susceptibilidade de Hussein! Afinal, não eram desde já da mesma família? Ah! que rude arrebatamento...

– São seus últimos dias conosco, meu caro Hassan! – disse Ismail com um balançar triste de cabeça. – Após uma amizade de sempre! Que triste fim!

"O imbecil! Ele acha que a tristeza pode atingir um coração que se sacia numa fonte divina!"

– É verdade! Um fim bem triste, meu caro Ismail!

"Hipocrisia! Como os parabéns que você lhe deu. Aí, pelo menos, o filho do ministro e o filho do comerciante se encontram!"

– Isso quer dizer – perguntou Kamal – que você vai passar o resto de sua vida fora do solo da pátria?

– Há essa chance. Nós só veremos o Egito muito raramente.

– Que vida engraçada! – espantou-se Ismail. – Você ao menos pensou em todos os problemas que esperam seus filhos?

"Oh, meu coração! É lícito aviltar assim as palavras? Esse sujeito odioso acha que sua adorada pode ficar grávida, sentir desejos, que a barriga dela pode esticar-se, arredondar-se, desenvolver-se e parir um filho! Você se lembra de Khadiga e de Aisha, nos últimos meses de gravidez? Mas é blasfêmia! Por que você não entra para a Mão Negra? O crime é ainda melhor do que a blasfêmia, mais eficaz! Você um belo dia se acharia no banco dos réus, vendo na tribuna Selim bei Sabri, pai do seu amigo diplomata e sogro de sua adorada; como compareceram diante dele – o traidor! – os assassinos do sirdar, esta semana."

– Você queria que os Estados suspendessem suas relações diplomáticas para permitir aos filhos dos diplomatas crescerem em seu país? – riu Hussein.

"Você quer dizer: suspendessem as cabeças! Abd el-Fattah Enayet... Abd el-Hamid Enayet... Al-Kharrat... Mahmoud Rashid... Ali Ibrahim... Raghib Hassan... Shafiq

Mansour... Mahmoud Ismail...* Kamal Ahmed Abd el-Gawwad: condenados à forca! Juiz autóctone: Selim bei Sabri. Juiz britânico: Mr. Kershaw. Não! A resposta é o crime! Você prefere matar ou ser morto?"

Ismail virou-se para Hussein, para dizer-lhe:

— A partida da sua irmã vai incitar seu pai a opor-se mais ainda à idéia da sua.

— A solução para o meu problema está no caminho garantido — replicou Hussein com calma segurança.

"Aída e Hussein na Europa! Imagine um homem perdendo ao mesmo tempo sua amada e seu amigo. Sua alma em busca de seu ídolo e não o encontrando. Sua mente em busca do seu dublê e não o encontrando. Você vivendo sozinho no velho bairro, como o eco de uma nostalgia vagando ao abandono há gerações. Pense um pouco nas dores que o aguardam. Chegou para você o tempo de recolher os frutos dos sonhos que você semeou no seu coração inexperiente. Reze a Deus para que ele faça das lágrimas um remédio para a mágoa. Suspenda seu corpo, se você puder, na corda da forca. Ou então ponha-o a serviço de uma força destruidora com a qual você atacaria seus inimigos. Amanhã, sua alma achará um grande vazio! Como o que ela achou ontem no túmulo de al-Hussein. Que desilusão! Assassinam-se os justos enquanto os filhos dos traidores são nomeados embaixadores!"

— Não haverá mais ninguém a não ser Kamal e eu que ficaremos no Egito — disse Ismail como se falasse consigo mesmo. — E além disso Kamal não é muito certo como amigo,

---

*Nomes dos assassinos presumíveis do sirdar. No dia 7 de janeiro de 1925, oito deles foram condenados à forca e para sete a sentença foi executada.

porque seu primeiro companheiro, antes, após ou com Hussein... é a leitura!

— Minha partida não cortará os laços de nossa amizade – replicou Hussein com fé e convicção.

Apesar da apatia em que estava mergulhado, o coração de Kamal deu um salto.

— Sim, mas... – assegurou – alguma coisa me diz que você não poderá suportar indefinidamente ficar longe da pátria.

— É bastante provável! Mas você também vai tirar proveito da minha viagem, com todos os livros que vou mandar para você. Continuaremos nossas conversas através das cartas e dos livros...

Assim falava Hussein, como se sua partida fosse uma coisa fluida e certa. Este amigo cuja presença lhe proporcionava uma felicidade encantada, e em cuja companhia até o silêncio lhe era agradável... Mas que ele se console! Da mesma forma que, consumido pela mágoa da morte de Fahmi, seu coração se fechara à perda de sua avó querida, assim a partida de sua adorada o ensinaria a desdenhar até as maiores infelicidades!

Mas de forma alguma ele devia perder de vista o fato de que assistia à reunião do adeus, a fim de encher seu olhar com as rosas e com as flores, embriagadas de frescor, indiferentes à sua tristeza. Restava um problema para o qual devia encontrar resposta: como um simples mortal podia alçar-se à promiscuidade de um deus ou este último abaixar-se até a intimidade de um humano? Sem solução para esse problema, ele ficaria de pés atados, com a garganta apertada pela aflição... O amor é um fardo munido de duas alças, feito para ser carregado por duas pessoas. Como faria ele para carregá-lo sozinho?

A conversa rolava, mudava-se de assunto. Ele a acompanhava com os olhos, pontilhando-a com acenos de cabeça, com comentários. Isso para provar que a infelicidade ainda não o tinha arrasado. Mas ele tinha esperanças de que o trem da vida continuaria sua viagem e que, acontecesse o que fosse, a estação da morte chegaria pelo caminho...

"Aí está a hora do poente, a hora da paz e do crepúsculo... Ela lhe é tão cara quanto a aurora! Já que Aída e dor são sinônimos, ame uma tanto quanto a outra, e tire volúpia de sua derrota enquanto a conversa está no auge, e os amigos riem entre si, trocam olhares, como se o amor nunca tivesse habitado o coração de nenhum deles! Hussein? Tem o riso da saúde e da paz da alma. Ismail? O do fanfarrão questionador. E Hassan? O da frieza e do desdém... Hussein faz absoluta questão de falar de Ras el-Barr. Eu lhe prometo que irei um dia em peregrinação... Que me porei à procura das areias que minha adorada pisou com seus passos, para beijá-las numa longa prostração... Os dois outros fazem o elogio de San Stephano e falam de ondas altas como montanhas. De verdade? Imagine um cadáver lançado pelas correntes à margem, despojado pelo mar terrível de sua nobreza e de sua beleza. E aprenda depois disso que o tédio acossa os seres e que a felicidade se encontra sem dúvida do outro lado da morte..."

A conversa prosseguiu até que chegasse a hora da separação. Apertaram-se as mãos calorosamente. Kamal apertou fortemente a de Hussein e Hussein a de Kamal, que se foi embora, dizendo:

— Até mais ver! Encontramo-nos em outubro.

Desde o ano anterior e os precedentes, ele se perguntava sempre em circunstância semelhante, com uma angústia lânguida, quando voltariam os amigos. Hoje, seus desejos não eram mais dedicados ao regresso de ninguém.

Eles permaneceriam ardentes, viesse outubro ou não, voltassem os amigos ou não. Não amaldiçoaria mais os meses de verão porque eles o afastavam de Aída. O abismo que os separava era agora mais profundo do que o tempo. Havia-se até então feito da dor e da paciência um remédio para a saudade, hoje enfrentava um inimigo desconhecido, uma força prodigiosa e obscura de cujo mistério ele desconhecia a chave. Nada mais lhe restava desde então a não ser sofrer em silêncio até que Deus ordenasse uma morte já vivida. Assim como o destino, tão fatal e poderoso quanto a realidade sensível, seu coração lhe surgia suspenso acima de sua cabeça, prendendo-o com os laços de uma dor intensa. Por isso erguia para ele um olhar cheio de reverência triste.

Os três amigos se separaram diante do palácio dos Sheddad. Hassan foi embora pegando a rua dos Serralhos, Kamal e Ismail a de al-Husseiniyyê, seguindo o caminho habitual no fim do qual cada um ia para o seu lado: Ismail para Ghama, Kamal para o velho bairro...

Mal os dois se viram sozinhos, Ismail caiu numa estrondosa gargalhada. Kamal perguntou-lhe a razão do riso, e ele respondeu com malícia:

— Você não percebeu ainda que foi uma das razões principais para que apressassem esse noivado?

— Eu? – perguntou Kamal, contra a vontade, olhando o amigo com dois olhos esbugalhados de pasmo.

— Sim, você! – respondeu Ismail num tom pausado. – Hassan não via com bons olhos sua amizade com Aída. Isso me parece evidente! Mesmo que ele nada tenha me dito a respeito. Ele é todo orgulhoso, como você sabe. Enfim... eu percebi. De qualquer maneira, posso assegurar-lhe que ele não apreciava em nada a amizade de vocês. Você se lembra de que essa amizade entre vocês dois se degenerou no dia em que ele o surpreendeu com ela sob o caramanchão? Aparentemente, ele deve ter exigido dela que se abstivesse de freqüentar-nos. Como, evidentemente, ela deve ter observado que ele não tinha nenhum direito de exigir isso, ele deu esse passo decisivo para passar a tê-lo...

— No entanto, eu não era o único amigo dela – espantou-se Kamal, com as batidas do coração quase se superpondo à sua voz. – Aída era amiga de todos nós!

— Sim, mas foi você que ela escolheu para despertar as preocupações de Hassan – replicou Ismail num tom de ironia. – Talvez porque ela tenha sentido na sua amizade um calor que não encontrava nos outros. Em todo caso, ela não prega prego sem estopa! Fazia já muito tempo que ela enfiou na cabeça a idéia de conquistar Hassan. Acabou por colher os frutos de sua paciência.

"Conquistar Hassan"? "Os frutos de sua paciência"? Que disparate! Era como se dissessem: "O sol se levanta no poente!"

— É incrível como você pode julgar mal as pessoas – disse ele com o coração gemendo. – Ela não é nada disso que você está pensando!

— Talvez isso tenha acontecido por acaso ou Hassan tenha imaginado coisas – respondeu Ismail sem adivinhar os sentimentos do amigo. – Em todo caso, o resultado foi em benefício dela.

— Em benefício dela? – perguntou Kamal, furioso. – Mas o que você está pensando? Deus do céu! Você fala dela como se se devesse considerar esse noivado com Hassan como uma vitória para ela e não para ele!

Ismail encarou-o com ar de espanto, e respondeu:

— Pelo que vejo, você não parece convencido de que rapazes como Hassan não são assim muito comuns. Ele tem um nome, uma posição social, um futuro. Quanto às moças como Aída, elas são mais numerosas do que você pensa! Você a consideraria acima de seus méritos? Se a família de Hassan aceitou o casamento com ela foi unicamente, na minha opinião, por causa da imensa fortuna do pai dela. E depois... não é uma moça... de uma beleza excepcional!

"Ou ele é doido, ou então é você que é!"

Semelhante dor já tinha lhe ferido o coração no dia em que lera um artigo injurioso em que o autor atacava o regime matrimonial no Islã. Que Deus amaldiçoe todos os descrentes!

— Então, pode dizer-me por que ela tem tantos admiradores à volta dela? – perguntou ele num tom calmo para melhor esconder a dor.

Ismail pôs o queixo para a frente e ergueu-o mostrando desdém, dizendo:

— É talvez em mim que você está pensando ao dizer isso! Não nego que ela tenha espírito, uma certa forma de elegância bem particular... Sem contar que sua educação européia lhe dá encanto e sedução. Mas isso não a impede de ter a tez escura, de ser magra e de não ter nada de atraente. Venha dar uma volta comigo pelos lados de Ghamra, aí você verá tipos de beleza que tornam a dela ridícula, a varejo e por atacado. Lá você vai ver a verdadeira graça numa pele clara, seios bem redondos, ancas opulentas. Aí está a beleza, se você quiser que se fale de beleza. Não... De fato, ela não tem nada de atraente!

"Como se Aída fosse algo desejável! Do gênero Qamar ou Maryam! Seios bem redondos! Ancas opulentas! É como se se descrevesse a alma pelas linhas da carne! Deus, que dor! Está dito que você beberá hoje o cálice da amargura! Se essa avalanche de golpes mortais tivesse de continuar a cair sempre em cima de você, você faria melhor em acabar com ela de uma vez!"

Em al-Husseiniyyê, os dois se separaram e cada um foi para o seu lado...

12

Por mais que os anos se passassem, ele sentia sempre por essa rua uma ternura igual.

"Ah, se eu pudesse amar a quem meu coração escolheu como amo esta rua! – pensou consigo mesmo, perscrutando o lugar com um olhar de tristeza interior. – Isso me evitaria muitos aborrecimentos. Aí está uma rua engraçada, tortuosa como um labirinto. Não há um trecho de dois metros sem uma curva à direita ou à esquerda. Onde quer que você esteja, um canto lhe tapa a visão, o qual esconde por trás o desconhecido. Sua estreiteza lhe dá um aspecto humilde e íntimo, de fato o de um animal familiar... Um cliente sentado numa loja do lado direito poderia quase apertar a mão de um amigo sentado na loja em frente. Toldos de tecido rude, abertos acima das lojas, formam uma cobertura que protege dos raios ardentes do sol e concede uma sombra fresca. Nos bancos, nas prateleiras, alinham-se sacos de hena verde, de pimenta vermelha, pimenta preta, frascos de água de rosa e de perfumes misturados, papéis multicores, frágeis balanças de precisão... Mais acima, semelhantes a grinaldas, estão suspensos lampiões de todos os tamanhos e de todas as cores, misturando sua luz aos odores das essências e das drogas que o ar espalha como os eflúvios de um velho sonho perdido...

"Quanto aos grandes *mélayés*, aos véus negros, com seu pregador de ouro, aos olhos sublinhados de lápis, às bundas volumosas, peço ao Benfeitor que me faça resistir! Passear à toa pelo cenário de um sonho bonito é um exercício adorável. Mas lamento que ele me esgote os olhos e o coração. Contar as mulheres aqui seria impossível. Bendito seja este lugar que as reúne, só lhe deixando como único socorro o fato de gritar do mais fundo da alma: Pobre de você, Yasine! Uma voz lhe responde: Abra então uma loja neste lugar! Estabeleça-se! Olhe o seu pai: é comerciante, dono de si mesmo, gasta para os seus prazeres quatro vezes mais que o seu salário. Abra a loja e contrate um empregado; ainda que para isso deva vender o apartamento de al-Ghuriya e a loja de al-Hamzawi! Você chegaria de manhã como um príncipe, à hora que quisesses, sem chefe para o aterrorizar. Você se sentaria atrás da balança e essas mulheres afluiriam até você de todas as direções: 'Bom dia, Sr. Yasine!' 'Deus lhe dê saúde, Sr. Yasine!' Ah, eu me odiaria por deixar passar uma mulher de bem sem saudá-la, uma jovem meretriz sem marcar um encontro com ela! Como é doce este sonho! Mas cruel também para quem está destinado a permanecer vigia na escola de al-Nahhassine até o fim dos seus dias. A paixão do amor é uma infecção que tem por sintomas uma fome insaciável e um coração volúvel. Oh, Deus, tenha piedade de seu humilde servo, que Você criou com o apetite carnal de um califa ou de um sultão e condenou a ser vigia numa escola! Inútil mentir para você mesmo. Tudo está perdido. No dia em que você a levou consigo para Qasr al-Shawq, tudo lhe prometia no entanto uma vida pacata e tranqüila. Ah! Deus, combata a lassidão pelo modo como ela se derrama na alma, como o gosto ácido da doença se mistura à saliva... Corri um ano atrás dela e me cansei dela em algumas semanas. Se isso não é uma desgraça, então o que é? Sua casa terá sido certamente a primeira a suspirar de tédio durante a lua-de-mel! Pergunte ao seu coração onde murchou Maryam. Para onde foi essa beleza, o que fez você se entediar tanto? Ele lhe responderá com um risinho de lamento e lhe dirá, simplesmente: estamos fartos, o cheiro da comida nos enoja! No entanto, ela sabe arranjar-se... É gostoso divertir-se com ela. Nada lhe escapa! É uma porcaria, como a mãe dela! Mas, como se diz, 'lembre-se das virtudes de seus mortos'! Teria sido a sua mãe melhor que a dela? Pelo menos, ela não é como Zainab. Ela é fácil de enganar e suas cóleras não são muito malvadas... Ela não é do tipo pudico nem você do tipo de se contentar facilmente. Ah! Não é hoje que uma mulher vai saber apagar sua fome ardente ou que o seu coração encontrará descanso! Apesar disso, você forjou sonhos de felicidade conjugal. Como seu pai é grande e como você é mesquinho! Você não podia dar um jeito para ser como ele, já que seu único remédio era ser como ele? Senhor! Mas... o que vejo? Isso é uma mulher? Quantas centenas de quilos você acha que ela pesa? Por Deus, nunca vi tal tamanho nem tal largura! De que lado se pega um mastodonte assim? Prometo que, se cai nas minhas mãos uma mulher desse gabarito, faço-a deitar-se nua no meio do quarto e faço sete vezes uma excursão por ela em transe de meditação"...

— Você?

A voz lhe veio por trás e fez estremecer-lhe o coração. Imediatamente, ele desviou o olhar da mulher, virou-se e viu uma moça num manto branco.

— Zannuba! — exclamou, sem querer.

Apertaram a mão um do outro, calorosamente, ela rindo às gargalhadas. Mas ele a obrigou a ir em frente, com medo dos olhares, e prosseguiram seu caminho lado a lado, abrindo passagem através da multidão.

Assim, então, ambos tinham-se reencontrado depois de tantos e tantos anos! Absorto pelas preocupações da vida, ele não tinha mais pensado nela a não ser muito raramente. No entanto, ele a achou tão bela quanto no dia em que a tinha deixado. Ou talvez mais ainda! E depois, que roupas modernas eram essas com as quais ela tinha trocado a grande *mélayé?* Um vento de vigor e de alegria soprou nele.

– Como vai? – perguntou ela.
– Bem. E você?
– Como você vê.
– Deus seja louvado! Você parece estar maravilhosamente bem. Você não se veste mais como antes? Não a reconheci de imediato. Sempre tive na cabeça seu modo de andar com a grande *mélayé.*
– E você não mudou! Nem envelheceu... Um pouco mais gordo, só...
– Veja só! Você, em contrapartida, mudou sensivelmente... Uma verdadeira européia! – Depois, corrigindo-se, com um sorriso prudente: – Mas com um traseiro bem à nossa moda!
– Psiu! Cale a boca!
– Opa! Você me assusta! Pediu conversão a Deus? Casou-se?
– Nada para Deus é pedir muito!
– No que diz respeito à conversão, esse manto branco a desmente formalmente. Quanto ao casamento, daqui até que a falta de juízo a leve a isso um dia...
– Cuidado! Estou "mais ou menos" casada...
Ele se pôs a rir, enquanto viravam em direção a Moski...
– Exatamente como eu.
– Sim, mas você está realmente casado, não está?
– Como é que você sabe?

Depois, corrigindo-se:

— Oh! Como pude esquecer que na sua casa tudo acaba por se saber...

De novo ele caiu num riso cheio de significação, ao que ela respondeu com um sorriso enigmático...

— Quer falar da casa da Sultana?

— Ou da do meu pai, dá no mesmo! É sempre falar dos grandes amores!

— Mais ou menos...

— Agora tudo é "mais ou menos" com você! Eu também estou "mais ou menos" casado. Enfim... quero dizer... casado, e procurando alguém...

Com um gesto brusco, ela espantou uma mosca do rosto, fazendo estremecer os braceletes de ouro que lhe envolviam o braço.

— E eu – disse ela – estou com alguém e procuro um marido.

— Com alguém? E quem é esse diabo de felizardo filho da...

— Calma! Nada de injúrias! – interrompeu ela, opondo-lhe a palma da mão em sinal de advertência. – É um homem altamente posicionado.

— Altamente posicionado? – disse ele lançando-lhe uma olhadela zombeteira. – Oh, oh! Zannuba... você merecia...

— Você se lembra de quando a gente se viu pela última vez?

— Vejamos... Meu filho Ridwane tem hoje 6 anos... deve fazer uns 7 anos. Mais ou menos!

— Já faz muito tempo!

— Sim, mas a gente não deve perder nunca a esperança de se reencontrar um dia na vida...

— Nem de se separar...

— Parece que você guardou a fidelidade no armário do mesmo jeito que a sua *mélayé*!

Ela olhou para ele, com a sobrancelha franzida, e disse-lhe:

— É você que fala de fidelidade, meu touro?

Vê-la tomar tantas liberdades com ele alegrou-o, e excitou suas ambições.

— Deus sabe o quanto estou feliz em revê-la. Pensei muitas vezes em você. Mas, que se pode fazer, o mundo é assim.

— O mundo das mulheres, não é?

— O mundo da morte – replicou ele, assumindo um aspecto triste. – E o do tédio também...

— Você não parece estar sofrendo. Sua saúde é de botar inveja a um bando de mulas!

— Os belos olhos não deveriam ser invejosos!

— Você tem medo por você? No entanto, você é tão alto e largo quanto Abd el-Halim el-Masri!*

Ele riu, empertigando-se, depois se calou por um instante, e, assumindo um tom sério:

— Aonde você ia desse jeito?

— Por que você acha que uma mulher vai a al-Tarbia? A menos que você pense que todas as pessoas são como você e só têm uma idéia na cabeça: se roçar nelas!

— Por Deus, isso é maledicência!

— Ah, sim! Maledicência! Quando eu o vi, você estava de olho numa matrona tão gorda quanto um portão de garagem!

— Nada disso! Eu estava pensando, com o espírito ausente, sem prestar atenção ao que via...

— Você? Eu só teria um conselho a dar a alguém que o procurasse. É o de começar a orientar-se pela mulher mais

---

*Nome de um lutador famoso da época.

gorda de al-Tarbia. Aposto como ele o encontraria atrás dela, colado como um carrapato num cachorro!

— E você, minha boa dama, sua língua se torna a cada dia mais comprida!

— Sim, pois bem, é melhor que você corrija a sua!

— Deixemos isso e vamos aos fatos. Aonde você vai agora?

— Fazer algumas compras e depois volto para casa...

Ele fez uma pausa, parecendo hesitar.

— E se a gente passasse um tempinho juntos? O que me diz? Ela o olhou com seus grandes olhos negros e travessos, e respondeu:

— Tenho um homem ciumento atrás de mim.

— Num lugar agradável, o tempo de esvaziar um copo ou dois... — insistiu ele, como se estivesse surdo à objeção dela.

— Já lhe disse que tenho um homem ciumento atrás de mim — disse ela erguendo a voz.

— O Tout Va Bien, o que acha? — teimou ele, indiferente ao aviso dela. — Um lugar agradável... com um bom rapaz como eu... Vou chamar aquele táxi.

Ela emitiu um som de protesto e perguntou num tom ofuscado que contradizia a expressão do seu rosto:

— Você me levaria à força?

Ela deu uma olhada no relógio que trazia no pulso — esse gesto inesperado quase o fez cair na gargalhada — e disse num tom de restrição:

— Com a condição de que eu não me atrase. Já são seis horas e é preciso que eu esteja em casa antes das oito.

No táxi, ele se perguntou se ninguém os tinha notado em algum lugar entre al-Tarbia e o Moski. Mas deu de ombros com despreocupação, ajeitando com a ajuda do cabo do seu caça-moscas o fez inclinado para a direita, acima da sobrancelha. O que tinha a temer? Maryam era sozinha na vida e não tinha para apoiá-la um selvagem do tipo de Mohammed Iffat, o destruidor de seu primeiro lar. Quanto ao seu pai, era um homem de tato que sabia bem que ele não era mais o fedelho a quem ele havia dado uma severa correção no pátio da velha casa.

Sentaram-se a uma mesa, um diante do outro, no jardim do Tout Va Bien. O lugar estava cheio de homens e mulheres. Uma pianola espalhava suas árias monótonas. Do fundo da sala, levado pela brisa leve do fim da tarde, flutuava um odor de carne grelhada. Vendo a perturbação dela, Yasine compreendeu que Zannuba vinha pela primeira vez sentar-se num lugar público. Uma alegria mordaz insinuou-se nele. Logo teve a certeza de que o que sentia não era somente um simples desejo, passageiro, mas uma verdadeira nostalgia. Os momentos que ele tinha antigamente partilhado com ela lhe pareceram subitamente os mais felizes que tinha vivido...

Pediu uma garrafa de conhaque, uma carne grelhada e o destilado irrigou-lhe as faces. Tirou o fez, descobrindo a cabeleira negra que uma risca dividia no alto da cabeça, como o pai. Mal Zannuba o viu assim, um leve sorriso deslizou-lhe nos lábios, de cujo motivo, sem dúvida, ele não desconfiava.

Era a primeira vez que ele partilhava com uma mulher uma mesa de taberna, fora Wajh el-Birka. Sua primeira aventura, em suma, depois de seu segundo casamento, a não ser por uma trama em Darb Abd el-Khaliq. Era sem dúvida também a primeira vez que ele bebia um conhaque "superior" fora do recinto de sua casa, já que ele só consumia do bom em casa, com as garrafas que conseguia levar para "uso legal", segundo sua expressão. Ele encheu os dois copos com uma satisfação orgulhosa e ergueu o seu, dizendo:

— À saúde de Zannuba Martell!

— Nós, com o bei, bebemos Dewars!* — replicou ela com um orgulho amável.

— Ora! — disse ele. — Deixe-o em paz! Deus nos ajude a esquecê-lo!

— Tente só!

— Veremos. Cada copo que a gente bebe nos abre portas e resolve problemas...

Conscientes da exiguidade do tempo de que dispunham, apressaram-se em beber. Os dois copos se enchiam e esvaziavam-se imediatamente. Foi assim que o álcool começou a comichar com sua língua de fogo o fundo de seus estômagos e a fazer subir-lhes nas veias o termômetro da embriaguez. Os ramos de folhas verdes que surgiam dos vasos, atrás da parede de madeira do jardinzinho, lançavam-lhes maravilhosos sorrisos. Finalmente a pianola encontrou neles ouvidos dispostos. Seus olhos sonhadores e marotos entrecruzaram-se várias vezes em íntimos e afetuosos olhares. O ar do poeta flutuava em ondas de música muda. Tudo parecia bom. Tudo parecia belo...

— Você sabe o que estive para dizer quando o vi espiando como um possesso aquela mulher gorda?

— O quê? De que é que você está falando? Pegue, esvazie o seu copo que eu torno a encher outro.

Zannuba, cortando um filete de carne:

— Eu quase lhe gritei: "Oh, seu filho de cão!"

— Por que você não fez isso, sua filha-da-mãe? — perguntou ele com um riso amarelo.

---

*Marca de uísque.

— Porque só injurio os íntimos e naquele momento você era ainda só um estranho ou era como se fosse.

— E agora você diria o quê?

— Filho de uma matilha inteira!

— Deus do céu! As injúrias embriagam às vezes mais do que o vinho! Os jornais vão falar amanhã desta noite bendita.

— Por quê? Não fale em desgraça. Você quer fazer um escândalo?

— Oh, não! Piedade, Senhor, para ela e para mim!...

— A propósito – inquiriu ela então, com algum interesse –, você ainda não falou de sua nova mulher...

— Coitada! Ela está muito triste – disse ele acariciando o bigode. – Ela perdeu a mãe este ano.

— Graças a Deus para você!... Ela era rica?

— Deixou uma casa. A do lado da nossa... Enfim, quero dizer..., a do lado da de meu pai. Mas deixou lá também alguém que a divide com minha mulher e que não é outro senão o viúvo.

— Sua mulher deve ser bonita. Você sempre fala dela em "primeiro lugar"!...

Yasine, precavido:

— Ela tem sua beleza... Mas nada que se compare a você.

— Você, hein?...

— Já me viu mentir?

— Você? Chego às vezes a me perguntar se você se chama mesmo Yasine!

— Neste caso, bebamos mais este copo.

— Quer me embebedar para que eu acredite em você?

— Se eu lhe digo que a desejo e sinto sua falta, você duvida de minha sinceridade? Olhe aqui, olhe meus olhos e veja o meu pulso!

— Você seria bem capaz de dizer o mesmo à primeira que aparecesse!

— Como quando se diz "burro com fome até cardos come!", isso não impede que se tenha preferência pela *mouloukhiyya*, por exemplo!

— Um homem que ama de verdade uma mulher não hesita em desposá-la!

— Pfff! Nem me fale. Tenho vontade de ficar em pé em cima desta mesa e gritar com toda força: "Aquele que de vocês ama uma mulher, de jeito nenhum a despose!" Isso mesmo! Não há nada melhor do que o casamento para matar o amor. Pode crer. Eu sei do que falo... Eu me casei primeiro uma vez, depois outra vez e meço toda a verdade de minhas palavras.

— Talvez você não tenha achado ainda a mulher que lhe convém.

— Que me convém? E como seria essa mulher se parece? Que nariz é preciso ter para farejá-la? Onde se esconde essa mulher de que a gente não se cansaria?

Zannuba deu um risinho forçado...

— Dir-se-ia que seu único desejo seria o de ser um touro num campo cheio de vacas! Posso até vê-lo lá.

Yasine estalou os dedos de júbilo.

— Meu Deus! Meu Deus! – exclamou. – Quem me chamava de touro, uma certa época? Meu pai! Que Deus o abençoe. Ah, como eu gostaria de ser como ele: ter uma mulher que é um modelo de obediência, que não precisa de nada; ir até onde me der na telha e não conhecer as preocupações da vida! Ser feliz no casamento... feliz no amor. É isso que eu queria.

— Que idade ele tem?

— Cinqüenta e cinco, eu acho. Mas poderia dar lição a muitos jovens.

— Que Deus lhe conserve a saúde, mas... ninguém está a salvo dos anos.

— Exceto meu pai! É o querido das belas mulheres. Você não o vê mais em sua casa agora?

— Faz meses que deixei a casa da Sultana – respondeu ela jogando um osso a uma gata que miava a seus pés. – Agora tenho minha própria casa, e sou eu a dona dela.

— Não! Pensava que você estava brincando. E deixou a orquestra também?

— Deixei. É com uma verdadeira dama que você está falando!

Ele riu com gosto, antes de concluir:

— Então, beba e deixe-me beber! E que Deus seja clemente conosco!

A tentação estava na alma e no ar. Mas qual dos dois provocava o outro? Mais estranho ainda, a vida se insinuava nas coisas. Os vasos de flores oscilavam em silêncio, os cantos das paredes entravam em confidência, o céu olhava a terra através dos olhos suaves das estrelas e falava... No ar reluzente de luzes naturais e sobrenaturais, eles trocavam mensagens mudas que revelavam os segredos dos seus corações. Estavam envoltos em uma atmosfera que titilava os seres e teimava em provocar-lhes o riso. Os rostos, as palavras, os gestos, tudo era hilariante. O tempo corria com a velocidade de um cometa. Os portadores do vírus da dissipação transmitiam-no de mesa em mesa com rostos cheios de seriedade. A música da pianola ressoava ao longe, meio abafada pelos chiados das rodas dos bondes. As crianças da rua e os catadores de guimbas espalhavam em volta deles uma gritaria semelhante a um zumbir de uma colméia. Já os exércitos da noite estabeleciam seu acampamento acima dos telhados e faziam alto.

"Dir-se-ia que você espera que o garçom venha à sua mesa e lhe pergunte 'o senhor está bêbado? O senhor não tem a intenção de voltar para casa?', enquanto você está pouco ligando para isso e até para coisas mais graves. Ah! Se Maryam pudesse prostrar-se a seus pés suspirando 'deixe-me só um quarto para mim onde eu ficarei submissa a você e encha os outros com todas as mulheres que você quiser'; o diretor da escola lhe acariciasse o ombro todas as manhãs e lhe dissesse 'como vai seu pai, meu filho?'; o governo abrisse uma nova avenida bem em frente da loja de al-Hamzawi e o apartamento de al-Ghuriya; ou Zannuba lhe dissesse 'amanhã, deixarei a casa do sujeito com quem estou para me submeter aos seus desejos!' Quando tudo isso acontecer, as pessoas se reunirão depois da prece da sexta-feira para trocarem beijos de fraternidade. Mas o mais ajuizado para esta noite é você se sentar no canapé e olhar Zannuba dançar nua na sua frente. Aí você poderá à vontade mordiscar o sinalzinho de nascença que lhe floresce acima do umbigo..."

— Como vai esse querido sinalzinho de nascença? — perguntou ele com um sorriso, batendo na própria barriga.

— Ele lhe beija as mãos — riu-se ela.

— Está vendo essas pessoas? — disse ele perscrutando o local com um olhar inquieto. — Só há entre eles fornicadores, de pai a filho! Todos os bêbados são assim!

— Muito prazer! Quanto a mim, estou com a alma grogue.

— Espero que no lugar em que foi se enfiar, o seu homem também esteja grogue.

— Ah! Se ele soubesse o que a gente está fazendo! Ele o espetaria de lado a lado com a ponta do bigode dele.

— Ele é sírio? Desses que têm grandes bigodes...

— Sírio? — Ela se pôs a cantar numa voz retumbante: — Barhoum, oh, Barhoum...*

— Psiu! Não chame a atenção dos outros!

— De quem? Sonso! Não vê que não há mais quase ninguém aqui?

— O vinho é doido — disse ele, esfregando a barriga, soprando.

— Sua mãe é que é doida!

— Você está falando alto demais! Ande, venha, vamos embora!

— Para onde?

— Você vai saber. Deixemos que nossos pés nos guiem.

— E é seguro deixar que nossos pés nos guiem?

— Em todo caso, é mais seguro do que um cérebro enevoado.

— Pensa um pouco em...

— Agora a gente tem de agir sem pensar — interrompeu ele levantando-se, cambaleante —, já que a gente não vai ter mais cabeça antes de amanhã pela manhã... Vamos, de pé!

AS PAREDES HAVIAM cerrado as pálpebras. Nas ruas vazias, havia apenas uma brisa errante, uma luz de lâmpada adormecida. O silêncio tinha todo o espaço só para si, para passear, estendendo as asas...

"Para que servem os hotéis, se é para o receberem olhando-o atravessado, como a um doente titubeante a quem se evita! Oh, claro, você só tem desprezo por essas pessoas que o repelem, mas não é isso que lhe vai dar um quarto! O sono já envolve os amantes, então o que você está fazendo andando em círculos como uma alma penada? Mas, olhe, aí vem um cocheiro que ergue a cabeça pesada de

---

*Canção de origem sírio-libanesa.

sono e o convida com o olhar... Oh, Deus, tende piedade de quem arrasta consigo uma mulher no meio da noite se perguntando aonde ir..."

— Aonde vamos?

— Para onde o senhor quiser — respondeu o cocheiro sorrindo.

— Não estou falando com você! — replicou Yasine.

— Oh, tudo bem! Apesar disso, estou às suas ordens... — insistiu o homem.

Zannuba para Yasine, impaciente:

— Você faria melhor em perguntar isso a você mesmo. Não podia pensar nisso antes de ficar bêbado?

Vendo-os plantados ali, com os braços balançando diante de sua caleche, o cocheiro ousou:

— O Nilo! É o lugar ideal! Levo-os lá?

Yasine, num tom irritado:

— Tenho de saber: é uma caleche que você conduz ou é um barco? O que você quer que a gente faça às margens do Nilo numa hora dessas?

— O lugar é deserto e mal iluminado — replicou o cocheiro com incitação.

— O recanto ideal para os ladrões, isso sim!

Zannuba pareceu atemorizada:

— Oh, desgraça! Tenho as orelhas, o pescoço e os braços cobertos de ouro!

— Não se preocupe — disse o cocheiro dando de ombros. — Todas as noites levo para lá gente boa como vocês e os trago de volta sãos e salvos.

— Não me fale mais do Nilo — cortou Zannuba num tom seco. — Minha barriga treme só de ouvir falar nele!*

---

*Não esqueçamos que nessa época jogava-se às vezes a mulher adúltera no Nilo.

— Deus a proteja!

— Fale só comigo – gritou Yasine ao cocheiro, tendo já tomado assento no veículo, ao lado de Zannuba. – Que é que você tem com a barriga dela?

— Como quiser, meu bei. Sou seu criado!

— Decididamente, nesta noite tudo é complicado.

— Com Deus tudo se arranja. Se você preferir um hotel, vamos para um hotel.

— A gente já se aborreceu com três hoteleiros. Três ou quatro? Oh, minha pobre Zannuba! Você nem sabe mais a que ponto chegamos. Não, pense noutra coisa!

— Então voltamos ao Nilo.

Zannuba, em cólera:

— E o meu ouro, seu maldito!

Yasine esticou as pernas sobre o banco traseiro:

— Admito, mas não há outro lugar...

— No que diz respeito a lugar – propôs o cocheiro –, vocês sempre têm a minha caleche!

— Vocês dois combinaram me pôr doida – berrou Zannuba.

— Tem razão – respondeu Yasine torcendo o bigode. – Tem razão! E depois, na caleche não está bom. Na minha idade, não vou me contentar em fazer só papai-e-mamãe. Ei, cocheiro!

O homem se virou e Yasine trombeteou com determinação:

— Direção Qasr el-Shawq!

"Você se enfia nas trevas onde só as estrelas são amenas. Você sente no fundo de si mesmo uma angústia, mas ela mergulha rapidamente no mar do esquecimento... como uma lembrança rebelde. Porque um único copo basta, e a vontade desfalece... Subitamente, sua companheira de prazer lhe pergunta balbuciando: 'Você planeja ir até onde em

Qasr al-Shawq?' Você lhe responde: 'Até a casa que herdei de minha mãe. O destino quis que ela vivesse para o amor e a legasse ao amor com sua morte!' Você tinha aberto os braços para Oum Maryam e a filha dela com um coração palpitando de desejo... Você se prepara para fechá-los em volta da dama das suas noites de outrora..."

"E sua mulher, seu bêbado safado? – Oh! Ela está dormindo um sono pesado! – Não é para se desconfiar de tudo? – Não tema! Você tem ao seu lado um homem que não tem medo de nada! Colha no firmamento pérolas de estrelas para ornar sua testa e cante para mim ao ouvido, só para mim: 'Oh, mamãe, deixe-me amar, esta noite!'"

– E onde você vai passar o resto da noite?
– Eu a acompanharei aonde você quiser...
– Você não tem força nem para acompanhar uma mosca!
– Pfff! Paris é aqui pertinho!
– Ah! Se ao menos eu não tivesse medo dele!
– De quem?

Zannuba, numa voz apagada, jogando a cabeça para trás:
– Quem pode dizer? Nem eu mesma sei mais...

Al-Gamaliyya estava mergulhado numa espessa escuridão. Até o café tinha fechado as portas. A caleche parou na entrada de Qasr al-Shawq. Yasine desceu soltando um arroto, seguido de Zannuba, apoiada em seu braço. Avançaram lado a lado num passo prudente mas não menos cambaleante, deixando atrás de si o barulho da tosse do cocheiro assim como o martelar das botas da sentinela que, intrigada, tinha se aproximado do veículo no momento em que ele fazia meia-volta.

– Esta rua está cheia de buracos – disse-lhe ela.
– É, mas a casa está tranqüila – respondeu ele. E acrescentou: – Não se preocupe...

Em vão ela tentou lembrar-lhe – é verdade, sorrindo serenamente na escuridão – que a mulher dele estava na casa que eles se esforçavam para alcançar... Por duas vezes ela quase tropeçou subindo a escada. Finalmente, ofegantes, acharam-se diante da porta do apartamento. O lado aterrorizante da situação agitou-lhes a consciência difusa com um sobressalto de lucidez passageira em que ela tentou vagamente recuperar-se.

Ele girou suavemente a chave na fechadura depois empurrou a porta com uma infinita leveza. Procurou às apalpadelas a orelha de Zannuba, depois, tendo-a achado, inclinou-se para ela cochichando: "Tire seus sapatos!" O que ele também fez, e depois seguiu na frente dela. Pondo-lhe a mão em cima do ombro, ele chegou à sala de estar em frente da entrada, abriu a porta e deslizou para dentro, com Zannuba atrás. Tendo atingido seu objetivo, soltaram juntos um suspiro de alívio. Finalmente, ele fechou de novo a porta e conduziu a companheira até o canapé sobre o qual se sentaram, um ao lado do outro.

– Está muito escuro – disse ela aflita. – Não gosto da escuridão.

– Você vai se acostumar logo – disse ele colocando os dois pares de sapatos embaixo do canapé.

– Minha cabeça começa a girar.

– Só a cabeça?

Sem ligar para a resposta dela, ele se levantou subitamente, murmurando, em pânico:

– Não pus o ferrolho na porta de entrada. – Depois, levando a mão à cabeça: – E esqueci meu fez! – exclamou. – Na caleche ou no Tout Va Bien?

– Para o diabo o seu fez! Vá fechar a porta à chave, sabidão!

Ele voltou para a entrada, e fechou a porta à chave com infinitas precauções. Ao regressar, uma idéia tentadora lhe atravessou a mente. Dirigiu-se para o console, esticando a mão diante de si, às apalpadelas, para evitar bater em alguma cadeira, depois atingiu a sala de estar, apertando pelo gargalo uma garrafa de conhaque cheia até a metade. Colocou-a em cima dos joelhos de Zannuba:

– Pegue – disse-lhe. – Trouxe para você um remédio que cura tudo!

– Álcool? – disse ela apalpando a garrafa no escuro. – Você já bebeu o bastante. Quer que a gente transborde?

– Só um gole para arrematar, depois de todas essas emoções!

Ele bebeu até acreditar que tudo estava sob seu controle; eis que o delírio era um estado agradável, afinal. Depois o mar da embriaguez liberou suas ondas, erguendo-o à crista, fazendo-o cair logo, antes de aspirá-lo num redemoinho sem fundo. Línguas surgiam dos quatro cantos do cômodo, devaneando na escuridão. Risos escapavam-lhes, orgíacos, numa balbúrdia de mercado...

A garrafa caiu no chão e soou como uma advertência. Porra! Ele tinha ainda uma partida a jogar, ainda que fosse num mar de suor, tivesse tempo ou não; pouco importa, o tempo não contava mais para ele...

Nesse instante, a escuridão começou a agitar-se, a esfumar-se, sem que as pálpebras fechadas deles o percebessem... E, exatamente como desperta quem teve um belo sonho, estendendo a mão para colher as delícias de uma nova manhã, ele despertou alertado por um barulho, alguma coisa que se mexia...

Abriu os olhos. Um jogo de sombra e de luz dançava nas paredes... Esticou a cabeça e, no limiar da porta, com uma lamparina na mão, o rosto refletindo uma expressão caricata, com os olhos flamejando de cólera, ele viu Maryam!

Os dois amantes recostados no canapé e a jovem mulher de pé na porta começaram a se sondar com longos e assustados olhares, onde a perdição do torpor respondia ao fogo da ira. Era preciso a qualquer preço quebrar o silêncio. Zannuba deixou transparecer sua angústia abrindo a boca para falar, mas calou-se, finalmente... Depois, foi tomada subitamente por um ataque de riso imprevisível de que não conseguiu se livrar, a tal ponto que foi obrigada a esconder o rosto entre as mãos.

– Pare de escarnecer! – berrou Yasine desdenhosamente. – Você está numa casa respeitável!

Maryam, por sua vez, pareceu querer falar, mas as palavras não lhe vieram, como se a cólera a tivesse emudecido. Yasine disse-lhe então, sem saber o que dizia:

– Encontrei essa jovem dama completamente bêbada e trouxe-a aqui só até que ela se recupere...

Mas Zannuba recusou calar-se:

– É ele quem está bêbado, veja bem! – objetou. – Ele me trouxe aqui à força.

Maryam esboçou um gesto grave, como se se preparasse para jogar a lamparina na cara deles. Então Yasine se levantou, firme nas pernas, olhando para ela, pronto para pular em cima dela. Intimidada, ela recuou imediatamente e colocou a lamparina numa mesinha de centro, rangendo os dentes de raiva e de fúria. Depois, com a voz seca, trêmula, endurecida pelos tons roucos da raiva e da cólera:

– Na minha casa! – exclamou, finalmente. – Na minha casa! Celerado! Filho do demônio!

Lançando sobre ele injúrias e maldições, qualificando-o com todas as palavras da pior espécie, sua voz tinha o troar do trovão. Ela se pôs a gritar, a gemer, seus gritos fendiam as paredes; de atrair locatários e vizinhos, jurando envergonhar o marido e sublevar os que dormiam para tomá-los como testemunhas contra ele. Durante esse tempo, Yasine, por todos os meios, empenhava-se em fazê-la calar-se, levantando a mão para ela, fulminando-a com o olhar, ensurdecendo-a com vociferações. Como as ameaças dele se revelassem inúteis, ele se levantou, exaltado, e, a fim de atingi-la o mais depressa possível, mas sem um impulso precipitado, com medo que tal impulso o fizesse perder o equilíbrio, avançou para ela com passos largos e atirou-se em cima dela amordaçando-lhe a boca com a mão. Mas, como uma gata desesperada, ela lhe gritou na cara e deu-lhe um pontapé na barriga. Ele recuou, cambaleando, numa careta de dor e de raiva, antes de desabar com o rosto no chão, como uma parede que é derrubada. Nesse instante, Zannuba soltou um grito estrondoso. Imediatamente, Maryam investiu contra ela e, puxando-lhe os cabelos com uma das mãos e enfiando-lhe no pescoço as unhas da outra mão, começou a cuspir-lhe no rosto, cobrindo-a de injúrias e de maldições. Yasine não demorou a levantar-se. Sacudiu a cabeça energicamente, para espantar o torpor da embriaguez, depois se dirigiu para o canapé e lascou nas costas de sua mulher que avançara para cima da rival um soco violento. Maryam soltou um grito, depois recuou, procurando fugir dele. Mas, cego de cólera, ele a seguiu, atingindo-a com golpes até que a mesa os separasse. Então, ela tirou o chinelo e jogou-o no peito dele. De novo ele se lançou em perseguição dela e puseram-se assim a correr pela sala, enquanto Yasine gritava para a esposa:

— Desapareça da minha frente! Você está sendo repudiada! Repudiada! Repudiada!

Subitamente, bateram à porta. A voz da vizinha do segundo andar se fez ouvir:

— Sra. Maryam? Sra. Maryam? — chamava ela.

Yasine parou de correr, sem fôlego. Quanto a Maryam, ela abriu a porta e gritou logo com uma voz que ressoou por toda a escadaria:

— Venha dar uma olhada aqui dentro e me diga se já viu uma coisa dessas! Uma puta na minha casa que se embebeda e anda na pândega! Entre! Olhe!

A vizinha parecia confusa:

— Acalme-se, Sra. Maryam! Fique lá em cima comigo até amanhã de manhã...

— Isso, vá com ela! — gritou Yasine desdenhosamente. — Você não tem mais nenhum direito de ficar na minha casa!

— Devasso! — lançou-lhe Maryam no rosto. — Bandido, que me traz uma puta para o nosso lar!

Yasine deu um soco na parede:

— Puta é você. Você e sua mãe!

— O quê? Você ousa insultar minha mãe que está no céu?

— Ouso. Você é uma puta! Sei muito bem o que digo! Os soldados ingleses... isso não lhe lembra nada? Foi por minha culpa! Eu devia ter ouvido os conselhos das pessoas honestas!

— Sou sua mulher e o honro! Sou mais respeitável do que os da sua família e do que sua mãe! Pergunte a si mesmo só o que é um homem que casa com uma mulher sabendo pertinentemente que ela é uma puta, como você diz muito bem, se ele é ou não é outra coisa a não ser um cafetão! — Depois, apontando com o dedo para a sala de estar: — Case-se antes com aquela ali! Ela tem tudo que convém ao seu estado de espírito repugnante!

— Mais uma palavra e eu tiro o seu sangue aqui mesmo!

Mas Maryam continuava a gritar, a lançar chispas cada vez mais até que a vizinha se interpôs entre os dois para separá-los em caso de necessidade. Depois acariciou-lhe o ombro suplicando-lhe que fosse para a casa dela até o nascer do dia. No mesmo instante, Yasine, sentindo o desespero apoderar-se dele, exclamou:

— Pegue suas roupas e saia daqui! Desapareça da minha vista! Você não é mais minha mulher e não a conheço mais! Vou entrar no quarto. E cuidado, se eu a encontrar de novo aqui quando sair do quarto...

Dito isso, precipitou-se para dentro do quarto, batendo a porta atrás de si com uma violência que fez tremer as paredes, e depois se deixou cair no canapé, enxugando o suor que lhe molhava a testa.

— Tenho medo — segredou-lhe Zannuba num cochicho.
— Cale a boca! — resmungou. — De que tem medo?

Depois, numa voz retumbante:

— Estou livre! Livre!

Zannuba, como se falasse consigo mesma:

— Mas o que foi que me deu para ter me curvado aos seus desejos e ter vindo até aqui com você!

— Cale a boca, já disse! O que está feito está feito. Não lamento nada. Droga!

Por trás da porta, eles ouviram logo vozes que deixavam supor que muitas vizinhas rodeavam agora a esposa encolerizada. Subitamente, no meio delas, sobressaiu a de Maryam que explicitava sua indignação num tom choroso:

— Vocês já viram algo assim? Uma puta de rua num lar conjugal! Eles me acordaram com todo o barulho que faziam rindo e cantando. Perfeitamente: cantando, com insolência, embrutecidos que estavam pelo álcool. Me digam se é uma casa ou um bordel!

— A senhora vai, assim mesmo, pegar suas roupas e ir embora de casa? — protestou uma mulher. — É a sua casa, senhora, e não deve deixá-la! A outra é que tem de ceder!

— Não! Não é mais minha casa! – exclamou Maryam. – Já que esse senhor me repudiou.

— Ele não sabia mais o que dizia – concordou uma outra. – Vamos, venha conosco agora. Falaremos de tudo isso de novo amanhã de manhã. Seja como for, o Sr. Yasine Efêndi é um bom homem, filho de uma boa família. A culpa é de Satanás, que ele seja amaldiçoado! Vamos, venha, minha filha, não fique triste...

— Não há o que dizer ou o que fazer – berrou Maryam. – Que ele morra antes de amanhecer, esse criminoso, filho de criminosa!

Ouviu-se o barulho dos passos que se afastavam... As vozes se confundiam num zunzum indistinto. Depois houve a batida de uma porta que se fechava...

Yasine expeliu longamente o ar do peito e se virou de costas...

QUANDO ABRIU OS OLHOS, a luz da manhã inundava o cômodo. Embora não fosse a primeira vez que despertava de uma noite de embriaguez, sentiu na cabeça um peso incomum. Virando-se maquinalmente, viu Zannuba, que dormia ao seu lado profundamente. Então, num átimo, sua mente recordou os acontecimentos da noite e parou nesta constatação: Zannuba se achava no leito de Maryam. E Maryam? Na casa dos vizinhos. O escândalo? Por toda parte! Que salto fabuloso no abismo da decadência! Para que a cólera e os remorsos agora? O mal estava feito e podia-se voltar atrás em tudo, menos no passado! Acordá-la? Para quê? Que ela se encha de dormir! Ela estava bem onde estava. De qualquer modo, seria melhor para ela não sair da casa antes do anoitecer. Quanto a ele, era-lhe preciso, custasse o que custasse, recuperar uma parte de sua vitalidade para enfrentar o dia duro que o esperava. Afastou a coberta leve, pôs os pés no chão do quarto e, com os cabelos emaranhados, as pálpebras inchadas e os olhos vermelhos saiu em passos pesados. Ao chegar ao corredor, bocejou como num mugido, suspirou com desdém ao olhar a porta aberta da sala de estar, depois fechou os olhos gemendo por causa da dor de cabeça.

Alcançou o banheiro.

Sim, verdadeiramente, um dia duro o esperava. Maryam tinha se refugiado na casa dos vizinhos, a outra tinha se instalado em sua cama, ele próprio se surpreendera pelo amanhecer sem ter tido tempo de apagar as marcas de sua extravagância. Que idiotice. O que deveria ter feito era ter seu prazer com ela e ir dormir depois. Como pudera ser negligente com o que devia fazer? O que o havia cegado? Mais ainda: quando e como, vindo da sala de estar, ele tinha aterrissado com ela no quarto de dormir? Não se lembrava mais de nada. Não se lembrava mais nem mesmo de quando nem como se deixara vencer pelo sono. Em resumo, era um imenso, um incomensurável escândalo! Uma noitezinha de nada, mas sobrecarregada de vergonha, como sua cabeça estava sobrecarregada de preocupações e de dor... Mas o que há de espantoso? Havia tempo que este apartamento estava assombrado pelos maus gênios do escândalo. Um legado de sua mãe! Deus lhe perdoe! A mãe tinha morrido e o filho tinha ficado para alimentar os fuxicos e ser motivo de troça dos locatários e dos vizinhos. Amanhã as notícias voariam com rapidez até Bayn al-Qasrayn. Haja nervos!

"Você está atingindo o fundo de um abismo de depravação e de baixeza. Possa esta água fria com que você se lava purificar sua mente das más lembranças. Quem sabe, talvez, se se debruçasse na janela, você visse junto à sua porta toda uma multidão esperando a saída daquela que expulsou a esposa e lhe tomou o lugar. Isso, não! Você a proibirá de sair, aconteça o que acontecer! E depois, você repudiou Maryam. Repudiou sem o querer, enquanto a mãe dela nem esfriou ainda no túmulo... Que vão dizer as pessoas sobre você, sacrílego?"

Ele sentiu precisar de uma xícara de café para se recobrar. Deixou o banheiro e foi em direção à cozinha e, ao atravessar o corredor que os separava, notou o console na sala. Lembrou-se então da garrafa de conhaque virada na sala de estar e, por um segundo, perguntou-se o que tinha acontecido com o tapete. Mas, com um queixume mesclado com ironia, lembrou-se, simultaneamente, de que todos os móveis do apartamento não lhe pertenciam mais e seguiriam logo o rumo de sua dona. Alguns minutos depois, com meia caneca de café na mão, voltou para o quarto de dormir. Lá, encontrou Zannuba, sentada na cama, a espreguiçar-se, bocejando.

– Bela manhã em perspectiva – disse ela, virando-se para ele. – Com um pouco de sorte, vamos tomar o café-da-manhã no comissariado.

Yasine tomou um gole, olhando-a por cima da caneca, e respondeu:

– Tenha confiança em Deus!

Ela agitou a mão, fazendo chacoalhar os braceletes de ouro à volta do braço, e replicou:

– Tudo isso por sua culpa!

– Pronto? Já começou o julgamento? – disse ele exaltado, sentando-se na beirada da cama, aos pés dela. – Já lhe disse: tenha confiança em Deus!

Ela lhe acariciou as costas com os calcanhares, e disse-lhe, lamentando-se:

– Você causou minha ruína. Deus sabe o que me espera lá fora!

Yasine cruzou a perna direita sobre a esquerda que, sob o tecido da *galabiyyê* arregaçada, apareceu carnuda, coberta de uma floresta de pêlos negros.

— O seu sujeitinho? – perguntou. – Que vá para o diabo! O que é isso ao lado da minha mulher repudiada? Foi antes você que causou minha ruína! E é o meu lar que está arruinado!

Zannuba disse, como se falasse consigo mesma:

— Maldita noite! Ela virou meu mundo de pernas para o ar. Ainda ouço o barulho deles a me ressoar na cabeça. Mas é culpa minha. Eu só tinha que não ceder aos seus caprichos desde o início...

Yasine teve a impressão de que, apesar das queixas dela, ela estava encantada com a sua sina, ou que as queixas eram puro fingimento. Não conhecera ela, no Ezbekiyyé, onde as mulheres se vangloriavam do fato de alguém se arrebentar por causa delas? Mas ele não se ofendeu. A situação se tornara a tal ponto desesperadora que evitava o trabalho de reagir! Por isso não fez mais do que dizer, rindo:

— A pior das desgraças é a que faz rir. Vamos, ria! Você destruiu meu lar e instalou-se nele. Levante-se, vá se arrumar e prepare-se para ficar esperando aqui um tempão até a noite. Você não vai sair desta casa antes disso.

— Oh, tristeza! Estou prisioneira. Mas onde é que está sua mulher?

— Não tenho mais mulher!

— Onde ela está?

— Na casa do cádi, eu acho...

— Tenho medo de que ela venha descarregar em mim quando eu for embora.

— Medo? O que eu ainda tenho de ouvir! Todo o horror da noite de ontem não tirou nada dos seus vícios ou dos seus talentos, digna sobrinha de sua tia!

Ela riu longamente, parecendo aprovar a acusação, com um certo orgulho até... Depois estendeu a mão para a caneca de café, pegou-a, bebeu alguns goles e devolveu-a a Yasine, dizendo:

— E agora?

— Sei lá! Estou no mesmo barco que você. O que é certo é que me chateou demais ser apanhado em flagrante diante dos outros, como na noite passada.

— Não ligue pra isso – replicou Zannuba dando de ombros com indiferença. – Não há um só homem que não esconda mais desonra que a que poderia caber na terra.

— Nada disso. É um escândalo e dos grandes. Aqui está a cena: os gritos, a confusão, o repúdio de madrugada; os vizinhos acorrem para o espetáculo e vêem tudo com seus próprios olhos!

— Foi ela que começou – protestou Zannuba, fazendo beicinho.

Ele não pôde reter um riso de troça. E Zannuba, a exagerar:

— Isso mesmo! Ela teria podido ajeitar as coisas de maneira inteligente se tivesse tido um pingo de juízo. As pessoas na rua são indulgentes com os bêbados. Ela só fez mal a si mesma ao acabar por ser repudiada. O que você lhe disse? Puta? Filha-da-puta? Foi isso? E depois uma outra coisa também... isso... sobre os soldados ingleses...

Só isso lhe vinha à mente. Ele lançou sobre ela um olhar furioso, perguntando-se como essas palavras tinham podido ficar grudadas em sua memória...

— Eu estava com raiva... não sabia mais o que dizia... – balbuciou ele, embaraçado.

— Uma ova que não sabia!

— Cale a boca!

— Os soldados ingleses, hein? Onde você a surpreendeu? No Finish?*

— Piedade, Senhor! Ela é filha de uma família de bem e de vizinhos antigos. Foi só essa maldita raiva que...

— Sem essa raiva, há muitas coisas que não se saberiam...

— Por favor, não aumente os problemas. Já os temos de sobra!

— Farei tudo o que você quiser, mas me fale dos soldados ingleses – insistiu Zannuba.

Yasine, numa voz forte e exasperada:

— Já lhe disse que foi a raiva, e ponto final!

Zannuba continuou, com um suspiro zombeteiro:

— Você a está defendendo? Pois bem: vá lá procurá-la!

— Prefiro morrer a me rebaixar assim!

— Você é que sabe.

Ela pulou da cama, chegou até o espelho, pegou o pente de Maryam e, começando a pentear-se com grandes gestos apressados:

— O que vai ser de mim se o homem com quem estou romper comigo?

— Diga pra ele "boa sorte", e saiba que minha casa está sempre aberta para você.

Virando-se para ele, num tom magoado:

— Você não sabe o que está dizendo. Nós estávamos pensando seriamente no casamento...

— No casamento? E você continua a pensar nisso depois de ter visto esta noite no que pode dar o casamento?

Zannuba, finória:

— Você não entende... Já estou farta da vida de adultério que só está me levando à ruína. Se uma moça como eu se casasse, adoraria no mais alto grau a vida conjugal.

---

*Bar célebre na época, freqüentado pelos soldados ingleses.

"O mais pateta dos dois não é o que parece! Na orquestra, não a consideravam mais do que apenas uma tocadora de alaúde... e prosseguir uma vida de cortesã para além dos 30 anos – e ela logo os completaria – significaria nada mais do que correr para a perdição. O casamento é, portanto, o penhor supremo do futuro... Ela pensa em você dizendo isso? A adorável santarrona... Reconheço que a quero... intensamente! Minha desonra está aí para prová-lo!"

– Você o ama?

Zannuba, com cara zangada, respondeu:

– Se eu o amasse, não estaria aqui trancada com você!

Embora duvidando da sinceridade dela, seu coração se enterneceu. Porque, se a sinceridade nunca tinha feito parte da natureza dela, desta vez ela lhe manifestava uma indubitável propensão para tal.

– Não posso ficar sem você, Zannuba! Por você, cometi uma loucura, sem pensar nas conseqüências... Sou seu e você é minha para sempre!

O silêncio voltou. Ela parecia ansiar por ouvir mais. Mas ele ficou nisso...

– Devo romper com esse homem? Não sou mulher para ter dois homens ao mesmo tempo.

– Quem é ele?

– Um comerciante do bairro da Citadela, um tal Mohammed El-Olali...

– Casado?

– Sim, e com filhos... Mas tem uma grande fortuna.

– Ele prometeu casamento a você?

– Ele quer me levar a isso... mas eu hesito. Sabe, um homem casado, pai de família, é difícil, vai dar problema.

Ele se dignou, por causa dos belos olhos dela, suportar-lhe a artimanha...

— Por que a gente não recomeça como antes? – perguntou ele. – Você pode estar certa de que não sou pobre...

— Seu dinheiro não me interessa! O importante é que já estou cheia dessa vida de adultério...

— Então, qual é a solução?

— É o que eu me pergunto.

— Continue...

— Já disse o bastante.

Como se ele esperasse por esse convite implícito! Certamente, prestava-se primeiro ao riso! Mas ele queria essa moça e não podia, conseqüentemente, responder ao seu convite do mesmo modo... Por isso decidiu, depois de uma pausa:

— Não lhe escondo que começo a pressentir o pior do casamento!

— Como eu, para o adultério.

— Não parecia, esta noite.

— Ontem eu tinha um marido, mas agora...

— Com um pouco de astúcia, a gente vai acabar por acertar. De qualquer forma, lembre-se sempre de que enquanto a gente se encontrar assim... nunca a abandonarei!

— Você tem antecedentes comigo que certificam a sua sinceridade... – replicou ela num tom seco.

— Não se faz omelete sem quebrar ovos! – disse ele com seriedade para melhor esconder a fraqueza de sua posição.

— Não me deixo mais engabelar com palavras. Vocês, homens! Oh!

"E por vocês, mulheres, você não acha que a gente também poderia dizer esse 'oh!'. Mas, digna sobrinha de sua tia, eu a perdôo. Você entra nessa história bêbada, no meio da noite, e, de manhã, decide que já se cansou do adultério! Ela talvez tenha dito para si mesma: 'Já que sua segunda mulher era uma puta, então não há razão para que a terceira também não o seja!' Yasine! Você esquece todos os problemas que o esperam lá fora? Pois bem! Deixe que eles o esperem, mas procure não perder Zannuba por causa de uma palavra ofensiva, como você perdeu Maryam. Agora, meu pranteado irmão, já paguei meu erro para com você!"

– Agora que a gente se reencontrou, não devemos mais nos separar – disse ele calmamente.

– Só depende de você!

– A gente vai ter de se ver muitas vezes e pensar muito.

– Por mim, já está tudo pensado!

– Então, vai ser preciso que eu a convença do meu ponto de vista, ou que você me convença do seu!

– Você não vai me convencer do seu ponto de vista!

A essas palavras, ela saiu do quarto, disfarçando um sorriso e, com um ar espantado, ele a viu distanciar-se. Sim, tudo parecia bem estranho, ... Mas onde estava Maryam agora? Sozinha, em todo caso! Quanto a ele, não viveria mais um segundo de descanso. Amanhã, ele seria chamado à casa do pai e depois de amanhã à do cádi. De qualquer maneira, nestes últimos tempos, sua vida com ela fora um conflito permanente. Ela até lhe confessara friamente: "Eu o detesto e sua vida me enoja!"

"Não fui feito para ser feliz no casamento. Meu avô viveu a vida inteira assim. Dizem que sou eu que mais me pareço com ele na família. E, apesar disso, essa louca quer casar-se comigo..."

QUANDO AHMED ABD EL-GAWWAD atravessou a ponte de madeira que levava à vivenda d'água, o sol já desaparecia no horizonte. Tocou a campainha e a porta logo se abriu para a silhueta de Zannuba, que usava um vestido de seda branca que revelava os encantos do seu corpo.

— Oh! Você? Entre, entre! — exclamou ela ao vê-lo. — Mas, me diga: o que você fez ontem? Pensei que você estava aqui, tocando em vão a campainha, esperando um pouco, indo embora...

Depois, rindo:

— ... e imaginando coisas... Me diga o que você fez.

Apesar de sua roupa distinta, do seu perfume delicado que enchia o ar, ele mostrava um rosto sombrio, um olhar selvagem, e a pupila irradiava irritação...

— Onde é que você estava ontem? — perguntou ele.

Ela o precedeu até a sala de estar e ele a seguiu até o meio do cômodo, onde ficou de pé, entre as duas janelas abertas para o Nilo. Ali havia uma poltrona onde ela se sentou, ostentando calma, segurança e um sorriso...

— Como você sabe — disse ela —, saí para dar umas voltas e, no caminho, encontrei Yasmina, a almeia. Ela me convidou para dar um pulo até a casa dela e, lá, não quis que eu viesse embora e insistiu tanto que tive de ficar para dormir. Eu não a via desde que vim para cá. Se você a ouvisse censurar a minha falta e me perguntar que homem tinha conseguido me fazer esquecer minhas amigas...

Ela dizia ou não a verdade? Enfrentara ele verdadeiramente por nada os tormentos do dia e da vigília? Ele nunca perdia ou ganhava nada à toa! Então, como teria podido agüentar por nada essas dores atrozes? Mundo pérfido!... No entanto, estava pronto a entregar os pontos se tivesse a prova de que essa santarrona dizia a verdade. E ele tinha de ter a prova, senão não lhe restaria mais nada da vida. Já chegara para ele o tempo de se recompor de suas emoções? Paciência!...

— Quando foi que você voltou para casa?

Ela estendeu a perna diante dele e começou a contemplar seu chinelo enfeitado com uma bolinha branca, depois os dedos pintados com hena, dizendo:

— Sente-se primeiro, e tire o seu fez, para que eu veja a bela risca do seu cabelo. Pois bem... Já que você quer saber, meu amo, voltei para casa no final da manhã.

— Você está mentindo. — Essas palavras, cheias de cólera e de desespero, saíram-lhe da boca como uma bala de fuzil. Sem nem lhe dar tempo de reagir, continuou com veemência: — Você está mentindo. Você não voltou nem no final da manhã nem mesmo de tarde. Vim aqui duas vezes durante o dia sem a encontrar!

Por um instante ela ficou paralisada, depois, num tom que misturava confissão com irritação:

— Para dizer a verdade, voltei um pouco antes do pôr-do-sol, há mais ou menos uma hora... Eu não teria tido nenhum motivo para dizer mentiras se não tivesse notado nos seus olhos uma contrariedade que não tinha razão de ser e que eu quis dissipar. E agora, aqui está a verdade: esta manhã, Yasmina fez absoluta questão de me levar para fazer compras com ela e, quando soube que eu não estava mais com minha tia, ela me propôs entrar na orquestra dela para que eu a substituísse de vez em quando nos casamentos. Recusei, convencida por antecipação de que você não aceitaria que eu passasse a noite fora com o grupo. Em suma, fiquei com ela... sabendo que você não viria aqui antes das nove horas da noite. Aí está. E agora, por favor, sente-se e fique calmo!

"Sua história é verdadeira ou montada peça a peça? Ah, se os seus amigos o vissem agora! Como o destino é cínico com você! Mas eu estaria pronto a perdoar duas vezes algo pior por um pouco de descanso. Você mendiga o descanso? Mendigar, no entanto, nunca foi hábito seu. É assim que você se humilha diante da tocadora de alaúde? Houve uma época em que ela fazia tudo para servi-lo, para lhe trazer frutas durante suas reuniões galantes e depois se apagar, educadamente, em silêncio. Ah! Que venha a paz, ou que eu seja devorado pelo fogo do inferno!"

— Yasmina não mora assim tão longe. Vou perguntar a ela a verdade.

— Pois pergunte, se quiser — replicou Zannuba, abaixando a mão num gesto de desdém ofendido.

— E vou perguntar a ela ainda esta noite — explodiu ele, com os nervos à flor da pele. — E depois, não vou vê-la agora mesmo! Cedi a todos os seus desejos, e pretendo que você respeite meus direitos!

Seu furor contaminou Zannuba, que replicou secamente:

— Ei! Calma lá! Pare de me lançar acusações na cara! Até agora, fui paciente com você, mas tudo tem limite. Sou um ser humano feito de carne e osso. Preste atenção até onde você está indo comigo, e reze. Isso vai acalmá-lo.

— É nesse tom que você me fala? — disse ele, espantado.

— Isso mesmo, já que você me fala no mesmo tom.

— Tenho esse direito! — exclamou ele, apertando o punho no cabo da bengala. — Fui eu que fiz de você uma dama e lhe dei uma vida que até Zubaida inveja!

Essas palavras fizeram-na perder as estribeiras. Ela exclamou como uma leoa em fúria:

— Foi Deus que fez de mim uma dama. Não você. E essa vida de que você fala, eu só a aceitei depois que você me suplicou com insistência. Já esqueceu? Não sou sua prisioneira nem sua escrava. Posso questionar você e o condenar. Não! Mas por quem você me toma? Você acha que me comprou com seu dinheiro? Se minha maneira de viver não o agrada, então é melhor que cada um de nós vá para o seu lado!

"Deus do céu! É assim que as unhazinhas delicadas se transformam em garras? Se por acaso você tinha dúvidas sobre o que ela fez na noite passada, esse tom insolente e é questionável. Você sofre de uma pequena peste. Então beba o cálice da amargura! Beba a taça da ofensa até não poder mais! E agora, o que poderá responder? Grite na cara dela, o mais alto que puder: caia fora para a rua onde eu a peguei! Grite! Oh, sim! Grite! O que o impede? Maldito seja o que o impede! Ser traído pelo coração é ser traído mil vezes. É esse o aviltamento dos corações de que você troçava quando lhe falavam dele? Ah! Como me enoja amá-la!"

– Você me expulsaria?

Zannuba continuou com o mesmo tom seco e exaltado:

– Se viver com você significa que você me fecha aqui como uma escrava e me lança acusações toda vez que lhe dá na telha, então é melhor para você e para mim pararmos por aqui desde já.

A essas palavras, ela virou o rosto. Ele se pôs a contemplar-lhe a face, o reflexo liso do seu pescoço com uma calma insólita, que tirava vantagem do estupor.

"Toda a ventura que peço a Deus é de ser capaz de deixá-la sem que isso arrase comigo. Você fala assim porque está com raiva. Pelo menos... você terá a força de voltar aqui sem encontrar vestígio da presença dela?"

– Eu já não tinha muita confiança no seu bom coração... Quanto a imaginar que você podia ser tão ingrata...

– Evidentemente. Para você seria bom que eu fosse uma pedra, sem sensibilidade, sem dignidade.

"'Você vale ainda menos que isso, veja só!"

– Não! Simplesmente uma pessoa que soubesse apreciar os favores e respeitar a vida a dois.

Zannuba passou do tom da cólera para o da queixa indignada:

– Eu lhe dei mais do que você pensa! Aceitei abandonar minha família e meu trabalho para ficar onde você quisesse. Até as queixas eu silenciei para não contrariá-lo e... também não quis lhe confessar... que há pessoas... que desejariam para mim uma vida melhor sem que eu lhes dê importância...

"Mais complicações que eu não tinha previsto?"

– O que você quer dizer com isso? – perguntou ele, magoado.

Ela fingiu olhar os braceletes, fazendo-os girar à volta do braço, e respondeu:

– Um homem perfeito quer se casar comigo e me apressa com sua insistência...

"Como se não bastasse que o calor e a umidade o sufoquem, agora é essa peste que quer destruí-lo... Ah! Esse velejador que dobra a vela do seu barco diante da janela não conhece a própria felicidade!"

– Quem é ele?

– Alguém que você não conhece. Chame-o como quiser...

Ele recuou um passo e sentou-se no canapé entre duas grandes poltronas. Depois, cruzando os dedos sobre o cabo da bengala:

– Quando foi que ele a viu? – perguntou. – Como você soube do desejo dele de se casar com você?

– A gente se via muitas vezes no tempo em que eu vivia na casa de minha tia. Nos últimos dias, notei que ele procurava me falar toda vez que me encontrava em seu caminho... Mas eu o ignorava... Então ele mandou uma de minhas amigas me participar o desejo dele... Aí está.

"Decididamente, você é cheia de truques! Ontem, quando eu corria à sua procura, uma só dor me atormentava.

Eu não tinha ainda idéia do que me aconteceria hoje. Abandone-a, se tiver coragem. Deixe-a. É sua única tábua de salvação. As pessoas não estariam erradas ao acreditar que a morte é a pior coisa que lhes pode acontecer?"

— Queria que você me dissesse sinceramente: você tem ou não a intenção de aceitar a proposta dele?

Num gesto seco, ela deixou cair o braço, depois, olhando nosso homem com um ar orgulhoso:

— Já lhe disse que o ignorei – falou ela num tom firme. – É preciso tentar entender o que digo!

"Não é necessário que você vá dormir com essas idéias, que não aconteça o mesmo da noite passada! Limpe a sua mente dessas obsessões..."

— Responda-me com franqueza: alguém veio vê-la aqui?

— Alguém? De quem você está falando? Ninguém entrou aqui a não ser você!

— Zannuba, eu posso saber tudo. Então não me esconda nada. Me confesse tudo em detalhes. Depois, o que quer que você tenha feito terá o meu perdão.

— Se você teima em duvidar da minha sinceridade – protestou ela –, é melhor para nós que a gente se separe.

"Você se lembra da mosca que você viu agonizar esta manhã na teia de aranha?"

— Está bem, esqueça... Agora... Deixe-me perguntar-lhe: você se encontrou com esse homem ontem?

— Eu já lhe disse onde eu estava ontem.

— Por que você me maltrata? – suspirou ele, contra a vontade. – A mim que nunca desejei nada a não ser a sua felicidade?

Ela esfregou as mãos como se a insistência dele em duvidar dela a exasperasse:

— E você – disse ela –, por que se recusa em me compreender? A mim que desisto por você de tudo o que tenho de mais caro.

"Deus, como é doce ouvir essa música! O drama é que ela poderia do mesmo jeito não ser motivada por nenhum sentimento... Como um cantor que se entregasse a uma endecha com o coração alegre."

— Tomo Deus por testemunha do que você acaba de dizer! E agora, me diga francamente: quem é esse homem?

— O que lhe importa? Já lhe disse que você não o conhecia. Um comerciante de um outro bairro, mas que vinha de vez em quando ao café de Si Ali...

— O nome dele?

— Abd el-Tawwab... Yasine Abd el-Tawwab! Você o conhece?

"Aluguei esta vivenda d'água para me divertir... Você se lembra da diversão? Oh, tempo passado! Você se lembra do Ahmed Abd el-Gawwad que mergulhava na despreocupação? Zubaida... Galila... Bahiga... Peça-lhes para lhe falar sobre isso. Certamente não é o mesmo homem que esse pobre desnorteado a quem a velhice embranqueceu as têmporas!"

— O demônio das preocupações é mesmo o mais hábil!

— Não! É o da dúvida, porque faz das suas a partir do nada.

Ele se pôs a bater no chão com a ponta da bengala, depois, numa voz profunda:

— Não quero viver enganado. Isso nunca. E nada me fará transigir com minha dignidade de homem. Numa palavra, não posso engolir que você tenha passado a noite fora de casa ontem.

— Recomeçou!

— É. E vai recomeçar mais ainda. Você não é mais uma criança, mas uma mulher madura e ajuizada. E você vem me falar desse homem? Você se deixou mesmo enganar pela promessa dele de se casar com você?

Zannuba disse, com orgulho:

— Eu sei que ele não me engana. A prova é que me prometeu não tocar em mim antes do casamento.

— E você quer esse casamento?

Ela franziu as sobrancelhas, vexada:

— Você não ouviu o que eu disse? – replicou ela, surpresa. – Estou espantada em vê-lo hoje tão desatento! Realmente, você não está no seu estado normal... Pare de se preocupar por nada e, pela última vez, escute: ignorei esse homem e a proposta dele só por sua causa!

Ele desejaria saber a idade do pretendente, mas não soube como fazer a pergunta. A juventude! A velhice! Ele nunca tinha reparado nessas coisas... Depois de um tempo de hesitação, disse:

— Ele é talvez um desses jovens fedelhos que prometem sem pensar.

— Não é um fedelho. Já passa dos 30 anos.

"Vinte e cinco anos mais jovem do que você, em suma! É sempre ruim ter alguma coisa a menos que os outros... exceto quanto à idade. Ah! O ciúme! Ele me devora sem pudor!"

— Eu o ignorei – disse ela espontaneamente –, embora ele tenha me prometido a vida com que tenho sonhado.

"Você é um bocado esperta! Zubaida esqueceu de aprender com você."

— É mesmo?

— Permita-me dizer: não agüento mais a vida que eu levo.

"Pensa de novo mais uma vez na mosca e na aranha."

— Ora, veja só!

— É isso mesmo! Quero uma vida tranqüila à sombra do casamento. Você não me dá razão?

"Você veio para lhe pedir explicações. Veja só onde está agora! E é ela que o manda passear! Então, como você faz para manter toda essa calma? Você terá mais vergonha de si mesmo durante o restante dos seus dias. Você entende aonde ela quer chegar?... Como é bonito esse marulhar das ondas sob o sol poente..."

Como ele demorasse a responder, Zannuba disse calmamente:

— Você não pode ficar zangado por causa disso. Você é um homem bom apesar de tudo... e não poderia impedir uma mulher de ter uma união legítima que ela deseja... Não posso ser a segunda para o primeiro que aparece... Não me chamo Zubaida! Sou crente, temo a Deus, e estou bem decidida a querer abandonar o pecado...

Essas últimas palavras encheram-no de estupor e de confusão. Ele se pôs a olhá-la com uma raiva contida que dissimulou num sorriso forçado, antes de responder-lhe:

— Você nunca tinha me dito nada disso antes. Até anteontem, tudo ia muito bem entre nós...

— Eu não sabia como me confiar a você...

"Ela se afasta de você a uma velocidade terrível, diabólica... Que decepção! Estou pronto a esquecer tudo..., esta maldita noite de ontem, minhas dúvidas, minha dor... com a condição que ela pare com esse joguinho perverso."

— No entanto, nós vivíamos na felicidade e na harmonia. Nossa relação não significa então mais nada para você?

— Significa, mas eu quero torná-la melhor... O casamento não é preferível ao adultério?

Seu lábio inferior se crispou, desenhando-lhe na boca um sorriso sem expressão.

— No que me diz respeito – disse ele em voz baixa –, as coisas são de outro jeito.

— Como assim?

— Sou casado, meu filho e minhas filhas também... Como você vê, a questão é muito delicada.

Depois, com um suspiro ardente:

— Não vivíamos numa felicidade perfeita?

Zannuba replicou, aborrecida:

— Não lhe peço para repudiar sua mulher nem abandonar seus filhos. Você não seria o único a ter várias mulheres...

— Na minha situação – continuou ele apreensivo –, o casamento não é algo vão. Nem um acontecimento na vida de um homem que não seja comentado...

— Todo mundo sabe que você tem uma amante – replicou ela com um riso sarcástico. – E você está pouco ligando para os outros! Então, como pode temer o que eles poderiam dizer de um casamento legítimo, se você quiser se casar?

— Raros são os que, entre essas pessoas, conhecem os segredos de minha vida íntima – disse ele com um sorriso embaraçado. – Sem contar que as pessoas de minha família são as últimas a duvidar de mim...

Ela ergueu as sobrancelhas finas, com ar de desaprovação:

— É o que você pensa – disse ela. – Só Deus sabe a verdade! Que segredo se pode guardar quando as línguas das pessoas estão sempre aí, prontas a traí-lo?

Depois, retratando-se, com o aspecto indignado, sem lhe dar tempo de responder:

— Mas talvez você não me julgue digna da honra de usar o seu nome!

"Deus me perdoe! Você se imagina como o marido de Zannuba, a tocadora de alaúde, diante de Deus?"

— Não foi o que eu quis dizer, Zannuba!

— Logo conhecerei seus verdadeiros sentimentos – disse ela num tom irritado. – Se não for hoje, será amanhã. E se casar comigo o envergonha, então, adeus!

"Você vem para expulsar uma pessoa, e é ela que o expulsa! Você não está mais em condições de lhe impor nada, é ela que o põe contra a parede: ou casa-se com ela ou ela vai embora! O que você está fazendo aqui? Para o quê você cruzou os braços? Outra vez esse maldito coração que o trai? Você preferiria que lhe arrancassem a pele a abandonar esta vivenda d'água! Ah, que pena que esta paixão cega venha somente se apoderar de mim na idade da velhice!"

— É essa a estima que você tem por mim? – perguntou ele num tom de censura.

— Não tenho nenhuma estima por quem me despreza como se eu fosse um objeto!

Ao que ele respondeu, com tristeza:

— Você é mais cara a mim do que eu mesmo!

— Conheço essa cantiga!

— No entanto, é a verdade...

— Já está demorando que me mostre isso de outro jeito!

Abatido, desesperado, ele baixou os olhos. Não via como podia aceitar e não tinha mais a força de recusar. Havia acima de tudo esse desejo ardente de não perdê-la que o prendia e confundia seus pensamentos... Disse em voz baixa:

— Dê-me um pouco de tempo para pensar...

— Se você me amasse de verdade – respondeu ela, plácida, dissimulando um sorriso malicioso –, você não hesitaria.

— Não se trata disso – reconsiderou ele prontamente. – Quero dizer... para pensar nas providências...

Ele agitou a mão, como para explicitar as palavras, sem saber exatamente a significação do seu gesto...

— Nesse caso – concluiu Zannuba sorridente –, estou à sua disposição.

Ele sentiu um certo alívio, como o boxeador a um passo de beijar a lona salvo em cima da hora pelo gongo... Subitamente, tomado pelo desejo de se distrair do tormento, de livrar-se da angústia, disse, estendendo-lhe a mão:

— Venha para junto de mim...

Mas ela se encolheu resolutamente na poltrona e respondeu:

— Quando Deus o permitir!

ELE ABANDONOU A VIVENDA, vencendo as trevas, depois caminhou ao longo da margem deserta na direção da ponte de Zamalek. O vento era uma brisa suave, a baixar o fogo de sua cabeça e a fazer percorrer pela folhagem espessa das árvores imensas um estremecimento preguiçoso de onde se elevava um frágil cochicho. Semelhantes na escuridão a dunas, a nuvens marmóreas, ele as sentia pesando em cima de sua cabeça, toda vez que a erguia, como as preocupações que lhe pesavam no peito...

"Essas luzes que brilham nas janelas das vivendas d'água vêm de casas sem problemas? Em todo caso, nenhum vale os seus! A morte e o suicídio são duas coisas diferentes! E, incontestavelmente, você escolheu suicidar-se!"

Continuou a andar. Nada neste momento lhe convinha mais do que a caminhada para acalmar os nervos e concatenar os pensamentos antes de encontrar-se com os irmãos. Então, falaria-lhes a sós e revelaria a eles os seus tormentos. Não se lançaria nessa aventura antes de tê-los consultado, embora já desconfiasse da resposta deles. Mas, custasse o que custasse, ele lhes abriria o coração. Sentia, semelhante ao grito de socorro de um afogado levado pelas ondas, uma necessidade urgente de se abrir com eles. Não escondia que encarava seu casamento com Zannuba como um trato combinado, nem negava seu sentimento vil de desejá-la, de ainda quê-la. Mas não via como a situação podia ser resolvida sob a forma de um casamento oficial, nem como anunciaria a notícia à mulher, aos filhos, a todo mundo...

Embora desejasse caminhar assim o maior tempo possível, ele passou a andar subitamente com rapidez, percorrendo o caminho com passos largos, batendo com a bengala a terra poeirenta, como se tivesse pressa de chegar a um objetivo... embora não tivesse nenhum. Ela se recusara a ele e o repelira? Sua vasta, sua larga experiência permanecia desacostumada a tais atitudes? Mas o homem fraco cai na armadilha com conhecimento de causa.

Embora por causa da caminhada e do vento fresco tivesse recuperado alguma tranqüilidade, ele permanecia com a mente dispersa, com a consciência em desordem. Os pensamentos continuavam a se contradizer em sua cabeça a tal ponto que ele não suportava mais, pensando que ficaria louco se não tomasse imediatamente uma decisão, ainda que significasse a sua perdição... Nesta noite escura, ele podia sem temor e sem vergonha falar consigo mesmo. As copas das árvores que teciam acima dele uma cobertura homogênea o escondiam aos olhos do céu; nos campos, à sua direita, sepultavam-se seus pensamentos; a água do Nilo que rastejava à sua esquerda afogava seus sentimentos... Mas cuidado com a luz! Que tomasse muito cuidado em não se deixar envolver pelo seu halo e ter de fugir como uma carroça de circo, que atrai atrás de si as crianças e os bobos... Quanto à sua reputação, à sua grandeza, à sua dignidade, que Deus as proteja!... Ele sempre tivera dentro de si duas personalidades: deixando aparecer uma entre os irmãos e os amigos queridos, mostrando a outra aos de sua família e ao restante do mundo, esta última é que era o penhor de sua grandeza e de sua dignidade, assegurando-lhe uma consideração como ninguém sonhava ter. Era contra ela que conspiravam suas infidelidades, ameaçando incessantemente reduzi-la a zero.

Perto da ponte que aparecia sob as luzes dos lampiões, ele se perguntou: para onde ir agora? Mas tendo ainda necessidade de solidão e de escuridão, ele a ultrapassou na direção de Gizé... "Yasine! Só evocar seu nome o faz estremecer. Você tem a vergonha estampada no rosto. Mas por quê? Ele será o primeiro a compreendê-lo e a ser indulgente com você... ou então a rir da sua humilhação e a regalar-se com ela! Quantas vezes você o tratou mal, o corrigiu? Isso não impede que hoje não tenha ainda mergulhado num abismo como o seu! Kamal? Você vai ter agora de exibir para ele uma máscara de severidade, se não quiser que ele leia o pecado no seu rosto. E Khadiga? E Aisha? Elas vão ser humilhadas diante dos Shawkat! Imagine só! O pai delas casado com Zannuba; um casamento que todos os devassos irão aplaudir. Seu coração abriga todas as fraquezas e todas as tentações. Então, arranje para ele um outro palco diferente do mundo em que você vive. Não existe um reino de trevas, longe dos homens, onde você poderia se entregar em paz aos seus vícios? Amanhã, não se esqueça de dar uma olhada na teia de aranha para ver o que sobrou da mosca... Escute o coaxar das rãs, o canto dos grilos. Esses insetos não sabem da felicidade deles! Então o que espera para se tornar um inseto e aproveitar você também a felicidade sem restrições? Mas, nesta terra, por mais que você diga e faça, sempre será o 'senhor' Ahmed! Vamos, vá passar a noite entre os seus, reunidos, sua mulher... Kamal... Yasine... Khadiga... Aisha... e depois, se tiver coragem, revele a eles suas intenções. Depois, se tiver ainda coragem, sele sua união! E Haniyya! Você se lembra de como a mandou embora? E no entanto você a amava. Nunca amou uma mulher tanto quanto a ela. Mas parece, infelizmente, que a razão nos abandona com a idade. Você deveria beber esta noite até que o levem com os pés juntos! Como demora a beber! Como se não tivesse bebido desde os tempos de Mathusalém. Os sofrimentos que você suportou este ano até poderiam anular todo o benefício da felicidade de que você a vida inteira desfrutou!"

Subitamente, ele enterrou a bengala no chão e parou de andar. Estava saturado da escuridão, do silêncio, desse caminho infestado de insetos, das árvores! Seu coração o levava para os irmãos. Não era homem de ficar muito tempo sozinho consigo mesmo. Ele só se definia enquanto membro de um grupo, parte de um todo... É aí que infalivelmente se resolvem os problemas!

Deu meia-volta na direção da ponte. No mesmo instante, um estremecimento de cólera e de nojo o sacudiu da cabeça aos pés. Com uma voz estranha, ferida pela queixa, pela dor e pela raiva, ele disse para si: "Então ela passa fora a noite toda, Deus sabe onde, e você aceita se casar com ela!" Uma pesada sensação de desprezo por si mesmo lhe comprimiu o peito e o coração. "Yasmina? Pois sim! Ela passou a noite nos braços desse sujeito, isso sim! Que não desgrudou dela até o dia seguinte de tarde! Ela ficou com ele sabendo direitinho a que horas você chegaria! Então, o que isso significa? Isso significa simplesmente – fogo do inferno! – que o amor a fez perder a noção do tempo. Ou então que você se tornou tão indiferente que ela nem liga para a sua cólera. Então, como você pôde ser tão conciliador, sua besta? Olhe com o que você se parece com sua promessa de casar com ela, vergonha do gênero humano! Dir-se-ia que tinha a cabeça tão massacrada de tormentos que nem mesmo sentiu os chifres crescerem em você. Esses chifres com que você está coroando uma família inteira para que ela carregue o opróbrio de geração em geração. Que vão dizer as pessoas quando virem os chifres enfeitando sua testa nobre? Nem a cólera, nem o ódio, nem o sangue, nem as lágrimas bastarão para resgatar sua covardia e sua fraqueza. Ah! Ela deve estar rindo de você, veja só, agora, deitada de costas na vivenda, talvez ainda toda pegajosa do suor do tal homem que não vai demorar também a escarnecer. Não! Ainda não se dirá que o dia vai amanhecer e que uma boca ainda vai rir de você! Confesse sua fraqueza aos seus irmãos e jogue-a para eles como alimento para ouvir suas gargalhadas! "Mas perdoem-lhe!... Ele está velho e gagá... Perdoem-lhe! Ele tentou tudo na vida, menos o prazer de ter chifres!" Ouço já Zubaida dizer-me: "Você recusou ser o meu homem e aceitou ser o rufião de minha tocadora de alaúde!..." E Galila, exagerando: "Você não é mais meu irmão nem minha irmã!" Possam esse caminho de sombras, essa escuridão espessa, essas árvores seculares me ver correr na noite, chorando como um palerma. Não! Não vou dormir antes de devolver a afronta a essa desavergonhada. E dizer que ela se recusou ainda a você! E você quer me dizer por quê? Porque ela está por aqui do adultério! O adultério de que ela ainda não se livrou ainda! Diz que ela está cheia de você, e pronto! Deus, que dor! Mas eu a mereço. Ela é obra de santidade. Como quando se bate com a cabeça na parede para expiar um pecado. O xeque Metwalli Abd es-Samad acredita saber muitas coisas. Ele não viu nada ainda!"

Passou de novo diante da ponte de Zamalek em direção de Imbaba, depois se pôs a apressar o passo com uma obstinação decidida. Estava mesmo resolvido a apagar a vergonha que se estampava em seu rosto. À medida que a dor o oprimia, mais ele forçava o passo, batendo no chão com a bengala, como se caminhasse com três pernas... Chegou perto da vivenda, cuja janela estava iluminada. Ali, embora tendo recuperado a confiança em si mesmo, o sentimento de sua dignidade de homem, embora tendo acalmado a mente com a opção de uma resolução firme, seu furor aumentou. Desceu a escada, atravessou o pontilhão de madeira e, chegando diante da porta, bateu uma primeira vez com o cabo da bengala, depois uma segunda, com golpes repetidos, a tal ponto que lhe chegou logo a voz de Zannuba, que perguntava inquieta:

— Quem está aí?

— Eu! – disse ele num tom firme.

A porta abriu-se mostrando seu belo rosto espantado. Ela se afastou para deixá-lo passar, praguejando:

— Nada de grave?

Sem dizer uma palavra, ele foi direto para a sala de estar, no meio da qual parou, depois se virou e ficou a olhá-la aproximar-se, com o ar interrogativo, para vir parar diante dele, perscrutando com os olhos inquietos seu rosto triste.

— Nada de grave, pelo menos? – perguntou ela. – Por que você voltou?

— Nada de grave, Deus seja louvado, como você vai constatar – disse ele com uma calma terrível.

Ela começou a sondá-lo com o olhar, sem dizer nada...

— Voltei – continuou ele – para lhe dizer que não leve em conta o que lhe disse há pouco... Tudo não passou de uma estúpida brincadeira!

Os ombros dela se curvaram com desapontamento, lendo-se em seu rosto a reprovação e o furor.

— Uma estúpida brincadeira! – exclamou ela. – Então, agora, você não faz mais diferença entre uma estúpida brincadeira e um compromisso solene?

— É preciso ter cuidado, quando você me fala — disse ele, com o rosto cada vez mais duro —, em observar os justos limites da polidez. Não se esqueça de que as mulheres da sua condição, eu as pago na minha casa como criadas.

— Foi para me fazer ouvir isso que você voltou? — exclamou ela, arregalando os olhos. — Por que não me disse antes, há pouco? Para ter tentado me enternecer com suas bajulações? Você acha que me mete medo? Não tenho mais tempo a perder com brincadeiras estúpidas!

Ele ergueu para ela uma mão ameaçadora e conseguiu fazê-la calar-se. Depois, com uma voz sonora:

— Voltei para lhe dizer que casar com uma moça como você constitui uma desonra que a minha dignidade não pode suportar e que, por conseguinte, isso não poderia ser mais do que uma grosseira brincadeira, ótima para os amadores do gênero... e que, já que essas loucas idéias fervilham na sua cabeça, e que me seria nefasto freqüentar doidos, você não é mais digna da minha companhia!

Ela o escutava com os olhos brilhantes de cólera, mas não se entregou à raiva, como ele esperava. Talvez o espetáculo de sua ira tivesse provocado nela o medo e a fazia medir as conseqüências de uma resposta. Por isso ela disse, abaixando o tom:

— Nunca o forcei a se casar comigo. Eu simplesmente lhe revelei minha idéia deixando a decisão para você. Agora, se você quiser voltar atrás com sua promessa, você é livre. Não vale a pena me insultar e me mortificar. Que cada um de nós parta tranqüilamente para o seu lado...

"Então é esse o esforço que ela faz para retê-lo? Você não acha que se sentiria melhor se ela lhe enfiasse as unhas no corpo para o impedir de ir embora? Vamos, possa ao menos a sua cólera excitar a sua dor!"

– Muito bem! Cada um de nós vai partir para o seu lado. Mas... antes de a deixar, queria lhe dizer sinceramente o que penso de você. Certamente, não nego que vim até você por vontade própria... sem dúvida porque às vezes nos acontece sentir atração pela sujeira! Então você deixou a sujeira em que vivia para experimentar o luxo ao qual a elevei. Eis por que não me surpreende nunca ter conhecido junto de você nem o amor nem a estima de que eu usufruíra junto delas, porque a sujeira só tem estima pelo que lhe é semelhante! Mas, graças a Deus, chegou para mim o momento de me livrar de você e de voltar ao rebanho...

A dor pôde ler-se no rosto dela; a dor de quem o medo impede de consolar o coração. Ela balbuciou somente, com uma voz trêmula:

– Adeus... Vá embora e deixe-me em paz!

– Você não é mais nada para mim – concluiu ele com amargura, engolindo a dor.

A essas palavras ela não se controlou mais e gritou-lhe:

– Chega! Vamos! Deixe o inseto sujo tranqüilo e tenha cuidado com ele! Lembre-se de como você lhe beijava as mãos com um olhar dócil! Não valho mais nada para você? É isso? O que há é que você está velho. Aceitei pegar um velho e agora eu sofro as conseqüências.

– Trate de fechar a matraca, filha de cão! – gritou-lhe ele levantando a bengala contra ela. – Cale a boca, sua nadazinha! Vamos, pegue suas roupas e se mande daqui!

– Escute bem o que vou lhe dizer! – replicou ela empinando o pescoço. – Mais uma palavra e chamo o bairro todo até que a polícia chegue aqui. Está me ouvindo? Você não vai se livrar de mim assim, não! Eu me chamo Zannuba e só tenho contas a prestar a Deus. Se mande você daqui! Esta casa é minha. Foi alugada no meu nome. Portanto, é melhor que saia daqui são e salvo antes de perigar sair em procissão.

Ele ficou um tempo hesitante, cobrindo-a com um olhar de nojo e de desprezo. Mas, com medo do escândalo, desistiu finalmente da demonstração de força. Cuspiu no chão e alcançou a saída com passadas largas e firmes.

ELE FOI IMEDIATAMENTE juntar-se aos irmãos, e encontrou Mohammed Iffat, Ali Abd el-Rahim e Ibrahim Alfar na companhia de alguns outros. Fiel ao seu hábito, e mesmo exagerando-o, bebeu até a embriaguez. Riu também, bastante, e fez rir outro tanto. Depois, nas últimas horas da noite, voltou para casa onde dormiu num sono profundo.

Com a manhã, abriu-se para ele um dia calmo, vazio primeiramente de qualquer pensamento. Assim que sua mente lhe sugeria uma visão de seu remoto passado próximo, ele a expulsava sem fraqueza... Exceto uma, que ele se comprazia a ressuscitar de bom grado, a que, ainda recente na sua memória, imortalizava sua vitória sobre essa mulher assim como sobre si mesmo. Coisa de que ele começava a se convencer intimamente, dizendo: "Graças a Deus, acabou! Devo ser mais prudente no futuro!"

O dia anunciava-se sereno e foi bem à vontade que ele pôde pensar de novo em sua inegável vitória e felicitar-se por isso. Mas com o correr das horas o dia deu-lhe cansaço e até apatia. Ele explicou isso para si mesmo como uma conseqüência do esforço nervoso extenuante que tinha despendido nos dois últimos dias e, embora num grau menor, nos últimos meses, já que sua relação com Zannuba lhe parecia agora um drama completo. Esse primeiro revés que ele sofria durante sua longa vida amorosa, não podia se conformar com ele facilmente! Seu coração, sua mente tinham sido postos à prova. Ele acolhia mal a razão toda vez que ela lhe cochichava ao ouvido que a juventude estava finda, prevalecendo-se ao contrário de sua força, de sua beleza, de seu vigor; lembrando sem cessar o argumento que ele tinha lançado ontem no rosto da mulher, segundo o qual ela não o tinha amado senão porque "a sujeira só tem estima pelo que lhe é semelhante!"

Como lhe custava o dia inteiro ir ao encontro da reunião fraterna! Quando a hora se aproximou, ele não agüentou mais e voou às carreiras até al-Gamaliyya, à casa de Mohammed Iffat, com quem conversou antes da chegada dos amigos.

— Acabou! — disse ele de supetão.

— Zannuba? — perguntou o homem.

Ele fez sinal que sim com a cabeça.

— Já? — espantou-se Mohammed Iffat com um sorriso.

Ele deu um risinho sarcástico e respondeu:

— Você vai acreditar se eu lhe disser que ela exigiu que eu me casasse com ela e que isso acabou com o desejo por ela?

Mohammed Iffat, sarcástico, respondeu:

— Nem Zubaida ia pensar nisso! Essa agora! Mas ela é desculpável. Como viu que você a mimava mais do que ela podia sonhar, ela quis mais...

— Pobre louca — resmungou nosso homem com desdém.

— Talvez ela estivesse morrendo de amor por você — riu Mohammed Iffat.

"Ah! Que golpe no coração! Ria então tanto quanto você está sofrendo!"

— Eu digo que ela é louca, e não há mais o que dizer.

— Então o que você fez?

— Eu disse a ela francamente "vou embora para sempre", e vim embora...

— E como foi a reação dela?

— Ela começou por me insultar, depois me ameaçou e me disse para ir para o diabo. Então eu a deixei sozinha a se agitar como uma doida... De qualquer forma, foi um erro desde o início...

— Certamente — concordou Mohammed Iffat, aprovando com a cabeça, parecendo convencido. — Não há um só dentre nós que não tenha dormido com ela. Mas ninguém nunca pensou noutra coisa a não ser em freqüentá-la...

"Você vira e mexe numa floresta de animais ferozes e perde o rebolado diante de uma ratazana! Esconda a sua vergonha, mesmo aos seus mais íntimos, e dê graças a Deus que tudo tenha terminado!"

No entanto, nada estava terminado. Ela não saía do seu pensamento. Pareceu-lhe um fato, nos dias seguintes, que a insistência com que ele pensava nela não era o efeito do acaso, mas procedia, ao contrário, de uma dor subterrânea que crescia e derramava-se nele. Pareceu-lhe também um fato que essa dor não era somente a expressão de sua dignidade ferida, mas também do remorso e da nostalgia, que ela devia ser com toda evidência uma espécie de sentimento tirânico pronto a destruir o que o sentia. No entanto, ele continuava muito orgulhoso da vitória conquistada, jurando a si mesmo reprimir num prazo mais ou menos curto, como ocorresse, seus pérfidos e despóticos sentimentos. Mas, no momento, a paz o tinha deixado. Ele passava o tempo a pensar, a ruminar suas mágoas, a torturar-se com suas visões e lembranças. Às vezes, achava-se tão desamparado que pensava em confiar a Mohammed Iffat os sofrimentos que o acabrunhavam. Ele até pensou uma vez em pedir ajuda a Zubaida em pessoa! Mas eram apenas instantes de fraqueza que o dominavam como acessos de febre e dos quais ele se recuperava balançando a cabeça, surpreso, perplexo...

Essa crise afetiva acrescentava ao seu comportamento habitual uma nota de dureza que ele se esforçava por temperar com sua complacência natural, sua urbanidade, e os raros instantes em que ele se traía quase não eram perceptíveis a não ser para os amigos e conhecidos, que só tinham dele a imagem da gentileza, da indulgência e da cortesia.

Quanto aos da família, eles não notavam nada, sua atitude com relação a eles tinha permanecido, com pouca diferença, idêntica. Porque o que verdadeiramente tinha mudado era o sentimento que a governava, o qual, de rudeza fingida, tinha virado uma rudeza verdadeira cujo alcance só ele conhecia.

No entanto, nem ele mesmo estava salvo de sua própria dureza. Talvez ele fosse até sua primeira vítima, com todas as censuras que ele dirigia a si mesmo, a vergonha que se atribuía, assim como a triste confissão que ele começava a fazer a si mesmo de sua desgraça, de sua infelicidade, da fuga de sua juventude... Ele se consolava, no entanto, dizendo-se: "Não mexo um dedo! Não me rebaixarei mais! Os pensamentos podem à vontade me vir à mente, os sentimentos podem à vontade mexer com o meu coração, mas eu ficarei aqui, e só Deus de Misericórdia saberá da minha dor!"

Mas ele se surpreendeu a perguntar-se se ela tinha deixado ou não a vivenda, se, neste último caso, não lhe sobrava um pouco do dinheiro que ele lhe tinha dado, permitindo-lhe, momentaneamente, sobreviver. A menos que "o homem" já estivesse vivendo com ela. Ele oprimia a cabeça com essas perguntas, sentindo a cada vez uma dor na alma que lhe penetrava a carne e os ossos e destruía o seu ser. Não encontrava descanso, quase, a não ser rememorando a última cena na vivenda onde ele lhe tinha feito crer – a ela e a si mesmo – que a repudiava e a desprezava. Mas também lhe acontecia lembrar-se de outras cenas, que davam o testemunho de sua humilhação e de sua fraqueza ou então a marca de alegrias inesquecíveis. Depois sua imaginação lhe forjava outras cenas em que os dois se reencontravam, faziam-se censuras e discutiam, antes que viesse para eles a paz da reconciliação e dos abraços...

Mas por que não ia ele certificar-se pessoalmente do que tinha acontecido com a vivenda d'água e seus ocupantes? Na escuridão, ele poderia ir até lá tranqüilamente sem ser visto!

Envolto na escuridão como um ladrão, ele se pôs a caminho. Passou diante da vivenda e viu a luz que filtrava através da gelosia. Mas quem se iluminava lá? Ela ou um novo locatário? Contudo, algo lhe dizia que aquela luz era para ela e para ninguém mais.

Observando a vivenda, ele teve a impressão de que ela deixava transparecer a alma daquela que ali morava e que lhe bastaria, para vê-la, bater à porta que, como nos bons e nos maus dias, abriria-se para o rosto dela... Mas que faria ele se se encontrasse cara a cara com o homem? Certamente ela estava lá, próxima, mas, no entanto, tão longe. Dizer que ele estaria para sempre proibido de passar por esse lugar! Ahhh! Já se achara ele, mesmo em sonho, em semelhante situação? Ela lhe dissera com todo o gosto "se mande daqui!", como se nunca tivesse ele entrado na vida dela ou não existisse mais para ela... Se o ser humano podia ser tão cruel, como podia ele então almejar a misericórdia? Cem vezes ele voltou lá, até que dar a volta à vivenda, ao cair da noite, se tornasse um hábito ao qual ele sacrificava toda primeira parte da noite, antes de ir juntar-se ao círculo dos amigos. Ele não estava disposto a empreender uma ação de envergadura. Parecia somente satisfazer uma curiosidade estéril e insensata.

Uma noite, ele se preparava para ir embora quando subitamente a porta se abriu, deixando escapar uma silhueta que ele não pôde distinguir no escuro. Seu coração pôs-se a bater de medo e de esperança. Com pressa, atravessou a estrada e foi postar-se junto a uma árvore, aguçando o olhar através da escuridão. A silhueta passou o pontilhão de madeira para alcançar a estrada e seguiu reto na direção da ponte de Zamalek. Pareceu-lhe claramente que se tratava de uma mulher... Alguma coisa lhe dizia mesmo que era ela...

Seguiu-a a distância, sem saber que rosto a noite lhe ofereceria... Ela ou uma outra... Que procurava ele? Concentrando toda a sua atenção na silhueta, ele continuou a segui-la.

Quando ela atingiu a ponte e penetrou sob o facho das lâmpadas, sua intuição se confirmou, ele adquiriu a certeza de que era Zannuba, embora estranhamente envolta na grande *mélayé* que ela tinha deixado de usar durante todo o tempo que durara a relação deles. Ele ficou espantado, tentando compreender a razão, antes de desconfiar – ele desconfiava demais – de um mistério a respeito... Vendo-a dirigir-se para o ponto de bonde de Gizé, depois esperar a passagem do veículo, ele margeou os campos do lado oposto e depois, tendo-a ultrapassado, atravessou de novo para o seu lado, mantendo-se fora do alcance da visão dela.

O bonde chegou. Como ela subia, ele correu apressado, pulou no veículo e, a fim de poder vigiar a descida dos passageiros, instalou-se na ponta do banco perto do estribo. A cada parada ele observava a rua, pouco ligando agora que o vissem, porque, mesmo admitindo que isso pudesse acontecer, Zannuba não sabia que tinha sido espionada diante da vivenda.

Ela desceu na praça de al-Ataba. Ele desceu atrás dela e viu-a caminhar num passo ligeiro em direção ao Moski.

Seguiu-a a distância, abençoando baixinho a escuridão da rua.

Ela tinha se reconciliado com a tia?... Ia ela encontrar-se com seu novo amante? Mas que razão teria para ir encontrá-lo na casa dele já que dispunha da vivenda?

Ela atingiu o bairro de al-Hussein e ele aumentou sua atenção a fim de não perdê-la de vista na onda fervilhante de *mélayés*. Essa perseguição parecia-lhe sem objetivo... Ele era levado somente por um doloroso, profundo, mas ao mesmo tempo, irreprimível desejo de "ver".

Ela passou diante da grande mesquita, tomou a direção de al-Watawit, um bairro pouco freqüentado, onde pontificavam os mendigos preguiçosos; depois, de lá, atingiu al-Gamaliyya e por fim Qasr al-Shawq. Ele continuou a segui-la com medo de encontrar Yasine no caminho ou de que este último o visse pela janela. Por isso pensou na desculpa, no caso de se encontrar com ele, de que ia visitar Hamidou Ghanim, o dono do armazém de azeite de Qasr al-Shawq, e também vizinho dele. Mas qual não foi sua surpresa quando, subitamente, viu-a virar em direção ao primeiro beco, para o qual precisamente não dava outra casa a não ser a de Yasine. Seu coração pôs-se a bater acelerado, as pernas começaram a pesar-lhe. Conhecia os locatários do primeiro e do segundo andar: duas famílias que de modo algum podiam ter relações com Zannuba. Seu olhar vagueou sob o efeito da angústia e da perturbação. Todavia, sem pensar mais, entrou, contra a vontade, no beco...

Aproximando-se da entrada, ouviu o barulho dos passos dela subindo os degraus. Ele entrou no vão da escada e, com a cabeça espichada para cima, com o ouvido atento ao barulho dos passos dela, adivinhou que ela ultrapassava a primeira, depois a segunda porta, antes de bater à porta de... Yasine!

Permaneceu parado no lugar, com a respiração suspensa. A cabeça começou a girar e, sentindo as forças abandonarem-no, achou que fosse desfalecer. Finalmente, soltou um profundo suspiro e afastou-se dali, regressando por onde tinha vindo, a onda dos pensamentos que se chocavam em sua cabeça fazendo-o ignorar a rua.

Yasine era então o homem! Zannuba conhecia o laço de paternidade que os unia? Que importa! Decidiu pôr a paz no seu espírito como quem enfia uma rolha num gargalo muito estreito, dizendo-se a si mesmo que nunca tinha pronunciado diante dela o nome de nenhum dos seus filhos. E depois era certamente impensável que Yasine estivesse a par de seu segredo. Ele se lembrava ainda de como, alguns dias antes, ele o procurara para participar seu divórcio de Maryam, que rosto culpado e perturbado lhe mostrara então, mas com tanta inocência e sinceridade pura... Ele suportava tudo, menos que Yasine ousasse enganá-lo com conhecimento de causa. Aliás, de onde ele poderia saber que seu pai tinha, ou tinha tido, a menor relação com uma mulher qualquer nesta Terra? Podia, então, ficar tranqüilo quanto a isso. Ainda que Zannuba tivesse informação do seu parentesco com Yasine – ou viesse a saber disso cedo ou tarde –, nunca, aconteça o que acontecer, ela lhe revelaria um segredo capaz de romper com o relacionamento deles.

Ele prosseguiu seu caminho, decidindo, enquanto recuperava o raciocínio e o domínio de si mesmo, não ir juntar-se de imediato aos irmãos e, apesar do cansaço e do esgotamento, continuou em direção à praça de al-Ataba.

"Ah! Você queria saber? Pois bem, agora já sabe! Não teria sido melhor para você deixar tudo isso em paz apoiando-se na sua força de alma? Em todo caso, você pode agradecer a Deus que as circunstâncias não tenham posto você cara a cara com Yasine no meio do escândalo. Então Yasine era o homem! Quando ela o conheceu? Onde? Quantas vezes ela o enganou com ele sem que você soubesse? Essas perguntas, você nem vai tentar saber a resposta para elas! Imagine o pior, se quiser! Não vai mudar nada! E ele a conheceu antes ou depois de ter repudiado Maryam? A menos que ele a tenha repudiado por causa dessa putinha? Mais perguntas para as quais você nunca terá a resposta e nunca procurará tê-las. Você também pode encarar o pior para consolar seus pobres pensamentos. Ah, então era ele! Ele lhe disse que a repudiou porque ela era mal-educada? Ele teria invocado a mesma desculpa para Zainab se você não tivesse descoberto o segredo a tempo. Você saberá a verdade cedo ou tarde! Mas por que você se preocupa tanto com isso? Com sua mente dispersa, com seu coração torturado, você ainda quer saber a verdade? Você estaria com ciúmes de Yasine? Não! Não é ciúme! Ao contrário do que você pensa, você tem com o que se consolar. Se você tem mesmo de ser morto por alguém, então que seja pela mão do seu próprio filho. Yasine é uma parte de você mesmo. Isso faz com que tenha havido em você uma parte vencida e uma outra vencedora. Você é ao mesmo tempo vencido e vencedor. Foi Yasine que mudou tudo. Você bebia o vinho amargo da dor e da derrota, hoje você mistura nele o açúcar da vitória e do consolo. Você não mais vai chorar por Zannuba a partir de agora. Você apenas se vangloriou demais. Jure a si mesmo não mais subestimar o fator da idade. Ah! Se ao menos você pudesse dar esse conselho a Yasine, para que ele não caia das nuvens no dia em que a vez dele chegar! Aí está! Você é feliz! Não tem nada a lamentar. Vai simplesmente ter de encarar a vida com desejos, um coração e um espírito novos... Passe a sucessão para Yasine. Você logo vai sair da sua vertigem e tudo voltará a ser como antes. Como se nada tivesse acontecido. A única coisa é que você não poderá mais se permitir tirar das peripécias desses últimos dias uma história para contar à mesa dos irmãos, como você tinha o costume, na primeira oportunidade! Esses dias terríveis o ensinaram a guardar para si mesmo muitas coisas... Ahhh! Como tenho vontade de beber!"

Nos dias seguintes, o Sr. Ahmed deu provas de que era mais forte do que todas as infelicidades que tinham se erguido contra ele, e prosseguiu cada vez mais na rota do seu destino. Foi pela boca de Ali Abd el-Rahim, que o soubera de Hamidou Ghanim e de alguns outros, que ele foi informado sobre a verdade dos fatos a respeito do divórcio de Yasine. Mas o que essas pessoas ignoravam era o itinerário da mulher cujas peripécias tinham provocado o repúdio de Maryam. Ele sorriu, e logo riu longamente de tudo isso...

Uma noite, ele ia a caminho da casa de Mohammed Iffat quando sentiu subitamente um peso terrível na base do pescoço e no alto da cabeça, a ponto de ter dificuldade em respirar. Não era exatamente a primeira vez. Nos últimos dias, ele tinha sofrido enxaquecas constantes, mas não tão fortes quanto desta vez. Ao queixar-se de seu estado a Mohammed Iffat, este lhe prescreveu beber um copo de suco de limão gelado. Ele pôde assim continuar a noitada até o fim, mas, no dia seguinte, pela manhã, acordou num estado pior do que na véspera. Preocupado, decidiu consultar um médico. Algo em que ele não pensava, a bem dizer, a não ser como último recurso.

Parte II

13

As coisas mudam ao sabor das circunstâncias como as palavras ao sabor das novas acepções. O palácio dos Sheddad não precisava de nada para ganhar esplendor aos olhos de Kamal. No entanto, nesta noite de dezembro, ele aparecia sob uma luz inédita. Regaram-no de luz até inundá-lo! Não havia canto ou lance de parede que não estivesse ornado com um colar de pérolas resplendecentes. Do terraço até o chão, um tecido de lâmpadas multicores cintilava por cima do silhar. O mesmo ocorria com a muralha alta, a porta monumental e até com as árvores do jardim cujas flores e frutos tinham se transformado em lâmpadas vermelhas, verdes ou brancas. De cada janela saíam mil luzes. Tudo gritava, conclamando à alegria! Quando, ao chegar, Kamal viu esse espetáculo, teve a certeza de estar num reino de luz pela primeira vez na vida.

Na calçada, em frente à entrada, atapetada por uma areia cor de ouro, agitava-se uma turma de meninos. O portal estava escancarado, assim como a porta do *salamlik* iluminada pela claridade de um grande lustre que pendia do teto do salão de recepção. Na grande sacada, em cima, comprimia-se um enxame de mocinhas em vestido de noite, enquanto Sheddad bei, postado na entrada na companhia de alguns homens da família, esperava os primeiros grupos de convidados e uma suntuosa orquestra, que ocupava o patamar da escada, fazia ecoar sua música até os limites do deserto.

Kamal percorreu o espetáculo com uma rápida olhadela, perguntando a si mesmo se Aída não se achava lá em cima na sacada, no meio das outras moças, se ela não o notara no meio dos outros convidados, com sua alta estatura, seu traje de cerimônia, seu casaco no braço, reconhecível por sua cabeça grande e seu famoso nariz.

Passando pelo portal, sentiu um certo embaraço... Mas não seguiu, como os outros, o caminho do *salamlik*. Virou simplesmente na direção de "sua velha aléia" que levava ao jardim, de acordo com as instruções de Hussein Sheddad que desejava que seu grupinho pudesse se reunir o maior tempo possível sob o seu adorado caramanchão.

Parecia estar mergulhando num lago de luz. O *salamlik* estava escancarado, fervilhando de gente e todo iluminado, semelhante à sacada povoada por um enxame de jovens beldades.

Sob o caramanchão, ele só encontrou Ismail Latif, vestido num elegante terno preto que dava ao seu andar rude um jeitão de bonomia que Kamal nunca havia tinha visto. Lançando um olhar rápido para Kamal, Ismail Latif exclamou:

— Ahhh! Que chique! Mas por que você trouxe o seu casaco? Hussein só ficou comigo uns 15 minutos. Mas vai voltar quando tiver terminado de receber os convidados. Quanto a Hassan, só o vi por alguns minutos. Tenho a impressão de que não poderá honrar-nos com sua companhia como seria de nosso desejo. É o dia dele e há coisas mais importantes a fazer do que se preocupar conosco. Hussein queria chamar alguns colegas de classe para virem até aqui conosco, mas eu me opus a isso formalmente. Ele se contentou em convidá-los à nossa mesa. Isso, porque a gente vai ter uma mesa só nossa. Era o que eu tinha de mais importante para lhe dizer esta noite...

"Há, pelo contrário, algo mais importante. Ficarei ainda por muito tempo surpreso por ter aceitado este convite. Mas, de fato, por que o aceitei? Para fingir que tudo isso me é indiferente? A menos que eu tenha me tornado um fervoroso amante de pesadelos!"

– Que bom... Mas por que não vamos dar uma voltinha no grande salão para ver os convidados?

– Mesmo que a gente fosse, você ia ficar decepcionado. Os paxás e os beis tiveram as honras do salão de entrada. Se você for lá, vai se intrometer no meio dos jovens da família. Os amigos estão no salão de trás, e não é isso que interessa. Em contrapartida, eu gostaria muito que a gente pudesse se esgueirar pelos cômodos de cima onde se amontoam as mais suntuosas beldades!

"A mim só uma delas interessa! É a beleza suprema! A que não revi desde o dia das confidências. Ela soube do meu segredo e sumiu..."

– Vou ser franco com você: estou ansioso para ver as personalidades. Hussein me disse que o pai dele convidou um bom número delas de que tenho conhecimento pela imprensa.

Ismail soltou uma gargalhada sonora.

– Você pensa que eles têm quatro olhos e seis pernas? São pessoas como você e eu. E depois eles começam a envelhecer e não têm feições das mais alegres. Compreendo por que eles o fazem sonhar tanto: é só uma conseqüência do seu interesse exagerado pela política!

"Ele tem razão. Seria melhor que eu não me interessasse mais por nada neste mundo. Ele não me pertence mais e eu não lhe pertenço mais. E depois meu interesse pelos grandes personagens vem na realidade de minha paixão pela grandeza. Você gostaria de ser grande? Não diga que não! Você tem a seu favor as capacidades promissoras de um

Sócrates e os sofrimentos de um Teófanes. Você deve essa ambição àquela que o privou da luz com seu desaparecimento. Amanhã você não encontrará mais vestígio dela em todo o Egito. Oh, delírio louco da dor! Você tem algo de embriagador!"

— Hussein me disse – falou ele com o olhar brilhando de impaciência – que haveria esta noite homens de todos os partidos aqui...

— É verdade... Ontem, Saad convidou os liberais e os membros do Partido Nacional para a famosa sessão de chá no clube Saadi* e hoje Sheddad bei os convida para o casamento da filha. Entre seus amigos wafdistas, notei Fathallah Barakat e Hamad el-Bassel. Entre os outros, há Tharwat, Ismail Sidqi e Abd el-Aziz Fahmi. Sheddad bei enxerga longe... e tem razão. A era do Nosso Efêndi já passou. O povo gritava com toda força: "Deus conosco está, Abbas regressará!" De fato ele não vai voltar nunca e Sheddad bei deu prova de esperteza pensando no futuro. Ele é obrigado a ir para a Suíça a cada dois ou três anos para apresentar ao quediva, por pura precaução, a homenagem de uma falsa fidelidade, e depois volta para o país para continuar no seu caminho bem traçado...

"Seu coração repudia esse tipo de esperteza! A provação de Saad, não há muito tempo, mostrou que a pátria tem desses espertos para dar e vender. Sheddad bei seria um deles? O pai de sua adorada? Não se espante tanto! Ela própria desceu do alto dos céus para se unir a um humano! Tudo isso para que o seu coração se parta de não se poder mais juntar-lhe os pedaços!"

— Já se deu conta de que uma noitada como esta não terá nem um cantor nem uma cantora?

---

*11 de dezembro de 1925: Para essa sessão, Saad tinha convidado os membros dos partidos mencionados a fim de fortalecer a união nacional.

– Sabe – replicou Ismail Latif num tom sarcástico –, os Sheddad são meio parisienses. Eles olham nossas tradições do casamento com uma boa dose de desprezo. Não admitiriam que uma almeia animasse uma noitada na casa deles, não dão valor a nenhum dos nossos grandes cantores. Você se lembra do que Hussein nos disse a propósito dessa orquestra que estou vendo hoje à noite pela primeira vez na minha vida? Ela toca todos os domingos à noite no Groppi* e depois do jantar vai instalar-se no saguão para divertir as pessoas influentes. Não pense mais nisso e saiba que o melhor da festa vai ser o jantar e o champanhe!

"Onde estão Galila, Sabir, o casamento de Aisha e de Khadiga? Já não é o mesmo ambiente. Como você era feliz naquela época. Esta noite, a orquestra toca o seu sonho para o túmulo... Você se lembra do que tinha visto pelo buraco da fechadura? Ah! Que infelicidade que esses anjos puros se emporcalhem!"

– Não tem problema. O que lamento de verdade, e o que lamentarei por muito tempo é não ter podido ver de perto as personalidades. Gostaria muito de ouvir o que eles dizem, e isso por duas razões extremamente importantes: primeiramente, conhecer a situação política tal qual é, saber que é possível ter esperança num retorno à Constituição e à vida parlamentar depois da formação da coligação,** e segundo, ouvir esses homens falarem com palavreado comum, numa oportunidade feliz como esta. Você não acha

---

*Salão de chá, célebre no Cairo.
**25 de outubro de 1925: durante um encontro organizado no Cairo, o Wafd, expulso da Câmara, e os liberais, obrigados a deixar o ministério sob o mandato de Ziwer, unem-se contra a autocracia de Fuad baseados no retorno ao ideal nacional: a independência e o regime liberal. O Partido Nacional se junta a eles. A coligação é, portanto, tríplice.

que deve ser formidável ouvir alguém como Tharwat tagarelando e brincando?

A isso Ismail Latif respondeu, fingindo desinteresse, embora, no fundo, sua atitude denunciasse o orgulho:

— Tive várias vezes a oportunidade de estar na presença de amigos do meu pai, como Selim bei, o pai de Hassan, ou Sheddad bei. Posso lhe assegurar que você não achará neles nada que mereça esse interesse!

"Então, de que serve a diferença entre o filho do ministro e o filho do comerciante? Como toda a sina de um pôde se resumir em santificar o ídolo enquanto o outro o desposava? Esse casamento não é a prova de que essas pessoas não são forjadas do mesmo barro que o dos humanos? Mas, afinal, você nem sabe como fala o seu pai no meio dos amigos dele e dos íntimos..."

— De qualquer forma, Selim bei não faz parte das personalidades de que estou falando!

Ismail sorriu, sem fazer comentário.

"Escute esses risos que se espalham do interior, cheios de alegria; esses outros que vêm da sacada, impregnados do perfume fascinante da feminilidade. A harmoniosa consonância em que suas vozes se abraçam lembra a que une os sons longínquos dos instrumentos musicais e que o ouvido percebe ora como uma unidade, ora como um buquê de notas esparsas. Depois o conjunto – risos e sons – se torna moldura de flores no meio do qual seu coração dorido, cheio de tristeza, parece um cartão de luto num ramalhete de rosas..."

Hussein Sheddad não demorou a juntar-se a eles, com o rosto radiante, exibindo-se na sua sobrecasaca, abrindo os braços ao aproximar-se do caramanchão; Kamal imitou-o e os dois rapazes abraçaram-se calorosamente. Hassan Selim chegou depois, em traje de cerimônia, magnífico, aliando sua altivez natural ao seu jeitão cortês e distinto, embora parecendo ridiculamente pequeno ao lado de Hussein. Apertaram-se as mãos com não menos calor, depois Kamal lhe deu seus mais vibrantes parabéns. Então, Ismail Latif declarou com sua franqueza habitual que, na maior parte das vezes, não se distinguia em nada da maledicência:

— Kamal está chateado por não ter podido se enfiar no círculo de Tharwat Paxá e dos amigos dele!

— Que ele espere pelo menos até publicar as obras que estamos esperando dele – replicou Hassan Selim com uma jovialidade inesperada que dissipou sua reserva habitual. – Aí ele vai achar seu lugar entre eles!

— O que deu em você? Quer bancar o sério? – protestou Hussein. – Tudo o que eu quero é que nós passemos esta noite aproveitando nossa liberdade total.

Antes que Hussein se sentasse, Hassan pediu permissão para despedir-se... Parecia uma borboleta, indo de lugar em lugar.

— Amanhã eles partem para Bruxelas – anunciou Hussein, esticando a perna diante de si. – Vão chegar à Europa antes de mim. Mas não vou permanecer muito tempo aqui. Logo passarei meu tempo a viajar entre Paris e Bruxelas...

"E você, entre al-Nahhasin e al-Ghuriya! Sem amor, sem amigo... Eis o que espera quem quer atingir o céu. Você vai voltar, perdido, com seu olhar pelos quatro cantos da cidade, sem encontrar nada para apaziguar a queimadura do desejo. Encha os seus pulmões com este ar que ela perfuma com o odor do seu hálito. Amanhã, você terá pena de si mesmo..."

— Tenho a sensação de que vou me juntar a você um dia!

— Como? – perguntaram Hussein e Ismail ao mesmo tempo.

"Que pelo menos a sua mentira fique à altura da sua dor!"
– Nós combinamos, meu pai e eu, que, uma vez terminados os meus estudos, eu viajarei como bolsista para o exterior...
– Ah! Se ao menos esse sonho pudesse se realizar! – exclamou Hussein, num tom jovial.
Ao que Ismail acrescentou, rindo:
– Tenho até medo de ficar sozinho daqui a alguns anos.

Os instrumentos da orquestra confluíram num movimento amplo e rápido que revelou, entre outras coisas, o que cada um deles escondia de nuança e de força. Como empenhados todos juntos numa rude luta de velocidade cujo alvo chegava ao alcance da vista e da mão, eles levaram a melodia ao ponto de extrema intensidade que deixa antever as primícias da conclusão.

Embora absorta na dor, a consciência de Kamal se deixou levar por essas notas inflamadas, depois se juntou ao seu ritmo, até que o sangue lhe palpitasse nas veias e seu fôlego ofegasse. Sentiu-se então dominado pela ternura, inebriado por uma volúpia serena que mudou sua tristeza numa embriaguez banhada de lágrimas. Nos momentos finais, ele soltou um profundo suspiro e saboreou com emoção os ecos da melodia que ressoavam ainda dentro de si... Ele se perguntava se os seus sentimentos igualmente inflamados e chegados ao seu apogeu não podiam tender também para um final semelhante; se o amor, exatamente como essa melodia, como tudo, não podia conhecer, também, um fim.

Alguns desses raros instantes de antigamente brotaram de novo em sua memória. Pareceram-lhe tão embaçados que era como se não sobrasse nada de Aída a não ser o nome.

"Você se lembra desses momentos?" Ele balançava a cabeça, perplexo, perguntando-se se tudo estava mesmo acabado. Mas assim que uma visão, um pensamento, um quadro ressurgisse, ele despertava do seu torpor para se lançar de novo, pés e mãos atados, no oceano da paixão.

"Se um desses momentos voltar, tente pegá-lo com todas as suas forças, não o deixe escapar, a fim de que o sofrimento encontre em você uma eterna morada. Sim, tente viver até o fim a eternidade do amor!"

– Abri a noitada com a leitura de uma surata, a título de bênção – disse Hussein com um sorriso.

"O Corão? Que engraçado! Até a bela parisiense não pode casar-se sem Maadhoun* e sem Corão! Esse casamento ficará associado na sua mente à idéia de Corão e de champanhe!"

– Diga-nos como vai ser organizada a noitada.

Hussein estendeu a mão na direção da casa e respondeu:

– O casamento vai terminar de um momento para o outro; dentro de uma hora, todo mundo vai ser chamado à mesa, e tudo estará terminado... Aída vai passar sua última noite aqui e vai embora amanhã de manhã para Alexandria onde vai pegar depois de amanhã um navio para a Europa...

"Há coisas que você não verá e que no entanto mereceriam, e quanto!, ser gravadas na sua memória para servir de viático para sua dor voraz, como a visão de seu lindo nome inscrito na certidão legal, o espetáculo de seu rosto tenso à espera da fórmula abençoada, o brilho do sorriso que iluminará sua boca nesse instante; enfim, a visão dos dois jovens esposos indo um na direção do outro. Vê? Nem a sua dor vai ter do que se alimentar!"

– E a união vai ser celebrada por um Maadhoun?

– Lógico! – respondeu Hussein, pura e simplesmente...

---

*Espécie de tabelião muçulmano que registra os contratos de casamento: "encarregado de assuntos matrimoniais".

Mas Ismail soltou uma gargalhada tonitruante e replicou:
— Não, por um padre!

"É verdade. Que pergunta besta! Pergunte se eles vão passar a noite juntos enquanto você estiver aqui! Se não é uma desgraça que um homem tão insignificante quanto esse Maadhoun venha barrar o curso da sua vida. Você me dirá que são apenas vermes vulgares que roem os cadáveres dos grandes homens! Com efeito, como será o seu enterro, quando a hora tiver soado? Uma enorme multidão a encher a rua, ou um modesto cortejo?"

Subitamente, o silêncio invadiu a casa que, depois que a música parou, não foi mais do que luz. Então ele sentiu nascer o medo e seu coração comprimir-se. Era agora... em algum lugar... Talvez naquele quarto ali, ou num outro... Depois um longo viva estridente retiniu e despertou nele velhas lembranças. Um desses gritos que ele conhecera antes e que no entanto não tinham nada a ver com Paris. Outros explodiram em ramos, como fogos de artifício... Meu Deus, como este palácio parecia hoje à noite com qualquer casa do Cairo! Seu coração pôs-se a bater num ritmo que quase o fez perder o fôlego...

Depois ele ouviu Ismail cumprimentar Hussein e ele se decidiu, finalmente. Nesse momento, desejaria estar só, mas, ao pensar que teria dias e noites inteiras para ficar sozinho, consolou-se e prometeu à sua dor uma eterna fartura...

Nesse momento, a orquestra iniciou um trecho que ele conhecia bem: "Perdão! Rainha da beleza..." Ele apelou então para sua prodigiosa constância diante da adversidade, mesmo que cada gota de seu sangue batesse contra suas veias para dizer que tudo estava terminado, que a História parava por aqui, que a realidade toda, que os sonhos que transcendem a vida tinham acabado e que ele se encaminhava cada vez mais para uma encruzilhada decisiva...

– Uma palavra, um viva, e eis-nos transportados para um mundo novo – disse Hussein pensativo – Todos passaremos por isso um dia.

– No que me diz respeito – declarou Ismail Latif –, adiarei esse dia o máximo que puder.

"*Todos*, por isso? Está seguro disso? Eu digo: o céu ou lugar nenhum!"

– A mim, esse dia nunca me pegará!

Hussein e Ismail pareceram não ter ligado para a observação dele ou não tê-la levado a sério. De qualquer maneira, Ismail acrescentou:

– Não me casarei antes de ficar convencido de que o casamento é uma necessidade da qual não se pode escapar.

Um núbio apareceu trazendo copos de xarope, um outro vinha atrás com uma bandeja recheada de suntuosas caixinhas de confeitos cristalizados, armadas em cima de quatro pés dourados, cujo vidro azul-escuro era realçado com motivos prateados. Uma fita de seda verde envolvia cada uma delas e encimava-a com um nó ao qual estava preso um cartão em forma de lua crescente com as iniciais dos esposos: "A.H."

Ao pegar a caixinha que lhe era destinada, Kamal experimentou uma sensação de consolo, talvez a única que teve nesse dia. Esse suntuoso objeto não constituía a promessa de que sua adorada deixaria atrás de si uma marca tão eterna quanto seu amor por ela? De que por todo o tempo que ele permanecesse neste mundo essa marca permaneceria o símbolo de um passado estranho, de um belo sonho, de um encantamento divino... e de uma formidável decepção?

Subitamente, apoderou-se dele o sentimento de que era a vítima de uma agressão atroz, unindo-se contra ele o destino, a hereditariedade, as classes sociais, Aída, Hassan Selim, assim como uma força oculta e impenetrável que ele não ousou chamar pelo nome... Viu sua miserável pessoa, sozinha diante dessas forças coligadas com sua ferida sangrenta, sem uma alma para fechá-la. Não encontrou em si, para responder a essa agressão, senão uma revolta amordaçada, já que as circunstâncias o obrigavam até a simular a alegria, como se ele devesse ainda parabenizar essas forças tirânicas por terem-no torturado e jogado para fora das fronteiras da humanidade feliz.

Sim, ele sentia que depois desse viva decisivo ele não encararia mais a vida como algo fácil, que ele não se satisfaria mais com suas evidências, nem lhe emprestaria a indulgência das almas generosas e serenas, que sua estrada seria rude, penosa, tortuosa, dominada pelo esforço, pela humilhação e pela dor. Mas ele não pensava em desistir. Aceitava a guerra e recusava a paz. Lançava advertências e ameaças, abandonando ao destino a escolha do adversário e das armas...

— Não se volte contra o casamento — disse Hussein, engolindo a saliva cheia de xarope. — Penso que, se você tiver a oportunidade de ir para o estrangeiro, como disse, lá você encontrará mulher a seu gosto.

"Como se você já não a tivesse encontrado aqui! Ponha-se antes à procura de uma outra pátria onde o belo sexo não se melindraria à visão de cabeças esquisitas nem de narizes grandes. O céu ou lugar nenhum!"

— É minha opinião — respondeu ele balançando a cabeça, com ar decidido.

— Sabe o que significa casar com uma européia? — exagerou Ismail zombeteiro — Significa uma só coisa: pegar uma mulher da mais baixa condição que aceite ficar submissa a um homem que ela olhará, do fundo de si mesma, como um escravo vulgar!

"Você já teve a honra de tal escravidão em sua querida pátria, não nessa Europa que você nunca verá!"

– Você exagera – objetou Hussein num tom de reprovação.

– É só você olhar os professores ingleses, como eles nos tratam.

A isso Hussein respondeu com um entusiasmo marcado mais pela esperança:

– Os europeus não se comportam na Europa do mesmo modo que aqui.

"Onde achar essa força invencível que eliminaria a injustiça e os tiranos? Oh, Deus do universo, onde está sua justiça divina?"

Os convidados foram chamados à mesa e os três amigos rumaram para o *salamlik*. Então viraram em direção a uma sala lateral, contígua ao pequeno salão, onde encontraram um buffet previsto para uma dezena de pessoas. Um grupo de rapazes juntou-se a eles, composto de parentes da família Sheddad e de colegas de classe. Embora os convivas não atingissem o número previsto – o que Hussein agradeceu do fundo do coração –, eles se lançaram imediatamente sobre a comida, num arrebatamento feroz, e uma febril atmosfera de maratona encheu o lugar. Era-lhes preciso entregar-se a um vaivém incessante para visitar o vasto leque de pratos que cobria toda a extensão da mesa e cujas diferentes variedades eram separadas por um buquê de rosas, Hussein fez um sinal para o criado que chegou com as garrafas de uísque e de refrigerante.

– Confesso – exclamou Ismail – que eu já tinha tirado o mais feliz presságio do seu gesto antes mesmo de saber o significado dele!

A essas palavras, Hussein se inclinou para o ouvido de Kamal e disse-lhe, suplicante:

– Só um copo. Por mim!

Sua alma lhe dizia "beba!", levada não pelo desejo de beber – ele ignorava a bebida –, mas por um desejo de revolta. No entanto, como sua fé levasse a melhor sobre a tristeza e a indisposição interior, ele respondeu com um sorriso:

– Disso aí? Não, obrigado!

– Você não pode fazer isso – disse Ismail, levantando o copo cheio até as bordas. – Até os devotos se permitem uma alegriazinha nos dias de casamento!

Ele continuou, impassível, com seu delicioso festim, observando de vez em quando os convivas comendo e bebendo, ou então se juntando à conversa e aos risos deles.

"A felicidade do homem deve ser diretamente proporcional à freqüência de seus comparecimentos aos banquetes de núpcias. Mas os dos paxás são semelhantes aos nossos? Empanturremo-nos com sua comida e façamos nossa pesquisa. O champanhe!... É agora ou nunca a oportunidade de prová-lo. O champanhe dos Sheddad? Que está dizendo? Como é possível que o Sr. Kamal não toque em álcool? Talvez ele já esteja de barriga cheia e não tenha mais espaço para nada. Não! Na verdade eu devoro com um apetite dos diabos! Como se a tristeza não tivesse nenhum efeito sobre o meu estômago ou produzisse sobre ele um efeito contrário... A última vez que eu comi assim foi no enterro de Fahmi. Impeça Ismail de beber e de comer, senão ele vai estourar. Se a morte de al-Manfaluti, de Said Darwish e a perda do Sudão marcaram nossa época com uma pedra negra, a coligação e este banquete de núpcias ficarão no número dos acontecimentos alegres. Já comemos três perus, mas ali há um quarto em que ainda não se tocou. Estou falando daquele camarada ali, Senhor! Ele mostra o meu nariz e todo mundo cai na risada. Não se zangue! Eles estão bêbados! Ria com eles bancando indiferença e tire por menos... ainda que o seu coração se encha de ódio. Se você pode conquistar o mundo, conquiste-o! Quanto aos vestígios desta noitada feliz, não espere livrar-se deles algum dia. Olhe só, eis que o nome de Fuad al-Hamzawi anda nas bocas, elogiam sua superioridade, sua inteligência excepcional. Você estaria com ciúme? Falar dele seria de uma certa maneira um modo de impor respeito..."

– É um aluno estudioso desde a infância.

– Você o conhece?

– O pai dele é empregado na loja do pai de Kamal... – respondeu Hussein.

"Veja só! Meu coração não cabe em si de contente!... Deus amaldiçoe os corações!"

– O pai dele sempre foi um homem honesto e trabalhador...

– E o seu pai é comerciante de quê?

"Lembre-se de como o título de 'comerciante' era glorioso na sua mente antes da história do filho do comerciante e do filho do ministro!"

– Atacadista de mercearia...

"A mentira é um recurso lamentável! Olhe para eles para ver o que se esconde sob a máscara de seus rostos. De um modo ou de outro, que homem aqui se iguala, nesta noite, ao seu pai, em força e em beleza?"

Ao saírem da mesa, a maior parte das pessoas voltou para seus lugares no salão, enquanto outras iam para o jardim para desentorpecer as pernas. Houve um momento de calma indolente. Depois os convidados começaram a ir embora, enquanto os membros da família iam para o segundo andar para apresentar seus cumprimentos aos noivos, e então a orquestra não demorou a juntar-se a eles para tocar suas belas árias no seio da seleta platéia.

Kamal pôs o casaco, pegou sua caixinha de confeitos e, segurando Ismail pelo braço, deixou o palácio dos Sheddad.

— São onze horas – disse Ismail lançando no amigo um olhar asfixiado. – Que acha de uma caminhada pela rua dos Serralhos, só o tempo de me recuperar um pouco?

Kamal aceitou de bom grado, achando na caminhada e no fato de matar o tempo algo oportuno que ele esperava havia já um bom tempo...

Entraram naquela rua que antigamente o havia visto caminhar ao lado de Aída, fazendo-lhe a confissão do seu amor e dos seus sofrimentos. Nunca a aparência dessa rua, seus majestosos palácios envoltos no silêncio, suas altas árvores que a margeavam de cada lado, olhando para o céu com a calma de uma alma em repouso e com a graça de suas silhuetas imponentes, poderiam abandonar sua mente. E exatamente como a árvore agitada pela tempestade semeia ao vento folhas e frutos, seu coração, toda vez que ele pisasse no chão dessa rua ou pensasse nela, ficaria trêmulo, palpitando de saudade, de emoção e de dor. E ainda que outrora ela tivesse sido o palco de seu fracasso, ela lhe preservaria sempre a lembrança de um sonho que se esvaiu, de uma esperança perdida, de uma felicidade imaginária, mas também de uma vida exuberante, cheia de sentimentos, preferível, afinal, ao descanso do nada, ao vazio da solidão ou ao sono da paixão. E o que encontraria ele amanhã para animar seu coração a não ser este lugar que ele contemplava com os olhos do sonho, estes nomes que ele ouvia com os ouvidos do desejo?

— Na sua opinião, o que está acontecendo lá em cima agora?

Ismail respondeu numa voz sonora que perturbou o silêncio:

— Há uma orquestra que toca árias estrangeiras e dois jovens casados que sorriem, de pé, num estrado, rodeados pelas famílias Sheddad e Selim. Já vi várias vezes esse tipo de reunião...

"Aída num vestido de noiva! Que espetáculo! Você já viu coisa semelhante, mesmo em sonho?"

— E a festa vai durar ainda quanto tempo?

— Oh! Uma hora no máximo, para permitir aos noivos irem deitar-se, já que vão embora amanhã de manhã para Alexandria...

"Essas palavras são como punhaladas!... Ofereça-lhes o seu coração com prazer!"

— Mas... – corrigiu-se Ismail – onde já se viu dormir na noite de núpcias?

Ele soltou uma gargalhada alta e galhofeira, e deu um arroto com o qual expulsou os vapores do álcool com uma careta de nojo. Depois, descontraindo o rosto:

— Ah! – exclamou. – Não o condene Deus ao sono dos amantes! Pense só: eles não vão pregar o olho a noite toda, meu amigo! Não se deixe enganar pela aparência reservada de Hassan Selim. Ele vai se divertir alegremente até a aurora, isso eu garanto.

"Saboreie essa nova espécie de dor que lhe instilam gota a gota! Ela é a essência da dor, ou antes, a dor absoluta! Mas console-se com a idéia de ter sido o único no mundo a conhecê-la e de que o inferno será indiferente se o destino reservar para você que os anjos o levem e o façam dançar acima de suas chamas! Você sofre? Não por ter perdido o único objeto do seu amor: você não pretendeu possuí-lo um único dia! Mas porque, depois de uma vida grandiosa acima das nuvens, ela deixou o céu para vir chafurdar na lama; porque ela quis que lhe beijassem o rosto, que lhe fizessem escorrer o sangue... que lhe aviltassem a carne...

— É verdade o que se diz sobre a noite de núpcias?

— Meu Deus! Você não sabe essas coisas? — espantou-se Ismail.

"Como é possível santificar a sujeira assim!"

— Claro que sei. Mas há pouco tempo ainda eu não sabia nada disso, e há coisas que eu gostaria que me repetissem...

— Há momentos em que você me parece completamente ignorante — riu Ismail.

— Mas me diga... você ficaria indiferente se fizessem isso com uma pessoa que você venera?

Ismail soltou de novo um arroto e esses malditos bafos de álcool chegaram até as narinas de Kamal.

— Ninguém no mundo é digno de veneração — disse ele.

— Sua filha, por exemplo, se você tivesse uma...

— Nem minha filha, nem minha mãe! Como você acha que viemos ao mundo, você e eu? É a lei da natureza.

"Sim! Você e eu! A verdade queima os olhos! Então baixe-os! Por trás do véu da santidade, diante do qual toda a sua vida você se prostrou, eles estão se divertindo como crianças! Mas por que tudo parece então tão vazio? A mãe... o pai... Aída... o túmulo de al-Hussein, o ofício de comerciante, a nobreza de Sheddad bei... Por Deus! Que dor terrível!"

— Então, a lei da natureza é bastante nojenta!

Ismail deu um terceiro arroto e replicou num tom que traía um riso subjacente:

— Você diz isso porque está com o coração dolorido. Eu o ouço daqui a cantar como essa nova cantora... sabe... Oum Kalsoum: "Darei minha vida por ela, seja ela ou não fiel ao meu amor!"

— O que você quer dizer? — perguntou Kamal, perturbado.

E Ismail respondeu, esforçando-se por parecer mais bêbado do que estava:

— Quero dizer que você ama Aída.

"Senhor! Como meu segredo pôde ser traído?"

— Você está bêbado.
— É a pura verdade, e todo mundo sabe disso.
— O que você está dizendo? – perguntou Kamal arregalando os olhos para o amigo através da escuridão.
— Estou dizendo que é a pura verdade e que todo mundo sabe disso!
— Todo mundo? Mas quem? Quem inventou essa calúnia contra mim?
— Aída!
— Aída?
— É. Foi ela quem traiu seu segredo...
— Aída? Não acredito em você... Você está bêbado!
— É. Talvez eu esteja bêbado, mas isso não impede que seja verdade. Uma das virtudes do homem bêbado é a de nunca mentir.

Depois, em seguida a um sorriso terno:
— Isso o chateia? Aída é, como você sabe, uma moça um pouco ingênua... Quantas vezes ela não atraiu discretamente os olhares para os seus olhos langorosos, sem que você suspeitasse; não por espírito de troça, mas porque os que estão apaixonados por ela a fazem encher-se de vaidade. Primeiramente ela pôs Hassan a par disso e me incitou muitas vezes, depois, a olhá-lo. Para concluir, ela revelou tudo a Hussein. Eu até ouvi dizer que a Sra. Saniyya, mãe dela, soubera vagamente desse "apaixonado tímido", como o chamavam. E até os empregados ouviram o que se dizia a seu respeito entre os patrões... Em outras palavras, todo mundo conhece a história do apaixonado tímido!

Ele sentiu-se desfalecer. Tinha a impressão de que sua dignidade era pisoteada selvagemente. Mordeu os lábios numa tristeza amarga. Eram assim que os segredos mais íntimos se divulgavam?

— Não se aflija! – continuou Ismail. – Foi só uma brincadeira inocente feita por pessoas que têm afeição por você. Até mesmo Aída, ela só revelou seu segredo por fanfarronice.

— Ela se enganou.

Ao que Ismail replicou, num sorriso:

— Querer negar o seu amor seria tão inútil quanto querer negar o sol em pleno meio-dia.

Kamal se fechou num silêncio cheio de angústia e de abandono... Depois, perguntou, subitamente:

— E Hussein, o que ele disse?

— Hussein? – disse Ismail com um sobressalto. – É seu amigo fiel. Mais de uma vez ele se declarou descontente com a conduta ingênua da irmã. Ele se opunha vivamente a ela, sublinhando as suas qualidades...

Kamal soltou um suspiro de alívio. Se sua esperança no amor se decepcionara, sobrava ao menos a amizade. Ah! Como poderia ele daqui para a frente passar pela porta do palácio dos Sheddad?

Ismail prosseguiu com seriedade, como a encorajar o amigo a enfrentar a situação:

— Aída já era considerada praticamente noiva de Hassan muitos anos antes de seu noivado oficial. E depois ela é mais velha que você. Sabe, esse tipo de sentimento se esquece depois de uma boa noite de sono. Então, não fique triste!

"Esses sentimentos... esquecer?"

— E ela zombava de mim falando desse suposto amor que eu tinha por ela? – perguntou ele com uma preocupação evidente.

— De jeito nenhum! Eu lhe disse que ela adora falar dos seus apaixonados.

"Assim, portanto, sua adorada terá sido um deus cruel e zombeteiro cujo coração se regozijava a rir dos seus adoradores? Você se lembra do dia em que ela maltratou sua cabeça e seu nariz? Deus! Como ela se assemelha com seu lado cruel e implacável às leis da natureza! Então como ela pôde apesar disso correr louca de alegria para sua noite de núpcias, como qualquer outra moça? Sua mãe é a única que tem pudor dentro de si, como se tivesse consciência de sua imperfeição..."

Tendo já ido longe demais, eles deram meia-volta e retornaram em silêncio, cansados das palavras. Ismail pôs-se a cantar com uma voz rude: "Oh, vendedora de maçãs, como você tem belezas." Kamal permanecia imerso em seu silêncio, parecendo, aliás, não prestar nenhuma atenção à canção. Como estava envergonhado! Ele era o bufão! Imaginava os Sheddad, os amigos deles, os empregados, trocando-se piscadelas por trás dele. Não merecia um tratamento tão desumano. Era esse o preço do amor e da adoração? Deus! Como o ídolo era cruel e como sua dor era atroz! Talvez Nero, quando cantava vendo Roma queimar, quisesse vingar-se de um estado como o seu.

"Seja um chefe guerreiro, sentado com o tronco curvado no dorso de um bravo corcel. Um líder levado em triunfo ou uma estátua de aço presa no alto de um mastro; um feiticeiro que dá a si mesmo a aparência que quiser, ou um anjo planando acima das nuvens; um eremita no deserto, um perigoso assassino que faz tremer as pessoas honestas; um palhaço que provoca o riso do seu auditório, ou um desesperado que se imola diante dos tolos transtornados... Se Fuad al-Hamzawi conhecesse a sua história, lhe diria, escondendo sua zombaria sob o verniz de sua habitual polidez: 'Foi culpa sua! Foi você quem decidiu nos trocar por essas pessoas. Você desprezou Qamar e Narjis? Pois bem, prove agora o desamor dos deuses.' O céu ou lugar nenhum! Eis o que eu lhe responderei. Que ela se case se lhe der na telha e vá embora para Bruxelas ou Paris! Que ela espere envelhecer e ver murchar seu corpo primaveril, que nunca vai encontrar um amor como o meu! Não esqueça nunca esta rua, porque nela você conheceu a embriaguez das esperanças abortadas e acaba de experimentar as angústias do desespero. Não sou mais deste planeta. Sou um estranho e devo a partir de agora viver como tal..."

Quando, na volta, passaram de novo na frente do palácio dos Sheddad, já os factótuns se ocupavam em tirar das paredes e das árvores as decorações e os fios das lâmpadas elétricas. Com exceção de alguns cômodos com janelas e sacadas ainda iluminadas, o grande prédio, assim despojado de seus ornamentos nupciais, mergulhava na escuridão. A festa tinha terminado. A multidão dos convidados tinha se dispersado e parecia proclamar que tudo tem um fim. Ele se voltava, então, com a caixinha de confeitos nas mãos, como uma criança cujo pranto se acalenta com alguns pedaços de chocolate.

Continuaram sua caminhada num passo tranqüilo, depois, nos limites de al-Husseiniyyê, apertaram-se as mãos e se separaram.

Mal deu alguns passos, Kamal parou subitamente e, em seguida, começou a correr na direção de al-Abbassiyyê, que parecia deserto, pesado de sono. Correu apressado até o palácio dos Sheddad e, chegando perto da casa, virou à direita, na direção do deserto que a circundava por todo lado, e nele entrou até um lugar situado atrás do muro do fundo do jardim de onde o palácio era visível de longe.

A escuridão, espessa e total, oferecia ao observador um véu tranqüilizador. Nessa imensidão vazia e nua, pela primeira vez desde o início da noite, ele sentiu o frio espicaçá-lo e apertou o casaco à volta do seu corpanzil magro. Por trás da alta muralha, a massa sombria da casa pareceu-lhe uma enorme cidadela. Seus olhos percorreram a escuridão à procura de um alvo, depois, na extremidade da ala direita, no segundo andar, pararam fixos numa janela fechada que evidenciava uma luz através das gelosias. O quarto nupcial! O único que permanecia desperto nessa parte da casa. Ontem ainda simples quarto de dormir de Aída e de Boudour; tinham-no ornamentado esta noite com os mais belos adornos, para assistir ao espetáculo mais insólito que o destino produziu. Ele fixou ali longamente o seu olhar, primeiramente numa espera lânguida, como um pássaro de asa quebrada que contempla impotente o seu ninho no cume de uma árvore, depois com uma profunda tristeza, como se assistisse, numa visão profética, à sua própria morte. O que poderia estar acontecendo atrás daquela janela? Se ao menos ele pudesse subir naquela árvore ali, no interior do jardim... para ver! Todo o tempo que lhe restava viver, até o último segundo, ele estava pronto a dá-lo em troca de um olhar através daquela janela. Era algo demais ver o ídolo na intimidade de sua noite de núpcias? As posturas deles, o modo de se olharem olhos nos olhos, de se dizerem palavras de amor... Em que canto desta terra se escondia neste momento o orgulho de Aída? Ansiava de vontade de ver, de registrar cada palavra, cada gesto, cada sinal que se percebia em seus rostos, porém, mais ainda, os pensamentos íntimos, as sugestões da alma, as efusões do coração e os transbordamentos do instinto. Tudo! Por mais que fosse repelente e terrível, penoso e doloroso. E depois... Para o diabo a vida!

O tempo passava e ele continuava no seu posto de observação, a janela ainda iluminada, sem que sua mente se cansasse de interrogar-se... Que faria ele neste momento no lugar de Hassan Selim? A vertigem da confusão o impediu de responder. A adoração não tinha nada a fazer numa noite como essa! Ora, para ele, toda preocupação de outra ordem não se destinava a Aída. Como Hassan Selim não era o tipo de homem que se deixava levar por tais sentimentos, ele se achava, naturalmente, único a sofrer neste deserto, enquanto se trocavam lá dentro beijos vulgares, em chiliques molhados de suor, um abandono maculado de sangue e roupas de dormir descobrindo corpos efêmeros; efêmeros como este mundo, suas esperanças vãs e seus sonhos à deriva...

"Lamente tanto quanto quiser a queda dos deuses. Deixe seu coração encher-se desta tragédia. No entanto, como poderia apagar-se esse sentimento ardente e maravilhoso que o iluminou durante quatro anos? Não era ilusão. A ilusão é sem eco. Era a própria vida. Ora, se as contingências submetem os corpos, que força poderia atingir a alma? Que o seu ídolo, assim, permaneça seu; o amor, seu sofrimento e seu prazer; a confusão, sua distração, até o dia em que você se apresentará diante do seu criador e você lhe pedirá a chave de todos esses mistérios que perturbaram sua mente!"

Ah! Se ao menos ele pudesse ver o que se passava lá dentro, atrás da janela! Descobrir o segredo último da sua existência. O frio o incomodava às vezes, lembrando-lhe sua presença nesses lugares, o tempo que se escoava no sonho. Mas por que apressar-se em ir embora? Teria esperanças, verdadeiramente, de que o sono viesse esta noite comichar-lhe as pálpebras?

14

Uma caleche parou diante da loja do Sr. Ahmed, com as rodas cobertas pela lama que encobria a rua de al-Nahhasin, com a água lamacenta aprisionada nos trilhos das rodas.

Usando uma *djoubba* de lã, Mohammed Iffat desceu do veículo, depois entrou na loja, dizendo, com um sorriso jovial:

– Viemos vê-lo de caleche, mas um barco teria sido mais seguro,

As chuvas tinham caído sem parar durante um dia e meio, revolvendo a terra e inundando becos e vielas. E, embora o céu, depois de todos esses danos, tivesse, finalmente, abrandado, não desfazia seu aspecto ameaçador, e mascarava sua face azulada sob um sombrio manto de nuvens que escurecia a terra com um véu crepuscular.

Ahmed Abd el-Gawwad recebeu o amigo calorosamente, depois lhe pediu que se sentasse. Mal este último se instalou cuidadosamente em seu assento, no canto da mesa, disse como para esclarecer o mistério de sua vinda:

– Não se surpreenda por me ver aqui com um tempo desses, tanto mais do que nos veríamos daqui a pouco para a noitada... Eu simplesmente tive vontade de falar com você a sós...

Ele deu um sorriso como para desculpar-se do caráter misterioso de suas palavras. Ahmed Abd el-Gawwad imitou-o, mas com um sorriso que se parecia mais com uma interrogação. Gamil al-Hamzawi, envolvido numa manta que lhe agasalhava a cabeça e a parte inferior do queixo, saiu até a soleira da porta, chamou o garçom do Café Qalawun para que ele viesse servi-los e voltou para sua cadeira, já que não tinha o que fazer por causa do frio e da chuva.

Quanto ao nosso homem, alguma coisa lhe dizia que a visita, para ocorrer a essa hora, ditada sem dúvida por alguma necessidade, não era inocente; além do mais, a crise moral e os aborrecimentos com a saúde, que ele acabava de ter, o haviam predisposto a uma ansiedade contrária aos seus hábitos. Escondeu, todavia, sua inquietação sob um sorriso ingênuo e disse ao amigo:

— Um pouco antes da sua chegada, eu estava pensando de novo na noite de ontem e nesse cachorro de Alfar dançando.

— Somos todos seus discípulos — replicou Mohammed Iffat com um sorriso. — A propósito, deixe-me contar-lhe os boatos que Ali Abd el-Rahim anda espalhando a seu respeito. Ele dá a entender que suas recentes enxaquecas são apenas um sintoma da falta de mulheres...

— Falta de mulheres na minha vida! Como se as mulheres fossem o único motivo para a enxaqueca!

O garçom trouxe os copos de água e café numa bandeja de cobre, que ele colocou num canto da mesa entre os dois homens, depois saiu.

Mohammed Iffat bebeu um gole de água e disse:

— Beber água fria no inverno é uma grande coisa. O que acha? Ah! Por que essa pergunta a um apaixonado pelo inverno como você, que toma banho de chuveiro todas as manhãs com água fria? E agora, me diz... você está satisfeito com a notícia do Congresso Nacional que se reuniu na casa de Mohammed Mahmoud? É a segunda vez que se vê Saad, Adli e Tharwat numa frente unida!*

— Deus na sua sabedoria deixa espaço para o arrependimento.

— No que me diz respeito, não tenho nenhuma confiança nesses cães.

— Nem eu! Mas o que você pode fazer? O rei Fuad veio estragar tudo e é triste que a batalha não se trave mais entre nós e os ingleses!**

---

*19 de fevereiro de 1926. Os três partidos coligados reforçam a união selada no dia 25 de outubro de 1925. Com a adesão de diversos sindicatos, corporações etc., eles se reúnem em Congresso Nacional para exigir o retorno à Constituição de 1923.
**Alusão às tentativas repetidas do rei Fuad de desestabilizar o regime liberal.

Continuaram a bebericar o café num silêncio que, se sugeria alguma coisa, era que não havia mais lugar para as banalidades de praxe e que Mohammed Iffat devia ir logo aos fatos. Ele se ajeitou na cadeira e, num tom sério, perguntou a Ahmed Abd el-Gawwad:

– Você tem notícias de Yasine?

Diante dessas palavras, os grandes olhos do nosso homem refletiram uma preocupação misturada com impaciência. Seu coração foi dominado por um terrível aperto.

– Ele vai bem – disse. – Ele passa por aqui para me ver de vez em quando... A última vez que o vi foi... na segunda-feira passada. Por quê? Há novidades? Maryam, suponho? Ela foi embora sem deixar endereço... Soube recentemente que Bayumi lhe comprou sua parte na casa da mãe dela.

– Não se trata dela – interrompeu Mohammed Iffat, fingindo um sorriso. – Quem sabe, ele talvez já a tenha esquecido. Mas falemos francamente, trata-se de um novo casamento.

Novamente, aterrorizado, seu coração estremeceu.

– Um novo casamento? Mas... ele não fez a menor alusão a isso comigo!

– No entanto ele se casou há um mês... talvez mais – respondeu Mohammed Iffat balançando a cabeça com tristeza. – Eu soube disso por Ghanim Hamidou há exatamente uma hora. Ele pensava que você soubesse...

– A que ponto chegamos! – disse ele como se falasse consigo mesmo, com a mão direita triturando febrilmente o bigode. – Não posso acreditar. Como ele pôde me esconder isso?

– A situação exige discrição... Escute... Preferi lhe contar a verdade antes que você a soubesse de um modo demasiado rude. Todavia, não dramatizemos além da conta.

E você, para começar, não se deixe levar pela cólera. Não está mais em condições... Pense no seu último ataque de estafa, e cuide-se!

— Mais uma desse ordinário? — perguntou nosso homem com um ar de desespero. — Eu o pressenti de imediato! Vamos, fale, Mohammed!

Mohammed Iffat balançou de novo a cabeça, constrangido, e prosseguiu, gravemente:

— Permaneça fiel à imagem que nós temos de você. Ele se casou com Zannuba, a tocadora de alaúde!

— Zannuba?

Os dois homens trocaram um olhar significativo. O embaraço logo pôde ser visto no rosto do Sr. Ahmed, enquanto o de seu amigo se cobria de apreensão. Depois, rapidamente, a notícia do casamento foi deixada de lado, por causa de outras preocupações:

— Você acha que ela sabe que ele é meu filho? — perguntou nosso homem numa voz ansiosa.

— Não tenho a menor dúvida disso — respondeu Mohammed Iffat. — Ao mesmo tempo, estou praticamente certo de que ela não lhe disse nada a respeito para poder estar segura de prendê-lo na armadilha. Pode-se aliás dar-lhe os parabéns por ter-se saído maravilhosamente bem.

— A menos que ele tenha me escondido isso, por saber da minha história com ela — interrogou-se Ahmed Abd el-Gawwad no mesmo tom de ansiedade.

— Certamente não! Não acredito nisso. Se ele soubesse, nunca teria se arriscado a se casar com ela. Yasine é um rapaz leviano, sem dúvida alguma, mas não é vil. Se ele lhe escondeu isso foi unicamente porque não teve a coragem de lhe confessar que tinha se casado com uma tocadora de alaúde. Infelizes dos pais que geraram filhos sem miolos! Devo lhe confessar que isso me causou muita aflição; mas eu lhe suplico mais uma vez, não se deixe levar pela cólera. Pior para ele! Você não tem culpa e não tem nada a se censurar...

Ahmed Abd el-Gawwad suspirou e perguntou ao amigo:

– Mas, me diga, Ghanim Hamidou lhe disse mais alguma coisa?

Mohammed Iffat fez um gesto com a mão, como se dissesse "que importância tem isso?", e respondeu:

– Ele me perguntou: "Como é que o Sr. Ahmed pode aceitar isso?" Eu disse a ele que você ainda não estava sabendo de nada, e ele acrescentou, sensibilizado: "Veja só o vazio que separa o pai do filho! Deus o ajude!"

– É esse então o resultado da educação que eu dei a eles? – questionou nosso homem. – Meu pobre Mohammed, você me vê aqui completamente desorientado. A infelicidade é que eles começam a escapar da nossa autoridade exatamente quando, para o verdadeiro interesse deles, eles teriam mais necessidade dela. Eles assumem por causa da idade suas próprias responsabilidades, mas fazem mau uso delas sem que possamos reconduzi-los para o caminho correto. Não se nasce homem, a gente se torna homem. Uma mulher que qualquer um pode ter! O que o levou a casar-se com ela? Ah! Pobres de nós! Só há força e poder em Deus!

Mohammed Iffat colocou afetuosamente a mão no ombro do amigo e disse-lhe:

– Nós fizemos o que era nosso dever. Agora o restante é com ele. Não há risco de que alguém venha censurá-lo.

Com essas palavras, a voz chorosa de al-Hamzawi se fez ouvir:

– Nenhuma pessoa honesta poderia censurá-lo por algo assim, Sr. Ahmed! E, além disso, acho que nem toda esperança de reparar o mal está perdida! Pense nisso, Sr. Ahmed!

– Diante de você ele parece um rapaz obediente. De qualquer forma, ele a repudiará cedo ou tarde, então...

como se diz: "A mais bela obra sagrada é a que é mais cedo acabada!"

— E se ela já estiver grávida? – perguntou nosso homem num gemido.

A voz de al-Hamzawi ecoou, abafada pela emoção e pelo pânico:

— Deus nos livre!

Mas parecia que Mohammed Iffat não tinha dito tudo. Lançando ao amigo um olhar apreensivo, continuou:

— E a desgraça é que ele vendeu a loja de al-Hamzawi para remobiliar o apartamento dele!

Ahmed Abd el-Gawwad olhou-o com seus grandes olhos arregalados, e disse, com o rosto crispado de cólera:

— Como se eu não existisse! – exclamou furioso. – Nem para isso ele me pede a opinião! – E, batendo as mãos uma na outra: – Ah! Eles devem ter-se escarnecido! Acharam uma boa vítima! Uma besta perdida, vestida de efêndi!

— Comportamento de moleque – concordou Iffat com emoção. – Ele não pensou nem no pai nem no filho. Mas de que adianta ficar furioso?

— Acho que devo pegar o touro à unha, sejam quais forem as conseqüências!

Mohammed Iffat estendeu o braço, exorcizando a desgraça, e disse numa súplica ardente:

— "Se seu filho cresceu, faz dele um amigo seu!" Então, não faça tolices, você, o mais prudente dos homens. Seu único dever é aconselhá-lo. Quanto ao restante, Deus é quem decide! – O homem baixou os olhos, pensativo, pareceu alguns instantes hesitante, e prosseguiu: – Há também um problema que nos interessa, a você e a mim... Estou falando de Ridwane.

Os dois homens trocaram um olhar demorado, e depois Mohammed Iffat acrescentou:

— O pequeno vai completar 7 anos dentro de alguns meses. Temo que Yasine exija ficar com a guarda dele e que ele cresça debaixo da asa de Zannuba. Aí está uma calamidade que é preciso evitar a todo custo. Não imagino que você consinta tal possibilidade. Então, convença-o a deixar conosco o filho até que a Providência nos ilumine!

Ahmed Abd el-Gawwad não era o tipo de homem que se entusiasmasse com a idéia de que seu neto ficasse com a família da mãe depois da expiração do prazo legal de tutela. Por outro lado, ele não queria propor ficar com ele em casa, para não impor a Amina mais um fardo que a idade não lhe permitia mais assumir.

Por isso, respondeu simplesmente, resignada:

— Não seria desejável que Ridwane crescesse sob o teto de Zannuba... Concordo com você...

— A avó dele o adora — afirmou Mohammed Iffat num suspiro de alívio. — E mesmo admitindo que no futuro razões imperiosas o obriguem a ir juntar-se à mãe dele, ele encontrará um clima saudável na medida em que o marido dela é um homem de uns 40 anos, talvez mais, que Deus justamente privou de descendência...

Mas Ahmed Abd el-Gawwad interrompeu, em tom de súplica:

— Mesmo assim... Eu preferiria que ele ficasse na sua casa!

— Naturalmente... Naturalmente! Eu apenas mencionei eventualidades bem improváveis que peço a Deus que não nos obrigue. E agora só lhe suplico que não seja brusco com ele, a fim de convencê-lo mais facilmente a deixar Ridwane comigo...

Com essas palavras, a voz paternal de al-Hamzawi se fez ouvir de novo:

— O Sr. Ahmed é o mais prudente dos homens! Ignora ele que Yasine é um homem e que, como tal, é livre de agir como quiser e de dispor de seus bens? Essas coisas não podem passar despercebidas ao Sr. Ahmed. Ele só tem, simplesmente, que dar seu conselho. Deus fará o restante!

Durante todo o dia, Ahmed Abd el-Gawwad mergulhou na reflexão e na tristeza, repetindo a si mesmo: Yasine é um filho que só decepciona. E não há nada pior do que um filho assim! Seu destino, infelizmente, é evidente demais. Não é preciso ser adivinho para imaginá-lo. Ele vai de mal a pior... Enfim! Que Deus seja clemente conosco!" Gamil al-Hamzawi pediu-lhe que adiasse para o dia seguinte sua conversa com Yasine e, mais por desespero do que por apreciar o conselho, ele concordou com o pedido...

No dia seguinte à tarde, ele o convocou, pois, para a conversa, e Yasine, como bom filho obediente e dócil, respondeu ao convite com rapidez. Na verdade, ele não tinha rompido nenhum laço com a família, e a velha casa, apesar da saudade que ele sentia dela, permanecia o único lugar onde ele não tinha encontrado coragem para voltar. Todavia, nunca se encontrava com o pai, com Khadiga ou com Aisha, sem encarregá-los de transmitir seus cumprimentos à madrasta Amina. Certamente, seu coração mantinha viva a lembrança da raiva dela, assim como um leve ressentimento do que ele chamava "a intransigência dela para com ele". Mas ele se recusava a esquecer o tempo de outrora, o tempo em que ele não conhecera outra mãe, a não ser ela.

Ele continuava com suas visitas às duas irmãs e se encontrava às vezes com Kamal no café de Ahmed Abdu, quando não o convidava à casa dele, de modo que o rapaz conhecera sucessivamente a época de Maryam e depois a de Zannuba. Quanto ao pai, ia vê-lo na loja, ao menos uma vez por semana. Foi lá que ele conseguiu descobrir essa outra face da personalidade dele, que tinha sobre as pessoas a força da sedução. Assim nasceu entre os dois homens uma estreita amizade e uma sólida afeição reforçada pelos laços do sangue e pela alegria do filho em descobrir seu verdadeiro pai.

No entanto, examinando nesse dia o rosto dele, Yasine descobriu alguns traços que lhe lembraram a máscara de antigamente, a que tantas vezes o enchera de terror. No mais, há algum tempo convencido de que ele descobriria cedo ou tarde seu segredo, não se perguntou absolutamente sobre as razões dessa metamorfose. Por isso, ele não duvidava mais de que chegara o momento de enfrentar a tempestade pela qual esperava desde o dia mesmo em que se tinha lançado em sua empreitada.

— Causa-me verdadeiramente aflição ver-me considerado com tal desprezo! – disse o pai abruptamente. – Por que diabos é preciso que eu seja mantido a par da vida do meu filho por meio de estranhos?

Yasine abaixou a cabeça sem dizer nada. Essa falsa aparência de contrição pôs o pai fora de si.

— Tire essa máscara! – gritou. – Pare com essa hipocrisia e deixe-me ouvir o som da sua voz! Naturalmente, você sabe do que estou falando?

— Não tive coragem de contar... – respondeu Yasine num murmúrio.

— Aí está no que dá quando se camufla um erro ou um escândalo.

Yasine, alertado pelo instinto, se absteve de qualquer objeção e respondeu com uma submissão resignada:

— Sim...

— Se esse é verdadeiramente o seu parecer, então por que agiu assim? – perguntou o pai confuso.

Yasine se refugiou no silêncio, Ahmed Abd el-Gawwad teve a impressão de que ele queria dizer através do seu mutismo: "Eu sabia que era errado, mas sucumbi ao amor!" Imediatamente, ele pensou de novo no seu próprio rebaixamento diante dessa mulher. "Que vergonha!", disse ele para si mesmo. "Você, ao menos, lavou sua humilhação numa cólera exemplar!... O que não o impediu de continuar a correr atrás dela! Quanto a esse boi! Ah, que miserável!"

— Um escândalo a que você se prestou sem se preocupar com as conseqüências para que nós todos suportássemos a afronta!

— Todos! — exclamou Yasine, ingênuo. — Deus me livre!

— Não banque o inocente! — gritou Ahmed Abd el-Gawwad, num novo acesso de cólera. — Você sabe muito bem que quando se trata de satisfazer seus apetites você está pouco ligando para o que quer que possa prejudicar a reputação do seu pai e dos seus irmãos e irmãs! Você trouxe uma tocadora de alaúde para a nossa família para que ela, e, mais tarde, toda a descendência dela, venha emporcalhar nosso nome. Não creio que você ignorasse essas coisas até que eu as mencionasse. Mas você não recua diante de nada para satisfazer seus instintos. A dignidade da família não vale muito para você. Quanto mais avança, mais decai, e logo, você vai ver, não será mais do que uma ruína!

Yasine abaixou a cabeça e se isolou no silêncio a tal ponto que toda a sua atitude proclamava seu erro e sua renúncia.

"Pelo que vejo, todo esse escândalo quase não lhe custou nada a não ser dois dedos de pândega e o golpe está dado. Quanto a mim, vou ver amanhã cair nos meus braços um neto que terá por mãe Zannuba e por tia Zubaida. Uma aliança pouco comum entre o Sr. Ahmed, o comerciante benquisto, e Zubaida, a almeia, cuja reputação não vale nada. Talvez estejamos pagando pecados ignorados?"

— Quando penso no seu futuro fico todo arrepiado! Já disse que você está desmoronando e isso vai de mal a pior. Pode me dizer o que você fez da loja de al-Hamzawi?

Yasine ergueu para o pai um olhar arrasado, e confessou, após algum tempo de hesitação:

— Eu tinha uma necessidade urgente de dinheiro...

Depois, baixando os olhos:

— Em outras circunstâncias, eu teria recorrido ao senhor, mas a situação era delicada...

— Seu grande hipócrita! — exclamou nosso homem furioso. — Você não tem vergonha? Aposto como em nenhum momento você viu no que fez o que quer que seja de estranho ou de condenável! Eu o conheço! Você e seus pensamentos! Então... Não tente me enganar! Só tenho uma palavra a lhe dizer, ainda que eu saiba antecipadamente que vou falar com uma parede: você está trabalhando na sua própria ruína e está preparando para si próprio um fim funesto...

Yasine voltou ao seu silêncio, demonstrando despeito.

"Ah! Que animal está aí! Concordo, ela é realmente atraente e hábil mas o que o obrigou a casar-se com ela? Eu achava que ela tinha me pedido em casamento especulando sobre a minha idade. Mas percebo que ela pegou na armadilha o animal jovem e besta que você é!" Ele sentiu, pensando nisso, um pouco de consolo. "O plano arquitetado por ela era de se casar a qualquer preço, exceto que ela teria preferido a mim a qualquer outro, afinal de contas. E esse imbecil se deixou enganar..."

— Tem de repudiá-la! Repudiá-la antes que ela se torne mãe e nos cubra de vergonha para sempre!

Yasine hesitou longamente antes de balbuciar entredentes:

— Seria um crime de minha parte repudiá-la sem que ela tenha feito nada.

"Filho de cão! Vá! Você acaba de me fornecer uma pérola para esta noitada!"

— Você a repudiará de qualquer jeito, cedo ou tarde! Mas faça isso antes que ela lhe dê um filho, porque nesse dia o problema dela será também nosso.

Yasine deu um suspiro que substituiu sua resposta. O pai começou a olhá-lo com um ar desapontado. "Fahmi está morto", pensou. "Kamal, fraco ou doido. E aqui, à sua frente, Yasine, de quem não há nada a esperar! O mais triste é que ele é o seu preferido. Entregue-se a Deus. Oh, Senhor, onde estaríamos nós se eu tivesse feito a besteira de casar-me com ela?"

— Por quanto você vendeu a loja?

— Por 200 guinéus.

— Ela valia pelo menos 300! Você não vê como ela está bem situada, imbecil? E a quem você a vendeu?

— A Ali Touloun, o quinquilheiro.

— Bom, está bem... E você gastou tudo no novo mobiliário?

— Não. Ainda tenho 100 guinéus...

— Fez bem! – replicou ele irônico. – Um recém-casado tem sempre necessidade de dinheiro vivo... – Depois, num tom sério e triste: – Yasine. Escute. Sou seu pai. Preste atenção. Mude o seu comportamento. Você também é pai. Você não pensa no seu filho e no futuro dele?

— Sua pensão lhe é paga todos os meses até o último centavo – respondeu Yasine para sua defesa, num arrebatamento de entusiasmo.

— E você pensa que é uma questão de dinheiro! Eu falo do futuro dele... E do futuro dos outros que esperam nascer...

— Deus deixa nascer e faz prover! – replicou Yasine, confiando na força do seu argumento.

— Então é isso. Ele deixa nascer, ele faz prover, e, enquanto isso, o senhor esbanja – gritou Ahmed Abd el-

Gawwad, magoado. – Diga-me então... – Ele se endireitou na cadeira, fixando no filho um olhar mordaz: – Ridwane logo fará 7 anos. O que você vai fazer com ele? Mantê-lo com você para que ele cresça no colo da senhora sua esposa?

A perturbação estampou-se no rosto de Yasine.

– Que devo fazer então? – perguntou ele. – Não refleti ainda sobre esse assunto...

Ahmed Abd el-Gawwad balançou a cabeça com um desdém zombeteiro e disse:

– Que Deus lhe poupe as agruras da reflexão! Você tem tempo a perder com isso? Deixe-me refletir no seu lugar. Deixe-me dizer-lhe que Ridwane deve ficar sob a guarda do avô.

Yasine pensou por um breve instante, depois baixou a cabeça em sinal de aprovação.

– Como quiser, pai – disse ele, submisso. – É para o bem dele, sem dúvida nenhuma...

– Parece-me que é também para o seu bem – replicou Ahmed Abd el-Gawwad, irônico –, para que você não tenha de incomodar a mente com essas questões fúteis.

Yasine sorriu, simplesmente, como se dissesse: "Vejo que o senhor está brincando. Tanto melhor!"

– Eu achava que teria mais dificuldade em convencê-lo a desistir da guarda dele!

– Foi minha confiança no seu julgamento que me levou a concordar de imediato.

– Você tem mesmo confiança no meu julgamento? – perguntou o pai com um certo tom de deboche. – Então, por que você não a põe em prática? – Depois, num suspiro de queixume: – Enfim, que Deus guie seus passos! Além disso, é a você que isso diz respeito. Falarei a respeito da guarda da criança hoje à noite mesmo com Mohammed Iffat... Com a condição de que você não lhe deixe faltar nada. Talvez Iffat aceite...

Após essas palavras, Yasine se levantou, cumprimentou o pai, e se encaminhou para a saída. Mas assim que deu dois passos, a voz sonora o alcançou:

– Você não ama o seu filho como qualquer pai?

Yasine parou; virou-se e respondeu com determinação:
– É preciso prová-lo, pai? Ele é tudo o que tenho de mais caro no mundo.

Ahmed Abd el-Gawwad ergueu as sobrancelhas e concluiu com um balançar enigmático de cabeça:
– Está bem, até logo!

UMA HORA ANTES de sua ida à mesquita para a prece da sexta-feira, Ahmed Abd el-Gawwad convocou Kamal ao seu quarto. Tinha de ser um assunto sério para que ele chamasse diante de si um membro da família. O fato é que uma grande perturbação lhe agitava a mente no momento em que se preparava para interrogar o filho a respeito do assunto que o atormentava.

Na véspera, à noite, vários de seus amigos lhe tinham apresentado um artigo publicado no semanário *Balagh*,* saído da pena do jovem escritor Kamal Ahmed Abd el-Gawwad. E embora nenhum deles tivesse lido o artigo, a não ser o título: "A Origem do Homem", assim como o nome do autor, todos tinham achado nele assunto para comentário e pretexto para cumprimentar o pai ou brincar com ele. A tal ponto que este tinha pensado seriamente em encarregar o xeque Metwalli Abd es-Samad de confeccionar um talismã para o filho.

Mohammed Iffat lhe dissera: "Já pensou? O nome do seu filho impresso ao lado dos maiores escritores, na mesma revista? Alegre-se e reze para que Deus lhe reserve um futu-

---

*Órgão do partido Wafd de Saad Zaghloul.

ro brilhante!" Ali Abd el-Rahim acrescentara: "Ouvi dizer de uma pessoa digna de fé que o pranteado al-Manfaluti pudera comprar para si uma propriedade só com os rendimentos de sua pena. Então, espere pelo melhor!" Outros lhe tinham falado da profissão de escritor, explicando-lhe como, por seu intermédio, muitos, entre os quais Shawqi, Hafiz* e al-Manfaluti, tinham obtido a proteção dos governantes e dos chefes. Ao chegar a sua vez, Ibrahim Alfar implicara com ele, dizendo-lhe: "Glória àquele que fez sair um sábio dos rins de um ignorante!"

Nosso homem se contentara em dar uma rápida olhadela no título do artigo, depois para o crédito "Do jovem escritor...", antes de pôr a revista em cima da sua *djoubba* que despira por causa do calor de julho e... da febre do uísque, esperando ficar sozinho no seu quarto ou na loja para lê-lo. Depois prosseguiu com sua noitada com o coração alegre e a alma sonhadora e orgulhosa.

Ele até começou, pela primeira vez, a reconsiderar o sentimento de secreta amargura que lhe provocava a predileção do filho pela Escola Normal, dizendo para si mesmo que "o menino", apesar de sua escolha mal inspirada, se tornaria certamente "alguém". Pôs-se então a arquitetar sonhos com o relato que lhe tinha feito do ofício da "pena", da proteção dos grandes homens, da propriedade de al-Manfaluti... Quem sabe? Talvez não ficasse ele professor a vida inteira, mas abrisse de verdade caminho para uma existência que o pai nem sequer pudera imaginar para ele...

No dia seguinte de manhã, logo após a prece e o café, ele sentara à maneira oriental no canapé, abrira a revista com

---

*Os dois grandes poetas egípcios Ahmed Shawqi (1868-1932), poeta oficial da corte quedivial, e Hafiz Ibrahim (1872-1932), adido do grande reformador Mohammed Abdu.

uma curiosidade atenta e começara a ler o artigo em voz alta, a fim de melhor compreender suas idéias e o seu conteúdo. Mas o que viu!

Se ele lia os artigos de política e os compreendia sem dificuldade, este, em contrapartida, lhe deu vertigem e fez tremer seu coração. Retomou a leitura com atenção e encontrou um estudo dedicado a um sábio chamado Darwin, suas laboriosas pesquisas em ilhas longínquas, comparações aborrecidas entre diversos animais, até que seu olhar parou estupefato numa assertiva estranha que pretendia que o homem fosse de ascendência animal e, pior ainda, que tinha evoluído a partir de uma espécie de macaco. Retomou, perturbado, a leitura do parágrafo fatídico e permaneceu confuso diante desta sombria verdade de que um filho do seu sangue pudesse – da maneira mais peremptória – afirmar que o homem descendia do animal. A confusão o dominou e ele se perguntou, desorientado, se se ensinavam realmente esses conhecimentos perigosos às crianças das escolas públicas. Foi então que ele mandou chamar Kamal.

Este chegou, longe de imaginar o que fervilhava na cabeça do pai. Como o pai o chamara alguns dias antes para cumprimentá-lo por sua aprovação para o terceiro ano, o rapaz concluía deste novo convite o mais feliz presságio... Ele chegou, pois, pálido e emagrecido, segundo a aparência que tinha já há algum tempo e que a família atribuía ao esforço intenso que ele tinha feito à aproximação dos exames, sem saber que a verdadeira causa desse definhamento era a dor e o sofrimento que ele suportara ao longo desses cinco últimos meses, prisioneiro de um sentimento tirânico e infernal que quase o havia destruído.

Ahmed Abd el-Gawwad pediu ao filho que se sentasse e o rapaz sentou-se na extremidade do canapé, voltado respeitosamente para o pai. No mesmo instante, ele notou a mãe sentada diante do guarda-roupa, dobrando e arrumando roupas. Mas Ahmed Abd el-Gawwad lançou o número do *Balagh* no espaço vazio do canapé que os separava e perguntou, fingindo calma:

— Você tem um artigo nesta revista, não é?

A capa da revista atraiu o olhar de Kamal e ele a olhou com uma estupefação que testemunhava sua surpresa. Desde quando seu pai manifestava essa curiosidade por revistas literárias? Acontecera-lhe publicar no jornal *Al-Sabah** "reflexões" sobre a prosa e a poesia livres, resultantes de alguns balbucios filosóficos e outros gemidos sentimentais, sem risco de vê-las cair sob os olhos do pai. Ninguém da família tinha conhecimento disso a não ser Yasine para quem ele mesmo as lias, e que o ouvia com atenção e concluía dizendo: "Eis o fruto dos meus primeiros ensinamentos. Fui eu que lhe dei gosto pela poesia e pelos contos. Bravo, caro mestre! Mas... Aí está uma filosofia muito profunda!... Onde você foi buscá-la?" Ele lhe dizia também, às vezes, brincando: "Eu me pergunto qual é a bela mulher que lhe pôde inspirar esse doce queixume. Você vai aprender um dia, meu caro professor, que só as chineladas produzem efeito nelas!"

Mas eis que hoje seu pai em pessoa estava com o mais audacioso dos seus escritos. Esse artigo cuja maturação desencadeara em seu coração e em sua razão uma luta infernal em que ele quase enfrentara sua pena de morte.

Como esse incidente aborrecido pudera ocorrer? Podia ele ver outra explicação a não ser do lado dos amigos wafdistas do pai, sempre à caça dos jornais e revistas só para satisfazer essa tendência? Podia ele racionalmente esperar sair incólume dessa situação?

---

*Pequeno jornal político e literário, marginal em relação aos grandes diários da época.

Desviou o olhar da revista e respondeu, abafando a perturbação na voz:

— Exato... Tive a idéia de tratar um assunto para fixar meus conhecimentos e incentivar a mim mesmo a prosseguir meus estudos...

Ao que o pai respondeu, perseverando na calma:

— Não há mal nisso. Escrever nos jornais é desde sempre o meio de chegar ao prestígio e à consideração dos grandes homens. Mas o importante é o assunto de que trata o escritor. Que quis você dizer neste artigo? Pegue, leia-o para mim e me explique, porque tenho dificuldade em ver aonde você quer chegar...

Oh, miséria! Esse artigo não tinha sido feito para ser recitado em voz alta. Ainda mais aos ouvidos do seu pai!

— É um longo artigo, papai! O senhor não o leu? Nele explico uma teoria científica...

Nosso homem fixou no filho o olhar fulgurante de um animal prestes a dar o bote. "É isso que agora se chama ciência?", devia ele pensar. "Então, que Deus amaldiçoe a ciência e os sábios!"

— E o que você disse a respeito dessa teoria? Notei nele afirmações esquisitas como aquela segundo a qual o homem seria "de ascendência animal" ou algo desse tipo. É verdade isso?

Na véspera, Kamal tinha travado uma batalha renhida contra si mesmo, sua fé e seu Deus. Saíra dela com a alma e o corpo esgotados. Ora, eis que hoje lhe era necessário novamente travar uma luta contra o pai. Mas se ele tinha disputado o primeiro *round* torturado, ardendo de febre, abordava agora o segundo tremendo de medo. Porque, se, às vezes, a Deus convinha adiar o castigo, seu pai era mais propenso a golpear prontamente...

— É o que essa teoria afirma...

O pai ergueu a voz para perguntar com inquietação:

— E de Adão, o pai do gênero humano, que Deus criou do barro e em quem insuflou uma parte de seu espírito, o que é que essa teoria diz a respeito?

Kamal tinha feito a si mesmo longamente essa pergunta, não menos inquieto do que o pai. Naquela noite, ele não tinha pregado o olho, virando-se e revirando-se na cama, perguntando-se sobre Adão, Deus e o Corão. Repetira para si mesmo, dez, cem vezes: ou o Corão é verdadeiro em sua totalidade, ou então não é o Corão!

"O senhor me ataca, pai, porque não sabe o que sofri! Se já não estivesse familiarizado com o sofrimento, a morte certamente teria me levado naquela noite!"

— Darwin, o autor dessa teoria — respondeu ele numa voz baixa —, não fala do nosso senhor Adão.

— Esse teu Darwin é um descrente! — replicou nosso homem num grito de cólera. — Ele caiu nas malhas de Satanás! Se o homem descende do macaco ou de um outro animal, isso quer dizer que Adão nunca foi o pai do gênero humano? Isso é pura blasfêmia! Uma insolência descarada contra Deus e sua grandeza! Conheço coptas e judeus na rua dos Ourives, todos acreditam em Adão. Todas as religiões acreditam em Adão. A que seita pertence então esse Darwin? É um descrente e o que ele diz é uma blasfêmia. Divulgar suas palavras é prender-se à frivolidade! Diga-me: é um dos seus professores?

Nada seria mais risível, se Kamal tivesse alguma vontade de rir. Mas muitas dores comprimiam seu coração: a dor do amor desiludido, a dor da dúvida, da sua fé agonizante. A hesitação terrível entre a fé e a ciência o consumia. E, no entanto, como um espírito racional podia se fechar a esta questão?

— Darwin é um sábio inglês morto há muito tempo — respondeu ele, num tom submisso.

Ao ouvir isso, Amina deixou escapar, com uma voz trêmula:

– Deus amaldiçoe todos os ingleses!

Ela tinha largado a agulha e seu trabalho de cerzir e prestava atenção na conversa... Eles lançaram um rápido olhar para ela e desviaram-no logo...

– Diga-me – continuou o pai –, você estuda essa teoria na escola?

Kamal agarrou-se a essa tábua de salvação que se oferecia a ele inopinadamente, e respondeu, escapando pela mentira:

– Sim...

– Não é comum! E você espera ensiná-la mais tarde a seus alunos?

– Oh, não! Vou ensinar matérias literárias sem ligação com as teorias científicas.

Ahmed Abd el-Gawwad bateu uma mão na outra. Ele gostaria de ter nesse instante sobre a ciência nem que fosse uma parcela do poder que tinha sobre a família.

– Então, por que a ensinam a vocês? – perguntou furioso. – Para fazer penetrar o sacrilégio nos corações de vocês?

Ao que Kamal respondeu num tom de protesto indignado:

– Que Deus nos livre que alguém tenha a menor influência sobre nossa fé!

O pai avaliou o filho com um olhar desconfiado:

– Sim, mas no entanto você semeou a blasfêmia com o seu artigo.

Ao que Kamal respondeu, não menos desconfiado do que o pai:

– Deus me livre disso! Eu apenas explico essa teoria para que o leitor se inicie nela, não para que ele creia nela.

Nunca opiniões ímpias poderiam ter domínio sobre o coração de um crente.

– Você não achou mais nada sobre o que escrever, além dessa teoria criminosa?

Certamente, por que ele tinha escrito aquele artigo? Tinha hesitado muito antes de enviá-lo à revista. Mas era como se quisesse anunciar publicamente a morte de sua fé. Ao longo dos dois últimos anos, ela se mantivera firme; no entanto, diante das tempestades de dúvida desencadeadas nele por al-Maarri e al-Khayyam,* até que se abatesse sobre ele o punho de ferro da ciência. Aí o golpe tinha sido decisivo. Ele dizia consigo mesmo, no entanto: "Não sou um incrédulo, sempre acreditei em Deus! Mas e a religião? Para onde ela foi? Desapareceu! Como o chefe Sayyedna al-Hussein, como Aída, como minha própria confiança em mim..."

– Sem dúvida, agi mal – disse ele numa voz triste. – Minha desculpa é que eu estudava essa teoria...

– Não é uma desculpa! Você tem de reparar o seu erro!

O pobre homem! Tinha a pretensão de levá-lo a atacar a ciência para preservar uma lenda caduca. Certamente, já tinha sofrido muito, mas nunca aceitaria reabrir seu coração para lendas e superstições de que já estava para sempre purificado.

"Basta de sofrimento e de engodo! Nunca mais serei o fantoche das quimeras. A luz!... A luz a qualquer preço. Nosso pai Adão? Não tenho pai! Que meu pai seja um símio, já

---

*Abou ala al-Maarri, poeta cego sírio († 1058) e Omar Khayyam, sábio e poeta persa († 1132), célebre por suas "Trovas", têm em comum uma filosofia pessimista da existência, impregnada de irreligiosidade, à qual se acrescentaria, no segundo – embora trate-se talvez de interpolações em sua obra – uma dimensão francamente epicurista.

que a verdade o exige. Esse animal vale mais que muitos humanos. Se eu pertencesse verdadeiramente à raça dos profetas, ela não me teria afligido tanto com sua ironia cruel!"

— E como reparar o meu erro?

— Você tem à mão uma verdade indubitável – respondeu o pai com uma simplicidade aumentada pela secura. – Isto é, que Deus criou Adão do pó e que Adão é o pai do gênero humano. Está escrito preto no branco no Corão. Você só tem de mostrar em que você se enganou. É fácil para você. De outro modo, de que lhe serve toda a sua cultura?

A essas palavras, a voz de Amina se fez ouvir:

— Nada é mais fácil para você do que demonstrar o erro daquele que se opõe à palavra do Deus de Misericórdia. Diz a esse inglês infiel: Deus diz no seu livro maravilhoso: "Adão é o pai do gênero humano!" Seu avô era um xeque que detinha a ciência do livro de Deus. Você deve seguir o caminho dele. Há muito eu me regozijava pensando que você desejaria tornar-se, como ele, um sábio entre os ulemás...

Ahmed Abd el-Gawwad pareceu perturbado. Tratou-a mal, dizendo:

— O que você entende do Livro de Deus e da ciência? Deixe-nos em paz com o avô dele e olhe antes o que você tem diante do seu nariz!

— Eu queria, amo – insistiu ela timidamente –, que ele fosse como o avô dele, um desses ulemás que divulgam no mundo a luz de Deus...

— Sim! E de repente ele divulga as trevas! – exclamou ele furioso.

— Deus o preserve disso, amo! – arriscou Amina com apreensão. – Talvez o senhor não tenha compreendido bem...

Ahmed Abd el-Gawwad lançou-lhe um olhar feroz. Ele tinha afrouxado seu rigor para com eles. Resultado?

Kamal divulgava a idéia de que o homem descendia do macaco e eis que sua própria mulher vinha contradizê-lo, insinuando que ele não compreendera o filho!

— Deixe-me falar! – gritou-lhe. – Pare de me interromper. Não se meta em coisas de que você não entende nada! Preocupe-se com o seu trabalho. Que Deus a amaldiçoe!

Depois, virando-se para Kamal, com o rosto sombrio:

— Então, diga-me: você vai fazer o que eu lhe disse?

"Você tem sobre suas costas um comitre como nenhum homem livre nunca conheceu em país algum! Mas, assim como você o teme, você também o ama. E nunca o seu coração decidirá enfrentá-lo. Habitue-se a sofrer, porque você escolheu uma vida de combate!"

— Mas como posso refutar essa teoria? Se minha demonstração se limitar a citar o Corão, não vai adiantar muito: todo mundo sabe o que ele contém e acredita nele. Quanto a discuti-la cientificamente, isso é antes tarefa para os sábios especialistas do problema.

— Então por que você escreve sobre um assunto que foge da sua competência?

"A objeção é válida em si. No entanto, que pena que não tivesse a coragem de confessar ao pai que tinha fé nessa teoria enquanto verdade científica e que, nessa qualidade, podia-se fundamentar-se nela para estabelecer uma filosofia global da existência fora do quadro estrito da ciência!"

Como Kamal permanecesse mudo diante de sua pergunta, Ahmed Abd el-Gawwad viu no silêncio do filho uma confissão do seu erro, o que o entristeceu e o exasperou mais ainda. Afastar-se da verdade em tal domínio era de uma extrema seriedade e de graves conseqüências. Além do mais, era um domínio sobre o qual ele não tinha nenhuma influência. Sem dúvida se achava tão impotente diante da "perdição" de Kamal quanto o fora diante da fuga de Yasine da sua tutela. Estava acontecendo o que ocorria com os outros pais nesta época esquisita? Ele ouvia coisas assombrosas sobre "a juventude de hoje": alunos de colégio adquiriam o hábito de fumar, outros achincalhavam seus professores, outros ainda se rebelavam contra os pais. Oh, claro, seu prestígio permanecia intacto, mas... que saldo tirar dessa longa vida de rigor e de firmeza? De um lado, Yasine que naufragava na decadência; do outro, Kamal, que discutia, contestava e tentava escapar de suas mãos!

– Escute-me bem atentamente. Não quero ser mau com você... Você é um rapaz educado e obediente. Quanto ao assunto que nos preocupa, só posso lhe dar meu conselho, e lembre-se de que ninguém desprezou meus conselhos impunemente.

Depois, após uma curta pausa:

– Olhe, você só tem de perguntar a Yasine, ele poderá testemunhar isso. Da mesma maneira... eu tinha aconselhado, no passado, ao nosso caro Fahmi que não se expusesse à morte... Se estivesse vivo, seria hoje um homem prudente.

A essas palavras, Amina disse, como num gemido:

– Os ingleses o mataram. Essas pessoas ou matam ou então são descrentes.

Mas o pai afirmou, prosseguindo no sermão:

– Se você encontrar nos seus estudos coisas contrárias à religião, mas que você é obrigado a saber para passar nos seus exames, pois bem, não acredite nelas. E procure, para começar, não publicar nos jornais. Senão... você vai arcar com as conseqüências. Sua posição com relação à ciência inglesa deve ser a que mantemos diante da ocupação inglesa: isto é, contestar-lhe a legitimidade a despeito da força pela qual ela nos é imposta.

De novo a voz doce e apagada de Amina se intrometeu, para dizer:

— E depois dedique sua vida a desmascarar as mentiras dessa ciência e a difundir a luz de Deus.

— O que eu disse já basta — rugiu o pai. — Não temos necessidade da sua opinião.

Ela retornou ao trabalho. Ahmed Abd el-Gawwad continuou a olhá-la com um ar ameaçador, depois, tendo-se certificado de seu silêncio, virou-se para Kamal e disse-lhe:

— Entendeu?

— Não tenho dúvidas, pai — respondeu ele num tom convincente.

Doravante, se quisesse escrever, ele teria de limitar-se à revista *Política** que escapava à curiosidade de seu pai wafdista. Quanto à mãe, ele podia desde já prometer-lhe em segredo que dedicaria sua vida a difundir a luz de Deus. Porque, afinal, não era esta a luz da verdade? Certamente! Livre da religião, ele ficaria mais perto de Deus do que se estivesse sujeita a ela. Porque, enquanto chave dos mistérios e da grandeza do Universo, a única verdadeira religião é a ciência. E se os profetas ressuscitassem hoje, eles só escolheriam a ela como mensagem.

Assim despertava ele do sonho das lendas para enfrentar a realidade nua, o fim dessa tempestade durante a qual ele tinha tentado vencer a ignorância até que atingisse o seu objetivo, realizando o corte entre um passado de trevas e um futuro de luz. Por aí se abriam para ele os caminhos que levam a Deus, os da ciência, do bem e do belo. Por esses caminhos diria adeus a um passado de sonhos ilusórios, de falsas esperanças e de dores infinitas...

CHEGADO ÀS PROXIMIDADES do palácio dos Sheddad, ele começou a observar com atento cuidado tudo o que sua visão apreendia; depois, no momento de ultrapassar o

---

*Semanário dos liberais constitucionais que Hussein Heykal dirigia.

portal, redobrou a vigilância para perscrutar as coisas à sua volta.

Ele tinha, havia pouco, adquirido a certeza de que essa visita marcaria o fim de sua história com essa casa, seus habitantes e suas lembranças. Como podia ser de outro modo, já que Hussein tinha acabado por obter do pai a permissão para ir para a França?

Com seus olhos, com todo o seu ser, ele contemplou a aléia lateral que levava ao jardim, depois a janela que dava para ela, de onde a sombra de Aída, elegante e distinta, o envolvia com um doce olhar vazio, semelhante ao das estrelas, com um terno sorriso que não era endereçado a ele, como o canto do rouxinol que se entrega à sua alegria sem preocupar-se com os que o ouvem. Depois foi o jardim inteiro que dominou seu olhar, o qual se estendia desde os fundos do palácio até a grossa muralha que dominava o deserto, com suas fileiras de jasmins, com seus tufos de palmeiras, suas roseiras e, finalmente, o venerável caramanchão sob cuja sombra ele havia experimentado as doçuras embriagadoras do amor e da amizade... Foi então que o provérbio francês "não ponha todos os ovos no mesmo cesto" lhe veio à mente. Sorriu tristemente, porque, embora conhecendo-o há muito tempo, não soubera tirar dele a lição, ele que, por negligência, tolice ou fatalidade, tinha, entre o amor e a amizade, posto o seu coração inteiro nesta casa! Ora, o amor tinha se evaporado e eis que o amigo fechava as malas, preparando-se para ir embora. Amanhã, ele se acharia sem amor e sem amigo. Como poderia consolar-se pela perda desses lugares: o palácio, o jardim, o deserto, tomados em conjunto ou um por um, agora que impregnavam seu coração, como os nomes de Hussein e de Aída lhe impregnavam a memória, que tinham se tornado familiares e evocavam a nostalgia? Como poderia ele, que, um dia, por causa de sua paixão ardente por essa casa, tachara-se de bom grado de idólatra, ficar longe dela ou mesmo contentar-se em vê-la de longe, como um passante qualquer?

Hussein Sheddad e Ismail Latif estavam sentados em cadeiras, de um lado e do outro da mesa redonda onde se achava a tradicional garrafa de água no meio dos três copos, ambos vestidos, segundo seu costume estival, com uma camisa de colarinho aberto e uma calça de flanela branca.

Eles o viram chegar, oferecendo a imagem de suas fisionomias contrastantes: Hussein, o belo rosto de tez clara, Ismail, a face angulosa onde brilhava um olhar malicioso. Ele se dirigiu diretamente a eles, vestido com seu terno branco, segurando na mão seu fez cuja bolinha balançava ao vento...

Depois que se cumprimentaram, ele se sentou, virando as costas para essa casa que já lhe tinha virado as suas antes. Ismail, sem mais delongas, inclinou-se para ele e disse-lhe, num sorriso alusivo:

— A partir de hoje, temos de arranjar um novo lugar de encontro.

Kamal devolveu-lhe o sorriso sem convicção... Oh, feliz Ismail com sua ironia inacessível à dor! Só lhe restavam agora ele e Fuad al-Hamzawi como únicos companheiros. Dois amigos que lhe aqueceriam o coração sem entrarem nele, mas que ele correria a procurar, para fugir da solidão... Já que esse era o seu destino, ele tinha de aceitá-lo.

— Nós nos veremos no café ou na rua, já que Hussein decidiu nos abandonar.

Hussein balançou a cabeça em sinal de pesar. Um pesar de quem conquistou um sonho caro e se entristece educadamente com uma separação que quase não o comove.

— Vou embora do Egito com o coração apertado por deixar vocês – disse. – A amizade é um sentimento sagrado.

Respeito-a profundamente. Um amigo é um outro eu que lhe devolve sua própria imagem, que é o eco de seus sentimentos e de seus pensamentos. Pouco importa que nossos pontos de vista nos separem sobre muitas coisas, enquanto nos encontrarmos juntos em essência. Nunca esquecerei esta bela amizade. Nossas cartas nos manterão unidos até os nossos próximos reencontros...

"Belíssimas palavras! Meu coração abandonado vai ficar contente com elas. Como se todo o mal que sua irmã me fez não fosse suficiente! Você ainda tinha de me deixar sozinho, sem amigo verdadeiro. Amanhã, aquele de nós dois que ficar se cansará extremamente dessa fascinante comunhão das almas...

– Quando nos reveremos? – perguntou ele com o coração apertado. – Sabe, não esqueci suas grandes ambições de eterno viajante Quem pode me assegurar que você não parte para sempre?

– Sim! – concordou Ismail. – Alguma coisa me diz que o pássaro não voltará para o seu ninho.

Hussein deu um sorriso breve, porém revelador de sua alegria.

– Só pude obter a permissão do meu pai – disse – depois que lhe prometi continuar meus estudos de direito. Não sei, aliás, em que medida vou poder cumprir minha promessa. O direito e eu não somos muito amigos... Tenho até a impressão de que não poderei suportar o ensino oficial. Só quero fazer o que me agrada: assistir a conferências sobre a história da arte, a poesia, o romance... Freqüentar os museus, as salas de concerto, namorar, divertir-me... Que faculdade pode lhe oferecer tudo isso ao mesmo tempo? E depois, como já lhes disse, eu prefiro a escuta passiva ao estudo ou à leitura. Queria deixar para outros o cuidado de me explicar o mundo. Eu, durante esse tempo, vou ouvir, para me lançar, em seguida, com os sentidos e a consciência esclarecidos, à conquista dos vales, das margens, dos bares, dos cafés, dos *dancings*... mandando para vocês uns após os outros meus relatórios detalhados dessas experiências únicas...

"Dir-se-ia que ele descreve esse paraíso que bani da minha fé. Ainda mais que esse é um paraíso negativo que toma sem dar nada em troca. Eu tenho outros ideais! Mas ele... está longe de sentir falta da pátria se esta vida de sonho o embalar em seu seio doce."

Como se fizesse eco de seus pensamentos, Ismail falou:

– Você não vai voltar. Adeus, Hussein! No entanto, partilhamos o mesmo ideal, com poucas diferenças. À exceção da história da arte, dos museus, da música, da poesia, da conquista dos vales... e de todo o restante, nós somos um só. Repito pela última vez: você não vai voltar.

Kamal lançou-lhe um olhar interrogador, como que a solicitar-lhe reação às palavras de Ismail, e ele respondeu:

– Nada disso! Vou voltar muitas vezes. Porei o Egito no programa das minhas peregrinações para ver a família e os amigos.

Depois, virando-se para Kamal:

– Vou esperar sua ida à Europa com uma impaciência que quase já estou sentindo agora.

Quem sabe, talvez sua mentira se tornasse realidade e um dia ele sulcasse esses horizontes longínquos! Fosse como fosse, alguma coisa lhe dizia que Hussein voltaria um dia e que essa profunda amizade não se dissolveria em fumaça. Sim, seu coração ingênuo acreditava nisso assim como acreditava que as raízes do amor, infelizmente, são inextirpáveis!

– Viaje e faça o que lhe agrada – disse ele num tom de esperança – e depois volte para o Egito para você se estabelecer nele, ficando entendido que poderá sair daqui toda vez que quiser ver outro país.

Um ponto de vista ao qual Ismail aderiu:

— Se você fosse mesmo um bom homem, você aceitaria essa solução de bom senso que concilia os seus anseios com os nossos.

Hussein abaixou a cabeça, aparentemente convencido:

— Acho – disse – que vou acabar chegando a essa solução...

Ouvindo-o, Kamal embeveceu-se a olhá-lo, sobretudo os olhos negros que se pareciam com os de Aída, os gestos que aliavam a graça majestosa à bonomia, a alma transparente que quase se materializava diante dele como algo visível e palpável. Se esse ser querido viesse a desaparecer, o que sobraria da doçura da amizade, da lembrança do amor? Essa amizade que ele considerava uma comunhão espiritual, uma felicidade soberana, e esse amor que lhe inspirara através da irmã uma alegria celeste e um sofrimento infernal?

Hussein prosseguiu:

— Quando eu voltar, você já deve ser fiscal no Ministério da Fazenda, e você, professor. E vou rever ambos como pais de família! É mesmo incrível!

— Você chega a nos imaginar funcionários – riu Ismail. – Imagine só Kamal professor!

Depois, virando-se para o amigo:

— Você terá que engordar antes de enfrentar a classe, pois vai se encontrar diante de uma geração de diabinhos ao lado dos quais nós parecemos anjos. E, além do mais, você se verá obrigado, você, o wafdista impenitente, a aprovar... dever de ofício... os que se puserem em greve por ordem do Wafd.

A observação de Ismail arrancou-o dos seus pensamentos. Pôs-se a se perguntar a si mesmo como faria para enfrentar os alunos com sua cabeça e seu nariz. Sentiu por isso tristeza e amargura e teve a impressão, ao perguntar-se se poderia permitir-se ser tão duro com os outros como era consigo mesmo, a exemplo dos professores um pouco estranhos que ele conhecera durante sua vida escolar, se se apresentaria aos alunos com extremo rigor para melhor se proteger.

– Não creio que permanecerei professor *ad vitam aeternam* – replicou ele de repente.

Nos olhos de Hussein acendeu-se um olhar sonhador...

– Ah! Estou vendo – disse –, depois do ensino, o jornalismo, hein?

Achou-se de novo pensando no futuro, e a idéia desse livro universal que ele tinha tantas vezes sonhado escrever lhe voltou à mente. Mas o que restava do assunto inicial? Os profetas não eram mais profetas. Não havia mais paraíso. Não havia mais inferno. A ciência do homem reduzia-se doravante apenas a um ramo da ciência animal. Era-lhe necessário procurar outra coisa...

– Gostaria – respondeu ele do mesmo modo repentino – de poder criar uma revista para a difusão do pensamento moderno.

– Ou talvez de política – reforçou Ismail num tom de conselheiro. – Política vende mais! Nada o impede, se você quiser, de dedicar uma seção ao pensamento na última página. Há lugar neste país para um novo escritor wafdista satírico!

Hussein caiu numa gargalhada estrondosa.

– Nosso amigo não parece um político positivamente engajado. Sua família já pagou suficientemente. Quanto ao pensamento, os horizontes se abrem diante dele...

Depois, dirigindo-se a Kamal:

– Você tem coisas a dizer... Seu sobressalto de ateísmo foi um terremoto pelo qual eu nunca esperaria.

Deus, como essa palavra nova em que ele via uma homenagem à sua revolta, uma carícia em seu orgulho, o enchia de satisfação!

— O que há de mais bonito para o homem — disse ele, enrubescendo — do que dedicar sua vida à verdade, ao bem e ao belo?

Ismail saudou os três valores, cada um com um assobio, e replicou com ironia:

— Escutem e tomem nota!

Mas Hussein apoiou com seriedade:

— Sou como ele. Embora eu me contente com o saber e com o bem-estar.

— O que está em jogo é muito mais vasto — acrescentou Kamal com fé e entusiasmo. — Trata-se de uma luta pela verdade visando ao bem da humanidade inteira. Sem isso a vida não teria nenhum sentido a meus olhos...

Ismail bateu as mãos uma contra a outra — ao vê-lo, Kamal pensou no pai — e exclamou:

— Neste caso, vale mais que ela não tenha nenhum! Você vê tudo o que isso lhe custou de dificuldades e de esforços, antes que se libertasse da religião! Não tive todo esse trabalho. Devo dizer que a religião nunca foi o centro de minhas preocupações. Você me tomaria por um filósofo nato? Contento-me em viver uma vida que segue muito bem sem grandes esclarecimentos. O que eu persigo naturalmente, você só atinge à custa de uma luta amarga. Oh, desculpe, você nem mesmo o atingiu ainda, já que, mesmo após sua confissão de ateísmo, acredita na verdade, no bem, na beleza, a ponto de querer dedicar-lhes a sua vida. Não é esse um dos mandamentos da religião? Então como pode você renegar o essencial para acreditar no acessório?

"Não ligue para ele! Seu amigo está brincando! Mas... como é possível que os valores em que você acredita pareçam tão propícios à zombaria? Admitamos que você tivesse de escolher entre Aída e uma vida de ideal. Qual delas você escolheria? De qualquer modo, Aída permanece sempre para mim além do ideal..."

Com sua demora em reagir, Hussein respondeu no lugar dele:

– Com uma diferença: que o crente tira da fé seu amor por esses valores, enquanto o livre-pensador, ele os ama por eles mesmos!

"Oh, caro Hussein, quando você voltará?"

Ismail deu uma risada que explicitava o salto brutal do seu pensamento para um outro aspecto da questão...

– Diga-me aí – perguntou ele a Kamal –, você ainda faz suas orações? E você tem a intenção de jejuar no próximo ramadã?

"Implorar a Deus por 'ela' era a maior felicidade que eu achava na oração, e as noites neste palácio eram para mim as maiores alegrias do ramadã"...

– Não, não faço mais orações, então não farei mais o jejum.

– E você vai dizer isso aos que estão à sua volta?

– Certamente que não – respondeu ele, rindo.

– Você prefere a hipocrisia!

– Não – replicou Kamal com amargura –, mas nada me obriga a causar aflição aos que amo...

– E você acha – prosseguiu Ismail sarcástico – que é assim que você vai poder um dia dizer suas quatro verdades à sociedade?

"Kalila e Dimma"*?

---

*Célebre antologia de fábulas traduzidas do persa por Ibn al-Muqaffa (séc. VIII) onde os homens falam pela boca dos animais.

A alegria dessa inspiração dispersou sua amargura. Senhor! Ela lhe viera na intuição do livro que ainda não tinha tomado forma em sua mente?

— Dirigir-se aos leitores é uma coisa. Dirigir-se a pessoas simples, como meus pais, é outra coisa.

Ismail se virou para Hussein, e exclamou:

— Você tem diante de si um filósofo que enterra suas raízes na ignorância!

"Você não terá dificuldade em achar amigos para se divertir e se distrair, mas não encontrará um só para falar à sua alma! Então, contente-se em se calar ou então fique falando sozinho, como os loucos!"

Por um instante, fez-se silêncio. O jardim também estava silencioso. Nem uma brisa... Só as rosas, os cravos e as violetas pareciam contentes com o calor... O sol tinha se posto, lançando um último raio sobre o ápice do muro, a leste... Ismail se virou para Hussein e perguntou-lhe, rompendo o silêncio:

— Você acha que terá oportunidade de visitar Hassan Selim e Aída?

"Oh, meu Deus! É o meu coração que bate ou é o dilúvio no meu peito?"

— Quando eu estiver instalado em Paris, pensarei sem dúvida em dar um pulo pelos lados de Bruxelas.

Depois, com um sorriso:

— A propósito, recebemos uma carta de Aída na semana passada. Parece que os primeiros desejos de grávida começam a se manifestar...

"A dor e a vida são então irmãs siamesas? Nesse momento, não sou mais do que uma dor vestida como um ser humano! Aída, com o ventre redondo? Liberando secreções? É um drama ou a comédia da vida? Não! A única alegria da vida é a morte. Ah! Se eu pudesse conhecer a essência desta dor que me esmaga..."

– Os filhos dela serão estrangeiros! – replicou Ismail.

– Ficou combinado que eles seriam enviados para o Egito depois da primeira infância.

"Você acha que você vai tê-los um dia entre os seus alunos? Você se perguntará onde foi que já viu aqueles olhos, e seu coração lhe responderá que você sempre os abrigou dentro de si. E se o pequeno rir da sua cabeça e do seu nariz, que coragem você vai ter para puni-lo? Oh, esquecimento... seria também um mito?"

– Ela falou bastante sobre sua nova vida – continuou Hussein. – Escondeu tão pouco sua felicidade que suas poucas palavras de saudades da família tinham mais a aparência de palavras de polidez...

"O que há de mais normal? Foi para uma vida assim, em países de sonho, que ela nasceu!... Quanto ao fato de que ela tenha vindo associar-se à raça dos humanos, é uma ironia do destino que veio ridicularizar muitos dos seus lugares sagrados. Você acha que ela não pensou em sua longa carta em lembrar com uma palavra os velhos amigos? Mas quem lhe diz que ela se lembra deles ainda?"

De novo se fez silêncio. O crepúsculo destilava uma sombra tranqüila. Um milhafre voou no horizonte. Ao longe, um cão latiu... Ismail se inclinou em direção à garrafa para servir-se de água. Hussein se pôs a assobiar. Kamal o observava em segredo, com a paz estampada no rosto e a mágoa no coração...

– Este ano o calor está terrível – praguejou Ismail.

Em seguida, ele passou nos lábios seu lenço de seda bordado, soltou um arroto e repôs o lenço no bolso da calça.

"E a separação dos entes queridos, você não acha que é mais terrível ainda?"

— Quando é que você vai para o mar?

— Fim de junho... — respondeu Ismail, satisfeito.

— Partiremos amanhã para Ras el-Barr onde vou passar uma semana com eles — precisou Hussein. — Em seguida, vou para Alexandria com meu pai, onde embarcarei no dia 30 de junho.

"E será o fim de uma época... e sem dúvida também o fim de um coração!"

Hussein olhou longamente para Kamal antes de lhe dizer, sorrindo:

— Nós os deixamos na mais bela situação de união e de coalizão. Se bobear, a notícia da independência vai chegar a Paris antes de nós!

A essas palavras, Ismail exclamou, apontando Kamal:

— Seu amigo não está satisfeito com esta coalizão. Ele não se conformou que Saad andasse de mãos dadas com os traidores. E se conformou menos ainda que ele evitasse o confronto com a Inglaterra, abandonando seu ministério ao seu velho inimigo Adli. Está vendo, ele é ainda mais intransigente que seu venerado chefe!

"É verdade! A trégua entre os partidos e a aliança com os traidores é ainda uma decepção que você vai ter de engolir. Que coisa neste mundo não decepcionou ainda as suas esperanças?"

Apesar disso, ele caiu na gargalhada, e exclamou:

— Nada disso! É porque essa maldita coalizão queria nos impor, a você e a mim, um delegado do Partido Liberal.

Os três caíram na gargalhada. No mesmo instante, uma rã passou na frente deles antes de desaparecer na grama. Um sopro de brisa veio anunciar a aproximação do crepúsculo. Suavemente, o mundo à volta cessava seu ruído e sua algazarra. A reunião chegava ao seu fim. Ele se encheu de angústia e começou a perscrutar com o olhar esse lugar, para impregnar-se dele pela última vez. Foi aqui que tinha brilhado a faísca desconhecida do amor. Foi aqui que a voz de anjo tinha feito tilintar estas palavras: "E você, Kamal?" Foi aqui que tinha acontecido aquele diálogo doloroso a propósito de sua cabeça e do seu nariz. Foi aqui que sua adorada o havia acusado indevidamente, sob esse canto do céu em que jaziam sentimentos, sensações, emoções que nunca a mão do abismo poderia atingir, se não fosse também capaz de fazer florescer o deserto!

"Encha os seus olhos com tudo isso, e marque a data. Porque muitos acontecimentos pareceriam nunca ter existido se não lhes tivessem marcado um dia, um mês e um ano. Nós invocamos os pontos de referência do Sol e da Lua contra a linha reta do tempo, com o fim de dobrá-lo, para que as lembranças perdidas voltem para nós... mesmo se nada nunca jamais volte! Então só lhe resta uma coisa a fazer: derreter-se em lágrimas ou dar-se o âmago de um sorriso"...

Ismail Latif se levantou, dizendo:

— É hora de voltar para casa.

Kamal deixou-o em primeiro lugar abraçar o amigo em comum, depois, atirou-se nos braços dele e se abraçaram longamente. Ele deu um beijo no rosto de Hussein e recebeu outro de volta. Então, generoso e suave, quase não humano, o perfume dos Sheddad personificado inebriou o amigo. Ele se impregnou dele até a embriaguez e manteve o silêncio por um longo momento, a fim de dominar seus sentimentos. Mas, ao falar, foi com um tremor na voz que disse:

— Até mais ver... mesmo ser for por muito tempo.

15

— Aqui só estão os garçons!
— É porque ainda está de dia. Geralmente os clientes começam a chegar ao cair da noite. Por quê? Incomoda-o que não haja ninguém?
— Oh, não, pelo contrário! Isso até me estimularia a ficar. Sobretudo na primeira vez.
— As tavernas neste bairro têm vantagens inestimáveis. Entre outras, a de serem situadas em ruas onde só se arriscam os amadores de prazeres culposos. Você pode ficar tranqüilo que nenhum juiz, nenhum desmancha-prazeres virá chateá-lo aqui. E se por acaso alguém que você respeita, como seu pai, ou seu tutor, viesse a encontrá-lo aqui, ele é que seria mais censurável do que você e ele é que teria mais interesse em ignorá-lo, ou melhor, em fugir de você, se possível...
— O nome da rua já é um escândalo por si só!
— Sim, mas ele inspira mais tranqüilidade que os outros. Se fôssemos a qualquer taverna da rua Alfi, Imad-Eddine ou até Mohammed-Ali, não teríamos a garantia de que um pai, um irmão, um tio ou alguém importante não visse a gente. Em contrapartida, essas pessoas não põem nunca os pés em Wajh el-Birka, pelo menos é o que eu espero.
— Seu raciocínio é consistente. Mas não impede que eu não esteja tranqüilo...
— Paciência! O primeiro passo é o mais difícil de dar. Mas, você vai ver, o álcool é a chave da descontração. Eis por que eu lhe prometo que, daqui a pouco, quando deixarmos esse lugar, o mundo vai lhe parecer mais doce e mais agradável!

— Diga-me... que tipo de bebida há aqui? E qual é a melhor para começar...

— O conhaque já agita, mas se você o mistura com cerveja, pode dizer adeus ao homem de bem! O uísque não tem gosto ruim e faz um bom efeito... Quanto ao álcool de uva...

— Deve ser o melhor! Você nunca ouviu Saleh cantar: "E ele me serviu álcool de uva?"

— Quantas vezes já lhe disse que você não tem nenhum defeito, exceto o de planar demais fora da realidade! Justamente o contrário: é o pior! Apesar de Saleh! Ele tem um gosto de anis que me embrulha o estômago. E além disso, não me interrompa!

— Desculpe!

— Existe a cerveja também. Mas é mais uma bebida de verão, e, graças a Deus, estamos em setembro. O que mais? Ah! sim, o vinho, mas ele lhe assesta um desses golpes...

— Então, se bem entendi, é o uísque que é o melhor.

— Bravo! Eu já havia percebido que você tinha classe. Talvez, dentro de algum tempo, você concorde comigo que suas predisposições para o divertimento ultrapassam as que você tem pela verdade, o bem, a beleza, o patriotismo, o humanismo, e nem falo de todas essas ninharias com que você envenena a mente inutilmente... Ei, garçom: dois uísques!

— Seria mais ajuizado limitar-me a um copo só por hoje...

— Pode ser... Só que não viemos aqui para encontrar juízo. Você aprenderá por si mesmo que o desatino é muito mais agradável e que viver é mais importante do que ler e pensar. Lembre-se bem do dia de hoje e não se esqueça daquele a quem você o deve...

— Não queria ficar delirando... Tenho medo de...

— Você só tem que se controlar.

— O importante para mim é encontrar a coragem de andar normalmente nessa rua e em caso de necessidade entrar no...

— Você só tem de beber até o momento em que sentir que vai ser indiferente para você entrar ou não lá.

— Perfeito. Espero não ter de lamentá-lo depois...

— Lamentar! Quantas vezes já tentei levá-lo lá. Primeiro você pretextou a fé e a religião. Depois, você se vangloriou de não crer mais na religião. Então voltei a incentivá-lo e aí você me disse que desistia em nome da moral. No entanto, devo reconhecer que você apesar de tudo acabou por se mostrar conseqüente.

Sim! Talvez, mas depois de todo um período de angústia e de hesitação entre al-Maarri e al-Khayyam, a mortificação da carne e o gozo. Sua natureza primeiramente o tinha feito inclinar-se para a via do primeiro, porque, mesmo se ela predizia uma vida rude, era conforme às tradições em que ele tinha crescido. Mas eis que, de repente, ele vira sua alma aspirar ao nada, como se uma voz escondida lhe tivesse cochichado ao ouvido: "Acabou-se a fé! Acabou-se Aída! Acabou-se a esperança! Só sobrou a morte!" Foi aí que, por intermédio desse amigo, ele tinha recebido o apelo de al-Khayyam. Ele respondera a ele sem, por isso, abandonar seus grandes princípios; ele tinha apenas alargado a noção de bem até abri-la a todos os prazeres da vida, dizendo-se a si mesmo: "A fé na verdade, na beleza e na humanidade é a forma mais elevada do bem! É por isso que Avicenas terminava todos os dias de pensamento com bebida e com mulheres!"

De qualquer modo, ele só tinha essa vida promissora para salvá-lo da morte...

— Estou de acordo com você, mas nem por isso desisti dos meus princípios.

– Claro, eu sei que você não renunciará a suas utopias. De tanto acreditar nas coisas, a gente acaba por fazer delas uma verdade mais verdadeira que a real. Leia, não há mal nisso. Escreva até enquanto você tiver leitores. Faça da escrita um meio de ascender à celebridade e à riqueza. Mas nunca a leve a sério. Você foi um crente entusiasta. Eis que agora você é um ateu entusiasta. Você é sempre entusiasta, angustiado, como se levasse nas costas todo o destino da humanidade. A vida é muito mais simples... Cavar um bom emprego na administração, que lhe convenha e lhe assegure um bom nível de vida, usufruir tranqüilamente das alegrias da existência, conservar a força e o espírito combativo que lhe permita, se for necessário, fazer-se respeitar. E se, além disso, essa vida for conforme à religião, então, tanto melhor. Se não, tanto pior.

"A vida é profunda demais e vasta demais para ser encerrada numa coisa só. Mesmo na felicidade. Certamente encontrei refúgio no prazer, mas a escalada dos cumes mais rudes permanecerá sempre minha última exigência. Aída se foi? Que seja! Será preciso que eu crie uma outra com todos os valores que ela simboliza. Ou então boa sorte para a vida!"

– Você nunca se preocupou com valores que transcendem à vida?

– O quê? Eu já estava saturado de pensar na minha própria vida! Para nós, não há crente nem descrente. Tal como eu sou!

"Este amigo é tão necessário para você quanto o descanso. Ele tem um andar tão pouco banal quanto o seu, está ligado à lembrança de Aída, faz parte do seu coração. É um freqüentador dessas ruelas fervilhantes. Terrível se o provocam. Rói a corda na alegria, mas nunca na adversidade.

No entanto, ele não oferece lugar em sua alma... Seu companheiro de alma está além dos mares! Fuad al-Hamzawi é inteligente, mas não tem nenhuma filosofia. É um pragmático. Até no seu modo de apreciar a beleza. Tudo o que ele procura na literatura é um estilo que lhe sirva mais tarde para redigir suas defesas de direito. Quem me devolverá o rosto e a alma de Hussein?"

O garçom voltou com dois grandes copos de base poligonal, que ele pôs em cima da mesa redonda, depois tirou a rolha da garrafa de refrigerante, borrifou o uísque, e o ouro se transformou em platina incrustada de pérolas... Finalmente, ele enfileirou os pratinhos de salada, queijo, azeitonas e mortadela, antes de se retirar. Kamal passeou o olhar entre seu copo e Ismail, e este último lhe disse, com um sorriso:

— Faça como eu, engula primeiro um gole grande: À sua saúde!

Mas ele se contentou com um pequeno gole para provar o sabor, depois ficou esperando o resultado... Mas, não vendo, contrariamente ao que esperava, sua consciência abandoná-lo, bebeu um segundo gole, depois comeu um pedaço de queijo para expulsar o gosto estranho que ficou na sua boca.

— Você não me diz para ir mais depressa?

"A precipitação é obra de Satanás!"* O importante é que você saia daqui num estado que permita ir direto ao seu objetivo!

E qual era o seu objetivo? Uma dessas mulheres que, em outros tempos, teria provocado sua repulsa? Será que a bebida adoça a aspereza da vulgaridade? Antes ele combatera o instinto com a ajuda da fé e de Aída. Agora, o instinto

---

Hadith.

tinha o campo livre. E depois algo mais o levava a essa aventura: a vontade de descobrir a mulher, essa criatura inatingível a cujo sexo a própria Aída pertencia. Talvez achasse aí consolo para a insônia e para as lágrimas vertidas em segredo no seio da noite, remissão para esse sofrimento mortífero cuja única esperança de remédio estava no desespero ou na loucura... Agora, ele podia dizer a si mesmo que saía do cárcere da resignação para dar seus primeiros passos no caminho da libertação, fosse ele do álcool, do vício ou do pecado.

Ele bebeu um outro gole, esperou, depois sorriu... Tudo nele agora celebrava o nascimento de uma sensação nova, cheia de calor e de excitação, à qual ele se abandonou como a uma melodia suave. Ismail, que o observava com uma atenção excessiva, disse-lhe, sorrindo:

— Ah, se ao menos Hussein estivesse aqui para ver isso!

"Isso... se ao menos Hussein estivesse aqui!"

— Vou escrever a ele sobre isso, eu mesmo. Você respondeu a última carta dele?

— Sim. Com uma carta tão breve quanto a dele.

Só com ele Hussein dava livre curso à sua pena, liberava todos os meandros de seu pensamento. Ah, que felicidade de que só ele tinha o privilégio! Mas era melhor não falar disso com seu amigo sob risco de provocar-lhe o ciúme.

— A que ele me enviou era curta também, exceto, bem entendido, na parte habitual que você detesta.

— O pensamento!

Depois, rindo:

— Será que ele precisa disso, ele que vai herdar uma fortuna capaz de encher o oceano? Qual é o segredo da paixão dele por essas bobagens? Esnobismo? Orgulho? Os dois ao mesmo tempo?

"Aí está! É a vez de Hussein pagar o pato. O que ele deve dizer de mim pelas costas!"

— Ao contrário do que você pensa, pensamento e riqueza nada têm de incompatível. O pensamento se desenvolveu na Grécia antiga graças a certos aristocratas desvinculados da preocupação com sua subsistência que podiam ociosamente dedicar-se à ciência.

— À sua saúde, Aristóteles!

Ele esvaziou o copo, esperou um momento e perguntou-se logo se já se encontrava num estado semelhante, um estado onde o fogo do calor sensitivo se entranha na corrente sanguínea, levando em sua passagem o nicho onde se amontoam os resíduos dos tormentos, onde a alma foge do garrote vil das penas... Então é aí o eco de um canto voluptuoso, o sonho de uma esperança promissora, a sombra de uma alegria fugidia... O álcool é uma seiva que é só felicidade!

— Que acha de um segundo copo?

— Deus o abençoe!

Ismail caiu na gargalhada e, fazendo sinal para o garçom, disse alegremente:

— Você está sempre pronto para a gratidão.

— Pela graça de Deus!

O garçom trouxe os dois copos acompanhados de uma variedade de tira-gostos. No mesmo instante, usando fez, chapéu e turbante, começaram a chegar os clientes. O garçom os recebeu enxugando as mesas com toalhinhas. A noite tinha caído. As lâmpadas agora estavam acesas. Presos às paredes, os espelhos cintilavam e devolviam a imagem das garrafas de Dewars e de Johnny Walker...

Da rua subiram risos vibrantes, como apelos à prece... ainda que não despertassem senão desejos de devassidão.

Olhares de sorridente censura se voltaram complacentemente para a mesa dos dois adolescentes.

Entrou um mercador de camarões do Alto Egito, seguido por uma vendedora de jasmim provida de dois incisivos de ouro, por um engraxate, por um aprendiz de assador de carne que, a julgar pela recepção calorosa dos clientes, era também cafetão, e finalmente por um quiromante indiano. Só se ouviam os brindes, "à sua saúde" e "ah! ah! ah!". Num espelho suspenso exatamente acima de sua cabeça, Kamal deu uma olhada e viu seu rosto inchado, seus olhos brilhantes e vivos. No segundo plano, refletia-se a imagem de um velho que levava seu copo aos lábios, bochechava uísque mexendo as narinas como um coelho, depois engolia o líquido antes de confiar ao seu vizinho de mesa, numa voz sonora: "Bochechar com uísque é uma tradição herdada de um meu avô que morreu trepando!"

Afastando o olhar do espelho, Kamal por sua vez confiou a Ismail:

— Somos uma família muito conservadora. Sou o primeiro a tocar no álcool.

Ismail deu de ombros e replicou:

— Como é que você pode prejulgar o que desconhece? Sabe o que o seu pai fez na juventude dele? O meu bebe um copo no almoço e um outro no jantar. Fora de casa ele não bebe... pelo menos é o que diz na frente de minha mãe.

"O álcool? Um rio açucarado, deus da felicidade, que impregna suavemente o reino da alma. Essa mudança estranha ocorrida no espaço de alguns segundos; seriam necessárias à humanidade gerações e gerações para explicá-la! Relacionada com ela, a palavra "magia" adquire um sentido novo, deslumbrante! O mais estranho é que ela não me é inteiramente desconhecida e talvez já tenha excursionado pela minha alma. Mas onde? Quando? Como? É uma música interior cuja alma é o arco de violino, diante da qual qualquer outra música seria apenas o que são as cascas de maçã em relação ao seu fruto. Qual é então o mistério desse líquido de âmbar que realizou esse milagre em alguns minutos? O leito do rio da vida, talvez ele o tenha purificado de sua espuma e de seus detritos, onde quebrando seus diques ela jorrou como no primeiro dia: absoluta liberdade e pura embriaguez! Aí está o sentimento do entusiasmo da vida, uma vez libertada dos entraves do corpo, do garrote vil da sociedade, do fardo da história e dos temores do futuro... Uma música divina, pura, exalando a volúpia de que ela emana. Semelhante música já soou em mim. Mas onde? Quando? Como? Ah! Já me lembro!... O amor! Sim, o amor! O dia em que ela lhe disse 'e você, Kamal?' investigando a embriaguez, quando você nem sabia o que era a embriaguez. Você pode desde já afirmar que é um velho beberrão! E que durante anos você vagou pelos caminhos cheios do vinho do amor, juncados de flores e de especiarias. Sim... foi antes que a límpida gota de orvalho se tornasse lama!... O álcool é a essência do amor uma vez despido de seus ouropéis de dor. Então, ame! Você vai conhecer a embriaguez. Embriague-se: você vai conhecer o amor."

– A vida é bela, apesar dos seus disparates.
– Ah! Ah! Deixe-me rir! Antes, é você que diz disparates!

"O guerreiro imprimiu na face do adversário um beijo franco e a paz desceu sobre a terra. O rouxinol cantou numa rama ridente: nos quatro cantos do mundo, é a festa dos apaixonados. A pomba do amor voou do Cairo para Bruxelas, passando por Paris, e foi na ternura e nos cantos que a acolheram. O sábio molhou a ponta de sua caneta no tinteiro do seu coração depositou uma revelação sagrada. E essa franja de cabelos negros que lhe caía sobre a testa é uma

Kaaba para onde se encaminham os peregrinos embriagados nas tabernas do êxtase..."

— Um livro, um copo, uma mulher e podem me jogar à deriva na água!

— Ah! Ah, Ah! Seu livro vai estragar o copo, a mulher e a água!

— Não concordamos sobre o sentido do prazer. Para você, é o divertimento, o galanteio, para mim é a seriedade absoluta! Essa embriaguez que lhe enfeitiça a mente, mas é o segredo, o objetivo supremo da vida! O álcool só é o alegre mensageiro dele, a imagem sensível e acessível. E assim como o pássaro prenuncia a invenção do avião, o peixe a do submarino, o vinho deve ser o guia da felicidade humana. Todo o problema se resume a isso: como fazer da vida uma embriaguez de todos os momentos sem recorrer ao álcool? A resposta não está nem na luta, nem na atividade construtiva, nem no assassinato, nem na competição, nem no esforço. Esses são meios, não fins. Só atingiremos a felicidade quando cessarmos de explorar esses meios, quaisquer que sejam, a fim de vivermos uma vida intelectual e espiritual pura e sem mistura. Eis o tipo de felicidade cujo modelo o álcool nos oferece. Então, já que todo ato é só um meio de chegar lá, ele não leva a nada: ele é o resultado supremo!

— Deus o amaldiçoe!

— Por quê?

— Eu esperava que a bebedeira fizesse de você um interlocutor divertido, mas parece mais um doente cuja enfermidade foi agravada pelo álcool. De que é que você vai me falar ainda depois do terceiro copo?

— Vou parar por aqui. Estou feliz agora e capaz de interpelar a primeira mulher que me agradar.

— Não quer esperar mais um pouco?

— Nem um minuto mais!

Ele se foi, confiante e decidido, segurando o amigo pelo braço, levado por todo um fluxo humano que, numa rua tortuosa, pequena demais para sua multidão, chocava-se com outro, vindo em sentido contrário. As cabeças viravam ora para a direita, ora para a esquerda. Dos dois lados, as prostitutas, de pé e sentadas, mexiam e remexiam os olhos provocadores e acolhedores, em rostos de cores berrantes. Não se passavam dois segundos sem que um homem não escapasse do fluxo para juntar-se a uma delas, que logo desaparecia com ele, depois de ter trocado o olhar da sedução pelo da seriedade e do trabalho. Os lampiões, nas portas dos hotéis e dos cafés, riscavam a rua com estrias brilhantes acima das quais as fumaças dos fornilhos e dos cachimbos d'água se tornavam espessas como nuvens. As vozes primeiramente se entrechocavam para depois se fundirem num turbilhão barulhento que arrastava em seu redemoinho risos e gritos; rangidos de portas e de janelas, queixas do piano e do acordeão, batidas de mãos em cadência, gritos do guarda, roncos e barulhos de nariz, tosses dos fumadores de haxixe, arquejos dos bêbados, gritos de socorro vindos de parte alguma, entrechoques de bengalas, cantos solitários e cantos em coro... E acima: o céu, pairando acima dos terraços dos casebres, olhava a terra com olhos imóveis. Cada bela, aqui, podia ser comprada. Ela dava sua beleza e seus mistérios por 10 piastras, não mais. Quem poderia acreditar antes de ver?

— Olhe – disse ele a Ismail –, Harun al-Rashid se pavoneia no seu harém!

— Você ainda não encontrou uma serva para o seu gosto, comendador dos crentes? – perguntou-lhe o outro, rindo.

Kamal mostrou uma casa com o dedo.

— Ela estava ali – disse ele – de pé, diante dessa porta que está vazia. Para onde ela foi?

— Para dentro com um cliente, comendador dos crentes! Se nosso amo quiser esperar que um de seus súditos tenha satisfeito sua vontade...

— E você, já encontrou o que queria?

— Já estou acostumado de longa data com esta rua e essas pessoas. Mas não irei aonde o dever me chama antes de ter colocado você nos braços de sua companheira. Que foi que lhe agradou nela? Encontram-se facilmente outras bem mais bonitas que ela!

"Ela tinha a pele morena e não se escondia em nenhuma maquiagem... Havia alguma coisa em sua voz que me lembrava de longe aquela música eterna... Diabos, é isso! Por que o olho não poderia encontrar semelhança entre a tez de um enforcado e o azul do céu?"

— Você a conhece?

— Aqui chamam-na de Warda, mas o nome verdadeiro dela é Ayucha.

"Ayucha... Warda... Ah, se a gente pudesse mudar de pessoa como de nome! A própria Aída tem semelhança com a dupla Warda-Ayucha, com a religião também, com Abd el-Hamid bei Sheddad e as grandes esperanças... Ahhh! Sim, mas o álcool o eleva ao trono dos deuses e você os vê de lá de cima se debaterem nos turbilhões de uma farsa hilariante, dignos de piedade..."

— É a sua vez! — exclamou subitamente Ismail, tocando-lhe o lado com o cotovelo.

Ele se virou para a porta e viu um homem deixar a casa apressadamente e a mulher retomar sua posição, tal como ele a tinha visto na primeira vez. Num passo firme, ele se dirigiu para ela e ela o recebeu com um sorriso. Ele entrou então e ela o seguiu cantando: "Abaixe um pouco a marquise com medo da cara dos vizinhos!"

Ele se achou diante de uma escada estreita, começou a subir os degraus, com o coração acelerado, até que chegou a um corredor que levava a um salão. Atrás dele, ouvia a voz da mulher que lhe dizia: "À direita!..." "À esquerda!... "Logo ali, na porta entreaberta!"

Era um pequeno quarto coberto com papel de parede, com uma cama, uma penteadeira, um guarda-roupa, uma cadeira de madeira, uma bacia e uma jarra. Ele parou no meio do quarto, constrangido, com os olhos fixos nela.

Ela mesma se encarregou de fechar a porta, depois a janela de onde subia um barulho de tamborim acompanhado de flauta e de batidas de mãos. Entrementes, seu rosto tinha se tornado sério, severo, hostil até. A tal ponto que ele se perguntou, rindo, que peça ruim ela estava para lhe pregar!

A mulher ficou parada na frente dele e pôs-se a examiná-lo atentamente. No momento em que seus olhos passaram pela cabeça e pelo nariz dele, uma angústia o dominou. Querendo vencê-la, ele se aproximou dela abrindo os braços. Mas, num gesto brusco, ela lhe fez sinal para ter paciência, dizendo-lhe: "Espere!" Ele ficou onde estava, imóvel... Todavia, firmemente decidido a vencer todos os obstáculos, ele disse num sorriso, com uma espécie de ingenuidade:

— Eu me chamo Kamal!

— Muito prazer... – respondeu ela, olhando-o espantada.

— Deixe-me ver... Me chame de... Kamal!

Seu espanto aumentou!

— E para que você quer que eu o chame, quando você está aí parado na minha frente como uma calamidade?

"Deus me livre, você acha que ela está caçoando?"

Decidido a salvar a situação, ele perguntou:

— Você me disse para eu esperar... Mas esperar o quê?

— Ah, sim! A isso você tem direito.

Com essas palavras, ela se despiu num requebro acrobático, depois pulou na cama, que estalou sob seu peso, e deitou-se de costas, acariciando-se o ventre com a ponta de seus dedos finos pintados com hena. Ele a mirou com seus grandes olhos assustados. Não esperava por esse número de circo! Sentiu que ela e ele não estavam perfeitamente sintonizados. Porque, que distância havia entre o prazer e a o trabalho! No espaço de um segundo acabava de desmoronar o que sua imaginação tinha levado anos a construir. O gosto amargo da repulsa começou a correr em sua saliva. No entanto, seu desejo de descoberta não tinha esmaecido. Esforçando-se para vencer sua perturbação, passeou seu olhar sobre essa carne nua e pareceu por um instante não acreditar no que via. Numa sensação de mal-estar e de nojo, ele forçou o olhar até sentir uma espécie de medo. Era essa a verdade ou ele tinha escolhido mal seu modelo? No entanto, por mais defeituosa que fosse sua escolha, isso mudava alguma coisa na essência?

"E nós nos acreditamos apaixonados pela verdade! Como foram injustos com sua cabeça e com seu nariz!"

Apoderou-se dele um desejo de fugir. Ia sucumbir a ele quando se perguntou, subitamente, por que o homem que o antecedera não tinha fugido. E depois, o que diria a Ismail quando voltasse a encontrá-lo? Não! Não fugiria. Não se furtaria à provação.

— O que você tem, aí parado como uma estátua?

"Era uma voz como essa que lhe fazia vibrar o coração... Seus ouvidos não o traíram. Só a ignorância! Ah! você não vai parar de rir de si mesmo. Sim, mas enquanto vencedor, não enquanto fujão. Imagine que a vida seja uma tragédia: é necessário que você tenha o seu papel nela."

— Você vai ficar assim até amanhã de manhã?

— Que tal se apagássemos a luz?... – disse ele com uma calma singular.

A essas palavras ela se sentou rapidamente na cama e disse-lhe num tom seco e desconfiado:

— Com a condição que eu veja você primeiro à luz!
— Por quê? – perguntou ele num tom de desaprovação.
— Para me certificar de que você está com boa saúde.

Numa cena que lhe pareceu cômica, ele se despiu para submeter-se ao exame de saúde. Depois, o quarto ficou mergulhado na escuridão...

Quando ele voltou para a rua, era um coração enfraquecido e cheio de tristeza que batia em seu peito. Pareceu-lhe que ele próprio e todo o restante da humanidade sofriam uma cruel decadência cujo fim estavam longe de ver.

Ele viu Ismail que caminhava ao seu encontro, satisfeito, brincalhão, esgotado:

— Então como é que fica a filosofia? – perguntou-lhe este último.

Sem lhe responder, Kamal pegou-o pelo braço e arrastou-o consigo perguntando-lhe num tom sério:

— Todas as mulheres são iguais?

Como o rapaz o olhasse surpreso, Kamal explicou-lhe brevemente suas dúvidas e temores.

— Grosso modo, no fundo, sim – respondeu Ismail sorrindo –, mesmo se o invólucro varia. Você parece tão ridículo que dá pena. Devo interpretar ao vê-lo assim que você não porá mais os pés aqui?

— Claro que não, vou voltar sim, e mais freqüentemente do que você pensa. Olhe, vamos tomar um trago...

Depois, como se falasse consigo mesmo:

— A beleza... a beleza... O que é a beleza?

Nesse instante, sua alma aspirava à purificação, ao isolamento e à meditação. Ele se virou, ávido, para a lembrança dessa vida que tinha vivido no sofrimento, à sombra de sua adorada. Parecia para sempre persuadido da crueldade da verdade. Teria ele agora como princípio desistir dela?

Caminhou pensativo na direção da taberna sem quase prestar atenção ao falatório de Ismail.

"Se a verdade é rude", disse ele para si mesmo, "a mentira é repugnante! De fato, a verdade não é tão cruel quanto é um doloroso parto, o despertar da ignorância. Corra atrás da verdade, persiga-a até perder o fôlego. Suporte a dor para você se recriar. Uma vida será necessária para que você apreenda essas noções, uma vida de esforço entrecortada por momentos de embriaguez..."

NAQUELA NOITE, Kamal chegou sozinho à viela, com a alma alegre, cantarolando em voz baixa, seguro de si, abrindo com tranqüilidade um caminho através do fluxo tumultuado dos passantes. Embora não encontrasse Warda à frente de sua porta, não hesitou, contrariamente aos primeiros tempos, e sem mais delongas se dirigiu direto para a casa onde entrou sem ser convidado, depois subiu a escada até o corredor. Espichou o pescoço para olhar e, vendo a porta fechada assim como uma luz que aparecia pelo buraco da fechadura, virou em direção a uma sala de espera que, por felicidade, encontrava-se vazia, e sentou-se numa poltrona de madeira, esticando as pernas, descontraído. Ao cabo de alguns minutos, ouviu o ranger da porta que se abria e aprumou-se num pulo, pronto a levantar-se. O cliente, como o deixava presumir o barulho dos passos, abandonou o quarto atingindo a escada. Esperou ainda alguns instantes, depois se levantou e encaminhou-se para o corredor. Então, pela porta aberta, viu Warda arrumando a cama. Ela sorriu ao vê-lo, e ordenou-lhe que voltasse a sentar-se por um breve instante. Ele deu então meia-volta, com um sorriso confiante, próprio do cliente que ultrapassou com sucesso a etapa de observação. Não havia passado um minuto desde que voltara a sentar-se quando ouviu um barulho de passos subindo a escada. Ouviu-o com angústia, detestando ter de suportar a espera na companhia de mais alguém. Mas o visitante se dirigiu diretamente para o quarto de Warda, que ele logo ouviu dizer-lhe, num tom amável:

– Já tenho alguém. Se quiser me esperar no outro quarto...

Depois, ergueu a voz para chamá-lo.

– Venha! – disse-lhe ela.

Ele se levantou, deixou a sala de espera num passo decidido e, no corredor, se encontrou cara a cara com... Yasine!

Seus olhares se cruzaram num momento de estupor. Imediatamente, Kamal baixou os olhos, morrendo de vergonha, de embaraço e de perturbação. Ia fugir, mas Yasine cortou-lhe o ímpeto caindo numa gargalhada tonitruante que ressoou formidavelmente de um extremo a outro do corredor. Kamal ergueu os olhos para ele e viu-o com os braços abertos, exclamando com alegria:

– Que noite de festa! Que dia feliz!

E repetiu a saudação numa poderosa gargalhada. Kamal ficou a olhá-lo estupefato, depois, descobrindo no irmão as marcas de uma alegria sincera, recompôs-se e seus lábios esboçaram um sorriso indeciso. Readquiriu a autoconfiança, embora ainda tivesse vergonha.

– Ah! que noite feliz! – disse Yasine envaidecido. – Hoje, quinta-feira, 30 de outubro de 1926! Sim, que noite feliz! Doravante devemos festejá-la todo ano. Porque ela viu dois irmãos se descobrirem um ao outro; nela foi provado que o caçula da família caminha carregando o estandarte de suas nobres tradições no mundo dos prazeres!...

Nesse ínterim, Warda chegou, perguntando a Yasine:

— Um amigo seu?

— Não! Meu irmão – respondeu ele, rindo. – O filho do meu pai e de minha... Não, de meu pai só! Já se deu conta de que você é a querida da família, sua porcona?

— Parabéns – resmungou ela.

Depois, dirigindo-se a Kamal:

— As regras da educação exigiriam que você desse sua vez ao seu irmão mais velho, meu gostosão.

Yasine caiu na risada e exclamou:

— Educação!... E você, onde foi que você aprendeu as regras da trepada? Não, e você já viu um rapaz esperar o irmão na porta? Ha! Ha! Ha!

— É isso – disse ela num olhar de alerta –, ria com sua voz de carroceiro para atrair a polícia, seu beberrão! Mas você é desculpável, já que o franguinho do seu irmão só vem me ver trocando as pernas.

Yasine se virou para Kamal e, fixando nele um olhar admirado:

— Você sabe dessas coisas também? – disse-lhe ele. – Meu Deus! Nós somos irmãos de verdade! No verdadeiro sentido do termo! Deixe-me cheirar o bafo da sua boca. Oh, não! Não vale a pena, "o bafo de um bêbado nada diz a um ébrio"! Mas me diga aí, a propósito, que é que você acha dessa sabedoria que a vida e não os livros lhe ensinou?

Depois, mostrando Warda:

— Nada mais do que uma visita a essa sacana aí vale certamente a leitura de dez livros proibidos, não? Ah, então, meu Kamal, você é chegado a uma garrafa! Quem diria! Somos amigos de sempre. Fui eu o primeiro que lhe ensi...

— Em nome de Deus! Vou ficar esperando assim até amanhã de manhã?

A essas palavras, Yasine empurrou Kamal, dizendo-lhe:

— Vá com ela, eu fico esperando...

Mas Kamal recuou, sacudindo a cabeça numa recusa obstinada. Depois, decidindo-se enfim a falar.

– Não, não! Não... não esta noite!

A essas palavras, ele enfiou a mão no bolso e tirou uma moeda de meio rial* que entregou à mulher.

– Viva a grandeza de alma! – exclamou Yasine com admiração. – De qualquer modo, não vou deixar você...

Então, ele saudou Warda com uma carícia no ombro dela, depois, pegando Kamal pelo braço, saíram, deixando o estabelecimento.

– Isso tem de ser comemorado – disse Yasine. – Vamos nos sentar num bar. Normalmente vou à rua Mohammed Ali com um bando de funcionários e outros tipos. Mas o lugar não é conveniente para você. E além do mais é muito longe. Vamos escolher antes alguma coisa na esquina, para que a gente possa voltar cedo para casa. É que, como você, faço questão de voltar cedo para casa desde o meu último casamento. Mas... onde é que você foi encher a cara, seu malandro?

– No Finish – resmungou Kamal envergonhado.

– Perfeito! Vamos para lá. Aproveite bem o tempo que lhe resta! Amanhã, quando se tornar professor, esse bairro com suas "casas" e tabernas, vai acabar com você.

Depois, rindo:

– Não vê que você pode encontrar com um dos seus alunos? Mas há muito com que se distrair em outros lugares, e tudo isso você vai conhecer cada vez melhor...

Caminharam em silêncio em direção ao Finish.

Por felicidade, os laços entre os dois irmãos não tinham se afrouxado depois que Yasine abandonara a velha casa. Não havia cerimônias entre os dois, já que Yasine, por natureza,

---

*Isto é, 10 piastras.

não dava muita importância a suas prerrogativas de irmão mais velho. Por outro lado, o fato de estar sempre com o irmão, de ver de perto sua maneira de viver, de ouvir o que diziam dele, tinha convencido Kamal de que ele tinha a paixão pelas mulheres e o gosto pelas aventuras galantes. Todavia, como nunca chegou a imaginá-lo bêbado ou vagando pelos becos, ficou estupefato por encontrá-lo na casa de Warda. Mas pouco a pouco o efeito da surpresa começou a dissipar-se e sua perturbação começou a esvair-se para dar lugar a uma sensação de quietude e até de alegria.

Encontraram o Finish lotado de gente. Por isso Yasine propôs que fossem sentar-se do lado de fora e, a fim de se isolarem o máximo possível da massa de fregueses, ele escolheu uma mesa na beira da calçada, na esquina da rua, à qual se sentaram, um diante do outro, com um sorriso nos lábios...

– Você bebeu muito?

– Dois copos – respondeu Kamal, depois de um tempo de hesitação.

– Não há dúvida de que o nosso encontro-surpresa já expulsou o efeito desses copos. Vamos consertar isso. No que me diz respeito, não sou um grande bebedor. Sete, oito copos...

– Puxa vida! Se não é isso que se chama grande bebedor!

– Não fique espantado como um palerma. Você não é mais um bobo.

– Para lhe dizer a verdade, há pelo menos dois meses eu nem sabia que gosto o álcool tinha.

– Dois meses? – espantou-se Yasine num tom de censura. – Parece que eu o superestimei!

Ambos caíram na gargalhada. Depois, Yasine pediu dois novos uísques e perguntou a Kamal:

– E quando foi que você conheceu Warda?

— Na mesma noite em que conheci o uísque.

— E que experiência você tem com mulheres, à exceção de Warda?

— Nenhuma...

Yasine inclinou-se para o irmão e, olhando-o por baixo, com uma severidade bonacheirona:

— Não banque o idiota – disse. – Não me enganei, numa certa ocasião, com suas manobras com a filha de Abu Sari, o assador de pevides... Olhadelas daqui, sinaizinhos com a mão dali... Hein, hein? Essas pequenas coisas não escapam aos olhos experientes, hein, seu sacana? Mas sem dúvida você se contentou com esse joguinho superficial para não se ver obrigado a entrar na família do pai Abu Sari, como minha ex-sogra com Bayuni, o mercador de sopa? Hein? E ele acabou proprietário e seu vizinho mais próximo. Onde é mesmo que Maryam foi se esconder? Ninguém tem nenhuma notícia. O pai dela era um bom homem. Você se lembra do Sr. Mohammed Ridwane? Olhe só o que a casa dele se tornou! É preciso que uma mulher não preste mesmo para fazer tão pouco caso da moral!

Kamal não pôde deixar de rir, ao perguntar:

— E o homem? Você não acha que ele tem sua parte nessa história?

Yasine deu uma risada forte e replicou:

— O homem não é a mulher, seu língua de víbora! Diga-me aí: como vai a sua mãe? Essa boa mulher ainda está chateada comigo, mesmo depois que eu repudiei Maryam?

— Oh! Certamente ela já esqueceu isso tudo... Ela não guarda rancor, você sabe disso.

Yasine concordou com essas palavras e balançou a cabeça, chateado. O garçom chegou com as bebidas e os tira-gostos. Imediatamente Yasine levantou seu copo, dizendo:

— À linhagem Abd el-Gawwad!

Kamal levantou o seu e esvaziou-o até a metade, na esperança de recuperar a alegria.

– Eu achava – continuou Yasine, pondo na boca um pedaço de pão preto com queijo – que, com nosso irmão morto, você estaria mais perto do caráter da sua mãe. Eu o via na direção de uma vida de rigidez e de retidão. Mas você... ou antes, nós...

Kamal lhe lançou um olhar interrogador e Yasine concluiu:

– ... nós puxamos mais ao nosso pai.

– Nosso pai? É a mesma rigidez que torna a vida impossível!

Yasine caiu na gargalhada, e depois, após uma curta pausa, disse:

– Vejo que você não conhece o seu pai – disse. – Eu também ignorava como você quem ele era. E depois ele me apareceu sob o aspecto de um outro homem, como poucos a vida mostra.

Ele calou-se. Kamal perguntou então, movido pela curiosidade:

– Que é que você sabe dele que eu não sei?

– Sei que ele é o imame* da *finesse* e da volúpia! Mas... não fique me olhando com esses olhos de espanto. Não pense que estou bêbado. Eu lhe digo que seu pai é o marabu da pândega, da volúpia e do amor!

– Meu pai?

– Ele se revelou a mim pela primeira vez na casa de Zubaida, a almeia...

– Zubaida o quê? Ha! Ha! Ha!

---

*Sacerdote muçulmano responsável por dirigir as preces numa mesquita. (N. do E.)

Mas o rosto de Yasine inspirava o mínimo possível a brincadeira. Kamal parou de rir. Logo as marcas da alegria o abandonaram; sua boca começou a apertar-se, depois a mordiscar-se. Então, sem dizer uma palavra, com os olhos fixos devotadamente no irmão, ele ouviu este último contar-lhe em detalhes o que tinha visto e ouvido com relação ao pai. Yasine caluniava deliberadamente o pai? Como seria possível? Que razões podiam justificá-lo? Não, Yasine falava com conhecimento de causa. Seu pai então era isso? Meu Deus! E sua seriedade? E sua majestade? E sua dignidade?

"Se você ouvir alguém lhe dizer amanhã que a Terra é plana ou que o homem vem de Adão, não se espante e nem fique perturbado com isso!"

— E mamãe sabe disso?

— Certamente ela sabe pelo menos que ele bebe – respondeu Yasine rindo.

"Que efeito isso teria, logo ela que se transtorna à toa? Mamãe ficaria como eu: felicidade por fora, desgraça por dentro?."

Como se forjasse para o pai meios de defesa em que não acreditava, ele afirmou:

— Sabe, as pessoas adoram exagerar! Não vamos acreditar em tudo que afirmam. E depois a saúde dele prova que é um homem moderado na vida...

— É um prodígio! – replicou Yasine admirado, fazendo sinal ao garçom para servir outra rodada. – O corpo dele é um prodígio, o espírito dele é um prodígio, tudo nele é um prodígio, até mesmo os berros dele. – Ambos riram em coro. – E você veja só que, não contente com isso, ele governa a casa da maneira que você sabe, conservando a alta estima e o respeito de que você é testemunha. Oh, que verme eu sou comparado a ele!

"Insista nesses prodígios! Você está aqui bebendo na companhia de Yasine. Seu pai é um velho depravado. Há um real e um irreal? Que relação há entre o que é e o que nós cremos? Qual é o valor da história? Que relação há entre Aída ídolo e Aída grávida? E eu quem sou? Por que sofri essa dor atroz de que ainda não estou curado? Seria melhor você rir... Rir até morrer..."

— Que é que aconteceria se ele nos visse nessa mesa aqui?

Yasine estalou o indicador, e respondeu:

— Deus nos livre!

— E essa Zubaida é mesmo bonita?

Yasine, como resposta, assobiou, mexendo as sobrancelhas.

— Você não acha que é injusto que nosso pai se banqueteie com os melhores pedaços enquanto nós só comemos as tripas?

— Espere a sua hora. Você só está começando.

— Conhecer a vida secreta dele não fez você mudar de atitude?

— Muito pelo contrário!

— Ah! Se ao menos ele pudesse nos legar uma parcela de seu charme!

— É verdade.

— Nosso caso não poderia ser mais miserável do que é.

— Amar as mulheres e a bebida não tem nada de miserável.

— E como você explica o comportamento dele com relação à fé?

— Eu sou descrente? Você é descrente? Os califas eram descrentes? Deus é clemente e misericordioso!

"O que meu pai poderia responder? Como eu ardo de desejo para discutir sobre isso com ele! Pode-se supor tudo, menos que ele seja hipócrita. Não, não, não é um hipócrita! Veja só, começo a gostar dele mais ainda agora!..."

Como o último gole de uísque despertou nele a vontade de brincar, ele disse:

— Pena que ele não tenha aprendido a arte da comédia!

Yasine caiu na gargalhada e respondeu:

— Se soubesse que a vida que se oferece aos comediantes é cheia de mulheres e de bebidas, ele dedicaria a vida à arte!

"É do Sr. Ahmed Abd el-Gawwad que a gente está zombando assim? Afinal, o próprio Adão já passou por isso, por que não ele? No entanto, foi o acaso e só o acaso que lhe abriu os olhos. Esse mesmo acaso que desempenhou na sua vida um papel capital. Se eu não tivesse encontrado Yasine por acaso na viela, o véu da ignorância não teria sido afastado dos meus olhos. Se Yasine, apesar de sua falta de cultura, não tivesse aguçado meu gosto pela leitura, eu estaria hoje na faculdade de medicina, como papai queria. Se eu tivesse entrado em al-Saidiyya em lugar de Fuad I, eu nunca teria conhecido Aída! E se eu nunca tivesse conhecido Aída, eu seria um outro homem, o universo seria um outro universo. E dizer que, depois disso, alguns se comprazem em censurar Darwin o fato de se ter fundamentado no acaso para explicar o mecanismo de sua teoria!"

— A vida não parou de lhe ensinar — disse Yasine num tom doutoral.

Depois, virando contra si próprio a ironia:

— Eis que ela me ensina a ter o meu prazer cedo, no início da noite, para não despertar suspeitas na minha esposa.

Vendo os olhos interrogadores e sorridentes de Kamal, ele balançou a cabeça e prosseguiu:

— Das minhas três mulheres é ela que tem mais caráter. Tenho a impressão de que nunca me separarei dela...

Ao ouvir isso, Kamal lhe perguntou, aparentando preocupação, apontando com o braço o lado da viela:

– Por que você veio até aqui, se já está no seu terceiro casamento?

E Yasine repetiu, cantarolando, aquela passagem célebre da canção que Kamal tinha ouvido pela primeira vez na noite do casamento de Aisha:

– Porque é assim... porque é assim... porque é assim! – Depois, num sorriso, acrescentou, um pouco incomodado: – Zannuba me disse uma vez: "Você? Você não sabe o que é o casamento. Você sempre o considerou como uma espécie de divertimento amoroso. Já é tempo de você encará-lo sob o ângulo da seriedade!" Você não acha isso extraordinário vindo de uma tocadora de alaúde? Mas ela parece mais dedicada que as outras duas à vida conjugal. Ela está bem decidida a permanecer minha esposa até o meu último suspiro. Apesar disso, não posso resistir às mulheres. Fico apaixonado por elas tão depressa quanto me canso delas! Eis por que vou cedo para esses lugares para satisfazer a vontade, sem me comprometer em relações duráveis. E eu tinha mesmo de estar saturado para ir atrás de uma mulher em Darb Tayyab!

– Por quê? Ela não era como as outras? – perguntou Kamal bastante interessado.

– Não! Era uma dessas mulheres sem coração, para quem o amor é apenas uma mercadoria.

– O que você vê de diferente entre uma mulher e outra? – prosseguiu Kamal, com os olhos brilhantes de esperança.

Yasine sacudiu a cabeça com altivez, orgulhoso da importância que as perguntas de Kamal lhe conferiam.

– Pois bem... – declarou, num tom de especialista – o lugar de uma mulher na hierarquia feminina se determina em função de suas qualidades morais e sentimentais, sem falar de sua família e de sua situação pessoal. Zannuba, por exemplo, é superior a Zainab a meu ver porque é mais sentimental, mais dedicada e mais presa à vida conjugal. Mas, afinal de contas, você percebe que todas elas se parecem. Viva com a rainha Balkis* em pessoa, e você acabará obrigatoriamente por ver nela o mesmo espetáculo e a mesma lengalenga monótona...

A esperança apagou-se nos olhos de Kamal. Aída tinha se tornado um espetáculo costumeiro e monótono?

"O que há de mais inconcebível do que essa hipótese? Mas você está apenas confuso por causa dessa descoberta repentina... e só a idéia de aceitar a decadência dela lhe causa um enorme pesar. É algo de enlouquecer pensar que o ídolo por quem sua alma suspira saiba um dia que o tempo fez dela um espetáculo banal e monótono. E depois não seria melhor assim, afinal? Tanto que às vezes o desejo me queima tão forte que eu me surpreendo a implorar a lassidão, exatamente como Yasine. Então, em desespero de causa, levante a cabeça para o Senhor dos céus e peça-lhe uma solução feliz..."

— Você nunca amou?

— E em que é que estou mergulhado até o pescoço então?

— Quero dizer um amor verdadeiro, não essas centelhas de desejo passageiras.

Yasine esvaziou seu terceiro copo, enxugou a boca com as costas da mão, e respondeu, torcendo o bigode:

— Não me queira mal, mas, para mim, o amor está limitado a lugares bem precisos: a boca, as mãos... e o restante!

---

*Nome dado no Islã à rainha de Sabá.

"Yasine é um rapaz bonito. Ela não teria razão nenhuma para zombar da cabeça e do nariz dele. Mas falando assim ele parece queixar-se. Como se o homem não pudesse ser homem a não ser com a condição de amar. No entanto, para que serve o amor e ao que me levou o amor senão ao sofrimento?"

– Não acredite no que dizem do amor nos romances – continuou Yasine apressando Kamal a esvaziar o copo. – O amor é o sentimento de alguns dias; na melhor das hipóteses, de algumas semanas...

"Você faz injustiça à eternidade! No entanto, o amor não pode ser esquecido? Não sou mais como antes. Fujo do inferno do sofrimento, a vida me atrai por um momento, depois eu caio de novo na fossa... Ontem mesmo a morte era meu horizonte. Hoje uma vida é possível, mesmo que seja sem esperança... O mais belo é que você se insurge contra a idéia do esquecimento, toda vez que ela lhe passa pela cabeça. Como se você fosse a presa do remorso; como se você temesse que aquilo o que você mais santificou abortasse uma quimera ou recusasse que a mão do aniquilamento tocasse nessa parte de vida maravilhosa sem a qual você se tornaria um ser que nunca existiu. No entanto, você não se lembra de por que abria as suas mãos em prece, suplicando a Deus para arrancá-lo do sofrimento e lhe inculcar o esquecimento?"

– Sim, mas no entanto o verdadeiro amor existe. Pode-se ler as peripécias do amor nos jornais, ou nos romances.

Yasine esboçou um sorriso zombeteiro.

– Embora eu esteja atormentado pela paixão – disse ele – não reconheço esse amor aí. Os dramas cujos ecos você lê na imprensa dizem respeito, efetivamente, a jovens sem experiência da vida. Você ouviu falar de Majnoun

Laila?* Deve haver rivais nesse tipo de histórias. Com a diferença de que Majnoun nunca se casou com Laila. Mostre-me um único homem que tenha enlouquecido de amor por sua mulher. Infelizmente!... Não, os maridos têm mesmo a cabeça no lugar, mesmo que se recusem a admitir. Quanto às mulheres, elas começam a perdê-la com o casamento, já que a ambição delas não é nada menos do que devorar o marido. E tenho a impressão de que é mais a loucura que torna os loucos apaixonados do que o amor que torna os apaixonados loucos. Você os vê falar da mulher como se falassem de um anjo. Ora, uma mulher é sempre apenas uma mulher. Um prato delicioso do qual a gente logo se farta. Que eles passem somente uma noite com ela para vê-la despertar, sentir o cheiro de suor... sem falar dos outros cheiros, e que me venham falar de anjo depois disso! O encanto da mulher é somente uma fachada ou um instrumento de sedução destinado a pegá-lo na armadilha. E uma vez que você cai na armadilha, é aí então que a criatura humana de carne e osso aparece para você sob o seu verdadeiro aspecto. Eis por que a perspectiva das crianças, da devolução do dote, e também da pensão alimentícia em caso de divórcio são os verdadeiros segredos da solidez do casamento, não a beleza ou o encanto da esposa...

"Ele mudaria rapidamente de opinião se visse Aída. Contudo, você tem de repensar a questão do amor. Você o olhava como uma saudação angélica, mas para você os anjos não existem mais. Procure antes a essência do homem e

---

*Lit. *Le Fou de Laïla,* romance que conta a história do poeta Qais, que se tornou um louco errante no deserto depois que sua amante Laila, que compartilhava dos seus sentimentos, foi obrigada pelo pai a casar-se com outro.

integre-a às verdades filosóficas e científicas que você anseia por descobrir. É por aí que você compreenderá o segredo da sua infelicidade e que você exumará finalmente o mistério enterrado de Aída. Você não achará um anjo, mas as portas do êxtase se abrirão diante de você de par em par. Mas... os desejos... a gravidez, o espetáculo banal, os odores ruins... Oh! miséria! É um não acabar mais!..."

— O homem é uma criatura imunda — disse Kamal com uma amargura que escapou à atenção do irmão. — Não poderiam tê-lo criado melhor e mais limpo do que é?

Yasine ergueu a cabeça, com os olhos perdidos no vazio, e disse, animado por uma estranha felicidade:

— Meu Deus, meu Deus... minha cabeça arde em chamas e se transforma em canção. Meus braços, minhas pernas são instrumentos de música, o mundo é belo, os seres são caros ao meu coração, o ar é doçura, a verdade, ilusória e a ilusão, verdade. Os aborrecimentos? Balela! Meu Deus, meu Deus... como o álcool é maravilhoso, Kamal! Deus o abençoe e nos dê forças para bebê-lo até o fim de nossos dias. Infeliz de quem fala mal dele ou espalha mentiras sobre ele. Curta essa doce embriaguez. Feche os olhos. Já sentiu delícia semelhante? Meu Deus, meu Deus, meu Deus...

Depois, abaixando de novo a cabeça, virando-se para Kamal:

O que você dizia, meu filho? O homem é uma criatura imunda? O que eu disse das mulheres o chocou? Não disse isso para você ter nojo delas. Na verdade eu as adoro. Adoro-as como elas são. Só quis lhe provar que a mulher com cara de anjo não existe. Nem sei, aliás, se eu a amaria se ela existisse. Olhe aqui, eu, por exemplo, como papai, gosto de bundas grandes! Pois bem, se os anjos tivessem bundas grandes, não poderiam voar. Compreenda-me bem, palavra de Ahmed, nosso pai!

Kamal não demorou a juntar-se a ele na embriaguez.

— Como o mundo parece amável quando o vinho se derrama na alma – disse ele.

— Deus abençoe suas palavras! Até a lengalenga que o mendigo das ruas cantarola se torna um encanto para os ouvidos,..

— Até os nossos problemas parecem que não são nossos, mas do vizinho...

— Não é como a mulher do vizinho: ela é que parece que é nossa.

— As mulheres e os problemas, meu irmão, tudo é a mesma coisa.

— Meu Deus, meu Deus... não quero descer dessas alturas...

— O que há de ignóbil na vida é que ela não nos permite manter a embriaguez tanto tempo quanto quiséssemos.

— Saiba, para seu governo, que não considero a embriaguez como uma brincadeira, mas como um fim supremo, no mesmo nível do conhecimento ou do ideal.

— Neste caso, sou um grande filósofo.

— Quando você acreditar no que eu disse, não antes.

— Deus lhe dê longa vida, papai: você gerou dois filósofos iguais a você!

— Por que o ser humano parece tão infeliz quando o melhor que ele tem a fazer é pedir um bom copo... e uma mulher! E elas, não fazem falta também?

— Sim. Por quê?... Por quê?...

— Vou lhe responder depois que tiver bebido mais um copinho.

— Nem pensar – objetou Yasine numa voz que denunciava um clarão de súbita lucidez. – Nada de abusos! – disse ele num tom de advertência. – Essa noite sou seu parceiro, tenho de zelar pela salvação da sua alma. A propósito, que horas são?

Tirou o relógio do bolso, lançou-lhe uma olhadela, e exclamou:

– Meia-noite e meia! Que desastre, meu caro! Estamos atrasados, nós dois... A você é o papai que espera, e a mim é Zannuba! Vamos, vamos embora!

Deixaram o bar e entraram num veículo que os levou em direção à praça de al-Ataba e depois, varando a escuridão, contornou o muro do Ezbekiyyé. De vez em quando surgia um transeunte fugidio, um outro que cambaleava. Em cada cruzamento, levado por uma brisa fresca, ressoava o eco de uma canção, enquanto acima das casas e das grandes árvores do jardim velavam as estrelas cintilantes...

– Essa noite – riu Yasine – posso jurar, sem medo de mentir, que não estou voltando cedo para casa!

– Espero chegar antes de papai – disse Kamal, angustiado.

– O medo é a pior das misérias. Viva a rebelião!

– Sim. Viva a rebelião!

– Abaixo a esposa tirânica!

– Abaixo o pai tirânico!

KAMAL BATEU À PORTA com pancadinhas leves, até que aparecesse a silhueta de Oum Hanafi. Assim que o reconheceu, a mulher disse-lhe, baixinho:

– Meu amo está na escada...

Ele esperou atrás da porta o tempo necessário para certificar-se de que o pai tinha subido. Mas logo a voz dele ressoou do meio da escadaria, perguntando num tom ríspido:

– Quem bateu?

Seu coração pôs-se a martelar no peito e ele se viu obrigado a sair de onde estava para responder:

– Fui eu, papai...

No mesmo instante, ele percebeu a sombra do pai no patamar do primeiro andar, assim como a luz da lamparina que Amina estendia do alto dos degraus. Olhando-o por cima do lance da escada, Ahmed Abd el-Gawwad perguntou ao filho, com espanto:

— Kamal? Que foi que o reteve fora de casa até uma hora dessas?

"A mesma coisa que você..."

— Fui ao teatro — disse ele com apreensão — para ver a peça incluída no nosso programa este ano...

— Quer dizer que então agora se estuda também nos teatros? — rugiu o pai encolerizado. — Já não lhe basta ler e aprender? Patacoadas isso tudo! E, em primeiro lugar, por que não me pediu permissão?

Kamal parou a alguns degraus do lugar em que o pai estava, e respondeu:

— Eu não imaginava que a peça iria se prolongar até tão tarde...

— Sei, pois bem, trate de encontrar outras maneiras de estudar e pare com essas desculpas estúpidas!

Então, ele continuou a subir a escada resmungando imprecações de que Kamal pôde entender alguns fragmentos do tipo: "Fazer revisão nos teatros até o meio da noite!..." "Uma hora da manhã!..." "Até os garotos já estão começando!..." "Maldito seja e também a sua maldita peça incluída no programa!..."

Assim que o pai se foi, Kamal subiu a escada até o último andar, entrou no salão, onde pegou uma lamparina que o esperava acesa numa mesinha de centro, depois entrou no seu quarto com a expressão entristecida. Colocou a lamparina em cima da mesa, em cuja borda ele se apoiou com as duas mãos, interrogando-se sobre a data da última injúria que o pai lhe tinha lançado. Embora não se lembrasse exatamente, estava certo, contudo, de que todo o tempo de seus estudos superiores tinha transcorrido na calma e na dignidade. Eis por que aquele "maldito seja", embora não lhe tivesse sido dirigido diretamente, lhe deixara uma impressão dolorosa.

Afastou-se da mesa, tirou o fez, depois começou a retirar as roupas, quando, subitamente, começou a sentir vertigens e convulsões no estômago; precipitou-se para o banheiro, onde, numa violenta e áspera comoção, vomitou abundantemente. Alguns instantes depois, cansado, voltou para o quarto, cheio de náuseas, tomado por uma dor mais aguda e mais profunda. Despiu-se, apagou a lamparina e atirou-se em cima da cama com um suspiro de opressão e de tédio. Ao fim de alguns minutos, ouviu a porta abrir-se suavemente e a voz de Amina perguntar-lhe temerosa:

— Você está dormindo?

— Estou... – disse, no tom mais natural e mais jovial possível, a fim de afastá-la rapidamente e continuar sozinho com seu mal-estar.

Mas ele a viu na escuridão aproximar-se da cama, depois parar acima de sua cabeça para dizer-lhe, em tom de desculpa:

— Não fique magoado... Você conhece o seu pai...

— Está bem... está bem...

Depois, como se ela quisesse exprimir a própria ansiedade:

— Ele sabe que você é um rapaz sério e ajuizado. Foi por isso que ele censurou o seu atraso insólito a essa hora tardia.

A essas palavras, a cólera subiu-lhe à cabeça a tal ponto que ele não pôde deixar de replicar:

— Se ser notívago merece tantas censuras, então por que ele continua sendo?

A escuridão escondeu-lhe todo o estupor e reprovação estampadas no rosto da mãe. Ouviu-a apenas soltar uma risadinha pelo nariz, para fazê-lo crer que ela não tinha levado a sério as palavras dele.

— Todos os homens são notívagos — replicou ela. — Você também, você logo vai se tornar um homem... Mas por agora... você é apenas um estudante...

— Claro... Claro... — cortou ele no tom de quem deseja abreviar a conversa. — Não quis insinuar nada... Por que você se deu ao trabalho de vir até aqui? Vamos, vá dormir em paz...

— Tive medo de que você estivesse contrariado — disse ela com doçura. — Vou deixá-lo agora, mas prometa que vai dormir com a mente em paz. Recite a surata do Eterno para que o sono venha logo...

Ele a ouviu distanciar-se, a porta fechar-se, e escutou a voz dela dizendo: "Boa noite!"

Respirou de novo e, com os olhos abertos fixamente na escuridão, começou a acariciar o tronco e o estômago.

Agora, a vida toda tinha um gosto amargo. Para onde tinha ido a embriaguez mágica do vinho? Que melancolia esmagadora era essa que lhe tomara o lugar? Meu Deus, como se parecia com essa decepção amorosa que tinha dado fim a seus sonhos divinos! No entanto, não fosse a repreenda do pai, ele mergulharia sempre na euforia da embriaguez. Essa força colossal que ele temia acima de tudo — e, ao mesmo tempo, amava —, de que natureza era ela? Seu pai era apenas um homem e, exceto por essa natureza folgazã de que só os estranhos tinham o privilégio de conhecer, ele nada tinha de misterioso! Então, por que o temia? Até quando obedeceria ao poderio irremediável desse medo? Este, certamente, era apenas uma ilusão como todos os de que ele tinha sido vítima, mas para que lançar mão da lógica para combater um sentimento inato? Um dia, na grande manifestação que desafiava o rei aos gritos de "Saad ou a revolução", ele tinha batido com seus punhos à porta do palácio Abdine.* O rei tinha recuado e Saad pedido demissão. Mas, diante do pai, ele não era mais nada. Tudo adquiria um valor, um sentido diferente: Deus, Adão, al-Hussein, o amor, até Aída, a eternidade...

"Você disse a eternidade? Sim... A propósito do que aconteceu com o seu amor? E com Fahmi também, seu irmão mártir que é para sempre o hóspede do nada? Você se lembra daquela experiência que fez, quando tinha 12 anos, para tentar conhecer o destino desconhecido dele? Que lembrança funesta! Você roubou um pássaro do ninho, sufocou-o; com um pedaço de pano, fez para ele uma mortalha e, bem ao lado do poço, no pátio, cavou uma pequena sepultura onde o enterrou. Alguns dias ou algumas semanas depois, você abriu a sepultura e tirou de lá o cadáver... Que visão! Que fedor! Você correu para sua mãe chorando para interrogá-la sobre o destino dos mortos, de todos os mortos, e sobre o de Fahmi em particular. E só quando a viu debulhada em lágrimas é que desistiu de importuná-la... Que resta dele depois de sete anos? Que restará do amor? Quem se reconhece finalmente como seu augusto pai?"

Seus olhos habituaram-se à escuridão do quarto em cujo fundo a mesa, o cabide, a cadeira e o armário se destacavam como massas sombrias. Até o silêncio produzia barulhos obscuros. Sua cabeça enchia-se com os turbilhões febris da insônia. A vida tinha um gosto cada vez mais amargo. Perguntou-se a si mesmo se Yasine tinha adormecido, ou como Zannuba o recebera. Se Hussein tinha conseguido seu tálamo parisiense. De que lado Aída dormia agora. A barriga dela já teria crescido? O que é que se fazia

---

*Residência do rei.

na outra metade da Terra, em cujo céu o sol reinava no seu zênite? E as estrelas resplandecentes? Não haveria lá vida, uma vida isenta de dor? Podia acontecer que sua fraca queixa encontrasse eco no concerto infinito do universo?

"Papai, deixe-me abrir-lhe o meu coração! Neste novo dia em que você me foi revelado, eu não fiquei indignado com isso. Pelo contrário, o que eu ignorava de você é mais agradável para mim do que o que eu já sabia. Admiro sua graça, sua *finesse*, sua libertinagem, suas escapadelas e suas aventuras. Esse lado amável de sua personalidade, pelo qual se sentem atraídos todos os seus conhecidos, se prova alguma coisa, é a sua vitalidade, seu amor à vida e aos outros. Então, eu lhe pergunto: por que você se compraz em nos mostrar sempre essa máscara feroz e terrível? E não me diga que é em nome dos princípios da educação; ninguém é mais ignorante deles do que você! A prova é o que você vê e não vê da conduta de Yasine e da minha. O que você fez foi só nos prejudicar e nos fazer sofrer, enormemente, e isso por culpa de uma ignorância que só as suas boas intenções não poderiam desculpar. Mas, tranqüilize-se, eu amo você e o admiro sempre. Esse amor e essa admiração verão sempre em mim um servidor dedicado. No entanto, minha alma em segredo lança sobre você uma censura severa que só se compara ao sofrimento que me infligiu. Nunca conhecemos em você o amigo que os estranhos conheceram. Você que só foi para nós um juiz arbitrário, mau, tirânico! Como se o provérbio 'um inimigo inteligente vale mais do que um amigo ignorante' tivesse sido feito para você! Eis por que, mais do que tudo nesta existência, eu odiarei a ignorância. Porque ela emporcalha tudo, até mesmo os laços sagrados da paternidade. Eu preferia que você fosse um pai duas vezes menos ignorante, ainda que amasse duas vezes menos os seus filhos! Eu juro para mim mesmo que se um dia eu for pai vou ser antes um educador, um amigo para meus filhos. E, sabe, mesmo despojado dessas qualidades divinas que meus olhos iludidos inventavam antigamente para você, saiba que sempre foi amado e admirado por mim! Certamente, seu poder não é mais do que lenda! Você não é ministro como Selim bei, nem rico como Sheddad bei, nem líder de todo um povo como Saad Zaghloul, nem... uma calamidade como Tharwat, nem um nobre como Adli. Você é apenas um amigo amado pelos seus e isso lhe basta. E não é pouco! Ah, se ao menos você não nos tivesse impedido de conhecer a sua amizade! Mas você não é o único a respeito de quem minhas idéias mudaram. O próprio Deus não é mais aquele ao qual eu adorei. Peneiro os atributos associados à essência dele para livrá-la da onipotência, do arbitrário, da tirania, do despotismo e de todos os outros instintos humanos. Não sei, aliás, onde devo, nesse terreno, parar o ímpeto do meu pensamento, nem se eu teria mérito em pará-lo... Mas algo dentro de mim me diz que irei até o fim e que a luta, por mais amarga que seja, vale mais que o sono e a renúncia. Isso não deveria lhe incomodar tanto quanto saber que decidi pôr fim à sua tirania. Sua tirania que me oprime como a escuridão deste quarto e me tortura como essa maldita insônia. Quanto ao álcool, não é porque ele me enganou que não vou mais tocar nele. Infelizmente, se ele também fosse apenas um engodo, o que restaria ao homem? Eu repito: decidi pôr fim à sua tirania! Não pelo desafio ou pela desobediência; tenho muito respeito por você para agir assim. Mas irei embora daqui. Perfeitamente, vou-me embora! Assim que eu me mantiver de pé com minhas próprias pernas eu deixarei a sua casa. O Cairo é grande o bastante para dar guarida aos oprimidos! Sabe o que me valeu amá-lo apesar da sua tirania? Adorar um outro tirano que tantas vezes me oprimiu abertamente e sorrateiramente; me tiranizou sem nunca me amar. No entanto, eu o adorei com toda a minha alma e o adoro sempre. Seria você então o principal responsável pelo meu amor e meu sofrimento? Que parcela de verdade pode encerrar essa hipótese? Ela não me encanta muito e não sou muito adepto dela. No entanto, seja qual for a realidade externa do amor, ele mergulha sem dúvida mais fundo as suas raízes na alma. Mas deixemos isso em suspenso. Estudaremos isso mais tarde. Seja como for, foi você, meu pai, que, me perseguindo com a tirania, me fechou os olhos para a opressão dela. E você, minha mãe, não me olhe assim, com seus olhos reprovadores; não se pergunte: 'Onde eu errei?' Você não prejudicou ninguém. Tudo vem da ignorância. Eis o seu crime! A ignorância... a ignorância e sempre a ignorância! Papai é a crueldade ignorante e você, a doçura ignorante. Enquanto eu viver, permanecerei vítima desses dois opostos. Outro efeito da sua ignorância: as lendas que povoaram minha mente. Você terá sido meu traço de união com a idade das cavernas. E, Deus, como tenho dificuldade hoje em me libertar da sua herança, como terei amanhã para me libertar de papai! Como seria mais digno de vocês me poupar esse esforço sobre-humano. Por isso eu proponho – a escuridão deste quarto será testemunha disso – abolir a família! Essa cova onde se acumula a água estagnada. Que a paternidade e a maternidade não tenham mais vez! Melhor ainda, eu queria imaginar um país sem história, uma vida sem passado... E agora olhemo-nos no espelho. Que vemos nós nele? Esse nariz grande, essa cabeça grande... Papai, você me deu seu nariz sem pedir a minha opinião, sem piedade por mim. Você me martirizou desde antes do meu nascimento. E, embora fique bem no seu rosto, ele se mostra – sem distinção de natureza e de forma – ridículo na minha cara estreita onde ele parece mais um soldado inglês no meio de uma confraria de dervixes!* Mais estranha ainda é a minha cabeça. Não se parece nem com a sua nem com a de mamãe. De que longínquo antepassado eu a herdei então? Fique com a responsabilidade disso até que a verdade me apareça. Antes de adormecermos, deveríamos despedir-nos deste mundo. Porque nunca se está certo de acordar no dia seguinte. Amo a vida, papai, apesar de todo o mal que ela me fez, tanto quanto eu o amo. Há nela certas coisas que merecem ser amadas. Sua aparência fervilha de perguntas apaixonantes. Só que aí o útil é inútil, e o inútil, infinitamente importante. Há chances de que no futuro eu não ponha mais meus lábios na boca de um copo. Adeus, álcool! Embora... lentamente... lentamente. Lembre-se da noite em que você deixou a casa de Ayusha, decidido a nunca mais ter relações com uma mulher e de como você se tornou depois disso seu cliente mais assíduo! Tenho a impressão de que a humanidade inteira sofre, como eu, torpor e náuseas. Façamos votos para sua pronta cura!"

ASSIM QUE SE VIU sozinho no veículo, depois de ter se separado de Kamal, Yasine perdeu a alegria. Embora ainda acariciado pela embriaguez, ele parecia pensativo, ainda mais porque já passava de uma hora da manhã e a noite havia muito entrado na área em que nascem as suspeitas... Ou ele encontraria Zannuba acordada, esperando-o fervendo de cólera, ou ela acordaria ao ouvi-lo entrar em casa. Num e noutro caso, a noite não terminaria sem problemas, pelo menos não inteiramente...

Desceu do veículo diante do beco de Qasr al-Shawq e mergulhou na escuridão espessa, erguendo os ombros largos

---

*Muçulmano que geralmente faz votos de pobreza e manifesta a sua fé através de danças e gritos. (*N. do E.*)

com indiferença, dizendo baixinho para si mesmo: "De qualquer forma, não sou eu, Yasine, quem vai se preocupar com uma mulher!" Fez de novo essa reflexão enquanto subia os degraus da escada, firmando-se no corrimão, na escuridão. Por mais que repetisse aquelas palavras, não parecia plenamente tranquilo...

Empurrou a porta, entrou; depois, à claridade pálida do salão, alcançou o quarto. Então, a olhar para a cama, viu-a adormecida. Fechou a porta a fim de impedir a luz de entrar e, cada vez mais certo de que ela dormia um sono profundo, começou a tirar as roupas com calma e precaução, amadurecendo um plano para poder se deitar sem fazer barulho.

— Acenda, para que eu tenha o prazer de vê-lo.

Ele virou a cabeça para a cama, deu um sorriso resignado, depois perguntou aparentando surpresa:

— Você está acordada? Pensei que você estava dormindo... Não queria incomodá-la...

— Quanta gentileza! Que horas são?

— Meia-noite estourando... Deixei o grupo de amigos por volta das onze horas e voltei para casa a pé, tranquilamente...

— Então esse grupo devia estar bem longe.

— Por quê? Estou atrasado?

— Espere um pouco que o galo é que lhe vai responder!

— Aposto como ele nem mesmo se recolheu ainda.

Ele se sentou no canapé para tirar os sapatos e as meias, trajando apenas a camisa e a calça. Subitamente, um estalido ecoou. Ele viu a silhueta dela erguer-se no leito, depois ouviu-a ordenar num tom seco:

— Acenda, já lhe disse!

— Não vale a pena. Acabei de me despir...

— Quero acertar nossas contas à luz.

— É mais agradável no escuro...

Ela bufou de raiva e pulou da cama. Então ele esticou os braços para ela, de onde estava sentado, e, pegando-a pelo ombro, puxou-a até o canapé, onde a fez sentar-se ao seu lado.

— Não procure confusão – disse ele.

— E o trato que nós fizemos? Que fez você dele? – replicou ela repelindo a mão dele. – Aceitei que você fosse beber nos bares quando quisesse com a única condição de você voltar cedo para casa. E foi contra a vontade que aceitei, porque, pelo menos, se você bebesse em casa, isso evitaria gastar todo esse dinheiro que se esvai como fumaça. E eis que ainda por cima você volta para casa de madrugada fazendo pouco do que nós combinamos!

"Vá enganar a franguinha da orquestra e do alaúde, vá! E, se um dia ela tivesse a prova de que a engana, você se limitaria a se explicar com ela ou então você a... Pense com maturidade! E não se esqueça de que se esvairia ao perdê-la! É minha esposa preferida. Ela é especialista no que eu amo. E depois... bem dedicada à nossa vida em comum. Ah! sem esse maldito cansaço..."

— Fiquei no café a noite toda e só saí de lá para voltar para cá. Aliás, tenho uma testemunha que você conhece bem – disse ele sorrindo.

Mas ela replicou friamente:

— Não mude de assunto!

— Sabe quem eu tinha esta noite como companheiro de mesa? – continuou Yasine sem parar de sorrir. – Meu irmão Kamal.

Contrariamente ao que ele esperava, ela não manifestou nenhuma surpresa e replicou, exasperada:

— E a sua querida? Quem ela tem como testemunha?

— Pare! Sou inocente!

Depois, assumindo um ar contrariado:

— Causa-me tristeza, acredite, que você duvide de minha conduta. Se você soubesse como estou cheio de correr de um lado para outro! Agora tudo o que desejo é uma vida tranqüila. Quanto à taberna, não é nada mais do que um passatempo inocente e honesto. A gente precisa sair e encontrar-se com as pessoas...

— Ah! Você, hein? — disse ela num tom que denotava irritação. — Você sabe no entanto que não sou mais uma menina, que não se faz pouco de mim assim e que seria melhor para você e para mim que não houvesse desconfiança entre nós.

"Ela está fazendo um sermão ou ameaças? Ah! Estou ainda longe da vida ideal do meu pai! Ele que faz o que lhe agrada e encontra ao voltar para casa a calma, o amor e a obediência. Esse sonho não realizei nem com Zeinab, nem com Maryam, e se há algum sonho que não realizarei com Zannuba é esse também. No entanto, essa bela tocadora de alaúde não deveria se desesperar, enquanto estiver sob minha proteção.

— Se eu tivesse ainda desejos de adultério eu não me casaria com você — disse ele num tom decisivo.

— Sei, mas você já se casou duas vezes, e não foi o casamento que o impediu de cair no adultério.

Ele suspirou, exalando odores de álcool.

— Seu caso não tem nada a ver com os dois anteriores, pobre tola! Minha primeira mulher foi escolhida para mim e imposta por meu pai. A segunda me forçou a desposá-la. Mas você não me foi imposta por ninguém, e antes de nos casarmos você nunca me proibiu de freqüentá-la. Casar-me com você não podia portanto me prometer nada que eu já não conhecesse. Eu não teria me casado com você, sua tolinha, se o casamento em si, isto é, a perspectiva de uma vida regular e estável não fosse o meu único desejo. E, meu Deus, se você tivesse somente um pingo de juízo, nunca se daria o luxo de duvidar de mim!

— Mesmo quando você volta para casa de madrugada?

— Nem que eu voltasse para casa pela manhã!

— Tsss! – fez ela. – Pois bem, se é assim, então muito boa noite.

— É isso! – replicou ele secamente com o rosto crispado.

— Basta! Vou embora daqui. O mundo é grande e Deus proverá!

— Como quiser! – disse ele com indiferença.

— Vou-me embora – disse ela, com ar de bravata –, mas eu sou como um espinho. Ninguém se livra de mim facilmente!

— O que é isso? – replicou ele, comprazendo-se na indiferença. – Eu me livro de você mais facilmente do que de um sapato.

A essas palavras, do tom de bravata e de ameaça ela passou para o da queixa, e exclamou:

— Então vou me jogar pela janela; assim não incomodarei mais ninguém e ficarei livre!

Ele deu de ombros com desinteresse, depois se levantou e disse-lhe, adoçando a voz:

— Jogue-se antes na sua cama! Vamos, venha deitar-se comigo, venha fazer passar vergonha o demônio que nos desuniu.

Ele foi para a cama onde se esticou, bocejando e gemendo, como se estivesse cansado demais. Quanto a Zannuba, ela disse como se estivesse falando consigo mesma:

— Viver com você é condenar-se aos problemas.

"Eu também sou condenado aos problemas. Culpa do seu sexo! Vocês são incapazes, tanto umas quanto as outras, de nos satisfazer, e matar o tédio está acima de suas possibilidades. No entanto, não vou voltar ao solteirismo por vontade própria. Afinal, não posso vender uma loja por ano por causa de um novo casamento. Então, que Zannuba continue como minha mulher com a condição de não me importunar. Um marido impulsivo precisa de uma mulher equilibrada. Uma mulher como Zannuba e ao mesmo tempo equilibrada."

– Você vai ficar nesse canapé até amanhã de manhã?

– Não vou dormir. Deixe-me em paz e durma você, se quiser...

As coisas tinham de terminar assim: ele estendeu os braços, pegou-a pelos ombros e puxou-a para si, resmungando:

– Vamos, venha para a cama!

Ela opôs uma leve resistência; depois deixou-se vencer e foi para a cama suspirando:

– Quando poderei ter a mente tranqüila como as outras mulheres?

– Fique tranqüila, você deve ter uma confiança total em mim. Eu a mereço. O que você quer, não sou feliz se não sair à noite. É minha natureza. E você também não será feliz se me consumir com dores de cabeça. Você só tem de se convencer de que não faço nada de mal durante minhas noitadas. Acredite em mim, você não se arrependerá. Não sou nem covarde nem mentiroso. Não a trouxe aqui uma noite, embora minha mulher estivesse em casa? Você acha que um covarde ou um mentiroso teria feito isso? Já lhe disse, estou cansado de aventuras e só tenho a você na minha vida...

Ela suspirou querendo dizer: "Gostaria tanto que você estivesse sendo sincero!"

Ele levou a mão ao peito num gesto divertido e exclamou:

– Oh! Deus do céu! Esse suspiro me inflamou o coração... Deus me condene!

– Se Ele pudesse antes guiá-lo – disse ela num tom de prece, respondendo pouco a pouco às carícias dele...

"Quem poderia imaginar tal desejo na boca de uma tocadora de alaúde!"

– E nunca mais me receba com discussões... Isso tira todo o meu ardor!

"Hum... O remédio é eficaz, mas poderá não sê-lo sempre!... Se você tivesse ido com Ayusha há pouco, o desfecho não teria sido o mesmo!"

– Então, está vendo? Suas suspeitas eram infundadas...

O Sr. Ahmed estava absorto no trabalho quando Yasine entrou na loja e dirigiu-se diretamente para a mesa dele.

Só de ver o rosto do filho, os olhos vazios e esgazeados, o Sr. Ahmed compreendeu que ele vinha implorar sua ajuda. E, embora este caprichasse a lhe sorrir polidamente, a inclinar-se para beijar-lhe a mão, nosso homem sentiu que ele cumpria esses gestos tradicionais mecanicamente e que sua sensibilidade afetiva tinha refluído para algum lugar que só Deus sabia.

Fez-lhe sinal para sentar-se. Yasine sentou-se, aproximando sua cadeira de seu pai, e começou a olhá-lo, ora baixando os olhos, ora sorrindo timidamente. Nosso homem, enquanto isso, interrogava-se sobre o motivo da visita e, como se o incomodasse deixar o filho entregue ao próprio silêncio, perguntou-lhe, com preocupação:

– Tudo bem? O que você tem? Você não está no seu normal.

Yasine lançou um longo olhar para o pai, como se procurasse provocar-lhe a piedade, e depois declarou, baixando os olhos:

– Eles vão me transferir para os confins do Alto Egito!
– O ministério?
– É.
– Mas por quê?

Yasine sacudiu a cabeça como em sinal de protesto e respondeu:

— Foi o que perguntei ao diretor. Ele mencionou motivos que não têm nada a ver com o trabalho... É nojento...

— Que coisas? — perguntou o pai, em dúvida. — Explique-se!

— Calúnias vis... — Depois, após um momento de hesitação! — Minha mulher...

Ahmed Abd el-Gawwad ficou mais preocupado ainda e perguntou, apreensivo:

— E o que eles disseram?

Por um instante, a perturbação se estampou no rosto de Yasine.

— Esses imbecis alegaram que estou casado com... uma tocadora de alaúde.

Ahmed Abd el-Gawwad lançou um olhar angustiado para a loja e viu Gamil al-Hamzawi ocupado, a alguns passos dele, entre um homem, de pé, e uma mulher, sentada. Ele se dominou e disse numa voz baixa cuja comoção o tremor da cólera, contudo, não deixava de mostrar:

— São talvez imbecis, é um fato, mas eu tinha prevenido você! Das piores extravagâncias, você não perde nenhuma. Mas as conseqüências não vão lhe falhar sempre! O que quer que eu lhe diga? Você é inspetor numa escola e sua reputação deve estar acima de qualquer suspeita. Quantas vezes eu me matei lhe martelando isso! Por Deus Todo-Poderoso! Como se eu não tivesse mais nada a fazer senão cuidar dos seus problemas!

— No entanto, é minha mulher legítima — replicou Yasine, dominado pela perturbação e pela confusão. — Não se pode censurar nada a um homem no domínio da legalidade. O que o ministério tem a ver com isso?

— O ministério deve zelar pela reputação dos seus funcionários — argumentou o pai, reprimindo a irritação.

"Não lhe fica bem falar de reputação!... Seria melhor deixar isso para os outros..."

— Sim, mas é um crime e uma injustiça no caso de um homem casado!

— Você talvez quisesse que eu ditasse ao Ministério da Educação a política dele? — replicou Ahmed Abd el-Gawwad, com um gesto exaltado.

A que Yasine respondeu, vencido, suplicante:

— Não, claro que não... Eu queria somente que o senhor usasse de sua influência para conseguir cancelar essa transferência.

Ahmed Abd el-Gawwad começou a mexer a ponta do bigode com a mão direita, olhando Yasine sem vê-lo, ocupado com suas reflexões.

Yasine insistiu, implorando a piedade dele, desculpando-se por tê-lo importunado, assegurando-lhe que, depois de Deus, ele era seu único socorro. Finalmente, só deixou a loja depois que o pai lhe fez a promessa de fazer tudo para conseguir anular sua transferência.

Naquela mesma noite, Ahmed Abd el-Gawwad foi até o café el-Djoundi, na praça da Ópera, a fim de encontrar o diretor da escola. Assim que o viu, o homem pediu-lhe que se sentasse e disse:

— Estava esperando o senhor. Yasine passou dos limites! Sinto muito por todos esses aborrecimentos que ele lhe causa.

— Seja como for, Yasine é seu filho também — respondeu o nosso homem, sentando-se à mesa na frente dele, no terraço que dava para a praça.

— Naturalmente... Mas eu não tenho nada a ver com essa história. Isso diz respeito a ele e ao ministério.

– Mesmo assim – observou ele amavelmente – não é desnecessário punir um funcionário a pretexto de que se casou com uma tocadora de alaúde? Não é só a ele que isso diz respeito? E depois, o casamento é uma união legítima contra a qual ninguém deve atentar.

O diretor franziu a testa, pensativo e perplexo, parecendo não ter entendido as palavras do amigo.

– A questão do casamento só foi evocada acessoriamente e em último lugar – precisou ele. – O senhor não conhece então a causa do problema? Acho que o senhor não está sabendo de tudo...

O coração do nosso homem se apertou.

– Outras calúnias? – perguntou ele com angústia e apreensão.

O homem se inclinou para ele e disse num tom desconsolado:

– O que acontece, Sr. Ahmed, é que Yasine brigou em Darb Tayyab com uma prostituta. Lavraram um auto de transgressão contra ele, cuja cópia foi remetida ao ministério.

Nosso homem ficou boquiaberto. Abriu escancaradamente os olhos espantados, o rosto tornou-se pálido a tal ponto que o diretor se sentiu obrigado a balançar a cabeça, dizendo com ar desolado:

– No entanto, é a verdade. Fiz tudo o que pude para abrandar a punição e consegui que anulassem a resolução de submetê-lo a um conselho de disciplina. Então contentaram-se em transferi-lo para o Alto Egito.

– O cachorro – resmungou Ahmed Abd el-Gawwad, num suspiro.

– Sinceramente, sinto muito, Sr. Ahmed – disse o diretor, dirigindo-lhe um olhar de pena. – Mas essa maneira de se comportar não é digna de um funcionário. Não nego que ele seja um bom rapaz, sério no seu trabalho... Confesso-lhe até que tenho afeto por ele, não somente por ser seu filho, mas também por sua personalidade. Mas fala-se tanto a respeito dele... Ele tem de se emendar e mudar seu comportamento, senão vai arruinar seu futuro.

Ahmed Abd el-Gawwad manteve silêncio por um longo momento, com a cólera se estampada em seu rosto. Depois disse, finalmente, como se falasse consigo mesmo:

– Brigar com uma prostituta... Já que é assim, que ele vá para o diabo!

Mas não o deixou ir para o diabo. Ele foi imediatamente procurar deputados e outras personalidades de suas relações, solicitando a intervenção deles, com a finalidade de anular a transferência. Mohammed Iffat foi o primeiro a apoiar suas diligências. Assim, as intervenções se sucederam na alta cúpula e acabaram por produzir seus frutos, tanto, e tão bem, que a transferência foi cancelada. Contudo, o ministério insistiu para que Yasine fosse afastado de seu quadro, após o que, por recomendação expressa de Mohammed Iffat, o diretor dos Arquivos – seu genro, marido da primeira mulher de Yasine – declarou-se disposto a aceitá-lo em seus serviços. A questão foi resolvida e, no início do inverno do ano de 1926, Yasine foi transferido para a direção dos Arquivos...

No entanto, ele não se saiu inteiramente ileso do problema: declararam-no inapto para trabalhar nas escolas, da mesma forma como rejeitaram a análise de sua promoção para o sétimo escalão, apesar de mais de dez anos no escalão inferior.

Embora Mohammed Iffat, ao conseguir-lhe um posto, só tivesse tido como única preocupação que ele não fosse maltratado, Yasine não se considerou de jeito nenhum satisfeito com sua nova situação, sob as ordens do marido de

Zainab. Um dia, ele confiou, aliás, seus sentimentos a Kamal, dizendo-lhe:

— Ela certamente está encantada com o que me acontece e acha nisso uma justificativa nova para a posição do pai – do tempo em que ele se recusou a devolver-me Zainab. Sei o que se passa na cabeça das mulheres e estou certo de que ela se alegra com minhas desventuras. E é bem triste que eu não tenha a possibilidade de achar um bom lugar, longe das ordens desse velho bode! Verdade, é só um velho, que não tem nada com o que dar prazer a uma mulher. Ele está longe de preencher o vazio que Yasine deixou! Que ela zombe de mim, essa idiota. Pois eu faço o mesmo com ela!

Zannuba nunca soube da verdadeira razão dessa mudança de atribuições. Tudo o que ela soube foi que o marido tinha sido "promovido para um posto superior no ministério". Da mesma forma, o pai evitou abordar com o filho o assunto do escândalo propriamente dito e contentou-se em dizer-lhe, tão logo obteve a anulação da transferência:

— Tanto vai o cântaro à água que um dia ele se quebra! Você me massacrou com aborrecimentos e me cobriu de vergonha. A partir de hoje, não me incomodarei nunca mais com seus problemas. Faça o que você quiser. Doravante, Deus está entre nós dois.

Mas não teve forças para abandoná-lo ao seu destino. Um dia, chamou-o à loja e disse-lhe:

— Já é tempo de você encarar a vida de outro modo, de uma maneira que o faça encontrar o caminho da dignidade e o arranque da vida de moleque que você está tendo. É tempo de recomeçar da estaca zero. Quero lhe oferecer uma vida digna. Você só tem que me escutar e me obedecer.

Depois prosseguiu, dando-lhe a conhecer suas sugestões:

— Repudie sua mulher e volte para casa. Sua casa! Quanto a mim, eu me encarrego de arrumar um casamento decente para você, para que comece uma vida respeitável.

Yasine enrubesceu e respondeu em voz baixa:

— Aprecio seu desejo sincero de melhorar minha situação, mas lutarei sozinho para realizar esse desejo sem prejudicar ninguém...

— Mais uma promessa, como todas as dos ingleses — rugiu o pai furibundo. — Dir-se-ia que você está com uma vontade louca de passear na prisão. Perfeitamente! Da próxima vez vai ser por trás das grades que seus pedidos de socorro vão chegar até mim. Eu lhe repito mais uma vez: repudie essa mulher e volte para casa.

A essas palavras, Yasine declarou num suspiro alto o bastante para que o pai ouvisse:

— Ela está grávida, pai. Não queria cometer um erro a mais.

"Senhor, protegei-nos! Você tem neste momento um netinho a formar-se no ventre de Zannuba. Você podia imaginar a quantidade de problemas que esse rapaz ia lhe dar quando o recebeu em seus braços, recém-nascido, num dia considerado por você entre os mais felizes da sua vida?"

— Grávida?
— É...
— E você temia cometer um erro a mais!

Depois, deixando a raiva explodir, sem nem deixar a Yasine o tempo de abrir a boca:

— Então por que não teve os mesmos escrúpulos no dia em que ofendeu boas moças de boa família? Você é uma maldição! Pelo Livro de Deus, uma maldição!

Quando o filho deixou a loja, ele o acompanhou com um olhar cheio de desdém e de compaixão. Não podia senão admirar — contrariamente a suas tendências profundas,

herdadas da mãe – o belo garbo que o filho herdara dele...
Lembrou-se subitamente de como, ele próprio, quase caíra
no abismo, por causa dessa mesma Zannuba, mas também
de como soubera reprimir seu desejo no momento certo.
Reprimir seu desejo. Sentiu amargura e angústia ao ter esse
pensamento. Para concluir, ele amaldiçoou Yasine, Yasine
e... outra vez Yasine!

O DIA 20 DE DEZEMBRO chegou, e ele sentiu que, para ele,
não era um dia como os outros. Porque, outrora, neste mesmo dia, numa hora determinada, ele se viu pertencendo a
este mundo. Até tinham anotado o acontecimento numa
certidão de nascimento para que a data com a qual se tinha
concordado não variasse com o tempo!*

Com o casaco nas costas, ele andava no quarto de um
lado para o outro, lançando de vez em quando uma olhada
à sua mesa onde, aberto numa página branca com sua data
de nascimento no alto, repousava seu caderno de recordações. Então, sem interromper seu vaivém ao longo do
quarto, tirando desse movimento um pouco de calor que o
ajudava a combater o frio glacial que ali reinava, ele refletia
sobre o que tinha a intenção de escrever por ocasião desse
aniversário.

O céu, do outro lado da vidraça, desaparecia sob um
véu de nuvens ameaçadoras. A chuva caía por alguns instantes, depois parava, despertando nele as motivações da
meditação e do sonho.

---

*Alusão a uma prática bastante comum que consistia, com a cumplicidade da parteira na maioria das vezes, em adiar, às vezes por vários anos, a declaração de um nascimento. A criança tirava disso múltiplas vantagens em nível escolar, profissional etc. Isso não implica precisão no caso de Kamal.

Era necessário, custasse o que custasse, celebrar o acontecimento, ainda que a cerimônia se limitasse apenas a quem ela se referia. Na velha casa, não era tradição festejar os aniversários. Sua mãe nem mesmo sabia que este dia estava entre os que ela não devia esquecer. Ela só guardava dos nascimentos vagas lembranças associadas às estações durante as quais eles tinham ocorrido, às dores que os tinham acompanhado. Assim, tudo o que Amina sabia do seu nascimento era que "tinha ocorrido no inverno, que o parto tinha sido difícil e que ela tinha sofrido e gritado durante dois dias seguidos!"

Quando, criança, ele se lembrava dos boatos que diziam respeito ao seu nascimento, seu coração se enchia de compaixão por sua mãe. Mais tarde, esse sentimento tinha aumentado quando, assistindo ao nascimento de Naima, ele tremera de dor por Aisha. Mas, hoje, olhava o fenômeno de sua vinda ao mundo com um espírito novo, um espírito que tinha bebido nas fontes da filosofia materialista com tanta febre que assimilara em dois meses o que o pensamento humano tinha levado um século para dar à luz. Perguntando-se – como um juiz que interroga um réu – se a filosofia não era imputável, no todo ou em parte, à negligência ou à ignorância, ele meditou então na dificuldade de sua vinda ao mundo, assim como em todas as seqüelas possíveis, resultar no cérebro e no sistema nervoso, susceptíveis de ter desempenhado um papel importante na vida e no destino futuro do recém-nascido, enfim, em todos os lados positivos ou negativos que podiam lhe ser atribuídos. Sua paixão doentia por Aída, por exemplo, não podia provir de choques sofridos por sua moleira ou por sua volumosa caixa craniana na profundidade do útero, 19 anos antes? Esse idealismo que o tinha por tanto tempo feito perder-se nas regiões inexploradas da imaginação e provocado em abundância suas lágrimas no altar do sofrimento não era senão a conseqüência lamentável da incúria de uma parteira inexperiente?

Ele pensou também no período pré-natal e até no anterior à concepção, nesse mistério de onde jorra a vida, nessa equação química e mecânica que tem por resultado um ser vivo, o qual fará de sua origem o objeto de sua primeira recusa em levantar seus olhos para o céu e em afirmar nele um parentesco, acima de seus círculos azulados. Ele conhecia, no entanto, uma origem mais simples que tem o nome de esperma. Em função disso, ele mesmo era, 19 anos e 9 meses antes, apenas uma simples gota de esperma! Uma gota que um desejo inocente de prazer, uma necessidade premente de consolo, um impulso de ardor insuflado por uma embriaguez libertadora ou até o simples sentimento do dever para com uma esposa enclausurada... tinham expulsado! De qual dessas circunstâncias ele era o filho? Talvez, afinal, fosse apenas o filho do dever, ele a quem o sentimento do dever não abandonava. Até mesmo os prazeres, ele só tinha se entregue a eles depois que lhe apareceram como uma filosofia a observar, uma causa a abraçar, sem contar que isso não se fizera sem luta nem dor, nem significava que levasse a vida de uma maneira simples...

Dessa gota de esperma, pois, um minúsculo ser tinha escapado, depois encontrou um óvulo na trompa, depois, assim que o rompeu, se puseram juntos a deslizar para o útero onde tinham se transformado em embrião. Este, uma vez constituído em esqueleto revestido de carne, saíra para a luz, despreocupado com a dor que ia provocar, ao fazê-lo.

Esse pequeno ser humano, com o rosto ainda amarrotado, só tinha sido, no início, um grito. Depois, os instintos nele implantados continuaram a crescer e a interligar-se, produzindo, no decorrer do tempo, crenças e opiniões até não poder mais! Depois, o amor chegara até ele, com o qual imaginara para si mesmo uma espécie de divindade. Depois, vira suas crenças tremerem antes de desabarem, suas idéias perturbadas, seu coração desenganado, e tinha sido rebaixado a um nível mais vil que aquele que a natureza lhe destinara.

Assim, pois, 19 anos se tinham passado! Uma eternidade! E essa juventude que se ia embora voando! Como consolar-se com isso senão saboreando a vida hora por hora, até mesmo minuto por minuto, à espera de que o corvo lance o apelo do fim?

Houve o tempo da inocência, depois aquele em que o amor escandia a vida: "Antes de A... Depois de A"... Mas hoje não era mais que um pedaço de desejos isolados de um amor de essência desconhecida, que só deixava a seu servidor como único dom alguns do seus mais belos nomes.*

Houve finalmente a explosão da verdade, a descoberta das alegrias da vida, a luz da ciência! A viagem, com toda evidência, tinha sido longa. Como se o ser amante tivesse tomado o trem de Auguste Comte, passado pela estação da consciência teológica cuja divisa é "sim, mamãe!", atravessado as planícies da metafísica cuja divisa é "não, mamãe!" antes de ver despontar ao longe, através da luneta, a montanha da realidade positiva em cujo cume se inscreve a palavra de ordem: "Abra os olhos, e coragem!..."

Ele parou de ir e vir à frente de sua mesa. Seus olhos fixaram-se no caderno de lembranças. Perguntou-se a si mesmo se ia sentar-se para escrever na página dedicada ao seu aniversário segundo a inspiração de sua pena ou então

---

*Alusão aos "mais belos nomes de Alá", ou seja, os 99 nomes que definem seus atributos (o Clemente, o Misericordioso, etc.)

esperar que as idéias se cristalizassem em sua cabeça. No mesmo instante, o barulho da chuva nas paredes atingiu seus ouvidos como um zumbido. Lançou o olhar para a janela que dava para Bayn al-Qasrayn e viu pérolas de chuva presas na vidraça que ressumava umidade. Uma delas não demorou a deslizar até a borda inferior da moldura, traçando sobre o quadrado embaçado uma linha brilhante e sinuosa como a cauda de um cometa. Ele foi até a janela e levantou os olhos para seguir a chuva que caía das nuvens densas, nesse céu assim unido à terra por fios de pérolas. Os minaretes e as cúpulas pareciam indiferentes a esse pranto celeste. No fundo, o horizonte cintilava como uma moldura de prata; tudo mergulhava numa brancura maculada por uma doce opacidade transbordante de majestade e de sonho...

Da rua subiram gritos de crianças. Baixou o olhar para ver a terra escorrer, a lama amontoada nos cantos. As carroças atolavam e lançavam salpicos de lama com suas rodas; as bancas de mercadorias estavam vazias, os passantes procuravam refúgio nas lojas, nos cafés, sob as sacadas...

Este céu falava ao sentimento com as palavras da emoção. Ele tinha todos os motivos para fundir nesse céu o seu pensamento, para meditar sobre sua posição face à vida, à aurora deste novo ano da sua existência. Desde que Hussein desertara do solo da pátria, ele não encontrou a quem revelar os segredos de sua alma. Só lhe restava a ele mesmo a quem dirigir-se se sentisse a necessidade de falar. Ele tinha tomado a alma como confidente depois que o abandonou o confidente da alma. Perguntou-se a si mesmo: "Você acha que Deus existe?" No fundo de si, uma voz respondeu: "Por que você não tenta saltar de estrela em estrela, de planeta em planeta, como você faz de degrau em degrau, para verificar por si mesmo?" E a elite designada dos enviados do céu, que colocaram a Terra no centro do Universo e obrigaram os anjos a se ajoelharem diante de um boneco de barro, até que viesse o irmão deles, Copérnico, que a recolocou no devido lugar que esse mesmo Universo lhe tinha destinado: o de modesta serva do Sol? Seu outro irmão Darwin veio depois dele e desmascarou o pretenso início e declarou ao mundo que seu verdadeiro pai era aquele que ele mantinha encerrado numa jaula e que seus amigos chamados por ele vinham olhar nos dias de festa.

No começo era a nebulosa de onde, como gotas de água de uma roda de bicicleta, as estrelas jorraram em chuva, depois, em sua farândola eterna, atraíram-se entre si e deram origem aos planetas. A Terra enquanto bola de água se separou do conjunto e a Lua seguiu-lhe os passos para aborrecê-la, enquanto sua companheira lhe fazia careta com um lado do rosto, e lhe sorria com o outro. Depois, rejeitada, sua face se cristalizou em montanhas, planaltos e vales, picos e vias rasteiras. Então veio o filho da Terra, andando de quatro e perguntando a todos os que encontrava no caminho se não tinham encontrado o ideal.

"Não lhes escondo que estou cheio dos mitos. Aliás, no dilúvio das ondas, achei para me agarrar um rochedo de três pontas que doravante chamarei de 'rochedo da ciência, da filosofia e do ideal'! Não me digam que, como a religião, a filosofia é de essência mítica. Na verdade, ela repousa sobre bases sólidas que ela bebe na ciência e com a ajuda das quais ela se dirige para o seu objetivo. A arte é um prazer sublime, um prolongamento da vida. Mas a minha ambição vai mais longe, ela que só se satisfaz com a verdade! Ora, a arte, com relação à verdade, parece mais uma disciplina fêmea. Para atingir esse fim, saibam que estou pronto a sacrificar tudo, exceto minha razão de viver. Quanto às minhas aptidões para esse papel eminente, querem conhecê-las? Uma cabeça grande, um nariz grande, um amor desenganado e uma esperança doente. E evitem zombar dos sonhos de juventude! Zombar deles é apenas um sintoma de senilidade que as pessoas anormais qualificam de sabedoria. Admirar ao mesmo tempo Saad Zaghloul, Copérnico, Istoult e Mach não é incompatível. Lutar para unir o Egito retardatário ao ritmo que evolui a humanidade é realizar obra nobre tanto quanto humana. O patriotismo permanece uma virtude enquanto não é manchado com o ódio xenófobo. Da mesma maneira, nosso ódio pelos ingleses é apenas uma forma de defesa de nossa identidade e, por conseguinte, o patriotismo é apenas, nem mais nem menos, um humanismo local!...

"Perguntem-me se eu acredito no amor. Eu lhes responderei que ele ainda não deixou meu coração. Só posso, portanto, confirmar a realidade do sentimento humano. E, embora o amor mesclasse antigamente suas raízes às da fé e das lendas, a destruição de seus altares não minou seus alicerces, da mesma forma que o estudo, a análise e o isolamento de seus constituintes biológicos, psicológicos e sociais não enfraqueceram sua importância. Porque tudo isso, quando uma lembrança de aventura surge, uma imagem se agita diante dos meus olhos, não faz bater meu coração com menos força. Então, você crê ainda na eternidade do amor? A eternidade não é um mito! Mas talvez o amor, como tudo neste mundo, esteja sujeito ao esquecimento. Desde o casamento de A... ída... – por que você hesita em pronunciar o nome dela? – um ano se passou. Você já ultrapassou uma etapa no caminho do esquecimento. Você conheceu os estágios da loucura, depois da prostração, da dor finalmente, de início lancinante, depois intermitente...

Hoje, quase um dia inteiro pode transcorrer sem que ela me atravesse a mente, exceto ao despertar ou à hora de dormir, uma ou duas vezes por dia... E a emoção que eu sinto nessa lembrança vai de uma nostalgia que surge modestamente, de uma tristeza que passa como uma nuvem até um lamento que toca mas nunca queima... Salvo quando subitamente minha alma se inflama como um vulcão e a Terra gira sob meus pés... Seja como for, eu sei agora que continuarei a viver sem Aída.

"O que procura você por meio do esquecimento? Como eu já disse: estudar o amor e analisá-lo. Menosprezar as dores individuais por meditações universais em cuja altura o mundo do homem pareça um grão de pó. Mudar minhas idéias por meio da bebida e do sexo. Procurar o consolo junto a filósofos do reconforto, como Spinoza que olha o tempo como uma coisa irreal e, por conseguinte, as emoções ligadas a fatos passados ou futuros como irracionais e que nós somos capazes de suplantar se soubermos fazer uma representação clara e distinta deles. Você está feliz por ter percebido que o amor pode ser esquecido? Sim, porque é para mim a promessa de escapar ao cativeiro; mas triste, também, na medida em que isso teria sido uma experiência da morte antes da hora.

"Feliz de quem não pensa no suicídio nem tem esperança na morte. Feliz daquele cujo coração abriga a tocha da esperança. Eterno é aquele que trabalha ou se atrela com fé ao trabalho. Vivo é quem segue as pegadas de al-Khayyam com um livro, um copo e uma mulher amada nas mãos. Um coração sedento de futuro não pensa ou finge não pensar no casamento, exatamente como um copo cheio de uísque até as bordas não oferece mais lugar para o refrigerante. Basta simplesmente que a paixão de beber se exerça sem remorso e que a atração pelas mulheres não sofra o obstáculo da repulsa. Quanto a esse desejo de pureza e de abstinência que às vezes o acossa, não é mais, talvez, que um resíduo de sua fé extinta..."

A chuva caía sem parar. O céu retumbava, iluminava-se de relâmpagos. Na rua vazia, os gritos tinham se calado. Pensou em dar uma olhada no pátio. Deixou o quarto em direção ao salão e se pôs à janela de onde, olhando através da gelosia, viu a água levar a terra movediça do solo, cavando sulcos, depois lançar-se para o lado do velho poço. Ela transbordou num canto e, entre a casa do forno e o celeiro, amontoou-se num buraco onde germinavam ao sabor da umidade os grãos de trigo, de cevada ou de feno-grego caídos por acaso das mãos de Oum Hanafi. Belos grãos envolvidos num invólucro sedoso que amadureciam alguns dias antes que se pisasse neles de passagem. Esse buraco, no tempo de sua infância, tinha sido o terreno de suas experiências, o pasto de seus sonhos; eis que seu coração buscava em suas lembranças algo que o enchesse de um desejo nostálgico, de uma alegria levemente entristecida...

Saiu da janela para voltar ao quarto e notou a presença daquela que se achava no salão, a única lembrança viva da eterna sessão do café: sua mãe, sentada com as pernas cruzadas no canapé, com os braços estendidos acima do forno, tendo como única companheira Oum Hanafi, sentada igualmente em frente a ela, em cima de uma pele de carneiro. Ele se lembrou então da antiga sessão nos dias de seu esplendor, do tesouro de lembranças maravilhosas que ela havia colocado nele.

O forno de terra era o único vestígio dela a não ter sofrido mudança notável que o olhar pudesse reprovar...

16

Ahmed Abd el-Gawwad caminhava tranqüilamente ao longo da margem do Nilo em direção à vivenda d'água de Mohammed Iffat. A noite estava calma, o céu claro e semeado de estrelas, o ar fresco.

Chegado ao destino, não deixou, antes de entrar, por simples questão de hábito, de olhar ao longe para onde estava essa outra vivenda d'água que antigamente ele havia chamado de "vivenda de Zannuba"...

Um ano tinha se passado sob essas dolorosas lembranças. Elas não sobreviviam mais em seu coração a não ser sob as formas da vergonha e da mágoa, e tiveram, entre outros efeitos, o de incitá-lo a evitar as reuniões galantes, como havia feito depois da morte de Fahmi. Tinha suportado um ano inteiro, depois do qual, rejeitado, voltara atrás em sua decisão, e voltava esta noite a juntar-se, decidido, ao círculo proibido.

Depois de um minuto, se tanto, ele entrou no seio da alegre turma e passou os olhos por esse grupo querido composto por seus três amigos e duas mulheres. Se ele vira os primeiros na noite anterior, havia mais de um ano e meio que não via as damas, ou seja, para sermos mais precisos, desde aquela noite em que Zannuba tinha entrado precipitadamente em sua vida.

Nada tinha começado ainda. As garrafas permaneciam intocadas, e a ordem normal. Galila ocupava o canapé de honra, no fundo da sala, brincando com seus braceletes de ouro com cujos estalidos ela parecia deleitar-se; Zubaida, por sua vez, tinha se instalado abaixo da lâmpada que pendia do teto, encostada à mesa onde se amontoavam garrafas de uísque e pires de mezzê,* verificando a maquiagem num pequeno espelho que segurava com a mão.

Os três amigos estavam sentados separadamente, a distância uns dos outros, com a cabeça descoberta e já sem a *djoubba*. Ele lhes apertou a mão, depois segurou com calor a das duas mulheres. Galila recebeu-o dizendo: "Bem-vindo seja, meu caro irmão." Quanto a Zubaida, ela lhe disse, aparentando uma sorridente censura: "Boas-vindas para você, que só a polidez nos convida a saudar!"

Ele mesmo retirou sua *djoubba* e seu fez; depois, lançando um olhar nos lugares vazios – Zubaida tinha ido para perto de sua colega –, hesitou um instante antes de dirigir-se para o canapé das duas mulheres, onde finalmente se sentou. Seu movimento de hesitação não tinha passado despercebido a Ali Abd el-Rahim, que lhe disse:

– Desse jeito, você parece mais um iniciante!

Ao que Galila replicou, com a intenção de encorajá-lo:

– Não ligue para ele! Não há cerimônia entre nós!

Zubaida caiu logo na gargalhada e disse, com ironia:

– Sou eu que estou mais no direito de dizer isso. Não somos da mesma família?

Nosso homem entendeu a alusão e se perguntou, com angústia, até onde ia o conhecimento dela sobre a história toda.

– Toda honra é para mim, Sultana – respondeu ele, com delicadeza.

– O senhor está mesmo feliz com o que aconteceu? – perguntou ela, olhando para ele.

– Já que a senhora é tia dela... – respondeu ele com sutileza.

---

*Sortimento de tira-gostos servidos como entrada numa refeição ou acompanhando alguma bebida.

– Sei. Pois bem, eu – replicou ela com um gesto de desdém – não a tenho abençoada no meu coração.

Antes que nosso homem lhe perguntasse por quê, Ali Abd el-Rahim exclamou, esfregando as mãos:

– Bom, que tal se vocês falassem disso depois e a gente tratasse primeiro de nós mesmos?

Ele se levantou em direção à mesa, tirou a rolha de uma garrafa, encheu os copos e ofereceu-os um a um com um zelo que atestava sua alegria de fazer as honras de copeiro. Depois, esperou que cada um dos convivas estivesse pronto para beber e exclamou:

– À saúde dos caros amigos, dos irmãos e da alegria! Que eles sejam eternos para nós!

E todos levaram os copos aos lábios sorridentes.

Por cima do seu copo, Ahmed Abd el-Gawwad observou os rostos dos companheiros, desses amigos de sempre que durante cerca de quarenta anos tinham partilhado com ele os deveres da amizade e da fidelidade. Parecia-lhe ver pedaços de sua alma e ele logo se sentiu transportado por um puro arrebatamento de fraternidade. Virou-se para Zubaida e reatou a conversa, perguntando:

– E por que não a tem abençoada em seu coração?

Ela lhe dirigiu um olhar que fez com que ele sentisse a alegria dela em conversar com ele, e respondeu:

– Porque é uma traidora que não respeita a afeição. Ela me traiu há mais de um ano abandonando minha casa sem ao menos me pedir permissão, para ir não sei para onde...

"Ela ignora realmente para onde ela foi durante todo esse tempo?"

Ele se recusou a tecer qualquer comentário.

– Não soube disso? – perguntou-lhe ela.

– Sim. Soube disso no tempo certo – respondeu ele, calmo.

— Eu que cuidei dela desde pequenina e a eduquei com o amor de uma mãe. Veja a recompensa que eu tenho. Porra de sangue de merda o dela!

— Não ofenda o sangue dela, porque é o seu também – replicou Ali Abd el-Rahim alegremente, fingindo reprovação.

Mas Zubaida respondeu sem rir:

— Não há sangue comum entre nós!

A essas palavras nosso homem lhe perguntou:

— Mas quem era então o pai dela?

— O pai dela? – berrou Ibrahim Alfar.

A pergunta lhe caíra dos lábios num tom que anunciava uma onda de sarcasmos. Por isso Mohammed Iffat antecipou-se a ele, chamando-o à ordem:

— Não se esqueça de que se trata da mulher de Yasine!

A máscara de ironia abandonou o rosto de Alfar que, não sem perturbação, se recolheu ao silêncio.

— Quanto a mim – disse Zubaida –, o que digo não é brincadeira. Ela sempre me invejou e sempre sonhou ser minha rival, quando estava sob meus cuidados. E eu, durante esse tempo, a mimava e fechava os olhos para as malvadezas dela.

Depois, rindo:

— Ela sonhava tornar-se almeia...

Ela perscrutou com o olhar o grupo, antes de acrescentar num tom sarcástico:

— Mas ela fracassou, já que se casou.

— Porque para vocês o casamento é um fracasso? – espantou-se Ali el-Rahim.

Ela o olhou apertando um dos olhos e, erguendo a sobrancelha do outro, e replicou:

— Isso mesmo, meu camarada! Uma almeia não deixa sua orquestra a não ser para fracassar!

A essas palavras, Galila entoou este refrão: "Tu és a bebida, oh, minha alma, fazes-nos bem à vida." Nosso homem ostentou um sorriso largo e a saudou com um "ah!" enternecido, revelador de sua alegria. Mas Ali Abd el-Rahim levantou-se de novo, dizendo:

— Um pouco de silêncio, por favor, para que a gente abra as comportas do copo.

Ele encheu os copos e distribui-os ao grupo, depois voltou para o seu assento, segurando o copo na mão. Nosso homem se serviu por sua vez, olhando para Zubaida que se virou para ele com um sorriso e levantou seu copo, como se lhe dissesse: "Saúde!" Ele fez o mesmo, e beberam cúmplices, com Zubaida a envolvê-los com um olhar terno, que era só sorriso..

Um ano se passara sem que o desejo por uma mulher o agitasse. Como se a experiência rude que tinha sofrido tivesse apagado seu ardor. A menos que fosse orgulho, ou nojo. Fosse como fosse, por causa da embriaguez e desse olhar afetuoso, seu coração se animou e sentiu, depois da amargura de se ter fechado, a suavidade de abrir-se. Essa sensação nova, ele a encarou como a uma olhadela amável do sexo que tinha sido a paixão de sua vida. Talvez ela curasse a ferida de sua dignidade que a traição de Zannuba e o passar dos anos tinham duramente posto à prova. Era como se o sorriso sugestivo de Zubaida lhe dissesse: "Não, não! Sua hora de glória ainda não acabou!" Por isso ele continuou a manter o seu olhar, sem apagar seu sorriso... Mohammed Iffat trouxe um alaúde e colocou-o entre as duas mulheres. Galila pegou-o, começou a dedilhá-lo, depois, sentindo que atraía a atenção dos ouvintes, pôs-se a cantar: "Oh, tu que eu amo, eu te previno!" Nosso homem, como era seu hábito toda vez que ouvia Galila ou Zubaida, fingiu vibrar em harmonia e pôs-se a acompanhar com a cabeça melodia. Porque, na verdade, o universo do canto não era para ele mais do que lembranças. Findos estavam Hammûlî, Othman, al-Manialawi e Abd el-Havy, como sua juventude e os dias gloriosos! Contudo, ele tinha de decidir satisfazer-se com a realidade imediata e ressuscitar a emoção, ainda que fosse simulando-a. Seu amor pelo canto e sua paixão pela música o tinham levado a frequentar o teatro de Mounira al-Mahdiyya, embora não fosse fanático pelo teatro musical. E depois, ele achava que as pessoas se sentavam no teatro como na escola, e isso o aborrecia. Ele tivera a oportunidade de ouvir na casa de Mohammed Iffat discos dessa nova cantora chamada Oum Kalsoum, mas prestando-lhe uma atenção rebelde, cheia de desconfiança. E, embora, segundo se dizia, Saad Zaghloul tivesse feito pessoalmente elogios à voz dela, ele não a havia apreciado. No entanto, neste exato momento, nada evocava nele essa mudança de atitude em relação ao canto. Seu olhar continuava preso a Galila e, satisfeito e feliz, com uma voz suave, ele cantava em coro "oh, tu que eu amo"... A tal ponto que, subitamente, Alfar disse, lamentando-se:

— Mas... mas... onde está então o tamborim? Onde está o tamborim, para que a gente ouça Abd el-Gawwad júnior!

"Pergunte antes para onde foi o Ahmed Abd el-Gawwad que tocava tamborim! Ahhh! Por que o tempo nos faz mudar a tal ponto?"

Galila terminou a canção num concerto de adesões. Ela declarou, contudo, num tom de desculpa, com um sorriso de gratidão:

— Estou um pouco cansada...

Que importava? Zubaida, como era freqüente entre elas, por medida de complacência ou por preocupação em preservar o bom entendimento geral, cobriu-a de elogios. Mas ninguém tinha dúvidas de que a estrela de Galila, enquanto almeia, iniciava um rápido declínio cujo último sinal revelador havia pouco tinha sido a partida de Fino – a tocadora de tamborim – de sua orquestra. Declínio inelutável na medida em que todas as qualidades sobre as quais antigamente tinha repousado sua glória, como seu encanto, a beleza de sua voz, estavam hoje sem viço. Eis por que Zubaida não sentia mais com relação a ela inveja digna de nota e podia agora elogiá-la com sinceridade, tanto mais que ela mesma já tinha chegado ao auge de sua vida artística, além do qual qualquer outro passo se dá em direção ao declínio.

Muitas vezes, os três amigos se perguntavam se Galila tinha garantido fundos que a provessem nessa etapa crítica da vida. Nosso homem pensava que não e ia até o ponto de acusar alguns de seus antigos amantes de lhe terem dissipado uma grande parte de sua fortuna, interessando-se em proclamar que ela era mulher que sabia conseguir dinheiro de todo jeito! Ali Abd el-Rahim fortalecia seu ponto de vista, dizendo que ela "fazia comércio da beleza das moças de sua orquestra" e que pouco a pouco "sua casa assumia um outro aspecto"... Quanto a Zubaida, todos concordavam em pensar que, apesar dos seus talentos em obter dinheiro com astúcia, ela era bondosa, e louca por essas miudezas que à toa torram uma fortuna, sem falar de seu gosto imoderado pela bebida e pelas drogas, sobretudo pela cocaína.

– Permita-me – disse Mohammed Iffat – falar-lhe de minha admiração pelos olhares amáveis com os quais a senhora privilegia alguns dentre nós!

Galila riu e cantarolou em voz baixa:

– "Os olhos dela traem o seu amor..."

– A senhora se acha numa fraternidade de cegos? – perguntou Alfar com desaprovação.

Ahmed Abd el-Gawwad, assumindo um ar de desconsolo:

— Não é com uma franqueza dessas que vocês vão se tornar os alcoviteiros que queriam ser!

Quanto a Zubaida, ela se opôs a Mohammed Iffat, dizendo-lhe:

— Não olho para ele com um objetivo que Deus reprove! Invejo-lhe simplesmente a juventude. Olhem só a bela cabeça negra dele no meio dos crânios brancos de vocês e digam-me se vocês lhe dão um só dia a mais além dos 40 anos?

— Eu dou um século a ele!

— Você faria melhor em olhar para você mesmo – replicou nosso homem.

A essas palavras, Galila se pôs a cantarolar o tema da canção:

— "O olho de quem tem inveja peca, nós devemos furá-lo com uma estaca, oh, minha doce!..."

— Ele não tem nada a temer quanto a isso – replicou Zubaida. – Meu olho não lhe quer nenhum mal...

— Porque de você o mal vem dos dois ao mesmo tempo – replicou Mohammed Iffat, num balançar de cabeça significativo.

Nessa oportunidade, nosso homem se virou para Zubaida para perguntar-lhe:

— Você falava da minha juventude? Você não sabe o que disse o médico!

— Iffat me falou disso – respondeu ela, aborrecida. – Mas que raio de pressão é essa que ele lhe atribui?

— Ele me enrolou no braço um saco engraçado, começou a enchê-lo com uma pêra de couro e me disse: "Você está com pressão alta!"

— E qual é a origem dessa pressão?

— Na minha opinião, é a pêra que ele apertou – respondeu nosso homem numa risada.

Ibrahim Alfar esfregou as mãos:

— É de acreditar que o mal seja contagioso; a prova: nem fazia um mês que o nosso caro protegido foi atacado por ela e nós todos vamos ao médico um atrás do outro, e lá, em todos os casos, o diagnóstico é um só: a pressão!

— Vou dizer a causa disso! – exclamou Ali Abd el-Rahim. – É um dos sintomas da revolução. A prova é que antes dela a gente nunca tinha ouvido falar disso.

— E como é que a pressão alta se manifesta? – perguntou Galila ao Sr. Ahmed.

— Uma enxaqueca dos diabos e dificuldade em respirar andando...

— E quem é que não teve pelo menos uma vez esses sintomas? – resmungou Zubaida com um sorriso com o qual ocultou uma ponta de angústia. – O que você acha? Eu também tenho pressão alta?

— Por baixo ou por cima? – perguntou nosso homem.

Todos riram sem exceção, inclusive Zubaida.

— Já que você sabe o que é a pressão – disse Galila –, examine-a. Talvez você descubra do que ela está doente!

Nosso homem respondeu:

— Concordo! Ela será o saco; eu entro com a pêra!

Eles riram de novo. Depois Mohammed Iffat disse, num tom irado:

— A pressão!... A pressão!... Agora a gente só ouve os médicos dizerem, como se eles mandassem em seu escravo: "Chega de álcool, nada de carnes vermelhas, evite os ovos..."

— E o que é que vai ser de mim, que só como carne vermelha e ovos e só bebo álcool? – perguntou nosso homem, irônico.

— Coma e beba tudo a que tem direito — interrompeu Zubaida. — O homem é, depois de Deus, seu próprio médico.

No entanto, durante todo o período em que ficou de cama, ele se conformara aos preceitos do médico, mas, assim que se levantou, esqueceu os conselhos dele.

— Eu — disse Galila — não acredito nos médicos. Mas os desculpo pelo que dizem e fazem, porque, do mesmo modo que nós, almeias, vivemos das festas e dos casamentos, eles tiram da doença o seu ganha-pão. O saco de pressão, a pêra, as ordens e as proibições são para eles tão indispensáveis quanto para nós o tamborim, o alaúde e as canções!

— Isso mesmo! — aprovou nosso homem com uma satisfação entusiasta. — De qualquer modo, a doença, a saúde, a vida, a morte estão nas mãos de Deus somente, e quem se entrega a Ele não tem com o que se atormentar...

— Olhem só para ele! — exclamou Ibrahim Alfar numa risada. — Ele acha jeito de beber com a boca, fazer sacanagem com os olhos e pregar sermões para nós com a língua!

— Que sermões! — riu nosso homem. — Como então eu pregaria, num bordel?

Mohammed Iffat encarou-o e, sacudindo a cabeça, surpreso:

— Gostaria que Kamal estivesse entre nós, para aproveitar conosco os seus sermões!

— A propósito — perguntou Ali Abd el-Rahim —, ele ainda continua a pensar que o homem descende do macaco?

— Meus antepassados! — exclamou Galila batendo no peito.

E Zubaida, cheia de estupor:

— Do macaco?

Depois, recompondo-se:

— Talvez falasse por si mesmo!

— Ele afirma também que a mulher descende da leoa — advertiu-a nosso homem.

— Ah! Eu bem que queria ver o filho de um macaco com uma leoa, que cabeça ele ia ter! — exclamou ela rindo às gargalhadas.

— Um dia ele vai crescer — continuou Ibrahim Alfar. — Vai deixar o ambiente familiar e aí vai se convencer de que o homem é filho de Adão e Eva.

— A menos que eu o traga aqui comigo um dia desses para que ele se convença de que o homem é um filho de cão!

Ali Abd el-Rahim se levantou e foi até a mesa para encher os copos, perguntando a Zubaida:

— Você é, dentre nós todos, a que melhor conhece o Sr. Ahmed. De que animal você acha que ele descende?

Ela refletiu um breve momento, seguindo as mãos dele voando de copo em copo para enchê-los de uísque, depois respondeu, sorrindo:

— Do burro!

— É uma ofensa ou um cumprimento? — perguntou Galila.

— Só a barriga dela pode dizer isso! — replicou nosso homem.

Recomeçaram a beber na maior serenidade. Zubaida pegou o alaúde e recomeçou a cantar:

— "Abaixe um pouco a tapeçaria..."

Levado pela embriaguez, Ahmed Abd el-Gawwad começou a mover-se ao ritmo da canção, segurando alto o copo em que só deixava um restinho, por trás do qual a olhava, como se desejasse vê-la através de um prisma de âmbar. Depois as máscaras caíram — se é que estavam lá — e pareceu aos olhos de todos que entre Zubaida e ele tudo tinha voltado ao que era antes.

Eles a seguiram em coro, e a voz do Sr. Ahmed elevou-se numa volúpia feliz, até que acabasse a canção na alegria e nos aplausos. Logo Mohammed Iffat se virou para Galila e perguntou-lhe:

— A propósito de "os olhos dela traem seu amor...", que acha de Oum Kalsoum?

— Deus é testemunha de que ela tem uma bela voz, mas tem tendência demasiada a choramingar como criança...

— Alguns acham que ela vai substituir Mounira e outros chegam até a dizer que a voz dela é ainda mais extraordinária...

— O que é isso? — exclamou Galila. — Como que se parece essa choradeira ao lado da bela voz rouca de Mounira?

Depois Zubaida disse, com desprezo:

— Ela tem na voz algo que lembra os leitores do Corão. Diria que é uma cantora de turbante.

— Eu a acho insípida — apoiou nosso homem. — No entanto, Deus sabe quantos estão loucos por ela. De qualquer forma, o império da voz se extinguiu com Si Abdu...

— Que reacionário você me saiu! — replicou Mohammed Iffat num tom divertido. — Você está sempre ligado no passado.

Depois, piscando o olho:

— Você não teima em governar sua casa com uma disciplina de ferro, no século da democracia e do parlamento?

— A democracia é boa para o povo, não para a família — replicou nosso homem, irônico.

— Você acha — perguntou Ali Abd el-Rahim, com seriedade — que a gente pode criar os jovens de hoje com os métodos de antigamente? Esses rapazes que adquiriram o hábito de organizar manifestações e de enfrentar soldados?

— Não sei do que você fala — replicou Ibrahim Alfar. — Eu, em todo caso, estou de acordo com Ahmed. Nós somos, eu e ele, pais de rapazes, e Deus nos ajude!

Mohammed Iffat disse, num tom de brincadeira:

– Vocês são ardorosos adeptos da democracia da boca para fora, o que não os impede de serem déspotas em casa.

– Você queria – replicou nosso homem, com ar de reprovação – que, antes de resolver um problema, eu reunisse Kamal, Yasine, Oum Kamal, e votássemos?

– Não esqueça Zannuba, por favor – disse Zubaida numa risada.

– Se a revolução é a causa de tudo o que nossos filhos nos fazem ver – disse Ibrahim Alfar –, então Deus perdoe Saad Paxá!...

Continuaram a beber, a conversar, a cantar, a brincar. No tumulto que aumentava com as vozes que se misturavam, a noite prosseguiu tranqüila.

Ele a olhava e via que ela tinha os olhos fixos nele; ela o olhava e via que ele tinha os olhos fixos nela... "Não há neste mundo senão um só e verdadeiro prazer!", pensou ele. Por um instante, quis exprimir esse pensamento, mas desistiu. Seja porque sua pressa em abrir-se para os outros tinha esmorecido, seja porque não teve forças para tal. Mas... este... esmorecimento, como ocorrera? Ele se perguntou isso pela enésima vez: "É um pequeno capricho ou uma longa relação que se anuncia?" Quis procurar o divertimento e o consolo... Mas... Que zumbido era esse, como se o fluxo do Nilo lhe soasse aos ouvidos? No entanto, a metade da quinta dezena de sua vida estava já ao alcance de sua mão! Pergunte aos filósofos como a vida se vai! Nós o sabemos sem sabê-lo, intuitivamente...

– Mas por que você não diz mais nada, Deus do céu?
– Eu? Nada... Eu descanso um pouco...

"Sim... como é doce descansar! Um longo sono do qual se sai em plena forma. Doce é a saúde! Mas há os que não param de importuná-lo sem lhe deixar um segundo de descanso! Esse olhar... não é encantador? Mas... o barulho das ondas se torna cada vez mais forte! Como é que você ainda pode ouvir a canção?"

— Ah! Não há descanso que agüente! Não vamos deixá-lo antes de levá-lo numa procissão solene. O que acham? Um casamento!... Um casamento!

— Vamos, de pé, meu dromedário!

— Eu?... Deixe-me descansar mais um pouco...

— Um casamento... Um casamento! Como na primeira vez em al-Ghuriya!

— Tudo isso é passado...

— Vamos torná-lo presente! Vamos, um casamento!... Um casamento!...

"Eles não o deixarão!... E depois tudo isso é passado... que uma cortina de trevas esconde a seus olhos... Oh! Como está escuro! E esse zumbido... e essa capa de esquecimento!"...

— Olhem!

— Mas o que ele tem?

— Água, depressa!... Abram a janela!

— Oh, Senhor, oh, meu Deus!

— Não é nada, não é nada... vá molhar esse lenço em água fresca.

DESDE "O ACIDENTE" do pai, uma semana se tinha passado. O médico lhe fazia visita diariamente. Seu estado era tão preocupante que a ninguém era permitido falar-lhe, de modo que os filhos desfilavam no quarto na ponta dos pés, lançavam um olhar ao pai na cama, perscrutando seu rosto ressequido e sem vida, depois se retiravam com a fisionomia séria e o coração apertado, falando entre si e, ao mesmo tempo, evitando-se os olhares.

O médico tinha diagnosticado uma crise de pressão. Tinha então feito uma sangria no doente, enchendo uma tina inteira com o sangue dele; um sangue "negro", segundo Khadiga, que assim o tinha qualificado, tremendo toda. De vez em quando, via-se Amina sair do quarto como um espectro errante. Kamal parecia assustado, dando a impressão de se perguntar como essas coisas terríveis podem surgir num piscar de olhos; como o pai, esse colosso, tinha podido deixar-se vencer e sucumbir à doença. Ele desviava então o olhar em direção ao fantasma da mãe, para os olhos de Khadiga molhados de lágrimas ou para o rosto pálido de Aisha, e perguntava-se de novo o que tudo aquilo significava. Surpreendeu-se deixando-se chegar ao ponto de imaginar o desfecho que seu coração temia: a perspectiva de um mundo do qual o pai estaria ausente. A angústia apertou-lhe o coração e ele se perguntou com apreensão como a mãe poderia superar tal desfecho, ela que já parecia quase aniquilada embora nada ainda tivesse acontecido. Depois a lembrança de Fahmi lhe veio à mente. Poderia esquecer um como tinha esquecido a outra? O mundo pareceu-lhe então cada vez mais impenetrável...

Yasine tinha sabido do acidente do pai no dia seguinte e voltou à casa pela primeira vez depois do casamento com Maryam. Fora direto ao quarto do pai, olhara-o longamente em silêncio, depois se retirara para o salão, aterrorizado. Lá, encontrara Amina e, enquanto a cumprimentava depois dessa longa ausência, apertando-lhe calorosamente a mão, sua emoção aumentara e seus olhos se encheram de lágrimas.

Ahmed Abd el-Gawwad ficara na cama primeiramente sem se mexer nem falar, depois, por ter encontrado algum vigor graças à sangria, pudera articular uma palavra, formular uma breve expressão para exprimir sua vontade; mas como a dor voltasse nessa oportunidade, ele pontilhava suas palavras com queixas e gemidos.

Quando a intensidade da dor se esvaiu, o fato de ficar à força na cama – coisa que o privava das alegrias benéficas do movimento e da higiene – começou a pesar-lhe, condenado como estava a beber, a comer e a fazer o que lhe repugnava o espírito num único e mesmo lugar: sua cama! Ele dormia um sono irregular e sentia um tédio profundo. Sua primeira e principal preocupação foi de saber como, em sua inconsciência, o tinham trazido de volta a casa. Amina respondeu-lhe que ele voltara de caleche, acompanhado por seus amigos Mohammed Iffat, Ali Abd el-Rahim e Ibrahim Alfar, que o tinham carregado suavemente até a cama e haviam chamado imediatamente o médico, apesar da hora tardia.

Ele se preocupou também com as visitas. Amina respondeu-lhe que elas se sucediam sem interrupção, mas que o médico as tinha proibido até segunda ordem. Ele repetia numa voz fraca: "Nosso destino pertence a Deus por toda a eternidade! Possa Ele conceder-nos um fim honroso!" Mas, para dizer a verdade, ele não tendia ao desespero nem pressentia nenhum fim próximo. Nem as dores nem o medo enfraqueciam sua confiança na vida que lhe era tão cara, e, de fato, a esperança voltou-lhe naturalmente assim que a consciência refloresceu.

Ele não abordou com ninguém os assuntos típicos dos moribundos, como ditar testamento, fazer as despedidas ou confiar aos interessados os segredos de seu trabalho ou de sua fortuna. Muito pelo contrário, mandou chamar Gamil al-Hamzawi e encarregou-o de certas transações de que ele próprio não tinha nenhuma experiência. Mandou do mesmo modo Kamal ir até seu alfaiate preferido em Khan Djaafar para que lhe trouxesse as roupas novas que havia encomendado e pagasse a conta. Não evocava nunca a morte a não ser por essas fórmulas precitadas, que ele repetia como para iludir a crueldade do destino.

No final da primeira semana, o médico declarou que seu paciente tinha superado a fase crítica e que agora não precisava de mais nada, a não ser de paciência, só o tempo de recuperar inteiramente a saúde e retomar as atividades. Renovou-lhe, na oportunidade, as recomendações que já lhe tinha feito quando da primeira crise, e nosso homem prometeu-lhe conformar-se a elas, jurando sinceramente a si mesmo desistir definitivamente da vida de desregramento depois que suas conseqüências funestas, que o tinham convencido de que a situação era séria, lhe apareceram claramente; depois, começou a consolar-se pensando que viver com boa saúde suportando algumas privações era sempre melhor do que cair doente.

Assim, pois, a crise tinha encontrado uma solução salutar. A família recuperou o ânimo e os corações se encheram de agradecimentos. No fim da segunda semana, foi permitido ao nosso homem receber visitas e foi um dia feliz.

A família foi a primeira a comemorar o acontecimento. Filhos, filhas e genros ficaram do seu lado e puderam falar-lhe pela primeira vez desde o início do seu período de acamado. Ele passeou o olhar por eles: Yasine, Khadiga, Aisha, Ibrahim e Khalil Shawkat; depois, com sua cortesia habitual que, mesmo no seu estado, não lhe faltou, perguntou pelas crianças: Ridwane, Abd el-Monem, Ahmed, Naima, Othman e Mohammed. Os pais delas responderam-lhe que não as tinham trazido consigo com medo de perturbar o descanso dele. Depois dos votos de longa vida e saúde, falaram da aflição que lhes causara a doença dele assim como da alegria de vê-lo restabelecido. Khadiga falou numa voz trêmula. Aisha, beijando-lhe a mão, nela depôs uma lágrima mais eloqüente do que as palavras. Quanto a Yasine, disse contente:

— Estive doente quando o senhor esteve e encontrei a cura quando Deus a concedeu ao senhor!

Imediatamente o rosto pálido do nosso homem se iluminou de alegria e ele lhes falou longamente do Juízo de Deus, mas também de sua misericórdia e de sua bondade, dizendo-lhes que o crente deve enfrentar seu destino com fé e coragem, entregando-se a Ele somente! Depois disso, eles saíram do quarto do pai e foram para o de Kamal, deixando livre o salão para a passagem dos visitantes cuja procissão era esperada.

Então, Yasine foi até Amina e disse-lhe, apertando-lhe a mão:

— Se eu não lhe contei meus pensamentos durante essas duas últimas semanas foi porque a doença de papai me tirou o ânimo para tanto. Mas agora que Deus lhe restituiu a saúde, eu queria desculpar-me de ter voltado a esta casa sem nem ao menos lhe ter pedido permissão. Certamente fui recebido nela com a ternura à qual a senhora sempre me acostumou desde os dias felizes de antigamente, mas eu me vejo obrigado agora a apresentar-lhe devidamente minhas desculpas...

O rosto de Amina enrubesceu e ela respondeu, comovida:

— O passado é o passado, Yasine! Esta é a sua casa. Você será sempre bem-vindo nela quando desejar vir.

— Não queria voltar a esse assunto — respondeu Yasine com gratidão. — Mas eu juro pela vida de meu pai e do meu filho Ridwane que nunca quis mal a ninguém nesta casa e que sempre amei vocês todos como a mim mesmo. Sem dúvida Satã me fez cair no erro. Isso pode acontecer a qualquer um. Mas meu coração sempre foi sincero...

Amina colocou sua mão no largo ombro dele e disse num tom de sinceridade:

— Você sempre foi um dos meus filhos. Não nego que um dia me deixei levar pela raiva mas, Deus seja louvado, ela foi esquecida. No meu coração só resta este amor de sempre. Esta é a sua casa, Yasine, você é bem-vindo nela!

Ele se sentou repleto de gratidão. Quando Amina deixou o quarto, ele declarou aos presentes, num tom sentencioso:

— Meu Deus, como essa mulher é bondosa! Possa Ele nunca perdoar àquele que a ofender, e amaldiçoar Satã que me levou um dia para o caminho que feriu os sentimentos dela!

Ao que Khadiga não deixou de responder, lançando-lhe um olhar penetrante:

— Não se passa um ano sem que Satã o leve a uma desventura. Como se você fosse uma marionete nas mãos dele...

Ele lhe suplicou com o olhar que a língua dela o poupasse, mas Aisha concluiu, para defendê-lo:

— Isso já está acabado e arquivado...

— Por que você não nos trouxe sua "senhora" – continuou Khadiga sarcástica – para que ela "animasse" para nós este dia abençoado?

— Minha mulher não anima mais festas – replicou ele com um orgulho forçado. – Ela se tornou uma dama em todas as acepções do termo.

— Ah! Meu pobre Yasine! – exclamou Khadiga num tom sério, sem marcas de ironia. – Deus o perdoe e o guie!

— Não me queira mal, Sr. Yasine! – suspirou Ibrahim Shawkat desculpando-se das palavras rudes da esposa. – Que posso fazer? É sua irmã!

— Deus o ajude, Sr. Ibrahim! – respondeu ele com um sorriso.

A essas palavras, Aisha declarou, com um suspiro:

— Agora que Deus já ajudou papai, eu lhes confesso que até o restante dos meus dias nunca esquecerei como ele estava na primeira vez que o vi. Rezemos a Deus para que Ele não condene ninguém à doença!

— A vida sem ele não valeria uma lasca de unha – afirmou Khadiga com fé e entusiasmo.

— Ele é nosso refúgio para todas as desgraças – apoiou Yasine com emoção. – Ele é um homem excepcional.

"E você? Você se lembra de quando se escondia, de pé, num canto do seu quarto, aterrorizado pelo desespero, de como seu coração se partiu vendo o fim da sua mãe? A morte só é para nós uma idéia entre outras, mas quando ela mostra sua sombra, a terra foge aos nossos pés. E no entanto a dor nos perseguirá lancinante, tantas vezes quantas perdermos um ente querido. Você também morrerá deixando esperanças atrás de si. E no entanto você quer viver, mesmo que submetido à prova do amor..."

Uma sineta de caleche soou na rua. Aisha pulou até a janela, deu uma olhada através da gelosia, depois se virou, anunciando, num tom orgulhoso:

— Senhores importantes!

Um após outro, os visitantes começaram a aparecer, contando entre eles os numerosos amigos que povoavam a vida do pai, funcionários, advogados, gente da alta sociedade, comerciantes. Entre eles, raros eram os que não conheciam a casa. Outros só tinham vindo como convidados para alguns banquetes que o nosso homem dava nas grandes ocasiões. Fora eles, encontravam-se homens que se viam freqüentemente na rua dos Ourives ou na Nova Avenida. Todos eram amigos dele, mas não no mesmo nível de Mohammed Iffat e seus dois companheiros.

Tendo em vista as circunstâncias da visita, eles não se demoraram muito. Mas os filhos acharam, tanto na postura refinada deles quanto nos seus veículos puxados por cavalos fogosos, algo com que satisfazer-lhes o orgulho e a vaidade. Sempre à espreita, Aisha exclamou subitamente:

– Pronto! Os três amigos chegaram!

Ouviram-se então as vozes de Mohammed Iffat, Ali Abd el-Rahim e Ibrahim Alfar que riam entre si e se expandiam em louvores e em ações de graças.

– Amigos assim não existem mais! – exclamou Yasine.

Ibrahim e Khalil Shawkat concordaram com essas palavras, enquanto Kamal acrescentava com uma tristeza que ninguém percebeu:

– A vida raramente permite a amigos assim permanecer unidos por tanto tempo quanto esses aí!

Yasine disse, maravilhado:

– Eles nunca ficaram um só dia sem se encontrarem, e nas horas difíceis eles não se despediam nunca sem lágrimas nos olhos.

– Não fique surpreso – replicou Ibrahim Shawkat –, eles passaram mais tempo na companhia dele que vocês todos juntos!

Khadiga foi para a cozinha para oferecer seus serviços. Enquanto isso, os visitantes continuavam a aparecer. Gamil al-Hamzawi chegou depois da hora do fechamento da loja, seguido de Ghanim Hamidou, dono do armazém de azeite de al-Gamaliyya, depois de Mohammed el-Agami, vendedor de sêmola em Salhiyyé. Subitamente, mostrando a rua por trás da janela, Aisha exclamou:

– O xeque Metwalli Abd es-Samad! Vocês acham que ele vai poder subir?

O velho começou a atravessar o pátio, inclinado sobre a bengala, tossindo às vezes, como que para assinalar sua presença aos que impediam seu caminho.

– Ele poderia subir até o cimo de um minarete – falou Yasine.

Depois, respondendo a Khalil Shawkat que lhe perguntava sobre a idade do homem com um movimento de olhos e de dedos:

— Entre 80 e 90! E nem me fale da saúde dele!

— Ele nunca se casou ao longo de sua longa vida? — perguntou Kamal.

— Dizem que ele foi casado e que foi pai também... Mas a mulher e os filhos dele foram se encontrar com Nosso Senhor...

Aisha exclamou de novo, sempre em seu posto:

— Olhem! Um khawaga!* Quem pode ser, na opinião de vocês?

O homem, que usava um chapéu redondo de folha de palmeira trançada sob cuja aba aparecia um nariz adunco e bexiguento, sublinhado por um bigode espesso, atravessou o pátio lançando à volta de si um olhar tímido e intrigado.

— Deve ser um ourives de al-Sagha — respondeu Ibrahim.

— Sim, mas ele tem uma cabeça de grego — respondeu Yasine, perturbado. — Onde diabos foi que eu já vi essa cabeça?

Depois veio um cego com óculos escuros, guiado por um homem comum, com a cabeça envolvida numa echarpe, pavoneando-se num longo manto negro embaixo do qual sobressaía um *galabiyyê* listrado. Yasine, no auge do estupor, reconheceu-os no primeiro olhar. O jovem cego não era outro senão Abdu, o tocador de cítara da orquestra de Zubaida. Quanto ao segundo, era o dono de um café famoso em Wajh el-Birka, um certo Hamayouni, um mau rapaz, larápio, jogador e por aí afora...

— O cego é o tocador de cítara da almeia Zubaida — comentou Khalil.

---

*Nome que designava no Egito um estrangeiro ou um residente não mulçumano, geralmente cristão.

— E de onde ele conhece o papai? — perguntou Yasine, fingindo surpresa.

Ibrahim Shawkat deu um sorriso e respondeu:

— Seu pai é um velho melômano! Não há nada de espantoso que ele seja conhecido por todos os artistas.

Aisha sorriu tristemente, mantendo a cabeça virada para a rua, para esconder o sorriso. Quanto a Yasine e Kamal, eles notaram o que Ibrahim esboçava nos lábios, e compreenderam logo o significado. Finalmente chegou Suwaidane, a criada dos Shawkat, que tropeçava ao tentar andar como uma dama.

— Eis a enviada de nossa mãe que vem saber notícias do Sr. Ahmed — resmungou Khalil, designando-a com o dedo.

De fato, a viúva do pranteado Shawkat tinha vindo uma vez fazer uma visita ao nosso homem, mas, vítima nos últimos tempos de dores reumáticas que tinham pactuado com sua velhice para diminuí-la ainda mais, ela se encontrava impossibilitada de renová-la. Khadiga não demorou a voltar da cozinha e disse, fingindo uma prostração que encobria um orgulho escondido:

— Temos de mandar vir alguém só para se ocupar com o café!

Ahmed Abd el-Gawwad estava sentado na cama, apoiado em um travesseiro dobrado atrás de suas costas, as cobertas puxadas até o pescoço, os visitantes ocupando o canapé e as cadeiras dispostas em círculo em volta da cama.

Apesar da fraqueza, ele parecia feliz. Nada o alegrava mais do que ver os amigos reunidos à sua volta, rivalizando em delicadeza e zelo para lhe oferecer a prova de sua amizade. E se a doença o tinha, certamente, posto à prova com dureza, ele não negava tampouco o seu lado bom, tão patente era a angústia na qual seu mal havia mergulhado seus irmãos, já que no seio das noitadas, o ardente lamento da ausência do amigo era a medida da tristeza e do aborrecimento deles, durante o seu afastamento forçado. E, como se ele quisesse provocar-lhes mais pena, começou a fazer-lhes o relato das dores e da prostração que tinha suportado. Mais ainda, ele não deixou de, para esse fim, puxar a corda do lado trágico e disse-lhes, num suspiro:

— Nos primeiros dias, tive no fundo de mim mesmo a certeza de estar acabado! Não parava de pronunciar a Sha-hada,* nem de recitar a Samadiyya, dizendo os nomes de vocês abundantemente entre uma e outra, para que a idéia cruel de deixar vocês me prendesse à vida...

A essas palavras, mais de uma voz se elevou para responder-lhe:

— Antes morrer do que perdê-lo, Sr. Ahmed!

— Sua doença vai me marcar até o fim dos meus dias – apoiou Ali Abd el-Rahim, comovido.

— Você se lembra daquela maldita noite? – continuou Mohammed Iffat com a voz baixa – Meu Deus! Você nos pôs de cabelos brancos!

Ghanim Hamidou disse, inclinando-se levemente para o leito:

— Você deve sua saúde àquele que nos salvou dos ingleses na noite da porta das Vitórias!

"Ah! Que tempo bom! O da saúde e do amor! Fahmi era ainda um bravo rapaz com esperanças promissoras..."

— Louvores a Deus, Sr. Hamidou!

— Estou curioso para saber – perguntou o xeque Metwalli Abd es-Samad – quanto você deu ao médico inutilmente. Não precisa me responder. Só lhe peço para falar com os amigos sobre al-Hussein...

---

*A Shahada é a profissão de fé mulçulmana: "Só Alá é Deus e Maomé o seu profeta." A Samadiyya é a mais curta surata do Corão.

— E você, xeque Metwalli — interrompeu Mohammed Iffat —, você não faz parte deles? Queira esclarecer-nos esse ponto...

O xeque disse, num tom negligente, batendo no chão com a bengala, após cada frase:

— Converse com os amigos sobre al-Hussein e comigo em primeiro lugar. Que Mohammed Iffat não leve a mal. Ele também deveria falar com eles, ainda que fosse em sua homenagem. A mim em primeiro lugar. Quanto a você, é preciso cumprir a peregrinação já este ano. E não seria mau que você me levasse junto para que Deus lhe pague em cêntuplo!

"Como você é querido e amigo do peito, xeque Metwalli! Você faz parte dessa felicidade!"

— Eu lhe prometo, xeque Metwalli, levá-lo comigo ao Hedjaz...* Se Deus o permitir!

A essas palavras, o khawaga, que tinha tirado o chapéu, descobrindo uma cabeleira salpicada por uma brancura resplandecente, declarou:

— A tristeza não é necessária. A tristeza é a causa de tudo. Deixe-a e você encontrará dinamismo. Palavra de Manouli que lhe vende vinho há 35 anos, Manouli, mercador de felicidade e corretor de sepulturas!

— Eis para onde nos leva direitinho a sua mercadoria, Manouli!

O homem perscrutou com o olhar o restante de sua "freguesia" e protestou:

— Ninguém nunca disse que o álcool leva à doença. Besteira, isso. Você já viu a alegria, o riso e a pândega provocarem doença?

---

*Província setentrional da Arábia Saudita que abriga os lugares santos do Islã e tem por capital Meca.

— Agora eu o reconheço, oh, cara de mal! — exclamou o xeque Metwalli, virando-se para ele, procurando-o com seu olhar que mal vislumbrava. — No momento em que ouvi sua voz, eu me perguntei onde que eu já tinha ouvido esse demônio!

Após uma piscadela para o xeque Metwalli, Mohammed el-Agami, vendedor de sêmola, perguntou ao khawaga Manouli:

— Diz aí, Manouli, você nunca teve o xeque entre seus fregueses?

— Ele enche a boca com outra coisa — respondeu o homem sorrindo. — Onde você queria que ele pusesse o álcool, meu querido?

— Seja cortês, Manouli! — exclamou o xeque apertando o cabo da bengala.

— Vai negar, xeque Metwalli — replicou-lhe al-Agami —, que você foi o maior fumante de haxixe antes de a velhice lhe tirar o fôlego?

O xeque protestou com um sinal de mão, e replicou:

— O haxixe não é um pecado! Já experimentou a prece da aurora estando ruim? *"Allahou Akbar!... Allahou Akbar!..."*

Vendo que Al-Hamayouni permanecia silencioso, nosso homem se virou para ele, com o sorriso nos lábios, e disse-lhe, por medida de polidez:

— Como vai, mestre? Há quanto tempo!

— Oh, meu Deus, é mesmo, há quanto tempo — respondeu o homem como num mugido. — Por sua culpa, Sr. Ahmed. Foi você que se afastou de nós. Mas quando o Sr. Ali Abd el-Rahim me disse "seu rival está preso na cama", eu me lembrei de nossas peraltices como se fosse ontem e disse pra mim mesmo: "Onde estaria a fidelidade se eu não fosse ver pessoalmente esse caro senhor, o príncipe da honra, da pândega e da civilidade!" E se não fosse pelo medo de fofoca, eu teria trazido Fatuma, Tamalli, Dawlat e Nahawand comigo, elas morrem de vontade de vê-lo. Oh! Você, Sr. Ahmed!, ou você nos honra todas as noites com sua visita ou fica anos sem nos ver!

Depois, percorrendo a turma com seu olhar frio:

— Vocês todos também nos abandonaram. Bendito seja o Sr. Ali e Deus preserve Saniyya el-Olali que o fez vir até em casa. Quem perde seu passado não tem alma! A verdadeira vida está em casa. O que os distanciou de nós? Se ao menos fosse a conversão, a gente perdoaria vocês! Mas vocês ainda têm muito tempo! Possa Deus fazê-la chegar o mais tarde possível prolongando a vida e as alegrias de vocês!

Ahmed Abd el-Gawwad disse, apontando para si:

— Você está vendo: chegamos ao fim!

— Não diga isso, grande homem! – protestou vivamente Hamayouni. – Foi só uma dorzinha que não vai voltar mais. Não vou embora daqui antes que você tenha me jurado voltar, ainda que só uma vez, a Wajh el-Birkah, se por felicidade Deus o ajudar e você se levantar são e salvo.

— Os tempos mudaram, mestre Hamayouni – disse Mohammed Iffat. – Onde está nossa Wajh el-Birkah de antigamente? Procure-a nos livros! Tudo o que nos resta dela não é mais do que um lugar de distração para a juventude de hoje. Como queria que nós andássemos por ela se nossos filhos estão por lá?

— E não esqueça – disse Ibrahim Alfar – que não podemos enganar Deus sobre a idade e a saúde. Estamos no fim, como disse o Sr. Ahmed. Não há um entre nós que não tenha sido obrigado a ir ao médico para ouvi-lo dizer: "O senhor tem isso, o senhor tem aquilo... Tem de parar de beber, de comer, de respirar..." e outras recomendações detestáveis! Diga, mestre Hamayouni, sabe o que é ter pressão alta?

— A embriaguez, o riso e o namoro são o único remédio para todos os males – respondeu o homem lançando-lhe um olhar penetrante. – E se ainda encontrarem vestígio desses males depois disso, me castiguem!

— Por Deus, foi o que eu disse a ele! – exclamou Manouli.

Ao que Mohammed el-Agami acrescentou, completando as idéias do amigo:

— E não se esqueça também do manzul,* qualidade extra, mestre!

O xeque Metwalli Abd es-Samad balançou a cabeça, estupefato, e perguntou, desorientado:

— Digam-me, oh, pessoas de bem, onde estou agora: na casa de Abd el-Gawwad júnior, num lugar de fumar ópio ou numa taberna? Socorro! Me esclareçam!

— Quem é esse? – perguntou Hamayouni olhando para o xeque de soslaio.

— Um amigo de Deus, um homem de bem...

— Prediga o meu futuro, se você é um amigo de Deus! – exclamou Hamayouni num tom de troça.

— Você vai acabar ou na prisão ou na ponta de uma corda! – exclamou o xeque.

Al-Hamayouni não pôde reter uma possante gargalhada e respondeu:

— É verdade, é mesmo um amigo de Deus! É bem provável que eu acabe desse jeito...

Depois, dirigindo-se ao xeque:

— Mas modere a sua língua, senão vou fazê-lo engolir suas predições!

Ali Abd el-Rahim aproximou a cabeça do rosto do nosso homem e disse-lhe:

---

*Droga forte, comparável à cocaína.

– Fique logo de pé, meu amigo! O mundo sem você não vale uma casca de cebola. O que está acontecendo com a gente, Ahmed? Você não acha que depois disso faríamos melhor em não subestimar a doença? E dizer que nossos pais se casavam depois de 70 anos! Então, que está acontecendo?

– Os pais de vocês eram crentes e virtuosos – vociferou o xeque Metwalli expulsando uma nuvem de perdigotos. – Eles não bebiam e não fornicavam. Eis aí a sua resposta!

– O médico me disse – respondeu nosso homem ao seu amigo – que brincar por muito tempo com a pressão pode levar à paralisia, Deus me livre. Foi o que aconteceu com nosso caro Weddini. Possa Deus dar-lhe a graça de abreviar-lhe os dias. Quanto a mim, se isso me acontecesse, eu rezaria para Deus me dar a graça de me chamar para Ele. Ficar anos na cama sem poder se mexer? Piedade, Senhor!

Hamidou, Agami e Manouli pediram a permissão para despedir-se, e depois deixaram o quarto fazendo para o nosso homem votos por uma longa vida e saúde. Então, Mohammed Iffat se inclinou ao ouvido dele e cochichou em voz baixa:

– Galila lhe manda lembranças. Ela bem que gostaria de vir dizer-lhe isso pessoalmente.

Essas palavras não passaram despercebidas ao ouvido de Abdu, o tocador de cítara, que estalou os dedos e acrescentou:

– E eu sou o enviado da Sultana junto a você. Ela quase se vestiu de homem para vir vê-lo, mas teve medo de que isso tivesse sobre você conseqüências imprevistas. Ela me enviou encarregando-me de lhe dizer... – Ele limpou a garganta uma primeira vez, depois uma segunda, e começou a cantar em voz baixa:

"Mantém a palavra, tu que vais ao amado
Dá-lhe por mim na boca um beijo apaixonado
E diz-lhe: Tua escrava amorosa te é fiel..."

A essas palavras, al-Hamayouni abriu um largo sorriso que descobriu uma dentadura de ouro, e exclamou:

— É o melhor medicamento. Experimente isso e não se preocupe com esse amigo de Deus que nos prediz a corda!

"Zubaida? Não tenho mais vontade de nada... O mundo da doença é terrível. E dizer que se o pior tivesse acontecido, eu estaria bêbado! Isso não quer dizer que tenho medo de virar a página?"

Ibrahim Alfar disse, em voz baixa:

— Nós nos juramos não tocar na bebida enquanto você estivesse de cama!

— Eu os livro desse juramento. Perdoem-me o que aconteceu.

— Ah, se ao menos fosse possível festejar aqui esta noite a sua cura! – disse Ali Abd el-Rahim com um sorriso de provocação.

Ao que o xeque Metwalli replicou, dirigindo-se a todos:

— Convido vocês ao arrependimento e à peregrinação.

— Você me parece mais um soldado num salão de ópio – opôs-se Hamayouni exaltado.

A um sinal combinado, dado por Alfar, as cabeças dos três amigos se inclinaram sobre nosso homem e, com a melodia de "Já que para amar você não é capaz, que diabo você ama?", começaram a cantar, em voz baixa: "Já que para beber você não é capaz, que diabo você bebe?"

... Isso no mesmo instante em que o xeque Metwalli Abd es-Samad começava a recitar alguns versículos da surata do Arrependimento.

Quanto a Ahmed Abd el-Gawwad, ele caiu numa risada tal que as lágrimas lhe escorreram dos olhos.

Como a reunião se estendia, sinais de impaciência começaram a se notar no rosto do xeque.

– Eu os previno – disse – de que serei o último a deixar este quarto. Quero ficar a sós com Abd el-Gawwad júnior!

O SR. AHMED só pôs o nariz fora de casa duas semanas depois. A primeira coisa que fez foi visitar al-Hussein em companhia de Yasine e de Kamal e rezar na mesquita dele para dar a Deus testemunho de sua gratidão. Os jornais anunciavam a morte de Ali Fahmi Kamel* e o nosso homem meditou longamente sobre ela, dizendo a seus dois filhos, no momento em que saíam de casa:

– Ele foi abatido em pleno discurso no meio de uma multidão de ouvintes e aqui estou eu, andando com as próprias pernas, depois de um tempo acamado em que quase vi a morte de perto. Quem pode predizer o invisível? Verdadeiramente nossa vida está nas mãos de Deus e cada um tem seu fim escrito!

Foi-lhe necessário esperar vários dias e até várias semanas para recuperar seu peso normal, mas ele parecia ter recobrado sua imagem de dignidade e beleza. Ele andava na frente, seguido por Yasine e por Kamal... Um espetáculo que não se vira mais desde a morte de Fahmi.

No caminho que separa Bayn al-Qasrayn da grande mesquita, os dois irmãos puderam observar a estima de que

---

*No dia 31 de dezembro de 1926, o secretário do Partido Nacional, abatido no final de um discurso inflamado que tinha pronunciado pela comemoração do sétimo aniversário da morte de Mohammed Farid, sucessor de Mustafá Kamel à frente do Partido Nacional.

todos no bairro tinham por seu pai. Não havia um comerciante que não acorresse para lhe apertar a mão e dar-lhe um abraço, felicitando-o pelo seu restabelecimento. Yasine e Kamal, internamente, reagiam com satisfação a essa cálida amizade. A alegria e o orgulho os invadiu e um sorriso se desenhou nos lábios deles, e não os deixou mais durante todo o trajeto. No entanto, Yasine se perguntava por que ele não desfrutava da mesma estima que o pai já que tinha a mesma majestade, a mesma beleza e... os mesmos vícios que ele! Quanto a Kamal, embora feliz, relembrou do modo como via o pai para reavaliar este olhar por um ângulo novo. Porque, se esta estima, no passado, pudera representar a seus olhos de criança uma prova de respeito e de grandeza, ela lhe parecia hoje – pelo menos com relação aos seus ideais – insignificante! Não era nem mais nem menos do que a estima de que usufruía um homem de coração, de companhia agradável, dotado de todas as qualidades humanas. Ora, podia ser que a grandeza fosse exatamente o oposto disso, ela que é a trovoada que abala os corações apáticos ou descola as pálpebras dos adormecidos! Ela que pode suscitar o ódio mais que o amor, a indignação mais que a adesão, a inimizade mais que a amizade. Ela que é revelação, destruição e construção. No entanto, não era para o homem um motivo de felicidade desfrutar de todo esse amor e respeito? Certamente! A prova é que a enormidade dos grandes se mede, muitas vezes, pelo tamanho do sacrifício que eles fazem em relação ao amor e à tranqüilidade para atingir objetivos mais vastos!

"Que importa!", disse ele. "É um homem feliz. Deixemo-lo saborear sua felicidade. Olhe só como ele é bonito! E Yasine também não é charmoso? Por mais que você afirme, tanto quanto quiser, que a beleza é o apanágio das mulheres, não se apagará mais da sua memória o terrível episódio do caramanchão. Papai se recuperou de sua crise de pressão: quando me curarei do amor? Porque o amor também é uma doença, como o câncer: ainda não acharam a causa dele. Hussein Sheddad disse em sua última carta que 'Paris é a capital da beleza e do amor!, Também é a capital da dor? Esse irmão bem-amado começa a se mostrar avarento em cartas, como se as escrevesse com seu sangue. Oh, como eu gostaria de um mundo em que os corações não fossem nem traidores nem traídos!"

Na esquina de Khan Djaafar, a grande massa da mesquita se ergueu diante deles. Então ele ouviu o pai exclamar do fundo da alma, numa voz que aliava a ternura da homenagem ao fervor da invocação: "Al-Hussein!" Apertou o passo. Ao mesmo tempo que Yasine, Kamal imitou-o, olhando a grande mesquita com um sorriso enigmático: será que seu pai ao menos pensava que ele não o acompanhava nessa santa visita senão para satisfazer-lhe os desejos, mas sem ligar a mínima para sua fé? Porque a mesquita não era a seus olhos mais do que um desses símbolos de decepção que lhe tinham destroçado o coração. Ele que, antigamente se postava ao pé de seu minarete, com o coração acelerado, os lhos à beira das lágrimas, vibrando de emoção, de fé e de esperança, agora se aproximava dele sem enxergar mais do que um enorme amontoado de pedras, de ferro, de madeira e de estuque, ocupando indevidamente um espaço gigantesco! No entanto, ele tinha de se fingir de crente a fim de que a visita se desenrolasse tranqüilamente por respeito ao pai quanto às pessoas à volta ou... por temor de sua irritação. Em outras palavras, uma conduta nada contrária à dignidade e à sinceridade!

"Oh, como eu gostaria de um mundo em que o homem pudesse viver livre sem temor nem constrangimento!"

Tiraram seus sapatos e entraram um atrás do outro. O pai dirigiu-se para o Mihrab* e convidou os dois filhos a fazer uma prece em homenagem à mesquita. Ele levou as mãos ao alto da cabeça e Yasine e Kamal o imitaram.

Enquanto o pai, como era seu hábito, entregava-se inteiramente à prece, com os olhos fechados, numa atitude de submissão, enquanto Yasine esquecia tudo, exceto que se achava diante de Deus, o Clemente, o Misericordioso, Kamal se obrigava a remexer os lábios sem dizer nada, a curvar-se, a levantar-se, a ajoelhar-se, a prostrar-se, como se realizasse impassíveis movimentos de ginástica, dizendo baixinho para si mesmo: "Os mais antigos vestígios deixados na terra ou debaixo da terra são edifícios de culto, que ainda se encontram hoje por toda parte! Quando o homem vai finalmente tornar-se maduro e apoiar-se em si mesmo? E essa voz trovejante que vem do fundo da mesquita para lembrar aos crentes o fim do mundo? Desde quando o mundo deveria ter um fim? E o que há de mais belo do que ver o homem combater as ilusões e vencê-las? Quando se acabará então a luta e quando o combatente proclamará que está feliz, dizendo: 'Subitamente o mundo me parece estranho! Teria nascido ontem?' Esses dois homens aí na minha frente são meu pai e meu irmão. Por que todas as pessoas não seriam também meus pais e meus irmãos? E este coração que tenho dentro de mim, como pôde comprazer-se em me enganar de todas as maneiras? Não paro de encontrar pessoas indesejáveis, então por que a única pessoa que amo entre todas tinha de ir para o outro extremo da Terra?"

Quando terminaram sua prece, Ahmed Abd el-Gawwad disse aos filhos:

---

*Nicho que, numa mesquita, materializa a *qibla* (direção de Meca).

– Descansemos um pouco antes de ir caminhar à volta do túmulo...

Permaneceram sentados, com as pernas cruzadas, em silêncio. Subitamente, o pai disse, numa voz terna:

– Não nos encontrávamos juntos neste local desde aquele triste dia...

– Digamos uma *Fâtiha* pelo descanso de Fahmi! – respondeu Yasine comovido.

Eles recitaram a *Fâtiha*. Depois Ahmed Abd el-Gawwad perguntou a Yasine, desconfiado:

– Por acaso as preocupações terrenas o impediriam de visitar al-Hussein?

Yasine, que tinha ido à mesquita em raríssimas oportunidades durante os últimos anos, respondeu:

– Não poderia ficar uma semana sem visitar o meu Bem-Amado!

Depois o pai virou-se para Kamal e olhou-o como se dissesse: "E você?"

– Nem eu – respondeu Kamal, envergonhado.

Então o pai concluiu com humildade:

– É nosso Bem-Amado e nosso intercessor junto ao seu antepassado venerado, no dia em que, diante de Deus, nem o pai nem a mãe poderão nos salvar!

Ele tinha escapado da doença dessa vez, depois que ela lhe tinha infligido uma inesquecível lição. Avaliava agora toda a brutalidade dela e temia suas conseqüências, por isso sua intenção de pedir a conversão a Deus era sincera. Ele sempre tivera certeza de que, por mais tempo que demorasse, cedo ou tarde ela viria. Estava convencido dessa vez de que adiá-la de novo, depois do que passara, constituía insolência e ingratidão para com Deus, o Misericordioso. E se, por acaso, a lembrança do tempo dos prazeres lhe voltasse à cabeça, ele se consolaria pensando nas alegrias simples e inocentes, como a amizade, a música e o humor, que a vida lhe reservava ainda. Eis por que, pedindo a Deus para livrá-lo das sugestões de Satã e firmar-lhe os passos no caminho do arrependimento, ele começou a recitar algumas curtas suratas que sabia de cor.

Ele se levantou, em seguida Yasine e Kamal fizeram o mesmo, e os três se encaminharam para o túmulo onde um perfume suave impregnando o lugar os recebeu, misturado com o zumbido das recitações murmuradas, nos cantos da construção.

Começaram a ronda ritual à volta do túmulo, no meio dos grupos de peregrinos. Kamal levantou os olhos para o grande turbante verde que cobria o catafalque, depois fixou-os longamente na porta de madeira que seus lábios tantas vezes tinham beijado. Comparou ontem a hoje, um contexto ao outro, e lembrou-se de como a revelação do mistério desse túmulo tinha sido o primeiro drama de sua vida, de como outros lhe tinham sucedido, destruindo um a um o amor, a fé e a amizade; de como, apesar disso, ele agüentava firme, olhando a verdade com os olhos da adoração, indiferente às estocadas da dor, a tal ponto que a amargura se estampou em seus lábios e neles esboçou um sorriso. Quanto à felicidade cega que iluminava a face dos crentes que giravam em procissão à volta dele, ele já havia desistido dela sem lamentos. Como podia sacrificar a luz à felicidade, quando tinha jurado viver com os olhos abertos, preferindo a angústia viva à quietude passiva, a vigília da insônia ao repouso do sono?

Quando terminaram sua ronda, o pai convidou-os a sentarem-se um momento na área do túmulo. Eles arranjaram um cantinho onde se sentaram. Ahmed Abd el-Gawwad avistou alguns conhecidos, os quais foram até ele para apertar-lhe a mão e felicitá-lo por sua recuperação. Alguns deles vieram sentar-se ao seu lado. Se, por intermédio da loja ou por meio da escola de al-Nahhasin, a maior parte deles conhecia Yasine, nenhum deles tinha visto Kamal ainda. Por isso, espantado com sua magreza, um deles brincou com nosso homem, dizendo-lhe:

— Mas o que seu filho tem para ser tão magro?

Ao que ele respondeu de pronto, devolvendo um cumprimento com outro mais delicado:

— E você? Qual é o seu problema?

Yasine sorriu, e Kamal também. Era a primeira vez que ele via manifestar-se a personalidade "oculta" do pai de que tanto tinha ouvido falar. Assim se revelava o pai: um homem que não perdia um trocadilho, até em estado de devoção e de penitência, diante do túmulo de al-Hussein! Algo que levou Yasine a refletir sobre o futuro do pai e a se perguntar se ele ia voltar aos seus prazeres depois das sevícias da doença. "Saber isso", pensava ele, "é para mim da mais alta importância!"

OUM HANAFI estava sentada à moda oriental no tapete de palha do salão; Naima, a filha de Aisha, Abd el-Monem e Ahmed, os dois filhos de Khadiga, no canapé em frente a ela. As duas janelas que davam para o pátio estavam escancaradas a fim de abrandar o calor úmido do mês de agosto; mas não havia um único sopro de vento, e a grande lamparina que pendia do teto continuava imóvel a derramar sua luz sobre as paredes do salão. Quanto aos outros cômodos, estavam mergulhados numa escuridão e num silêncio profundos.

Com a cabeça baixa, os braços cruzados no peito, Oum Hanafi cochilava. Ora erguendo os olhos para as crianças sentadas no canapé, ora fechando-os, ela movia os lábios sem cessar, sem proferir nenhum som...

— Até quando o tio Kamal vai ficar no terraço? – perguntou Abd el-Monem.

— Faz calor aqui – resmungou Oum Hanafi. – Por que vocês não ficaram lá em cima com ele?

— Está muito escuro e Naima tem medo dos insetos.

Ahmed acrescentou, num suspiro de cansaço:

— Até quando a gente vai ficar aqui? Já faz duas semanas! Estou contando os dias um por um. Quero voltar para casa de papai e de mamãe.

— Se Deus quiser – respondeu Oum Hanafi num tom de esperança –, vocês voltarão todos para casa, felizes como nunca. Rezem a Deus para que ele atenda às preces das crianças virtuosas.

— A gente reza antes de dormir e logo que acorda, como você nos aconselhou – respondeu Abd el-Monem.

— Rezem a Deus a todo momento – disse Oum Hanafi. – Rezem agora, Ele é o único capaz de aliviar nossa dor.

Abd el-Monem abriu as mãos em prece, depois se virou para Ahmed, convidando-o a fazer o mesmo. O outro se decidiu sem que o aborrecimento lhe abandonasse o rosto. Então eles disseram em coro, como tinham se acostumado a fazer nos últimos dias:

— Oh, meu Deus, cure o nosso tio Khalil e nossos primos Othman e Mohammed, para que nós voltemos para nossa casa consolados!...

A emoção estampou-se no rosto de Naima. A aflição alterou-lhe o rosto, depois seus olhos azuis se encheram de lágrimas e ela exclamou:

— Papai, Othman e Mohammed... Como vão eles? E mamãe? Quero ver mamãe. Quero ver todos eles!

Abd el-Monem se aproximou dela e a consolou:

— Não chore, Naima! Já lhe disse muitas vezes. Não chore! Titio está bem, Othman e Mohammed também. Logo, logo a gente vai voltar para casa. Vovó prometeu, tio Kamal até me jurou há pouco...

— Todo dia eu ouço isso — protestou Naima, debulhando-se em lágrimas. — Não impede que eles não nos deixem voltar para junto deles. Quero ver papai, Othman e Mohammed, quero ver mamãe...

— Eu também quero ver papai e mamãe — protestou Ahmed.

— Nós vamos voltar para casa quando eles ficarem curados — respondeu Abd el-Monem.

— Não! A gente volta para casa agora! — exclamou Naima no limite da paciência. — Quero voltar para casa. Por que nos obrigam a ficar longe deles?

— Porque eles têm medo de que a gente pegue os germes — respondeu Abd el-Monem.

— Mamãe bem que está lá — teimou Naima —, titia Khadiga também, tio Ibrahim e vovó também. Por que eles não pegam os germes?

— Porque são pessoas grandes.

— Se as pessoas grandes não pegam os germes, então por que papai os pegou?

Oum Hanafi soltou um suspiro e, dirigindo-se a Naima com doçura:

— Vocês não estão bem aqui? Esta é sua casa! E, olhem, vocês têm o Sr. Abd el-Monem e o Sr. Ahmed que estão aí para brincar com vocês. Há também o seu tio Kamal que ama vocês como ninguém. Logo vão voltar a ver mamãe, papai, Othman e Mohammed... Não chore, patroazinha, e reze para que seu pai e seus dois irmãos fiquem logo curados.

Ahmed disse com impaciência:

— Já faz duas semanas, contei nos meus dedos. E depois, nosso apartamento está no terceiro andar e a doença no segundo. Por que a gente não vai para casa levando Naima conosco?

— Se seu tio Kamal ouvisse o que você diz – respondeu Oum Hanafi, pondo na frente dos lábios o dedo indicador em sinal de advertência –, ele ficaria zangado! Ele compra chocolate e pevides assadas para vocês e ainda ousariam dizer que não querem ficar com ele? Vocês não são mais tão pequenos. Sr. Abd el-Monem, você vai entrar na escola primária dentro de um mês. Você também, minha pequena Naima!

Ahmed diminuiu um pouco suas pretensões:

— Pelo menos deixe a gente sair para brincar na rua.

— É uma boa idéia, Oum Hanafi – apoiou Abd el-Monem. – Por que a gente não poderia sair para brincar na rua?

— Vocês têm o pátio! – cortou Oum Hanafi com firmeza. – Que seria grande até para a Terra inteira! Vocês também têm o terraço. Que mais é preciso? Quando o Sr. Kamal era pequeno ele só brincava dentro de casa. Quando eu acabar meu trabalho eu lhes conto histórias... Vocês gostariam que eu lhes contasse histórias?

— Ontem você nos disse que não tinha mais histórias – protestou Ahmed.

— Tia Khadiga sabe mais histórias do que você – continuou Naima, secando as lágrimas. – Onde está mamãe para que nós duas cantemos?

Oum Hanafi disse, num tom de adulação:

— Quantas vezes eu lhe pedi para nos cantar alguma música e você não quis!

— Aqui eu não canto. Não enquanto Othman e Mohammed estiverem doentes.

– Bom – interrompeu a mulher, levantando-se –, vou preparar o jantar para vocês e depois todo mundo para a cama. Queijo, melancia e melão. Hein? Que acham disso?

Kamal estava sentado numa cadeira, na ala descoberta do terraço, contígua à cobertura de hera e de jasmim. Só se podia vê-lo no fundo da escuridão por causa do brilho de sua ampla *galabiyyé* branca. Com as pernas estendidas, com o olhar erguido para o horizonte incrustado de estrelas, ele meditava, envolto num silêncio que só era quebrado pelo acaso de uma voz que vinha da rua, de um cacarejo que escapava do galinheiro. Seu rosto tenso refletia a infelicidade que atingira a família nas duas últimas semanas e perturbara a rotina da casa onde sua mãe raramente aparecia, e a atmosfera estava saturada com gemidos dos três pequenos que eram mantidos ali prisioneiros e que ali se encontravam como leões em jaula, chamando por papai ou por mamãe, a tal ponto que ele não sabia mais o que fazer para acalmá-los ou distraí-los.

Em al-Sokkariyya, tal como a descrevemos tantas vezes, Aisha não cantava nem ria mais. Passava a noite à cabeceira de sua família doente, composta por seu esposo e seus dois filhos. Como ele tinha, quando pequeno, esperado por seu retorno à casa. E como temia hoje vê-la voltar contra a vontade, arrasada, com o coração partido! Amina cochichava-lhe ao ouvido: "Não vá a al-Sokkariyya! Ou, se for, não se demore lá!" No entanto, ele ia lá de vez em quando e voltava com as mãos impregnadas do cheiro estranho dos desinfetantes, com o coração apertado pela angústia.

O que há de extraordinário com o bacilo da febre tifóide é que, como todos os bacilos, ele é incrivelmente pequeno, invisível a olho nu, mas capaz de sozinho interromper o rumo de uma vida, decidir o destino da criatura e dizimar uma família inteira. O pobre pequeno Mohammed tinha sido o primeiro afetado. Seu irmão Othman veio depois e finalmente – o que era imprevisível – o pai deles!

Durante a noitinha, Suwaidane, a criada, tinha vindo informá-lo de que Amina passaria a noite em al-Sokkariyya, acrescentando, no nome deles dois, que não havia motivo para preocupações. Então, por que ela passava a noite lá? O que tinha o seu coração para oprimir-se? No entanto, apesar de tudo, permanecia uma esperança de que o céu da desgraça subitamente ficasse claro, que Khalil Shawkat e seus queridos filhos encontrassem a cura, que o rosto de Aisha voltasse a iluminar-se e a ficar radiante. Esquecia-se ele de como também tinham conhecido provação semelhante, oito meses antes, na velha casa? E seu pai, que andava já em plena forma, cujos membros tinham recuperado o vigor, os olhos o brilho sedutor, e que tinha voltado para seus amigos e irmãos como volta a ave a fazer ninho na copa da árvore! Então, quem podia opor-se à possibilidade de que tudo mudasse num piscar de olhos?

– Você está aí, sozinho?

Kamal reconheceu a voz dele. Levantou-se, virando-se para a porta do terraço e estendeu a mão ao visitante, dizendo-lhe:

– Como vai, meu caro irmão? Sente-se...

Apresentou-lhe uma cadeira. Yasine respirou profundamente para retomar o fôlego que a subida da escada tinha perturbado, enchendo o peito com odores de jasmim, e depois se sentou, dizendo:

– Pronto. As crianças estão dormindo... Oum Hanafi também...

– Pobres crianças! – afligiu-se Kamal, sentando-se de novo. – Elas não sossegam e não nos dão sossego. Que horas são?

— Por volta das onze. Está mais agradável aqui do que na rua.

— E onde você estava?

— Para lá e para cá entre Qasr al-Shawq e al-Sokkariyya. De fato, sua mãe não vem para casa hoje à noite...

— Eu sei. Suwaidane me avisou... O que há de novo? Eu fiquei muito preocupado!

Yasine, num suspiro:

— Todos nós, igualmente. Que Deus nos seja clemente. Seu pai está lá embaixo também.

— A esta hora?

— Ele estava lá quando eu saí...

Fez uma pausa e disse:

— Fiquei em al-Sokkariyya até oito horas e foi então que alguém veio de Qasr al-Shawq para me dizer que minha mulher estava perto de dar à luz. Fui logo procurar Oum Ali, a parteira, e trouxe-a para casa, onde encontrei minha esposa nas mãos de um grupo de vizinhas. Fiquei lá por uma hora, mas não pude agüentar muito mais tempo os gritos e gemidos... Então voltei para al-Sokkariyya, onde achei papai sentado na companhia de Ibrahim Shawkat...

— O que você quer dizer? Vamos, fale!

— É muito grave — disse Yasine numa voz sombria.

— Grave?

— É... Eu tinha ido lá para me descontrair um pouco... Como se Zannuba não tivesse podido escolher um outro momento para dar à luz! Ah! Eu me cansei entre Qasr al-Shawq e al-Sokkariyya, entre a parteira e o médico. Sim! É grave... Examinando o rosto de seu filho, a viúva do pranteado Shawkat gritou: "Piedade, Senhor! Leve-me em lugar dele!" Sua mãe tinha voltado. Mas a velha nem prestou atenção... Ela só acrescentou, numa voz rouca: "Eis o que parecem os Shawkat na hora da morte! Já vi o pai dele, o tio dele e o avô dele antes dele!" Khalil não é mais do que uma sombra, e seus dois filhos também. Por Deus Todo-Poderoso!

Kamal engoliu em seco e disse:

— Talvez o que vem por aí nos contradiga...

— Talvez. Kamal, você não é mais uma criança. Você precisa saber tanto quanto eu... Aí está... o médico diz que é muito grave.

— Para todos os três?

— É. Para todos os três. Khalil, Othman e Mohammed. Senhor! Como você não tem sorte, minha pobre Aisha!

Ele imaginou na escuridão a pequena família de Aisha, sorridente como a tinha visto tantas vezes. Esses seres felizes e risonhos que manipulavam a vida como um jogo...

"Quando Aisha vai rir de novo às gargalhadas? Foi assim que Fahmi se foi! Os ingleses e a febre tifóide são iguais. Ou isso ou outra coisa. Só a crença em Deus fez da morte um decreto supremo e uma lógica que deixam o homem desamparado, quando não se trata, certamente, senão de uma espécie de ironia do destino!"

— Nunca ouvi nada de mais terrível!

— No entanto, é assim. Que podemos fazer? Mas que crime cometeu Aisha para merecer tudo isso? Oh, Senhor, tende piedade!

"Existe uma lógica suprema capaz de justificar o homicídio sob todas as suas formas? A morte segue exatamente o princípio da farsa! Mas como poderíamos rir dela quando somos o seu alvo? Talvez possamos no máximo recebê-la com um sorriso, se durante toda nossa vida nos acostumamos a olhá-la de frente, a compreendê-la sadiamente e a despojá-la de todos os seus mitos. Aí está uma vitória conquistada ao mesmo tempo à vida e à morte! Mas, meu Deus, como Aisha está longe de tudo isso!..."

— Minha cabeça está girando, meu irmão!

— O mundo é feito assim — respondeu-lhe Yasine num tom sábio, como ele nunca lhe ouvira antes. — Você deve conhecê-lo tal qual é.

Depois se levantou bruscamente, dizendo:

— Bom, tenho de ir agora!

— Não. Fique mais um pouco comigo! — exclamou Kamal como num pedido de socorro.

Mas Yasine insistiu, desculpando-se:

— São onze horas. Tenho de ir a Qasr al-Shawq para ver como está Zannuba. Depois vou para al-Sokkariyya para ficar junto deles. Tenho a impressão de que não vou dormir nada esta noite. Só Deus sabe o que nos espera amanhã!

Kamal se levantou dizendo, em pânico:

— Você fala como se já fosse o fim! Vou para lá imediatamente.

— Não, não! Você deve ficar com as crianças até o amanhecer. E trate de dormir, senão você vai me fazer ficar arrependido de ter lhe dito a verdade.

Yasine deixou o terraço e Kamal seguiu-o para acompanhá-lo até a rua. Enquanto passavam pelo andar de cima onde as crianças dormiam, Kamal disse, com tristeza:

— Pobres crianças. Se você soubesse como Naima chorou nesses últimos dias, como se o coração dela pressentisse o que se passava...

— Oh, as crianças esquecem rapidamente! — respondeu Yasine com desinteresse. — Reze antes pelos adultos.

No momento em que desembocavam no pátio, uma voz chegou-lhes da rua que gritava com toda força: "*Moqattam*, edição especial!... Peçam o *Moqattam*, edição especial!..."

— Edição especial? — espantou-se Kamal.
— Oh! Sim... eu sei o que é — respondeu Yasine numa voz triste. — Ouvi as pessoas espalharem a notícia ao vir aqui... Saad Zaghloul morreu.*
— Saad? — exclamou Kamal num grito do fundo do coração.

Yasine parou e, virando-se para ele:
— Ei! Sossegue! — disse. — Já temos de sobra os nossos próprios problemas...

Mas ele permaneceu com os olhos arregalados na escuridão, mudo, petrificado, como se Khalil, Othman, Mohammed, Aisha, nada mais tivesse importância, exceto que Saad estava morto!

Yasine continuou a andar, dizendo:
— Ele morre levando sua porção de vida e de grandeza! O que você queria a mais para ele? Deus tenha sua alma...

Kamal seguiu-o, ainda não refeito de seu estupor. Se tivesse tomado conhecimento disso fora dessas circunstâncias penosas, não sabia como teria recebido a notícia. Mas as infelicidades, quando se encontram, disputam nossos corações... Foi assim que sua avó, que os tinha deixado pouco depois da morte de Fahmi, não teve ninguém para chorá-la.

Assim, pois, Saad estava morto! O homem do exílio, da revolução, da liberdade e da Constituição estava morto! Como podia ele não sentir tristeza quando tudo o que sua alma continha de melhor foi Saad que lhe inspirou e ensinou?

Yasine parou de novo para abrir a porta. Estendeu-lhe a mão e os dois irmãos se cumprimentaram. Nesse instante, Kamal se lembrou de algo que havia por um momento lhe

---

*23 de agosto de 1927. Ironicamente, o *Moqattam* tinha sido desde sua criação o jornal mais contrário ao nacionalismo egípcio e ao Wafd.

saído da cabeça e disse ao irmão, sentindo alguma perturbação pelo esquecimento:

— Rezemos a Deus para que sua mulher tenha dado à luz sem problemas!

Yasine respondeu-lhe, preparando-se para ir embora:

— Deus o ouça! Vamos, procure dormir bem...

fim do volume 2

ATENDIMENTO AO LEITOR E VENDAS DIRETAS

Você pode adquirir os títulos da BestBolso através do Marketing Direto do Grupo Editorial Record.

- Telefone: (21) 2585-2002
  (de segunda a sexta-feira, das 8h30 às 18h)
- E-mail: mdireto@record.com.br
- Fax: (21) 2585-2010

Entre em contato conosco caso tenha alguma dúvida, precise de informações ou queira se cadastrar para receber nossos informativos de lançamentos e promoções.

Nossos sites:
www.edicoesbestbolso.com.br
www.record.com.br

EDIÇÕES BESTBOLSO

Alguns títulos publicados

1. *O diário de Anne Frank*, Otto H. Frank e Mirjam Pressler
2. *O jogo das contas de vidro*, Hermann Hesse
3. *Baudolino*, Umberto Eco
4. *O poderoso chefão*, Mario Puzo
5. *Ramsés – O filho da luz*, Christian Jacq
6. *Ramsés – O templo de milhões de anos*, Christian Jacq
7. *Ramsés – A batalha de Kadesh*, Christian Jacq
8. *A pérola*, John Steinbeck
9. *A queda*, Albert Camus
10. *O Gattopardo*, Tomasi di Lampedusa
11. *O amante de Lady Chatterley*, D. H. Lawrence
12. *O evangelho segundo o Filho*, Norman Mailer
13. *O negociador*, Frederick Forsyth
14. *Paula*, Isabel Allende
15. *O grande Gatsby*, F. Scott Fitzgerald
16. *A lista de Schindler*, Thomas Keneally
17. *Ragtime*, E. L. Doctorow
18. *Prelúdio de sangue*, Jean Plaidy
19. *O crepúsculo da águia*, Jean Plaidy
20. *Um estranho no ninho*, Ken Kesey
21. *O império do Sol*, J. G. Ballard
22. *O buraco da agulha*, Ken Follett
23. *O pianista*, Władysław Szpilman
24. *Doutor Jivago*, Boris Pasternak
25. *A casa das sete mulheres*, Leticia Wierzchowski
26. *Uma mente brilhante*, Sylvia Nasar
27. *Getúlio*, Juremir Machado da Silva
28. *Exodus*, Leon Uris
29. *Entre dois palácios*, Nagib Mahfuz
30. *Encrenca é o meu negócio*, Raymond Chandler

EDIÇÕES
BestBolso

Este livro foi composto na tipologia Minion, em
corpo 10,5/13, e impresso em papel off-set 63 g/m² no Sistema
Cameron da Divisão Gráfica da Distribuidora Record.